Anonymous

C. Cornelii Taciti

Anonymous

C. Cornelii Taciti

ISBN/EAN: 9783742832726

Manufactured in Europe, USA, Canada, Australia, Japa

Cover: Foto ©Andreas Hilbeck / pixelio.de

Manufactured and distributed by brebook publishing software
(www.brebook.com)

Anonymous

C. Cornelii Taciti

[illegible] Bibliotheca [illegible]

[illegible] Vincentij [illegible] in [illegible]

Patrum Dominicanorum [illegible]

C. CORNELII TACITI EQVITIS ROMANI AB EXCESSV DIVI AVGVSTI ANNALIVM LIBRI QVATVOR PRIORES,

ET IN HOS OBSERVATIONES CAROLI PASCHALII CVNEATIS.

His obseruationibus obscura illustrantur, pressa & concinna περιφραστικῶς explicantur; scitu digna, atque adeò ea, quæ in ima præcordia demitti ab iis, qui publica munia capessunt, debent, in breues præceptiones redacta sunt.

PARISIIS,

Apud Robertum Colombellum via ad D. Ioannem Lateranensem in Aldina Bibliotheca.

M. D. LXXXI.

CVM PRIVILEGIO REGIS.

SERENISSIMO CAROLO EMANVELI DEI GRATIA DVCI ALLOBROGVM, ITALIÆ SVBALPINÆ PRINCIPI, &c.

CAROLVS PASCHALIVS CVNEAS S. P. D.

QVi multa experientia, magnisq; laboribus exercitus est, CAROLE SERENISSIME PRINCEPS, cæteris mortalibus loco pręscij, & pręcipui numinis est. nempe, optimi reip. status autor, legū sanctor, solidę quietis firmator, deniq; generis humani rector hactenus est, vt ad eum vnum omnia deferri, quibus publica salus continetur, & possint, & debeant. Cæterùm qui ad hunc sapientiæ gradū nititur per cōpendia præceptorum persæpe assequitur eum, qui longum experimentorū iter pergit. His vnis ferè præceptis quia diuina Cornelij Taciti scripta contexta sunt, cæteros historiæ scriptores Græcos pariter, ac Romanos infra huius magnitudinē iacere existimo. Quippe, vnus omniū veterum in rerum obscurissimarum veritatem penetrauit; in intimum callidissimorum hominum pectus inspexit; vera æstimatione quanti quidque sit, perpēdit; mixta cum principatu morientis vestigia libertatis, cum falsis vera, cum ludibriis seria, cum adumbratis solida; consociatum cum fide obsequium seruile, cum virtutibus fallaces species virtutibus similes; denique cum rebus rerum imitamenta introspexit, discreuit, & signa, quibus singula dignoscantur, impressit. Cæterùm, nullam hic prodigam verborum copiam, nullas pusillas, suspiriosas, superuacuas sententias; nihil falsum, otiosum, compositum in ostentationem in se habet concinnitas hæc valida sensibus, in qua nec verba, nec periodos numeres, sed singula æstimes, & expendas; nec sonitum inanis, fractæque eneruatæ orationis exaudias, sed robur adstrictæ, & collectæ sentias, ac maiestatem validissimæ, ac sapientissimæ eloquentiæ, quæ tota ex grauissimis, verissimisque sensibus exundat, admirere. Iam verò nec virtutes, nec vitia silentur; neutrum in maius effertur; sed ea moderatione merito laus tribuitur, qua peccatum non asperatur. Nec est quod vereare, quicquam hic supra imitationem esse positum, aut in miracula corruptū. omnia sunt obuia, ante pedes, in communi vsu posita nimirum, priscis verbis hodierna facta ostenduntur. Denique is Tacitus est, qui nonnisi ei placere potis est, quē erudit; nec quenquam erudit, nisi qui ex propriis, non alienis experimētis tantum prudentiæ collegit, vt, hoc duce, honesta ab deterioribus, vtilia ab noxiis discernere possit. vsque eò omnia instrumenta, quibus ad omnes vitę status subsidia parantur, ex hoc sacrario promi possunt;

nempe illa, quorum ope futura præuideri, imminentia vitari, ſecunda temperari, dubia prudenter tractari poſſunt. Alios neſcio. me quidem exquiſitiſſimum hoc ſolidæ doctrinæ genus ita cœpit, vt, non mihi ipſe prius ſatisfecerim, quàm ex quatuor prioribus Annalium libris, omnium accuratiſsimè ſcriptis, quibus, ſcilicet, continentur præcipua rerum agitata ſub cautiſsima Tiberii ſenectute, veriſsima axiomata collegi. nimirũ annisus ſum, vt in ima huius ſcriptoris ſenſa deſcenderem, eaque perſpicerem, & quæ perſpexiſſe videor veluti in locos communes coniicerem, & in rationes præceptionis redigerem; atque has, quomodo in omni vita explicari debeant, tanquam digito demonſtrarem. Quam ad rem equidẽ non adhibui orationem comptam, & ſollicitam, & quam vnam plus æquo multi admirantur, verborum iactantiam, qui ſatis intelligam, hæc me animis, non auribus ſcribere: neque ſuperuacua, & odioſa multæ lectionis oſtentatione (quod hodie vſitatiſsimum eſt) veriſsimos Taciti ſenſus prætexere volui; vna autoris dignitate, & magnitudine contentus. Denique id ſedulò egi, ne falſis lectori imponerem, eumue inanibus morarer. Porrò etſi mihi hæc ſepoſueram, tamen non licuit obfirmare me. quippe iis mos gerendus fuit, qui me vt ea emitterem, impensè rogarũt. Itaque dantur in hominum conſpectum; ſed ea lege dantur, vt in tuo nomine appareant, CAROLE SERENISSIME PRINCEPS, vt omnes gentes, & ipſe te, hoc eſt, eminentes virtutes, ſine quibus haud quiſquam Dei vice in terris fungi poteſt, quarum potiſſimas Tacitus exequitur, quibus es inſtructiſſimus, veluti in ſpeculum inſpiceres. Etſi quantum illæ poſsint, à prudentiſsimo quoque iam diu præſumptum, ex publica fęlicitate, quæ nunc eſt, homines perſpiciunt. Quippe ſimulatque dies ille tuus natalis illuxit, pax ante, quã tu eſſes, cœpta verius, quã firmata hominibus pariter illuxit. nimirum, quod cœleſte bonum irati Dii noſtrę genti ante multos annos eripuerant, illud ipſum propitij, te ſponſore, tua, inquam, fide, optãtibus magis, quàm ſperantibus elargiti ſunt. Vſqueadeò eſſe nõ potuiſti, quin eadẽ præſtares, vt ingenti hominũ multitudini bene eſſet, & quod magni reges præclaris victoriis conſequi non potuerũt, ſtatim vt editus eſſes, id primũ tui muneris mortales haberẽt. Cui eximiæ fælicitati ne quicquã deeſſet, protinus æmula virtus comes ire cœpit. harũ vtraq; certatim tantũ bonorũ in te cumulauit, vt educationẽ probitas, ætatem prudentia, multiplicata hominum vota tua ſumma fortuna anteuerterit. Enimuero te patri filium pientiſsimum, adiutorem ſapientiſſimum, ſucceſſorem digniſsimum externę gentes admirantur, æmuli fatentur, tui experiuntur: qui animum induxeris, ſummum imperium eſſe, Deum vereri; Iuſtitiam colere; abſtinentem eſſe; animum ſupra fortunam gerere; bonum tuum à publico non diſtinguere; te reip. non tibi remp. dicare; imperium non vi, ſed beneficio cuſtodire; nec prouincias tributis

pre-

premere;ſed iis oportere eſſe contentũ,quibus pacẽ fęliciſſimè tueris, nihil venale pati,quod reip. exitium,tibi inuidiam,contrahentibus infamiã
cõciliare poſſit; ſed per omnia præſtare, vt quod ſorte naſcendi tibi obti-
git,ingentibus meritis datum,& quę res tota voti erat,à iudicio eligentiũ
principem profecta videatur. Hæc, SERENISSIME PRINCEPS, quia, vt maxima ſunt,ita perpetua fore nos iſta virtus ſperare iubet,nõ mirũ eſt,ſi gra
tos tot bonorum æſtimatores nactus es.neq; enim iis populis,quibus regendis à Deo impoſitus es, temerè hic eſt cõſenſus,propria ſingulorũ ſa-
lute tuã,ſi res poſtulet,redimendi,& ſuorum obiectu corporũ eius mag-
nitudinẽ protegendi,cuius fida tutela vniuerſorum ſecuritatem cõtineri
intelligunt.adeò tua bonitas non adũbrata cuiuſquã lętitia,ſed veriſſimis
laudibus celebratur: adeò te moderatio, & ſapientia vix prima ſpatia
florentiſſimi iſtius principatus ingreſſum ea fœlicitate cumularunt, quam
omnes optant,pauci merentur, vixi virtute præſtantes adipiſcuntur. Ipſe
quidem in publica lætitia facere non potui,quin obſeruantiam in te meam aliquo argumento teſtatam facerem. nec alio conſilio meis hiſce in
Tacitum obſeruationibus nomen tuum inſcripſi. Quo genere monimẽ-
torum ſi delectabere, & exiguum hoc munus, ab optimo tamen animo
profectum, ſolita comitate exceperis,me tu quidem non exiguo beneficio deuinxeris, atque ad maiora nitenti & animum, & robur addide-
ris. Pariſiis Prid. Id. Maij. M. D. LXXXI.

IDEM LECTORI.

Non fuit consilium ea persequi quae ad Grammaticam rationem pertinent, etsi hoc vnum nec praeterea quicquam admirantur quidam, qui hodie literarum, & literatorum arbitros agunt: quibus vetera adeò non placent, vt totos dies conspiciantur vltro & citro cursantes, ac vestigantes, siquid noui in lucem prodierit. Quippe, qui Graecum, aut Latinum scriptorem vix vllum perlegerunt, recentes, quae est hominum audacia, censorio supercilio probant, improbant, extollunt, deprimunt. Ex illo grege vnum nominarem, si esset, vt modestia temeritatem insectari possit. Hic, quòd illa quae ad rerum inuestigationem magis, quàm quae ad verborum interpretationem pertinent, sectatus sum, vix vna, aut altera mearum obseruationum linea perlecta, quicquid operae hic à me positum est, vituperauit. Cui ego, & siqui alij ita sentiunt, nisi respondere possum, non haec me ideo scripsisse, vt ipsis placerem, sed vt, quid mihi placeret, ostenderem; tamen illud addam; me, ac praeter me quosdam eos amicos, quibus pectus sapit, non parum dolere, quod ad caetera nostri saeculi mala & hoc accessit, quod pro superuacuis merè sudamus, nec vitae, sed scholae discimus; & quod merum instrumentum est, in hoc, tanquam in opere perfecto acquiescimus. Haec sunt inania verborum, in quibus qui solliciti versantur, hi, qua aliorum est facilitas, ne dicam, imperitia, de literis optimè meriti existimantur. Pudet in hoc genere eorum qui nostrorum Grammaticorum triumphos, qui sibi pulchri videntur, si è vetusto codice, aut è fragmento lapidis didicerint, sint pro sim, Quintum pro Sexto esse reponendum; & huiusmodi gerras germanas, & λῆρον λῆρον non modò vsque ad satietatem, sed vsque ad fastidium aggerunt. Quae tamen ineptiae, & literarum dedecora ferri aliquo pacto possent, si non saepiùs antiquam, veramque lectionem peruerterent, ac liquidis sensibus tenebras obducerent. Horum mihi ratio, ac totum literatorum genus vt nunquam probari potuit, ita ijs assentior, qui non alio consilio Graecè, & Latinè discunt, quàm vt, quae ex veterum monimentis vtilia excerpi, & colligi possunt, ad suum vsum seponant. Neque tamen sum nescius, è scriptoribus priscis alios dictionis potius, quàm rerum gratia legendos esse; apud alios sibi aduersus fortuita quaerendum esse praesidium: ac sine illorum ope hos adiri non posse, hos, inquam, grauissimos, & sapientissimos vitae moderatores, Senecam, & hunc nostrum, sed optima rerum studiosè in his inuestigantem, etiam verborum difficultatibus passim atineri, & eorum rudem esse, quae prius didicisse oportuit, hoc verò totum puerile, ineptum, praeposterum esse aio. Caeterùm negoci, qui bonos Latinitatis autores peruolutarit, Taciti verba, & genus dictionis videri fractum, arduum, praeruptum, atque adeò haud satis candidum, vt quosdam falsò existimare video; praeter admodum pauca, quae & rerum, quas scripsit, & aulae, & saeculi propria fuere: nempe, genus dicendi, vt ait Seneca, imitatur publicos mores. Quae tamen huiusmodi sunt, vt, quoniam illa semel aduerterit, huic non modò propria, sed singularia, significantia, neruosa, eademque plana, & aequabilia, vt sunt, ita videantur. Quicquid hic inest difficultatis, quod haud parum est, id abditis, ac reconditis sensibus continetur, hos introspicere, atque vt ita dicam, perrumpere, laudabilis operae pretium est. Hic me sudasse fateor. an [illegible], integris sapientum animis diiudicandum relinquo. Nonnulla fortè leuia grauissimis inserta videbuntur; sed qui eo consilio hoc opus aggressus sim, vt singula, prout series contextus postulat, persequerer, malui libero cuiusque iudicio quid studiosè amplectendum, quid item in leui habendum putet, committere, quàm quicquam negligere quod meritò desiderari posset. Quanquam & illa ipsa quae primo aspectu leuia fortasse videri possunt, illis, quibus iamdiu sunt cognita, hoc ipso gratiora fore puto, quòd Taciti autoritate firmantur. Neque verò improbo conatus illorum, qui dictionem, & historia ambigua distinguunt, implicita soluunt, obscura illustrant, abdita recludunt. Quin, vt hos laudo, ita singulos hortor, vt quantum quisque diligentia, & doctrina valet, in commune consulat. Me quidem nec difficilia saepe interpretari, & omnes coniecturas, sicubi contextus est mutilus, aut deprauatus, proferre, atque alia huiusmodi, quae ad verborum interpretationem pertinent, ex ipso potissimum Tacito excerpta cursim persequi, & in arctiorem libri marginem coarctare non piguit, vt & hac in parte studiosis Taciti satisfacerem. Haec, lector, scire te volui, vt instituti mei rationem cognosceres; simulque apud te ijs responderem, qui quòd sciunt nihil, omnia se scire putant; nec vllo merito suo, sed aliena contumelia splendent. Vale.

SVMMA PRIVILEGII.

REGIAE Maiestatis priuilegio cautum est, ne quis ab hinc annos decem C. CORNELII TACITI QVATVOR PRIORES ANNALIVM LIBROS, ET IN HOS OBSERVATIONES CAROLI PASCHALII CVNEATIS, nisi ipsius PASCHALII permissu, typis excudat, aut, extra ditionem regni Galliæ excusos, & æditos vspiam venales habeat. Qui secus faxit, huic multa futura est ea, quæ Regio diplomate continetur dato Blesiis die vicesimo primo Aprilis 1581.

Subscripto,

BRVLART.

EPITOME PRIMI LIBRI ANNALIVM C. CORNELII TACITI.

CVM tam Iulianarum quàm Pompeianarum partium duces aut bello, aut proscriptione extincti essent, atque ex nobilibus ij tantùm tot cladibus essent superstites, qui, dummodo honoribus & opibus extollerentur, facilè eum, à quo hæc acciperent, rerum potiri passuri erant; populus autem Romanus, prouincięque neque in legibus, quibus nullus erat locus, neque in magistratibus, quibus Resp. quęstui erat, quidquam esse præsidij animaduerterent, nullum tot malis pręsentius remedium inueniri potuit, quàm vt tam perturbata, ac distracta respub. ab vno regeretur. Ideo minimè mirandum est, si tali rerum statu Augustus, vt primùm victoriis, ita mox benignitate, & comitate, suisque artibus cuncta ad se trahens, patefecit sibi aditum ad principatum, quem, post oppressum Pompeium, extinctosque Triumuiros, tenuit sub nomine Tribunitiæ potestatis per septem & triginta annos continuatæ. Huic successit Tyberius Nero priuignus ab ipso non solùm in adoptionem, verùm etiam in collegium & consortium summæ potestatis assumptus. Hinc planior ei via ad principatum, quem, Augusto extincto, matris potissimùm artibus adeptus, continuò Posthumum Agrippam, æmuli impatiens, simulato Augusti mandato, è medio sustulit. Cumque, libertate semel amissa, omnis generis homines certatim in seruitium ruerent, Sex. Pompeius, & Sex. Apuleius coss. primi A. V. C. in verba Tiberii iurauerunt. mox in Consulum ii omnes, qui remp. administrabant. Cæterùm quamuis Tiberius Augusti vestigiis insistens Tribunitio iure contentus esset, tamen haud nescius quantùm in eo momenti esset, vt legiones, quarum in manu sita erat res Romana, protinus, quisnam principatum adeptus esset, scirent; simulque id veritus, ne Germanicus, cuius in manu erant octo legiones, præter immensa sociorum auxilia, habere imperium, quàm expectare mallet, literas, tanquam adepto principatu, ad exercitus misit. Augusto quidem cùm ipsius testamentum per Virgines Vestæ in Senatum illatum esset, iusta ex dinitate sunt facta, addito templo, & cælestibus religionibus. At Tiberius vt vocatus, electusque potius à Rep. quàm per vxorium ambitum, & senili adoptione ad principatum irrepsisse crederetur, mira arte versat animos patrum, id per speciem recusans quod reuera omnium flagrātissimè cupiebat; donec eò flexit, non èquidem vt fateretur suscipi à se imperium, sed vt negare, & rogari desineret. Eodem tempore duplex se-

ditio in exercitibus Romanis, vna inter Pannonicas, altera inter Germanicas legiones coorta eſt. Illa Druſi, hæc longè violentior, & periculoſior Germanici ſapientia compreſſa eſt. Poſt quæ Germanicus ingenti clade Germanos affecit, vſus in eo bello ſingulari opera A. Cæcinnæ legati. Hoc anno Iulia Auguſti filia olim ob adulterium à patre relegata moritur: eiuſq; adulter Sempronius Gracchus, eâdem ob cauſam relegatus, iuſſu Tiberij, interficitur. Auguſtales & ſacerdotes, & lu-
A. V. C. dirum primùm inſtituti ſunt, & editi. Sequenti anno, Coss. Druſo Cæſare, & C. Norbano, triumphus Germanico decretus. Is Chattos improuiſò adortus magnam eorum ſtragem edidit. Segeſtem, ob egregiam erga Romanos fidem, à popularibus obſeſſum liberat, inque ſuam poteſtatem redigit vxorem Arminij filiam Segeſtis: cui oranti Germanicus, data incolumitate, veterem ſedem in prouincia pollicetur. Interim Arminius concitis ad arma Cheruſcis, aliiſque gẽtibus, & Inguiomero patruo, contra Romanos magnum bellum parat. aduerſus quem cùm Germanicus exercitum ductâs eò perueniſſet, vbi Varus ab eo cum tribus legionibus cæſus fuerat, & imperatori, & militibus, quorũ adhuc reliquiæ iacebãt inſepultæ, ſuprema ſoluit. Inde cum Arminio æquis manibus pugnat. At A. Cæcinna, cui Germanicus quadraginta cohortes diſtrahendo hoſti dederat, hoſtium vi, iniquitate locorum, rerumque omnium inopia diu conflictatus, tandem magna ex Germanis parta victoria, incolumis euaſit. Neque verò prætereunda eſt animi magnitudo Agrippinæ, quæ, in magna trepidatione, cùm pontem Rheno impoſitum ſolui prohibuiſſet, & benignè militibus multa feciſſet, rem Romanam ſuſtentauit. Cæterùm ſecunda, & quartadecima legiones, quas Germanicus P. Vitellio, itinere terreſtri ducendas tradiderat, ſæuitia Aquilonis, & fluctuum vi miſerè conflictatæ, tãdem in editiora ſubductæ, periculoque exemptæ ſunt. Segimerus frater Segeſtis, ipſiuſque filius in deditionem accipiuntur. Eo anno triumphalia inſignia decernuntur A. Cæcinnæ, L. Apronio, C. Silio, ob res cum Germanico geſtas. Tiberius repudiat nomen patris patriæ, neque in acta ſua iurari permittit. legem tamen maieſtatis reducit. Falanium & Rubrium Equites Ro. leuibus de cauſis maieſtatis accuſatos pœnæ eximit. Marcellus item maieſtatis poſtulatus opera Cn. Piſonis abſoluitur. Tibris plana vrbis ſtagnauit. Achaiæ, & Macedoniæ onera deprecantibus Tiberius ſubuenit. Actum apud patres de hiſtrionum licentia, ex qua turbæ natæ erant, coercenda: ſed valuit verbum Auguſti, qui immunes verberum hiſtriones quondam reſponderat. Templum ſtruitur Auguſto in prouincia Tarraconenſi; datumque in omnes prouincias exemplum.

C. CORNELII TACITI AB EXCESSV DIVI AVGVSTI ANNALIVM LIBER PRIMVS.

ET IN HVNC OBSERVATIONES Caroli Paschalij Cuneatis.

VRBEM Romam à principio reges habuere. [a] Libertatem, & Consulatum L. Brutus instituit. Dictaturæ ad tempus sumebantur: neque Decemuiralis potestas vltra biennium, neque tribunorum militum consulare ius diu valuit. Non Cinnæ, non Sullæ longa dominatio. Et Pompeij, Crassique potentia citò in Cæsarem: Lepidi, atque Antonij arma in Augustum cessere, qui cuncta discordijs ciuilibus fessa, nomine principis, sub imperium accepit. Sed veteris pop. Rom. prospera vel aduersa claris scriptoribus memorata sunt: temporibusque Augusti dicendis non defuere decora ingenia, donec glisc ente adulatione deterrerentur. Tyberij, Caiique & Claudij, ac Neronis res, florentibus ipsis, ob metum falsæ, postquam occiderant recentibus odijs compositæ sunt. Inde consilium mihi pauca de Augusto, & extrema [illegible] mox Tyberij principatum, & cætera [b] sine ira, & studio, quorum causas [illegible] habeo. Postquam Bruto, & Cassio cæsis, nulla iam publica arma, Pomp[illegible]toque Lepido, interfecto Antonio, ne Iulianis quidem partibus, nisi [illegible] reliquus, posito Triumuiri nomine, Consulem se ferens, & ad tuendam [c] ple-

OBSERVATIONES.

a Libertatis nomine continentur omnes Reip. formæ, extra vnam monarchiam.

b Satis constat, esse quosdā historiæ scriptores, quos verius μυθογράφους appelles, qui vel infensi, vel obnoxij [illegible] offensæ, multa gratiæ dant, id est, metu, odio, studio, libidine assentandi præiudicij, mira audacia, posteritati imponunt. Idque, difficile memoratu est, quantopere historiæ auctoritatem eleuet. Proin quisquis ad scribendam accedit historiam, sciat is, primam esse legem esse, vt incorruptæ fidei opera detur, ac quod scripsit grauiter, veritate patrocinium nisi debet, sua vel aliis [illegible] corruat. Itaque imperabit sibi, vero neque addere quicquam, neque demere, hoc est, non [illegible] animi motibus in quæ tendit, scribere, quibus gesta sunt, sed ita, scilicet, enarrare, vt nulla [illegible] perturbatione afficiatur.

c [illegible] pars in rep. est validissima, huius se caput, ac propugnatorem profiteri debet is, qui ad summum [illegible] fastigium euehi vult. Id autem haud dubie assequetur, si ea munia capesset, quibus de[illegible]rum, quos tuendos suscepit, securitatem summæ sibi curæ esse, maximè declarare poterit.

bem tribunitio [a] iure contentum: vbi militem donis, populum [b] annona, cunctos dulcedine otij pellexit, [b] insurgere paulatim, [c] munia Senatus, magistratuum, legum in se trahere, nullo aduersante: cùm ferocissimi per acies, aut proscriptione cecidissent: cæteri nobilium, quantò quis seruitio promptior, [d] opibus & honoribus extollerentur: ac nouis ex rebus aucti, [e] tuta & præsentia, quàm vetera, & periculosa mallent. Neque Prouinciæ illum rerum statum abnuebant, suspecto Senatus, populique imperio, ob [f] certamina potentium, & auaritiam magistratuum, inualido legum auxilio; quæ [g] vi, ambitu, postremò pecunia

OBSERVATIONES.

a *Quid absurdius, magisque præposterum dici potest, quàm potentiæ insignijs ornari priùs, quàm potentiam adeptus sis? Ideo cautissimè & Augustus, & Tiberius, ille Romanæ monarchiæ autor, hic firmator, vt cætera, quæ res, quàm molirentur, postulabat, præstiterunt, tum verò id inprimis cauerunt, ne priùs superbos titulos vsurparent, quàm ipsa re iam principatum adepti essent, vt sibi amplius eripi non posset. Ideo hanc cautionem adhibebit is, qui id agit, vt statum liberæ reip. mutet, ipseque in ea regnum possideat, vt, nondum planè confirmato, & corroborato principatu, ijs appellationibus sit contentus, quæ populares, & iamdiu receptæ sunt.*

b *Quemadmodum superbia regum multitudinem perpulit, vt his imperium abrogaret, vnde originem traxit libertas pop. Romani, ita fessa rep. bellis ciuilibus, id est, cùm ob ingentia potentiorum certamina, ac diuersa populi studia, res eo tum statum adducta est, vt pristinæ reip. vix vlla vestigia appareant, nempe, quia luctuosum ciuile bellum plerunque excipit tanta rerum omnium perturbatio, vt magistratus remp. quæstui habeant: atque in legibus nihil cuiquam sit præsidij, iudiciorum autoritas, senatus maiestas extincta sit, non est mirandum, si non modo perturbato, sed & planè euerso statu, necessaria est potentia vnius ad constituendam remp. partes multis ciuilibus planè distractas, ac dissipatas, atque adeò ad ipsam remp. quæ planè conciderat, erigendam. Talis rerum statu, qui ex potentioribus vnus præteritis cladibus est superstes, [illegible] victorijs iam est celebre, is haud dubiè patefaciet sibi aditum ad principatum, si liberalitate militem, validosque exercitus sibi deuinciet; populi studia abunde suppeditanda annona sibi conciliabit; nam vt quarto hist. Tacit. ait, vulgo vna ex rep. annonæ cura, [illegible] homines, & honorū cupidos honoribus, ad rem attentos opibus, & diuitijs excellentes, & postremò vniuersæ reip. [illegible] flictatæ bellis pacem, & securitatem suam optatam magis, quàm [illegible]. Qui hanc rationem sequetur, is, concedentibus cunctis, princeps [illegible] est, vt multando diu sine rectore esse non possit, præstat [illegible].*

c *Principis est, penes quem vnum summa munia [illegible], magistratuum, legum, atque adeò remp. occupare, est hæc singula ad se trahere. [illegible] administratione hæc sunt necessaria, senatus, quod est publicum consilium [illegible], quorum munus est, legum autoritatem sartam tectam conseruare.*

d *Cautus princeps singulos [illegible] satisfaciat, quem scilicet, opibus inhiare videt, hunc donis, ac muneribus sibi [illegible], atque ambitiosos homines honoribus, ac speciosis titulis honestet.*

e *Is mihi sapere videtur [illegible] præsentia, dummodo honesta sint, veteribus, & periculosis anteponit.*

f *Quæ in rep. hæc tria simul [illegible], certamina potentium, auaritia magistratuum, inualidum legum auxilium, hæc haud longè abest ab interitu.*

g *Tunc legibus in rep. locum dicitur esse nullum, cùm quod non nisi obsequio, virtute, iustis precibus, iure obtineri debet, id vi, ambitu, pecunia extorquetur.*

turba-

turbabantur. Cæterum Augustus[a] subsidia dominationi Claudium Marcellum sororis filium admodum adulescentem Pontificatu & curuli ædilitate, M.[1] Agrippam[b] ignobilem loco, bonũ militia, & victoriæ socium, geminatis consulatibus extulit: mox, defuncto Marcello, generum sumpsit: Tyberium Neronem, & Claudium Drusum priuignos imperatoriis nominibus auxit, integra etiamdum domo sua. nam genitos Agrippa, Caium ac Lucium in familiam Cæsarum induxerat: necdum posita puerili prætexta principes iuuentutis appellari, destinare consules,[c] specie recusantis, flagrantissimè cupiuerat. Vt Agrippa vita concessit, L. Cæsarem euntem ad Hispanienses exercitus, Caium remeantem Armenia, & vulnere inualidum mors fato propera, vel nouercæ Liuiæ dolus abstulit. Drusoque pridem extincto, Nero solus è priuignis erat. illuc cuncta vergere: filius,[d] collega imperij, consors tribunitiæ potestatis adsumitur, omnisque per exercitus[e] ostentatur, non obscuris, vt antea, matris artibus, sed palam hortatu. Nam[f] senem Augustum[g] deuinxerat adeò, vti nepotem vnicum Agrippam Posthumum in insulam Planasiam proiiceret, rudem sanè bonarum artium, & robore corporis stolidè

[1] [illegible]

OBSERVATIONES.

a Quem propria & virtus, & fortuna, summo vitiæ reipub. ad principale fastigium extulit, hic necesse illos dignitate, imperiis, & maximarum rerum administratione mandare debet, quorum erga se fidem, rebus suis dubiis, perspexit; vt illis porrò, tanquam firmis nouæ dominationis subsidiis niti possit.

b Quum penes est virtus, huic ad ea, quæ meritus est, [illegible] generis ignobilitatem obesse planè iniquum est.

c Non semper honorum recusatio sideris facit animi moderati, sed interdum arrogantis, & superbi, [illegible] quod flagrantissimè cupit.

d Nunquam [illegible] debet, (vt infra suo loco obseruabo) vt ius successionis sit in incerto sit. id autem ne accidat, [illegible], hunc collegam imperij, [illegible] quam obtinet potestatis consortem [illegible] rum, vt alibi Tacit. ait, vocet.

e Qui collega imperij assumitur, is ostentari, atque adeò illorum fidei credi debet, quorum studiis, vi, opibus, & gratia adeptum principatum retinere potest. Veluti si in magna legionum resp. est, militaria studia vsque eò quæri debent, vt futurus princeps palam faciat, ita se animatum esse, vt imperium, tanquam manum fidelissimi exercitus habiturus sit. Quod si senatus pollet, aut ipsa plebs, horum fauor, in artibus quas tempus, & res suggerit, conciliandus est illi, qui proximus destinatur. Hoc autem totum ad id referri potest, quod hodie principes factitant; nempe, successorem per singulas imperij prouincias circumducunt, omnesque ordines sacramento in illius verba adigunt.

f Persæpe non plus credendum est seni, quàm puero. quippe vterque, propter ætatis imbecillitatem, satis firmus est aduersus aut minas, aut illecebras, quibus facilè circumuenitur.

g [illegible], neque mirandum est, vxorem pro imperio, quod, scilicet, habens in viros, & in[illegible] sua, illorum ingenia, prout collibitum est, versare, eorumque inepta facilitate ad suas libidines [illegible] abuti. Quid multa? Liuia vxori morem potiùs vt gereret, ac prolem suam suum, in quam sanguinem conuersaretur, alienum foueret, augeret, ornaret, Augustus ipse tantus vir in animum inducere potuit.

ferocem, nullius tamen flagitij compertum. At hercule Germanicum Drusi ortum octo apud Rhenum legionibus imposuit, adsciriqué per adoptionem à Tyberio iussit; ᵃ quanquam esset in domo Tyberij filius iuuenis, sed quò ᵇ pluribus munimentis insisteret. Bellum ea tempestate nullum, nisi aduersus Germanos supererat, ᶜ abolendæ magis infamiæ, ob amissum cum Quintilio Varo exercitum, quàm cupidine proferendi imperii, aut dignum ob præmium. Domi res tranquillæ, ᵈ eadem magistratuum vocabula. Iuniores post Actiacam victoriam, etiam senes plerique inter bella ciuium nati, quotusquisque reliquus, qui remp. vidisset à Igitur verso ciuitatis statu, nihil vsquam prisci, & ᶠ integri moris: omnis, exuta æqualitate, ᵍ iussa principis aspectare, nulla in præsens formidine, dum Augustus ætate validus, ʰ seque, & ʰ domum, & pacem sustentauit. Postquam prouecta iam senectus ægro & corpore fatigabatur, aderatque finis, & spes nouæ, pauci ⁱ bona libertatis incassum dis-

[illegible]

OBSERVATIONES.

a *Et quibus est virile secus, adoptare.*

b *Non legiones, non classes, vt alio loco Tacit. ait, perinde sunt firma imperij munimenta, quàm numerus liberorum. ea re, danda omnino est opera ei, qui perpetuitati imperij sui optimè prospectum esse cupit, vt plures liberos habeat, quò pluribus munimentis insistat. Satis constat plures successores maiori mole vecti, quàm vnum. Ideo si plures numerantur, nemo, opinor, dubitat, quin praua multorum spes cohibeantur. Sic Tacit. lib. xij. Annal. de Pallante loquens: Stimulabat, inquit, Claudium consuleret reip. Britannici pueritiam robore circumdaret. sic apud Diuum Augustum, quanquam nepotibus subnixum, viguisse priuignos. à Tiberio, super propriam stirpem Germanicum assumptum. se quoque accingeret iuueni [Neroni] partem curarum capessituro.*

c *Non semper bella suscipiuntur proferendi imperij gratia, aut dignum ob præmium, i. quod operæ pretium sit ea suscipi, sed studio abolendæ infamiæ, quæ causa iustissima est & grauissima. Infamia autem censenda est, si cladem accipias ab eo, qui nec fama, nec opibus, neque copiis tecum comparari potest.*

d *In nouo principatu præstat manere vetera magistratuum vocabula, quàm si mutentur. siquidem nouus princeps id agere debet, vt veterus liberæ reip. statum immutetur,* [illegible] *reip. maneat, ne quid in ea immutatum esse meritò quisquam* [illegible]

e *At vita in penatibus principum* [illegible] *& illinc ad cæteros manant. non igitur mirum est,* [illegible] *in libera* [illegible] *repub. retineri, quàm sub principe.*

f *Re*[illegible] *seruatur æqualitas; hoc est, vbi æquo iure v*[illegible] *τὸ ἀρχῆν.*

g *Princip*[illegible] *proprium statum dicitur, in quo, omni exuta æqualitate, singuli iussa* [illegible]

h *Nihil* [illegible] *debet, quod non ad hæc tria referatur: nempe, vt se, domum, & pacem sustineat. se quidem; hoc est, ea omnia, quæ à sua persona separari nequeant, cuiusmodi est* [illegible] *externa & fortuita. Domum, quam potentia, & opibus ita firmare, (quantum humano consilio effici potest) debet, vt illa perpetuò regnatrix sit. Pacem, quia sibi* [illegible] *remp. quandam liberam occupauit, pacem (quo bono nullum magis* [illegible] *admirantur) populo præstare pergit, is tamen eam, quanti vult & æstimat, & vendit, nempe, regno, & dominatu.*

i *Libertate* [illegible] *frustra de illius bonis differitur.*

ſerere, [d] plures bellum paueſcere, alii cupere. pars multò maxima imminenteis dominos variis rumoribus differebant: trucē Agrippam, & ignominia accenſum, non ætate, neque rerum experientia tantæ moli parem. Tyberium Neronem [b] maturum [1] annis, ſpectatum bello: ſed vetere, atque inſita Claudiæ familiæ [c] ſuperbia: multaque indicia ſæuitiæ, quanquam [2] premantur, erumpere. Hunc & prima ab infantia eductū in domo regnatrice, congeſtos iuueni conſulatus, triumphos; ne iis quidem annis, quibus Rhodi, ſpecie receſſus, exulem egerit, aliquid, quàm iram, & ſimulationem, & ſecretas libidines meditatum. accedere matrem muliebri impotentia; [d] ſeruiendum fœminæ, duobuſque inſuper adoleſcentibus, qui rempublicā [3] interim [e] premant, [4] quandoque diſtrahant. Hæc atque talia agitantibus, graueſcere valitudo Auguſti. & quidam ſcelus vxoris ſuſpectabant. Quippe rumor inceſſerat, paucos ante menſes Auguſtum, electis conſciis, & comite vno Fabio Maximo, Planaſiā vectum, ad viſendum Agrippam. multas illinc vtrinque lachrymas, & ſigna charitatis, ſpemque ex eo fore, vt iuuenis [6] penatibus aui redderetur. Quod Maximum vxori Martiæ aperuiſſe, illam Liuiæ, C. Nauum id Cæſari. Neque multò poſt, extincto Maximo (dubium an quæſita

OBSERVATIONES.

a *Hæc ſingula, cùm princeps moritur, principatum vetuſtate, & longa annorum ſerie [illegible] confirmatum, & corroboratum labefacere, & euertere poſſunt; deſiderium libertatis; metus [illegible] dominorum; ſtudium rerum nouarum, & cupido belli. Quibus ſingulis [illegible] princeps ita obuiam ire debet, vt, abundantia annonæ, dulcedine otii, iuſtitia, temperantia, benignitate, [illegible], & [illegible] optimatum amicitiarum, ac proinde ſumma publici ſtatus felicitate obliteretur deſiderium, & memoria libertatis: ac præſentem rerum ſtatum homines admirentur, ament, perpetuum ſibi, & poſteris optent, pro eius incolumitate, cum opere ea bonis fruantur publicis & priuatis [illegible]. [illegible] ſucceſſorem ita inſtituere, vt iiſdem veſtigiis virtutis inſiſtant; & cùm multitudo, cum bonis [illegible] ſui proſequuntur, eandem optimam mentem in illis eſſe verè lætetur; ad hoc vt [illegible] intelligat. ac proinde optima illius inſtituta, bono publico, etiamnum manere ſentiat. [illegible] quibus poſtquam ipſe conceſſerit, aut nimia fortuna ſocors, aut nimia potentia abutens, aut (quod deterius, & periculoſius eſt) odio, ac deſperatione ſpem quærens res nouas cupiat, ſingulis ipſe, dum viuit, aut ſatisfacere debet iis rationibus, quas ſuprà memoraui, ac deinceps ſuis locis obſeruabimus, aut qui occultè infenſi nullo beneficio molliri poſſunt, dum rerum potitur, eo redigere, vt ſe commouere, quantumuis cupiant, nequeant. Ita firmata pace, & exempto ſtudio rerum nouarum, & cupidine & facultate belli gerendi, optimè principatum ſtabiliſſe dicetur.*

b *Hæc à principe maximè exiguntur, vt ſit maturus annis, ac proinde eam habeat rerum experientiam, quæ principatus moli, cui inſidet, par ſit. poſtremò ne careat bellicis laudibus.*

c *Hæc ſolent eſſe principum teterrima vitia, ſuperbia, ſæuitia, ira, libidines, ſimulatio, diſſimulatio; quam Tiberius tanti faciebat, vt ex virtutibus ſuis nullam æquè, vt lib. 4. Tacitus ait, diligeret.*

d *O miſeram illorum conditionem, qui ſeruitutem ſeruiunt fœminæ, & adoleſcentibus!*

e *Duabus rationibus principes remp. tenent: nam eam aut premunt, aut diſtrahunt. premitur vbi conſpiratione principum eò vt eandem multitudinem; diſtrahitur, ipſorum diſcordia. ſic lib. 4. Annal. Inſtabat quippe Seianus, incuſabatque diductam ciuitatem, vt ciuili bello, eſſe qui ſe partium Agrippinæ vocent, ac ni reſiſtatur, fore plures.*

morte) auditos in funere eius [a] Martiæ gemitus semet incusantis, quòd causa exitij marito fuisset. Vtcunque se ea res habuit, vixdum ingressus Illyricum Tiberius, properis matris literis accitur. Neque satis compertum est, spirantem adhuc Augustum apud vrbem Nolam, an exanimem reperierit. [b] acribus namque custodiis domum, & vias sepserat Liuia; lætique interdum nuntij vulgabantur; donec prouisis quæ tempus monebat, simul excessisse Augustum, & rerum potiri Neronem fama eadem tulit. [c] Primum facinus noui principatus fuit Posthumi Agrippæ cædes: quem ignarum, inermumque, quamuis firmatus animo, centurio ægrè confecit. Nihil de ea re Tyberius apud senatum disseruit. Patris iussa simulabat, quibus præscripsisset tribuno custodiæ adposito, ne cunctaretur Agrippam morte adficere, quandocunque ipse supremum diem expleuisset. Multa sine dubio, sæuaque Augustus de moribus adolescentis questus, vt exilium eius senatus consulto sanciretur, perfecerat. cæterùm [d] in nullius vnquam suorum necem durauit. [e] neque mortem nepoti pro securitate priuigni inlatam credibile erat. propius vero, Tybe-

OBSERVATIONES.

a *Etiam atque etiam cauto opus est, ne, quod arcanum esse volumus, id uxorum taciturnitati quæ nulla est, credamus. quippe deblaterant omnia; plenæ rimarum sunt, tacere sciunt nihil; nec intelligunt, dum linguas moderari nesciunt suis se viris perniciem sæpius afferre.*

b *Quàm grande momentum sit in occasionibus scienter capiendis, vel hinc intelligere licet, quòd sæpe ad maxima imperia, arte magis, quàm vi peruenitur. Cæterùm quod ad rem pertinet hoc agitur. Si quem principem graui morbo implicatum, & de cuius salute desperatur, proximum successorem destinat, eundem, quisquis esse potest, prius amonere, ac lepide, hoc pacto, [illegible]. Vide, ne principis mors prius vulgetur, quàm tu ista, quæ tempus monet, prouideris; & quæcunque ad potentiam, & principatum adipiscendum pertinent, diligenter conquisita, & collecta in promptu habeas. ideoque acribus custodiis regia quoquouersus vt septa sit, imprimis cura; ne quicquam rerum, quæ intus fiunt, à quoquam enunciari possit; donec is, cui operam das, ad id, quod vult, peruenerit; simulque & excessisse principem, & rerum potiri eum vt, [illegible] fama eadem ferat. Tale quiddam legitur lib. 12. Annal. [illegible], Agrippina velut dolore victa, & solatia conquirens, tenere amplexu [illegible]; veram paterni oris effigiem appellare, ac variis artibus demorari, ne cubiculo egrederetur. Antoniam quoque, & Octauiam sorores eius attinuit, & cunctos aditus custodiis clauserat.*

c *Non satis est imperium adipisci; sed & [illegible], si non continuò muniatur, maximum ab eo periculum est, quippe mansura [illegible] æmulatio & discordia est, si non earum semina continuò restinguantur. [illegible] obuiam itur. nam aut in magnitudine beneficiorum deuinciri potest, ne [illegible] at nocere: aut, si hoc parum est specie honoris; in longinqua loca amouetur [illegible] in custodia habetur; aut (id quod in maximis imperiis expeditissimum, & tutissimum est) protinus [illegible]. Quòd si quis clamitat, indignum facinus esse, innocentem, nec opinantem opprimi; huic oppono verissimum illud Taciti dictum, Annal. lib. 14. Habet aliquid ex iniquo omne magnum exemplum, quod contra singulos vtilitate publica rependitur.*

d *Hominis est valde sæui, durare in necem suorum.*

e *Vix credibile est, quemquam eò sæuitiæ deuenisse, vt ideo propinquiorem interimat, vt [illegible] sanus.*

rium

tium ac Liuiam, illum metu, hanc [a] nouercalibus odiis, suspecti & inuisi iuuenis cædem festinauisse. Nuntianti centurioni ([b] vt mos militię) factum esse quod imperasset, [c] neque imperasse sese, & rationem facti reddendam apud senatum respondit. Quod postquam Sallustius Crispus particeps secretorum (is ad tribunum miserat codicillos) comperit, metuens ne reus subderetur, iuxta periculoso, ficta seu vera promeret, monuit Liuiam, [d] ne arcana domus, ne consilia amicorum, ministeria militum vulgarentur, néue Tyberius [e] vim principatus resolueret, cuncta ad senatum vocando: eam conditionem esse imperandi, vt non aliter ratio constet, quàm si vni reddatur. At Romæ ruere in seruitium Consules, Patres, Eques, quanto quis illustrior, tanto magis falsi ac festinantes, vultuque cōposito, [f] ne lęti excessu principis, neu tristiores primordio, lacrymas, gaudium, questus adulatione miscebant. Sextus Pompeius, & Sext. Apuleius Coss. Primi [g] in verba Tyberii Cęsaris iurauere, apudque eos Seius Strabo, & C. Turranius, ille pretoriarum cohortium præfectus, hic annonæ. mox senatus, miles que, & populus. Nam Tibe- [illegible]

OBSERVATIONES.

a Nouercali odio infestius nihil est. certè nouerca perrarò caret suspitione, si atrox aliquod facinus admissum est, quod inde profectum esse quisquam suspicari possit.

b Qui mos militiæ est, omnibus in rebus seruandus est, nempe, simulatque imperata facta sunt, cui id negotij datum est, continuò id ipsum an ex animi sententia, an verò secus cesserit, imperatori, aut ei, à quo mandata accepit, renuntiare debet.

c Nunquam non princeps, si quod facinus admissum est, quod hominum opinionibus turpe est, etsi id in suam ipsius vtilitatem redundat, aut etiam ab se profectum est, eoque ipse mirificè lætatur, ea se autorem esse pernegare debet, & suo exemplo homines docere, nihil esse vtile, quod non idem honestum sit. sic lib. 1. Hist. Obuius, inquit, in palatio Iulius Atticus speculator cruentum gladium ostentans, occisum a se Othonem clamauit: & Galba, Commilito, inquit, quis iussit?

d Prudentia [illegible] in rebus potissimùm perspicitur, si, quæ occulta, & arcana esse debent, recondit, si fid[illegible] consilia [illegible] eorum ministeria, sine quibus imperium administrari non potest, [illegible] minus sua interesse, quæ mandatu suo, occultè facta sunt, recondi, quàm ea, prius quam fierent, non vulgari interfuit.

e Vis principatus in eo consistit, vt omnia non ad senatum, aut ad magistratus, sed ad vnum principem vocentur; neque cuiquam, nisi vni ipsi, earum omnium, quæ aguntur, ratio reddatur.

f Principum [illegible], amicos principis (hos hodie vocamus aulicos) vultu neque in nimium dolorem, neque in immoderatam lætitiam compositos esse, sed lachrymas ob excessum superioris principis obortas temperare gaudio debet, nempe, vt probet nouo principi, se non tam id dolere, quòd superior vita concesserit, quàm ipsius imperio, & principatu lætari, seque eius honorem summa gratulatione excipere.

g Is qui in principatu nondum adulto, & confirmato recens successit, rebus omnibus hoc prouidere debet, vt, scilicet, supremi magistratus in sua verba iurent, mox senatus, miles, & populus, hoc est, ij omnes, quorum in manu resp. esse creditur. nempe, vt ij, quibus publica munia mandata sunt, planè intelligant, nihil in rep. agi, quod non ad principem referri oporteat. cùm vnius [illegible] persona, autoritate, dignitate, ac maiestate singulorum salus contineatur.

rius cuncta per consules incipiebat, [a] tanquam vetere Repub. & ambiguus imperandi. ne edictum quidem, quo patres in curiam vocabat, nisi tribunitiæ potestatis præscriptione posuit, sub Augusto acceptæ. [b] Verba edicti fuere pauca, & [c] sensu permodesto: de honoribus parentis consulturum. [d] neque abscedere a corpore, idque vnum ex publicis muneribus vsurpare. sed defuncto Augusto [e] signum prętoriis cohortibus, vt imperator dederat. excubię, arma, cætera aulę: [f] miles in forum, miles in curiam comitabatur. [g] literas ad exercitus, tanquam adepto principatu, misit, nusquam cunctabundus, nisi cùm in senatu loqueretur. Causa pręcipua ex formidine, ne Germanicus, in cuius manu tot legiones, immensa sociorum auxilia, mirus apud populum fauor [h] habere imperi-

OBSERVATIONES.

a *Qui mutato reip. statu, ipse imperium adeptus est, ut illud ita confirmare debet, vt nulla in posterum ratione labefactari possit. quibus artibus id perficitur, earum hæc videtur esse potissima; nempe, vt, tanquam si sua etiamnum maneat libertas reip. nec ipse statum eum habeat, suscipiat imperium, necne, ipsos veteris reip. magistratus retineat; eorum opera, & ministerio, omnibus in rebus, vtatur, ac si non ipse remp. pro arbitrio regat; sed nihil non ab illis, quorum ius, & potestas est, administretur. Sed antequam hoc agat, debet maiores magistratus, atque adeò primores omnes sibi, omni quacunque ratione potest, deuincire, & præstare, vt in sua verba iurent. quippe satis constat, fore, vt, cùm hoc sacramento adegerit, rerum planè omnium, nullo aduersante, potiatur: cum suum imperium veteris reip. forma & imagine prætexit.*

b *Edicta illius, qui principatum apud liberos quondam homines adeptus est, sensu permodesto scribi, & in pauca verba coartari debent. Siquidem multorum verborum interpretatio huc illuc, pro singulorum ingenio, trahi potest. certè nihil neque frigidius, neque ineptius esse, quàm [illegible] cum prologo, docet Seneca epist. lib. 24. epist. 95.*

c *Vulgus hominum verba, soli prudentes sensum verborum attendunt.*

d *Non abscedere à corpore mortui principis, & illius custodiæ adpositum esse, annumeratur inter publica munera.*

e *Supra annotaui, & infra dicendum sæpius erit illud ipsum, quod hic repetere cogor; principem nouum non tam id agere debere, vt maioribus insignibus principatus continuò honestetur, quàm ea sectari, quæ ad veram potentiam maximè pertinent. idque discat de Tiberio, qui primo suo edicto non principem se, dictatorem, aut regem pop. Romani præscripsit, [illegible] tribunum plebis, qua appellatione non alia populo Rom. [illegible] edicti præscriptionem & verba, & sensus, ipsiusque factum [illegible] ex publicis muneribus maxima, & splendidissima quæque vsurpare, [illegible] modestia, & pietate tandem haud dubiè consequebatur. Qui tamen [illegible], quemquam mortalium prętoriis cohortibus signū dare (quod [illegible]) præter se vnum, statimque voluit legiones, quarum in manu [illegible] esse; ac denique nihil eorū prætermisit, vt infra suis locis videbimus, [illegible] summumque imperium continebatur.*

f *Tum ad maiestatem, [illegible] principis potissimùm pertinet, dare operam, vt, quocunque is se [illegible] in bello præsidium est.*

g *Princeps is, qui [illegible], aut ab alio oppressum accepit, protinus in se principem esse aperti declarat, [illegible] adeptum principatum retinere potest. sic lib. 4. histor. de Vespasiano loquens, [illegible] princeps loquebatur.*

h *Cuius in manu [illegible] exercitus, atque adeò is, qui sua vi omnia secum trahere potest, idemque generis nobilitate [illegible], cuique magnus est apud populum fauor, hic causa est, quamobrem vereatur princeps ne habere imperium, quàm expectare malit: adeo difficilis est hominibus vtcunque concepta spei mora. proinde nunquam prudens princeps tantas copias vni, si sapiet, committet.*

rium

rium, quam expectare mallet. [a] Dabat & famæ, vt vocatus, electusque potiùs à Repub. videretur, quàm per vxorium ambitum, & senili adoptione irrepsisse. Postea cognitum est, ad [b] introspiciendas etiam procerum voluntates inductam dubitationem. Nam verba, vultus in crimen detorquens recondebat. Nihil primo senatus die agi passus, nisi de supremis Augusti, cuius [c] testamentum inlatum per virgines Vestæ, Tyberium, & Liuiam hæredes habuit. Liuia in [d] familiam [e] Iuliam, nomenque Augustæ adsumebatur. In spem secundam nepotes, pronepotesque: tertio gradu primores ciuitatis scripserat, [f] plerosque inuisos sibi: sed iactantia, gloriaque ad posteros. Legata non vltra ciuilem modum, nisi quod populo & plebi CCCCXXXV, prætoriarum cohortium militibus singula nummum millia, legionariis autē cohortibus ciuium Romanorum trecenos nummos viritim dedit. Tum consultatum de honoribus. Ex quis maximè insignes visi: vt [g] porta triumphali duceretur funus, Gallus Asinius: vt [h] legum latarum tituli, victarum ab eo gentium vocabula [i] anteferrentur, L. Arruntius censuere. addebat Messala Valerius, [k] renouandum per annos sacramentum in nomen Tyberii. interrogatusque à Tyberio, num se mandante eam sententiam promisisset, sponte dixisse respondit: neque in iis quæ ad Remp. pertinerent, consilio nisi suo

[illegible marginal note]

OBSERVATIONES.

a *Et si omnino princeps aut vi, aut malis artibus adeptus est principatum, tamen id debet dare operam vt sequa, & servitio hominum ducatur esse vocatus, & iudicio potiùs reip. quàm iniquiore aliqua ratione ad principatum irrepsisse.*

b *Non semper princeps dubitat, aut cunctatur, cùm dubitare, aut cunctari videri vult, sed dubitationem [illegible], indicio ad introspiciendas voluntates eorum, quos suspectos habet.*

c *[illegible] pertinent, ne ea quidem excepta, quæ rem familiarem spectant, nonnisi ex [illegible] Testamentum Augusti [illegible] ne, nempe per virgines Vestæ in [illegible]*

d *Etiam testamento qui in familiam, nomen, & dignitatem [illegible]*

e *Vxorem à viro in familiam adsumi posse constat.*

f *Quæ [illegible] laudem adipiscerentur si ex animo faceremus, eam nihilominus, etsi reuera nolumus, ac si [illegible] esset, [illegible] simulemus, cùm non fore sciamus. hac in re callidus princeps imitabitur Augustum, qui primores ciuitatis quosdam inuisos sibi hæredes iidem scripserat, quia satis intelligebat, nunquam fore, vt sua bona ad ipsos peruenirent; cum tamen ex hoc facto ingentem sibi laudem apud posteros [illegible] intelligeret.*

g *Portæ aliæ aliis solent esse [illegible]. porta quidem triumphali qui insignes victorias, ex hostibus reportauerant, ingrediebantur, at capitali pœna damnati, per portam Esquilinam ad supplicium trahebantur.*

h *Leges ferre tanti certè est, quanti gentes vincere, ac domare.*

i *[illegible] principum, & clarissimorum [illegible] ea præferri debent, quæ maxima, & [illegible] [illegible], dum viuit, edita sunt.*

k *Non [illegible] videri possit vt, singulis annis renouetur sacramentum in nomen noui principis; [illegible] ad ipsius imperium, & potentiam stabiliendam, ac in dies confirmandam.*

vsurum, vel cum [a] periculo offensionis. Ea sola species adulandi supererat. Conclamant patres, corpus ad rogum [b] humeris senatorum ferendum. Remisit Cæsar [c] adroganti moderatione; populumque edicto monuit, ne, vt quondam, nimiis studiis funus diui Iulii turbassent, ita Augustum in foro, potius, quàm in campo Martis, sede destinata, cremari vellent. Die funeris milites velut præsidio stetere: multum irridentibus, qui ipsi viderant, quique à parentibus acceperant diem illum crudi adhuc seruitii, & libertatis [d] improsperè repetitæ; cùm occisus dictator

OBSERVATIONES.

a, Hoc demum est deterrimum & exquisitissimum genus adulationis, atque adeò illud, quo sæpissimè vtuntur ij, quos principes sui consilij intimos habent, vt dicant, etiam tum, cùm maximè adulantur, se in iis, quæ ad remp. pertinent, nullius vti consilio, nisi suo, i. nullius autoritate adduci posse, vt eam de rep. sententiam dicant, quæ non sibi optima videatur, vel cum periculo offensionis, quam se non pertimescere egregiè simulant. Hinc & illud notandum est; Verè senatorem, seu consiliarium dici eum, qui non ad cuiusquam voluntatem loquitur, sed qui nulla re, ac ne præsentia quidem principis, magnoque offensionis periculo deterreri potest ab dicenda liberè sententia [illegible] de rebus, quas remp. maximè expedire arbitratur.

b Ad solennes funeris ceremonias pertinet, vt corpus [illegible] humeris efferatur.

c In moderatione deprehenditur interdum arrogantia.

d Cùm respub. priùs libera in vnius potestatem concessit, etsi is, à quo est oppressa, meritò tyrannus appellari, ac iure trucidari videtur posse, videat tamen is qui id facinus capiat, quid inde assequi respub. possit. Si enim sublato tyranno libertas reuocatur, illa cædes, ex qua tam insigne bonum oritur, nonnisi præclara, reique pub. salutaris videri potest. Quòd si, interempto tyranno, futurum est, vt, non de libertate, sed de principatu inter potentiores certetur, neque [illegible] lis, nonnisi luctuosissimis bellis, atque atrocissimis reip. cladibus dirimi potest, adeò non [illegible] libera resp. sed ne vlla quidem, nisi lacera, miserèque distracta futura est, certè tali re, ac tempore, tyrannum, reique pub. statum ab illo constitutum, cuiusmodi tandem ille est, [illegible] ferre præstat, quàm [illegible] libertatis illecebris in maximas perturbationes publicam rem conijcere, & libertatem [illegible] quæ verè tunc nulla esse potest, improsperè repetere. in hac sententia fuit [illegible] Seneca, cuius verba hic referam, vti sunt li. 2. de benefic. cap. 20. Mihi enim (inquit, de M. Bruto loquens) cùm vir magnus fuerit in aliis, in hac re videtur vehementer errasse, nec ex institutione Stoica [illegible] regis nomen extimuit, cùm optimus ciuitatis status sub rege iusto sit [illegible] futurum, vbi tam magnum [illegible] ciuitatem in priorem formam [illegible] æqualitatem ciuilis iuris, & [illegible], non in ferirent, sed vtri [illegible] modicis, æquis, æqualitas [illegible] regibus exactis, securas opes concupiscere [illegible], plebemque tamen [illegible], mollo turbulenti tribuni, [illegible] consules præualidi, & in vrbe, ac foro tentamenta ciuilium bellorum, mox è plebe [illegible] C. Marius, & nobilium [illegible] L. Sylla victam armis libertatem in dominationem [illegible] post quos Cn. Pompeius occultior, [illegible] melior. & nunquam postea nisi de principatu quæsitum, & quæ sequuntur. Denique huc illud referri debet, quod verissimè idem Seneca scriptum reliquit. Cn. [illegible] eo deducta remp. vt salua esse [illegible] posset, nisi beneficio seruitutis. de benef. lib. 5. ca. [illegible] epist. xxiij. Quid tibi vis, inquit, M. Cato? iam non agitur de libertate: olim pessum[illegible] Quæritur vtrum Cæsar, an Pompeius possideat Remp. Quid tibi cum ista contentione? [illegible] partes tuæ sunt, dominus eligitur &c. noster item Tacit. lib. primo histor. postquam, inquit, bellatum apud Actium, atque omnem potestatem ad vnum conferri pacis interfuit.

Cæsar

Cæſar, alis peſſimum, alis pulcherrimum facinus videretur: nunc ſenẽ principem longa potentia, prouiſis etiam hæredum in Remp. opibus, auxilio, ſcilicet, militari tuendum, [a] vt ſepultura eius quieta foret. Multus hinc ipſo de Augusto ſermo: pleriſque vana mirantibus, quod idem dies [b] accepti quondam imperii princeps, & vitæ ſupremus: quòd Nolæ in domo & cubiculo, in quo pater eius Octauius, vitam finiuiſſet. numerus etiam conſulatuum celebrabatur, quo Valerium Coruinum, & C. Marium ſimul æquauerat: continuata per ſeptem & triginta annos tribunitia poteſtas: nomen imperatoris ſemel atque vicies partum, aliaque honorum multiplicata, aut noua. At apud prudentes [c] vita eius variè extollebatur, arguebaturve. Hi [d] pietate erga parentem, & neceſſitudine Reipub. in qua nullus tunc legibus locus, ad arma ciuilia actum, [e] quæ neque parari poſſent, neque haberi [f] per bonas artes. Multa Antonio, vt interfectores patris vlciſceretur, multa Lepido conceſſiſſe: poſtquam hic [g] ſocordia ſenuerit, ille per libidines peſſum datus ſit, [h] non aliud diſcordantis patriæ remedium fuiſſe, quàm vt ab vno regeretur. Nõ regno tamen, neque dictatura, ſed [i] principis nomine cõſtitutam Rempub. mari Oceano, aut amnibus longinquis ſeptum imperium: legiones, prouincias, claſſes, [k] cuncta inter ſe connexa: [l] ius apud ciues, modeſtiam apud ſocios, vrbem ipſam [m] magnifico ornatu: pauca admo-

OBSERVATIONES.

a *Hic ſolet eſſe exitus tyrannorum, vt, etſi diu regnarunt, opeſque ingentes heredibus reliquerunt, adeò tamen ſint exoſi, vt eorum ſepultura parum ſit quieta, atque adeò ad eam tuendã opus ſit auxilio militari.*

b *[illegible] eſt mirari, [illegible] aliquod facinus certis locis, ac diebus, iiſque [illegible] accidere.*

c *[illegible] aut extollitur, aut arguitur.*

d *Vlciſci mortem [illegible]*

e *Ciuilia arma neque parari, [illegible] poſſunt, [illegible] eſt [illegible] bello [illegible] concitur eſt.*

f *Si [illegible] quem [illegible], eſt laudabilis, quibus artibus eò cõtendimus, etſi minùs fortaſſe pro[illegible] excuſatione digna videri poſſunt.*

g *[illegible] documenta initio dederant, poſtea aut ſocordia ſeneſcunt, aut per libidines [illegible], hinc fit, vt, prudentes homines ſinem de quouis iudicium vſuſque ſuſtineant, [illegible]*

h *[illegible] Reip. diſ[illegible] eſt remedium, quàm ſi ab vno regatur. vide id quod ſupra annotau[illegible] Quemadmo[illegible] &c.*

i *Principis nomen eſt [illegible] quàm regis, aut dictatoris; ac videtur indicare ſpeciem quandam libertatis cum reip. [illegible] nomine conſtituta eſt.*

k *Potiſſimas imperij ſui partes [illegible] principe [illegible], quò illud firmius reddatur. Præcipuæ autem imperij partes ſunt [illegible] quæ ad eiuſdem ſecuritatem maximè pertinent, [illegible] ſunt legiones, & claſſes [illegible] vectigalia, tributa, & cætera eius generis.*

l *C[illegible], ſocii modeſtia retineri debent.*

m *Inter [illegible] laudes vrbis non minima hæc eſt, vt ſit magnificè ornata.*

dum vi tractata, quò cęteris quies esset. Dicebatur contra, pietatem erga parentem, & tempora Reipublicæ obtentui sumpta: cæterùm cupidine dominandi concitos per largitionem veteranos; paratum ab adolescente [b] priuato exercitum; corruptas consulis legiones, simulatam Pompeianarum gratiam partium: mox vbi decreto patrum, fasces, & ius prætoris [c] inuaserit, cæsis Hircio & Pansa (siue hostis illos, seu Pansam venenum vulneri adfusum, siue milites Hircium, & [1] machinator doli Cæsar abstulerat) vtriusque copias occupauisse: extortum inuito senatu consulatum; armaque quæ in Antonium acceperit, contra Remp. versa, proscriptionem ciuium, diuisiones agrorum, ne ipsis quidem qui fecere, laudatas. sanè Cassij & Brutorum exitus paternis inimicitiis datos, (quanquam [d] fas sit priuata odia publicis vtilitatibus remittere) sed [e] Pompeium imagine pacis, sed Lepidum specie amicitiæ deceptos. post Antonium Tarentino Brundusinoque fœdere, & nuptiis sororis inlectum subdolæ adfinitatis pœnas morte exoluisse. pacem sine dubio post hęc, verùm [f] cruentam, Lollianas, Varianasque clades, interfectos Romæ Varrones, Egnatios, Iulos. [g] Nec domesticis abstinebatur: Abducta Neroni vxor; & consulti per ludibrium pontifices, [h] an concepto, necdum edito partu rite nuberet: qui Atedij & [2] Vedij Pollionis luxus: postremò Liuia grauis in Remp. mater, grauis domui Cæsarum nouerca: [i] nihil deorum honoribus relictum, cùm se templis & effigie numinum per flamines, & sacerdotes coli vellet. ne Tyberium quidem charitate, aut Reip. cura successorem adscitum, [k] sed quoniam adrogantiam sæuitiam-

[1] [illegible] Dio. lib. 47.

[2] Vide [illegible] cap. 40.

OBSERVATIONES.

a *Consilio omnia priùs experiri, quàm armis sapientem decet, vt ait [illegible]. Vi verò nonnisi perrarò, & pauca admodum tractari debent, & hæc ipsa non aliam [illegible] quàm vt cæteris quies sit. bellum enim iustum est, cùm alia vi ad pacem perueniri [illegible] adeo vt ex bello pax; ex vi quies proficiscatur.*

b *Quicunque priuatus exercitum parat, & conscribit sibi, vt [illegible] latro dicendus est.*

c *Non quicquid publico decreto fit, id [illegible] decretum ab infirmiori, aut corrupta Reip. parte extortum [illegible] hac dictione inuaserit. nam etsi Augustus [illegible], ea tamen, si rem, vt est, eloqui volumus, [illegible] sua decepta referre posset.*

d *Paterna & priuata odia [illegible]*

e *Hostes imagine pacis, [illegible] possent.*

f *Vtrum maiori odio [illegible] cruentam?*

g *Non solùm [illegible] domesticæ illius turpitudinis [illegible].*

h *Eadem ratio est [illegible] ipsum. quod cùm ita se habeat, in iis quæ ad nuptias [illegible] mulier concepto, atque edito partu.*

i *Quid, obsecro, [illegible] honori relinquitur, si principes templis, & effigie numinum per flamines, & sacerdotes [illegible]?*

k *Principes interdum, [illegible] sui desiderium relinquant maximum, successores sibi adsciscunt mortalium [illegible] vt suas virtutes, si quæ vnquam in ipsis fuerunt, hac ratione illustriores reddant, atque vt sua flagitia successoris grauioribus tegantur.*

que

que eius introſpexerit, [a] comparatione deterrima ſibi gloriam quæſiuiſſe. Etenim Auguſtus paucis antè annis, cùm Tyberio tribunitiam poteſtatem à Patribus rurſum poſtularet (quanquam honora oratione) quædam de [b] habitu cultuque, & inſtitutis eius iecerat, quæ [c] velut excuſando [d] exprobraret. Cæterùm ſepultura more perfecta, templum & cœleſtes religiones decernuntur. Verſæ inde ad Tyberium preces. & ille variè diſſerebat, de magnitudine imperij, ſua modeſtia: ſolam diui Auguſti mentem tantæ molis capacem, ſe in partem curarum ab illo vocatum [e] experiendo [f] didiciſſe, quàm arduum, quàm ſubiectum fortunæ [g] regendi cuncta onus: proinde in ciuitate tot illuſtribus viris ſubnixa, [h] non ad vnum omnia deferrent: plures facilius munia Reip. ſociatis laboribus executuros. [i] Plus in oratione tali dignitatis, quàm fidei erat. Tyberioque, etiam in rebus quas non occuleret, ſeu natura, ſiue adſuetudine, [k] ſuſpenſa ſemper & obſcura verba. tunc verò nitenti, vt ſenſus ſuos penitus abderet, in incertum & ambiguum magis implicaban-

OBSERVATIONES.

a *Gloria non ſemper virtute, ſed ſæpiſſimè comparatione mali cum deteriori quæritur.*

b *Quidam in eaſum ſententiam, vt exiſtiment, in iis, quæ ad principum habitum, cultúmque pertinent, non eſſe reprehenſioni locum, quod tamen falſum eſſe, nec licere principi habitu, cultúque pro arbitrio vti, docuit Auguſtus, cùm quæ ad hanc rem pertinent Tiberio apud patres exprobraret.*

c *Calidiſſima criminandi alicuius ratio hæc eſt, vt eum, ſcilicet, excuſemus. nam vel tum maximè ei vitia exprobramus, præſertim ſi ea excuſatione nihil opus fuit.*

d *Tantum poteſt ſine ambitio ſiue gloria, vt inter coniunctiſſimas perſonas, cuiuſmodi ſunt pater, & filius deprehendatur æmulatio, & inuidia.*

e *Non melius dici quidem experiendo poteſt. vel ſic, is verè ſcire dici poteſt, qui experiendo didicit.*

f *Nemo ſcit quàm arduum, quamque ſubiectum fortunæ ſit onus cuncta regendi, niſi qui experiendo didicit.*

g *Principatum ſiue regnum non melius, nec aptiùs, nec ſignificantiùs definiri poſſe videtur, quàm tribus his verbis, [illegible] regendi. huius definitionis vim ſi, quanta ſit, intelligerent principes, præclarius & cum illu. [illegible]*

h *In rep. multis illuſtribus viris ſubnixa [illegible] Siquidem plures facilius munia Reip. ſociatis laboribus exequuntur; adde vt, [illegible] bum ſit, plus vident oculi quàm oculus.*

i *Hæc eſt aſtutiſſima ratio petendi principatus ab iis, qui dare poſſunt; nempe, vt dicat is, qui princi[illegible] ſe in partem curarum à ſuperiore principe vocatum eſſe, experiendoque didiciſſe, quàm arduum, quamque fortunæ ſubiectum ſit onus cuncta regendi. idem enim propemodum eſt, ac ſi dicat; cum ipſe, qui iam multos annos tanti imperij gubernacula tractaui, & longa experientia doctus ſim, quomodo adminiſtrari reſp. debeat, [illegible] vix quidem me tanto oneri ſuſtinendo parem fore credam, nimis [illegible], ecquis ſit veſtrum tam audax, tamque impudens, qui cùm nullum Reip. regendæ experimentum [illegible] ceperit, tamen id ſibi poſtulare, vt ſibi rerum ſumma [illegible]. Itaque hæc verba, [illegible] modeſta videri poſſunt, tamen ſingulos ſena[illegible], vt, velint nolint, cogantur fateri ſe eo loco indignos: at verò dignum principatu [illegible] quid ſit principem eſſe, experiendo didicit.*

k *C[illegible] principes ſiue naturâ, ſiue adſuetudine ſuſpenſa, & obſcura verba pleraque habent. [illegible] cum in eo toti ſunt, nituntúrque vt ſenſus ſuos penitus abdant. tum [illegible] verba in incertum, & ambiguum magis implicantur.*

[illegible marginal note]

tur. At patres quibus vnus metus, [a] si intelligere viderentur, [b] in questus, lacrymas, vota effundi, ad deos, ad effigiem Augusti, ad genua ipsius manus tendere, cùm proferri [c] libellum, recitarique iussit. Opes publicæ continebantur, quantum ciuium, sociorumque in armis, quot classes, regna, prouinciæ, tributa, aut vectigalia, & [d] necessitates, ac largitiones. Quæ cuncta sua manu perscripserat Augustus, [e] addideratque

OBSERVATIONES.

a *Cùm princeps id agit, vt, qui sunt animi sui sensus, hos penitus abdat, atque ad eam rem verbis vtitur suspensis, & obscuris; etsi rem, vt est, perspicimus, tamen non semper est è re nostra vt intelligere videamur. quin potius enixè danda opera est, vt ipsi quoque simulemus ea, quæ ab ipso dicta sunt, ita à nobis accipi, ac si non dissimulanter, sed ex animo dicta essent. Itaque dissimulandus est intellectus. nam qui, quònam princeps spectet, intelligit, seque intelligere videri vult, is sibi sæpius malum quærit. Sic lib. 14. de Agrippina loquens, Obseruans etiam, inquit, Acerroniæ necem, simul suum vulnus aspiciens, solum insidiarum remedium esse si non intelligerentur, &c.*

b *Cùm resp. ita constituta est, vt ab vno regi debeat, satis constat fore, vt, quò magis is, qui principatũ ambit, quique iam maximas opes, & potentiam adeptus est, id dignitatis recusare se simulabit, hoc magis resp. ad insistendum obtestationes procumbat. tunc verò cum vt, malis[illegible] artibus imperium adeptum esse meritò conqueri nemo poterit, cùm vltro ab iis, qui dare possunt, delatũ ei erit.*

c *Princeps imprimis debet singillatim scire ea omnia, quibus imperium suum continetur, nempe, opes publicas, quantum habeat militum, quot classes, regna, prouincias, tributa, vectigalia, necessitates, largitiones, atque, vt lib. 1. hist. Tacitus scribit, qualis status vrbis, quæ mens exercituum, quis habitus prouinciarum; quid in suo imperio validum, quid ægrum sit. hæc omnia libello contineri debent, qui ipsius manu sit perscriptus, nempe, quia principis vel maxime, & potentissimi omnino interest, ne hæc vulgentur; sed in eorum palam fiant, quos ipse suis consiliis intimos habet; ac Tyberij exemplum sibi proponat, qui statim vt principatum iniit, eum libellum, quo hæc omnia continebantur, in Senatu proferri, recitarique iussit. id autem ab Tyberio ea re factum esse puto, vt intelligeret senatus, quamuis maxima esset imperij moles, ipsum tamen, quia ab Augusto collega imperij assumptus, & in partem curarum vocatus esset, experiendo iam ei præesse didicisse, veruntamen opt[illegible], ac senatorum numero, tanto oneri sustinendo parem fore.*

d *Etiam in magnis imperiis non desunt necessitates, quas principi omnino scire [illegible] bus abstinere, manumque contrahere, quando opus est, sciat: [illegible], ac benignitate homines sibi deuinciat, cum vbi id fieri [illegible]*

e *Censebat Augustus (vt [illegible]) populum Romanum debere esse contentum rebus præsentibus [illegible] potens imperium, vix vlla cuiusquam mortalis cura diu [illegible] principes id, quod apud ipsos est longo paradoxi, esse [illegible] curas, & cogitationes referri debere, vt sua diuisa sint [illegible] proferant, sed vt iis terminis, ac finibus, qui longè omnium [illegible] seruarent suum, atque hac ratione eius perpetuitati consulerent, [illegible] vix possunt vnius aut principis, aut Senatus cura, consiliis, & auctoritate [illegible] fortunæ casibus obnoxia esse constat, quàm quæ mediocria sunt, [illegible] sua laborant sua, vt vno impetu corruant. Siquidem difficilis in perfecto mora est. quod [illegible] solet in imperiis, quorum principes industria, vigilantia, cura sua locum ita [illegible], vt non tam omnium se potiri glorientur, quàm in eo statu imperium suum, & [illegible], vt virtute seruari sit id, quod nunc habent, consequi posse. nam qui ita omnino [illegible], vt nihil sit vltra quod speret, is extollere se non potest: quin potius se cordia [illegible], vt imperij ipsius, sicut longè latèque patentis, interitus sit certissimus.*

consilium

consilium, coercendi intra terminos imperij, incertum [a] metu, an per inuidiam. Interque senatu ad infimas obtestationes procumbente, dixit fortè Tyberius se, [b] vt non toti Reipub. parem, ita quæcunque pars sibi mandaretur, eius [c] tutelam suscepturum. Tum Asinius Gallus, Interrogo, inquit, Cæsar quam [d] partem Reip. mandari tibi velis? [e] Perculsus improuisa interrogatione paulùm reticuit, dein collecto animo respondit: [e] Nequaquam decorum pudori suo legere aliquid, aut euitare, ex eo, cui in vniuersum excusari mallet. Rursum Gallus ([f] etenim [g] vultu offensionem coniectauerat) non idcirco interrogatum ait, vt [h] diuideret, quæ separari nequirent: sed vt sua confessione argueretur, [i] vnum esse Reip. corpus, atque vnius animo regendum. Addidit laudem de Augusto, Tyberiumque ipsum victoriarum suarum, [k] quæque in toga per tot annos egregiè fecisset, admonuit. [l] Nec ideo iram eius leniuit

Quæram, & [illegible]

OBSERVATIONES.

a *Princeps nouus, idemque prudens nunquam non aut metuit, aut inuidet. metuit, ne sua culpa de imperio aliqua diminutio fiat, cùmque id meritò, sibi adscribi posit, ea res sit sibi infamia. Hinc fit vt contentus eo, quòd remp. oppressit, eiùmque solus potitur, plerunque abstineat bellis externis: ne quod arte, & fortuna ductu est adeptus, id sibi ab irato Marte eripiatur. hanc ob causam paci tantum studet, eàmque populo præstare porgit; in quo vno ipsum elaborare debere supra suo loco obseruaui. Inuidet autem iis, quorum opera magnis in rebus vti necessariò debet. Ac ne ab his auctum imperium dici possit, suáque ipsi in manu habeant validos exercitus, ac proinde ipsum depellant (id quod in sequentibus Tiberij ætatem temporibus non semel accidit) nihil quicquam magni momenti illis committit. non ergo mirum est si, has ob causas, Augusto fuit in animo coercere imperium.*

b *Facilius est partem Reip. regere, quàm toti præesse.*

c *Quibus mandata est Resp. sciant se tutores, non dominos esse. proinde si tutori, exacto tempore tutelæ, reddenda est ratio suæ administrationis ipsi minori, ecquid mirum sit, si princeps is, qui tanquam prædo priuatorum euertit fortunas, suóque arbitratu, vt infensissimus hostis, in remp. grassatus est, tandem ab eodem populo sua sede deturbatur? Sic lib. 12. Claudius cùm Meherdatem alloqueretur, eique daret præcepta, admonuit, vt non dominationem, & seruos, sed rectorem, & ciues cogitaret. Denique, id agere* [illegible] *ostendat.*

d *Etiam magni viri improuisa interrogatione perturbantur.*

e *Non satis sibi constare videtur is, qui cui rei se in vniuersum excusari vult, eius rei partem sibi ipse legit.*

f *Tunc demum verè offendimur, cùm, cuius mentem nouimus, huius verba captamus. Sic Cic. 1. in Cat. quid expectas autoritatem loquentium, quorum voluntatem tacitorum perspicis?*

g *Amicus principis, si principem aliqua re offensum esse videt (offensio vultu est coniectanda) eius iram continuò qua re maxime potest, leniat. potissimùm verò caueat, ne principem inepta, aut intempestiua interrogatione, vel* [illegible] *asperioribus offendat. quòd si inter loquendum aliquid ei excidit, quo dicto, aut facto meritò se offendi perceperit, continuò sua verba aliò detorqueat, aliòque sensu à se prolata esse affirmet, quàm quo ea princeps est interpretatus.*

h [illegible] *separari nequeunt ea diuidi non debent.*

i [illegible] *monarchiæ fautores hoc argumento plerunque vtuntur, vt dicant, cùm vnum sit Reip. corpus* [illegible] *regendum videri.*

k *Egregi*[illegible] *in toga victoriis æquantur.*

l *Vana est adulatio post offensionem. vel sic semel offensus princeps adulatione non placatur.*

pridem inuisus, tanquam [a] ducta in matrimonium Vipsania M. Agrippæ filia, quæ quondam Tyberij vxor fuerat, plusquam ciuilia agitaret, Pollionisque, Asinij patris [b] ferociam retineret. Postquam L. Arruntius haud multum discrepans à Galli oratione perinde offendit, quanquam Tyberio nulla vetus in Arruntium ira: [c] sed diuité, [d] promptum artibus egregiis, & [e] pari fama publicè suspectabat. Quippe Augustus [f] supremis sermonibus cùm tractaret, [g] quinam adipisci principé locum, sufflecturi abnuerent, aut impares vellent, vel idem possent cuperentque, M. Lepidum dixerat [i] capacem, sed aspernantem, Gallum Asinium auidum & minorem, L. Arruntium non indignum, & si casus daretur, ausurum. De prioribus consentitur. pro Arruntio quidam Cn. Pisonem tradidere. omnesque, præter Lepidum, variis mox criminibus, [h] struente Tyberio, circumuenti sunt. Etiam Q. Haterius & Mamercus Scaurus suspicacem animum perstrinxere. Haterius cùm dixisset, [i] quousque

i In lib. 1. hist. omnium consensu capax imperii.

OBSERVATIONES.

a *Qui principis affinitatem ambit, plus quàm ciuilia, hoc est, altiora, quàm ciuem facere par est, spectare videtur, cum ea affinitate se quoque ad principum numerum quodammodo adscribat.*

b *Ad filios non solum hereditas earum rerum, quæ aut soli sunt, aut mouentur, peruenit, verùm etiam peruarò virtutum, sæpissimè vitiorum, & cupiditatum. ideo non est mirandum, si ex patre feroci filium pari quoque ferocia nascitur.*

c *Diuites prompti artibus egregiis, ac celebres homines nouis principibus plerumque sunt suspecti: nam cùm vtraque re plurimùm possint, velle etiam, aut audere videntur tentare ea, quæ plus, quàm ciuilia supra dixit Tacit.*

d & e *Tria omnino desiderantur in eo, qui res magnas spectat, & tentat; quorum prima sunt diuitiæ; quæ quidem per se haud multum vtique possunt, si non ad his alterum quoque accedit, nempe, artes egregiæ, quæ vna docent opulentum hominem diuitiis vti. Atqui harum vtrumque est tanquam gladius in vagina, si ignoratur is, penes quem sunt: itaque ex his celebritas famæ colligi debet, quæ multitudinis fauor haud dubie conciliatur.*

f *Plerunque supremi principum sermones memoriæ mandantur.*

g *Sciendum est, tria esse hominum genera eorum, quorum mentio ita [illegible] quibus munia reip. committi debent; quidam enim sufflecturi, i. [illegible] reip. versari nolunt. alij etsi impares, & minores, tamen volunt [illegible] longè latèque patent. Alij etiam reperiuntur, qui iidem & possunt, & cupiunt, & si casus [illegible] audent. Quod si princeps eos quibus cum ei ipsi est, noscet ita, vt quod ad [illegible] debeat, sciat, bonis haud dubiè ministris vtetur, nec se in eo decipi [illegible] queri poterit.*

h *Tyrannus iis, quos imperio d[illegible] ipse est, videt varia crimina struit, eosque tandem circumuenit.*

i *Hæc verba esse ita [illegible], ac si dicat; cur non continuò, omissa omni dissimulatione, te caput reip. [illegible] principem esse profiteris? tamen Tiberius suspiciosissimus [illegible] verbis, caput reip. quippe aliud est, esse caput reip. & aliud esse dominum, & [illegible] vbi omnia sunt in potestate vnius, ibi remp. nullam esse censet. Siquidem [illegible] reip. deformatur libertas, vt docent multa loca Taciti. libertate autem nihil [illegible] odiosum duci persisti, qui remp. oppressit. itaque non mirum est, Tiberium [illegible] tempore, quo potentiam & principatum suum, consensu Senatus & pop. Romani [illegible] volebat, vel sola libertatis & veteris reipub. mentione grauiter offensum esse.*

patiens Cæsar non adesse [a] caput reipub. Scaurus quia dixerat, spem esse ex eo, non irritas fore senatus preces, [b] quod relationi consulum, iure tribunitiæ potestatis, [c] non intercessisset. In Haterium statim invectus est. Scaurum, cui [d] implacabilius irascebatur, silentio tramisit. Fessusque clamore omnium, expostulatione singulorum, flexit paulatim, non vt fateretur suscipi à se imperium, sed vt negare, & rogari desineret. Constat Haterium, cùm deprecandi caussa palatium introisset, ambulantisque Tyberii genua advolveretur, prope à militibus interfectum, quia Tyberius casu, an manibus eius impeditus, prociderat. Neque tamen periculo talis viri mitigatus est, donec Haterius Augustam oraret, eiusque [e] accuratissimis precibus protegeretur. Multa patrum & in Augustam [f] adulatio, [g] alij parentem, alij matrem patriæ appellandam, plerique vt nomini Cæsaris adscriberetur, [h] Iuliæ filius, censebant. Ille [i] moderandos fœminarum honores dictitans, eadémque se [k] temperantia vsurum in his, quæ sibi tribuerentur,

OBSERVATIONES.

a *Princeps est caput Reip.*

b *In senatu sententiæ de eo dicebantur quod Consules ad eum retulissent. Retulerant autem, vt ex his verbis colligitur, vt S.C. fieret, quo S.C. Tiberius renunciaretur princeps. cui relationi poterat is, cum Tribunus plebis esset, intercedere, hoc est, impedire quominus sententiæ ea de re dicerentur. id quod cùm non fecisset, apertè satis qua mente esset, declarabat; nam principatum adipisci flagrantissimè cupiebat. Scaurus itaque Mamercus Scaurus; qui arguit id à Tiberio, cùm posset, non esse factum, quod si factum esset, hoc est, si relationi Consulum ab ipso intercessum esset, princeps non foret. nam his verbis artem Tiberij, quam is occultare summè studebat, in apertum proferebat. Itaque præstat omnino tacere, quàm ea coram principe, aut de principe loqui, præsertim non necessaria, quæ possunt illius animum suspicacem perstringere.*

c *Qui remp. opprimunt, [illegible] verba sunt modestiæ plena. cæterùm nihil committat quominus ad id, quod vult, perveniat. atque imitetur Tiberium, qui in senatu variè disserebat de magnitudine imperij [illegible] veris submissioribus ad [illegible] omnia deferri oportere qui tamen [illegible] cùm posset, intercessit.*

d [illegible] *inquit Calchas Testoris apud Homer. Ilia. α.* [illegible Greek] *planissimè. nam cui principes implacabilius irascuntur, cum hoc non verbis disceptare solent; sed odium vsque eo alto condunt pectore, quoad circumveniendi perdendique hominis tempus adsit. Itaque observandum est, factis, aut verbis semel offensum principem vix vnquam mitigari.*

e *Accuratis matrum precibus filij valde mitigari solent.*

f *Adulatio non modò [illegible] principi, verùm etiam eos omnes, qui auctoritate apud ipsum plurimùm possunt, circumstat.*

g *Ingruente principatu nullus adulandi modus est.*

h [illegible] *honores qui fœminæ, atque adeò matri principis tribui possunt, hi sunt, nempe, vt parens, matérve patriæ appelletur; aut vt nomini principis adscribatur, N. filius.*

i [illegible] *temperantem animum gerunt, cuiusmodi solent esse fœminæ, his non plus honorum, & potentiæ tribui* [illegible] *capere possunt, debet.*

k *Nam* [illegible] *in ijs honoribus, qui sibi tribuuntur, magna temperantia vti debet.*

ceterum anxius inuidia, & muliebre fastigium [a] in deminutionem sui accipiens, ne lictorem quidem ei decerni passus est: aramque adoptionis, & alia huiuscemodi prohibuit. [b] At Germanico Cæsari proconsulare imperium petiuit, [c] missique legati qui deferrent, simul [d] mœstitiam eius, ob excessum Augusti, solarentur. quo minus idem pro Druso postularetur, ea causa, quòd designatus consul Drusus, præsensque erat. Cādidatos preturæ duodecim nominauit, numerum ab [e] Augusto traditum: & hortante senatu, vt augeret, [f] iureiurando obstrinxit, se nō excessurum. Tum primùm è campo comitia ad [g] patres trāslata sunt. Nam ad eam diem, etsi potissima arbitrio principis, quædam tamen studiis tribuum fiebant. Neque [h] populus ademptum ius questus est, nisi inani [i] rumore: & senatus largitionibus ac precibus sordidis exolutus, libens tenuit, [k] moderante

OBSERVATIONES.

a *Obseruet princeps sibi imprimis cauto opus esse, ne cui mortalium, quisquis ille est, ac ne parentibus quidem maiores, quam ipsi, vsque adeo [illegible] decerni patiatur. quicquid enim fastigij apud alios est, id haud dubiè vertitur in diminutionem sui. Quin & illud addo; Quò magis propinqui, & affines principis erecti sunt in spem adipiscendi summos honores, tantò impensius principem eniti debere vt eos deprimat; adeò vt nunquam non eos sibi subiectos despectet; illi autem ipsum suspiciant. Tiberius certè matri ne lictorem quidem decerni passus est.*

b *Quem princeps ob genus, ac virtutem, principatum, regnúmue adipisci posse, si modò velit, videt, huic vt non maxima quæque concedere, ita & multa vltro tribuere debet. Siquidem ex nimia amoris significatione, verendum est, ne is insolens, ac principi ipsi intolerandus euadat. contra etiā si spretus, contemptúsque sit, eò vsque irritetur, vt id tandem, quod se posse sperat, audeat.*

c *Nihil est tam vsitatum, ac tritum, quàm dignitates absentibus per legatos mitti posse.*

d *Mittuntur etiam legati ad propinquos principis defuncti; nempe, ad solandam eorum mœstitiam propter illius obitum.*

e *Consultè faciet princeps, si non mutabit, quoad eius fieri potest, ea, quæ à defuncto principe, cui ipse in principatum successit, gratissimæ memoriæ homine instituta, & obseruata sunt.*

f *Libero iureiurando quemque obstringi constat.*

g *Ea est natura principatus, vt populo eripias ius suffragij ferendi, [illegible] transferas ad paucos principi deuinctos.*

h *Nouus princeps etsi in eo totus esse debet, vt, quacunque ratione potest, omnia ad se vnum trahat, tamen id sensim facere debet, ne ob repentinam status mutationem, vno omnium ore tyrannus, hostis, reip. hostis iudicetur, ac proinde saluti suæ & vitæ, & existimationi consulat. Certè Augustus ius suffragij ferendi populo non eripuit quidem, sed id dedit operam, vt potissima quæque arbitrio suo administrarentur. id quod cùm suis artibus, suáque potentia adeptus esset, potuit Tiberius paruo negotio, quod reliquum erat, perficere, nempe, eripere populo pristinæ libertatis [illegible] ius suffragij ferendi, quod cùm reuera esset inane, siquidem maxima quæque ab vnius principis voluntate pendebant, non mirum est, si speciem & imaginem hanc libertatis verius, quàm libertatem, ab Augusto per ludibrium relictam sibi eripi nequaquam populus est questus.*

i *Princeps vt populi consensum non spernere, ita inani eiusdem rumore commoueri non debet.*

k *Qui recens oppressit remp. id agere debet, vt ipse vnus magistratus creet eos, qui sibi ab senatu commendantur. Sic enim potentioribus satisfaciet, sibique illos deuinciet, qui quam obtinent dignitatem ipsi acceptam referent. hi autem qui designantur, seu commendantur debent esse pauci; nam cùm paucos creari oporteat, multi, qui repulsam passi sunt, se spretos esse queri possint.*

Tiberio, ne plures, quàm quatuor cādidatos commēdaret, sine repulsa & ambitu designandos. Inter quæ tribuni plebei petiuere, vt proprio sumptu ederēt ludos, qui de nomine Augusti Fastis additi Augustales vocarētur. sed decreta pecunia ex ærario, vtque per circum triumphali veste veherentur. curru vehi haud permissum. Mox celebratio annua ad prætorem translata, cui inter ciues, & peregrinos iurisdictio euenisset. Hic rerum vrbanarum status erat, cùm Pannonicas legiones seditio incessit, nullis nouis causis, nisi quod [a] mutatus princeps licentiam turbarum, & ex ciuili bello [b] spem præmiorum ostendebat. Castris æstiuis tres simul legiones habebantur, præsidente Iunio Blæso, qui fine Augusti, & initiis Tyberij auditis, ob iustitium, aut gaudium [c] intermiserat solita munia. Eo principio [d] lasciuire miles, discordare, pessimi quisque sermonibus præbere aures, denique luxum & otium cupere, [e] disciplinam & laborem aspernari. Erat in castris Percennius quidam, [f] dux olim theatralium operarum, dein gregarius miles, [g] procax lingua, & miscere cœtus histrionali studio doctus. [h] Is imperitos animos, & quænam post Augustum militiæ conditio ambigentes, impellere paulatim nocturnis colloquiis, aut flexo in vesperam die, & dilapsis melioribus, deterrimum quemque congregare. Postremò promptis iam & aliis seditionis ministris, velut concionabundus interrogabat, cur [i] paucis centurionibus,

OBSERVATIONES.

a Principatu nondum planè confirmato, & corroborato, mutationem principis apud milites licentiam turbarum creare satis constat.

b Qui ex ciuili bello victor videre studet, quod vi non potest, id arte det operam vt assequatur. atqui inter cæteras artes, quæ ad eam rem sunt necessariæ, hæc, scilicet, inter præcipuas connumeratur [illegible] spe præmiorum ad suas partes pertrahas.

c Simulatque imperator [illegible] lasciuire miles incipit; nullumque non mali genus in exercitu oritur.

d His gradibus sensim ad seditionem peruenitur; [illegible] res, luxu, otio, quæ omnia sunt contraria disciplinæ, & labori.

e Militia duabus potissimùm rebus nititur; disciplina & labore.

f Obseruatu, cui id negotij datum est, vt exercitum conscribat, Militiam vsque eò esse sacrosanctam, vt in eam assumi infames personas, id verò perquam indignum sit. siquidem vix fieri potest, vt quisque [illegible] eas artes in castra conferat, quas tenet. quod si quis arti ludicræ, priùs quàm miles esset, professus est, [illegible] est, quin aliquando eo abutatur ad corrumpendam disciplinam militarem? At [illegible] infamia docet Iurisconsultus in tit. ff. de his qui not. infam.

g Procacitas linguæ obscurum [illegible] malisque artibus imbutum arguit.

h Hoc est seditiosorum hominum [illegible] animos imperitos impellant nocturnis colloquiis, aut iam appetente nocte, ac dilapsis melioribus deterrimum quemque congregent.

i [illegible] homines, veterumque [illegible] cupide solent verbis exaggerare numerum, ac vires eorum, qui [illegible] imperant. qui si cum obedientium ingenti multitudine conferantur, perpauci, ac proinde [illegible] reprimantur. eandem propositam fuisse orationem Manlij ad plebem Romanam testis est [illegible] lib. 6. histor. ab vrbe cond.

[illegible] tribunis, in modum seruorum obedirent? quando ausuros exposcere remedia, nisi nouum, & nutantem adhuc principem precibus, vel armis adirent? satis per tot annos ignauia peccatum, quòd tricena, aut quadragena stipendia senes, & plerique truncato ex vulneribus corpore, tolerent: ne dimissis quidem finem esse militiæ, sed apud vexillum retentos, alio vocabulo, eosdem labores perferre: ac si quis tot casus vita superauerit, trahi adhuc diuersas in terras, vbi per nomen agrorum, vligines paludum, vel inculta montium accipiant. Enimuero militiã ipsam grauem, infructuosam: denis in diem assibus animam & corpus æstimari: hinc vestem, arma, tentoria, hinc sæuitiam centurionum, & vacationes munerum redimi. at hercule verbera, & vulnera, duram hyemem; exercitas æstates, bellum atrox, aut sterilem pacem sempiternam: nec aliud leuamentum, quàm si certis sub legibus militia iniretur; vt singulos denarios mererent, sextusdecimus stipendii annus finem adferret, ne vltra sub vexillis tenerentur, sed iisdem in castris præmium pecunia solueretur. An prætorias cohortes quæ binos denarios acceperint, quæ post sexdecim annos penatibus suis reddantur, plus periculorum suscipere? non obtrectari à se vrbanas excubias, sibi tamen apud horridas gentes è cõtuberniis hostem aspici. Adstrepebat vulgus diuersis incitamentis; hi uerberum notas, illi caniciem, plurimi detrita

OBSERVATIONES.

a Non omne imperium [illegible] & eiusdem est naturæ [illegible] imperamus iis, qui nostri sunt. in hos autem possumus vti patria potestate, aut ea, [illegible] in seruos: aut iis præfecti sumus, qui aut vltro, aut mercede nobis, aut reip. ope[illegible] ab his autem siquid præter id, quod æquum est, postulatur, de eo nemini dub[illegible] conqueri ad quos ea res pertinet, possunt.
b Subiectis principum & militibus [illegible] ac seruitus.
c Multo minori negotio princeps [illegible] entri potest, quàm ii, qui principatum firmis iam subsidiis muniit.
d Duabus omnino rationibus [illegible] precibus; aut, vbi his parum procedit, vt quicquam [illegible] est, illis subiecti, hanc adhibent seditiosi.
e Ignauia est [illegible] est vitium assine huic, quæ connumeratur inter maximas [illegible]
f Lepidè intend[illegible] & princeps in rep. frustrari homines possent, magis mutandis nomini[illegible] excitantur, quàm res ipsas. sic enim nihilominus quod [illegible] ipsa res est, satisfaciunt.
g [illegible] Tacito his verbis describuntur; enimuero militia[illegible]
h [illegible] neque bellum, neque pacem pati possunt; illud nimis atrox, hanc ster[illegible]
i [illegible], is missione dignus videri potest.
k [illegible] multò grauior est militia apud exteras, longinquas, easque horridas gentes, vbi multa [illegible] randa sunt, quàm in patria, & apud penates suos.
l Vulgus ad deterrima quæque se libenter adplicat, præsertim cùm accedunt incitamenta, quibus impelli potest.

tegmina

vestigia, & nudum corpus exprobrantes. Postremò eò furoris venere, vt tres legiones miscere in vnam agitauerint. Depulsi[b] æmulatione, quia suæ quisque legioni eum honorem quærebant, aliò vertunt, atque vnà tres aquilas, & signa cohortium locant, simul cõgerunt cæspites, extruunt tribunal, quò magis conspicua sedes foret. Properantibus Blæsus aduenit, increpabatque, ac retinebat singulos, clamitans, mea potiùs cæde imbuite manus:[c] leuiore flagitio legatum interficietis, quàm ab imperatore desciscitis: aut incolumis fidem legionum retinebo, aut iugulatus pœnitentiam adcelerabo. Aggerebatur nihilominus cæspes, iamque pectori vsque adcreuerat, cùm tandem peruicacia victi inceptum omisere. Blæsus[d] multa dicendi arte,[e] non per seditionem & turbas desideria militum ad Cæsarem ferenda ait:[f] neque veteres ab imperatoribus priscis, neque ipsos à diuo Augusto tam noua petiuisse, &[g] parum in tempore, incipientes principis curas onerari. Si tamen tenderent in pace tentare quæ ne ciuilium quidem bellorum victores expostulauerint, cur contra[h] morem obsequii,[i] contra fas[k] disciplinæ vim meditentur? decerne-

OBSERVATIONES.

a Quemadmodum qui aliquem infringere studet, ei danda est opera, vt illius vires, quà potest, distrahat; ita qui magnum, ac periculosum aliquod facinus aggrediuntur, hi quicquid habent virium, quibus nituntur, quasi vnum in corpus redigere debent, ne perrumpi possint. cæterùm numerum rerum auctor consultè faciet, si suarum partium homines ita misceat vt, quid quisque seorsum ab cæteris aut dixerit, aut gesserit, non internosci queat; ne post victoriam aliquos, ac nimium fortasse multos præmiis donare, ob discretam virtutem, & manifestius spectatam, cogatur; aut si fortè res male cadat, in præcipuos aliquos turbarum auctores grauius animaduertatur ab eo principe, qui eo facto læsus est, possit; tanquam in eos qui rei publicæ omnium causa continentur, sed qui, quòd inter cæteros noscitari poterunt, ipsi sua quoque & dicta, & facta præstare debent.

b Aemulatio honoris, quem quisque sibi potiùs, quam alii tribui vult, plus vtique potest, quàm furor, & seditio.

c Leuiore flagitio interficitur legatus, seu quis alius dux exercitus, quàm deficitur ab imperatore, siue principe. [illegible] licet atrocissimum crimen eiusque est, vt cum eo comparari possit, cùm læditur maiestas principis [illegible]

d Perpaucos reperias egregios fuisse imperatores, [illegible]

e Nec populi, nec militum desideria per seditionem, & turbas ad principem, seu imperatorem deferri oportet. idque adeò verum est, vt, quod iustum desiderium fortasse est, illud ipsum vis, & seditio iniquissimum reddat. Siquidem omnibus in rebus, quæcunque tandem illæ sunt, non magis quod agitur, quàm qua ratione, quaque arte quidque agatur, attendi & solet, & debet.

f Veterum, & recentium historiam tenere debet imperator, vt ex ea promere exempla, prout res postulabit, possit.

g Planè iniquus, & impudens est is, qui nouis, & insolentis petitionibus incipientes principis curas onerat.

h Quemadmodum obsequio [illegible] nititur principis maiestas, ac proinde securitas reip. ita obsequium militum est fundamentum disciplinæ militaris; quo sublato militiam atque adeo imperium interuidere constat.

i [illegible] ipsum repeto quod paulò ante obseruaui; omnia quæcunque ab subiectis in principem, aut ab exercitu aduersus imperatorem per vim aguntur fieri contra fas.

k Exercitus in omnibus, etiam grauissimis postulatis, morem obsequii, & disciplinam militarem retinere debet.

rent [a] legatos,[b] seque coram mandata darent. Adclamauere vt filius Blæsi tribunus legatione ea fungeretur, peteretque militibus missionem ab sexdecim annis:[c] cætera mandaturos vbi prima prouenissent. Profecto iuuene modicum otium: sed superbire miles, quòd filius legati orator publicæ causæ, satis ostéderet,[d] necessitate expressa, quæ[e] per modestiam non obtinuissent. Interea manipuli ante cœptam seditionem Nauportum missi,[f] ob itinera, & pontes, & alios vsus,[g] postquam turbatum in castris accepere, vexilla conuellunt, direptisque proximis vicis, ipsoque Nauporto, quod municipii instar erat, retinentis centuriones [h] irrisu & contumeliis, postremò verberibus insectantur, præcipua in Aufidienum Rufum præfectum castrorum ira, quem direptum vehiculo sarcinis grauant, aguntque primo in agmine, per ludibrium rogitantes, an tam immensa onera, tam longa itinera libenter ferret? Quippe Rufus[i] diu manipularis, dein centurio, mox castris præfectus, antiquam, duramque militiā reuocabat, inuictus operis ac laboris, & eò immitior quia tolerauerat. Horum aduentu redintegratur seditio, & vagi circumiecta populabantur. Blæsus paucos maximè præda onustos[k] ad terrorem cæterorum adfici verberibus, claudi carcere iubet. Nam etiam tum legato à centurionibus, & optimo quoque manipulariū parebatur. Illi obniti trahentibus, prensare circumstantium genua, ciere modò nomina singulorum, modò centuriam quisque cuius manipularis erat, cohortem, legionem,

OBSERVATIONES.

a *Per legatos omnia legitimè aguntur.*

b *Ad militarem disciplinam pertinet, dare operam, ne quidquam exercitus agat, nisi coram, & præsente, & si fieri potest, auctore imperatore.*

c *Multa cum magna petiturus obseruet, non omnia simul peti oportere; sed gradatim; atque ita vt, quæ facilius impetrari posse videantur, primùm petat: quæ vbi impetrauerint, tum demum illa, quæ difficilius obtineri possunt, tentare tendat.*

d *Tum maximè superbiunt homines cùm, quæ abiecta modestia, per vim, sunt expressa, [illegible].*

e *Interdum necessitate exprimuntur quæ prius per modestiam [illegible] potuerant.*

f *Quàm sæpissimè apud [illegible] disciplinam & hæc pertinuisse, [illegible] sunt, aggeres, vallum, fossæ, [illegible] fit. quippe ne miles otio corrumperetur, [illegible] vir semper existimauit.*

g *[illegible] impediuntur.*

h *[illegible] verbera.*

i *[illegible] præficiatur dignus est, non qui, vt hodie mos est, prius imperat quàm [illegible], sed qui ab infimo ad supremos militiæ gradus propria virtute euexit. hic certè [illegible] militarem aliquando solet, cùm quos ad bellum ducat, sunt, non corruptam ac deprauatam [illegible] imperent ignaui milites, sed inuictus scilicet, operis, ac laboris, antiquam, duramque militiam, cuius ope res maximè geruntur, reuocat.*

k *[illegible] in exercitu coorta, dux, seu imperator in paucos animaduertere debet ad terrorem cæterorum. in quos autem animaduertit, ij esse debent, qui in eo scelere deprehensi sunt, cuius nulla, ne apud furentes quidem excusatio reperiri potest; exemplo Blæsi, qui præda onustos puniit, quia in eo peccatum esse aduersus disciplinam militarem inficiari nemo poterit.*

eadem

cædem omnibus imminere clamitantes: simul probra in legatum cumulant, cœlum, ac deos obtestantur,[a] nihil reliqui faciunt, quò minus inuidiam, misericordiam, metum, & iras permouerent. Adcurritur ab vniuersis, & carcere effracto, soluunt vincula,[b] desertoresque, ac rerum capitalium damnatos sibi iam miscent. Flagrantior inde vis,[c] plures seditioni duces. & Vibulenus quidam gregarius miles, ante tribunal Blæsi adleuatus circumstantium humeris apud turbatos, & quid pararet intentos, Vos quidem, inquit, his innocentibus, & miserrimis lucem & spiritum reddidistis, sed quis fratri meo vitam, quis fratrem mihi reddit? quem missum ad vos à germanico exercitu de communibus commodis, nocte proxima iugulauit per[d] gladiatores suos, quos in exitium militum habet atque armat? Responde, Blæse, vbi cadauer abieceris.[e] ne hostes quidem sepulturam inuident. cùm osculis, cùm lacrimis dolorem meum impleuero, me quoque trucidari iube, dum, interfectos nullum ob scelus sed quia vtilitati legionum consulebamus, ii sepeliant. Incendebat hæc fletu, &[f] pectus atque os manibus verberans. Mox disiectis, quorum per humeros sustinebatur, præceps, & singulorum pedibus aduolutus, tantum consternationis inuidiæque conciuit, vt pars militum, gladiatores qui è seruitio Blæsi erant, pars cæteram eiusdem familiam vincirent, alii ad quærendum corpus effunderentur, ac ni properè neque corpus vllum reperiri, & seruos, adhibitis cruciatibus, abnuere cædem, neque illi fuisse vnquam fratrem pernotuisset, haud multum ab exitio legati aberant. Tribunos tamen, ac præfectum castrorum extrusere. Sarcinæ fugientium direptæ. & centurio Lucillius interficitur, cui militaribus facetiis vocabulum, cedo alteram, indiderant: quia fracta vite in tergo militis, alteram clara voce, ac rursus aliam poscebat. Cæteros latebræ texere, vno retento Clemente Iulio, qui perferendis militum mandatis habebatur idoneus,[g] ob promptum ingenium. Quin ipsæ inter se legiones octaua &

OBSERVATIONES.

a Hic est mos illorum, quos propria flagitia debitis offerunt suppliciis, vt eos sibi in auxilium aduocent, quos ipsos eadem, aut grauiora mereri intelligunt.

b Seditio sæpe multis, quorum de vita, ob flagitia, actum erat, opem tulit.

c Si non initio seditio compescitur, adeò crebrescit, vt, pro vno plures ei duces exurgant.

d Odiosum atque adeò turpe est, vti opera aliorum, quàm militum, in bello: nisi id necessitas suadeat. gladiatores certè inde arceri procul dubio debent. id quod alius Taciti locus apertè docet, lib. 2. histor. ac deforme, inquit, insuper auxilium, duo millia gladiatorum, sed per ciuilia arma etiam seueris ducibus vsurpatum.

e Hostis hosti sepulturam non inuidet.

f Non temperare manus à pectore, & ore, est animi valde impotentis argumentum, atque adeò eius, qui nihil minus sentit, quàm id, quod videri vult.

g Quidam promptum ob ingenium maximis persæpe periculis eripiuntur.

quintadecuma ferrum parabant, dum centurionem cognomento Sirpicum, illa morti deposcit, quintadecumani tuentur, ni miles Nonanus preces, & [a] aduersum aspernantis minas interiecisset. Hæc audita, quanquam abstrusum, & tristissima quæque maximè [b] occultantem Tyberium perpulere, vt Drusum filium cum primoribus ciuitatis, duabusque prætoriis cohortibus mitteret, [c] nullis satis certis mãdatis, ex re consulturum. & cohortes delecto milite supra solitum firmatæ. Additur magna pars prætoriani equitis, & robora Germanorum, qui tum custodes Imperatori aderant: simul prætorii præfectus Aelius Seianus collega Straboni patri suo datus, magna apud Tyberium autoritate, [d] rector [e] iuueni, & cæteris [e] periculorum, præmiorumque ostentator. Druso propinquanti quasi per officium obuiæ fuere legiones, non lætæ (vt adsolet) neque insignibus fulgentes, sed inluuie deformi & vultu, quanquam mœstitiam imitarentur, [f] contumaciæ propiores. Postquam vallum introiit, [g] portas stationibus firmant, globos armatorum certis castrorum locis opperiri iubent: cæteri tribunal ingenti agmine circumueniunt. Stabat Drusus, silentium manu poscens. illi [h] quoties oculos ad multitudinem retulerant, vocibus truculentis strepere: rursum [i] viso Cæsare, trepidare. [k] murmur incertum, atrox clamor, & repente quies, diuersis animorum motibus [l] pauebant terrebantque. Tandem interrupto tumultu literas

OBSERVATIONES.

a Hæc est optima ratio componendarum [illegible], quæ res ad arma spectat, vt, qui vtrique parti [illegible], aduersus vtramque [illegible] partes, vt amicè quicquid est controuersiæ [illegible] parum procedat, [illegible] profici possit, aduersus aspernantes [illegible], quibus deterriti feroci [illegible] arma ponant, & concordiam amplectantur.

b Prudentior fuerit princeps, si non tristissima quæque vulgat, sed ea quàm maximè fieri potest, occultat.

c Vbi periculum est in mora, quàm maxima celeritate fieri potest, princeps quò res postulat, legatos mittere debet, nullis satis certis mandatis, (nam cur mandet, si, quid [illegible] sit, nescit?) sed ex re præsenti quod facto opus erit, consulturos.

d Adolescentibus, quibus res magna [illegible] sunt rectores.

e Qui pericula idem præmia ostentare debet [illegible] sit, præter æquum sit.

f Vultu tristis [illegible] contumaciæ index est. idem indicauit de Romanorum [illegible] vultu, [illegible] Ofilius Calauij Ouij Campani filius, vt est apud Liu. lib. 9. histor. ab vrbe cond.

g Qui in sua potestate [illegible] stadet, portas stationibus firmet, & globos armatorum certis locis disponat.

h Seditionis authores quoties oculos conuertunt ad multitudinem ferocem, & contumacem, vocibus truculentis obstrepunt, inde enim sui fauori opẽ & auxilium sperant, [illegible] accidit plerumque, vt exercitus contemplatus frequentiam suam (vt est apud Paterc. lib. 2. histor.) à disciplina desciscat, & quod cogere se putat posse, rogari non sustineat.

i Aspectus principis (ut [illegible]) seditiosissimum, & ferocissimum quemque terret.

k Multitudo adeo est discolor, vt ex ea murmur incertum, atrox clamor, repente autem quies, effectus diuersorum animi motuum oriantur.

l Hæc est natura multitudinis, vt, vel tum maximè cùm terret, paueat.

patris recentem, in qua perscriptum erat, praecipuam ipsi fortissimarum legionum curam, quibuscum plurima bella tolerauisset. Vbi primum luctu requiesset animus, acturum apud patres de postulatis eorum. Misisse interim filium, ut sine cunctatione concederet, quae statim tribui possent: caetera senatui seruanda, quem neque gratiae, neque seueritatis expertem haberi par esset. Responsum est a concione, mandata Clementi centurioni quae perferret: is orditur de missione a sedecim annis, de praemiis finitae militiae, vt denarius diurnum stipendium foret, ne veterani sub vexillo haberentur. Ad ea Drusus cum arbitrium senatus & patris a obtenderet, clamore turbatur. cur venisset, neque augendis militum stipendiis, neque adleuandis laboribus, denique nulla benefaciendi licentia. At c hercule verbera, & necem cunctis permitti. Tiberium olim, d nomine Augusti, desideria legionum frustrari solitum: easdem artes Drusum retulisse. nunquamne nisi ad se filios familiarum venturos? nouum id plane, quod Imperator sola militis commoda ad senatum reiiciat? eundem ergo senatum consulendum, quoties supplicia, aut praelia indicantur. an praemia sub dominis, poenas sine arbitro esse? Postremo deserunt tribunal, vt quis praetorianorum militum, amicorumue Caesaris occurreret, manus intentantes, causam discordiae, & initium armorum: f maxime infensi Cn. Lentulo, quod is ante alios aetate & gloria belli, firmare Drusum credebatur, & illa militiae flagitia primus aspernari. Nec multo post digredientem cum Caesare, ac prouisu periculi hyberna castra repetentem circumsistunt, rogitantes, quo pergeret? ad imperatorem, an ad patres? vt illic quoque commodis legionum aduersaretur: simul ingruunt, saxa iaciunt. Iamque lapidis ictu cruentus, & exitii certus, adcursu multitudinis, quae cum Druso aduenerat, protectus est. Noctem minacem, & in scelus erupturam fors leniuit. Nam Lu-

OBSERVATIONES.

a Imperator mirifice sibi conciliat beneuolentiam exercitus, si palam profiteatur, sibi illius praecipuam esse curam, ac milites tenere ab se, ipsorum opera & virtute gestarum rerum memoriam, eosque laborum ac periculorum socios nominat.

b Seditio in rebus concitandis sedari poterit, quae illi causam dederunt, si concedantur.

c Amplissimi ordinis arbitrium esse debet, quem princeps gratia complecti debeat, & erga quem itidem seueritatem adhiberi oportet.

d Imperatores nomine principis, i. obtendentes se principem consulturos esse, desideria militum lepide frustrari possunt. quid prohibet, quominus hac arte vtantur ij omnes, quibus principum negotia sunt commissa?

e Planè iniquum est, vt supra annotaui, ei permitti supplicia, & grauissimas quasque animaduersiones, cuius in manu non est commoda, & vtilitates eorum prospicere, quibus praeest.

f Neque enim, & seditiosi homines eos plerumque sunt infensi, quos prae caeteris gloria belli, & virtute praestare, ac proinde sua flagitia aspernari vident. cum in eorum perniciem, siquidem eos suis commodis aduersari putant, mira audacia, ac furoris praecipites ruunt.

ut clamore [illegible] visa languescere. Id miles rationis ignarus omen præsentium accepit, suo labori defectionem sideris assimulans, prospereque cessura quæ pergerent, si fulgor & claritudo deæ redderetur. Igitur æris sono, tubarum, cornuumque concentu strepere, prout splendidior, obscuriorue, lætari aut mœrere. Postquam ortæ nubes offecere visui, creditumque conditam tenebris, ut sunt mobiles ad superstitionem perculsæ semel mentes, sibi æternum laborem portendi, sua facinora auersari deos lamentantur. Vtendum inclinatione ea Cæsar, & quæ casus obtulerat in sapientiam vertenda ratus, circumiri tentoria iubet. Accitur centurio Clemens, & si qui alii bonis artibus grati in vulgus, hi vigiliis, stationibus, custodiis portarum se inserunt, spem offerunt, metum intendunt. Quousque filium imperatoris obsidebimus? quis certaminum finis? Percennione & Vibuleno sacramentum dicturi sumus? Percennius & Vibulenus stipendia militibus, agros emeritis largientur? denique pro Neronibus & Drusis imperium populi Rom. capescet? quin potius, ut nouissimi in culpam, ita primi ad pœniten-

[Margin note:] [illegible] Tacit. lib. [illegible] [illegible]

OBSERVATIONES.

a *[illegible] ipsam nescire, quàm scire, præstat. Quin & illud [illegible] à principe [illegible] reip. ut horum opera cæteris [illegible] principi [illegible], id agendum esse, [illegible] imperatæ disciplinarum imperfectis [illegible] imbuuntur. hi enim plerumque [illegible] obsequio, & modestia [illegible] arrogantia, [illegible] ut enr, [illegible] quidque à principe agatur scitari, scrutarique audent, non prius [illegible], quàm rem sibi probari [illegible]. [illegible] quod [illegible] priscis temporibus, sed & nostro hoc [illegible] [illegible] hoc dico, nec [illegible] [illegible] genus hominum, [illegible], ut multa scire videantur, [illegible] & [illegible], ut segne omnium hoc studiorum [illegible], ac sibi ipsis inutiles, cæteris [illegible] legum, principum, denique omnis disciplinæ [illegible] [illegible], contumaces, & refractarij. certè principis interest habere subiectos magis viros bonos, [illegible].*

b *Cùm imperitæ multitudinis perculsæ semel mentes [illegible] superstitionem, siquid fortè accidit huiusmodi, [illegible] versæ sunt, rationem reddunt [illegible], ut prodidit [illegible], nunc si ita est in re nostra, insuper [illegible], quæ [illegible] conseruandorum [illegible] [illegible] ventus, turbines, aquæ, ignes cælestes, & cætera huiusmodi [illegible] prodigia [illegible] à cælesti ira missa sagax imperator [illegible] debet, quasi [illegible] impios hebescant sidera, [illegible] ut dicta infra [illegible] esse [illegible] malorum [illegible] persuadeat, quàm si quisque [illegible] sibi quisque, etiam falsa, ac [illegible] præstare [illegible], si [illegible], ac [illegible].*

c *Hominis est longè sapientissimi, quæ sors offert, ea in sapientiam vertere.*

d *[illegible] est [illegible] quod vero [illegible] gratiam apud vulgus adipisci [illegible] artibus popularem [illegible]*

e *[illegible] seditionis ratio hæc [illegible] est, ut res, scilicet per eos agatur, qui grati sunt in vulgus; illi enim [illegible] se inserere, spem offerre, ac metum seditiosis [illegible] possunt intendere.*

f *Venia, & miseratione digni videntur, qui nouissimi in culpam, primi ad pœnitentiam sunt.*

tiam

tiam [a] simularet. [b] Tandem quae in commune expostulabantur, [illegible] gratiam liberam [illegible] accipias. Commotis per haec mentibus & inter se suspectis, [c] tironem à veterano, legionem à legione dissociant. Tum redire paulatim amor obsequii, omittunt portas, signa unum in locum principio seditionis congregata suas in sedes referunt. Drusus orto die, & vocata concione, [d] quanquam rudis dicendi, nobilitate ingenita, incusat priora, probat praesentia: [e] negat se terrore, & minis vinci: flexos ad modestiam si videat, si supplices audiat, scripturum patri, ut placatus legionum preces exciperet. Orantibus, rursum idem Blaesus & L. Aponius eques Romanus è cohorte Drusi, Iustusque Catonius primi ordinis centurio ad Tyberium mittuntur. Certatum inde sententiis, cum alii opperiendos legatos, atque interim comitate permulcendum militem censerent, alii fortioribus remediis agendum: [f] nihil in vulgo modicum: terrere, ni paveant: ubi pertimuerint, impune contemni: dum superstitio urgeat, [g] adiiciendos [illegible] ex duce metus, [h] sublatis seditionis auctoribus. Promptum ad asperiora ingenium Druso erat. [i] Vocatos Vibulenum & Percennium interfici iubet. Tradunt plerique intra tabernaculum ducis obrutos, alii corpora extra vallum abiecta ostentui. Tum ut quisque praecipuus turbator, conquisiti, & pars extra castra palantes à centurionibus, aut praetorianarum cohortium militibus caesi: quosdam ipsi manipuli [k] documentum fidei tradidere. Auxerat militum curas praematura

OBSERVATIONES.

a Haud dubiè persuades iis, qui ita loquitur, [illegible] cum iis, apud quos verba facit.

b Quae in commune [illegible] [illegible] gratiae [illegible] [illegible] tarda [illegible] [illegible] publica, [illegible] utilia.

c Inter potissimas rationes [illegible] aliis ab aliis, [illegible] probabilibus, dissocientur; sintque inter se [illegible]

d Vir magnus & illustris [illegible] dicendi, tamen nobilitate ingenita [illegible] magnum apud omnes pondus habeant. [illegible] Tacit. lib. [illegible] scribit, [illegible] hic adde, [illegible] principis authoritas pro facundia est.

e Haec est principis in resp. [illegible] & imperatoris apud exercitum authoritas, ut, vel in ipso summo discrimine [illegible] se nunquam [illegible] terreri, ac minis vinci; sed si flexos ad modestiam homines videat, si supplices audiat [illegible] posse, ut, quae ab se petuntur, concedat.

f Cum nihil sit in vulgo modicum, haud dubiè [illegible] terreat: [illegible] in [illegible] opera ut paveant & pertimescant, [illegible] contemni [illegible]

g Simulatque vulgus pavere coepit, [illegible] adiiciendi sunt metus.

h Sublatis seditionis auctoribus [illegible] [illegible] causa [illegible] effectus.

i Simulatque seditio incipit labefieri, fortiora quaeque remedia ad [illegible] plane [illegible] adhiberi debent.

k Documentum fidei [illegible] tradunt ii, qui [illegible] in [illegible] ideo [illegible], ut operam & fidem principi praestent.

imbribus continuis, adeoque saeuis, vt non egredi tentoriis, congregari inter se, vix tutari signa possent, quae turbine atque vnda raptabantur. Durabat & formido caelestis irae, nec frustra aduersus impios hebescere sydera, ruere tempestates: non aliud malorum leuamentum, quàm si linquerent castra infausta temerataque, & soluti piaculo suis quisque hybernis redderentur. primum octaua, dein quintadecima legio rediere. Nonanus opperiendas Tyberii epistolas clamitauerat, mox desolatus aliorum discessione ª imminentem necessitatem sponte praeuenit. & Drusus non expectato legatorum regressu, quia praesentia satis consederant, in vrbem rediit. Iisdem ferme diebus, iisdem causis Germanicae legiones turbatae, ᵇ quanto plures, tanto violentius, & magna spe fore, vt Germanicus Caesar imperium alterius pati nequiret, daretque se legionibus, vi sua cuncta tracturis. Duo apud ripam Rheni exercitus erant: cui nomen superiori sub C. Silio legato, inferiorem A. Caecinna curabat. Regimen summae rei penes Germanicum, agendo Galliarum censui tum intentum. Sed quibus Silius moderabatur, ᶜ mente ambigua, fortunam seditionis alienae speculabantur: inferioris exercitus miles in rabiem prolapsus est, orto ab vndeuicesimanis quintanisque initio, & tractis prima quoque, ac vicesima legionibus. nam iisdem aestiuis in finibus Vbiorum habebantur per otium, aut leuia munia. Igitur audito fine Augusti, ᵉ vernacula multitudo nuper acto in vrbe delectu, lasciuiae sueta, laborum intolerans, implere caeterorum rudes animos: venisse tempus quo veterani maturam missionem, iuuenes largiora stipendia, cuncti modum miseriarum exposcerent, saeuitiamque centurionum ᶠ vlciscerentur.

OBSERVATIONES.

a. Superatur [illegible] imminentem [illegible] sponte praeuenit.

b Quo maior est multitudo [illegible] est seditio.

c Seditiosorum [illegible] fortunam alienae seditionis intentius speculantur, [illegible] ex ipsa re [illegible] alii sterim in rabiem prolabuntur. [illegible]

d Cum [illegible] verò potissimum in exercitu valido [illegible], cedunt superiori quoque prosessi constat.

e [illegible] in magna alia [illegible] militariam tolerans est, nisi vt, simul atque [illegible] implent contumacibus vocibus, quae [illegible] & violentissimam seditionem commouent. Exigitur, cui conscribendus est [illegible] consilii [illegible] dederint, vt, [illegible], ac vernacula multitudo [illegible] dedita, lasciuiaeque [illegible], vsque hominibus, qui laboribus, duritie, male assueuerant, delectum habent. [illegible] miles, vt ait Seneca lib. 7. epistol. epist. 52. ex contrario [illegible]. Et paulo [illegible] manus, quae ad arma ab aratro transferuntur.

f Hoc est proprium contumaciae, vt non id tantùm, quo sua commoda contineri putat, per vim exigat, [illegible] ab imperante aequum est, [illegible] sed, velut superbabentis, vt [illegible] vlciscatur, aut vt reos ad supplicium trahat.

Non

[a] Non vnus hæc vt Pannonicas inter legiones Percennius, nec apud trepidas militum aures alios validiores exercitus respicientium, sed multa seditionis ora vocesque: [b] sua in manu sitam rem Romanam, suis victoriis augeri Remp. in suum cognomentum adscisci imperatores. Nec Legatus obuiam ibat, [c] quippe plurium vecordia constantiam exemerat, repente [1] lymphati destrictis gladiis in centuriones inuadunt[ea vetustissima militaribus odiis materies, & sæuiendi principium] prostratos verberibus multant, sexageni singulos, vt numerum centurionum adæquarent. Tum conuulsos laniatosque, & partim exanimos ante vallum, aut in amnem Rhenum proiiciunt. Septimius cum perfugisset ad tribunal, pedibusque Cæcinnæ aduolueretur, eo vsque flagitatus est, donec ad exitium dederetur. [2] Cassius Cherea, mox cæde C. Cæsaris memoriam apud posteros adeptus, tum adolescens, & animi ferox, inter obstantes & armatos ferro viam patefecit. Non tribunus vltra, non castrorum præfectus ius obtinuit: vigilias, stationes, & si qua alia præsens vsus indixerat, ipsi partiebantur. Id militares animos altius coniectantibus præcipuum indicium magni atque implacabilis motus, [d] quod neque disiecti, nil paucorum instinctu, sed pariter ardescerent, pariter silerent, tanta æqualitate & constantia, vt regi crederes. Interea Germanico per Gallias (vt diximus) census accipienti, excessisse Augustum adfertur. Neptem eius Agrippinam in matrimonio, pluresque ex ea liberos habebat. Ipse Druso fratre Tyberii genitus, Augustæ nepos, sed anxius occultis in se patrui auiæque odiis, [e] quorum causæ acriores, quia iniquæ: quippe Drusi mag-

1 Suet. lib. 1. hist. lymphati [illegible]

2 Vide Senec. lib. de [illegible]

OBSERVATIONES.

a [illegible] *periculosa est seditio, [illegible] verba seditiosa in vulgus, atque* [illegible] *seditionis* [illegible] *sed* [illegible] *mala seditionis ora, vocesque* [illegible] *suisque viris* [illegible]*, vt in sua manu remp. esse, eamque suis victoriis* [illegible] *videat.*

b Cum res Romana eo potentiæ deuenerit [illegible] *propria, veraque laus videbatur esse, vt in ipsorum manu sita esset, suisque victoriis* [illegible] *inque suum cognomentum adsciscerentur imperatores.*

c [illegible] *sæpissimè accidit, vt plurium vecordia vnius constantiam eximat. id quod in principe, & duce* [illegible] *periculosum, vt si eum furore, ac* [illegible] *jam labascere* [illegible] *tam* [illegible] *seditiosa* [illegible]*, vix postea illius furori,* [illegible] *impotentiæ modum imponi possit.*

d Illud est teterrimum, ac periculosissimum seditionis genus, atque adeò indicium motus implacabilis, cùm [illegible] *non est* [illegible] *dissitum, vt plerumque accidit in* [illegible]*, sed adhibet virtutem, hoc est, concordiam ad* [illegible] *sua mala,* [illegible] *furorem, &* [illegible] *paucorum instinctu;* [illegible] *duces seditio sedari possit, quod* [illegible] *pariter ardescunt, pariter silent, tanta æqualitate, & constantia, vt regi credas.* [illegible] *nulla ratione* [illegible] *singulos quosque pariter* [illegible]*, vt vno verbo dicam; illa est teterrima seditio, quæ* [illegible] *artibus* [illegible]*, quibus maxime* [illegible] *imperia administrantur.*

e Tunc verò [illegible]*, & falsis accusationibus nostram innocentiam* [illegible] *intelligimus.*

ita apud populum Roma. memoria. [a] celebraturque si rerum potitus foret, libertatem redditurus. vnde [b] in Germanicum fauor, & spes eadem. [c] Nam iuueni ciuile ingenium, mira comitas, & diuersa à Tyberii sermone, vultu, adrogantibus & obscuris. Accedebant muliebres offensiones, nouercalibus Liuiae in Agrippinam stimulis, atque ipsa Agrippina paulò commotior, nisi quod [d] castitate, & mariti amore, quamuis indomitum animum in bonum vertebat. Sed Germanicus [e] quantò summae spei propior, tantò impensius pro Tyberio niti: Sequanos proximos, & Belgarum ciuitates in [f] verba eius adigit. Dehinc audito [g] legionum tumultu, [g] raptim profectus, obuias extra castra habuit, [h] deiectis in terram oculis, velut poenitentia. Postquam vallum iniit, dissoni questus audiri coepere. & quidam prehensa manu eius per speciẽ exosculandi inserunt digitos, vt vacua dentibus ora contingeret. alii curuata senio membra ostendebãt. Adsistentem concionem, quia permista videbatur, [i] discedere in manipulos iubet: sic meliùs audituros responsum: vexilla praeferri, vt id saltem discerneret cohortes. tardè obtemperauere. Tunc

OBSERVATIONES.

a [illegible] est odio ciuibus is, qui libertatem ipsis eripit, quàm charus & gratus is, qui eam Reip. reddit.

b Fauor patris plerumque filios etiam complectitur. Siquidem spes est, non modò opum, potentiae, ac dignitatis, verùm etiam paternae virtutis haereditatem ad filios esse peruenturam.

c Difficile memoratu est, quàm grata sit in vulgus comitas principis, eiusque ciuile ingenium; & contra, quantò omnibus sit odio sermo, & vultus ipsius arrogans, & obscurus. Hinc itaque obseruandum est, eum, qui principi hominibus parum grato proximus est, sperátque se principem locum obtinere posse, ita se debere componere, vt, quae propter vitia ille merito cunctis odio est, his summo studio declinatis, impleat [illegible] suum iis virtutibus, quae illius vitiis planè aduersantur. nempe, si ille est auarus, hic sit liberalis; si propter crudelitatem [illegible], hic clementiam exerceat. id quod simulac viderit populus, qui solet esse acris animaduersor, & scrutator morum principis, quò magis illum odit, hoc magis hunc fouebit, colet, amabit; de [illegible], ac dignitate sollicitus erit.

d In muliebribus [illegible] dirigit, efficitque, vt quamuis illa [illegible].

e Hinc est [illegible], vt, quò propior summae spei est, tantò impensiùs pro eo, penes quem [illegible].

f [illegible] verba, dubio adhuc rerum statu, omnino debet princeps. [illegible] hodie dicitur, facere homagium.

g [illegible] ad imperatorem perlatum est, tumultum esse in castris, militésque seditionem [illegible], [illegible] consultari, sed eò raptim proficisci debet, vt sua praesentia militem ad sanitatem re[illegible] perturbatis, & affectui consulere possit.

h Vix [illegible], vt non eum, qui se grauiter peccasse, poenamque [illegible] esse intelligit, ipsi indices [illegible] principe ipso [illegible] est, pudor sceleris: idque [illegible] vt [illegible] quibuscum [illegible] alloqui; sed deiectis in terram oculis [illegible] poenitentiam declarat.

i Ad maiestatem, & dignitatem imperatoris, atque adeò ad militarem disciplinam [illegible], [illegible] confusam, ac permixtam, sed suis ordinibus, cohortibus, manipulis, vexillis distinctam [illegible].

à veà [a] veneratione Augusti orsus, flexit ad victorias [illegible] triumphosque Tyberii, præcipuis laudibus celebrans quæ apud Germanias illis cum legionibus pulcherrima fecisset. [b] Italiæ inde cōsensum, Galliarum fidem extollit, nil vsquam turbidū, aut discors. [c] silentio hæc, vel murmure modico audita sunt. Vt seditionem attigit, vbi [d] modestia militaris, [e] vbi veteris disciplinæ decus, quonam tribunos, quò centuriones exegissent; rogitans: [f] nudāt vniuersi corpora, cicatrices ex vulneribus, verberum notas exprobrant: mox indiscretis vocibus, pretia vacationum, angustias stipendii, duritiam operum, ac propriis nominibus incusant vallum fossas, pabuli, materiæ, lignorum adgestus, & si qua alia ex necessitate, aut [g] aduersus otium castrorū quæruntur. Atrocissimus veteranorum clamor oriebatur, qui tricēna aut supra stipendia numerantes, mederetur fessis, neu mortem in iisdem laboribus, sed finem tam exercitæ militiæ, neque inopem requiem orabant. fuere etiam qui legatam à diuo Augusto pecuniam reposcerent faustis in Germanicum ominibus [h]. & [i], si vellet imperium, promptos ostentauere. [i] Tum verò quasi scelere [i] contaminaretur præceps tribunali desiluit. opposuerunt abeunti arma, minitantes, ni regrederetur. [k] At ille moriturum potiùs, quàm fidē exueret, clamitans, ferrum à latere diripuit, elatumque deferebat in pectus, ni proximi prehensam dextrā vi attinuissent. extrema & conglobata inter se pars concionis, ac vix credibile dictu, quidam singuli propiùs incedentes, feriret, hortabantur: & miles nomine Calusidius strictum obtulit gladium, addito, a-

OBSERVATIONES.

a *[illegible] verbis [illegible] à veneratione eius, cuius memoriam augustissimam, ipsisque [illegible] : mox flectens ad commemorationem certamen, quas aut ipse, aut [illegible] prosperè gesserat. [illegible] conciliando sibi beneuolentiæ apud seditiosos, & [illegible].*

b *Seditiosi vel antiqui [illegible] commemoratione consensus, & [illegible].*

c *Quæ vera sunt, ea vel ab ipsis seditiosis hominibus vel silentio, vel modico murmure audiuntur.*

d *[illegible] ex [illegible] virtutibus militaribus.*

e *[illegible] ipse dicta, vbi veteris disciplinæ decus amissum est?*

f *[illegible], [illegible] responsum, quàm si pro dictis res ipsæ proferuntur.*

g *Ad disciplinam militarem [illegible] pertinet, [illegible] augusta [illegible] miles, [illegible] ad [illegible] vallum [illegible], [illegible] ligna [illegible].*

h *[illegible], ac singularis fidei [illegible] [illegible] , recusare, atque adeo, hoc est [illegible] de be-[illegible] cap. 36.*

i *[illegible] sacrilegium, scelere non [illegible], ea [illegible] sceleri contra-[illegible].*

k *Mori [illegible], quàm fidem exuere, hoc est, [illegible] perfidia, est generosi [illegible].*

acutiorem esse. Saeuum id malique moris etiam furentibus visum. ac spatium fuit, quo Caesar ab amicis in tabernaculum raperetur. consultatum ibi de remedio. etenim nuntiabatur parari legatos, qui superiorem exercitum ad causam eandem traherent; destinatum excidio Vbiorum oppidum, imbutasque praeda manus in direptionem Galliarum erupturas. Augebat metum gnarus Romanae seditionis, & si omitteretur ripa, inuasurus hostis. at si auxilia, & socii aduersum abscedentes legiones armarentur, ciuile bellum suscipi; periculosa seueritas, flagitiosa largitio; seu nihil militi, siue omnia concederentur, in ancipiti Rep. Igitur volutatis inter se rationibus, placitum vt epistolae nomine principis scriberentur, missionem dari vicena stipendia meritis, exauctorari qui sena dena fecissent, ac retineri sub vexillo, ceterorum immunes, nisi propulsandi hostis; legata, quae petiuerant, exolui, duplicarique. Sensit miles in tempus conficta, statimque flagitauit. missio per tribunos maturatur, largitio differebatur in hyberna cuiusque. non abscessere quintani, vndecimanique, donec iisdem in aestiuis contracta ex viatico amicorum, ipsiusque Caesaris, pecunia persolueretur. Primam ac vicesimam legiones Caecinna legatus in ciuitatem Vbiorum reduxit, turpi agmine, cum fisci de imperatore rapti inter signa, interque Aquilas veherentur. Germanicus superiorem ad exercitum profectus, secundam & tertiam decu-

OBSERVATIONES.

a *Quaedam per se adeo sunt atrocia, vt ab ipsis furentibus, sociisque sceleris sana, [illegible] [illegible], quid [illegible], quidue prioris in omnem posteritatem exempli, [illegible] est, [illegible] principem [illegible] imperatoris [illegible], [illegible] maxime [illegible], [illegible] gladium, quo se interimat, offerat?*

b *Magna contra seditionem in exercitu valido, eoque qui [illegible] periculosa, [illegible] pernicies ducis, tribunorum, centurionum, ac denique vastatio prouinciarum; totiusque reip. interitus, [illegible] loco ac tempore [illegible] erga eum, qui [illegible] admonebit, vt, quicquid [illegible]; id [illegible] suo obsequio contineri sciat; quod [illegible] fit, vt statim [illegible]*

[illegible]

nam & sextam decumam legiones nihil cunctatus sacramento adigit. Quartadecumani paululum dubitauerunt. Pecunia & missio, [a] quamuis nō flagitantibus oblata est. At in Chaucis coeptauere seditionem praesidium agitantes vexillarii discordium legionum: & [b] praesenti duorum militum supplicio paulùm repressi sunt. Iusserat id Mennius castrorum praefectus, [c] bono magis exemplo, [d] quàm cōcesso iure. deinde intumescente motu profugus, repertusque, postquam [e] intutae latebrae, [f] praesidium ab audacia mutuatur: [g] Non praefectum ab iis, sed Germanicum ducem, sed Tyberium imperatorem violari: simul exterritis, qui obsistebant, raptum vexillum ad ripam vertit, & si quis agmine decessisset pro desertore fore clamitans, [h] reduxit in hyberna turbidos, & nihil ausos. Interea legati ab senatu regressum iam apud aram Vbiorum Germanicum adeunt. Duae ibi legiones prima atque vicesima, veteranique nuper missi sub vexillo hyemabant. Pauidos, & conscientia vecordes [i] intrat metus, venisse patrum iussu, qui irrita facerent quae per seditionem expresserant. vtque mos vulgo, [k] quamuis falsis reum subdere, Munatium Plancum consulatu functum, principem legationis, auctorem senatusconsulti incusant: & nocte concubia [l] vexillum in domo Germanici situm flagitare occipiunt, concursuque ad ianuam facto, moliuntur fores: extractum cubili Caesarem, tradere vexillum, intento mortis metu, subigunt: mox vagi per vias obuios habuere legatos, audita consternatione, ad Germanicum tendentes: ingerunt contumelias, caedem parant Planco maximè, [m] quem

OBSERVATIONES.

a *Quàm saepissimè accidit, vt ea vltro offerenda sint quae [illegible] petuntur; nempe iis, quos periculum est [illegible], quam adhibere possent, extorqueant: atque iis quidem fortasse concessis [illegible] maiora tentare.*

b *Si seditio paucorum supplicio [illegible] in [illegible] est.*

c *Interdum id fieri, eamque potestatem sumere [illegible] nobis non est concessa. id quod cùm accidit, bono magis exemplo, quàm concesso iure transigi dicitur.*

d *Praefectus castrorum non habet ius animaduertendi in milites capitali supplicio.*

e *Interdum accidit, vt, cui in latebris nihil, huic in audacia multùm sit praesidij.*

f *In eum saepe [illegible] deuenitur, vt praesidium nobis ab audacia sit mutuandum; & quam obtinemus dignitatem [illegible] spiritu, eamque animi magnitudine sit extollenda, vt eos, quibuscum nobis res est, [illegible] efficiamus.*

g *Qui minori alicui magistratui iniuriam facit, is [illegible] ipsius principis maiestatem laedit.*

h *Seditiosi [illegible] viro forti, & audaci in officio contineri, atque religi possunt, vt nihil vltra audeant.*

i *Conscientia vecordes facilè intrat metus se eo supplicio, quo digni sunt, affectum iri.*

k *Vulgi mos est, quamuis falsa reum subdere, i. etiam certum reum, quae falsa & nulla sunt, culpam aliquam conferre.*

l *Quem penes est vexillum, is imperium in exercitu habere dicitur.*

m *Fuga dedecet hominem magnae authoritatis, praesertim in seditione, quae plerumque magnorum virorum constantia sedari potest.*

dignitas fuga impediuerat. Neque aliud periclitanti subsidium, quàm castra primæ legionis: illic signa, & aquilam amplexus, [a] religione sese tutabatur: ac ni aquilifer Calpurnius vim extremam arcuisset, [b] rarum etiam inter hostes, legatus populi Romani, Romanis in castris sanguine suo altaria deûm commaculauisset. Luce demum, postquam dux, & miles & facta noscebantur, ingressus castra Germanicus perduci ad se Plancum imperat, [c] recipitque in tribunal. Tum fatalem increpans rabiem, [d] neque militum, sed deûm ira resurgere, cur venerint legati aperit [illegible] legionis, atque ipsius Planci grauem, & immeritum casum, simul quantum dedecoris adierit legio facundè miseratur: attonitaque magis, quàm quieta concione, legatos præsidio auxiliarium equitum dimittit. Eo in metu arguere Germanicum omnes, quòd non ad superiorem exercitum pergeret, vbi obsequia, & contra rebellis auxilium. [e] Satis superque missione & pecunia, & mollibus consultis peccatum: vel, si vilis ipsi salus, [f] cur filium paruulum, cur grauidam coniugem inter furentes, & omnis humani iuris violatores haberet? illos saltem auo, & [g] Reip. redderet. Diu cunctatus, aspernantem vxorem, cùm se diuo Augusto ortam, [h] neque degenerem ad pericula testaretur, [i] postremò vterum eius, & communem filium multo cum fletu complexus, vt abiret, perpulit. Incedebat muliebre, & miserabile agmen, profuga ducis vxor paruulum sinu filium gerens, lamentantes circùm amicorum coniuges, quę simul trahebantur: nec minùs tristes qui manebant. Non florentis Cæsaris, neque suis in castris, sed velut in vrbe victa facies, gemitusque, ac planctus etiam militum aures oraque aduertêre. Progrediuntur contuberniis, quis ille flebilis sonus? quod tam triste? fœminas inlustres, non centurionem ad tutelam, non militem, nihil imperatoriæ vxoris, aut comitatus soliti, pergere

OBSERVATIONES.

a *Signa militaria adeò sunt sacrosancta, vt, qui ea amplexus* [illegible] *religio sit.*

b *Perrarò* [illegible] *hostes, sedem inter* [illegible], *difficile* [illegible] *est, quàm atrox & indigna res* [illegible]

c *Legatus* [illegible] *in tribunal recipi rectè potest.*

d [illegible] *facta* [illegible] *culpam in milites ipsos conferre, quàm Deum ira, aut calamitati* [illegible] *adscribere debet.*

e *Etiam atque etiam principi, aut duci exercitus cauendum est, ne nimia indulgentia adiuuet* [illegible] *seditionem militarem.*

f *Cui sua ipsius salus vilescit, is, si eo locis seditione inquinatis, non sine vitæ discrimine versatur, det operam vt eos saluos, qui aliquando reip. vtiles esse possunt,* [illegible] *patri, & adolescendi,* [illegible], *ne & ipsa reip. semina extinguere voluisse videatur.*

g *Sciant* [illegible] *principes, se non tam sibi, quàm reip. esse natos.*

h *Maximis viris prognati id debent imprimis cauere, ne ab summa illa virtute, quæ maiores suos ad amplissimum dignitatis gradum extulit, degenerent.*

i *Quod* [illegible] *vxori non tribueret, neque hæc item marito, id vterque dat charitati communium liberorum, quos intelligunt se non tam sibi, aut ipsis, quàm reip. genuisse.*

ad

ad Treuiros, & externæ fidei. [a] Pudor inde & miseratio, & patris Agrippæ, Augusti aui memoria, socer Drusus, [b] ipsa insigni fœcunditate, præclara pudicitia, iam infans in castris genitus, in contubernio legionum eductus, quem militari vocabulo [1] Caligulam appellabant [[c] quia plerunque ad concilianda vulgi studia eo tegmine pedum induebatur.] Sed nihil æque flexit, quam [d] inuidia in Treuiros: orant, obsistunt, rediret, maneret: pars Agrippinæ occursantes, plurimi ad Germanicum regressi. isque, vt erat recens dolore & ira, apud circumfusos ita cœpit, [e] Non mihi vxor, aut filius patre & Rep. chariores sunt: sed illum quidem [f] sua maiestas, imperium Romanum [g] cæteri exercitus defendent. [illegible] coniugem, & liberos meos, quos pro gloria vestra libens ad exitium offerrem, nunc procul à furentibus summoueo, vt quicquid isthuc sceleris imminet, meo tantum sanguine pietur: neue occisus Augusti pronepos, interfecta Tyberii nurus nocentiores vos faciat. quid enim per hos dies inausum, intemeratumue vobis? quod nomen huic cœtui dabo? militesne appellem? [i] qui filium imperatoris vestri vallo, & armis circumsedistis? [k] an ciues, quibus

1 [illegible]

OBSERVATIONES.

a Maximorum, & clarissimorum hominum calamitas, & comparatio superioris florentis ipsorum status cum præsenti, vel apud ipsos seditiosos, huius calamitatis autores, non parum pudoris gignit, ac miserationis.

b Quæ fœminæ tribui laudes maximæ possunt, hæ sunt; insignis fœcunditas & præclara pudicitia. illa est fœlicitatis, hæc virtutis.

c Etsi paruum, & ridiculum videri potest, tamen verum est, non parum fauoris sibi principem apud vulgum conciliare, si iis vtitur indumentis, quæ multitudini probantur: nam, vt ait Seneca, id agendum est, vt meliorem vitam sequamur, quam vulgus, non vt contrariam.

d Nihil æquè hominum animos perstringit atque inuidia; quæ non solùm est, cùm quis ab aliena fœlicitate læditur, & tabescit, sed cùm quæ nobis debentur, ea ipsa aliis tribui videmus. quæ sanè est [illegible] maior.

e Plus apud nos posse [illegible] utilitas reip. quàm vxor filij, propinqui.

f Princeps nullo validiore præsidio, [illegible] esse potest. hæc autem cùm non modo opibus, & dignitate sed & iis maxime virtutibus [illegible] contineatur, ei, penes quem sunt gubernacula reip. danda est opera, vt omnibus palam faciat suam personam vel sola maiestate, hoc est, iis rebus, ex quibus maiestas oritur, esse tutam. nam, teste Seneca epist. 96. sine bonitate nulla maiestas est.

g Magno principi cautio est adhibenda, ne quicquid virium penes se est, id contractum vnum in locum simul, semperque habeat; ne si is exercitus seditionem, aut rebellionem captauerit, non opprimi si opus erit, possit. quòd si quicquid habet copiarum, id plures in exercitus diuisum erit, si vnus insanire cœperit, huius [illegible] conatus aliorum subsidio, viribusque infringi possunt. Sic lib. 1. histor. sed longis spatiis discreti exercitus, quod saluberrimum est ad continendam militarem fidem, nec vitiis, nec viribus miscebantur.

h Is demum dux suo exercitui gratus est, quem milites intelligunt, non tam suam sibi vitam, non coniugem, non liberos charos esse, quàm eos, cùm res postulabit, pro gloria sui exercitus ad exitium offerre.

i Militis appellatio est honestior & sanctior, quàm vt ea seditiosis conueniat.

k Ciues appellari minimè possunt ij, quibus non proiecta magistratuum, senatusque autoritas est, vt sibi nihil vetitum esse existiment.

tam proiecta senatus autoritas? [a] hostium quoque ius, & sacra legationis, & fas gentium rupistis. Diuus Iulius seditionem exercitus verbo vno compescuit, [b] Quirites vocando, qui sacramentum eius detrectabant. [c] Diuus Augustus vultu, & aspectu Actiacas legiones exterruit. nos, vt nondum eosdem, ita ex illis ortos si Hispaniae, Syriaeue miles aspernaretur, tamen mirum & indignum erat. Primane, & vicesimae legiones, illa signis à Tyberio acceptis, tu tot praeliorum socia, tot praemiis aucta, [d] egregiam duci vestro gratiam refertis? hunc ego nuntium patri, laeta omnia aliis è prouinciis audienti feram? ipsius tyrones, ipsius veteranos, non missione, non pecunia satiatos? hic tantum interfici centuriones, eiici tribunos, includi legatos? infecta sanguine castra, flumina, meque [e] precariam animam inter infensos trahere? Cur enim primo concionis die ferrum illud, quod pectori meo infigere parabam, detraxistis, improuidi amici? melius & amantius ille, qui gladium offerebat. cecidissem certè [f] nondum tot flagitiorum exercitui meo conscius. legissetis ducem, [g] qui meam quidem mortem impunitam sineret, Vari tamen & trium legionum vlcisceretur. Neque enim dii sinant, vt Belgarum ([?] quanquam offerentium) decus istud, & claritudo sit, subuenisse Romano nomini, compressisse Germaniae populos. Tua, diue Auguste, caelo recepta mens, tua, pater Druse, imago, tui memoria iisdem istis cum militibus, quos iam [h] pudor & gloria intrat, [i] eluant hanc maculam; [k] irasque ciuiles in exitium hostibus

OBSERVATIONES.

a *A quibus legati violantur, ij illud ipsum ius, quod hostibus etiam sacrosanctum est, sacra legationis & fas gentium rumpere dicuntur, quo quid* [illegible] *dici potest?*

b *Cum miles immemor sacramenti, ac disciplinae* [illegible] *corrigi, hunc dux exercitus, quia militem neque potest, neque debet, saltem ciuis appellatione, aut alia salutabili & grata in vulgus,* [illegible] *occasio suggeret, insufficio dat operam vt contineat. hac ratione magnae persaepe seditiones à magnis imperatoribus sunt sedatae. ex his regula generalis hoc modo colligi potest; Qui adscititio non commouetur, hic propriô nomine est appellandus.*

c *Difficile dictu est, quantum sit momenti in maiestate magna* [illegible] *imperatoris; siquidem vultu, & aspectu solo seditiones* [illegible]

d *Nulla re vehementius* [illegible] *ingrati animi,* [illegible]

e *V*[illegible]*, quibus imperat, facta sunt, conscius* [illegible] *entis, & auctoritate praestare potuisse.*

f [illegible] *imperij* [illegible] *pertinet, non tam alienis, quam propriis* [illegible] *dubijs,* [illegible] *loco nosa. nam, vt ait Tacit. lib. 13. nihil rerum* [illegible] *quam fama potentiae non sua vi nixae.*

g [illegible] *eorum, qui rebus ipsius dubijs fidem* [illegible] *praestare* [illegible] *ipsa vitam, atque imperium mansisse possit vere dici possit, tamen caueat* [illegible] *tam insigni beneficio deuinciri patiatur; ne,* [illegible] *in sua vitam imperium* [illegible] *(vt ad omnes occasiones sunt mobilia populorum* [illegible]*) mutato animo* [illegible] *se* [illegible] *intelligunt.*

h [illegible] *gloria sunt acerrima incitamenta virtutis.*

i [illegible] *ex flagitiis praeclarè facto elui potest.*

k *Bono principi, & amanti Reip.* [illegible] *debet, vt ira ciuiles nō suis sed hostibus in exitium vertatur.*

vertant.

vertant. Vos quoque, quorum alia nunc ora, alia pectora contueor, si legatos Senatui, obsequium Imperatori, si mihi coniugem, ac filium redditis, [a] discedite à contactu, ac diuidite turbidos. id stabile ad pœnitentiam, id fidei vinculum erit. Supplices ad hæc, & vera exprobrari fatentes orabant, [b] puniret noxios, ignosceret lapsis, & duceret in hostem: reuocaretur coniunx, rediret legionum alumnus, neue obses Gallis traderetur. Reditum Agrippinæ excusauit ob imminentem partum, & hyemem. venturum filium. cætera [c] ipsi exequerentur. Discurrunt [d] mutati, & [e] seditiosissimum quemque vinctos trahunt ad legatum legionis primæ C. Cetronium, qui iudicium & pœnas de singulis in hunc modum exercuit. Stabant pro concione legiones districtis gladiis: reus in suggestu per tribunum ostendebatur: si nocentem adclamauerant, præceps datus trucidabatur: & [f] gaudebat cædibus miles, tanquam semet absolueret: [g] Cæsar arcebat: [h] quando nullo ipsius iussu penes eosdem sæuitia facti [i] & inuidia erat. Secuti exemplum veterani haud multò post in Rhætiam mittuntur, specie defendendæ prouinciæ, ob imminentis Suevos: cæterum vt auellerentur castris, trucibus adhuc, [k] non minùs asperitate remedii, quàm sceleris memoria. Centurionatum inde egit. citatus ab imperatore nomen, ordinem, patriam, numerum stipendiorum, quæ strenuè in præliis fecisset, & cui erant donaria militaria, edebat: si tribuni,

OBSERVATIONES.

a Qui cupis vires seditionis infringere, id palam facias vniuerso exercitui se nequaquam existimare omnino [illegible], & eandem esse causam. ideoque bonos horteris, vt à contactu [illegible] discedant, se [illegible] à turbidis separent, ac dissocient. fore id stabile ad pœnitentiam, neque [illegible] fidei [illegible]. Sic fiet, vt, [illegible] boni ciuis, boni spe, & obsequenti miles [illegible] causam ab rerum, qui seditiosissimi habentur, separet; ac tandem eò res euadit, vt [illegible] seditio [illegible].

b Principum est nocentes punire, lapsis ignoscere [illegible]

c Non satis est pœnitere flagitij, si non pœnitentia [illegible], quo [illegible] culam eluere possit.

d Diligenter princeps, quantum potest, ab se remouere debet inuidiam seueræ alicuius [illegible] sionis [illegible] operâ, vt quiuis alius potius, quàm ipse seueritatis auctor existimetur.

e Vera pœnitere est mutari.

f Vsque adeo est odiosa seditio, vt, qui eam [illegible] imprudentia sunt contacti, si semel resipiscant, ipsos seditionis, ac turbarum [illegible]

g Qui sibi flagitiorum sunt conscij, [illegible] supplicijs gaudent, si modo id in genere [illegible] pœna ad paucos, terror ad omnes [illegible]; vt est apud Liu.

h [illegible] illud ipsum [illegible] hic exprimit Tacitus, [illegible] periculo esse [illegible], vt iras in eum principem, quem [illegible] odit [illegible], vt, non suo ipsius iussu id fieri [illegible] se, sed quemuis alium [illegible] facti, & inuidiæ.

i [illegible] aliqua probabili specie [illegible] separari, ac diuelli debent.

k S[illegible], non minùs odiosa sit asperitas remedij, quàm scelus ipsum, aut sceleris memoria. [illegible], cum duriora remedia, quàm pericula fuerunt, adhibentur, in quo peccasse L. Sylla [illegible] dicit Seneca.

si legio [a] industriam, innocentiamque adprobauerant, retinebat ordines: vbi auaritiam, aut crudelitatem [b] consensu obiectauissent, soluebatur militia. Sic compositis praesentibus, haud minor moles supererat, ob ferociam quintae, & vndeuicesimae legionum, sexagesimum apud lapidem (loco Vetera nomen est) hybernantium. nam primi seditionem coeptauerant, [atrocissimum quodque facinus horum manibus patratum] nec poena commilitonum exterriti, nec poenitentia conuersi, iras retinebant. Igitur Caesar arma, classem, socios demittere Rheno parat, si imperiũ detrectetur, [d] bello certaturus. At Romae nodum cognito, qui fuisset exitus in Illyrico, & legionum Germanicarum motu audito, trepida ciuitas incusare Tyberium, quod dum patres, & plebem, [e] inualida & inermia, cunctatione ficta ludificetur, dissideat interim miles, neque duorum adolescentium nondum adulta autoritate comprimi queat: [f] ire ipsum & opponere maiestatẽ imperatoriam debuisse cessuris vbi principem longa experiẽtia, eundemq; [g] seueritatis, & munificentiae summum vidissent. an Augustum fessa aetate toties in Germanias commeare potuisse: Tyberium vigentem annis sedere in senatu verba patrum cauillantem? satis

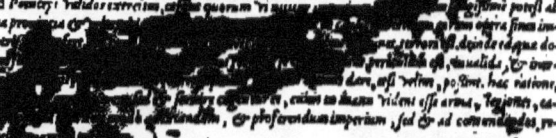

OBSERVATIONES.

a *Hae sunt virtutes illorum propriae, quibus mandantur [illegible] exercitus, industria, & innocentia: praecipua vitia, auaritia, & crudelitas.*

b *Cauendum est principi in rep. & imperatori in exercitu, ne quicquam [illegible], quod [illegible] facto videatur [illegible] multitudinis [illegible] habere [illegible] non palam facere debet. Quod si à [illegible] ipse dissentit, [illegible] quicquid est, dissimulet: [illegible] prudentia [illegible] & vulgi [illegible] satisfaciat [illegible] ipse eadem opera, [illegible] conficiat. Caeterum [illegible] persaepe [illegible], quae [illegible] sint, nec [illegible], nec [illegible] consensu vulgi discipatur.*

c *Si miles adeo est seditiosus, vt, neque poena commilitonum exterritus, nec poenitentia conuersus fuerit, irasque retineat, cum hoc velut cum hoste ferro certandum [illegible].*

d *Principes validos exercitus, [illegible] quorum vi [illegible] potest ab [illegible] provinciis & [illegible] fines imperii [illegible] seruare [illegible]. deinde ea quae do- [illegible] periculosa est, inualida, & inermia [illegible] dare, etsi velint, possint. hac ratione, [illegible] & [illegible], cum [illegible] videns esse arma, legiones, [illegible] & proferendum imperium, sed & ad [illegible]*

[illegible] *nondum adulta autoritas militem seditiosum [illegible]*

[illegible] *ac magno motu perturbatio, ire eò ipse princeps, ac maiestate imperatoria [illegible] aliqua causa [illegible].*

[illegible] *principis, atque hoc [illegible] ab experientia [illegible] laudes, [illegible], hoc [illegible], [illegible] experientia [illegible]*

[illegible] *seueritas & munificentia; hoc est principis est, non [illegible], sed [illegible] quem seuerè animaduerti oportet [illegible] qui sua liberalitate, & munificentia dignus sit.*

prospe-

prospectum vrbanæ seruituti: militaribus animis adhibenda fomenta, vt [a] ferre pacem velint. Immotum aduersus eos sermones, [b] fixumque Tyberio fuit nō omittere caput rerum, neque se remque publicam in casum dare. Multa quippe & diuersa angebant: validior per Germaniam exercitus, propior apud Pannoniam: ille Galliarum opibus subnixus, hic Italiæ imminens. Quos igitur anteferret? ac ne [e] postpositi contumelia incenderentur. [f] At per filios pariter adiri, maiestate salua, [g] cui maior è longinquo reuerentia. [h] Simul adolescentibus excusatum, quædam ad patrem reijcere, resistentisque Germanico, aut Druso, posse a se mitigari vel infringi. quod aliud subsidium, si imperatorem spreuissent? [i] Cæterum vt iam iamque iturus legit comites, conquisiuit impedimenta,

[1. Vel sic a se ... [illegible]]

OBSERVATIONES.

a Per verò accidit, vt militares animi pacem ferre possint.

b Nouus princeps de latum quodque vrgentis, si fieri potest, debet discedere ab ea vrbe, vbi est caput rerum, quicquid inuitent alij, & dissideant exercitus in prouincijs, id quod verum est, [illegible] corroborato principatu, nam si non adsit hæc causa, tum ipse, & opponere se maiestatem imperatoriam, vt supra dictum est, furentibus debet.

c Princeps & resp. eo vinculo sunt adstricti, vt nihil alteri separatim accidere possit, quod idem ad alterum non pertineat. hinc fit, vt, nihil sibi princeps vtile esse putet, quod idem Reip. non expediat: & contra si quid in huius perniciem redundat, id quoque sibi principi exitiosum fore existimet. ergo quisquam bonum principis à bono publico distinguit putat.

d Nunquam non princeps hoc sibi ante oculos ponat, vt nihil planè agat in ijs, quæ ad remp. pertinent, nisi certa cum spe; caueatque diligenter, ne se vnquam in casum det, fortunæ se, risque suas permittat, &, vt Seneca loquitur de benef. lib. 7. cap. 2. mittat se in dubium.

e Meritò postpositi contumelia incendi videntur, et postponuntur ij, qui posterior aditur. itaque principibus atque etiam cauto opus est, ne quid in hiis peccet, apud eos, quorum ex animis hoc contumeliæ genus vix vnquā deletur. hoc hodierno die, diligenter obseruādum est. quippe videmus inter plerosque principes maximas pro hac honoris æmulatione contentiones oriri, quæ quidem non aliud spectant, quàm ad lacerandam remp. christianam.

f [illegible] sua præsentia alicui [illegible], alterum postponat, ac postpositi contumelia incendantur, [illegible] planè abstinent, idque nonnullis [illegible] personis pari necessitudinis, atque affinitatis vinculo [illegible] sunt. hac ratione maiestas remanet salua, & [illegible]

g Maiestati principis major à longinquo est reuerentia.

h Quæ per interpositas personas à principe geruntur multò tutiori ratione fiunt, quàm si ab ipso principe administrentur. Nam si quid forte per huiusmodi interpositas personas haud satis feliciter administratum est, nihil tamen periculi adiutur, cùm etiam remaneat subsidium apud ipsum principem, ad quem si quid eorum, quæ ab interpositis personis aguntur, forte reiectum est, excusari id, quicquid est, potest.

i Quæ princeps [illegible] contra opinionem omnium, ea continuò vulgari minimè debent. quin potius fouenda est opinio vulgi; suntque homines speciosa aliqua arte ludificandi, donec paulatim, progressu temporis, ipse verisimilia impedimenta (alia tamen, quàm quæ vera sunt) afferre possit. Qua ludificatione princeps non modò vulgi animos à se non alienabit, sed [illegible] [illegible], quæ multitudini probantur, simulabit; atque tamen quicquam [illegible], quàm [illegible] animum suum est. Quòd si statim suum consilium ab aliorum sententia [illegible] [illegible] quisquam est, qui non ea re offenderetur, ac proinde ipse in [illegible] [illegible], & [illegible] incurrit; postremò haud sanè paruis se implicat difficultatibus, quibus se hac cunctatione, & ludificatione astutè, ac lepide exsoluit.

F

adornauit naues, mox hyemem, aut negotia variè causatus, primò prudentes, dein vulgum, diutissimè prouincias fefellit. At Germanicus, quanquam contracto exercitu, & parata in defectores vltione, [a] dandum adhuc spatium ratus, si recenti exemplo sibi ipsi consulerent, [b] præmittit literas ad Cæcinnam, venire se valida manu, [c] ac ni supplicium in malos præsumant, usurum promiscua cæde. Eas Cæcinna aquiliferis, signiferisque, & quod maximè castrorum syncerum erat, occultè recitat: vtque [c] cunctos infamiæ, seipsos morti eximant, hortatur: [d] nam in pace causas & merita spectari; vbi bellum ingruat, innocẽtes ac noxios iuxta cadere. Illi, tentatis quos idoneos rebantur, postquam maiorem legionum partem in officio vident, de sententia legati statuunt tempus, quo fœdissimũ quemque, & seditioni promptum ferro inuadant. [e] Tunc signo inter se dato, irrumpunt contubernia, trucidant ignoros, nullo nisi consciis, noscente quod cædis initium, quis finis. [f] Diuersa omnium quæ vnquam accidere ciuilium armorum facies: non prælio, non aduer-

OBSERVATIONES.

a *Priùs omnia tentari debent, quàm extrema remedia adhibeantur; nempe, dandum est malorū pœnitentiæ locum.*

b *Seditiosum militem ita perterrefacere debet princeps vt, Germanici exemplo, occultè præmittat literas ad eos, quorum fide nititur; quibusque mandata ferme omnia exercitus, quibus literis affirmet se venire valida manu, eaque quæ furentes comprimere possit; ac ni boni milites, & quicquid in exercitu syncerum adhuc est, vltionem in alios præsumant, vsurum se promiscua cæde.*

c *Quicquid infamia vniversas, propter indignam aliquod facinus, sibi contraxit, id totum ab eis aliqua parte, quæ fortè ad sanitatem redit, aboleri, & amissam pristinam decorem recuperari potest: vsque eò fauorabilis est paucorum virtus, vt multorum dedecora deleat.*

d *In pace non omnium eadem est causa sed vniuscuiusque causa, & merita spectantur; i. nemo iniustè punitur, aut præmiis præter meritum afficitur. sed vbi bellum ingruit, innocentes ac noxij iuxta cadunt; adeò vt hominibus pax multò sit æquior, quàm bellum.*

e *Meritò dubitari potest, an liceat principi in rep. aut duci in exercitu in rebelles, ac seditiosos extra ordinem animaduertere, hoc est, non per magistratus, & causæ [illegible] promiscua omnium cæde, & opprimendis [illegible] ratione. Cæcinnæ [illegible] remedia præstenta [illegible] possint, quàm si seditiosorum, ac rebell[illegible] exemplum sequi. [illegible] tamen adeò est luctuosum, vt illa [illegible] medicina, sed clades potiùs appellanda sit. Hanc ob causam videntur [illegible] principes, [illegible] qui exercitus ducebant, vt hoc exemplo nonnisi tunc vtantur, cùm [illegible] fuit res Romana, ipsi erant; tempus eò adductum videbant, vt nisi seditio[illegible] è medio tollantur, resp. magnum discrimen aditura sit. præstat enim, vt supra [illegible] ad omnes, pœna ad paucos perueniat.*

f *[illegible] luctuosissima ciuilium armorum facies, cùm non prælio, non aduersis è castris, sed [illegible], & quos simul vescentes dies, simul quietos, ac [illegible] nox habuit, discedunt [illegible], atque vbique pugnatur; omnibus in locis clamor, & [illegible] oriuntur; passim [illegible] conspiciuntur; vnusquisque quod fors obtulit, rapit; denique vbi nullus [illegible] furoris, iugentisque facinus moderator adest; sed permissa est vulgo licentia, [illegible].*

sis è castris, sed iisdem è cubilibus, quos simul vescentis dies, simul quietos nox habuerat, discedunt in partes, ingerunt tela clamor, vulnera sanguis palàm: causa in occulto. cætera fors regit. & quidam bonorum cæsi. Postquam intellectum in quos sæuiretur, pessimi quoque arma rapuerant. neque legatus, aut tribunus moderator adfuit, permissa vulgo licentia atque vltio, & satietas. Mox ingressus castra Germanicus, non medicinam illud, plurimis cum lachrymis, sed cladem appellans, cremari corpora iubet. Truces etiā tum animos cupido inuolat eundi in hostē, [piaculum furoris] nec aliter posse placari commilitonum manes, quàm si pectoribus impiis [a] honesta vulnera accepissent. [b] Sequitur ardorē militū Cæsar: iunctoque ponte tramittit duodecim millia è legionibus sex, & viginti socias cohorteis, octo equitum alas, quarum ea seditione intemerata modestia fuit. Læti neque procul Germani agitabant, dum [c] iustitio ob amissum Augustum, pòst [d] discordiis attinemur. At Romanus agmine propero syluam Cæsiam, limitemque à Tyberio cœptum scindit, castra in limite locat, frontem ac tergum vallo, latera concædibus [1] mututus. Inde saltus obscuros permeat, consultatque ex duobus itineribus, breue & solitum sequatur, an impeditius & intentatum, eoque hostibus incautum. [e] Delecta longiore via, cætera adcelerantur. Etenim attulerant exploratores [f] festam eam Germanis noctem, ac solennibus epulis ludicram. Cæcinna cum expeditis cohortibus præire, & obstantia syluarum amoliri iubetur. legiones modico interuallo sequuntur. Iuuit nox sideribus inlustris. Ventumque ad vicos Marsorum, & circundatæ stationes, stratis etiam tum per cubilia, propterque mensas, nullo metu, non antepositis vigiliis, [g] adeò cuncta incuria disiecta erant: neque belli timor, [h] ac ne pax quidem nisi languida, & soluta inter temulentos. Cæsar auidas legiones, quò latior populatio foret, quatuor in cuneos disper-

1 Lege, munitus.

OBSERVATIONES.

a *Honesta vulnera dicuntur ea, quibus ictus est is, qui pro rep. pugnat.*

b *Cùm ignominia ab hoste accepta est, neque dum propter discordias intestinas aboleri potuit, si quid accidit huiusmodi, quod militum animos ad pugnam incendat, cui dubium esse potest, quin hunc ardorem imperator sequi debeat?*

c *Amisso principe iustitium indicitur.*

d *Procul dubio causa est cur lætetur is, qui hostem arma abiecisse, ac non discordiis attineri videt. Sic lib. 1. hist. Si Vitellio, & satellitibus eius eligendi facultas detur, quem nobis animum, quas mentes imprecentur? quid aliud, quàm seditionem, & discordiam optabunt?*

e *Quà ad hostem opprimendum iri potest, si duo sunt itinera, breue & solitum interdum omitti debet, impeditius, & intentatum, eoque hostibus incautum potiùs, atque quò volumus, ducit.*

f *Dum hostis festos dies celebrat, & conuiuia agitat, opprimi paruo negotio potest.*

g *Ab incuria & negligentia eorum munerum, quibus res, & disciplina militaris continetur, maxima, & atrocissima clades proficiscuntur.*

h *Non minùs periculosa est pax languida, & soluta inter temulentos, quàm bellum.*

tit.[a] quinquaginta millium spatiū ferro, flammisque peruastat. nō sexus, non ætas miserationem attulit; profana simul & sacra, & celeberrimum illis gentibus tēplum, quod Tanfanæ vocabant solo æquātur; sine vulnere milites, qui semisomnos, inermos, aut palantis ceciderant. Exciuit ea cædes Bructeros, Tubantes, Vsipetes: saltusque, per quos exercitui regressus, insedere.[b] quod gnarum duci: incessitque itineri & prælio. pars equitum, & auxiliariæ cohortes ducebant: mox prima legio, & mediis impedimentis sinistrum latus vnetuicesimani, dextrum quintani clausere: vicesima legio terga firmauit, post ceteri sociorum. Sed hostes donec agmen per saltus porrigeretur, immoti, dein latera, & frontem modicè adsultantes, tota vi nouissimos incurrere.[c] Turbabanturque densis Germanorum cateruis leues cohortes, cùm Cæsar aduectus ad vicesimanos voce magna,[d] hoc illud tempus obliterandæ seditionis clamitabat, pergerent, properarent culpam in decus vertere. Exarsere animis, vnoque impetu perruptum hostem[e] redigunt in aperta, cęduntque; simul primi agminis copiæ euasere syluas, castraque communiuere. Quietum inde iter.[f] Fidensque recentibus, ac priorum oblitus miles in hybernis locatur. Nuntiata ea[g] Tyberium lętitia curaque adfecere. gaudebat oppressam seditionem:[h] sed quod largiendis pecuniis, & missione festinata fauorem militum quæsiuisset, bellica quoque Germanici gloria angebatur. Retulit tamen ad senatum de rebus gestis, multaque de virtute eius memorauit,[i] magis in speciem verbis adornata, quàm, vt penitus sentire crederetur.[k] Paucioribus Drusum & finem Illyrici motus laudauit, sed in-

OBSERVATIONES.

a *Ea demum maxima vltio dici potest, cùm longè lateque omnia ferro, flammisque peruastantur, non sexus, non ætas miserationem affert; profana simul, & sacra, ipsaque Deorum immortalium templa, quamuis celeberrima, & augustissima solo æquantur; semisomni, inermes, ac palantes hostes trucidantur.*

b *Non minùs scire debet dux [illegible] capere, quàm quæ ipse est acturus.*

c *Densis cateruis [illegible] turbari [illegible].*

d *Culpæ, & flagitia [illegible], quæ in [illegible] verti possunt rectè factis, ac præclaris facinoribus.*

e *Cùm [illegible] locis [illegible], danda est opera vt in aperta redigatur.*

f *Præclaris facinoribus adeò [illegible] hominum, vt culpæ, flagitiique prioris facilè obliuiscamur.*

g *Non semper lætatur princeps ob rem prosperè gestam, si per eum gesta est, qui proximus destinatur; hic enim semper suspectus inuisusque dominantibus est, vt ait Tacit. lib. 1. histor.*

h *Ij principibus non modò esse suspecti, sed & eos angere solent, qui cùm proximi destinentur, interim nihil omittunt, [illegible] sibi concilient fauorem militum, bellicisque laudibus ornentur.*

i *[illegible] laudibus [illegible] celebramus illi detrahimus, si quæ de illius virtute memoramus, ea ita dicimus, vt [illegible] intelligere velimus, magis in speciem verbis esse adornata, quàm ea nos penitus sentire vel prolata fuisse. Sic in vita Agric. pessimum inimicorum genus laudantes.*

k *Breuitas sermonis est argumentum animi aperti; longa oratio tecti, ac simulati. cui itaque ex animo, vereque fauemus, hunc non verbis in speciem quæsitis, sed breui, eaque fida oratione laudamus.*

centior

trĕtior, & fida oratione.[a] Cunctaque quæ Germanicus indulserat, seruauit, etiam apud Pannonicos exercitus. Eodem anno Iulia supremum diē obiit,[b] ob impudicitiā olim à patre Augusto Pandateria insula, mox oppido Rheginorum, qui Siculū fretum accolunt, clausa. Fuerat in matrimonio Tyberii, florētibus Caio & Lucio Cęsaribus, spreueratque vt imparem: nec alia tam intima Tyberio causa, cur Rhodum abscederet. Imperium adeptus, extorrem, infamem, & post interfectum Posthumum Agrippam omnis spei egenam, inopia, ac tabe longa peremit,[c] obscuram fore necem longinquitate exilii ratus. Par causa sęuitiæ in Sempronium Gracchum, qui familia nobili, solers ingenio, &[d] praue facundus, eandem Iuliam in matrimonio Marci Agrippæ temerauerat. Nec is libidini finis: traditam Tyberio peruicax adulter cōtumacia, & odiis in maritum[e] accendebat. Literæque quas Iulia patri Augusto cum insectatione Tyberii scripsit, à Graccho compositæ credebātur. Igitur amotus Cercinnam Africi maris insulam, quatuordecim annis exilium tolerauit. Tunc milites ad cædem missi inuenere in prominenti littoris[f] nihil lætum opperientem. Quorum aduentu breue tempus petiuit, vt suprema mandata vxori Alliariæ per literas daret, ceruicemque percussoribus obtulit,[g] constantia mortis haud indignus Sempronio nomine, vitā degenerauerat. Quidā non Roma eos milites, sed ab L. Asprenate proconsule Africæ missos tradidere, autore Tyberio,[h] qui famā cędis posse in Asprenatem verti[i] frustra sperauerat. Idem annus nouas ceremonias accepit, addito sodalium Augustalium sacerdotio, vt quondam T. Tatius retinendis Sabinorum sacris sodales Tatios instituerat. Sorte ducti ę primoribus ciuitatis vnus & viginti,[k] Tyberius, Drususque, & Claudius, & Germanicus adiiciuntur. Ludos Augustales tunc primùm cœptos turba-

OBSERVATIONES.

a *Valde interest principis sedulò dare operam vt siquid suo nomine exerceatur, ipsique attribuitur, quorum in manu resp. est ab eo, cui id negotij ipse dedit promissum est, in eo fidem suam liberet. Vix enim dici potest, quantum ei rei haec sit honorifica, quantumque roboris, ac firmitatis addat imperio.*

b *Apud veteres iudicium adulterij exercebatur intra priuatos parietes: atque in more positum erat, vt à parentibus in filias, ob impudicitiam, animaduerteretur.*

c *Haud dubiè obscurior est interitus eorum, qui in longo exilio supremum diem obeunt.*

d *Praestat rudem esse bonarum artium, quam iis prauè vti, vt supra obseruaui.*

e *Adulterorum mos est, vt vxores in maritos accendant.*

f *Ferè fit, vt, cuius interitus instat, huic animus nihil laeti praesagiat.*

g *Constantia in ipso mortis articulo, etiam in viro improbo, est laude digna. certè quidem reperiuntur, vt ait Seneca epist. 24 qui ad alia ignaui in morte exaequarunt animum fortissimorum.*

h *Siquid princeps odiosum perpetrare vult, cum rei suspitionem ab se, quo re maximè potest, amoueat, idque, quicquid est negotij alicui mandet, in quem totius facti odium verti possit.*

i *Quae omnibus sunt nota, quo magis damus operam vt recondantur, hoc magis palam fiunt.*

k *Qui vero alicui dignitatem addere vult, viros maximos, seque in primis, si princeps est, ibi adscribat.*

uit, discordia ex certamine histrionum. Indulserat ei ludicro Augustus, dum Mecœnati obtéperat effuso in amorem Bathylli. Neque ipse abhorrebat talibus studiis, & [a] ciuile rebatur misceri voluptatibus vulgi. Alia Tyberio morum via. [b] sed populum per tot annos molliter habitum, nõdum audebat ad duriora vertere. Druso Cæsare, C. Norbano COSS. decernitur Germanico triumphus, [c] manente bello, quod quanquam in æstatem summa ope parabat, initio veris, & repentino in Chattos excursu præcepit. Nam spes incesserat [d] dissidere hostem in Arminium ac Segestem, insignem vtrunque perfidia in nos, aut fide. Arminius turbator Germaniæ, Segestes parari rebellionem sæpe aliàs, & supremo conuiuio, post quod in arma itum, aperuit, suasitque Varo [e] vt se, & Arminium & cæteros proceres vinciret: [f] nihil ausuram plebem principibus amotis, atque ipsi tempus fore, quo crimina, & innoxios discerneret. Sed Varus fato, & vi Arminii cecidit. Segestes, quanquam consensu gentis in bellum tractus, [g] discors manebat, auctis priuatim odiis, quòd Arminius filiam eius alii pactam rapuerat [gener inuisus inimici soceri] [h] quæque apud concordes vincula charitatis, incitamenta irarum apud infensos erant. Igitur Germanicus quatuor legiones, quinque auxiliarium millia, & tumultuarias cateruas Germanorum cis Rhenum colentium Cæcinnæ tradit: totidem legiones, duplicem sociorum numerum ipse ducit: positoque castello super vestigia paterni præsidii in monte Tauno, expeditum exercitum in Chattos rapit, L. Apronio ad munitiones viarum & fluminum relicto. [i] Nam (rarum illi cœlo) siccitate, & amnibus mo-

[illegible]

OBSERVATIONES

a *Qui vulgo vult esse gratus, interdum misceatur illius voluptatibus, i. quæ multitudini probantur, ea quoque sibi probari ostendat.*

b *Etsi mores principis diuersi sint ab iis, qui multitudini probantur, consultè tamen faciet, si quatenus poterit, populo indulgebit; ne subita institutorum mutatione homines ab sese alienet, imitatione Tiberij, qui populum per multos annos molliter habitum [illegible] ad duriora vertere, quamuis eò ipse inclinaret.*

c *Triumphus [illegible] decerni potest, si modò insigni aliqua victoria ex hostibus [illegible] sunt frequentissima in veterum scriptis.*

d *[illegible]*

e *[illegible] conuiuatio [illegible] est, & ipse vinciri, & in custodiam tradi debet, ne cæteris reus, aut [illegible] ab ipso profectum esse in mentem venire possit.*

f *Plerunque nihil audet plebs principibus amotis.*

g *Priuata odia discordiam in rep. fouent, certè experientia docti possumus affirmare, priuatas discordias, nisi principis sapientia continuò extinguantur, tandem in ipsum, vtique pub. perniciem erumpere.*

h *Connubia, affinitates, ac cætera eius generis, quæ apud concordes sunt vincula charitatis, apud infensos sunt incitamenta irarum, quippe solent esse acerrima proximorum odia, vt alio loco Tacit. ait.*

i *Caueat dux exercitus diligenter considerare debet locorum naturam, quibus in locis est, vt ex eorum, ac [illegible] & cæterarum ratione circunstantiarum quid facto opus sit, dispicere possit: exempli gratia; si est inter paludes, & tamen tunc temporis siccitas insolita amnes reddiderit modicos, aut paludes exsiccauerit, atque ideo metuendum sit ne regredienti imbres, & fluminum [illegible] impedimento sint, consultè faciet si aliquem præficiat munitionibus viarum, & fluminum.*

dicis

dicis inoffensum iter properauerat, imbresque & fluminum auctus regredienti metuebantur. Sed Chattis adeò improuisus aduenit, vt, quod imbecillum ætate ac sexu statim captum, aut trucidatum sit: iuuentus flumen Adranam nando tramiserit: Romanosque pontem cœptantes arcebant, dein tormentis, sagittisque pulsi, tentatis [a] frustra conditionibus pacis, cùm quidam ad Germanicum perfugissent; reliqui, omissis pagis, vicisque in syluas disperguntur. Cæsar, incenso Mattio (id genti caput) aperta populatus, vertit ad Rhenum, non auso hoste terga abeuntium lacessere: [b] quod illi moris, quoties astu magis, quàm per formidinem cessit. Fuerat animus Cheruscis iuuare Chattos, sed exterruit Cæcinna [c] huc illuc ferens arma. & Marsos congredi ausos prospero prælio cohibuit. Neque multò post legati à Segeste venerunt, auxilium orantes aduersus vim popularium, à quis circumsedebatur, validiore apud eos Arminio, quando bellum suadebat. [d] Nam barbaris quanto quis audacia promptus, tanto magis fidus, rebus commotis potior habetur. Addiderat Segestes legatis filium nomine Segimundum. Sed iuuenis conscientia cunctabatur. quippe anno, quo Germaniæ desciuere, sacerdos apud aram Vbiorum creatus ruperat vittas, profugus ad rebelles. Adductus tamen in spem clementiæ Romanæ, pertulit patris mandata, [e] benigneque exceptus, cum præsidio Gallicam in ripam missus est. Germanico pretium fuit conuertere agmen; pugnatumque in obsidentis; & ereptus Segestes magna cum propinquorum, & clientium manu. Inerant fœminæ nobiles, inter quas vxor Arminii, eademque filia Segestis, [f] mariti magis quàm paren-

OBSERVATIONES.

a *Ab victis frustra tentatur pax, quæ ipsis salutaris, victoribus tantùm gloriosa est.*

b *Periti est, vt qui astu magis, quàm per formidinem cedit, terga hostis abeuntis lacessat.*

c *Victoria [illegible], ac perterritis hostibus, imperator huc illuc arma ferre debet, ne spatium sese colligendi, copiasque suas cum amicis exercitibus coniungendi hostibus det.*

d *Hæc est natura ferocium nationum, ac plebis, vt quantò quis audacia promptus est, tantò magis multitudini commota, ac furenti fidus, & potior habeatur, cùm res [illegible]; ad quas gerendas opus est viro acri, & audaci.*

e *Non semper qui à nobis defecit, si in potestatem nostram venit, venia indignus videri debet; præsertim si potentiorum vi ad defectionem pertractus est, posteaque facti pœnitens, & adductus in spem clementiæ nostræ se iterum nobiscum coniunxit. hoc potissimùm seruari debet in iis, qui auctoritate, & gratia apud suam gentem plurimùm valent, quorumque opera vti resp. potest in conseruandis in prouinciis, quæ etsi nobis parent, tamen quia hostibus potentissimis sunt finitimæ, periculum est, ne ab iis in spem recuperandæ libertatis adductæ arma capiant. certè amore & beneuolentia longinquas prouincias, quàm vi, & sæuitia retineri præstat, id quod hodierno die, experientia nos ita docuit, vt, quod affatim [illegible] est exemplorum, hic recensere minimè sit necesse. nempe, grande momentum est in beneuolentia & studiis populi, quam plerique principes vsque eò contemnunt, vt, quæ eadem retinendis hominum animis feliciter conficere possent, hæc, mera prauitate, abalienandis peruerse malint. hic, scilicet, nihil ex dignitate fieri videtur, quod non idem ab terribilitate, ac sæuitia proficiscatur.*

f *Maiori haud dubiè affinitatis vinculo adstricti sunt maritus & vxor, quàm pater & filius. ideo non est mirandum si hæc, in calamitate, mariti animum potiùs, quàm patris sequitur.*

tis animo, neque victa in lacrymas, neque voce supplex, compressis intra sinum manibus, grauidum vterum intuens. Ferebantur & spolia Varianæ cladis, plerisque eorum, qui tum in deditionem veniebant, prædæ data. Simul Segestes ipse ingens visu, & [a] memoria bonæ societatis impauidus. verba eius in hunc modum fuere. [b] Non hic mihi primus erga populum Rom. fidei & constantiæ dies. Ex quo à diuo Augusto ciuitate donatus sum, [c] amicos, inimicosque ex vestris vtilitatibus delegi; [d] neque odio patriæ (quippe [e] proditores etiam iis, quos anteponunt, inuisi sunt) verum quia Romanis Germanisque idem conducere, & [f] pacem quàm bellum probabam. ergo raptorem filiæ meæ, violatorem fœderis vestri Arminium, apud Varum, qui tum exercitui præsidebat, reum feci. dilatus segnitia ducis, quia parum præsidii in legibus erat, vt me & Arminium, & conscios vinciret, flagitaui. Testis illa nox, mihi vtinam potius nouissima, quæ secuta sunt [g] deflere magis, quàm defendi possunt. Ceterùm & inieci catenas Arminio, & à factione eius iniectas perpessus sum. atque vbi primùm tui copia, [h] vetera nouis, & quieta turbidis antehabeo, neque ob præmium, sed [i] vt me perfidia exsoluam: simul genti Germanorum [k] idoneus conciliator, [l] si pœnitentiam, quàm perniciem maluerit. Pro [m] iuuenta & errore filij veniam precor. filiam [n] necessitate huc adductam fa-

[illegible]

OBSERVATIONES.

a *Animus sibi bene conscius etiam in maximis periculis est impauidus.*

b *Merita nostra in principem, aut in Remp. loco, ac tempore audacter commemorare & possumus, ac debemus, hoc est, tum cùm aut de fama, aut de vita nostra agitur.*

c *Is fidem nobis præstat, & constantiam, qui amicos, atque inimicos ex nostris vtilitatibus deligit.*

d *Illius factum nobis probari non potest, qui odio patriæ se nobiscum coniunxit. nam qualem eum hominem esse dicas, qui impius est in communem parentem? ac proinde quid tantum ab eo expectare potes, quo ad illum tua beneuolentia complectendum inlici possis?*

e *Vsqueadeo sunt odiosi proditores, vt etiam illis ipsis, quos patriæ saluti* [illegible]*, meritò sint inuisi.*

f *Boni ciues,* [illegible] *sectantur; bellum, quod multa mala* [illegible]

g *T*[illegible]

h [illegible] *vetera* [illegible] *quieta turbidis anteponit.*

i *Viri præstantes non ob præmium, sed sibi, ac virtutis causâ, quæ suâ persona digna sunt, faciunt.*

k *Transfugas homines, qui ex hostium gente in nostra castra confugiunt, benigne excipere debemus,* [illegible] *vtiles & idoneos ad multa; ac potissimum ad conciliandam nobis popularium suorum gratiam & beneuolentiam.*

l *Imbecillum, si valentiorem offendit, pœnitere præstat, quàm irritis conatibus illius iram intendere, sibique perniciem parare.*

m *Quicquid in iuuentute contra quàm fieri debet, committitur, error potius quàm peccatum appellatur, & proinde cùm id ab lubrico ætatis magis quàm ab nequitia profectum esse dici possit, venia potius, quàm supplicio dignum videtur.*

n *Qui si voluntate quò debuit, venisset, venia dignus videri poterat, hic si ex necessitate adductus est, venia indignus est.*

teor.

teor. tuum erit consultare, [a] vtrum præualeat, quòd ex Arminio concepit, an quòd ex me genita est. Cæsar [b] clementi responso, liberis [c] propinquisque eius incolumitatem, ipsi sedem veterem in prouincia pollicetur. Exercitum reduxit, nomenque Imperatoris, [d] autore Tyberio, accepit. Arminii vxor virilis sexus stirpem edidit: educatus Rauennæ puer, quo mox ludibrio conflictatus sit, in tempore memorabo. [e] Fama dediti benigneque excepti Segestis vulgata, vt quibusque bellum inuitis, aut cupientibus erat, spe, vel dolore accipitur. Arminium, super insitam violentiam, rapta vxor, subiectus seruitio vxoris vterus [f] vecordem agebant: volitabatque per Cheruscos, arma in Segestem, arma in Cæsarem poscens. Neque [g] probris temperabat, egregium patrem, magnum imperatorem, fortem exercitum, quorum tot manus vnam mulierculam auexerint. Sibi tres legiones, totidem legatos procubuisse. Non enim se [h] proditione, neque aduersus fœminas grauidas, sed palàm aduersus armatos bellum tractare: cerni adhuc Germanorum in lucis signa Romana, [i] quæ diis patriis suspenderit: coleret Segestes victam ripam: redderet filio sacerdotium: hominem Germanos nunquam satis excusaturos, quòd inter Albim & Rhenum virgas, & secures, & togam viderint: aliis gentibus ignorantia imperii Romani inexperta esse supplicia, nescia tributa: quæ [k] quando exuerint, irritùsque discesserit ille inter numina dicatus Augustus, ille delectus

OBSERVATIONES.

a & c *Tantum illius, qui si nobiscum coniunxit, cùm hostis esse posset, tantum apud nos valere debet, vt proximos quoque, ac necessarios illius complectatur, quamuis ipsi & hostes nostri arcto necessitudinis* [illegible] *constringantur, eoque ipsorum consuetudine potius abstinendum esse videri possit.*

b *Nostrarum partium homines merito* [illegible] *clementi responso consulari debemus.*

d *Maximi & amplissimi viri summos quosque honores, quamuis meritò sua præstanti virtuti debitos, nonnisi principe auctore sibi deferri patiantur; ne, quæ ex re dignitatem sperant, in ea perniciem inueniant.*

e *In cuius rei fama, si vulgetur, grande momentum est, ac in re diligenter cauendum est, ne quid peccetur.*

f *Ea demum nos vecordes agunt, quæ cùm sint nobis charissima, non solùm ipsi amisimus, sed ea in potestate sunt eorum, quos maximè odimus.*

g *Animi est impotentis, non temperare probris.*

h *Aliud est proditione, aliud virtute bellum tractare.*

i *Signa externis hostibus erepta diis patriis, in templa, suspendi debent publicæ gloriæ monimentum, & publicum grati erga deum animi argumentum.*

k *Intendunt hostes, semper seditiosi, vt aliàs sæpe obseruaui, solent eludere maiestatem principis, & extenuare ea omnia quibus aut ipse aut resp. innititur, tanquam ea, quæ discuti nullo negotio possunt; si modò tam ad rem adhibeatur furor, & insania.*

Tyberius, ne [a] imperitum adolescentulum, [b] ne seditiosum exercitum pauescerent: Si patriam, parentes, antiqua mallent, quàm dominos, & colonias nouas, Arminium potiùs [c] gloriæ ac libertatis, quàm Segestem [d] flagitiosæ seruitutis ducem sequerentur. Conciti per hæc non modò Cherusci, sed [e] conterminæ gentes, tractusque in parteis Inguiomerus Arminii patruus, veteri apud Romanos autoritate: vnde maior [f] Cæsari metus. & ne bellum mole vna ingrueret, Cæcinnam cum quadraginta cohortibus Romanis, [g] distrahendo hosti per Bructeros ad flumen Amisiam mittit. Equitem Pedo præfectus finibus Frisiorum ducit. Ipse impositas nauibus quatuor legiones per lacus vexit: simulque pedes, eques, classes apud prædictum amnem conuenere. Chauci cùm auxilia pollicerentur, in commilitium adsciti sunt. Bructeros sua vrenteis expedita cum manu L. Stertinius missu Germanici fudit, interque cędem & prędam reperit vndeuicesimæ legionis Aquilam cum Varo amissam. Ductum inde agmen ad vltimos Bructerorum: quantumque Amisiam, & Luppiam amnes inter, vastatum, haud procul Teutoburgiensi saltu, in quo reliquiæ Vari legionumque insepultæ dicebantur. [i] Igitur cupido Cæsarem inuadit soluendi suprema militibus ducique, permoto ad miserationem omni, qui aderat, exercitu, ob propinquos, amicos denique [h] obcasus bellorum, & sortem hominum: præmisso Cæcinna, vt occulta saltuum scrutaretur, pontesque & aggeres humido paludum & fallacibus campis

i [illegible]

OBSERVATIONES.

a *Imperitia commemoratur inter propria adolescentiæ vitia.*

b *Nihil grauius exercitui obiectari potest, quàm seditio, inter quos ea [illegible] possit.*

c *Gloriæ, ac libertatis autorem potiùs, quàm flagitiosæ seruitutis ducem sequi, est facinus animi alti, atque ingenui.*

d *Quæ mala aliena vi, & potentia magis, quàm nostra culpa nobis accidunt, ex iis plerunque misericordia potiùs, quàm odium, aut irrisus oritur. Sed quæ [illegible] atque adeò insigni flagitio nobis ipsi contraximus, ea, quia non immeritis accidunt, [illegible] est, si autorem ea [illegible] aspergant, quæ porrò dui nulla ratione potest.*

e *Incredibile memoratu est, quantopere feroces, ac bel[illegible] fuit, ac libertatem & acrem [illegible] ad arma capienda atque [illegible] seruitutem, & sapientissimus quisque, velut illud bonum, [illegible], omnibus rebus semper antehabuit, & hac amissa vitam sibi turpe[illegible]*

f *Sæpe principes in eo peccant, qu[illegible] quibusque negotia sua [illegible] commiserunt, eos postea aut [illegible] abdicant, sibique infensos reddunt. [illegible] mirum est, ab hisce hom[illegible], præpotentibus, ac verum principis [illegible] præsertim ipsum princ[illegible]. Hinc obseruent principes, quibus [illegible] sua negotia commiserunt, aut [illegible] autoritate aliquando apud se posse [illegible] beneficiorum [illegible] significatione, si non vera, saltem in speciem quæsita, in officio continendos, [illegible] commeriti sunt protinus euertendos esse.*

g *Cùm [illegible] moles simul ingruat, quæ maximè ratione fieri potest, distrahendus est hostis.*

h *Casibus bellorum atrocissimis, ac miserabili hominum sorte vnusquisque mouetur ad misericordiam; idque [illegible] in publica, eaque ingenti calamitate.*

imponeret. Incedunt mœstos locos, visuque ac memoria deformes. Prima Vari castra lato ambitu, & dimensis principiis trium legionũ manus ostentabant: dein semiruto vallo, humili fossa accisæ iam reliquiæ consedisse intelligebantur. Medio campi albentia ossa, vt fugerant, vt restiterant, disiecta vel aggerata. Adiacebant fragmina telorum, equorumque artus, simul truncis arborum antefixa ora. lucis propinquis barbaræ aræ, apud quas tribunos, ac primorum ordinum centuriones mactauerant. & cladis eius superstites pugnam, aut vincula elapsi referebant, hic cecidisse legatos, illic raptas aquilas; primum vbi vulnus Varo adactum, vbi infelici dextera, & suo ictu mortem inuenerit: quo tribunali concionatus Arminius, quot patibula captiuis, quæ scrobes: vtque signis, & aquilis per superbiam illuserit. Igitur Romanus, qui aderat, exercitus, sextum post cladis annum, trium legionum ossa, nullo noscente alienas reliquias an suorum humo tegeret, omnes vt coniunctos, consanguineos, aucta in hostem ira, mœsti simul & infensi condebant. Primum extruendo tumulo cæspitem Cæsar posuit, gratissimo munere in defunctos, & præsentibus doloris socius. Quod Tyberio haud probatum, seu cuncta Germanici in deterius trahenti, siue exercitum, imagine cæsorum, insepultorumque tardatum ad prælia, & formidolosiorem hostium credebat: Neque imperatorem auguratu, & vetustissimis cæremonijs præditum, adtrectare feralia debuisse. Sed Germanicus ce-

OBSERVATIONES.

[illegible]

dentem in auia Arminium ſecutus, vbi primum copia fuit, euehi equites, campumque quem hoſtis inſederat, eripi iuber. Arminius colligi ſuos, & propinquare ſyluis monitos, vertit repente, mox ſignum prorumpendi dedit iis, quos per ſaltus occultauerat. Tunc noua acie turbatus eques, miſſæque ſubſidiariæ cohortes, & fugientium agmine impulſæ auxerant conſternationem, trudebanturque in paludem gnaram vincentibus, iniquam neſcus, ni Cæſar productas legiones inſtruxiſſet: inde hoſtibus terror, fiducia militi, & manibus æquis abſceſſum. Mox reducto ad Amiſiam exercitu, legiones claſſe, vt aduexerat, reportat. Pars equitum litore Oceani petere Rhenum iuſſa. Cæcinna qui ſuum militem ducebat, monitus (quanquam notis itineribus regrederetur) pontes longos quàm maturrimè ſuperare. Anguſtus is trames, vaſtas inter paludes, quondam à L. Domitio aggeratus: cætera limoſa, tenacia graui cœno, aut riuis incerta erant: circum ſyluæ paulatim accliues, quas tum Arminius impleuit, compendiis viarum, & cito agmine, onuſtum ſarcinis, armiſque militem cum anteueniſſet. Cæcinnæ dubitanti [illegible] modo rupti vetuſtate pontes reponeret, ſimulque propulſaret hoſtem, caſtrametari in loco placuit, vt opus & alii prælium inciperent: Barbari perfringere ſtationes, ſeque inferre munitoribus niſi laceſſunt, circungrediuntur, occurſant: Miſcetur operantium bellantiumque cl[illegible]. & cuncta pariter Romanis aduerſa. Locus vligine profundus, idem ad gradum inſtabilis, procedentibus lubricus, corpora grauia lo[illegible], neque librare pila inter vndas poterant. Contra Cheruſcis [illegible] apud paludes prælia, procera membra, h[illegible] ingentes [illegible] vulnera facienda, [illegible] procul. nox demum [illegible] legiones aduerſæ pugnæ exemit. Germani [illegible] quidem ſumpta quiete, quantum aqu[illegible] ſurgentibus iugis [illegible] in ſubiecta, merſaque hum[illegible] obru[illegible] duplicatus militibus [illegible]

mandi habebat, secundarum ambiguarumque rerum sciens eoque interritus. igitur futura voluens non aliud reperit, quàm vt hostem syluis coerceret, donec saucij, quantumque grauioris agminis, anteirent. nam medio montium, & paludum porrigebatur planities, quæ tenuem aciem pateretur. Deliguntur legiones, quinta dextro lateri, vndeuicesima in læuum, primani ducendum ad agmen, vicesimanus aduersum secuturos. Nox per diuersa inquies, cùm barbari festis epulis, læto cantu, aut truci sonore subiecta vallium ac resultantis saltus complerent: apud Romanos inualidi ignes, interruptæ voces, atque ipsi passim adiacerent vallo, oberrarent tentorijs, insomnes magis, quàm peruigiles: ducemque terruit dira quies. nam Quintilium Varum sanguine oblitum, & paludibus emersum, cernere & audire visus est, velut vocantem, non tamen obsecutus, & manum intendentis repulisse. Cœpta luce missæ in latera legiones, metu an contumacia locum deseruere, capto propere campo humentia vltra. Neque tamen Arminius, quanquam libero incursu, statim prorupit: sed vt hæsere cœno, fossisque impedimenta, turbati circum milites, incertus signorum ordo, vtque tali in tempore, sibi quisque properus, & lentæ aduersum imperia aures, irrumpere Germanos iubet, clamitans, en Varus, & eodem iterum fato victæ legiones. simul hæc, & cũ delectis scindit agmen, equisque maximè vulnera ingerit. Illi sanguine suo, & lubrico paludum lapsantes, excussis rectoribus, disijcere obuios, proterere iacentes: plurimus circa aquilas labor, quæ neque aduersum ferri ingruentia tela, neque figi limosa humo poterant. Cæcinna dum sustentat aciem, suffosso equo delapsus circumueniebatur, ni prima legio sese opposuisset. Iuuit hostium auiditas, omissa cæde, prædam sectan-

a Qui diu [illegible]

[illegible]

tum enisæque legiones, vesperascente die, in aperta & solida. neque is miseriarum finis: struendum vallum, petendus agger. Amissa magna ex parte, per quæ egeritur humus, aut exciditur cespes, non tentoria manipulis, non fomenta saucijs, infectos cœno, aut cruore cibos diuidentes, funestas tenebras, & tot hominum millibus vnum iam reliquum diem lamentabantur. [a] Fortè equus, abruptis vinculis, vagus, & clamore territus, quosdam occurrentium obturbauit. tanta inde consternatio irrupisse Germanos credentium, vt cuncti ruerent ad portas, quarum decumana maximè petebatur, auersa hosti, & fugientibus tutior. Cæcinna, comperto vanam esse formidinem, cùm tamen neque autoritate, neque precibus, ne manu quidem obsistere, aut retinere militem quiret, [b] proiectus in limine portæ, miseratione demum, quia per corpus legati eundum erat, clausit viam, simul tribuni & centuriones falsum pauorem docuerunt. Tunc contractos in principia, iussosque dicta cum silentio accipere, temporis ac necessitatis monet: vnam in armis salutem,[c] sed ea consilio temperanda:[d] manendumque intra vallum, donec expugnandi hostes spe, propius succederent, mox vndique erumpendum: 1 illa eruptione ad [2] Rhenum perueniri. quòd si fugerent, plures syluas, profundas magis paludes, sæuitiam hostium superesse.[e] At victoribus decus, gloriam, quæ domi cara, quæ in castris [f] honesta memorat. [f] reticuit de aduersis. [g] Equos dehinc, orsus à suis, legatorum, tribunorumque, nulla ambitio-

1. Videtur Germ[illegible] magnum.

2. Nempe [illegible] quibus quisque ab [illegible] donatus esset.

OBSERVATIONES.

a *Paruæ sæpe res magnas afferunt consternationes, ijs in locis ubi fors plurimum potest.*

b *C[illegible] confirmatio in [illegible] vt [illegible] fuga militum sisti queat, qui ei se [illegible] [illegible] corpus [illegible] opponere [illegible] debet, donec edoctus sit miles vanum esse pauorem.*

c *Esse [illegible] illa tamen tunc [illegible] perari debent.*

d *Interdum [illegible]*

e *V[illegible] fratri qui [illegible] libri [illegible] in castris [illegible] coronæ vallares, murales, ciuicæ, obsidionales, classicæ, aureæ, phaleræ, [illegible] quæ [illegible] virtutis [illegible]*

f *Cùm in eum statum [illegible] fit, solum [illegible] gesta [illegible] memorari debent [illegible] aduersa [illegible] pericula [illegible]*

g *Victoribus imperatoribus [illegible] equos & suos, & legatorum, ac tribunorum [illegible]*

ne, fortissimo cuique bellatori tradit, vt hi, mox pedes, in hostem inuaderent. Haud minus inquies Germanus, spe, cupidine, & diuersis ducum sententiis agebat: Arminio sinerent egredi, egressosque rursum per humida, & impedita circumuenirent, suadente: atrociora Inguiomero, & læta barbaris, vt vallum armis ambirent, promptam expugnationem, plures captiuos, incorruptam prædam fore. Igitur orta die proruunt fossas, iniiciunt crates, summa valli prensant, raro super milite, & quasi ob metum defixo. Postquam hæsere munimentis, datur cohortibus signum, cornuaque ac tubæ concinuere: exin clamore & impetu tergis Germanorum circunfunduntur, exprobrantes, non hic syluas, nec paludes, sed ᵃ æquis locis æquos ᵃ deos. Hosti facilè excidium, & paucos ac semermos cogitanti sonus tubarum, fulgor armorum quantò inopina ᵇ, tantò maiora offunduntur, cadebantque ᶜ vt rebus secundis auidi, ita aduersis incauti. Arminius integer, Inguiomerus post graue vulnus, pugnam deseruere, vulgus trucidatum est donec ira & dies permansit: nocte demum reuersæ legiones, quamuis plus vulnerum, eadem ciborum egestas fatigaret, vim, sanitatem, copias, ᵈ cuncta ᵈ in victoria habuere. Peruaserat interim circumuenti exercitus fama, & infesto Germanorum ᵉ agmine Gallias peti; ac ni Agrippina impositum Rheno pontem solui prohibuisset, erant qui id flagitium ᵉ formidine auderent. sed ᶠ fœmina ingens animi, munia ducis per eos dies induit, ᵍ militibusque, vt quis inops, aut saucius, vestem & fomenta dilargita est. Tradit C. Plinius Germanicorum bellorum scriptor, stetisse apud principium pontis laudes & grates reuersis legionibus habentem. ʰ Id Tyberij animum altiùs penetrauit. non ⁱ enim simplices eas curas, nec aduersus externos militem quæri:

OBSERVATIONES

a *Aequis locis æqui Dij, i. [illegible], qui virtute hostibus præstant.*
b *Quæ inopina accidunt multò, quàm sunt, maiora videntur.*
c *Plerunque accidit, vt rebus secundis auidi aduersis sint incauti.*
d *Tanti est victoria, vt quamuis multis aduersis casibus sit conflictatus miles, tamen vna ea [illegible] incommoda præterita.*
e *Ex ingenti aliquid formidine interdum nascitur audacia eius rei perpetrandæ, quam nemo aggredi antea ausus esset: [illegible], è summa desperatione quæritur spes.*
f *Non est nouum, aut inauditum fœminas reperiri ingentis animi, quæque adeò munia ducis, cùm necessitas postulat, induant.*
g *Fœminam principem, atque [illegible] decet benignitas, quæ in eo potissimùm consistit, vt militibus, vt quis inops, aut saucius est, vestem, & fomenta dilargiatur.*
h *Et præclarissima quæque facinora [illegible] solent esse suspecta, & inuisa, qui se [illegible] imperij [illegible] eum, à quo sunt edita.*
i *Non simplices curas, sed plusquam ciuilia agitare creditur quisquis militum fauorem sibi conciliat [illegible] manipulos, adeundis signis, tentanda largitione, & habitu gregali cætera munia militaria obeundo, præter suum munus, [illegible], & sexum.*

nihil relictum imperatoribus, vbi fœmina manipulos interuisat, signa adeat, largitionem tentet, tanquam parum ambitiosè filium ducis a gregali habitu circunferat, Cæsaremque Caligulam appellari velit. potiorem iam apud exercitus Agrippinam, quàm legatos, quàm duces: compressam à muliere seditionem, cui nomen principis obsistere non quiuerit. Accendebat hæc, onerabatque Seianus b peritia morum Tyberij odia in longum iaciens: quæ c reconderet, auctaque promeret. At Germanicus, legionum, quas nauibus vexerat, secundam, & quartamdecimam itinere terrestri P. Vitellio ducendas tradit, quò leuior classis vadoso mari innaret, vel reciproco sideret. Vitellius primum iter sicca humo, aut modicè adlabente æstu, quietum habuit. mox impulsu aquilonis, simul sydere æquinoctij, quo maximè tumescit Oceanus, rapi, agique agmen. & opplebantur terræ; eadem freto, litori, campis facies. neque discerni poterant incerta ab solidis, breuia à profundis; sternuntur fluctibus, hauriuntur gurgitibus iumenta, sarcinæ; corpora exanima interfluunt, occursant, permiscentur inter se manipuli, modò pectore, modò ore tenus extantes, aliquando subtracto solo disiecti, aut obruti. non vox, & mutui hortatus iuuabant. Aduersante vnda nihil d strenuus ab ignauo, sapiens à 1 prudenti, consilia à casu differre, cuncta pari violentia 2 inuoluebantur. Tandem Vitellius in editiora enisus, eodem agmen subduxit. pernoctauere sine vtensilibus, sine igni, magna pars nudo aut mulcato corpore, haud minùs miserabiles, quàm quos hostis circunsidet. Quippe illis etiam e honestæ mortis vsus: his inglorium exitium. Lux reddidit terram, penetratumque ad amnem Visurgim, quò Cæsar classe contenderat. Impositæ deinde

1 Lego, prudente, [illegible] lib. 1. [illegible] de Vitellio [illegible] lib. 5. Annal.

OBSERVATIONES.

a *Etsi res leuissima, quam dicturus sum, videri potest, tamen [illegible] quantopere sibi [illegible] sed eo vtitur habitu, qui [illegible].*

b *Qui [illegible] assumi vult, morum ipsum peritum esse deb[illegible], si [illegible]. quòd si quem ipsi inuisum esse scit, in hunc aut odia iac[illegible] promi debeant iaat, si animo tam abiecto non est, illum quisquam fugiet.*

c *Caueas aulicus ne animi sui affectus continuò prodas; quippe, prudentia illius nomine laudari potest, qui quod in animo habet recondit, quousque tempore, loco, occasione, re ipsa edoctus sit, an id, quicquid est, quod secum voluerit, promi debeat.*

d *O miseram rerum humanarum conditionem! vtinc interdum nos adduci, [illegible] virtutibus quidem vlis [illegible] praeclaris animi dotibus iuuari possimus?*

e *Honeste [illegible] qui pugnans ab hoste interficitur; ingloriè, cuius mors nullo præclaro facinore est insignis, sed miseriâ & sola calamitate in locis ignobilibus nomen ipsius vnà cum corpore extinguitur.*

legiones

legiones, vagante fama submersas. nec fides salutis, antequam Cæsarem exercitumque reducem videre. Iam Stertinius ad accipiendum in deditionem Segimerum fratrem Segestis præmissus, ipsum & filium eius in ciuitatem Vbiorum perduxerat. data vtrique venia, facilè Segimero; cunctatiùs filio: [a] quia Quintilij Vari corpus inlusisse dicebatur. Cæterùm ad supplenda exercitus damna [b] certauere Galliæ, Hispaniæ, Italia, quod cuique promptum, arma, equos, aurum offerentes. quorum laudato studio Germanicus, [c] armis modò & equis ad bellum sumptis, propria pecunia militẽ iuuit. vtque cladis memoriã etiam [d] comitate leniret, circũire saucios, facta singulorũ extollere, vulnera intuẽs, aliũ spe, alium gloria, cunctos alloquio, & cura, sibique & prælio firmabat. [e] Decreta eo anno triumphalia insignia A. Cæcinnæ, L. Apronio, C. Silio ob res cum Germanico gestas. [f] Nomẽ [g] patris patriæ Tyberius à populo

OBSERVATIONES.

a *Qui cadaueri illudit planè hostilem animum nudat.*

b *Is demum felix reip. status dici potest, cùm socij, & subiecti non rogati, aut, quod pessimum est, coacti, sed vltro certant inter se muneribus ad supplenda, aut resarcienda Republicæ damna.*

c *Si quando à prouincijs munera principi offeruntur, debet is esse promptior ad agnoscendum animum, & beneuolentiam earum erga se, ac proinde ad gratias agendas, laudandumque studium, quàm ad ea protinus accipienda, quæ offeruntur; quæ tamen si ita res postulat, vt accipi debeant, non tam sua voluntate, quàm exprimente necessitate ab se accipi declaret.*

d *Mirum dictu est, quantopere acceptæ cladis memoria comitate principis leniri possit [illegible] comitas in eo consistit, vt ipse milites saucios circumeat, facta singulorum extollat, vulnera intueatur, alium spe, alium gloria, cunctos alloquio, & cura sibi firmet: denique se de illorum securitate, & commodis valde sollicitum esse ostendat.*

e *Non tantùm illi, quorum ductu victoria parta est, sed & in quibus mandata sunt potissima exercitus munia, atque vnà cum ipso rem prosperè gesserunt, triumphalia insignia decernuntur.*

f *Qui principatum gubernat, aut principem locum recens adeptus est, diligenter caueat ab se suspicionem penitus [illegible], idemque quæ ad splendorem magis, quàm ad vera principatus munimenta pertineant, etsi ipsi [illegible] tamen ipse nihil prætermittat eorum, quæ robora, & firm[illegible] Sic Tiberius nomen patris patriæ à populo sæpius ingestum repudiauit; neque in acta sua iurari, quanquam censente senatu permisit. Sed tamen consultus an iudicia maiestatis redderentur, quibus sanè [illegible], continebatur vis principatus sui, exercendas leges esse respondit.*

g *Huc animum aduertant principes, sciantque quod summi honorum sunt, id sæpiùs fortunæ tribui, sed quod hominum opinione, consentur digni iis appellationibus, honorumque titulis, qui haud dubie maiores sunt, quàm nomen, ac dignitas ipsa principis, in eo verò nullas esse partes fortunæ, sed id totum ab vna virtute proficisci; quam si colant, atque quæ agunt, omnia ad publicam vtilitatem conferent, iis sanè honoribus digni censebuntur, qui, quia non fluxis, & incertis, sed certis, firmisque subnixi sunt fundamentis, æterni erunt. Nihil certè neque Augusto, neque Tiberio, neque a leo cuiquam mortalium honorificentius vnquam decretum est, quàm nomen patris patriæ. Quod si à Tiberius, etsi propter eam, quam pro [illegible], causam, repudiasse videtur, tamen illi & hæc accedere potest, quòd homo sibi multorum delictorum, flagitiorumque conscius tam honorifico titulo se indignum deputabat, quem maximis tantùm hominibus i. iis, quorum præclara [illegible] in remp. merita, tribui æquum est.*

sæpiùs ingestum repudiauit: neque in acta sua iurari, quanquam censente senatu, permisit. cuncta [a] mortalium incerta, quantoque plus adeptus foret, tanto se magis in lubrico dictans. non tamen ideo faciebat fidem ciuilis animi. nam legem maiestatis reduxerat, cui nomen apud veteres idem, sed alia in iudicium veniebant, si [b] quis proditione exercitum, aut plebem seditionibus, denique male gesta Rep. maiestatem populi Romani minuisset: [c] facta arguebantur, dicta impune erant. Primus Augustus [d] cognitionem de [e] famosis libellis, specie legis eius tractauit, commotus Cassii Seueri libidine, qua viros fœminasque inlustres, procacibus scriptis diffamauerat: mox Tyberius, consultante Pompeio Macro prætore, an iudicia maiestatis redderentur, exercendas leges esse respondit. Hunc quoque [f] asperauere carmina incertis auctoribus vulgata in sæuitiã superbiãque eius, & discordem cũ matre animũ. Haud pigebit referre in Falanio & Rubrio, modicis equitibus Rom. prætẽtata crimina, vt quibus initiis, [g] quanta Tyberii arte grauissimũ exitiũ irrepserit, dein repressum sit, postremò arserit, cunctaq; corripuerit, noscatur. Falanio obiiciebat accusator quòd inter cultores Augusti, qui per omnes domos in modũ collegiorũ habebãtur, Cassiũ quendã mimum corpore infamem [h] adsciuisset: quodque venditis hortis, [i] statuam Augusti simul mancipasset. Rubrio crimini dabatur violatum periurio [k] nomen Augusti. Quæ vbi Tyberio notuere, scripsit consuli-

OBSERVATIONES.

a *Singuli mortales, in his principes, æternæ [illegible] memoriæ mandent, cuncta mortalium incerta, quantoque quis plus adeptus est, [illegible] in lubrico esse.*

b *Capita præcipua quæ lege maiestatis [illegible] hæc erant; si quis proditione exercitum, aut plebem seditionibus concitasset, [illegible] gesta rep. maiestatem pop. Romani minuisset, [illegible] scriretur. vide tit. Ad. [illegible] de maiestate.*

c *In criminibus etiam atrocissimis facta præponderant dictis.*

d *Cognitio de famosis [illegible]*

e *Libelli famosi [illegible] illustres, diffamantur.*

f *Principem [illegible] auctoribus vulgata in sæuitiam [illegible] principem diffamari non vult, ita se gerat, vt qua[illegible], vbi cumque audiant veri medeatur, vere & sentire dici possint.*

g *Hi sunt gradus corruptionis, quæ [illegible] à initiis postea magnos exitus habent; nempe, vt primo, tanquam nouæ irrepant, [illegible] reprimantur; deinde, quia iam induci posse satis constat, renouentur; postremò ardeant, cunctaque corripiant. hac arte vtuntur ij, qui noua, & lædenda in remp. inducunt..*

h *Mimos & corpore infames in collegia sacrorum adsciscere minimè æquum est.*

i *De rebus sacris nulla stipulatio fieri potest.*

k *Cùm diuini honores principibus deferrentur, non est mirum si in iurando adhibebatur nomen ipsum, tanquam numinis alicuius.*

bus

bus, [a] non ideo decretum patri suo cœlum, vt in perniciem ciuium is honor verteretur. [b] Cassium histrionem [c] solitum inter alios eiusdem artis interesse ludis, quos mater sua in memoriam Augusti sacrasset. Nec contra religiones fieri, quòd [d] effigies eius, [e] vt alia numinum simulacra, venditionibus hortorum, & domuum accedant. [f] Iusiurandum perinde æstimandum, quàm si Iouem fefellisset. [g] deorum iniurias [h] diis curæ. Nec multò pòst Granium Marcellum prætorem Bithyniæ [i] quæstor ipsius Cæpio Crispinus maiestatis postulauit, [k] subscribente Romano Hispone, qui formam vitæ iniit, quam postea [l] celebrem miseriæ temporum, & audaciæ hominum fecerunt. nam [m] egens, ignotus, inquies, dum occultis libellis sæuitiæ principis adrepit, mox clarissimo cuique periculum facessit, [n] potentiam apud vnum, odium apud

OBSERVATIONES.

a Quædam magnis viris, ob præclara ipsorum in remp. merita tribuuntur, quæ tamen in perniciem ciuium verti minimè debent. hinc regula generalis colligi potest hoc modo; Quicquid in perniciem ciuium vertitur, id principi honorificum esse nec potest, nec debet.

b Cùm passim histriones vocentur infames, hanc vocem Tiberij diligenter, credo, exciperent, qui probare possent, non semper se hominibus vsque adeò odiosos fuisse, quin ludis in memoriam Augusti maximis qui fuerunt, qui sunt, qui erunt, principis aliquando interfuerint.

c Quæ fiunt exemplo ducto ab domo principis, aut loco aliquo illustri, in ijs reprehensioni locus non est.

d Cùm Tiberius non contemneret effigies, & simulachra numinum inter res sacras, meritò respondit, ex hortorum, & domuum venditionibus accedere, hoc est, de cuiusuis numinis simulachro stipulationem fieri posse.

e Non est postulandum mortali, vt sibi maior, quàm dijs honor habeatur.

f Periurio violatur nomen Dei; videturque adeò Deus falli.

g Quæ iniuriæ Deo ita fiunt, vt facta sint occulta, ipse vnus præter ipsum nemo dispicere potest, ab harum cognitione abstinere homines debent. nec enim, & quid de eo cognoscant, cuius ad inuestigationem nulla humana industria, aut ope peruenire possit? hinc factum vulgò iactatum est, Deorum iniurias esse dijs curæ.

h Clementia facilè paratur aditus ad principatum; & iam adeptus corroboratur, nempe si non ob singula ciuium, quæ reprehendi possent facta, in ipsos moretur & grauiter animaduertatur; sed vt excusatione digna videri possunt, ita ab eo, qui principatum ambit, excusentur; veniaque his præter expectationem, detur.

i Tantum potest siue inuidia, seu ambitio, vt minores magistratus audeant reos facere maiores, atque adeò eos, quibus ipsi parent.

k Accusatio ab vno intenditur, cui alij subscribunt.

l Quidam non ob proprias virtutes, sed propter temporum miserias & audacias hominum celebres euadunt.

m Tyrannorum aula plerumque referta sunt eo genere hominum, qui ipsi egentes, ignoti, & inquieti, occultis libellis sæuitiæ principis adrepunt; mox clarissimo cuique periculum facessunt.

n His ferè est exitus inquietorum hominum, quique ex egentibus, & contemptu meticulosi facti sunt, aditum sibi patefecerunt ad honores malis artibus, vt potentiam quidem apud vnum, odium verò apud omnes adipiscantur; nec sibi minùs perniciem, quàm alijs moliuntur. hi sunt de quibus Salomon in prouerb. loquitur c. 26. v. 27. Qui fodit foueam incidet in eam, & qui voluit lapidem reuertetur ad eum.

omnes adeptus, dedit exemplum quod secuti ex pauperibus diuites, ex contemptis metuendi perniciem aliis, ac postremum sibi [a] inuenere. Sed Marcellum insimulabat sinistros de Tyberio sermones [b] habuisse: ineuitabile crimen, cùm ex moribus principis fœdissima quæque deligeret accusator, obiectaretque reo. nam quia vera erant, etiam dicta credebantur. Addidit Hispo, [c] statuam Marcelli [d] altiùs, quàm Cæsarum sitam, & alia in statua, amputato capite Augusti, effigiem Tyberii inditam. ad quod [e] exarsit adeò, vt rupta taciturnitate proclamaret, se quoque in ea causa laturum sententiam palàm, & iuratum, [f] quò cæteris eadem necessitas fieret. Manebant etiam tum [g] vestigia morientis libertatis. Igitur Cn. Piso, [h] Quo, inquit, loco censebis Cæsar? si primus, [i] habebo quod sequar: si post omnes, vereor ne imprudens dis-

a Vide [illegible] de [illegible], qui ob carmina in principem [illegible] [illegible] est.

OBSERVATIONES.

a *Qui aliis perniciem quærit, hoc vno felix est, quòd eam sibi quoque inuenit.*

b *Inueterato principatu nullum crimen exitiosius est, quàm læsæ maiestatis; quod non solùm eò vsque extenditur, si per quem factum est, vt & princeps, & resp. detrimentum caperet, sed et ad ipsa verba refertur, quæ eadem atrocitate puniuntur, quà deterrima quæque flagitia. Itaque de principe, potissimùm tyranno, nunquam nisi necessariò, & perparcè loquendum est.*

c *Locus non magis, minusue honoratus dicitur propter eam personam, cuius est; verùm etiam propter ea [illegible] rei, quæ illam personam demonstrant; cuiusmodi sunt imagines, statuæ, effigies, simulachra, & cætera eius generis.*

d *Cùm superior locus, etiam in rebus inanimis, sit honoratior inferiore, diligenter cauendum est, ne quid in ea re peccetur, quo vel quisquam, ac potissimùm princeps meritò offendi possit. Itaque quemadmodum si ipse adesset, primum haud dubiè locum, nullo aduersante, insideret, quæcunque referunt illius personam haud dubiè simili loco sunt collocanda.*

e *Hic est mos principum callidissimorum, vt, etsi aliquem perdere mirè cupiant, tamen non id, quapropter verè dolent, sed honestiorem aliquam causam affectui suo prætexunt; tamquam alterius rei, in illum, scilicet, perniciem, quem oderunt, sumant. Ita in iis, quæ impotentissimè faciunt, speciem aliquam induunt recti.*

f *Si princeps [illegible] re, operam præstari cupit, ipse suo exemplo, verbis [illegible] quid animi super ea re habeat. quippe satis constat, neminem fore, qui [illegible].*

g *In principatu nondum adulto morientis libertatis vestigia etiam manere dicuntur, cùm aliquis [illegible] reperitur tanta constantia, vt cæteris in fœdam adulationem lapsis, iniquæ principis sententiæ ipse vnus aduersari audeat.*

h *Non satis est tutum iis de rebus, quas princeps ratas apud se, statutasque habet ante ipsum, aut post ipsum sententiam dicere. quippe si princeps primus dicit, iam quod sequaris, habes, nec sine offensione, aut periculo ab eo dissentire potes; si post omnes, verendum est, ne imprudens ab eo dissenseris. hinc prudens principis consiliarius discet, sibi ante omnia, & per omnia principis mentem esse pernoscendam: ne quid sibi excidat, quod intempestiuum, molestum, [illegible], sibique exitiosum sit.*

i *Qua de re quid quisque ex suis consiliariis sentiat, si princeps scire vult, ipse ab sententia coram dicenda abstineat, ac cæteros tantùm audiat. qui aliter facit, non rogat sententias, sed suam præscribere vult.*

sentiam

sentiam. a permotus his, b quantoque incautius efferbuerat, c pœnitentia patiens tulit absolui reum criminibus maiestatis. de pecuniis repetundis ad reciperatores itum est. Nec patrum cognitionibus satiatus, iudiciis d adsidebat in cornu tribunalis, e ne prætorem curuli depelleret: multaque eo coràm, f aduersus ambitum & potentium preces constituta. sed dum veritati consulitur, libertas corrumpebatur. Inter quæ Pius Aurelius senator, questus mole publicæ viæ, ductuque aquarum, labefactas ædis suas, auxilium patrum inuocabat. resistentibus ærarij prætoribus g subuenit Cæsar, pretiumque ædium Aurelio tribuit, h erogandæ per honesta pecuniæ cupiens. quam virtutem diu retinuit, i cùm cæteras exueret. Propertio Celeri prætorio k veniam ordinis ob paupertatem petenti, decies sestertium largitus est, satis comperto, paternas ei angustias esse. tentantis eadem alios, probare causam senatui iussit, cupidine seueritatis, in his etiam quæ rite faceret, l acerbus. vnde cæ-

Quippe, [illegible]

OBSERVATIONES.

a Et ipso corruptissimo seculo liberæ reprehensioni locus adeò est, vt perniciosa principis consilia non rarò impediri possint. Itaque nullo metu principis consiliarius deterreri debet à proferenda ea sententia (etiam aduersus ipsum principem) quæ periclitantibus opem ferre potest.

b Quantò quis ira incautius efferbuit, tantò magis post pœnitentia mitescit.

c Cùm singulis mortalibus, tum verò principi diligenter cauendum est, ne in iram prolabatur: ne illius impulsu aliquid committat, cuius postea pœnitendum sit.

d Princeps ne quid eorum quæ in rep. fiunt, ignoret, non modò iis, quæ in senatu aguntur, sed & iudiciis, in quibus priuatorum lites dirimuntur, aliquando interesse debet.

e Quia princeps, vt caput reip. ac supremus magistratus singulis tribunalibus, & absens, & præsens adeò præsidere censetur, vt magistratus, cuius ea est iurisdictio, non suo, sed principis nomine id loci obtineat, non mirum facit princeps si, cum forte iudiciis interuenire vult, vt, quæ ibi aguntur sciat, non semper suum, sed aliis [illegible]. Tiberii exemplo, quod [illegible] imitari debet is, qui liberam remp. nuper oppressit: vt hoc facto, [illegible] se in rep. moderatum esse ostendat.

f. Hac arte vtitur is, qui remp. oppressit, vt multa constituat aduersus ambitum, & preces potentiũ grata in vulgus: vt, cùm hos depulerit, suo arbitratu, nemine impediente, cæteram multitudinem opprimere, ac libertatem pergat corrumpere.

g Quem ob rem damnum acceptum est, ob eam vt læso subueniatur, æquitas suadet.

h Inter præcipuas virtutes, quæ esse in viro principe debent, hæc meritò connumeratur, vt sit cupiens erogandæ pecuniæ per honesta; i. vt eos sua benignitate iuuet, qui ea digni sunt. hæc certè virtus difficile dictu est, quantopere sibi conciliet hominum beneuolentiam. Sed hoc hodierno die, perpaucis persuadeas. nam quotusquisque non id agere videtur, vt, pro beneuolentia hominum odia comparet?

i Multi antequam altissimum dignitatis gradum obtineant, omnibus virtutibus præditi videntur, quas postea, quia planè animo nequaquam inhæserant, sed in speciem quæsitæ erant, exuunt.

k A publicis muneribus videntur ij excusandi, quibus sunt domestica angustia & paupertas.

l Quidam eo sunt ingenio præditi, vt, in iis etiam, quæ rite faciunt, non modò seueri, sed & acerbi & sint, & videri velint.

teri [a] silentium & paupertatem confessioni & beneficio præposuere. Eodem anno continuis imbribus auctus Tyberis plana vrbis stagnauerat. [b] Relabentem secuta est ædificiorum & hominum strages. Igitur censuit Asinius Gallus, vt libri Sibyllini adirentur. [c] Renuit Tyberius, perinde diuina humanaque obtegens: sed remedium coercendi fluminis Ateio Capitoni, & L. Arruntio mandatum. Achaiam ac Macedoniam onera deprecantis [d] leuari in præsens proconsulari imperio, tradique Cæsari placuit. Edendis gladiatoribus, quos Germanici fratris, ac suo nomine obtulerat Drusus præsedit, [e] quanquam vili sanguine nimis gaudēs; quod vulgus formidolosum, & pater arguisse dicebatur. [f] cur abstinuerit spectaculo ipse, variè trahebant, alii tædio cœtus, quidam tristitia ingenii & metu [g] comparationis, quia Augustus [h] comiter interfuisset. [i] Non crediderim [k] ad ostentandam sæuitiam, mouendasque populi offensiones concessam filio materiam; quanquam id quoque dictum est. [l] Theatri licentia proximo priore anno cœpta grauius tum

OBSERVATIONES.

a *Multi potiùs, quàm domesticas angustias & paupertatem suam nudent, & confiteantur, & beneficio etiam vulgato sint obstricti, silere, nec quibus rei familiaris angustiis conflictentur palam facere volunt. & hoc illud est, quod Tacitus appellat, silentium, & paupertatem beneficio præponere.*

b *Non cùm flumen propter auctum imbribus plana loca stagnat, tunc est periculum ruinæ: sed cùm relabitur, metuendum est, ne secum ædificiorum, & hominum [illegible] strages trahat.*

c *Nomen principis diligenter operam det, ne, quarum rerum [illegible] esse possit, eæ vulgentur, [illegible] imperium sui [illegible], hæc semper obtegi & recondi debent: quædam, scilicet, sunt, quæ ratio imperandi facit arcana.*

d *Videat princeps ne preces & iusta desideria prouinciarum onera deprecantium aspernetur.*

e *Sæuitia magna est, vel vili gladiatorum sanguine nimis gaudere; debet autem princeps, quàm maximè potest, amouere ab se suspicionem crudelitatis, qua genere [illegible] dici potest.*

f *Præstat [illegible], nec sibi, neque cæteris satisfaciat.*

g *Princeps [illegible] eundem adeptum esse videt, si eadem in re ipse pari cum [illegible] versari non potest, ab ea planè abstineat, ne superioris comparatione princeps deterior [illegible], ac proinde de sua existimatione multùm ipse detrahat.*

h *[illegible] rebus delectatur populus præsertim potens, isque apud quem est caput rerum, his principes si comiter interuenerit, eius multitudinis gratiam faciet.*

i *Historiæ scriptor etsi nequaquam reticere debet ea, quæ principi, famæ, & [illegible] atrocissima obiiciantur, tamen se ea non credere affirmet, quæ re & prudentem se, ac modestum esse demonstrabit; & consulet posteritati, quæ sibi [illegible] tandem promouet, cùm quicquam tam [illegible] factum quidem vnquam esse quisquam [illegible] inducere possit.*

k *Qui id agit vt hominum offensiones in aliquem concitentur, is hunc persuadeat, aut, si potest, cogat eum in [illegible] muneribus, quæ per se sunt odiosa, cuiusque [illegible] præbeat vitiorum ostendendorum occasiones, quas scit esse maximas.*

l *Linguæ petulantia semper histrionum adeò propria fuit, vt vna procacitate tota histrionalis ars niti videatur.*

erupit occisis non modò e plebe, sed militibus, & centurione, vulnerato tribuno prætoriæ cohortis, dum probra in magistratus, & dissensionem vulgi prohibent. Actum de ea seditione apud patres; dicebanturque sententiæ, vt prætoribus ius virgarum in histriones esset. intercessit Haterius Agrippa tribunus plebei, increpitusque est Asinii Galli oratione, qui ea simulachra libertatis Senatui præbebat, silente Tyberio. [b] valuit tamen intercessio, [c] quia [d] diuus Augustus immunes verberum histriones quondam responderat, [d] neque fas Tyberio infringere [e] dicta eius. De modo lucaris, & aduersus lasciuiam fautorum multa decernuntur, ex quis maximè insignia: [f] Ne domos [f] pātomimorum senator introiret: ne [g] egredienteis in publicum equites Romani cingerét, [h] aut alibi, quàm in theatro spectarentur, & spectantiū [i] immodestiam exilio mulctandi potestas prætoribus fieret. [k] Templum vt in colonia Tarraconensi strueretur Augusto petentibus Hispanis, permissum, [l] datumque in omnes prouincias exemplum. [m] Centesimam rerum venaliū post bella ciuilia institutam, deprecante populo, [n] edixit Tyberius [a] militare æra-

OBSERVATIONES.

a Cum reip. [illegible] iam vergit ad principatum, qui uno principi operam præstant, id agere debent vt minima quæque libertatis vestigia deleant.

b Nouum principem [illegible] minima quæque libertatis vestigia delere debet, consultè tamen faciet, si non [illegible] impetu id agat, sed paulatim, ac ne id agere videri possit, interdum aliqua vestigia, siue simulachra libertatis senatui populoue præbebit.

c Histriones, decreto Augusti, immunes sunt verberum.

d Successor illius qui [illegible] singula dicta facta, responsa decessoris sui summa cura, & [illegible] obseruare [illegible] authoritas dicatur, periculum sit ne aperiatur fenestra ad c[illegible] [illegible] resp. libertas opprimeretur. quod cùm [illegible] sacrosancte obseruabuntur satis constat princip[illegible] [illegible] ratione conuelli posse. Hæc fuit intima causa Tiberio [illegible] e-dicta, sed ne dicta quidem Augusti.

e Quid loquantur principes diligenter videat, cùm dicta ipsorum eodem apud homines sint loco, quo [illegible] [illegible] responsa, aut ipsa oracula.

f Non est [illegible] amplissimo ingredi in ædes pantomimorum.

g Hominibus aliqua dignitate præditis minimè decet pantomimos in publicum egredientes cingere.

h Pantomimos, & histriones alibi, quàm in theatro spectare indecorum est.

i Immodestia eorum, qui fauent lasciuiæ, dictisque procacibus pantomimorum, & histrionum exilio coercetur.

k Templa non modò Dijs immortalibus, verùm etiam hominibus, etiam deterrimis, interdum struuntur.

l [illegible] princeps in sui honorem aliquid vt faciant, cuipiam permittit, satis ostendit, cupere se, vt cæteri [illegible] exemplum capiant.

m [illegible] in resp. necessarij sunt, hi certo aliquo ærario, aut certa aliqua pecunia niti debēt, qua in [illegible] vsus conferatur.

n Obseruent principes, iustas populi preces admittendas esse; aut, cur id fieri non possit, rationem publicè reddi oportere edicto, aut epistola; vt, non sibi libidine agi, sed resp. necessitate cogi ostendant.

rium eo subsidio niti, simul imparem oneri Remp. nisi vicesimo militiæ anno veterani dimitterentur. ita proximę seditionis malè consulta, quibus sexdecim stipendiorum finem expresserant, [a] abolita in posterum. Actum deinde in senatu ab Arruntio & Ateio, [b] an ob moderandas Tyberis exundationes verterentur flumina & lacus, per quos augescit. Auditæque municipiorum & coloniarum legationes, orantibus Florentinis, ne Clanis solito alueo demotus in amnem Arnum transferretur, idque ipsis perniciē adferret. Congruentia his Interamnates disseruere, pessum ituros fœcundissimos Italiæ campos, si amnis Nar (id enim parabatur) in riuos diductus superstagnauisset. Nec Reatini silebant, Velinum lacum, quà in Narem effunditur, obstrui recusantes, quippe in adiacentia erupturum: [c] optumè rebus mortalium consuluisse naturam, [d] quæ sua ora fluminibus, suos cursus, [e] vtque originem, ita fines dederit: spectandas etiam religiones sociorum, [f] qui sacra, & lucos, & aras patriis amnibus dicauerint: quin ipsum [g] Tyberim nolle prorsus accolis fluuijs orbatum minore gloria fluere. Seu preces coloniarum, seu difficultas operū, siue superstitio valuit, vt in sententiam Pisonis concederet, qui nil mutandum censuerat. Prorogatur Poppæo Sabino prouincia Mœsia, additis Achaia & Macedonia. [h] Id quoque morum Tyberij fuit, continuare im-

OBSERVATIONES

a *Sapienter facit princeps, cùm quæ vi à potentioribus [illegible] sunt extorta, aut ipse ita [illegible] & edicto [illegible] paulàm immutata aut permittit, aut probabili [illegible]. Ita enim [illegible] satisfacit cum dignitate.*

b *Ad moderandas violentas [illegible] amnis exundationes verti flumina, & lacus, per quos augescit, debere.*

c *Natura ita consuluit [illegible] conqueri nemo possit: estque temeritatis [illegible], ea velle mutare, quæ natura [illegible].*

d *Natura fluminibus sua ora, suos cursus, vtque [illegible].*

e *Cui [illegible] ad [illegible].*

f *Cum [illegible] si hic diuinum cultum [illegible].*

g *[illegible] accolæ fluuij in eum influunt.*

h *[illegible] placita pro æternis seruent, etiam in ijs, quæ mutari de[illegible] est, sem callidum principem imperia, & iurisdictiones continuasse, cùm [illegible] principatus postulare videatur, vt quibus maxima reip. munia commissa sunt [illegible]. Sed præter huius rei causam, quæ hic à Tacito affertur, hanc memorabo. Non [illegible] Tiberium, ne quid turbæ ab ijs, quos exercitibus & prouinciis [illegible], daretur, quia certa pro incertis [illegible] præsentia pro futuris, tuta pro periculosis reliquissent, cùm satis constet, perraro [illegible] moliri, nisi desperatione aut odio [illegible], quæ nulla erant in iis, quos Tiberius [illegible] opibus cumulauerat: ac proinde causa nulla erat, [illegible] ab illis sibi metueret. [illegible] si [illegible] insanire occepisset, satis sciebat illum conatus ab aliis exercitibus infringi [illegible] posse. [illegible] huius rei causam refert ad abiectam ab eo reip. curam.*

peria

rum, plerosque ad finem vitae in iisdem exercitibus, aut iurisdictionibus habere. Causae variae traduntur: alii taedio nouae curae, semel placita pro aeternis seruauisse: quidam inuidia, [a] ne plures fruerentur. sunt qui existimant, [b] vt callidum eius ingenium, ita anxium iudicium. [c] neque enim eminentes virtutes sectabatur, & rursum vitia oderat. ex optimis periculum sibi, [d] a pessimis dedecus publicum metuebat. [e] qua haesitatione postremò eò prouectus est, vt mandauerit quibusdam prouincias, quibus egredi vrbe non erat permissurus. De comitiis consularibus, quae tum primum illo principe, ac deinceps fuere, vix quicquam firmare ausim: adeò diuersa non modò apud auctores, sed in ipsius orationibus reperiuntur. Modo subtractis candidatorum nominibus, originem cuiusque & vitam, & stipendia descripsit, [f] vt qui forent [g] intelligeretur: aliquando ea quoque significatione subtracta, candidatos hortatus, ne ambitu comitia turbarent, [h] suam ad id curam pollicitus est. plerunque eos tantùm apud se professos disseruit, quorum nomina consulibus edidisset. posse & alios profiteri, si gratiae, aut meritis confiderent. [i] spe-

OBSERVATIONES.

a *Minor videtur esse inuidia si bono, aut honore aliquo vnus diu fruitur, quàm si minori spatio temporis multi.*

b *Cuius callidum est ingenium, huius anxium solet esse iudicium de iis, quorum opera necessariò vtitur.*

c *Etsi princeps odit vitia, non tamen eminentes virtutes plerunque sectari solet. siquidem à praestantibus hominibus periculum sibi fore suspicatur. Non igitur causa est, quapropter mirentur homines virtute praestantes si non, quo digni sunt, loco apud principes sunt; atque ex suis virtutibus ornantur; siquidem, vt diximus, non minùs metuuntur virtutes, quàm exosa sunt vitia; &, vt Salustius ait in Coniurat. Catil. Regibus boni, quàm mali suspectiores sunt, semperque his aliena virtus formidolosa est.*

d *Cùm publicum dedecus à pessimis hominibus meritò metuendum sit, diligenter princeps videre debet, quibus dignitates mandet.*

e *Hic callidissimorum principum mos est, vt, cùm eminentes virtutes metuant, vitia item ad vitandum publicum dedecus oderint, dum quibusnam prouincias, maximique momenti negotia committant, haesitent; qua haesitatione eò tandem prouehuntur, vt, quos tam ob vitia, quàm ob maximas virtutes suspectos habuerant, hos tandem summis afficiant beneficiis, magnisque extollant honoribus; nempe, vt se omni suspicione pariter exoluant, ac periculo.*

f *Certa demonstratio (vt est apud Iurisconsultos) est vice nominis, vel sic, Eius nomen nomino, quem ita describo, vt ea descriptio conueniat praeter ipsum nemini.*

g *Cùm in comitiis agitur de iis, qui honore sunt honestandi singulorum facta, & virtutes enumerare, quàm nomina proferre praestat.*

h *Nemo principi mirum in modum conciliat sibi nobilium beneuolentiam, si sua gratia, & studio, in adipiscendis honoribus, iuuat eos, qui ipsius gratia, aut propriis meritis confidunt.*

i *Tyrannus plerunque multa dicit speciosa verbis, quae vt ipsa inania sunt, aut subdola.*

[illegible] verbis, re inania, aut subdola; quantoque maiore [illegible] imagine tegebantur, [illegible] eruptura ad infensius servitium.

OBSERVATIONES.

a *Nouum principatum [illegible], qui [illegible] suffragiis populi magistratus crearentur, [illegible] apud se [illegible], ut [illegible]; [illegible] gratia, [illegible] ipsius principis, & propriis [illegible] libertatis imagine quicquid [illegible] seruitium. [illegible] princeps [illegible] magistratu [illegible], & [illegible] manu habiturus esset.*

FINIS OBSERVATIONVM IN PRIMVM LIBRVM ANNALIVM C. CORNELII Taciti.

EPITOME SECVNDI LIBRI ANNALIVM C. CORNELII TACITI.

VONONES Parthorum Rex, regno exutus ab Artabano, & ad Armenios profugus ab his in regnum accipitur. Id quod cùm Artabanus iniquo animo ferret, & hác ob causam Armenijs minitaretur, in quibus aduersus vim Parthorum parum subsidij erat; & causa esset nulla, cur bellum aduersus Parthos eius causa susciperetur, à Cretico Sullano rectore Suriæ custodia circumdatur. Cùm & has, aliasq; ob causas, quas infra memorabo, Sisenna Statilio Tauro, L. Libone Coss. res Orientis turbarentur, hác occasionem arripuit Tiberius abstrahendi Germanicum ab suetis legionibus, nouisque prouincijs imponẽdi, dolo simul & casibus obiectandi. Ille verò hoc cognito, celerandæ aduersus Germanos victoriæ intentior, fabricat classem mille nauium ad vehendas legiones vsque ad Amisiam flumen. Illis quippe in locis bellum erat gerendum aduersus Cheruscos. Ibi Stertinius, missu Germanici, igne, & cædibus Angriuariorum, qui defecerant, perfidiam vltus est. Carioualda dux Batauorum pro Romanis aduersus Cheruscos pugnans, cum aliquot nobilibus interficitur. Cæterùm tam de Cheruscis, quàm cæteris Germanis magnam statim victoriam, commisso prælio, Germanicus reportauit. eo ex prælio Arminius vulneratus, & Inguiomerus euaserũt. in loco prælii Tiberius ab legionibus imperator salutatus est. Ea clades tanto dolore & ira affecit Germanos, vt statim bellum restaurarint: quo rursus ipsorum ingenti clade, superati sunt. Post quæ continuò Angriuarii supplices in deditionem accipiuntur. His rebus ita gestis, Germanicus cùm maiorem partem exercitus classi impositam eueheret, vi ventorum, & sæuitia fluctuum pars nauium hausta, pars disiecta, & in solas terras, aut in Britanniam delata est. Quæ damna statim pensata sunt prospera expeditione in Marsos. Inde crebris Tiberii epistolis Germanicus Romam accitur. Ibi Libo Drusus Scribonius, fraude Firmii Cati senatoris, quasi res nouas moliretur, in senatu accusatus, voluntaria morte iudicum sententias effugit. Facta de Mathematicis, Magisque Italia pellendis senatusconsulta; quorum è numero L. Pituanius saxo deiectus est. P. item Martius supplicio est affectus. Aduersus luxum ciuitatis decretum est, ne vasa auro solida ministrandis cibis fierent, neue serica vestis viros fœdaret. Inter quæ Vrgulania, quam amicitia Augustæ supra leges extulerat ab L. Pisone in ius vocatur. Eo anno res dilatæ; tentatumque est vt magistratus essent quinquennales. A. V. C.

cui rei aduersatus est Tiberius. Is M. Hortalo paupertatem suam querenti quamuis primo aduersatus, tamen perspecta inclinatione senatus benignè fecit. Eodem anno, cùm Clemens Posthumi Agrippæ seruus, extincto, vt superiori libro dictum est, domino eius cineres furatus se Agrippam esse mentiretur, iamque futurum esset, vt ex eo noui motus propediem orirentur, opera Sallustii Crispi, Romam tractus interficitur. Fine anni arcus, ob recepta signa cum Varo amissa; item ædes Fortis fortunæ, & effigies diuo Augusto dicantur.
A. V. C. [illegible] Sequenti anno, C. Cœlio, L. Pomponio Coss. Germanicus triumphauit de Cheruscis, Chattisque & Angriuariis, aliisque nationibus vsque ad Albim. Cæterùm ad ea, quæ supra de Armenia memoraui accedebat, quòd morte Archelai regis Cappadocia sine rege erat. preterea Antiocho Comagenorum, Philopatore Cilicum regibus defunctis turbabantur nationes, & prouinciæ Syria, atque Iudæa fessæ oneribus diminutionem tributi orabãt. Igitur Germanicus iamdiu inuisus Tiberio ad hos motus compescendos in Orientem, Drusus alia specie, aliisque de causis in Illyricum mittitur. Eodem anno duodecim celebres Asiæ vrbes nocturno motu terræ collapsæ, & diductis terris haustæ sunt. Ædes aliquot sacræ aut vetustate, aut igni abolitæ à Tiberio dedicantur. Tacfarinas Africæ turbator à Furio Camillo proconsule Africæ funditur, fugaturq;. Sequenti anno,
A. V. C. [illegible] Tiberio tertium, Germanico iterum Coss. Germanicus per Illyricam oram, in Græciam, mox in Thraciam venit. & superatis angustiis Propõtidis, & ore Pontico relegit Asiam; appulsusque Colophona ad Armenios contendit. his dato rege Artaxia, Cappadociam in formam prouinciæ redigit, Comagenis Q. Seruæum præficit. Interim Cn. Piso, quem Tiberius ad insectandum Germanicum Syriæ præfecerat, assequitur Germanicum apud insulam Rhodum, eoque præuecto in Syriam pergit. M. Sila-
A. V. C. [illegible] no, L. Norbano Coss. Germanicus in Ægyptum profectus, quæ visu digna sunt [illegible] à Catualda armis petitus, mox [illegible] Tiberii in Italiam venit, & Rau[illegible] est. Catualda pulsus Germani[illegible] senatus fit, vt Germanicus, & Drusus o[illegible]. Rhescuporis Thraciæ rex, ob fraude captũ, [illegible] fratis filium, custodia circumdatus, Romamq; tr[illegible] accusatus, damnatus est, vt procul regno teneretur. Reg[illegible] liberos Cotyis diuiditur. Ipse Alexandriæ, quò deuectus fuerat, [illegible]. Vonones antea Pompeiopolim Ciliciæ vrbem amotus, c[illegible] bus fugeret, in ripa Pirami fluminis à Vibio Fronto[illegible] Remmio euocato interficitur. At Germanicus post[illegible] dut, fraude, & dolo (vt creditur) Cn. Pisonis ingrauissimum

uissimum morbum incidit, cuius vi tandem, non sine ingenti omnium luctu, extinctus est. Cn. Sentius (nam Piso, iussu Germanici prouincia excesserat) de consilio legatorum Syriæ præficitur. Agrippina ascendit classem cum cineribus Germanici, liberisque Romam contendens. Piso accepto nuncio mortis Germanici apud Coum insulam, eoque intemperanter cum Plancina vxore vsus, redit ad prouinciam, Domitio Celere in eam ideo præmisso, vt quicquid hominum posset, armaret. Ipse cùm eò rediisset, cum ea manu, quam in modum legionis composuerat, Calenderim Ciliciæ castellum admodum munitum occupat; in quo cùm se aduersus Sentium, à quo obsidebatur, non se defendere posset, tandem vi[illegible]rtinacia, & traditis armis, naues, acturam in vrbem iter obtinuit. Ger[illegible] mors Romæ nunciata tantum luctus, dolorisq; populo Rom. attulit, vt spōte omnes insignia luctus sumpserint. Honores ei, qui maximi potuerunt, decreti sunt. Iulia soror Germanici nupta Druso, recenti adhuc mœstitia, duos virilis sexus simul enixa est. Eōdem anno cautum est, ne quæstum corpore faceret cui pater, auus, aut maritus eques Rom. fuisset. In locum Occiæ, quæ septem, & quinquaginta per annos Vestalibus sacris præsederat, suffecta est Domitii Pollionis filia. Arminius, pulso Maroboduo regnum affectans, armis petitus, dolo propinquorum cecidit.

C. CORNELII TACITI AB EXCESSV DIVI AVGVSTI ANNALIVM

LIBER II.

ET IN HVNC OBSERVATIONES
Caroli Paschalii Cuneatis.

SISENNA Statilio Tauro, L. Libone coss. mota Orientis regna prouinciæque Romanæ, initio apud Parthos orto, qui petitum Romæ, acceptumque regem, quamuis gentis Arsacidarum, vt [a] externum aspernabantur. Is fuit Vonones, obses Augusto datus à Phrahate. Nam Phrahates quanquam depulisset exercitus, ducesque Romanos, cuncta [b] venerantium officia ad Augustum verterat; [c] partemque prolis, firmandæ amicitiæ miserat, haud perinde nostri metu, [d] quam fidei popularium diffisus. Post finem Phrahatis & sequentium regum, [e] ob internas cædes, venere in vrbem legati à primoribus Parthis, qui Vononem vetustissimum liberorum eius accirent. [f] Magnificum id sibi credidit Cæsar, auxitque opibus. Et accepere barbari lætantes, [g] vt ferme ad noua imperia. Mox subit pudor degenerauisse Parthos; petitum alio ex orbe regem hostium artibus infectum: iam inter prouincias Romanas solium Arsacidarum haberi darique: Vbi illam gloriã trucidantium Crassum, exturbantium Antonium, [h] si mancipium Cæsaris tot per annos ser-

OBSERVATIONES.

a Is nobis pro alieno & externo [illegible], qui [illegible], externisque moribus imbutus est.

b Aliud est seruire; & aliud venerari. veneratio est obseruantia imbecillioris erga valentiorem; seruitus est sui dominum in mancipium.

c Non exiguum amicitiæ [illegible] exhibetur ei, cuius in aulam pars regiæ & nobilissimæ alicuius prolis, hoc est, aliquis ex liberis, charissimum scilicet pignus mittitur.

d Fœdus, & amicitia à principe cum externis duabus de causis firmatur; nempe, metu potentioris; aut, quòd is fidei popularium diffidit.

e Ex intestinis malis, & periculis externis profecta est necessitas constituendi publicam rem certa aliqua forma. optima autem reip. forma argumentandi est, cum vtrique malo obuiam itum est.

f Magnificum est principi peti ab se, & ex aula sua, tanquam ex regum seminario, aliquem, qui florentissimæ alicuius prouinciæ, & validissimæ genti rex futurus est.

g Hic est ferè barbarorum mos, vt rerum mutatione, [illegible] imperijs delectentur.

h [illegible] satis videtur esse honorificum, in solio [illegible] apud externa gentes seruitutem perpessus sit. certè Parthi hoc pacto poterant [illegible] verna Romanorum, quomodo Fabius Pictor lib. 2. de aur. sec. & orig. vrb. Romæ dicit Romulum ex vigilo primum regem à Thuscis declaratum esse, quam rem per occasionem arreptam Mithridates rex Asiæ pro ignominia Romanis opposuit, quod verna fuisset Thuscorum.

uitutē perpessum Parthis imperitet. Accēdebat dedignantes & ipse diuersus [a] à maiorum institutis, raro venatu, segni equorum cura, quoties per vrbes incederet [b] lecticæ gestamine, fastuque erga patrias epulas. inridebantur & Græci comites, ac vilissima vtensilium annulo clausa. sed [c] prompti aditus, obuia comitas, [d] ignotæ Parthis virtutes, [e] noua vitia; & quia ipsorum maioribus aliena, [f] perinde odium prauis & honestis. Igitur Artabanus Arsacidarum è sanguine apud Dahas adultus excitur: primoque congressu fusus reparat vires, regnoque potitur. Victo Vononi perfugium Armenia fuit, vacua tunc, interque Parthorum & Romanas opes infida, ob [g] scelus Antonij, qui Artauasdem regem Armeniorum specie [h] amicitiæ inlectum, dein catenis oneratum, postremo interfecerat. Eius filius Artaxias, [i] memoria patris nobis infensus, Arsacidarum vi seque regnumque tutatus est. Occiso Artaxia per dolum propinquorum, datus à Cæsare Armenijs Tigranes, deductusque in regnum à Tyberio Nerone. Nec Tigrani diuturnum imperium fuit, neque liberis eius, quanquam sociatis more externo in matrimonium regnumque. dein iussu Augusti impositus Artauasdes, & non sine clade nostra deiectus. Tum C. Cæsar componendæ Armeniæ deligitur. Is

OBSERVATIONES.

a *Principes vt suorum popularium fauorem sibi concilient, [illegible] præbere se diuersum à maiorum [illegible] imperarunt, [illegible] quæ [illegible] sustinuerit, & consuetudinis antiquæ; quæque [illegible] ante primum oculos; [illegible] sunt [illegible], [illegible] patria [illegible], vestitus, sermo, & quæ sunt de eodem genere. [illegible] princeps [illegible] publicos mores, [illegible], vt ait Seneca [illegible], conuertat.*

b *Principes ab [illegible] abstinere debent, quæ [illegible], & effeminatum arguunt.*

c *Difficile dictu est, quàm grata [illegible] virtutes, quæ cùm omnes homines decent, tamen principum ita propria sunt, vt iis carere, sine magna infamia, & fortasse [illegible] possint: prompti scilicet aditus, & obuia comitas, & quamuis hoc loco de [illegible] generaliter, Hæ virtutes præter hanc [illegible] vt [illegible] potissima celebra[illegible].*

d *Prin[illegible] quibus imperat [illegible] aliqua comitate, & beneuolenti[illegible], & [illegible] barbari ingenij homin[illegible] seueritate, terrore & asp[illegible].*

e *[illegible] vna singulorum opinione niti, heu miseros nos, quibus [illegible] quidem [illegible] est: siquidem quod tu pro certo habes esse virtutem, id alijs [illegible] est, [illegible] hæc tibi dedecori est.*

f *[illegible] barbaram gentem, quæ sunt aliena à maiorum institutis, [illegible], siue honesta [illegible] sint.*

g *Princip[illegible] cauere debet, ne, scelestis hominibus prouincias committat [illegible] longinquas, & [illegible] hostibus finitimas; ne facilè præfecti pro[illegible] regnum traducantur.*

h *[illegible] aliquem specie amicitiæ illicere, ac postea in eum sæuire.*

i *[illegible] est opera, ne quenquam mortalium, præsertim verò potentes homines offendamus, [illegible] odia à patribus ad filios, quàm hæreditates transferantur.*

Ario-

Ariobarzanen origine Medum, ob[a] insignem corporis formam, & præclarum animum[b] volentibus Armeniis præfecit. Ariobarzane morte fortuita absumpto, stirpem eius haud tolerauere. tentatoque[c] feminæ imperio, cui nomen Erato, eaque breui pulsa, incerti solutique, & magis[d] sine domino, quàm in libertate, profugum Vononem in regnú accipiunt. Sed ubi minitari[e] Artabanus, & parum subsidii in Armeniis, vel si nostra vi defenderetur, bellum aduersus Parthos sumendum erat, rector Syriæ Creticus Silanus excitum[f] custodia circumdat, manente luxu & regio nomine. [illegible] ludibrium vt effugere agitauerit Vonones, in loco reddemus. Ceterum Tyberio[g] haud ingratum accidit, turbari res Orientis, vt[h] ea specie Germanicum suetis legionibus abstraheret, nouisque prouinciis impositum dolo simul & casibus obiectaret. [i]At ille quanto acriora in eum studia militum, & auersa patrui voluntas, celerandæ victoriæ intentior[k], tractare prœliorum vias, & quæ sibi tertium iam annum belligeranti sæua vel prospera euenissent: fundi Germanos acie, & iustis

OBSERVATIONES.

a Is regno, & principatu dignus videri potest, cui natura præter insignem corporis formam, præclarum quoque animum dedit.

b Qui volentibus præficitur, is legitimè, ac proinde tutò diuque imperat.

c Vix fieri potest, vt feroces nationes, & bellaces gentes feminæ imperium ferant.

d Aliud est esse sine domino, & aliud esse in libertate. quippe sine domino dicuntur esse ii, qui assueti sunt imperio vnius, qui etsi è [illegible] sublatus est, tamen [illegible] futurum [illegible], quisquam ille futurus est, in demortui locum suffectus imperitet. In libertate verò ii sunt, qui ita affecti sunt [illegible], vt neminem supra se agnoscant esse nominem, præter vnum magistratum, & leges. hinc [illegible] cuiusque conditio non tam ex præsenti statu, quàm ex animo spectanda sit.

e Cum [illegible] dedicatius causa aduersus potentissimum hostem suscipienda, primum illud in deliberationem [illegible] debeat, an [illegible] agendum suscipimus, honestè facere possimus; mox, [illegible] vtilitatis [illegible] ad nos inde rediturum sit. quòd [illegible] periculi ei sit, vt nos [illegible] [illegible] manifesto [illegible], quapropter pro ea propugnationem suscipi[illegible] pernicies nostra [illegible] [illegible]

f Cum agitur de rege [illegible] aliquo in potestate habendo, [illegible] te tamen dignitatis, quam [illegible] nomine, & luxu.

g Nobis malè esse possumus pati, dummodo incommodo nostro vti possimus ad impedienda consilia, & conatus eorum, quos suspectos habemus.

h Princeps si quem, ob potentiam suspectum habet, hunc probabili specie abstrahit ab iis locis, atque ab iis exercitibus, apud quos auctoritate plurimum potest, eumque dolis, multisque casibus obiectat, aut dolos ei nectit, quibus [illegible] [illegible], [illegible] ab hostibus opprimatur.

i Quò quis magnum, & præclarum [illegible] pluribus dolis se [illegible] esse scit à principe, qui ipsum, scilicet, gloriæ inuidet, hoc debet esse intentior celerandis præclaris facinoribus. nam demas ei [illegible] possint per scelus [illegible], non tamen poterit [illegible] gloria eius, quam, in infinita posteritate [illegible] ex magnitudine rerum gestarum.

k [illegible] exercitus ex præteritis, quæ sibi [illegible], [illegible], futura colligit; quæ [illegible] reputare possit, debet [illegible] scire; [illegible] exercitus [illegible] superior, [illegible] hoste sit inferior. [illegible] qui diligenter subduxerit, [illegible] vincendi hostis [illegible] haud dubiè feliciter experietur.

locis, iuuari syluis, paludibus, breui æstate, & præmatura hyeme: suum militem haud perinde vulneribus, quàm spatiis itinerum, damno armorum adfici; fessas Gallias ministrandis equis; ᵃ longum impedimentorum agmen opportunum ad insidias, defensantibus iniquum. at si mare intretur, promptam ipsis possessionem, & hostibus ignotam: simul bellum maturiùs incipi, legionesque & commeatus pariter vehi; integrum equitem, equosque per ora & alueos fluminum media in Germania fore. Igitur huc intendit, missis ad census Galliarum P. Vitellio & C. Antio. Silius & Anteius & Cæcina fabricandæ classi præponuntur. mille naues sufficere visæ, properatæque: ᵇ aliæ breues angusta puppi proraque, & lato vtero, quò faciliùs fluctus tolerarent: quædam planæ carinis, vt sine noxa siderent: plures appositis ᶜ vtrinque gubernaculis, conuerso vt repente remigio, hinc vel illinc adpellerent: multæ pontibus stratæ, super quas tormenta veherentur, simul aptæ ferendis equis, aut commeatui, velis habiles, citæ remis augebantur alacritate militum in speciem ac terrorem. ᵈ Insula Batauorum, in quam conuenirent prædicta, ob faciles adpulsus, accipiendisque copiis, & transmittendum ad bellum opportuna. Nam Rhenus vno alueo continuus, aut modicas insulas circumueniens, apud principium agri Bataui, velut in duos amnes diuiditur, seruatque nomen & violentiam cursus quà Germaniam prouehitur, donec Oceano misceatur: ad Gallicam ripam latior, & placidior adfluens, verso cognomento, Vahalem accolæ dicunt, mox id quoque vocabulum mutat Mosa flumine, eiusque immenso ore eundem in Oceanum effunditur. Sed Cæsar dum adiguntur naues, Silium legatum cum expedita manu inruptionem in Chattos facere iubet. Ipse, audito castellum Luppiæ flumini adpositum obsideri, sex legiones eò duxit. neque Silio, ob subitos imbres, aliud actum, quàm vt modicam prædam, & Arpi principis Chattorum coniugem, filiamque raperet. Neque Cæsari copiam pugnæ obsessores fecere, ad famam aduentus eius dilapsi: tumulum tamen nuper Varianis legionibus structum, & veterem aram Druso si-

1 leg. C. Antio.

a De hoc [illegible] ... [illegible]

b [illegible]

c De hac [illegible] ... lib. de morib. Germ.

d Vide lib. de morib. Germ.

OBSERVATIONES.

a [illegible] multo maiora geri possunt, quàm si impedimenta de[illegible] ... ad defensantibus iniqua esse constat.

b [illegible] ... instruendam classem sunt necessaria: siquidem alias oportet esse bre[illegible] ... proraque & lato vtero, quò faciliùs fluctus tolerent: alias verò planis carinis, vt sine noxa [illegible] ... videmus esse tolerantes: alias appositis vtrinque gubernaculis, vt conuerso repente remigio, hinc vel illinc adpellant: alias pontibus stratas, super quas tormenta vehantur ... ferendis equis, aut ... commeatui aptas ... [illegible] ... vsu comparabantur, vt ait Tacit. lib. 3. hist. Quin [illegible] ... vagabantur, fabricatis repente [illegible] ... quas cameras vocant, arctis lateribus alueum sine vinculo æris, aut ferri connexam. Denique nauium laudes hæ sunt, vt velis sint habiles, citæ remis, ac postremò remigum alacritate agantur.

tam

tam disiecerant. Restituit aram, honorique patris princeps ipse cum legionibus decucurrit: Tumulum iterare haud [a] visum. & cuncta inter castellum Alisonem, ac Rhenum nouis limitibus, aggeribusque permunita: Iamque classis aduenerat, cùm premisso commeatu, & [illegible] in legiones, ac socios nauibus, fossam, cui Drusianę nomen, ingressus, precatusque Drusum patrem, vt se eadem ausum libens placatusque [a] exemplo, ac [b] memoria consiliorum atque operum iuuaret. Lacus inde & Oceanum vsque ad Amisiam flumen, secunda nauigatione peruehitur. Classis Amisię relicta lęuo amne, erratúmque in eo, quod non [b] subuexit. [transposuit militem dextras in terras iturum.] ita plures dies efficiendis pontibus absumpti. Et eques quidem, ac legiones prima æstuaria, nondum adcrescente vnda, intrepidi transiere: postremum auxiliorum agmen, Batauique in parte ea dum [c] insultant aquis, artemque nandi ostentant, turbati, & quidam hausti sunt. Metanti castra Cęsari Angriuariorum defectio à tergo nuntiatur. Missus illico Stertinius cum equite & armatura leui, [c] igni & cædibus perfidiam vltus est. Flumen [f] Visurgis Romanos Cheruscosque interfluebat. eius in ripa cum cæteris primoribus Arminius adstitit; quęsitoque an Cæsar venisset, postquam adesse responsum est, [d] vt liceret cum fratre conloqui, orauit. Erat is in exercitu cognomento Flauius, insignis fide, & amisso per vulnus oculo paucis ante annis, duce Tyberio. [illegible] permissum. progressúsque salutatur ab Arminio, qui amotis stipatoribus, vt sagittarii nostra pro ripa dispositi abscederent, postulat. & postquam digressi, vnde ea deformitas oris interrogat [illegible] illo locum, & prælium referente, quodnam [e] præmium rec[illegible]set, exquirit. Flauius [e] aucta stipendia, torquem, & coronam,

a Quo tum [illegible]

1 [illegible] 1 Hæc in mar[gine] [illegible]

1 Vel lib. 5. hist. [illegible]

1 De hoc flumine vide Ptolem. lib. 2.

e [illegible]

OBSERVATIONES.

a Exemplo domestico, & memoria consiliorum paternorum [illegible] præclarissima quæque facinora mirum in modum acuuntur.

b Hoc verè est filium esse, non tantum ore, & reliqua specie corporis patris effigiem præ se ferre, sed illius, si vir præclarus fuit, vestigiis insistere, illius exemplum imitari, illius consilia & præcepta memoria tenere.

c Cùm in defectione alicuius tam grande momentum est, vt res maxima, quas molimur, impediri possint, haud dubiè tanta perfidia, ad terrorem cæterorum, igne, & cædibus vindicanda est.

d Ad disciplinam militarem potissimùm pertinet, edicere, ne quisquam illorum, qui sunt in exercitu, quicunque tandem ille est, cum hoste, nisi priùs impetrata ab imperatore venia, colloquatur, aut extra ordinem iniussu ducis sui pugnet. qui secus faxit, is, quia militarem disciplinam soluit, capitali supplicio affici debet; cuius rei illustre exemplum legitur apud Liu. lib. 8. hist. ab vrbe cond. cuius meminit Sallust. in coniurat. Catil.

e [illegible] vir insignis cum hoste manu collata ita vulneratus est, vt ex vulnere non minima appareat deformitas oris, huic augeri stipendia debent, ac [illegible]que, corona, cæterisque donis militaribus [illegible], hoc est iis rebus honestandus est [illegible] leues idea videri possunt, quòd sunt singularia, & eximia virtutis argumenta. hæc, nimirum, sunt illa dextra, quæ ignobiles insignes magnis muneribus, & nobiles eo quo sunt loco dignos præstare pergunt.

aliaque militaria dona memorat, irridente Arminio vilia seruitii [a] pretia. Exin diuersi ordiuntur: hic magnitudinem [b] Romanam, opes Cæsaris, & victis graues pœnas, in deditionem venienti paratam clementiam,
10 neque coniugem & filium eius hostiliter haberi. Ille [c] fas patriæ, libertatem auitam, [d] penetralis Germaniæ deos, matrem precum sociam; ne propinquorum & adfinium, denique gentis suæ desertor & proditor, quàm imperator esse mallet. [e] Paulatim inde ad iurgia prolapsi, [f] quominus pugnam consererent, ne flumine quidem interiecto cohibebantur, ni Stertinius adcurrens, plenum iræ, armaque & equum poscentem Flauium attinuisset. Cernebatur contra minitabundus Arminius, præliumque denuntians. nam pleraque Latino sermone interiaciebat, vt qui Romanis in castris ductor popularium meruisset. Postero die Germanorum acies trans Visurgim stetit. Cæsar, nisi pontibus præsidiisque impositis, dare in discrimen legiones [f] haud imperatorium ratus, equitem vado tramittit. Præfuere Stertinius, & è numero primipilarium Aemilius, distantibus locis inuecti, [g] vt hostem diducerent. qua celerrimus amnis, Carioualda dux Batauorum erupit. eum Cherusci, fugam simulantes, in planitiem saltibus circumiectam [h] traxere: dein coorti, & vndique effusi trudunt aduersos, instant cedentibus, [i] collectosque in orbem

[Marginal note: [illegible] veteribus germanis [illegible] deos, sed quibus ab antiquo Germani [illegible]]

OBSERVATIONES.

a *Etsi hæc sæpe confunduntur, tamen ita distincta sunt, vt aliud sit pretium, aliud præmium; illo vilium personarum opera conducitur; hoc non alij debetur, quàm illi, qui, cùm virtute cum multis contenderet, eos sua præstantia superauit. In pretio spectatur vtilitas, in præmio decus. Iam verò stipendia possunt videri pretia, sed dona militaria propria virtute parta nequaquam. pretio enim mercenarij; præmio fortissimus quisque ad res maximas excitatur. Itaque male Arminius seruitij pretia vocat quæ præmia dici, quod vni virtuti data sunt, debent.*

b *Aduersus eum pertinaciter magis, quàm prudenter bellum suscipitur, qui sua magnitudine cuncta complet, cuiusque immensis opibus vix pares reperiuntur. qui huius tam potentis hostis vim, quàm clementiam experiri maluit, si victus est, merito suæ temeritatis pœnas dat. quod non accideret ei, qui ex æquo dimicat.*

c *Iustum bellum dici [illegible] illud, quod [illegible], pro propugnatione patriæ, libertatis auitæ, [illegible].*

d *Fratrum odium ab iis rebus profectum quæ pertinent ad remp. solet esse multò acrius, quàm cæterorum.*

e *Hi sunt gradus irarum, vt primùm exprobretur aliquid factum, aut non factum; inde ad iurgia prolabamur; postremò pugnam conferamus.*

f *Haud est imperatorium, dare exercitum in discrimen, in locis præsertim hostilibus, iniquis, & periculosis, nisi præsidiis benè dispositis, omnibusque prius diligenter circumspectis.*

g *Cùm hostium exercitus se vnum in locum cogat, ingens futurus est [illegible], præmittendus est equitatus, non simul, & eadem acie, sed locis [illegible].*

h *Non semper qui fugere videtur verè fugit, sed fugam [illegible], [illegible], [illegible] paulatim persequentes in loca ipsis iniqua, sibi æqua traxerit, [illegible], ne effusè fugientes semper sequantur, metu insidiarum.*

i *Qui se [illegible] ab hostibus [illegible], optimum est iis, quò hostium se circumstandentium, & [illegible] sustinere possint, in orbem collecti pugnent, donec irruentes cateruam globo frangere possint: ipsosque tandem propria virtus, atque audacia periculo eximat.*

pars

pars congressi, quidam eminus proturbant. Chariovalda diu sustentata hostium sæuitia, hortatus suos vt ingruentes cateruas globo frangerent, atque ipse in densissimos inrumpens, congestis telis, & suffosso equo labitur, ac multi nobilium circa: cæteros vis sua, aut equites cum Stertinio, Æmilioque subuenientes periculo exemere. Cæsar transgressus Visurgim, [a] indicio perfugæ cognoscit delectum ab Arminio locum pugnæ, conuenisse & alias nationes in syluam Herculi sacram, ausurosque nocturnam castrorum oppugnationem. habita indici fides: & cernebantur ignes, suggressique propiùs [b] speculatores audiri fremitum equorum, immensique, & inconditi agminis murmur attulere. Igitur propinquo [c] summæ rei discrimine, explorandos militum animos ratus, quonam id modo [d] incorruptum foret, secum agitabat. Tribunos & centuriones læta sæpiùs, quàm comperta nuntiare, libertorum seruilia ingenia, amicis inesse adulationem, si concio vocetur, illic quoque quæ pauci incipiant, reliquos adstrepere: [e] penitus noscendas mentes, cùm secreti, & incustoditi inter militaris cibos spem aut metum proferrent. Nocte cœpta, egressus Augurali, per occulta & vigilibus ignara, comite vno, contectus humeros ferina pelle, adit castrorũ vias, adsistit tabernaculis, fruiturque fama sui: cùm hic [f] nobilitatem ducis, decorem alius, plurimi patientiam, comitatem per seria, per iocos eundem animum

OBSERVATIONES

a *Diligenter cauere debet is, qui exercitui præest, ne perfugarum indicia spernat, si modò sint verisimilia.*

b *Speculatorum opera in exercitu nunquam non est necessaria.*

c *Summa rei discrimen tunc instare dicitur, cùm maximo conatu, totisque viribus vtrinque decertandum est: eo tempore, & loco, imperator militum animos explorare debet, an pugnam libenter, & alacri animo capessant. nam si fortè torpeant, prælio [illegible] incerto & fortasse irato Marti se permittere.*

d *Si sciret imperator quantum in se vno, suaque diligentia est positum, nunquam profectò cuiquam de rerum summa apud se agenti, [illegible] ita fidem haberet, quin & ipse singula diligenter circumspectare, ac nosse, omnibusque locis frequens adesse vellet. Quippe, ita comparatum est, vt vnusquisque rem pro suo ingenio, sæpiusque aliter, atque est, narret. amici quidem adulantur; seruorum cùm sit seruile ingenium, haud dubium est, quin ad gratiam loquantur; tribunorum, & centurionum mos est, læta potiùs, quàm vera referre; multitudo non quod ipsa sentit, sed eius, qui clamare cœperit, sensum sequitur. Itaque cautus princeps, & imperator nunquam alienis oculis videbit, nec pedibus alienis ambulabit; sed nulli, nisi sibi credens, ex eo, quod viderit audierit, cognouerit, quid facto opus sit, consultabit.*

e *Si princeps subditorum, aut imperator militum mentes planè nosse studet, non debet eos vocare in concionem, quò mendacia, & simulationes quàm sæpissimè veniunt, sed ipse varia veste exornatus, ac in dissimulationem sui compositus ingressu in loca, in quibus homines solent nudare animos suos, cuiusmodi sunt conuiuia, vbi quisque [illegible] verè quid animi habeat, [illegible] per seria, quàm per iocos palam facit. hac ratione ea cognosci [illegible] possunt, quæ ad [illegible] summam pertinent.*

f *Hæ sunt laudes duci à militibus plerunque tribui solitæ; nobilitas, decor, patientia, comitas.*

laudibus [a] ferrent: [illegible]endamque gratiam in acie faterentur. simul perfidos & ruptores pacis ultioni & gloriæ mactandos. Inter quæ vnus hostium Latinæ linguæ sciens, acto ad vallum equo, voce magna, coniuges, & agros, & stipendii in dies, donec bellaretur, sestertios centenos, si quis transfugisset, Arminii nomine pollicetur. Incendit ea [c] contumelia legionũ iras; veniret dies, daretur pugna, sumpturũ militẽ Germanorũ agros, tracturum coniuges: accipere omen, & matrimonia ac pecunias hostium prædæ destinare. Tertia ferme vigilia adsultatum est castris, sine coniectu teli, postquam crebras pro munimentis cohortes, & nihil [1] remissum sensere. [d] Nox eadem lætam Germanico quietem tulit, viditque se [2] operatum, & sanguine sacro respersa prætexta, pulchriorem aliam manibus auiæ Augustæ accepisse. Auctus omine, addicentibus auspiciis, vocat concionem, & quæ [e] sapientia præuisa, aptaque imminenti pugnæ disserit. [f] Non campos modò militi Romano ad prælium bonos, sed, si [g] ratio adsit, sylvas & saltus. [h] nec enim immensa barbarorum scuta, enormis [3] hastas inter truncos arborum, & enata humo virgulta perinde haberi quàm pila, & gladios, & hærentia corpori tegmina: densarent ictus, ora mucronibus quærerent: non [4] loricam Germano, non galeam: ne scuta quidem ferro, neruove firmata, sed viminum textus, vel tenuis, & fucatas [5] colore tabulas. primam vtcunque aciem hastatam: ceteris præusta aut breuia tela. iam [i] corpus, vt visu toruum, & ad breuem

1 De [illegible] [illegible]

2 [illegible]

3 [illegible] Germanos [illegible] Germ.

4 [illegible] Germ. [illegible]

5 [illegible] German. [illegible]

6 [illegible] Germanos [illegible]

OBSERVATIONES.

a *Ea demum vera laus dici debet, quæ viro tribuitur absenti ab iis, qui dictorum, & factorum eius sunt oculati testes. certe vera laus imperatoris ab exercitu profecta omni triumpho anteponi debet.*

b *Quæ maxima gratia optimo imperatori ab exercitu reddi potest, non alia est, quàm vt in acie miles fortem ac strenuum se præstet.*

c *Contumeliam is mihi infert, qui me inuitat ad* [illegible].

d *Neque nouum,* [illegible] *imagines alicui viro secundam quietem* [illegible]

e *Is* [illegible] *concionem aliquam, sed prius sapienter præuidere quod* [illegible] *tempusque postulat, disserere debet.*

f [illegible] *sunt bona ad prælium.*

g [illegible] *potissimum rei bellicæ non temeritate, sed ratione administra*[illegible]

h [illegible] *dici potest, qui pro ratione temporis, locorum, armorum, tum hostilium,* [illegible] *quomodo in acie se gerere debeat, docet.*

i [illegible] *hæc est vera descriptio, vt corpus habeat visu quidem toruum sed* [illegible]*; deinde sine cura ducum* [illegible] *fugiat, paueatque aduersis, inter secun*[illegible] *iuris memor, ita* [illegible] *ac strenuus miles is dicendus est, qui statura est* [illegible] *sed grato, neque* [illegible] *mollitiem indicante; qui diu irruentem hostis im*[illegible]*; qui vulneratus prælio non excedit, qui duci obsequitur, qui* [illegible] *periculo* [illegible] *neque aduerso corpore pugnat; in aduersis intrepidus; inter secunda non insolens, sed* [illegible].

impetum

impetum validum, sic nulla vulnerum patientia, sine pudore flagitii, sine cura ducum, abire, fugere, pavidos adversis, inter secunda, non divini, non humani iuris memores: Si tædio viarum ac maris finem cupiant, hac acie parari: propiorem iam Albim, quam Rhenum: neque bellum ultra; modò se patris patruique vestigia prementem iisdem in terris victorem sisterent. Orationem ducis secutus militum ardor, signumque pugnę datum. Nec Arminius, aut cęteri Germanorum proceres omittebant suos quisque testari, Hos esse Romanos Variani exercitus fugacissimos, qui[a] ne bellum tolerarent, seditionem induerint: quorum pars onusta vulneribus tergum, pars fluctibus & procellis fractos artus infensis rursum hostibus adversis diis obiiciant, nulla boni spe: classem quippe & avia Oceani quæsita, ne quis venientibus occurreret, ne pulsos premeret: sed ubi miscuerint manus, inane victis ventorum remorumque subsidium. [b] meminissent modò avaritiæ, crudelitatis, superbiæ: [c] aliud sibi reliquum quàm tenere libertatem; aut mori ante servitium? Sic accensos & prælium poscentes in campum, cui Idistaviso nomen, deducunt: is medius inter Visurgim & colles, ut ripæ fluminis cedunt, aut prominentia montium resistunt, inæqualiter sinuatur. Ponè tergum insurgebat sylva editis in altum ramis, & pura humo inter arborum truncos. Campum & prima sylvarum barbara acies tenuit: soli Cherusci iuga insedere, ut prælianntibus Romanis desuper incurrerent. Noster exercitus sic incessit: auxiliares Galli, Germanique[d] in fronte: post quos pedites sagittarii, dein quatuor legiones, & cum duabus prætoriis cohortibus, ac delecto equite [e] Cæsar: exin totidem aliæ legiones, & levis armatura cum equite sagittario, ceteræque sociorum cohor-

OBSERVATIONES.

a *Hæc est natura malorum, atque ignavorum [illegible] valerent.*

b *Extrema pars orationis illius, qui milites ad ulciscendam hostes accendere vult, debet continere eorum commemorationem, propter quorum atrocitatem bellum, omnium consensu, susceptum est, ut inde ira militaris, & studium ulciscendi accendatur.*

c *Quid aliud præclaris viris reliquum esse debet, quàm tenere libertatem, aut mori ante servitium? certè mortem servituti [illegible] esse [illegible] exemplis doceri possumus.*

d *A maximis viris [illegible], ut auxiliares [illegible], si prælium committendum erat, partim in fronte exercitus, [illegible] manus cum hoste conferrent, partim à tergo, & in ultimo agmine [illegible] collocarentur, & robur legionum medium esset, [illegible], & socios in officio contineret.*

e *Prudens imperator, si fortè prælio [illegible] ita disponit exercitum, ut se in medium [illegible] cum firmo equitatu collocet, non ut sibi loco caveat, sed ut velle [illegible] specula, omnia in partes [illegible] inspicere, labantes hortari, pavidos increpare, laborantibus, et periclitantibus adesse, & subvenire, aliaque ducis munia obire possit.*

tes. Intentus paratusque miles vt ordo agminis in aciem adsisteret. Visis Cheruscorum cateruis, quæ per ferociam proruperant, validissimos equitum incurrere latus, Stertinium cum cæteris turmis circumgredi, tergaue inuadere iubet, ipse in tempore adfuturus. Interea pulcherrimũ augurium octo ᵇ aquilæ petere syluas, & intrare visæ, imperatorem ᶜ aduertere: exclamat, irent, sequerentur Romanas aues, propria legionum numina. Simul pedestris acies infertur, & præmissus eques postremos, ac latera impulit. Mirumque dictu, duo hostium agmina ᵈ diuersa fuga, qui syluam tenuerant in aperta, qui campis adstiterant, in syluam ruebant. Medii inter hos Cherusci collibus detrudebantur, inter ᵉ quos insignis Arminius manu, voce, vulnere sustentabat pugnam. Incubueratque sagittariis, illa rupturus, ni Rhætorum, Vindelicorumque, & Gallicæ cohortes signa obiecissent: nisu tamen corporis & impetu equi peruasit, oblitus faciem suo cruore, ne nosceretur. quidam adgnitum à Chaucis inter auxilia Romana agentibus, emissumque tradiderunt. Virtus seu fraus eadem Inguiomero effugium dedit. Cæteri passim trucidati. & plerosque tranare Visurgim conantes iniecta tela aut vis fluminis, postremò moles ruentium, & incidentes ripæ operuere. quidam turpi fuga in summa arborum nisi, ramisque se occultantes, admotis sagittariis per ludibrium figebantur: alios prorutæ arbores adflixere. Magna ea victoria, neque cruenta nobis fuit. Quinta ab hora diei ad noctem cæsi hostes, decem millia passuum cadaueribus atque armis opplevere, repertis inter spolia eorum catenis, quas in Romanos, vt non dubio euentu portauerant

OBSERVATIONES.

a *Et hoc inter præcipua militaris disciplinæ capita connumerari debet, vt, cum instat prælium, intentus, paratusque miles sit, vt ordo agminis in aciem assistat,* [illegible] *, sed quo quisque loco consistere debeat sciat.*

b *Cum* [illegible] *est si, vbicunque* [illegible] *augurium Fabio* [illegible] *aquilâ* [illegible] *per* [illegible] *militum* [illegible] *magna & prospera* [illegible] *acciperetur.*

c [illegible] *fortuita, etsi* [illegible] *videri possint, in sapientiam* [illegible] *multitudinis opinioni, prout res postulat, subseruire* [illegible] *augurio* [illegible] *est ad* [illegible] *militum* [illegible] *Deo duce, ac victoriæ* [illegible]

d [illegible] *qui quisque* [illegible]

e [illegible] *fores, &* [illegible] *ipse insignis* [illegible] *valentius* [illegible] *hoc est,* [illegible] *, & militis* [illegible] *inclinatam,* [illegible] *restituit.*

f [illegible] *qui insolenter sibi victoriam ante pugnam in manibus esse* [illegible] *, huius* [illegible] *exitu concluderit.*

uerant

uerant. [a] Miles in loco prælii Tyberium imperatorem salutauit, struxitque aggerem & in modum trophæorum arma, subscriptis victarum gentium nominibus, imposuit. Haud perinde Germanos vulnera, luctus, excidia, [b] quàm ea species dolore & ira adfecit. Qui modò abire sedibus, trans Albim concedere parabant, pugnam volunt, arma rapiunt plebes, primores, iuuentus, senes, agmen Romanum repente incursant, turbant, postremò deligunt locum flumine & syluis clausum, arcta intus planitie, & humida; syluas quoque profunda palus ambibat, nisi quòd latus vnum Angriuarii lato aggere extulerant, quo à Cheruscis dirimerentur. hic pedes adstitit; equitem propinquis lucis texere, vt ingressis syluam legionibus à tergo foret. [c] Nihil ex iis Cæsari incognitum: consilia, locos, prompta, occulta nouerat, astusque hostium in perniciem ipsis vertebat. Seio Tuberoni legato tradit equitem [d] campumque. Peditum aciem ita instruxit, vt pars æquo in syluam aditu incederet, pars obiectum aggerem eniteretur. [e] quod arduum sibi, cætera legatis permisit. quibus plana euenerant, facilè inrupere: quis impugnandus agger, vt si murum succederent, grauibus superne ictibus conflictabantur. Sensit dux imparem cominus pugnam, [f] remotisque paulùm legionibus, funditores libratoresque excurrere tela, & proturbare hostem iubet. Missæ è tormentis hastæ. quantoque conspicui magis propugnatores, tantò pluribus vulneribus deiecti. Primus Cæsar cum prætoriis cohortibus capto uallo dedit impetum in syluas. collato illic gradu certatum. Hostem à tergo palus, Romanos flumen aut montes claudebát. [g] vtrisque [h] necessitas in loco, spes in virtute, salus ex victoria. Nec minor Germanis animus, sed genere pugnæ & armorum superabantur, cũ

I. Sic [illegible] [illegible] Volandum [illegible] Caesaris Fac[illegible] legato, & [illegible] Caecinal [illegible] præ[illegible]

OBSERVATIONES.

a *Ad æternam memoriam insignis* [illegible] *salutari, struí agger, armaque in modum trophæorum* [illegible] *tium ab eo victarum, cuius auspiciis bellum geritur.*

b *Non tam vulneribus, luctu, excidiis, cladeque irritantur homines, quàm ignominia accenduntur ob spolia sibi erepta, hostibus gloriæ, sibi perpetuæ ignominiæ monimenta.*

c *Si imperator quam debet diligentiam adhibet in cognoscendis hostium consiliis, locis, promptis, occultis, haud dubium est, quin illorum astus in perniciem ipsis vertat.*

d *Nihil in re bellica magis tritum est, quàm equitatum campo, & locis apertis locari debere.*

e *Hoc est argumentum* [illegible] *præstantissimi ducis, quod arduum est, id sibi sumere, cætera iis, quibus mandata sunt* [illegible] *permittere.*

f *Ridiculè quidam sentiunt,* [illegible] *referendum esse quod semel intulerit pedem, ac proinde impetu magis, beluarum more, quàm* [illegible] *, & consilio cum hoste pugnandum. quam sané sententiam veritati apertè repugnare, hoc Germanici prudentissimi ducis exemplo doceri quisque potest.*

g *C*[illegible] *necessitas est in loco, hoc est, cùm æquis locis ita pugnatur, vt hostium illinc excedere* [illegible] *liceat,* [illegible] *est in virtute, salus ex victoria.*

h *Necessitas spem, spes virtutem, virtus victoriam, victoria salutem parit.*

ingens multitudo arctis locis [a] prælongas hastas non protenderet, non colligeret, neque adsultibus & velocitate corporũ vteretur, coacta stabile ad prælium: contra miles, cui scutum pectori adpressum, & insidẽs capulo manus, latos barbarorum artus, nuda ora foderet, viamque strage hostium aperiret, [b] itaprompto iam Arminio ob continua pericula, siue illum recens acceptum vulnus tardauerat. Quin & Inguiomerum tota volitantem acie, [c] fortuna magis quàm virtus deserebat. Et Germanicus quò magis agnosceretur, [d] detraxerat regimen capiti, orabatque insisterent cædibus, nil opus captiuis, solam [e] internecionem gentis finem bello fore. Iamque sero diei subducit ex acie legionem [f] faciendis castris: cæteræ ad noctẽ cruore hostium satiatæ sunt. Equites ambiguè certauere. [g] Laudatis pro concione victoribus Cæsar congeriem armorum struxit, [h] superbo cum titulo, DEBELLATIS INTER RHENVM, ALBIMQVE NATIONIBVS, EXERCITVM TYBERII CAESARIS EA MVNIMENTA MARTI ET IOVI ET AVGVSTO SACRAVISSE. De [i] se nihil addidit, metu inuidiæ, an ratus [k] conscientiam facti satis esse. Mox bellum in Angriuarios Stertinio mãdat, ni deditionẽ properauissent. atque illi supplices nihil abnuendo, [l] veniam omnium accepere. Sed æstate iã adulta, legionum aliæ itinere terrestri in hybernacula remissæ: plures Cæsar classi impositas per flumen Amisiam Oceano inuexit. Ac primò placidum æquor mille nauiũ remis strepere, aut velis impelli: mox atro nubium globo effusa grando: simul variis vndique procellis, incerti fluctus prospectum adimere, regimen impedire: milesque pauidus, & casuum maris ignarus, dum turbat nautas, vel [m] intempestiuè iuuat, offi-

OBSERVATIONES.

a *Cui militi est prælonga hasta, is neque adsultibus, neque velocitate corporis vti potest. sed est bonus ad stabile prælium; cuiusmodi hodierno die videtur esse hastata acies [illegible].*

b *Non est nouum, promptissimum quemque ob continua pericula [illegible].*

c *Sua laude [illegible] deserit.*

d *Interdum [illegible] cognoscendum præbere, vt ij alacrius, quippe [illegible]*

e *Qui [illegible] gente [illegible] qua nulla pax firmari potest, non tam [illegible] cædibus [illegible] pugnando, scilicet, sola internecio gentis finem bello est allatura.*

f *Legionem ipsam [illegible] sibi castra faciebant.*

g *Post insignem victoriam, victor exercitus pro concione ab imperatore laudari debet.*

h *Congeries armorum, vel paria est insignis alicuius victoriæ strui debet; addendusque est titulus pro dignitate principis, & magnitudine victoriæ.*

i *Vir insignis, ac potissimum is, qui proximus principi destinatur, etsi [illegible], tamen abstineat à magnifica prædicatione rerum ab se præclarè gestarum.*

k *Conscientia præclari facti [illegible] adeò illustre testimonium est, vt, qui ea sustentatur, externa facile negligat.*

l *Qui se nobis dedunt, ac supplices nihil abnuunt, venia digni sunt.*

m *Intempestiuè aliquem iuuare, est ei impedimento esse.*

cia.

cia prudentium corrumpebat. Omne dehinc cœlum, & mare omne in austrum cessit, qui tumidis Germaniæ terris, profundis amnibus, immenso nubium tractu validus, & rigore vicini Septentrionis horridior rapuit, disiecitque naues in aperta Oceani, aut insulas saxis abruptas, vel per occulta vada infestas. quibus paulùm ægreque vitatis, postquam mutabat æstus, eodemque quò ventus ferebat, non adhærere anchoris, non exhaurire inrumpentis vndas poterant. equi, iuméta, sarcinæ, etiam arma præcipitantur, quò leuarentur ' aluei ' manantes per latera, & fluctu superurgente. Quantò violentior cætero mari Oceanus, & truculentia cœli præstat Germania, tantum illa clades nouitate & magnitudine excessit, hostilibus circùm litoribus, aut ita vasto & profundo, vt credatur nouissimum ac sine terris mare: pars nauium haustę sunt; plures apud insulas longiùs sitas eiectæ: milesque, nullo illic hominum cultu, fame absumptus, nisi quos corpora equorum eodem elisa tolerauerant. Sola Germanici triremis Chaucorum terram adpulit; quem per omnes illos dies noctesque apud scopulos & prominentis oras, cùm se tanti exitij reum clamitâret, vix cohibuere amici, quò minus eodem mari oppeteret. Tandem relabente æstu, & secundante vento, claudæ naues raro remigio, aut intentis vestibus, & quędam à validioribus tractæ reuertere; [a] quas raptim refectas misit, vt scrutarentur insulas. collecti ea cura plerique. multos Angriuarij nuper in fidem accepti redemptos ab interioribus reddidere. quidã in Britanniã rapti, & remissi à regulis. Vt quis ex longinquo reuenerat, [b] miracula narrabant, vim turbinũ, & inauditas volucres, monstra maris, ambiguas hominum & belluarum formas, visa, [c] siue ex metu credita. Sed fama classis amissę, vt Germanos ad spem belli, [d] ita Cęsarem ad coercendum erexit. C. Silio cum triginta peditum, tribus equitum millibus ire in Chattos imperat: ipse maioribus copiis Marsos inrumpit: quorum dux Malouendus nuper in deditionem acceptus propinquo loco defossam Varianæ legionis aquilam modico presidio seruari indicat. Missa extemplo manus, quæ hostem à fronte eliceret, alij qui terga circumgressi recluderent humum. & vtrisque adfuit fortuna. eò promptior Cæsar pergit introrsus, populatur, excin-

[illegible marginal notes]

OBSERVATIONES.

a Si qua clades accepta est iniuria temporis, potiùs quàm inscitia ducis, ipse damnum protinus resarcire debet semper, vt miles intelligat, suam salutem imperatori curæ esse.
b Qui ex longinquo reueniunt plerumque miracula narrant.
c Multa metu creduntur, quæ visa plerique affirmant.
d Quò magis fama insignis alicuius infortunij cladisque acceptæ hostem ad spem belli, hoc magis imperatorem ad illud coercendum erigere debet.
e Non minùs est beneficum signa militaria priùs amissa recuperare, quàm fuit ignominiosum ea amisisse.

non ausum congredi hostem, aut sicubi restiterat, statim pulsum, nec vnquã magis (vt ex captiuis cognitum est) pauentem. [a] Quippe inuictos & nullis casibus superabiles Romanos praedicabant, perdita classe, amissis armis, post constrata equorum virorumque corporibus litora, eadem virtute, pari ferocia, & veluti aucti numero inrupissent. Reductus inde in hiberna miles, laetus animi, quod aduersa maris expeditione prospera pensauisset. addidit munificentiam Caesar, [b] quantum quis damni professus erat, exoluendo. Nec dubium habebatur, [c] labare hostes, petendaeque pacis consilia sumere, & si proxima aestas adijceretur, posse bellum patrari. [d] sed crebris epistolis Tyberius monebat, rediret ad decretũ triumphũ: satis iam euentuum, satis casuum: prospera illi & magna praelia: eorum quoque meminisset, quae venti & fluctus nulla ducis culpa, grauia tamen & saeua damna intulissent: se nouies à diuo Augusto in Germaniam missum, [e] plura consilio, quàm vi perfecisse: sic Sicambros in deditionem acceptos, sic Sueuos, regemque Maroboduum pace obstrictum: posse & Cheruscos ceterasque rebellium gentes, [f] quando Romanae vltioni cõsultum est, [g] internis discordijs relinqui. Precãte Germanico annum efficiendis coeptis, acriùs modestiam eius adgreditur, alterum consulatum offerendo, cuius munia praesens obiret. Simul adnectebat, si foret adhuc bellandum, relinqueret [h] materiem Drusi fratris gloriae, qui nullo tum alio hoste, nonnisi apud Germanias adsequi nomen imperatorium, & deportare lauream posset. [i] Haud cunctatus est vltra Germanicus, quanquam fingi ea, seque per inuidiam parto iam decori abstrahi intelligeret. Sub idem tempus è familia Scriboniorum [k] Libo Drusus defertur moliri

OBSERVATIONES.

a *Virorum fortium animi non modo accepta insigni aliqua clade non remittuntur, aut infringuntur, quin potius [illegible] accenduntur.*

b *Exercitui damnum [illegible] professus est, exsoluere militibus imperator si potest, debet.*

c *Labascunt [illegible], quibus cum eo hoste res est, quem nulla [illegible] frangere potuerunt, [illegible] admirantur, qui amplius praestare plerumque [illegible]*

d *Supra [illegible] suspicionum, quique eorum aequi ipsis operam impenderit, gloriae [illegible] à cursu rerum gestarum, ac parto iam decori abstrahant.*

e *Prudens imperator & princeps [illegible] consilio, quàm vi perficit.*

f *Ad maiestatem imperij ac principis dignitatem maximè pertinet, summa ope niti, ne quae iniuria publicè facta inulta relinquatur, [illegible] & iniuria nostra vindicemus ab iis, à quibus armatis iniuria nobis illata est.*

g *Nulla maior vlciscendi hostes ratio est, quàm vt relinquatur internis, & ciuilibus discordiis.*

h *Praeclariùs omnino agitur cum iis, quibus aliquis hostis est, quàm cum iis, quibus omnino nullus est. illi enim habent materiam gloriae, quam viri principes per omnia quaerere debent; hi nonnisi senescere otio possunt.*

i *Magnum est argumentum hominis modesti, ac prudentis, dissimulare ea, quae in speciem [illegible] grauem, re autem ipsa contra se [illegible] principe, eoque qui plus potest.*

res nouas. [a] Eius negotij initium, ordinem, finem curatius disseram, quia tum primum reperta sunt, quæ per tot annos Remp. exedere. Firmius [b] Catus Senator ex intima Libonis amicitia, iuuenem improuidum & [b] facilē inanibus, ad Chaldæorum promissa, Magorum sacra, [c] somniorum etiā interpretes impulit, dum proauum, Pōpeium amitam Scriboniam, quæ quondam Augusti coniunx fuerat, consobrinos Cæsares, plenam imaginibus domum ostētat, hortaturque ad luxum & æs alienum, [d] socius [e] libidinum & [f] necessitatum, quò pluribus [g] indiciis illigaret. Vt satis testium, & qui serui eadem noscerēt, repperit, aditum ad principem postulat, demonstrato crimine, & reo per Flaccum Vescularium equitem Romanum, cui propior cum Tyberio vsus erat. Cæsar [h] indicium haud aspernatus, [i] cōgressus abnuit. Posse enim, eodem Flacco internuntio, sermones commeare. Atque interim Libonem [k] ornat [l] prætura, conuictibus adhibet, non vultu alienatus, non [m] verbis commotior. [n] adeò irā condiderat, cunctaque eius dicta factaque cùm prohibere posset, [o] scire malebat: donec

OBSERVATIONES

a *Earum rerum initia, ex quibus aliquid insigne ortum est curatiùs considerare solemus.*

b *Homines improuidi, quibus que sunt ingenia & ventosa, & facilia, hoc est, mens ægra, & mobilis, ad [illegible] falsas, ac superstitiosas disciplinas, ac detestanda sacra, nullo negotio, impelluntur.*

c *Eadem est ratio illorum, qui interpretantur somnia, & Chaldæorum, & Magorum, hoc est, superstitiosas artes scribentium.*

d *Ille est amentia à quo ad vitia impellimur, & periculosa, & perniciosa est.*

e *Mi Plautus, ut est in prologo Trinummi, [illegible] luxuriæ indidit: Tum [illegible] gnatam hanc [illegible] esse [illegible], Inopiam.*

f *Is germanus amicus videri potest, qui non solùm cùm felices sumus, sed & tempore nostro difficili, & calamitoso eandem fortunam, qua premimur, & ipse nobiscum, volens, patitur.*

g *Certa indicia dici possunt ea, quæ petuntur ex intima alicuius vita, moribus, consiliis, dictis, factis singulis.*

h *Quæcunque tandem de re indicia ad se perferuntur, ea minimè princeps aspernari debet.*

i *Non est ex dignitate principis ut continuò ad ipsum admittantur ii, qui ab se aduersus aliquem indicia, & accusationes deferre profitentur, quando per [illegible] & occultè agi potest.*

k *Cùm quis apud principem alterius criminis insimulatur, [illegible] animaduertet, aut rem in disquisitionem vocabit, aut palam faciet, se eius rei certiorem esse factum; sed vt argumentis indiciis ad obiectorum criminum cognitionem perueniat, debet se sustinere, donec res ad maturitatem perducta sit, contentus interim eo, vt sciat quæ agantur. Et verò ipsum scire, nemo suspicari possit, adeò enim est condenda, & inducenda simulatio, vt eum, qui accusatur, augeat præmiis, & honoribus. hac ratione nihil temerè, aut præposterè committet, cuius postea sit pœnitendum.*

l *Fallitur interdum qui se ideò à principe amari putat, quòd ab eo ornatur in dignitatibus, quæ maximè sunt, quippe multa principes in speciem agunt, quæ re ipsa aliò, quàm vulgus putat, referuntur.*

m *Dissimulatio nō tantum in vultu, sed & in [illegible] consistit, quibus maximè animi sensa declarantur, & occultantur.*

n *[illegible] valde sedati argumentum est affectus animi ita cohibere, vt nulla ratione cognosci & perspici possint.*

o *Principis in eo diligentissimum se præstare debet, vt singula quæ vsquam aut dicuntur, aut fiunt, sciat, nam quæ scit ea prohibere potest, cùm vult.*

Iunius quidam tentatus vt [a] infernas vmbras carminibus eliceret, [b] ad Fulcinium Trionem indicium detulit. Celebre inter accusatores Trionis ingenium erat, [c] auidumque famæ malæ. Statim corripit reum, adit consules, senatus cognitionem poscit, & vocantur patres, addito, consultandum super re magna & atroci. Libo interim, veste mutata, cum primoribus fœminis, circumire domos, orare adfines, vocem aduersum pericula poscere. [d] abnuentibus cunctis cùm diuersa prætenderent, eadem formidine, die senatus metu & ęgritudine fessus, siue, vt tradidere quidā, simulato morbo, lectica delatus ad fores curiæ, innisusque fratri, & manus ac supplices voces ad Tyberium tendens, immoto eius vultu excipitur. Mox libellos & autores recitat Cæsar, ita [e] moderans, ne lenire, neue asperare crimina videretur. Accesserant præter Trionem & Catum accusatores Fonteius Agrippa, & C. Liuius, [f] certabantque cui ius perorandi in reum daretur, donec Liuius, quia nec ipsi inter se concederent, & Libo sine patrono introisset, singillatim se crimina obiecturum professus, protulit libellos vecordes adeò, vt consultauerit Libo, an habiturus foret opes, quîs viam Appiam Brundusium vsque pecunia operiret. Inerant & alia huiuscemodi [g] stolida, vana, si molliùs acciperes, miseranda. Vni tamen libello, manu Libonis, nominibus Cæsarum aut senatorū, additas atroces, vel occultas notas accusator arguebat. Negante reo, adgnoscentes seruos [h] per tormenta interrogari placuit. Et quia vetere senatusconsulto, [i] quæstio in caput domini prohibebatur, callidus & noui iuris repertor Tyberius, [k] mancipari singulos actori publico iubet

OBSERVATIONES.

a *Infernas vmbras carminibus elicere, est crimine atrox, ac legibus, & pœna coercendum.*

b *Qui rogatus est vt aliquid [illegible], de his de causis eius rei indicia ad magistratus deferre debet; nam cum, qui se tam [illegible], vt scelestè aliquid faceret, vlciscitur, & si quā aliâ fortè rei ad magistr[illegible], eius quoque criminis reus & ipse videri posset [illegible] torius rei indicium ad [illegible] est, detulit.*

c *Quendam reperi[illegible], sed male.*

d *Cui atrocis cri[illegible] huic nemo, ne adfines quidem ipsi adesse audent, ne [illegible] videantur.*

e *Crimina [illegible] probare, ita princeps, qui ne pro principe est, de eo loqui, ea [illegible] lenire aut asperare videatur. hoc inprimis in omnibus iudiciis obser[illegible]*

f *Cùm in [illegible] grande totius causæ momentum sit, persæpe contendebant orato-res [illegible] daretur: nempe, qui perorauerat, hic pene vnus aut etiam solus [illegible] perregisse dicebatur.*

g *[illegible], stoliditas, vanitas miseratione potiùs est digna, quàm pœna & supplicio [illegible].*

h *[illegible] miseram seruorum conditionem, qui negantes quæ obiiciuntur, domino, per tormenta interrogantur.*

i *Planè iniquum videtur, quæstionem de seruis haberi in caput domini.*

k *Ecquæ tandem lex est, cui à validiore, callida iuris interpretatione non fiat fraus?*

ſcilicet, vt in Libonẽ ex ſeruis, ſaluo ſenatuſconſulto quæreretur. Ob quæ poſterum diem reus petiuit. Domumque digreſſus, extremas preces P. Quirino propinquo ſuo ad principem mandauit. [a] reſponſum eſt, vt ſenatum rogaret. Cingebatur interim milite domus; ſtrepebant etiam in veſtibulo, vt audiri, vt aſpici poſſent, cùm Libo ipſis, quas in nouiſſimam voluptatem adhibuerat, epulis excruciatus, vocare percuſſorem, prænſare ſeruorum dextras, inſerere gladium. Atque illis, dum trepidant, dum refugiunt, euertentibus adpoſitum menſa lumen, feralibus iam ſibi tenebris [b] duos ictus in viſcera direxit. Ad gemitum conlabentis, adcurrere liberti: & cæde viſa miles abſtitit. [c] Accuſatio tamen apud patres adſeueratione eadem [1] peracta. [d] iurauitque Tyberius [e] periturum ſe vitam, quamuis nocenti, niſi [f] voluntariam mortem properauiſſet. [g] Bona inter accuſatores diuiduntur: & præturæ extra ordinem datæ his qui ſenatorii ordinis erant. Tunc Cotta Meſſalinus ne [h] imago Libonis exequias poſterorum comitaretur cẽſuit: Gn. Lentulus ne quis Scribonius cognomentum Druſi adſumeret. [i] ſupplicationum dies Pomponij Flacci ſententia conſtituti: vt dona Ioui, Marti, Concordiæ, vtque Iduum Septembrium diẽs, quo ſe Libo interfecerat, dies feſtus haberetur. L. P. & Gallus Aſinius, & Papius Mutilius, & L. Apronius decreuere, quorum autorita-

[1] Id quod prius contra Cn. Piſonem, [illegible].

OBSERVATIONES.

a *Cùm quis maieſtatis poſtulatus ad principis clementiam confugit, hunc princeps reiicere debet ad ſenatum; ne aut indulgentia ſua ſibi noceat, aut ſeueritate homines offendat, atque abalienet.*

b *Animus ſibi male cõſcius nihil magis odit, quam lucem, huncque adeò vt, ſi neminem ipſi nocentem animam eripere velle videt, eò furoris ab deſperatione perducatur, vt ſibi ipſe manus afferat.*

c *In reum maieſtatis, etſi fato functus eſt, accuſatio nihilominus peragitur, ac ſi viueret, nempe ad damnandam eius memoriam.*

d *Cùm [illegible] impune, hoc eſt, ſine vllo ſuo facto, & damno oſtentare ſuam clementiam, id nunquam omittat. idem obſeruauit Nero, vt eſt lib. 15. Annal. Et cùm damnatio, inquit, inſtaret, brachiorum venas Torquatus interſcidit. [illegible] Neronis oratio ex [illegible] fenſionis meritò diffiſum, victurum tamen fuiſſe ſi clementiam iudicis [illegible] perium inchoantibus, vt ait Tacit. lib. 4. hiſt. vtilis eſt clementiæ fama.*

e *Nam principi quamuis penes vnum ſe vitæ, & necis omnium poteſtas ſit, tamen verba ſua ſemper flectere debet ad modeſtiam, tanquam ſi ſua ſenatui autoritas maneat: vnde Tiberius non ſe Libonis vitam donaturum, ſed petiturum dixit. Sic de Apuleia, adulterij, inquit, grauiorem pœnam [illegible] carum, &c. Simile eſt illud quod de Tiberio narrat Suetonius: Alium, inquit, dicentem ſacras eius occupationes, & rurſus alium auctore eo ſenatum ſe adiiſſe, verba mutare, & pro auctore ſuaſorem, pro ſacris laborioſas dicere coegit.*

f *Aſtuti principis ſua [illegible] manus ſibi afferre cogentis, mox ſupplicij inſtantis quam poſt ipſi voluntariam mortem [illegible], ac ſi non rei tam diræ ipſe cauſam dederint.*

g *Haud laudato exemplo fit, vt bona rei mortui inter accuſatores diuidantur. Sed hoc ſuſpicioſi principes agunt, vt hac illecebra ad recentes accuſationes illud hominum genus promptius reddatur.*

h *In [illegible], qui maieſtatis damnatus eſt, non nomen, non imago ipſius poſt mortem ignominia [illegible].*

i *Quo die Reſp. liberata eſt inſigni aliquo periculo ſupplicationes decerni, iſque dies feſtus celebrari debet.*

te[a], adulationesque retuli, vt sciretur vetus id in Rep. malum. [b] Facta & de Mathematicis Magisque Italia pellendis senatusconsulta: quorum è numero L. Pituarius saxo deiectus est. In P. Martium consules extra portam Exquilinam, cùm classicum canere iussissent, more prisco aduertere. Proximo senatus die, multa in luxum ciuitatis dicta à Q. Haterio consulari, Octauio Frontone prætura functo: [c] decretúmque ne [d] vasa auro solida ministrandis cibis fierent; ne [e] vestis serica viros fœdaret. Excessit Fronto, ac postulauit modum argento, supellectili, familiæ. [f] Erat quippe adhuc frequens senatoribus, si quid è Rep. crederent, loco sententiæ promere. Contra Gallus Asinius disseruit, [g] auctu imperij adoleuisse etiam priuatas opes; idque non nouum, sed è vetustissimis moribus: aliã apud Fabricios, aliam apud Scipiones pecuniam, & [h] cuncta ad Remp. referri: qua tenui, angustas ciuium domos; postquam eò magnificentiæ venerit, gliscere singulos: [i] neque in familia & argento, quæque ad vsum parentur, nimium aliquid, aut modicum, nisi ex fortuna possidentis: [k] distinctos senatus & equitum census, non quia diuersi natura, sed vt locis,

OBSERVATIONES.

a *Adulatio est vetus in reipub. malum, de hac præter ea quæ passim leguntur, vide Senecam lib. 6. de benef. cap. 30.*

b *Mathematici, & magi exilio, & morte multantur.*

c *Ad præcipuas curas principum maximè pertinet, coercere luxum, qui consistit in materia, forma, & numero.*

d *Nimis vile est aurum illi, qui eo ad priuatum luxum abutitur. eoque vasa auro solida ad ministrandos priuato homini cibos est luxus à principe coercendus.*

e *Serica vestis adeò non decet viros, vt ea non modò quisquam non ornetur, verùm etiam fœdetur.*

f *Hoc est integri muneris Senatoris, atque adeò hominis liberi, vt, si quid è rep. [illegible] id, quicquid est, loco sententiæ promat, hoc est, occasionem capiat qua & [illegible] & [illegible] suam ea de re sententiam palam faciat.*

g *Priuatarum [illegible] nulla, aut exigua fiunt, priuatorum [illegible] opes; hæc cùm ita sint [illegible] luxu [illegible] tam publica, quàm priuata, [illegible] modus qui [illegible] luxus consistit, adhibendus est.*

h *[illegible] publica, hoc est, si priuati habent magnas opes, eas quodammodo sibi vendicat resp.*

i *In familia, argento, & cæteris, quæ ad vsum parantur, nihil est aut nimium, aut modicum, nisi pro fortuna possidentis.*

k *Omnes homines iidem sunt natura: [illegible Greek] inquit Arist. 1. polit. [illegible], seruus, [illegible] homo [illegible] est, quàm rex, vt videre est apud Senecam epist. 47. sed solùm distincti sunt homines [illegible], ideo vt, qui cæteris prudentia, consilio, aliisque præclaris animi & corporis dotibus antecellunt, eidem etiam locis, ordinibus, dignitatibus antistent. Hinc natum esse discrimen inter clarissimos & obscuros, nobiles & ignobiles, honestos & infimos, dominos & famulos.*

ordi-

ordinibus, dignationibus antistent, talesque [a] ad requiem animi aut salubritatem corporum parentur: [b] nisi fortè clarissimo cuique plures curas, maiora pericula subeunda, delenimentis curarum & periculorum carēdum esse. [c] Facilè adsensum Gallo, sub nominibus honestis, cōfessio vitiorum, & [d] similitudo audientium dedit. Adiecerat & Tyberius, non id tempus censurae: nec si quid in moribus labaret, [e] defuturum corrigēdi autorem. [f] Inter quae L. Piso ambitum fori, corrupta iudicia, saevitiam oratorum accusationes minitantium increpans, abire se, & cedere urbe, victurum in aliquo abdito & longinquo rure testabatur. simul curiam relinquebat. [g] Commotus est Tyberius, & quanquam mitibus verbis Pisonem permulsisset, propinquos quoque eius impulit, ut abeūtem autoritate vel precibus tenerent. Haud minùs liberi doloris documentum idem Piso mox dedit, vocata in ius Vrgulania, [h] quam suprà leges amicitia Augustae extulerat. Nec aut Vrgulania obtemperauit, in domū Caesaris, spreto Pisone, vecta, aut ille abstitit, [i] quanquam Augusta se violari & imminui quereretur. Tyberius [k] hactenus indulgere matri ciuile ra-

OBSERVATIONES.

a *Quicquid aut agitur, aut possidetur, id ad requiem animi, vel ad salubritatem corporum refertur.*

b *Quò quisque est vir clarior, eò maiores ei curae incumbunt, ac proinde maiora quàm caeteri, pericula adit, hoc magis licet ei uti delinimentis curarum. hinc, scilicet, profectus est usus moriorum frequens apud principes, aliaque eius generis, quae ad oblectandos magis principes, quàm ad instruendos reperta sunt; quaeque aulici non adminicula & instrumenta obscenarum voluptatum, sed delinimenta curarum, & periculorum vocās: adeò nominibus honestis, ac speciosis omnia, quamuis taeterrima, tegi possunt.*

c *Qui vitia propugnanti assentiuntur satis fatentur se iisdem, quae tuetur, vitiis pollutos esse.*

d *Ea facilè esse in rep. patiuntur homines, etsi à vitiis potius, quàm à virtute proficiscuntur, quibus se sentiunt implicatos, neque magnopere est adhibenda vis eloquentiae ad ea persuadenda quibus ij, quos alloqueris, [illegible], ut ab ea, in qua sunt sententia, nulla ratione deduci queant. hoc scilicet, [illegible] appellat confessionem vitiorum, & similitudinem audientium.*

e *Siquid in moribus [illegible] princeps summa ope uti debet, ut protinus in melius vertatur.*

f *Etsi nuper resp. in unius pot[illegible], tamen interdum reperiuntur ingenia adeò libera, ut ea, quae sit cum trahit tyrannus palam increpent, quod sanè liber, & [illegible] animi magnitudine proficiscitur.*

g *Nullo metu vir praestans deterreri debet ab libera reprehensione earum rerum, quae in priuatorum, utique pub. perniciem redundant. siquidem tanti est fortis, & constans animi, & hone[illegible] propugnatio, ut ei suam familiam vel ipsi tyranno submittat.*

h *Amicitia principis quosdam supra leges extollit, quasi & ipsi sint principes, ac proinde legibus soluti. Sed tantum abest, ut hoc ferendum sit, ut princeps ipse legibus locum dare debeat.*

i *Principes [illegible] immeritò queruntur se violari, [illegible] autoritatem imminui, siquis ex amicitia ipsorum intima in ius vocatur, & in ordinem una cum caeteris cogitur.*

k *Principi sanè eò usque [illegible], ut reges iudices in causa amici [illegible] ut cogatur seu ipse maiestate ad priuata studia [illegible], atque adeò eius minuendae caeteris autor sit. Porrò haec una in [illegible] legum obseruatione continetur. id quod adeo verū est, ut, cùm princeps in causa amici iudices rogat principē ponat, priuati personā [illegible]. Quòd si priuatam cogeret iudices, ac proinde maiestatē minuentes, poena & supplicio utique digni [illegible] si idem admittat princeps haud dubiè eiusdē criminis reus dici possit. In huiusmodi rebus [illegible] princeps peccabit, si officiū, & personam priuatā ab officio, & persona publica distinguet, quā sanè distinctionē Tiberiū optimè nouisse, vel ex eo intelligi voluit, quod ad tribunal accessit nō stipatus milite, quē procul sequi iussit, sed tāquā priuatus.*

tus, vel se iturum ad prætoris tribunal, adfuturum Vrgulaniæ diceret, processit palatio, procul sequi iussis militibus. Spectabatur occursante populo, compositus ore, & sermonibus variis tempus atque iter ducens, donec propinquis Pisonem [a] frustra coercentibus, deferri Augusta pecuniam, quæ petebatur, iuberet. Isque finis rei, ex qua neque Piso [b] inglorius, & Cæsar maiore fama fuit. Cæterùm Vrgulaniæ [c] potentia [d] adeò nimia ciuitati erat, vt testis in causa quadam, quæ apud senatum tractabatur, venire dedignaretur. Missus est prætor, qui domi interrogaret: cùm virgines [e] Vestales in [f] foro & iudicio audiri, quoties testimonium dicerent, vetus mos fuerit. Res eo anno prolatas haud referrem, ni pretium foret Cn. Pisonis & Asinij Galli super eo negotio diuersas sententias noscere. Piso quanquam abfuturum se dixerat Cæsar, ob id magis agendum censebat, vt absente principe, [g] senatus & equites possent sua munia [h] sustinere: decorum Reip. fore. Gallus, quia speciem libertatis Piso præceperat, [i] nihil satis inlustre, aut ex dignitate populi Ro. nisi coram & sub oculis Cæsaris: eoque conuentum Italiæ & adfluentis prouincias præsentiæ eius

OBSERVATIONES.

a *Prauum est, fortiter aliquid cœpisse, nisi in eo constanter perseueres.*

b *Non est inglorium litigare cum magno aliquo, & potente viro iusta de causa; ad eamque rem tantum afferre fortitudinis, & constantiæ quantum satis est ad illius libidines comprimendas, & potentiam infringendam.*

c *Potentia alicuius tum demum nimia, nec ferenda videri debet, cùm in iudicium ad tribunal accedere dedignatur.*

d *Peruerè fœminæ, cùm animo sunt impotenti, modum potentiæ [illegible].*

e *Virginum Vestalium multò maior est, quàm cæterarum fœminarum, ratione amplissimarum autoritas, & dignitas: hæ tamen in foro, & iudicio audiri, quoties testimonium dicerent, vetus mos fuit. adeo debet esse iudiciorum autoritas, & dignitas, vt, quæ maxima sunt, illis submittantur.*

f *In foro, & iudicio testimonium dicere honorificum est.*

g *Et senatum, & magistratus, absente principe sua munia sustinere posse, si modò volunt, satis constat.*

h *Etsi libertas, & principatus in speciem idem [illegible] in vtroque statu idem senatus, [illegible] differunt, quippe, in libertate nullus magist[illegible] [illegible]tur, sed quod quisque sentit, de eo liberè sent[illegible]. Contra in [illegible] speciem quidem autoritatis, & potestatis [illegible] summam ea penes vnum principem sit, non ergo [illegible] est. [illegible] Tiberii adulatorem Pisonis sententiæ apertè contradixisse, cùm is censeret, [illegible] absente nihilominus sua munia obire posse. quæ sententia haud dubiè [illegible] principatus [illegible], ac libertas reuocabatur. Hoc loco ii, qui principatum in libera rep. [illegible], [illegible] se in eo totum esse debere, vt senatus, & singuli magistratus in negotiis [illegible], nihil tamen, quæ ad remp. pertinent, statuendi, nisi ipso præsente [illegible] ipsius [illegible], & [illegible] si semel rem ipsa palam fecerit, à magistratibus, si [illegible] [illegible] administrari posse, videbatur principis [illegible] superuacuum, cùm eo res [illegible], [illegible] libera esse, absque illo [illegible] non posse.*

i *In [illegible], & magni momenti nihil satis illustre, atque ex dignitate agi posse videtur, nisi coram, & sub oculis ipsius principis.*

seruanda

seruanda dicebat. Audiente hæc Tyberio [a] ac silente, magnis vtrinque contentionibus acta, [b] sed res dilatæ. Et certamen Gallo aduersus Cæsarem exortum est. Nam censuit in quinquennium magistratuum comitia habenda: vtque legionum legati, qui ante præturam ea militia fungebantur, iam tum prætores destinarentur: princeps duodecim candidatos, in annos singulos, nominaret. Haud dubium erat, eam sententiā [c] altiùs penetrare, & arcana Imperij tentari. Tyberius tamen [d] quasi augeretur potestas eius, disseruit, graue [e] moderationi suæ [f] tot eligere, tot differre: vix per singulos annos [g] offensiones vitari, quamuis repulsam propinqua spes soletur: quantum odii fore ab his, qui vltra quinquennium proiiciantur? vnde prospici posse quæ cuique tam longo temporis spatio [h] mens, domus, fortuna? superbire homines etiam annua designatione,

OBSERVATIONES

a *Silentium principis inter duos contendentes, quorum alter reuera fauet ipsi, est mera approbatio eorum, quæ ab hoc dicuntur.*

b *Haud dubium est, quin semper præualeat ea sententia, quæ principi placet, etsi est iniqua.*

c *Cùm arcanum imperij in hoc potissimùm consistat, vt princeps omnia ad vnum se trahat, tria nimirum princeps tria semper obseruabit; quorum primum est, vt magistratus non sint diuturni; ne longo spatio temporis ipsorum potentia corroboretur. nam quantum vera potestatis, & autoritatis magistratibus accedit, tantundem de potentia principis demi constat. Itaque dabit operam, vt sint annui. Secundum est, vt id agat, quo penes [illegible] alium sit liberum arbitrium, summumque ius creandi magistratus eos, quos vult. Sic enim remp. in sua manu habebit, cùm ij, qui magistratum gerunt, suam dignitatem principi acceptam referent; & qui honores ambiunt, cum eos se nonnisi beneficio principis consequi posse videbunt, huius non modo acta, sed & nutum in singula momenta obseruabunt. Tertium est, vt omnium, quibus dignitates tradi possunt, ita principis rationem habeat, vt [illegible], vtque proximo anno creandos. hos cùm iam sibi deuinxerit, alios quoque in sequentibus annis eadem ratione obstringere, suáque firmare pergat. Ita fiet, vt intra paucos annos vniuersam nobilitatem, atque adeò eos omnes qui honoribus inhiant, suo beneficio deuinctos habeat. hæc tria qui [illegible] in sua manu habebit. Hæc cùm ita sint, non mirum est, sententiam Galli altius penetrasse, [illegible] tria, quæ dixi, per eam euertebantur. continebat enim tria capita; quorum primum est, vt in quinquennium haberentur comitia magistratuum: Secundum, vt non quos princeps vellet, sed legionum legati, qui prætura functi non essent, necessariò prætores destinarentur. Tertium, vt princeps duodecim candidatos in singulos annos nominaret, qui spatio quinquennij futuri erant [illegible] singula apertè pugnant cum ijs, quæ à me dicta sunt; quæque Tiberius quàm diligentissimè obseruabat, vt ex singulis eius & dictis, & factis apertè colligi potest.*

d *Etsi contra aliquid decernitur in principem; atque illud ipse, [illegible], intelligit, tamen debet dissimulare se, quorsum illa spectent, intelligere; eaque quæ dicta sunt, quàm honorificentissimè potest, pro se interpretari. hoc modo intercludet aditum ceteris, quominus ea se sentire profiteri audeant, quæ ipsi sunt perniciosa.*

e *In omnibus, potissimùm verò in maximi momenti rebus, princeps moderationem præ se ferre debet.*

f *Moderatio in eo potissimùm consistit, vt sobriè de ijs, quibuscunque nobis res est, iudicemus.*

g *Quemadmodum princeps omnium obsequijs fruitur, ita omnium offensionibus vnus petitur.*

h *In hominibus hæc præcipuè spectari solent; mens, domus, fortuna.*

quid si honorem per [a] quinquennium agitent? quintuplicari prorsus magistratus, [b] subuerti leges, quæ sua spatia [c] exercendæ candidatorum industriæ, [d] quærendisque aut potiundis honoribus statuerint. Fauorabili in speciem oratione vim imperii tenuit, [e] censusque quorundam senatorum iuuit. Quò magis mirum fuit, quòd preces M. Hortali nobilis iuuenis in paupertate manifesta superbiùs accepisset. Nepos erat oratoris Hortensii [f] inlectus à diuo Augusto liberalitate decies sestertium ducere vxorem, suscipere liberos, [g] ne clarissima familia extingueretur. Igitur quatuor filiis ante limen curiæ adstantibus, loco sententiæ, quum in palatio senatus haberetur, modò Hortensii inter oratores sitam [h] imaginē, modò Augusti intuens ad hunc modum cœpit: Patres conscripti, Hos, quorum numerum, & pueritiam videtis, nō sponte sustuli, sed quia princeps monebat, simul maiores mei [i] meruerant vt posteros haberent. Nam ego qui non pecuniam, non studia populi, neque eloquentiam [k] gentile domus nostræ bonum [l] varietate temporum accipere vel parare potuissem, [m] satis habebam, si tenues res meæ nec mihi pudori, nec cuiquam oneri forēt: [n] iussus ab imperatore vxorem duxi. En stirps & progenies tot consulum, tot dictatorum. Nec ad inuidiam ista, sed [o] conci-

OBSERVATIONES.

a *Quò magistratus sunt diuturniores, hoc sanè constat esse potentiores.*

b *Si quando accidit vt, quod contra principis autoritatem tentatur, id etiam fiat aduersus leges, exclamet princeps, non quidem insigniter sibi iniuriam fieri, id enim dissimulare debet, sed subuerti leges, quæ debent esse sacrosanctæ, subuerti iura, euerti remp.*

c *Quò frequentiora habentur comitia magistratibus creandis, hoc magis industriam candidatorum exerceri constat.*

d *Et quærendis, & potiundis honoribus tempus debet esse præstitutum.*

e *Nouus princeps quò plura dominationis suæ subsidia firmet, ac paret, virorum illustrium pauperū census i. fortunas, augere debet, vt eos hac ratione sibi firmet.*

f *Ad principis curam maximè pertinet prouidere, ne clarissima familia propter egestatem extinguatur, eique id semper honorificum, ipsius liberalitate factum esse, vt propagata sit stirps hominum clarissimorum.*

g *Viri clarissimi, deque rep. optimè meriti adeò sunt spectabiles, vt videatur interesse reip. ne eorum proles extinguatur, sed quodam quasi à posteris illorum expectatur, aut etiam maiora iis, quæ præstita sunt à maioribus, hæc dici possunt pro generis nobilitate, quam nonnulli pergrinium, quia virtutem non possunt, ostentant.*

h *Quicquid sibi concedi auidè cupit, à quibus id petit, hos obtestatur per ea, quæ ipsis scit esse charissima, quorumque charitate commoueri eos constat.*

i *Homines virtute præstantes digni sunt qui posteros habeant.*

k *Quædam sunt dotes adeò quorundam hominum propria, vt verè possint dici alicuius domus bona gentilia.*

l *Temporum varietatibus ea persæpe tribui solent, quæ desidiæ, ignauiæ, cæterisque vitiis fortasse verius adscribi possent.*

m *Nobilis, cui res domi est tenuis, debet prospicere, ne sibi paupertas pudori, neque cuiquam sit oneri.*

n *Quod tuo iussu feci, id si fraudi mihi esse pateris, palam iniquus es.*

o *Misericordiam haud dubiè nobis conciliamus, comparatione maiorum nostrorum hominum præstantissimorum, & clarissimorum cum nostra præsenti fortuna, si est tenuis, magis propter varietates, & calamitates temporum, quàm nostra culpa.*

liandæ

laudandæ misericordiæ refero. Adsequentur, florente te, Cæsar, quos dederis honores. interim Q. Hortensii pronepotes, diui Augusti alumnos ab inopia defende. Inclinatio senatus [a] incitamentum Tyberio fuit, [b] quò promptiùs aduersaretur, his fermè verbis vsus: Si quantum pauperum est, venire huc, & liberis suis petere pecunias cœperint, singuli nunquam exatiabuntur, Respublica deficiet. Nec sanè ideo à maioribus [c] concessum est egredi aliquando relationem, & quod in cōmune conducat loco sententiæ proferre, vt [d] priuata negotia & res familiares nostras hîc augeamus, cum inuidia senatus & principum, siue indulserint largitionem, siue abnuerint. Non enim [e] preces sunt istuc, sed flagitatio intempestiua quidem, & improuisa: cùm aliis de rebus conuenerint patres, consurgere, & [f] numero, atque ætate liberûm suorum [g] vrgere modestiam senatus, eandem vim in me transmittere, ac, velut [h] perfringere ærarium; quod si [i] ambitione exhauserimus, per scelera supplendum erit. Dedit tibi Hortale diuus Augustus pecuniam, [k] sed non [l] compellatus, [m] nec ea lege vt semper daretur. [n] Languescet alioqui

OBSERVATIONES.

a Tanta est in quibusdam prauitas, vt iis, qui ipsorum opem implorant, hoc promptius aduersentur, quò maiorem cæterorum inclinationem in eam rem, qua de agitur, vident.

b A principe si quid tanquam ipsius vnius munus petitur, faciliùs impetratur, quàm si illud beneficium non ipsius solùm, sed & alterius videri possit. Sic Tiberius cùm videret fore, vt Hortalus non tam sibi, quam senatui acceptum relaturus esset, si quid ei benignè fieret, huic petitioni aduersatus est, nempe, vt intelligerēt omnes (id quod ipse sciri volebat) suā vnius auctoritatem pluris esse, quàm vniuersi senatus. Hinc colligi & illud potest, quod sæpius adnotaui, sæpiusque inculcandum videtur, vt siue de publicis rebus, siue de priuatis agatur, in his ita princeps versetur, vt semper omnia ad vnū se trahat. Ad totum & illud priuati, vt, si quid à principe consequi student, id ita petant, vt vnius ipsius, neque cuiusquam alius beneficium videri possit.

c More maiorum licebat aliquando egredi relationem in senatu, i. iis de rebus, loco sententiæ verba facere, de quibus non erat relatum ad senatum, si modò ea erant, quæ in commune conducerent.

d Senatores, iique omnes, [illegible] mandantur, sciant se non ideo istis locum obtinere, vt priuata negotia, & rem quisque [illegible] in eo semper publicam spectet vtilitatem.

e Aliud est precari, & aliud, intempestiuè, & improuisè aliquid efflagitare.

f Numerus, & tenera ætas in aliqua familia non sunt parua incitamenta misericordiæ.

g Is alicuius modestiam sua postulatione vrgere dicitur, qui nec loco, nec, quo debet, tempore, [illegible] aut certè ita petit, vt, non petere, sed impudenter efflagitare videatur.

h Illi verè possunt appellari perfractores ærarij publici, qui nullam ob virtutem, sed sola audacia freti, & impudentia, ita à principibus pecunias petunt, eorumque modestiam adeò vrgent, vt, tādem quod impudenter petunt, violenter extorqueant.

i Plerunque accidit, vt, qui ambitiosè ærarium exhausit, illud postea per scelera supplere cogatur. ita qui sua prodegerunt, aliena [illegible].

k Ea demùm verè liberalitas appellatur, quæ proficiscitur à non compellato.

l Multa principes vltro largiuntur, quæ compellati fortasse non largirentur.

m Qui semel vltro, ac sponte est liberalis, non obligauit se, eo facto, ad semper dandum.

n De mendico (vt est apud Plautum) malè meretur qui ei dat, quod edat, aut quod bibat. nam & illud, quod dat, perdit, & illi producit vitam ad miseriam. planissimè, nam si semper ei des, languescet industria, [illegible] socordia; siquidem is nullum habet ex se metum, aut spem, & securus aliena subsidia expectabit, sibi ignauus, cæteris grauis.

industria, [a] intendetur socordia, si nullus ex se metus, aut spes, & securi omnes aliena subsidia expectabunt, sibi ignaui, nobis graues. Hæc, atque talia, quanquam cum adsensu audita ab his, [b] quibus omnia principum honesta atque inhonesta laudare mos est, plures [c] per silentium, aut occultum murmur excepere. [d] Sensitque Tyberius. Et cùm [e] paulùm reticuisset; [f] Hortalo se respondisse ait. cæterùm si [g] patribus videretur, daturum [h] liberis eius ducena sestertia singulis qui sexus virilis essent. egere alii grates, siluit Hortalus, pauore, an auitæ nobilitatis [i] etiam inter angustias fortunæ retinens: neque miseratus est posthac Tyberius, quamuis domus Hortensii pudendam ad inopiam dilaberetur. [k] Eodem anno mancipij vnius audacia, [l] ni maturè subuentum foret, discordiis, armisque ciuilibus Remp. perculisset. Posthumi Agrippæ seruus, nomine Clemens, comperto fine Augusti, pergere in insulam Planasiam, & fraude, aut vi raptum Agrippam ferre ad exercitus Germanicos, [m] nō seruili animo, concepit. Ausa eius impediuit tarditas onerariæ nauis. atque interim [i] patrata cede, [n] ad maiora & magis præcipitia conuersus, furatur cineres, vectusque Cosam Etruriæ promontorium ignotis locis sese abdit, donec crinem, barbamque promitteret. Nam ætate & forma haud dissimili in dominum erat. Tum per idoneos & secreti eius, so-

[illegible]

i Interfecto Agrippa.

OBSERVATIONES.

a *Paupertati hoc acceptum referri debet, quòd ea intenditur industria, & languescit socordia.*

b *Adulatorum hæc est verissima definitio, vt sint ij, quibus omnia principum honesta, atque inhonesta laudare mos est, quod principes aiunt, affirmant & ipsi, [illegible] vrgent, ipsi peruagant.*

c *Qui coram principe, post aliculus verba, quæ ab [illegible] [illegible], aut occultè murmurant, in satis ostendit sibi id, quod agitur, [illegible] probari.*

d *Hæc debet esse sagacitas principis, vt ex vultu quid quisque animi habeat, coniectet; vt si fortè aliqua in se offensio orta est, ex tempore iis, quibuscum ipsi res est, satisfaciat.*

e *Cùm [illegible], lingua cogitationem præcurrere non debet.*

f *[illegible] cuiusque in eo perspicitur, si distinguenda non confundit, certè Tiberius Hortalo se respondisse dicit: mox ea, quæ se æquum est facere, velle se [illegible]*

g *Etsi in voluntate principis [illegible] [illegible] senatorum, atque hominum amplissimorum [illegible] [illegible] de eorum sententia velle se statuere palà profitebitur [illegible] [illegible].*

h *[illegible] ut, [illegible] [illegible], quàm ex aliorum iudicio, aut decreto pendeat, [illegible] [illegible] se facilem præbebit, quàm si sedulò aduersabitur viris [illegible] [illegible] studiaque perspexit.*

i *[illegible] [illegible], etiam inter angustias fortunæ, animum minimè remittunt.*

k *Et ab hominibus obscurissimis interdum talia proficiscuntur, quibus si non [illegible] subuenitur, magna [illegible], magnæque calamitates in remp. importantur.*

l *Si qui [illegible] motus ad principem deferuntur, principiis obstet, [illegible] [illegible], sero postea [illegible] medicina paratur.*

m *Non est nouum, neque mirandum, homines obscuros, [illegible] [illegible] nequaquam seruili, sed excelso animo esse.*

n *[illegible] audax etsi prima propter [illegible] [illegible], non tamen [illegible] absistit [illegible] [illegible] aggreditur.*

cios, crebrescit viuere Agrippam, [a] occultis primùm sermonibus, vt vetita solent, mox vago rumore apud [b] imperitissimi cuiusque promptas aures. aut rursum apud turbidos, eoque noua cupientes. [c] Atque ipse adire municipia [c] obscuro diei, neque propalam aspici, neque diutius iisdem locis. [d] Sed quia veritas visu & mora, [e] falsa festinatione & incertis valescunt, [e] relinquebat famam, aut præueniebat. Vulgabatur interim per Italiam seruatum [f] munere deûm Agrippam, [g] credebatur Romæ. iamque Hostiam inuectum multitudo ingens, iam in vrbe clandestini coetus celebrabant, cùm Tyberium [h] anceps cura distrahere, [i] vine militum seruum suum coerceret, an inané credulitatem tempore ipso [k] vanescere sineret: modò [l] nihil spernendú, modò non omnia metuéda, ambiguus pudoris ac metus reputabat. Postremò dat negotium Sallustio Crispo. Ille è clientibus duos (quidam milites fuisse tradunt) deligit, atque hortatur, simulata conscientia, adeant, offerant pecuniam, fidem, atque pericula polliceantur. Exequuntur vt iussum erat. Dein speculati noctem

OBSERVATIONES.

a Vetita non statim palam, sed primùm occultis in vulgus sermonibus crebrescunt; mox vago rumore apud imperitissimi cuiusque promptas venire in aures, aut rursum apud turbidos, eoque noua cupientes celebrantur.

b Imperitissimus quisque promptas habet aures excipiendis vagis rumoribus; modò sint, quæ dicuntur, verisimilia.

c Non vna via eaque recta, sed certè pluribus, iisque deuiis & obliquis rationibus ad principatum perueniri potest.

d Qui rem, vt est, ita sciri, cognoscique vult, non festinanter, ac trepidè, sed diu, planè, & constanter eam cuiusmodi est spectari patiatur. siquidem veritas visu, & mora; falsa festinatione, & incertis valescunt. certè veritatem vt facilius hominibus cognoscat, sistimus; ne vt est, ita planè cognosci possit.

e Autor rerum nouarum si nititur falso aliquo rumore, quem vulgari ipsius valde interest, falsum verò, vt est, cognosci, ipsi periculosum est, idque rumor ex sua ipsius persona pendeat, det operam vt, festinatione [illegible], vt solent, [illegible] vagos rumores, & priùs quàm aliqua [illegible] accipiant; [illegible].

f Quæ præter spem accidunt, quorum nobis causæ ignorantur, ea si nobis probantur, numini Deum accepta plerunque referre solemus: si infesta nobis sunt, temporum calamitati assignamus.

g Mira & noua facile creduntur.

h Cùm ab homine obscuro tumultus excitantur prudentem principem anceps cura haud dubiè distrahit, vine militum infimum hominem coerceat, an verò inanem vulgi credulitatem, qua fretus rerum nouarum autor tot turbas dat, ipso tempore vanescere sinat. tali re, ac tempore verum sententiam princeps sequi debeat, non tam facilè dici potest, quàm tutum illi erit id sequi, quod res ipsa ex tempore monebit, exemplo Tiberij.

i Ad principis dignitatem valde pertinet, leuissimum quemque rerum perturbatorem non statim capere, & exercitu coercere, quasi iustum hostem, quia priùs se æqualem facit, qui illum petit, vt vincat. sed alijs rationibus sua, totiusque reip. securitati ita prospiciat, vt illum ipsa dilo, & principis consilio potius, quàm vi infringat.

k Quæ falsa sunt tempore ipso vanescunt.

l Periculosum, quod ab infimo homine proficiscitur vitium spernere nec tamen quisque princeps, ita quoque non omnia metuere debet.

incustoditam, accepta idonea manu, vinctum clauso ore in palatium traxere. Percunctanti Tyberio, quomodo Agrippa factus esset? respondisse fertur: [a] quomodo tu Cæsar. Vt ederet socios subigi non potuit. Nec Tyberius pœnam eius [b] palam ausus, in secreta palatij parte interfici iussit, corpusque clam auferri. & quanquam multi è domo principis, equitésque ac senatores [c] sustentasse opibus, iuuisse consiliis dicerentur, [d] haud quæsitum. Fine anni arcus propter ædem Saturni, ob recepta signa cum Varo amissa, ductu Germanici, [e] auspicijs Tyberij, & ædes Fortis fortunæ Tyberim iuxta in hortis, quos Cæsar dictator populo Ro. legauerat, sacratur, et genti Iuliæ, effigiesque diuo Augusto apud Bouillas dicantur. C. Cælio. L. Pomponio coss. Germanicus Cæsar ad VII. Cal. Iunias triumphauit de Cheruscis Chattisque & Angriuariis, quæque aliæ nationes vsque ad Albim colunt: vecta spolia, captiui, simulacra montium, fluminum, prœliorum: bellumque, [f] quia conficere prohibitus erat, pro confecto accipiebatur. augebat intuentium visus [g] eximia ipsius species, currusque [h] quinque liberis onustus. [i] Sed suberat occulta formido reputantibus, haud prosperum in Druso patre eius fauorem vulgi, auunculum eiusdem Marcellum flagrantibus plebis studiis intra iuuentam ereptum: breues & infaustos pop. Rom. amores. Cæterùm Ty-

OBSERVATIONES.

a *Quando regum, & principum excellens potentia per animorum consensum constat, à quibus is [illegible] [illegible], in vulgus leuiter imperatur. ad hunc autem consensum cùm sæpius malis, [illegible] bonis artibus perueniatur, [illegible] mirandum est, si percunctanti Tiberio seruum Agrippa quomodo Agrippa factus esset, respondit, quomodo tu Cæsar, ac si dicat; iis quibus potuisti artibus [illegible] fastigium [illegible]: ecquid mirum sit, si istud ipsum ego, quibus potui rationibus [illegible].*

b *Is qui seditione bellum concitat, aut res nouas alia ratione molitus est, si in principiis patefactus venit, continuò extingui, sed non semper sub omnium oculis debet, ne fortè, illo viso, sed tristis audacia crescat, eoque erumpat, vt inde maiores tumultus excitentur.*

c *Coniuratio nondum adulta [illegible], atque adeò [illegible] oppresso. Cæterùm licet multi, ac primarij viri eodem crimine sint contacti, si ea res palam [illegible], consultè faciat princeps si non anxiè in eos inquirat; contentus eo, quòd oppresso duce, coniuratio pariter euanuit.*

d *Sustentasse opibus, iuuisse consiliis. [illegible] præceptum est Senecæ li. 1 de beneficijs, cap. 2. in fi. Alium inquit, re, alium fide, alium gratia, alium consilio, alium præceptis salutaribus adiuua.*

e *Eius auspiciis bella geri dicuntur, cuius sumptibus & periculo geritur.*

f *Quod nisi prohibitus essem, fecissem, id ita accipitur, ac si fecissem; nam [illegible] non ad id, [illegible] est, sed ad consilium dirigi oportet. hinc fit, vt, [illegible] sit præmio dignus, qui [illegible] fecit, ac si confecisset, si per ipsum haud stetit quominus conficeret.*

g *Extrema species corporis non mediocrem decet addit principi.*

h *Inter cæteros principis felicitates numerus liberorum meritò connumeratur.*

i *Iis solet esse breuis, perniciosus, & infaustus fauor, & amor vulgi, qui propter gesta, ingentis operæ rerum gestarum magnitudinem, animum excelsum, singularem felicitatem, principi in suspicionem affectandi principatus venire possunt.*

beiius

bertus nomine Germanici trecenos plebi sestertios viritim dedit, seque collegam consulatui eius destinauit. [a] Nec ideo syncerae charitatis fidem adsecutus, [b] amoliri iuuenem specie honoris statuit, struxitque causas, aut forte oblatas arripuit. Rex Archelaus quinquagesimum annum Cappadocia potiebatur inuisus Tyberio, [c] quòd eum Rhodi agentem, [d] nullo officio coluisset. Nec id Archelaus per superbiá omiserat, sed ab intimis Augusti monitus; quia florente C. Cæsare, missoque ad res Oriétis, intuta Tyberij amicitia credebatur. Vt versa Cæsarum sobole, imperium adeptus est, elicit Archelaum matris literis, quæ [e] non dissimulatis filij offensionibus clementiam offerebat, [f] si ad precandum veniret. Ille ignarus doli, vel [g] si intelligere crederetur, vim metuens, in vrbem properat: exceptusque immiti à principe, & mox accusatus in senatu, non ob crimina quæ fingebantur, sed angore, simul fessus senio, & [h] quia regibus æqua, nedum infima insolita sunt; finem vitæ sponte an fato impleuit. Regnum in prouinciam redactum est, fructibusque eius [i] leuari posse centesimæ vectigal professus Cęsar, ducentesimam in posterum statuit.

OBSERVATIONES.

a *Non semper honos ad aliquam delatus syncerae illius à quo defertur, in eum, qui honore honestatur, charitatis fidem facit.*

b *Princeps si quem metuit, ob nimium vulgi fauorem, hunc specie honoris, procul amouet ab oculis hominum. cuius rei si velle, in praesentia, probabiles sunt causae, [illegible] ipse, [illegible] & singula momenta in sua potestate habet, aut struat, aut fortè oblatas arripiat.*

c *Etsi emulatio, aut odia inter principes viros eò vsque exarserunt, vt, qui ei aduersatur, quem necessariò colimus, huius amicitia nobis intuta videri possit, tamen inter tot rerum humanarum [illegible] animo nostro semper obuersari debet, eum, qui nunc rerum habenas tenet, paruo [illegible], aut [illegible] posse; [illegible] fortuna aut [illegible] in [illegible]. Quae cum ita sint, [illegible] quicquam committere, quo [illegible], aut [illegible] possit, [illegible], aut singulari virtute, aut populorum voto, aliàs de causa [illegible] tempestas, à quo se aliquando aut spretum, aut læsum esse meminit.*

d *Cùm cultus, & veneratio viris principibus, iure quodam illius dignitatis, quam obtinent, debeatur, satis constat, ab ijs, à quibus nullo officio coluntur, atque lædi eos, atque ab ijs, à quibus aliquo facto offensi sunt. Itaque non satis est principes non lædere, verùm etiam officio, quatenus licet, colendi sunt. huius rei illustre testimonium est Thrasea Paetus: cui non quod quicquam in Neronem, aut Remp. deliquisset, obijciebatur; sed quòd vni ipsi incolumitas Neronis sine honore esset; & alia multa quae leguntur lib. 16. Annal.*

e *Haec est fallendi ratio [illegible] callidissima, nempe, verisimilia, atque adeò verâ narrare ei, qui decipitur; nempe, vt securus decipiat, ac securum bona fide agi putet.*

f *Clementia principis non indignus videtur is, qui cùm armis se tutari possit, posita ferocia, principem precatur.*

g *Saepius admonemur, etsi quae in nos principes simulatè agunt, intelligimus, tamen non esse è re nostra vt intelligere videamur.*

h *Reges non mallè non infimo loco esse, sed ne aequo quidem iure cum cæteris viuere, & in ordinem cogi possunt.*

i *Accessione fructuosae alicuius prouinciae cæteras oneribus leuari à principe aequum est, vt quae re amplitudo imperij, hac eadem continuatur vtilitas eorum, quorum opera partum est.*

securus, concesso reditu, petitione honorum abstinuit, donec vltro [a] ambiretur delatum ab Augusto consulatum accipere. sed præter paternos spiritus, vxoris quoque Plancinæ nobilitate, & opibus accendebatur: vix Tyberio concedere; liberos eius vt multùm infra despectare: nec dubium habebat, se delectum, qui Syriæ imponeretur ad spes Germanici coercendas. Credidere quidam data & à Tyberio occulta mandata, & Plancinam haud dubiè Augusta monuit muliebri æmulatione Agrippinam insectandi. [b] diuisa namque & discors aula erat, tacitis in Drusum aut Germanicum studiis. Tiberius [c] vt proprium & sui sanguinis Drusum fouebat. Germanico [d] alienatio patrui amorem apud cæteros auxerat, & quia claritudine [e] materni generis anteibat, auum M. Antonium, auunculum Augustum ferens. Contra Druso proauus eques Rom. Pomponius Atticus [f] dedecere Claudiorum imagines videbatur. Et coniunx Germanici Agrippina, [g] fœcunditate ac fama Liuiam vxorem Drusi præcellebat. Sed fratres [h] egregiè concordes, & proximorum certaminibus inconcussi. Nec multò post Drusus in Illyricum missus est, vt suesceret militiæ, [i] studiaque exercitus pararet: simul iuuenem [k] vrbano luxu lasciuientem meliùs in castris haberi Tyberius, seque tutiorem rebatur,

OBSERVATIONES.

a *N[illegible], ac [illegible] præstantes viros [illegible] à principibus, [illegible] magistratus, ac maximas quasque dignitates accipiant, [illegible], [illegible] virtuti [illegible] bonum, vt cùm vel [illegible], qui nobis aliquando aduersati sunt, suspicere [illegible].*

b *Ferè fit, vt, si duo, aut plures pari gradu [illegible] principem [illegible], aula sit diuisa, & discors, tacitis in hunc, aut in illum studiis.*

c *[illegible] natura proficiscuntur [illegible], quàm in adoptiuos.*

d *Alienatio [illegible] sanguine cæterorum minorum, sæpè [illegible]*

e *Si qua forte contentio inter [illegible] ris partibus, is haud dubiè præferendus videtur, qui claritudine materni generis [illegible] antecit.*

f *Cùm in [illegible] aliis, tùm verò in connubiis principum virorum seruiendum est opinioni multitudinis, quæ externa imprimis spectanda esse existimat. Itaque quòd ad hanc rem pertinet, minimè committendum est, vt princeps eam ducat vxorem, cuius ignobilitas longa suæ familiæ decora, & imagines dedeceat.*

g *Mulier duabus his [illegible] laudibus [illegible] celebratur, pudicitia, & fœcunditate.*

h *Qui diuersa [illegible] se [illegible] ipsi inter se sunt discordes, paruo negotio conteruntur. quòd si nihil [illegible] egregiè concordes maneant, neque [illegible] certaminibus distrahantur, concuti nulla ratione possunt. tantùm potest concordia, potissimùm inter fratres, & consanguineos.*

i *Principes adolescentes debent suescere militiæ, vt studia [illegible] parent, iis potissimùm in imperiis, [illegible], quæ sunt in manu exercituum, cuiusmodi erat imperium Romanum.*

k *Adolescentes luxu vrbano lasciuientes eò mittendi sunt, vbi labori suescere, & virtuti operam dare possint.*

vtroque filio [a] legiones obtinente. Sed Sueui [b] prætendebantur auxilium aduersus Cheruscos orantes. Nā discessu Romanorū, ac vacui externo metu, gentis adsuetudine, & tum æmulatione gloriæ [c] arma in se verterant. Vis nationum, virtus ducum in æquo: sed Marobodui regis nomē inuisum apud populares: Arminium pro [d] libertate bellantem fauor habebat. Igitur non modò Cherusci, sociique eorum, vetus Arminii miles, sumpsere bellum, sed è regno etiam Marobodui Sueuæ gentes, Semnones ac Langobardi defecere ad eum. Quibus additis præpollebat, ni Inguiomerus cum manu clientum ad Maroboduum perfugisset, non aliam ob causam, quàm quia fratris filio iuueni patruus senex parere [e] dedignabatur. Diriguntur acies pari vtrinque spe, nec vt olim apud Germanos, [f] vagis incursibus, aut disiectas per cateruas. Quippe longa aduersus nos militia insueuerāt [g] sequi signa, subsidijs firmari, dicta imperatorū accipere. Ac tunc Arminius [h] equo conlustrans cūcta, vt quosque [i] aduectus erat, reciperatā libertatem, trucidatas legiones, spolia adhuc & tela Romanis direpta [k] in manibus multorum ostentabat: contra, fugacem Maroboduum appellans, præliorum expertem, Herciniæ latebris defensum, ac mox per dona & legationes petiuisse fœdus, proditorem patriæ, satellitem Cæsaris, haud minùs infensis animis exturbandum, quàm Varum Quintilium interfecerint: meminissent modò tot præliorum, quorum euentu, & ad postremum eiectis Romanis satis probatum, [l] penes vtros summa belli fuerit. Neque Maroboduus iactantia sui aut probris in ho-

[illegible]

OBSERVATIONES.

a *Validissimi exercitus, neque adeò ij, qui [illegible] debēt, [illegible] interest militum, fidem erga [illegible].*

b *Viri prudentes satis habent, si id, [illegible], sedulóque cur quicque agant recondunt; quin sæpius alia, quàm [illegible] nostra interest, ignorent, quo vnusquisque rem animo [illegible] agat.*

c *Plerunque accidit, vt gentes bellaces, si sunt, [illegible] assuetudine, partim æmulatione gloriæ arma in [illegible] non externum bellū atterere debent.*

d *Nihil [illegible] quisque sit liberior, & alacri animo propugnat [illegible] populi fauor habet.*

e *N[illegible] parere dedignantur, præcipuè verò adfinibus, & consanguineis.*

f *Barbari plerunque nullis [illegible] disciplina, sed vagis tantùm incursibus, aut per disiectas cateruas incendūt.*

g *Ita disciplina militaris esse dicitur, vbi miles sequitur signa, subsidiis [illegible], dicta imperatoris accipit.*

h *Cùm acies vtrinque sunt direcl[illegible] iamque committi debet prælium, [illegible], & diligens imperator equo cūcta collustrare, & ad singulas exercitus partes aduehi debet, & ea alta voce proferre, quæ animos militum ad pugnam accendere possunt.*

i *Ea demum [illegible] sunt quæ ipsa re præsenti comprobantur.*

k *Pro[illegible] haud minus infensis animis [illegible] quàm [illegible] hostis.*

l *Qui hostem [illegible], qui ad se opprimendum venerat, è finibus suis eijcit satis luculento testimonio probat summam belli penes se esse.*

Item

stem abstinebat, sed Inguiomerum tenens, illo in corpore decus omne Cheruscorum, illius consiliis gesta, quæ prospere cesserint, testabatur: [a] vecordem Arminium, & nescium alienam gloriam in se trahere, quoniam tres vacuas legiones, & ducem fraudis ignarum [b] perfidia deceperit, magna cum clade Germaniæ & ignominia sua, [c] cùm coniunx, cum filius eius seruitium adhuc tolerent. At se [d] duodecim legionibus petitum, duce Tyberio, illibatam Germanorum gloriam seruauisse, mox conditionibus æquis discessum. neque pœnitere quod ipsorum in manu sit, integrum aduersum Romanos bellum, an pacem incruentam malint. His vocibus instinctos exercitus propriæ quoque causæ stimulabant, cũ à Cheruscis Langobardisque pro antiquo decore, aut recente libertate, & contra augendæ dominationi certaretur. Non aliàs maiore mole [e] cõcursum, neque ambiguo magis euentu, fusis vtrimque dextris cornibus. Sperabaturque rursum pugna, ni Maroboduus castra in colles subduxisset. [f] Id signum perculsi fuit. & transfugiis paulatim nudatus in Marcomannos concessit, misitque legatos ad Tyberium oraturos auxilia. Responsum est, [g] non iure [h] eum aduersus Cheruscos arma Romana inuocare, qui pugnantis in eundem hostem Romanos nulla ope iuuisset. Missus tamen Drusus, vt retulimus, pacis firmator. Eodem anno duodecim celebres Asiæ vrbes conlapsæ, [i] nocturno motu terræ, quo improuisior [k] grauiorque [l] pestis fuit. Neque solitum in tali casu effugium

OBSERVATIONES.

a *Hæc sunt signa vecordis, ac rerum nescij ducis, iactare se probris in hostem non abstinere, postremò alienam gloriam in se trahere.*

b *[illegible], nec præclarum [illegible] hostem fraudis ignarum perfidia decipere.*

c *Cùm vxor, aut filius, charissima pignora [illegible] ibique seruitium tolerant, is sanè vecors [illegible] se esse [illegible].*

d *In magnis viris habendum est [illegible] citu non est profligatus, sed æquis conditionibus [illegible] manu sit, an integrum bellum aduersus hostem, an verò pacem incruentam malit.*

e *Tunc demum magna mole concurrere dicuntur acies, cùm vtrinque funduntur.*

f *Qui post collatas cum hoste manus locum pugnæ deserit, exercitumque in loca tuta subducit, is haud [illegible] differt à victo.*

g *Ei auxilium, & opem ferre non debere videor, qui me, cùm eodem loco essem, nulla re iuuit.*

h *Petitum auxilium tacitè demonstrat auxilij ferendi obligationem.*

i *Quæ noctu accidunt, multò magis terrent, quàm quæ interdiu.*

k *Quò casus sunt improuisiores, hoc sanè sunt grauiores.*

l *Cùm non modò quæ arte, [illegible] sunt, corruerent, sed & ea, quæ [illegible] à natura facta sunt, vt æterna videri possint, collabantur, heu miseris nobis! ecquid tandem [illegible] quo spem rerum nostrarum ponere [illegible]? tò gloriaris, quòd non modò quæ [illegible], sed & ea, quæ soli sunt, possides? quid, si motu terræ, aut alio aliquo improuiso grauiorique casu aut collabantur, aut diductis terris hauriantur [illegible] adeò vt, rerum facies mutetur? [illegible] quippe immensi montes; [illegible] diffluunt; visuntur[illegible] in arduo quæ plana fuerunt.*

[illegible]nfos, eoque principem nuncupantes [a] procul [b] arcebat. Cæterum vt [c] honestam innocentium paupertatem leuauit, ita prodigos & ob flagitia egentes Vibidium Varronem, Marium Nepotem, Appium Appianum, Cornelium Sullam, Q. Vitellium [d] mouit senatu, aut sponte cedere passus est. Iisdem temporibus [e] deûm ædes vetustate aut igni [illegible], cœptasque ab Augusto dedicauit. Libero Liberæque & Cereri, [illegible] Circum maximum, quas Aulus Posthumius dictator vouerat; eodemque in loco ædem Floræ ab Lucio & Marco Publiciis ædilibus constitutam; & Iano templum, quod apud forum olitorium C. Duillius struxerat, qui primus rem Romanam prosperè mari gessit, triumphumque naualem de Pœnis meruit. Spei ædes à Germanico sacratur: hanc Atilius vouerat eodem bello. Adolescebat interea lex maiestatis. Et Apuleiam Variliam sororis Augusti neptem, [f] quia probrosis sermonibus diuum Augustum ac Tyberium, & matrem eius inlusisset, Cæsarique connexa adulterio teneretur, maiestatis delator arcessebat. De adulterio satis caueri lege Iulia visum. Maiestatis crimen distingui Cæsar postulauit, damnarique si qua de Augusto [g] irreligiosè dixisset: [h] In se iacta nolle ad cognitionem vocari. Interrogatus à consule quid de his censeret, quæ de matre eius locuta secus argueretur, [i] reticuit. Dein proximo senatus die

OBSERVATIONES.

a *Alienum rapitur aut propalam, & vi, aut improbis artibus ab iis, qui alicuius fortunis insidiantur. genus hoc hominum cùm latè pateat, nimium multos etiam Principes (heu rem miseram!) complectitur. qui quasi aliud agant, eò pertinaciter rapacitati, & auaritiæ, vt, quorum fortunas tueri deberent, his miseros subiectos euertant. quod de Tyberio discere hoc saltem possumus, vt aduersus pecuniam alienam firmum animum; & quod suum non est, id non modò cuiquam fraude, aut vi [illegible]; sed ne [illegible] quidem [illegible] patiantur.*

b *Quid multi principes [illegible], qui ne ab ignotis, ac [illegible] hereditates acciperet?*

c *Paupertas nulla [illegible] honesta est; & hanc princeps sua benignitate leuare debet: ob flagitia, & prodigalitatem, [illegible] punienda est. illa est innocens paupertas; hæc est turpis & flagitiosa egestas.*

d *Qui ad egestatis terminos ob prodigalitatem, & flagitia redactus est, minimè dignus est, vt senatorum, quorum se tam dissimilem præstat honoribus fungatur.*

e *Ad præcipuas curas principis maximè pertinet, Deum cultum gerere, eaque quæ ad pietatem pertinent, singula diligenter curare. ideo si ædes sacra aut vetustate sunt collapsæ, aut igni abolitæ, aut sunt à superiore principe cœptæ, has restaurare, reficere, restituere, ac dedicare debet.*

f *Qui probrosis sermonibus principem illudit, maiestatis postulari potest.*

g *Cùm persona principis, vt est apud Iurisconsultos, sit sacra, de ea religiosè loquendum est.*

h *Callidus princeps, si agitur de eo crimine maiestatis quod ex eo oritur, siquis de ipso irreligiosè locutus est, hac arte vtitur, vt palam & apertè profiteatur, non ea quæ ipse, sed quæ in decessorem suum irreligiosè dicta sunt, velle se ad cognitionem vocari: nempe, hac simulatione clementiæ hominum beneuolentiam sibi conciliat, sibique inlatam iniuriam [illegible] vlciscitur. nam cùm [illegible] ipse sit, quanti fuit decessor suus, significans non impedire se quò minus quæ in illum dicta sunt, puniantur, satis ostendit, posse pariter, non dissentiente se, animaduerti in eum, à quo irreligiosè dictis offensus est.*

i *Iis de rebus interrogati quæ minimè ad nos pertinent, cùm quid respondendum debeat, [illegible] sit, tacere omnino præstat, quàm quicquam ita eloqui, vt eius postea pœnitendum sit.*

illius quoque nomine orauit, ne cui verba in eam quoquo modo habita crimini forent: liberauitque Apuleiam lege maiestatis. [a] Adulterij grauiorem pœnam deprecatus, vt exemplo maiorum [b] propinquis suis [c] vltra ducentesimum lapidem remoueretur, suasit. Adultero Manlio Italia, atque Africa interdictum est. De prætore in locum Vipsanij Galli, quem mors abstulerat, subrogando, certamen incessit. Germanicus atque Drusus (nam etiam tum Romæ erant) Haterium Agrippam propinquum Germanici fouebant. contra plerique nitebantur, [d] vt numerus [e] liberorum in candidatis præpolleret, quod lex iubebat. [f] Lætabatur Tyberius cùm inter filios [eius] & leges senatus disceptaret. [g] Victa est sine dubio lex: sed neque statim, & [h] paucis suffragiis: quomodo, etiam [i] cùm valerent, [k] leges vincebantur. Eodem anno cœptum in Africa bellum, duce hostium Tacfarinate. Is natione Numida, in castris Romanis auxiliaria stipendia meritus, mox desertor, [l] vagos primùm, & latrocinijs

OBSERVATIONES.

a *Pœna adulterij grauissima, nempe mortis, aut relegationis à principe minui potest.*

b *Cùm adulterium potius priuatum, quàm publicum sit crimen, non abs re est, vt, qui eo crimine contacti sunt, propinqui, quibus iniuria fit, [illegible]. cuius rei non pauca exempla adduci [illegible].*

c *Apud priscos in more positum erat, vt adulteri vltra ducentesimum ab vrbe lapidem remouerentur.*

d *Planè æquum est, vt candidatis numerum liberorum præpollere; hoc est, cùm inter competitores, ob eum, qui ambitur, magistratum, certamen [illegible] alius præferri, qui, cæteris paribus, numero liberorum præstat.*

e *Cæteris paribus, [illegible] est is, qui liberis, nempe, reip. seminarium procreauit, eo, qui nullos habet.*

f *Illud verè est magnæ potentiæ [illegible], atque adeò eius, quæ in libera rep. ferri non debet, cùm inter leges, & aliquem disceptatur, hoc est, cùm tantum quis in republ. possit, quantum [illegible] debebant leges, idque adeò, vt quicquid illi collibitum est, id ipsum sit loco leges [illegible] potentiæ adeptus est, hoc est, qui legum [illegible], [illegible] in manu vniuersa resp. esse dicitur. [illegible] voluntas peruenisse lætabatur nempe, vt non modò [illegible] ipsas leges, quæ inuictissimæ esse deberent, cætera[illegible]*

g *[illegible] alicuius potentia, & gratia, quem deberent, locum non obti[illegible]*

h *[illegible] complectitur, tamen vix fieri potest, vt non aliqua re [illegible] [illegible] intelligere, artibus, ac vi tyranni cuncta rapi.*

i *[illegible] status is, in quo valent leges. principatus verò is, in quo [illegible], arbitrium & potestas omnis est penes vnum principem. etsi hoc ipsum principis arbitrium [illegible] debet.*

k *Non [illegible], non modò in principatu, verùm etiam in libera rep. [illegible], scilicet hominum [illegible] atque ciuium potentia.*

l *Aliud [illegible] genere, & aliud latrocinari, hoc est, vagos [illegible], & latrocinijs suetos ad prædam [illegible] congregare.*

suetos

sue tos ad prædam & raptus congregare, dein,[a] more militiæ, per vexilla, & turmas componere, postremò non inconditæ turbæ, sed Musulanorum dux haberi. Valida ea gens, & solitudinibus Africæ propinqua, nullo etiam tum vrbium cultu, cepit arma, Maurosque accolas in bellum traxit. Dux & his Mazippa. Diuisusque exercitus, vt Tacfarinas lectos viros, & Romanum in modum armatos castris attineret, disciplina & imperiis suesceret: Mazippa leui cum copia incendia & cædes, & terrorem circumferret. compulerantque Cinithios haud spernendam nationem in eadem, cùm Furius Camillus proconsul Africæ legionem, & quod sub signis sociorum, in vnum conductos ad hostem duxit, modicam manum, si multitudinem Numidarum atque Maurorum spectares. Sed nihil æquè cauebatur, quàm ne bellum metu eluderent.[b] Spe victoriæ inducti sunt, vt vincerentur. Igitur legio medio, leues cohortes, duæque alæ in cornibus locantur. nec Tacfarinas pugnam detrectauit: fusi Numidæ, multosque post annos Furio nomini [c] partum decus militiæ. Nam post illum reciperatorem vrbis, filiumque eius Camillum, penes alias familias imperatoria laus fuerat. Atque hic, quem memorauimus, bellorum expers habebatur. [d] Eò pronior Tyberius res gestas apud Senatum celebrauit. [e] & decreuere patres triumphalia insignia. Quod Camillo ob [f] modestiam vitæ impune fuit. Sequens annus Tyberium tertiò, Germanicum iterum cōsules habuit. sed eum honorem Germanicus iniit apud vrbem Achaiæ Nicopolim, quò venerat per Illyricam oram, viso fratre

OBSERVATIONES

a Omnes mortales, qui per ætatem arma ferre possunt, atque adeò latrones, & rustici fiunt milites, & quæ prius fuit inconditæ hominum turba fit agmen, [illegible] ordine, ac disciplina militari; quæ quanti sit hinc discere licet, quòd ex latrone pariter fit dux, & imperator is, qui quos homines ad prædam, & raptus prius congregauit, per vexilla, & turmas ita componit, vt disciplinæ & imperiis suescant, ac postremò non latrocinari, sed bellum gerere [illegible].

b Cunctando, bellumque mora eludendo potuit quis vincere, si non præceps, spe victoriæ in pugnam, & cladem ruisset. certè qui res nouas coeptat planè vecors est, si prælio se, suasque spes committit, non alio aduersus exercitum veteranum fretus milite, quàm aut tirone, aut nuper conscripto, aut voluntario, qui, vt alibi Tacit. ait, nec iubetur, neque regitur; sed cuncta ex libidine agit. Idem consultè facies, si bellum mora eludes; hoc est, excursionibus, eruptionibus, leuibus præliis, populationibus suorum vires, atque animos paulatim firmabis, & singulas occasiones, vno excepto prælio, quibus hostem infringas arte potiùs, quàm vi aperta, captabis.

c Magnum decus is sibi peperit, qui parua manu hostium copias fudit, fugauitque.

d Quo minùs aliquid sperabatur, hoc maiori laudi duci debet ei, qui rem difficilem confecit, atque in suo munere præclarè versatus est.

e Qui paruum quidem bellum confecit, illa tamen victoria maioris belli incendia extinxit, atque homo, dignus videri potest, ac si bellum atrox confecisset.

f Multum modestia saluti est potissimùm apud tyrannos, cuique qui plus possunt. Hanc ob rem quò quis maioribus extollitur honoribus hoc magis fortunam moderetur, quippe hac ratione non modò dignitati, verùm etiam saluti egregiè prospexerit. tanti certè est modestia, vt neque summum mortalium spernendam esse, & à Diis æstimari scribat Tacit. lib. 15. Annal.

O

Druso, in Dalmatia agente, Hadriatici, ac mox Ionij maris aduersam, nauigationem perpessus. Igitur paucos dies insumpsit reficiendæ classi; simul sinus Actiaca victoria inclutos, & sacratas ab Augusto manubias, castraque Antonij cum recordatione maiorum suorum adiit. Namque ei, vt memoraui, auunculus Augustus, auus Antonius erant; magnaque illic imago tristium lætorumque. Hinc ventum Athenas, fœderique sociæ & vetustæ vrbis datum, [a] vt vno lictore vteretur. Excepere Græci quæsitissimis honoribus, vetera suorum facta dictaque præferentes, [b] quò plus dignationis adulatio haberet. Petita inde Eubœa, tramisit Lesbum, vbi Agrippina nouissimo partu Iuliam edidit. tum extrema Asiæ, Perinthumque ac Byzantium Thracias vrbes, mox Propontidis angustias, & os Ponticum intrat, cupidine [c] veteres locos, & fama celebratos noscendi: [d] pariterque prouincias [e] internis certaminibus, aut magistratuum iniuriis fessas refouebat. Atque illum in regressu sacra Samothracum visere nitentem obuii aquilones depulere. Igitur aliaque quæ ibi varietate fortunæ, & nostri origine veneranda, relegit Asiam, adpelliturque Colophona, vt Clarii Apollinis oraculo vteretur. Non fœmina illic, vt apud Delphos, sed certis è familiis & fermè Mileto accitus sacerdos numerum modò consultantium & nomina audit: tum in specum degressus, hausta fontis arcani aqua, ignarus plerunque literarum, & carminum, edit responsa, versibus compositis super rebus, quas quis mente conceperat & ferebatur, Germanico [f] per ambages (vt mos oraculis) maturum exitium cecinisse. At Gn. Piso quò properatius destinata inciperet, ciuitatem Atheniensiū turbido incessu exterritam oratione sæua increpat, obliquè Germanicum perstringens, quòd cōtra [g] [illegible] Romani nominis non Athe-

OBSERV[illegible]

a Et à principe, & ab eo, qui pro princip[illegible] honos hospitæ ciuitati, si dum ibi commoratur, [illegible] magistratus, ac potentia in[illegible] detraxit, perinde ac si non in [illegible] fueque [illegible], sed in socia vrbe ver[illegible]

b Fœdissima adulatio non [illegible] ac speciosis, & sua quoque dignationem [illegible], nec solùm [illegible], sed ex totis vrbibus, ac prouincijs, recta ad principem it, & maxi[illegible] magna [illegible] veretur.

c Loca vetusta, [illegible] quosque homines ad se visendum alliciunt.

d Nullum [illegible] locum, nihil serium, nihil per jocum, aut relaxandi animi gratia [illegible] in singulas occasiones, quibus se [illegible], & [illegible] possit. Certè Germanicus, vel tum cum peregrinabatur, & curis va[illegible] internis certaminibus, aut magistratuum iniuria fessas refouebat.

e [illegible] aut ex internis certaminibus, aut certè ex magistratuum, ac prouinciarum proficis[illegible]

f [illegible] oracula aut mentiuntur, aut si forte verum dicant, per ambages solent respondere; adeò [illegible] sit [illegible] ea consulere; ac mera vanitas, atque adeò flagitium sit huiusmodi responsum adhibere.

g Omnibus in rebus diligenter cauendum est, ne, dum nostras virtutes ostentamus, quidquam [illegible] dignitatem nostram, & decus illius, cuius vicem gerimus. quippe, virtutem alienis & loco ac tempore ostentare, magis ad vitium, quàm ad virtutem referri potest.

nienses

mense[s] tot cladibus extinctos, sed [a] conluuiem illam nationum comitate nimia coluisset. hos enim esse Mithridatis aduersus Sullam, Antonii aduersus diuum Augustum socios. etiam vetera obiectabat, quæ in Macedones improspere, [1] violenter in suos fecissent, offensus vrbi propria quoque ira, quia Theophilum quendam Areo iudicio falsi damnatum precibus suis non concederent. Exin nauigatione celeri per Cycladas, & compendia maris adsequitur Germanicum apud insulam Rhodum, haud nescium quibus insectationibus petitus foret: sed tanta mansuetudine agebat, vt, cùm orta tempestas raperet in abrupta, [b] possetque interitus inimici ad casum referri, [c] mitteret triremeis, quarum subsidio discrimini eximeretur. [d] Neque tamen mitigatus Piso, & vix diei moram perpessus, linquit Germanicum, præuenitque: & postquam Syriam, ac legiones attigit, [e] largitione, ambitu infimos manipularium iuuãdo, cùm veteres centuriones, seueros tribunos demoueret, locaque eorum clientibus suis, vel deterrimo cuique attribueret, desidiam in castris, licentiam in vrbibus, vagum, ac lasciuientem per agros militem sineret, eò vsque corruptionis prouectus est, vt sermone vulgi, [f] parens legionum haberetur. Nec Plancina se intra decora fœminis tenebat, sed [g] exercitio equitum, decursibus cohortium interesse, in Agrippinam, in Germanicum

1 [illegible]

OBSERVATIONES.

a *Cùm imitatione virtutis verius, quàm nominis & imaginibus stat fides generis nobilissimi, persæpe iniuria gloriantur homines se ex esse prognatos, quos vniuersus orbis terrarum, ob singularem virtutem, admiratur, si in ipsis nulla antiquæ virtutis vestigia appareant. itaque etsi populus Atheniensis, aut alius quispiam fama celebris, vt ipsa illorum, quos asserit esse maiores suos, perquam dissimilem se præstat, ac degeneres animos arguit vanitas, huic verò illud obiectari verè potest, illorum quidem, à quibus se esse ortum insolenter & falsò gloriatur, progeniem longa sæculorum serie, multisque casibus esse extinctam, ipsum verò [illegible] non stirpem illam præclarissimorum hominum, sed colluuiem omnium nationum.*

b *Tempore tunc inimicum [illegible] accidit, [illegible] casum referri potest.*

c *Is verè & generosus, & mansuetus dici debet, qui cùm ita possit de inimico [illegible] casu, non ipsius consilio factum esse dici posset, tamen de eius salute adeò laborat, vt [illegible] opera ac diligentia periculo eximat. Quantam laudem meretur hic, tanto certè odio dignus est is qui cui salutari opera adesse potest, hunc perire patitur. mihi quidem paria videntur [illegible] aliquem necare, & quem potes non seruare.*

d *Malus animus, & iniquus nullo beneficio mitigari potest.*

e *Quemadmodum strenuus imperator cauet sedulò, ne quis miles corrumpatur, eumque crebris expeditionibus, patientia periculorum, laboribus, & experientia durat, ita ignauus exercitum corrumpit largitione, atque ambitu, infimos manipularium, hoc est, obscurissimum quemque militem iuuando; veteres centuriones, & seueros, antiquam, duramque militiam reuocantes dimouendo, & eorum loca deterrimo cuique attribuendo; faciendo desidiam in castris, licentiam in vrbibus, ac militem vagum & per agros lasciuientem.*

f *Vulgus plerumque deterrima quæque laudat.*

g *Haud [illegible] decet fœminam interesse exercitiis militaribus, atque adeò iis omnibus, quæ virorum propria sunt.*

contumelias iacere, quibusdam etiam [a] bonorum militum ad mala obsequia promptis, quòd haud inuito imperatore ea fieri [b] occultus rumor incedebat. Nota hæc Germanico, [c] sed præuerti ad Armenios instantior cura fuit. Ambigua gens ea antiquitus non modò ingeniis, sed situ terrarum, quo nostris prouinciis latè prætenta, penitus ad Medos porrigitur, maximisque imperiis interiecti, & sæpiùs [d] discordes sunt, aduersus Romanos odio, & in Parthum inuidia. Regem illa tempestate non habebant, amoto Vonone; sed fauor nationis inclinabat in Zenonem Polemonis regis Pontici filium, quòd is prima ab infantia instituta & cultum Armeniorum [e] æmulatus, venatu, epulis, & quæ alia barbari celebrant, proceres plebemque iuxta deuinxerat. Igitur Germanicus in vrbe Artaxata [f] adprobantibus nobilibus, circumfusa multitudine, [g] insigne regium capiti eius imposuit. [h] cæteri venerantes regem, Artaxiam consalutauere, quod illi vocabulum indiderant ex [i] nomine vrbis. At Cappadoces in formam prouinciæ redacti Q. Veranium legatum accepere. Et quædam ex regiis tributis [k] deminuta, quò mitius Romanum imperiũ speraretur. Commagenis Q. Seruæus præponitur, tum primum ad ius prætoris translatis. Cunctaque socialia prospere composita, [l] non ideo lætum Germanicum habebant, ob superbiam Pisonis, qui iussus partem

OBSERVATIONES.

a *Minori negotio boni redduntur praui, & promptiores ad mala obsequia, quàm mali ad bona, si modò principis mentem habeant prospectam.*

b *Dij boni! quæ hæc est peruersitas naturæ humanæ, vt, quæ [illegible], princeps velle se palam, & apertè profitetur, hæc non ipsi [illegible], sed [illegible] impediunt, nisi fortè occulto aliquo, ac sæpiùs falso [illegible] ad ea quæ inſpecta sunt, vel esse debent, credenda [illegible] promptiores sumus!*

c *Priuatæ iniuriæ non tam nobis debent [illegible] tamen reip. nobis mandatæ [illegible]: quam certè rebus omnibus [illegible]*

d *Fere fit, vt prouinciæ maximis [illegible] discordes sint ex tertis [illegible],*
quòd nulli parere, aut adhærere [illegible]

e *Difficile dictu est, quam [illegible] sibi principes viri apud eas nationes [illegible] instituta, [illegible] quæ [illegible].*

f *Reges plerumque cre[illegible] nobilium.*

g *Insigne regium [illegible] imponi debet, cuius est dare regnum, aut regi creato suam [illegible], cui id muneris ab vniuersa Repub. datum est.*

h *Is qui rex [illegible] regis honestatur, quàm ab eo, cui id iure est, insigne regium [illegible] formulasque præstitũ est, circumfusa multitudine [illegible], [illegible] quæ consalutatio ad illud refertur, quod [illegible] die [illegible] N. Rex noster.*

i *[illegible] magnis viris, ac præcipuè regibus nomina indere [illegible] vrbibus.*

k *[illegible] ut planè extinguat desiderium superioris principis, quo plerumque [illegible] fuit, efficiuntur, aliquid ex tributis diminuat, [illegible] ex quibus [illegible] sperari possit.*

l *[illegible] nominè [illegible] ex vna aliqua re, in qua grauius [illegible], acrius [illegible] debere, quàm lætitia, aut voluptate.*

legionũ ipse, aut per filiũ in Armeniã ducere, vtrũque neglexerat. Cyrri demũ apud hyberna decumæ legionis conuenere, [a] firmato vultu Piso aduersus metũ, Germanicus ne minari crederetur: & erat, vt rettuli, clementior. Sed amici [b] accendendis offensionibus callidi, intendere vera, adgerere falsa, ipsumque & Plancinam, & filios variis modis criminari. postremò paucis familiarium adhibitis, sermo cœptus à Cæsare, [c] qualem ira & dissimulatio gignit. Responsum à Pisone [d] precibus contumacibus. discesseruntque apertis odiis: postque rarus in tribunali Cæsaris Piso: & si quando adsideret, atrox, ac dissentire manifestus. vox quoque eius audita est in conuiuio, cùm apud regem Nabatæorum coronæ aureæ magno pondere Cæsari, & Agrippinæ, leues Pisoni, & cæteris offerrẽtur, [e] principis [f] Romani, non Parthi regis filio eas epulas dari: abiecitque simul coronam, & multa in [g] luxum addidit. Quæ Germanico, quanquam acerba, [h] tolerabantur tamen. Inter quæ ab rege Parthorum Artabano legati venere. Miserat, amicitiam ac fœdus memoraturos, & cupere [i] renouari dextras: [k] daturum honori Germanici, vt ripam Euphratis accederet: petere interim ne Vonones in Syria haberetur, neu proceres gentium propinquis nunciis ad discordias traheret. Ad ea Germanicus, de

OBSERVATIONES.

a *Quicquid animi semper aliquis vt habeat intelligi non vult, vultu aduersus omnes affectus firmato adeò esse debet, vt penetrari nullo pacto possit.*

b *Hæc est natura aulicorum, vt si quem oderunt, in hunc accendendis offensionibus sint valde callidi, [illegible] vera, ac gerant falsa, eumque variis modis apud principem criminentur.*

c *Vix fieri potest, vt sermo quantumuis dissimulatus, vel intimos penitus animi sensus non indicet.*

d *Non semper qui preces adhibent fidem faciunt animi mansueti, ac demissi. Siquidem & inter has deprehendi contumacia potest. poterat certè Piso [illegible] ab decoro, contumacia ab animo indomito proficiscebatur. hinc obseruandum est, non satis esse [illegible] precari, sed ita, scilicet precandum esse, vt non tam verbis, quàm [illegible]*

e *Nullum maius ornamentum rerum, quæ agendæ suscipiuntur, [illegible] aberrare à decoro. nempe, huc pertinet reprehensio Pisonis, vt dicat, coronas vnis regibus, ac præterea nemini, nisi ineptè, offerri.*

f *Supra admonui principis nomen indicare speciem quandam libertatis eius reip. quæ hoc nomine constituta est. non itaque mirum est, si Piso, ferox homo, vixque Tyberio cedens, Germanicum dicit longè inferiorem esse filio regis Parthici; cùm Tiberius non rex, sed princeps (quomodo Romani loquuntur) imperij, reique pub. Romanæ, vt ipse existimat, sit.*

g *Ei vtiniquè infensi sumus, cui non aliam ob causam luxum inter vitia assignamus, quàm quòd eo ea alijs melius est, quàm nobis.*

h *Non vecordis, sed viri prudentis est, in præsentia, quæ in se dicuntur, aut fiunt, tolerare, quanquam acerba.*

i *[illegible] sunt, inter se initum cupiunt esse perpetuum, sæpius amicitiam, dextrasque renouare debent.*

k *Ei, cuiuscunque ille est, sine dubio magnum honorem habet magnus, ac potens rex, adeundo propiùs quàm solet, accedit.*

societate Romanorum, Parthorumque [a] magnificè: de aduentu regis, & cultu suo cum decore, ac modestia respondit. Vonones Pompeiopolim Ciliciæ maritimam vrbem amotus est. [b] Datum id non modò precibus Artabani, [c] sed contumeliæ Pisonis, cui gratissimus erat, [d] ob plurima officia & dona, quibus Plancinam deuinxerat. M. Silano, L. Norbano COSS. Germanicus Ægyptum proficiscitur [e] cognoscendæ antiquitatis, [f] sed cura prouinciæ prætendebatur. [g] leuauitque [h] apertis horreis pretia frugum, multaque in vulgus grata vsurpauit, [i] sine milite incedere pedibus intectis, & pari cum Græcis amictu, P. Scipionis [k] æmulatione, quem eadem factitauisse apud Siciliam, quamuis flagrante adhuc Pœnorum bello, accepimus. Tyberius cultu, habituque eius lenibus verbis perstricto, [l] acerrimè increpuit quòd contra instituta Augusti non sponte principis Alexandriam introisset. Nam [+] Augustus inter alia dominationis arcana, vetitis, nisi permissu, ingredi senatoribus, aut equiti-

OBSERVATIONES.

a Obseruent magistratus, legati principum, atque adeò ij omnes quibus aliena negotia cõmissa sunt, vt in iis, quæ ad suum munus pertinent, magnificè, & cum illius dignitate cuius vices gerunt, quæ verò suam ipsorum personam spectant, de his cum decore, & modestia loquantur.

b [illegible] et malefacimus, quòd [illegible] vt illi, cuius gratia id est [illegible], oculi [illegible].

c Non mediocris prudentia est posse alienæ petitioni cum dignitate satisfacere; eademque opera aut inimicum vlcisci, aut alia ratione rebus suis consulere.

d Hoc astu vtuntur ij, qui adfectant viam ad potentum aliquem, vt [illegible] officiis, & donis ac interdum, vt infra suo loco videbimus, adulterio deuinciant, vt maritos faciliori, in iis, quæ [illegible] vtuntur.

e [illegible] & ad [illegible], quòd studiũ cognoscendæ antiquitatis.

f Cùm aliæ sint partes principis, aliæ priuati, [illegible] quicquid priuatum decet, id statim principem decere [illegible] persona [illegible] videtur esse nata, vt seruiat publicæ vtilitati. Ea re factum, [illegible] prætenderit curam prouinciæ ad visendam Ægyptum, non studium antiquitatis cognoscendæ: ne reip. hanc cupiditatem prætermisisse diceretur.

g Quà iter facit princeps æquum est sentiri leuamen, non onus.

h Principi nihil neque laudabilius neque gratius in vulgus vsurpare posse, quàm si apertis horreis leuet pretia frugum, & caritati annonæ [illegible] populo satisfaciat, alias haud dubie [illegible], [illegible] vna sit annonæ cura, vt est 4. [illegible].

i Difficile dictu est, [illegible] sint in vulgus ea, quæ princeps de fastigio illo dignitatis aliquando [illegible]; cuiusmodi est, si sine milite incedat, vtaturque vulgari amictu illius prouinciæ, in qua est, [illegible] de [illegible].

k Principi maximum, & præclarissimum quemque virum, non solùm in rebus arduis, sed & in iis, quæ minimi momenti videri possunt, æmulari debet.

l Si in ditione principis aliqua est prouincia, aut vrbs tantæ dignitatis, aut [illegible] ni præsidio teneatur, eam, quod imperij caput est, prouinciam, vrbemue [illegible] maximè aliquid importare possit, omnino caueat princeps, ne quis [illegible] eam prouinciam aut vrbem, nisi permissu suo, [illegible], sibique eam [illegible]. [illegible] Augustus non alijs quàm equitibus Romanis Ægypto præesse voluit. sic Tacit. [illegible] Ægyptum, [illegible] quibus coercetur, iam inde à diuo Augusto equites Romani obtinent loco regum. Ita [illegible] prouinciam [illegible] difficilem, annonæ [illegible], ac lasciuia discordem & mobilem, insciam legum, ignaram magistratuum domi retinere.

bus

bus Romanis inlustribus, seposuit Ægyptum: [a] ne fame vrgeret Italiam quisquis eam prouinciam, claustraque terræ ac maris, quamuis leui præsidio aduersum ingentes exercitus insedisset. Sed Germanicus nondum comperto profectionē eam incusari, Nilo subuehebatur, orsus oppido à Canopo. Condidere id Spartani ob sepultum illic rectorem nauis Canopum, qua tempestate Menelaus Græciam repetens diuersum ad mare, terramque Libyam delatus. Inde proximum amnis os dicatū Herculi, quem indigenæ ortum apud se, & antiquissimum perhibent, eosque qui postea pari virtute fuerint, [1] [b] in cognomentum eius adscitos. Mox visit veterum Thebarum magna vestigia. & manebant structis molibus literæ Ægyptię priorem opulentiam complexæ: iussusque è senioribus sacerdotum patrium sermonem interpretari, referebat habitasse quondam septingenta millia ætate militari: atque eo cum exercitu regem Rhamsen Lybia, Æthiopia, Medisque & Persis, & Bactriano, ac Scythia potitum, quasque terras Suri, Armenijque, & contigui Cappadoces colunt: inde Bithynum, hinc Lycum ad mare imperio tenuisse. [c] Legebantur & indicta gentibus tributa, pondus argenti & auri, numerus armorum, equorumque, & dona templis ebur, atque odores, quasque copias frumenti & omnium vtensilium quęque natio penderet, haud minus magnifica, quàm nunc vi Parthorum, aut potentia Romana iubentur. Cæterùm Germanicus aliis quoque [d] miraculis intendit animum, quorum præcipua fuere Memnonis saxea effigies, vbi radiis Solis icta est, vocalem sonum reddens, disiectasque inter & vix peruias arenas, instar mōtium eductę pyramides certamine & opibus regum, lacusque effossa humo superfluentis Nili receptacula; atque alibi angustiæ, & profunda altitudo, nullis inquirentium spatiis penetrabiles. Exin ventum Elephantinen ac Syenen, claustra olim Romani imperij, quod nunc rubrum ad mare patescit. Dum ea æstas Germanico plures per prouincias transigi-

1. Vide Erasmum lib. de [illegible]

OBSERVATIONES.

a Tanti est Ægyptus, vt, quisquis eam prouinciam vel leui præsidio teneat, is claustra maris [illegible] ac terræ in sua potestate habeat; eaque possit tutari aduersus ingentes exercitus.

b Qui præclari alicuius viri eximiam virtutem æmulantur, in illius cognomentum, sponte & consensu vulgi plerumque adsciscuntur. sic Scipiones, ac Cæsares vulgo appellamus eos, quorum hæc propria laus est, vt belli gloria, & rerum gestarum magnitudine cæteris præstent.

c Apud potentissimos reges, qui quam [illegible] nationibus imperitabant, in more positum fuit, vt structis molibus literas insculpendas curarent, quibus legi, cognoscique possent indicta gentibus tributa, pondus argenti, & auri, numerus armorum, equorumque; quasque copias frumenti, & omnium vtensilium quæque natio penderet. hæc enim singula [illegible] principi debet scire, vt, cui rerum sit par, aut impar, quid suscipiendum, quid cauendum sibi sit, post hanc rerum suarum diligenter subductam rationem prudenter constituere possit.

d Miracula dicuntur ea, quæ cùm fiant præter communem naturæ ordinem, spectantes in sui admirationem rapiant.

tur, haud leue decus Drusus quæsiuit [a] inliciens Germanos ad discordias, [b] vtque fracto iam Maroboduo [c] vsque in exitium insisteretur. Erat inter Gothones nobilis iuuenis nomine Catualda, profugus olim vi Marobodui, & tūc [d] dubiis rebus vltionem ausus. Is valida manu fines Marcomannorum ingreditur, [e] corruptisque primoribus ad societatem, inrumpit regiam, castellumque iuxta situm; veteres illic Sueuorum prædæ, & nostris è prouinciis lixæ, ac negotiatores reperti, [f] quos ius commercij, dein cupido augendi pecuniam, postremum obliuio patriæ suis quemque ab sedibus hostilem in agrum transtulit. Maroboduo vndique deserto, non aliud subsidium, quàm [g] misericordia Cæsaris fuit. transgressus Danubium, quà Noricam prouinciam præfluit, scripsit Tyberio, [h] non vt profugus aut supplex, sed ex memoria prioris fortunæ: nam multis nationibus clarissimum quondam regem ad se vocātibus Romanam amicitiam prætulisse. [i] responsum à Cæsare, tutam ei honoratamque sedem in Italia fore, si maneret: sin rebus suis aliud conduceret, [k] abiturum fide qua venisset. cæterùm apud senatum disseruit, non Philippum Atheniensibus, non Pyrrhum, aut Antiochum populo Rom. perinde metuendos fuisse. Extat oratio qua magnitudinem viri, violentiam subiectarum ei gentium, & quàm propinquus Italiæ hostis, suaque in destruendo eo consilia extulit. Et Maroboduus quidem Rauennæ habitus, ne, si quando insolescerent Sueui, [l] quasi rediturus in regnum ostentabatur. sed non

OBSERVATIONES.

a *Hostium haud dubiè potitur is, qui eos potest illicere ad discordias.*

b *Fracto iam hoste, vsque in illius exitium insistendum est.*

c *Nullum vltioni tempus aptius est, quàm cùm eius, quem vlcisci volumus, res dubiæ sunt. tunc enim, qualicunque accedente manu ad eas copias, quibus vtitur, infringi nullo negotio, potest.*

d *Qui magnum, & memorabile facinus aggreditur, imprimis debet* [illegible] *primores, hoc est, eos quorum auctoritatem cæteri sequuntur, ad societatem* [illegible]

e *Non solùm calamitas* [illegible] *etiam commercia, & cupido augendi* [illegible] *patriam esse ducunt, sedesque figunt.*

f *Qui se ab* [illegible] *, si quid* [illegible] *, nisi vt ad eum, qui ei opem ferre potest,* *misericordi*[illegible]

g *R*[illegible] *deserti sunt, supplices alicui adsunt. siquidem memores prioris* [illegible] *status, retinent spiritus illos regios.*

h [illegible] *viros, ac potissimum reges, ac principes, tristissimo* [illegible] *pore,* [illegible] *& beneuolentia genere complecti.*

i *S*[illegible] *nil esse præclarius, quàm fidem alicui datam, quisquis ille est,* [illegible] *seruare.*

k [illegible] *principi, cùm res, & occasio postulat, res à se gestas publicè* [illegible]*, potissimùm si* [illegible] *, sed fide incorrupta subnixus est.*

l [illegible] *regem, ac principem nihil magis decet, quàm comitas, atque adeò hospitalitas erga* [illegible] *principes* [illegible] *profugi* [illegible] *fidei se credere haudquaquam sunt veriti,* [illegible] *incidere possit, quibus haud eum sui officij pœnitebit;* [illegible] *in vna regis, aut principis, licet profugi* [illegible] *tantum sit positum, vt eius opera ad maximas res gerendas vtilis esse possit.*

excelexcessit Italia per duodeuiginti annos, consenuitque multum imminuta claritate, [a] ob nimiam viuendi cupidinem. Idem Catualdæ casus, neque aliud perfugium. pulsus haud multò post Hermundurorum opibus, & Vibilio duce, receptusque, Forum Iulium Narbonensis Galliæ coloniam mittitur. Barbari vtrunque comitati, [b] ne quietas prouincias immixti turbarent, Danubium vltra inter flumina Marum & Cusum locantur, dato rege Vannio gentis Quadorum. Simul nuntiato regem Artaxiam Armeniis à Germanico datum, [c] decreuere patres, vt Germanicus atque Drusus ouantes vrbem introirent. structi & arcus circum latera templi Martis Vltoris cum effigie Cæsarum, lætiore Tyberio, quia [d] pacem sapientia firmauerat, quàm si bellum per acies confecisset. Igitur Rhescuporim quoque Thraciæ regem [e] astu [illegible]. omnem eam nationem Rhœmetalces tenuerat, quo defuncto [illegible] partem Thracum Rhescuporidi fratri eius, partem filio Cotyi permisit. In ea diuisione arua, & vrbes, & vicina Græcis, Cotyi: [f] quod incultum, ferox, adnexum hostibus, Rhescuporidi cessit: ipsorumque regum ingenia, illi mite, & amœnum, huic atrox, auidum, & societatis impatiens erat. sed primò [g] subdolâ concordia egere, mox Rhescuporis egredi fines, vertere in se Cotyi data, & resistenti vim facere, cunctanter sub Augusto, quem auctorem vtriusque regni, si sperneretur, [h] vindicem metuebat. Enimuero audita [i] mutatione principis, [k] immittere latronum globos, [h] excindere castella, causas bello. [l] Nihil æque Tyberium anxium habebat, quàm ne composita turbarentur. deligit [m] centurionem, qui nuntiaret regi-

[illegible] S C H O L I A [illegible]

a Non desunt qui [illegible] viuendi cupidinem [illegible] patriam, imminuerunt. id [illegible] debeant, quàmque senescere otio, ac proinde [illegible]

b A quibus turbidi & seditiosi timentur, ne quietæ prouinciæ turbentur, hi eo in locis collocandi, atque eò amouendi sunt, vbi nihil etiam turbarum dare possint.

c Honore is dignus est, qui etsi non per [illegible] confecit, tamen ne bellum esset, sua sapientia præstitit.

d Non minor est laus, pacem [illegible] firmasse, quàm bellum per acies confecisse.

e Quod vi non po[illegible]

f Prudentia prin[illegible] possi[illegible] vtriusque ingenio satisfacit.

g Subdola concordia [illegible] dissidentibus [illegible].

h Cuius rei autor fuit, eum fore [illegible], quod id eius fieri placere, nunquam infringi patitur.

i [illegible] in suas prouincias immittit [illegible] globos specie latronum, excindit castella, aliaque [illegible] hostilia, facto ostendit se causas belli quærere.

k [illegible] bellum ostendi, quàm geri debet.

l [illegible] æquè [illegible] principem anxium habet, quàm ne ea, quæ ab se, maximis laboribus, ac pari felicitate [illegible] composita, turbentur; ac [illegible] oriantur.

m Aliud est denuntiatio, aliud legatio, hæc viris amplissimis; illa cuiuis ministro, cuius modò fides principi sit perspecta, committitur.

P

[illegible], ne armis disceptarent. statimque à Corye dimissa sunt quae parauerat, auxilia. Rhescuporis [b] ficta modestia postulat [c] eundem in locum coiretur; posse de controuersiis colloquio transigi. nec diu dubitatum de tempore, loco, dein conditionibus: cùm alter [d] facilitate, alter fraude cuncta inter se concederent, acciperentque. Rhescuporis sanciendo (vt dictitabat) foederi [e] conuiuium adiicit. tractaque in multam noctem laetitia per epulas ac vinolentiam, incautum Cotyn, & postquam dolum intellexerat, sacra regni, eiusdem familiae deos, & [f] hospitalis mensas obtestantem, catenis onerat. Thraciaque omni potitus scripsit ad Tyberium, structas sibi insidias, [g] praeuentum insidiatorem: simul bellum aduersus Bastarnas, Scythasque [h] praetendens, nouis peditum, & equitum copiis sese firmabat. [i] Molliter rescriptum, [k] si fraus abesset, posse eum innocentiae fidere. caeterùm neque se, neque senatum nisi [l] cognita causa, [m] ius & iniuriam discreturos. proinde tradito Corye veniret,

[illegible marginal note]

OBSERVATIONES.

a *Ad principis maiestatem, & imperij securitatem maximè pertinet, [illegible] ... [illegible]*

b *Nulla re aequè fallimur [illegible] virtutibus, hoc est, [illegible] virtutis.*

c *Tutissima [illegible] habetur [illegible] strat, [illegible]*

d *Non est [illegible] vincerer.*

e *Apud [illegible] [illegible].*

f [illegible] *ministerium gesserunt; vt [illegible] ipsi principi [illegible] in casum dare, suamque personam [illegible] in quibus ab ipsis facilè circumueniri & opprimi [illegible]*

g [illegible] *praeuentus, [illegible], à quo structae sunt insidiae, [illegible]*

h [illegible] *hoc assequitur, vt, absque vlla [illegible] sententiam [illegible] praeterea [illegible] sic [illegible].*

i [illegible] *atrocia praeuerti debent [illegible]*

k [illegible] *fraus abesset [illegible] satis est.*

l *Neque [illegible], neque [illegible] iudex, nisi cognita causa, ius & iniuriam [illegible] debet.*

m *Iudicare est, ius, & iniuriam discernere.*

[a] transferrique inuidiam criminis. Eas literas Latinius Pandus proprætor Mœsiæ cum militibus, quis Cotys traderetur, in Thraciam misit. Rhescuporis inter metum & iram cunctatus, [b] maluit patrati [illegible]m incœpti facinoris reus esse: occidi Cotyn iubet, mortemque sponte [illegible]mptam ementitur. [c] Nec [d] tamen Cæsar placitas semel artes mu[illegible], [illegible]d defuncto Pando, quem sibi infensum Rhescuporis arguebat, [illegible]o-nium Flaccum veterem stipendiis, & arcta cum rege amicitia, [e] [illegible] accommodatiorem ad fallendum, ob id maximè Mœsiæ præfecit. F[illegible]cus in Thraciam transgressus, per ingentia promissa, quamuis [f] am[illegible]guum & scelera sua reputantem perpulit, vt præsidia Romana intrare[illegible]. Circundata hinc regi [g] specie honoris valida manus, tribunique, & centuriones, monendo, suadendo, & quantò longiùs abscedebat, apertiore custodia, postremò gnarum necessitatis in vrbem traxere. Accusatus in senatu ab [h] vxore Cotyis damnatur, vt [i] procul regno teneretur. Thracia in Rhemetalcen filium, quem paternis consiliis [k] aduersatum constabat, inque liberos Cotyis diuiditur: iisque nondum adultis Trebellie-

OBSERVATIONES.

a *Qui tanquam si sit alicuius atrocis criminis reus omnium sermonibus petitus, ab eo, à quo falsò accusabatur id, quicquid est, flagitij ortum profectumque esse probat, hic ab se in illum criminis inuidiam transferre dicitur.*

b *Hoc est natura flagitiosorum hominum, vt malint patrati, quàm incœpti facinoris esse rei; hoc est, quando in iis ob incœpt[illegible] flagitium reddi debent, non modo non eos sceleris pœnitet, sed sese veluti generosè indignum facinus absoluant, vt, non parum meriti, sed sed [illegible] supplicio digni censeantur.*

c *Quem principes clam in vinculis occidi iubent, huius mortem sponte sumptam contestari solent. ita lib. 6. de A[illegible] loquens, & postquam nihil de famina remittebatur, voluntate extinctam [illegible], simulatum est [illegible] qui viderentur sponte sumptus.*

d *Plura [illegible] patrari [illegible] . [illegible] , [illegible] , in [illegible] principe meritò commouetur, atque adeò, [illegible] & cunctatione, vim ad[illegible] adhiberi oporteret rei atrocitas, & ira suadent; [illegible] ad ea, ad quæ indignatione impellitur, ruit; sed se sustinendo, [illegible] nunquam mutabis.*

e *Ad fallendum maximè accommodati sunt ij, quorum de fide, & beneuolentia ij qui fraude petuntur, dubitare non possunt.*

f *Animus sibi malè conscius semper se fallacijs peti putat; quippe qui secum scelera sua reputat.*

g *Hoc est illud ludibrium, quo plerumque consueuerunt magni viri, atque adeò principes, ac reges, si quando in custodiam [illegible] sunt, vt valida [illegible] specie honoris, circundentur; donec quasi necessitatis [illegible], exuantur potentia, [illegible] cæterùm non lictorum modò opera, aut milite gregario vtuntur principes ad homines in vincula [illegible]icienda, sed & [illegible] fortissimisque viris, si ij, quos in potestate habere student, [illegible] sunt, [illegible].*

h *Vxor admittitur ad accusandos & [illegible] mariti.*

i *[illegible] supplicio reges affici possunt, ob ipsa [illegible] sceleta, est, vt procul regno, [illegible] teneantur.*

k *[illegible], vt asserunt Iuris[illegible]ti, non dantur in heredes, ideo pœna patri debita non transit [illegible] scelere paterno [illegible] non inquinatos, verùm etiam aduersatos esse constat.*

[illegible] usus prætura functus [a] datur, qui regno [illegible] tutor esset, exemplo quo maiores M. Lepidum Ptolemæi liberis tutorem in Ægyptum miserant. Rhescuporis Alexandriam deuectus, atque illic fugam tentans, [b] an ficto crimine interficitur. Per idem tempus Vonones, quem amotum in Ciliciam memoraui, corruptis custodibus, effugere ad Armenios, inde in Albanos Heniochosque & consanguineum sibi regem Scytharum conatus est, specie venandi. Omissis maritimis locis, auia saltuum petit; mox pernicitate equi ad amnem Pyramum contendit, cuius pontes accolæ ruperant, audita regis fuga, neque vado penetrari poterat. Igitur in ripa fluminis à Vibio Frontone præfecto equitum vincitur: mox Remmius euocatus prior custodiæ regis adpositus, quasi per iram gladio eũ transigit. [c] Vnde maior fides, conscientia sceleris, & metu indicij mortem Vononi inlatam. At Germanicus Ægypto remeans, cuncta quæ apud legiones, aut vrbes iusserat, abolita, [e] vel in contrarium versa cognoscit. [f] Hinc graues in Pisonem contumeliæ; nec minùs acerba quæ ab illo in Cæsarem tentabantur. Dein Piso abire Suria statuit. mox aduersa Germanici valetudine detentus, vbi recreatum accepit, [g] votaque pro incolumitate soluebantur, admotas hostias, sacrificalem apparatum, festam Antiochẽsium plebem, [h] per lictores [i] proturbat. Tum Seleuciam degreditur opperiens ægritudinem, quæ rursum Germanico acciderat. Sæuam vim morbi augebat [k] persuasio veneni à Pisone accepti, & repe-

OBSERVATIONE[S]

a *Regi nondam adulto dari debet tutor [illegible] amplissimus, [illegible], donec is adoleuerit, tractet.*

b *Quæ fiunt exemplo, ea legitimè fieri existimantur, atenim diutius durant exempla, quàm mores, vt ait Tacit. [illegible] histor.*

c *Cum princeps (aut ob [illegible], aut quia in rem suã ita conducit) magni aliquem [illegible], cuius in persona grande momentum est, quem in custodia habet, tollere studet, [illegible] facit, si non ob crimen [illegible] illum forte à militibus custodiæ [illegible] ipse vulgabit.*

d *Qui [illegible] cum [illegible], hunc, quæsita aliqua probabili specie, [illegible]*

e *[illegible] iussa [illegible] in contrarium vertere, hoc est, verba legis retinere quidem, sed [illegible]*

f *[illegible] inferunt [illegible] indignationis causam habet princeps, atque amplissimus quisque homo, [illegible] eum, à quo sua iussa atque instituta abolita, vel in contrarium versa esse [illegible] sciri.*

g *[illegible] committendum est quò minùs vota publica, vt aliquid [illegible] id signa [illegible] adepti sumus, soluantur, quippe nulla re tam offendamus [illegible] animi [illegible]*

h *[illegible] qui magistratu, & insignijs magistratus [illegible] studia, atque [illegible]*

i *[illegible] haud dubiè [illegible] faciunt [illegible] honorem fieri [illegible]*

k *[illegible] si vim morbi haud dubiè auget persuasio ægroti.*

rieba-

riebantur solo, ac parietibus erutæ humanorum corporum reliquiæ, carmina, & deuotiones, & nomen Germanici plumbeis tabulis insculptum, semiusti cineres, ac tabe obliti, aliaque [a] malefica, quis creditur animas numinibus infernis sacrari; simul missi à Pisone incusabantur, vt valetudinis aduersa [b] rimantes. Ea Germanico haud minùs ira, quàm per metum accepta, [c] si limen obsideretur, si effundendus spiritus sub oculis inimicorum foret, [d] quid deinde miserrimæ coniugi, quid infantibus liberis euenturum? [e] lenta videri veneficia: festinare & vrgere vt prouinciam, vt legiones solus habeat: sed non vsque eò defectum Germanicum, [f] neque præmia cædis apud interfectorem mansura. componit epistolas quis [g] amicitiam ei renuntiabat. Addunt plerique iussum prouincia decedere. nec Piso moratus vltra, nauis soluit, moderabaturque cursui, qui propiùs regrederetur, si mors Germanici Suriam aperuisset. Cæsar paulisper ad spem erectus, dein fesso corpore, vbi finis aderat, adsistentes amicos in hunc modum adloquitur. Si [h] fato concederem, iustus mihi dolor etiam aduersus deos esset, quòd me parentibus, liberis, patriæ intra iuuentam [i] præmaturo exitu raperent. nunc scelere Pisonis & Plancinæ interceptus [k] vltimas preces pectoribus vestris relinquo; referatis patri ac fratri, [l] quibus acerbitatibus dilaceratus, quibus insidiis circumuentus mi-

OBSERVATIONES.

a *Maleficia ea propriè dicuntur incantamenta, quæ traduntur falsis, ac superstitiosis disciplinis, perficiunturque in trutinis humanorum corporum reliquiis, carminibus, & deuotionibus, sculptura nominis illius, qui huiusmodi artibus petitur, semiustis cineribus, ac tabe oblitis. his porrò maleficijs vulgus superstitiosiorum credit, animas eorum qui viuunt infernis numinibus sacrari, hoc est, morti destinari.*

b *[illegible] aut magni alicuius viri morbo [illegible] suspicione non caret, qui valetudinis aduersa [illegible]*

c *Vel ipsam mortem, quamuis fraude inimici [illegible] fortè [illegible] ferre possumus, sed sub eius oculis effundere spiritum, [illegible] animo ferre potest.*

d *Non mirum est, viduas & pupillos proteri, cùm maximi viri, ac ferocissimarum gentium [illegible] vt etiam casibus conflictentur, qui maximi sunt, & grauissimi.*

e *Qui scelus admittit, huic nihil satis festinari potest. quippe ea etiam, quibus vtitur ad perpetrandum facinus, videntur esse lenta.*

f *Quid iniquius, minusque ferendum dici potest, quàm præmia fraudulentissimæ cædis apud interfectorem manere?*

g *Qui atrocissimo scelere amicitiæ iura prius violauit, is [illegible] modo in amicorum numero postea non habendus est, quinimò ad quem ea res peruenit, ei amicitiam per epistolam renunciare debet.*

h *De natura meritò conqueri videntur posse, qui parentibus, liberis, patriæ, intra iuuentam, præmaturo exitu eripiuntur.*

i *[illegible] præclarissimorum [illegible] quibus [illegible] adfligitur, vt animi præter amicitiam [illegible] hærere æquissimum est.*

k *Illi [illegible] fato pati videntur, qui [illegible] viuunt, multis acerbitatibus dilacerantur, insidiis inimicorum circumueniuntur, ac denique miserrimam vitam pessima morte finiunt.*

festinam vitam pessima morte finierim. Si quos [a] spes meae, si quos propinquus sanguis, etiam quos [b] invidia erga viventem movebat, inlacrymabunt, quondam florentem, & tot bellorum superstitem, [c] muliebri fraude cecidisse. Erit vobis locus [d] querendi apud senatum, invocandi leges. [e] Non hoc praecipuum amicorum munus est, prosequi defunctum ignavo questu, sed quae voluerit, meminisse, quae mandaverit, exequi. [f] Flebunt Germanicum etiam ignoti. vindicabitis vos, [g] si me potius, quàm fortunam meam fovebatis. [h] Ostendite populo Rom. divi Augusti neptem, eandemque [i] coniugem meã: numerate sex [k] liberos. [l] Misericordia cũ accusantibus erit: fingentibusq; [k] scelesta mandata, aut [l] nõ credent homines, aut non ignoscent. Iuravere amici, [m] dextram morientis contingentes, spiritum ante, quàm ultionem amissuros. Tum ad uxorem versus, per [n] memoriam sui, per communes liberos oravit, [o] exueret ferociam, saevienti fortunae summitteret animum, neu regressa in urbem

a quae mox in- [illegible]

OBSERVATIONES.

a Maximis ac principibus viris haec plerumque perniciem adferunt, spes aliorum; id est, successio, [illegible] proximus destinantur, & qui viri boni [illegible] ac proinde propinquus sanguis [illegible] ipsi generi sunt proximi, [illegible] possunt, à quoquam se anteiri: [illegible] qua mox [illegible] quod a iis bene est, doleat.

b [illegible] est invidia erga florentem, ita est misericordia erga miserabilem.

c Viro forti ac strenuo, qui nullis bellis, nullis adversis casibus frangi potuit, hoc videtur esse ultimum, & acerbissimum genus calamitatis, muliebri tandem fraude cadere.

d [illegible] apud senatum, & invocare leges, eorum est, quibus insigniter iniuria facta est.

e Non hoc praecipuum ab amicis expectatur, ut defunctum [illegible] questu, infrenato desiderio muliebrum, [illegible] aut praefixarum more prosequantur: sed ut, [illegible] mandavit, eius meminerint, & id praestent [illegible] & exequantur.

f Eximia virtus in principe tanti avida est, ut eam ignotae, & longinquae nationes suspiciant, admirentur, ament.

g Hoc interest, inter adulatorem, & amicum quòd ille non personam sed fortunam [illegible] fortunam [illegible] sed [illegible] personam [illegible].

h Vidua & liberi [illegible] à patre homine praeclarissimo [illegible] extinxit, etiam animum non [illegible]

i [illegible] quisque rei calumniare potius commovere [illegible] accusatio [illegible] fa- [illegible] absolvendam, [illegible] sententias puniendam [illegible] Tacitus ait, misericordia cum accusantibus erit, cùm alibi [illegible] genus hominum publico exitio repertum esse, alibi Tacit. ait. [illegible] dici potest illud, quo quis à patre iubetur filium necare.

l [illegible] mandata fingenti neque credendum, neque, si fortè [illegible] vera sunt, [illegible] Scelesta autem mandata [illegible] Germanicum, Tiberii patris, [illegible] impetraretur.

m Dextram morientis contingere, est species quaedam affirmationis [illegible] quae sponderent [illegible] amissuros, quam nos id praestemus [illegible]

n [illegible] per communes liberos, [illegible]

o [illegible] tempore [illegible] esse ferociam; sed [illegible] sapientia est, exuere ferociam, saevienti fortunae [illegible]; neque aemulatione potentia validiorem irritare.

aemulaæmulatione potentiæ, validiores irritaret. Hæc palàm, & alia secretò, per quæ ostendere credebatur metum ex Tyberio. Neque multò pòst extinguitur [a] ingenti luctu prouinciæ, & circumiacentium populorum. Indoluere exteræ nationes regesque: [b] tanta illi comitas in socios, [c] mansuetudo in hostes: visúque & auditu iuxta venerabilis, cum magnitudinem & grauitatem summæ fortunæ retineret, [d] inuidiam & arrogantiam effugerat. Funus sine imaginibus & pompa, [e] per laudes, & memoriam virtutum eius celebre fuit. Et erãt qui formam, ætatem, genus mortis ob propinquitatem etiam locorum, in quibus interiit, Magni Alexandri fatis [f] adæquarent. Nam vtrumque corpore decoro, genere insigni, haud multùm triginta annos egressum, suorum [g] insidiis externas inter gentes occidisse: sed hunc [h] mitem erga amicos, [i] modicum voluptatum, vno matrimonio, [k] certis liberis egisse: neque minus præliatorem, etiam si [l] temeritas abfuerit, præpeditusque sit perculsas tot victoriis Germanias seruitio premere. quòd si solus arbiter rerum, si iure & [m] nomine regio fuisset, tantò promptiùs adsecuturum gloriam militiæ,

OBSERVATIONES.

a Viri præclarissimi nunquam extinguuntur sine ingenti luctu eorum omnium, quibus ipsorum virtus cognita est, & perspecta.

b Hæ sunt virtutes, & laudes propriæ maximi, & præstantissimi principis, vt comitas sit in socios, mansuetus in hostes, visu & auditu iuxta venerabilis, & qui cum magnitudinem, & grauitatem summæ fortunæ retineat, nihilominus tamen inuidiam, & arrogantiam effugiat.

c Comitas est propria in socios, mansuetudo in hostes.

d In summa fortuna constitutum vitare inuidiam, est fortunæ; arrogantiam virtutis.

e [illegible] imaginibus, sed [illegible] est, multò honestius [illegible].

f Similes [illegible] fortuita conferri rectè possunt.

g Hoc est argumentum viri maximi, suorum insidiis occidisse.

h Principis viri hæ sunt maximæ laudes, vt sit corpore decoro, genere insigni, in iuuentute [illegible] res gesserit, quæ tamen sint vt virtute antiquorum viuat: qui solus insidiis [illegible] in patria domi, sed externas inter gentes vbi [illegible], aut magnitudo bellis [illegible] fortunæ occubuerit: quem sanctè & fortem hominem veri celebres mitem fuisse erga amicos, modicum voluptatis, contentum vno matrimonio, [illegible] quæ non vulgo quæsiuit, & spurios, sed certos liberos susceperit.

i Quò magis abundantia voluptatum principes afficiunt, hoc maiori laude digni sunt, si eas modicè, ac temperanter habent.

k Certi liberi ij dicuntur qui non ex consuetudine, quæ quæsitum corpore facit, sed ex legitimo vxore nascuntur.

l Temeritas in bello maiorem facit contemptum. is enim bonus dux belli est, qui sapienter non temerè bellum gerit.

m Hoc reges, & principes cæteris magnis viris præstant, quòd cùm iure, & nomine regio soli sunt arbitri rerum, tantò promptiùs assequuntur gloriam militiæ, quàm ij, qui alterius auspiciis res gerunt. hi enim aut inuidia, aut inscitia, aut metu illorum, quibus obsequuntur, cursum præclarissimorum facinorum sistere persæpe coguntur.

[a] quantum clementia, temperantia, cæteris bonis artibus præstitisset. Corpus antequam cremaretur, nudatum in foro Antiochensium, qui locus sepulturæ destinabatur, præuleritne veneficij signa, parum constitit. Nã [illegible] quis [b] misericordia in Germanicum [illegible] [c] præsumpta suspicione, aut [illegible]uore in Pisonem pronior, diuersi[illegible]abantur. [d] Consultatum inde inter legatos, quique alij senatorum [illegible]erant, quisnam Syriæ præficeretur. & cæteris modicè nisis, inter Vibium Marsum, & Cn. Sentium diu quæsitum. dein Marsus [e] seniori, & acriùs tendenti Sentio concessit. Isque infamem veneficiis ea in prouincia, & Plancinæ perchatam nomine [f] Martinam in vrbem misit, postulantibus Vitellio, ac Veranio, cæterisque qui crimina & accusationem, tanquam aduersus receptos iam reos, instruebant. At Agrippina, quanquam defessa luctu, & corpore ægro, [g] omnium tamen quæ vltionem morarentur intolerans, ascendit classem cum cineribus Germanici, & liberis, [h] miserantibus cunctis, quòd fœmina nobilitate princeps, pulcherrimo modò matrimonio inter venerantis gratantisque aspici solita, tunc feral[illegible] reliquias sinu ferret, [i] incerta vltionis, anxia sui, & [k] infelici fœcunditate fortunæ toties obnoxia. Pisonem interim apud Coum insul[illegible] nuntius adsequitur, excessisse Germanicum. Quo [l] intemperanter accepto, [m] cædit victimas, adit templa, neque ipse gaudium moderans, & magis insolescente Plancina, quæ luctũ

OBSERVATIONES.

a Difficil[illegible] est, quantum decoris add[illegible] [illegible] præclara artes [illegible] virum principem[illegible].

b [illegible] quisque ingenio, neque, misericordia in bene[illegible] [illegible].

c Præsumpta aliqua [illegible] solet afferre præiudicium.

d Dum princeps, qui longè ab [illegible] præfecit prouinciæ [illegible] amplissimi, qui forte ibi sunt, [illegible] debet aliquis, [illegible] principe [illegible]

e [illegible]

f [illegible]

g [illegible] quicquid [illegible] videtur, id nulla rati[illegible]

h [illegible] florentissimi status comparatio, cum aduersa fortuna, [illegible] [illegible].

i Qui [illegible], à quo insigni iniuria affectus est, vlciscitur, ei vltima videtur aut dolorem [illegible], aut [illegible] acerbitatem minuere, sed esse incertum vltionis, hoc demum illud est, quo [illegible] [illegible] ad [illegible] pertinet.

k Infelix fœcunditas dicitur esse, cùm infantes liberi patre [illegible] [illegible] odijs [illegible] inimicorum, & grauissimis quibusque fortunæ casibus obijciuntur.

l P[illegible] admodum ingenij non minima sunt signa, intemperanti gaudio, propter alicuius [illegible] [illegible]

m O [illegible], quæ [illegible] egregie [illegible] ab [illegible], quasi Deum vocare [illegible] ac testem [illegible].

acrisse

amissæ sororis, tum primum [a] læto cultu mutauit. Adsultabant centuriones, monebant quis prompta illi legionum studia, rep[illegible] prouinciam non iure ablatam & vacuam. Igitur quid agendum [illegible] M. Piso filius properandum in vrbem censebat: [b] nihil adhuc in[illegible] admissum, neque [c] suspiciones imbecillas, aut inania famæ [illegible] discordiam erga Germanicum [d] odio fortasse dignam, [illegible]: [e] & ademptione prouinciæ satis [illegible] inimicis. Quòd si regrederetur, obsistente Sentio, [f] ciuile [g] bellum incipi, nec duraturos in [illegible] centuriones militesque, apud quos [h] recens Imperatoris sui memoria & penitus infixus in Cæsares amor præualeret. Contra Domitius [illegible] eius amicitia disseruit, [i] vtendum euentu: Pisonem non Sentium Syriæ præpositum; huic fasces & ius prætoris, huic legiones datas: [k] si quid hostile ingruat, quem iustius arma oppositurum, [l] quàm qui legati auctoritatem, & propria mandata acceperit? [m] Relinquendum etiam rumoribus tempus, quo senescant. [n] Plerumque innocentes recenti inuidiæ impares. At si teneat

OBSERVATIONES.

a *Impotentissimi animi magnum argumentum est, non modò alienis malis lætari, sed id [illegible] externo cultu palam facere.*

b *Qui [illegible] admisit inexpiabile, hoc est, de quo non [illegible] purgare possit, [illegible] indicum conspectum causa nulla est.*

c *Si modo falsa sunt, quorum insimulantur, neque imbecillæ suspitiones, neque inanis famæ sunt pertimescendæ, [illegible] vnicuique in innocentia esse præsidii.*

d *Non statim [illegible] eadem pœna sunt digna.*

e *[illegible] in vim nostram est, [illegible] si [illegible] singulas nobis malefaciendi occasiones [illegible] hoc [illegible] maius aliquod periculum vitatur.*

f *Ciuilis belli totum crimen & inuidia [illegible]*

g *Ciuile bellum non solùm dicitur illud, quod inter ciues in ipsa ciuitate geritur, [illegible] quod vtrinque ab ipsis ciuibus, quocunque tandem in loco sint, suscipitur. Sic supra lib. 1. at si auxilia & socij aduersum abscederent legiones armarentur, ciuile bellum suscipi.*

h *[illegible] centurionibus, & militibus [illegible] recens imperatoris sui memoria, & in [illegible] infixus amor.*

i *In summis nostris periculis, [illegible] qua [illegible] possimus [illegible], id est ea, quæ iam nobis acciderunt singula ad [illegible] conferre, atque [illegible] in illis, quodcunque sunt, [illegible] præsidium.*

k *Is lacessentibus iustè arma opponit, qui à principe ipso præpositus est prouinciæ, & exercitui, & propria ab illo mandata accepit, hoc est, [illegible] à principe [illegible], & [illegible] data est.*

l *Qui propria mandata à principe accepit, [illegible] commissa [illegible], quisquis [illegible] arbitrio moratur, sed suo tantum consilio, si vult, [illegible], propriaque autoritate prouinciam sibi [illegible] administrat.*

m *[illegible] in rebus [illegible] fama plurimùm momenti habeat, sapientis est, relinquere tempus rumoribus, quo senescant, atque inualidi fiant.*

n *Recens inuidia sæpissimè plus [illegible] innocentia, ideo [illegible] satis laudari prudentia [illegible] potest, qui tempori cedit, & rumoribus, donec & senescant, & vanescant.*

Q

exercitum, augeat vires, [a] multa quae [b] provideri non possint, fortuito in melius casura. An festinamus cum Germanici cineribus adpellere, ut te inauditum & indefensum [c] planctus Agrippinae, ac vulgus imperitum, primo rumore rapiant? Est tibi [d] Augustae conscientia, est Caesaris favor, [e] sed in occulto: & perisse Germanicum nulli iactantius maerent, [f] quam qui maxime laetantur. Haud magna mole Piso [g] promptus [h] ferocibus in sententiam trahitur, missisque ad Tyberium epistolis, [i] incusat Germanicum luxus & superbiae: seque pulsum ut locus rebus novis patefieret: curam exercitus eadem fide qua tenuerit, repetivisse. Simul Domitium impositum triremi vitare litorum oram, praeterque insulas lato mari pergere in Suriam iubet, concurrentes desertores per manipulos componit, armat lixas; traiectisque in continentem navibus, vexillum tironum in Suriam euntium intercipit. Regulis Cilicum ut se auxiliis iuvarent, scribit, haud ignavo ad ministeria belli iuvene Pisone, [k] quanquam suscipiendum bellum abnuisset. Igitur oram Lyciae ac Pamphyliae praelegentes obviis navibus, quae Agrippinam vehebant, utrinque infensi [l] arma primo expediere: dein [l] mutua formidine non ultra iurgium processum est. Marsusque Vibius nuntiavit Pisoni, Romam ad dicendam

OBSERVATIONES

a *Nunquam est desperandum de fortuna, rebusque nostris, quin imo, ipso [illegible] nostro tempore, [illegible] quae nos facere est aequum, praetermittamus nihil; [illegible], [illegible], [illegible], & [illegible] in [illegible], quae necessaria sunt, caetera [illegible] [illegible]. Siquidem multa, quae provideri nequeunt, incertum est, an fortuito in melius, ut plerumque [illegible] [illegible], sint casura.*

b *Quae prudentia gubernari non possunt, ea fortunae sunt [illegible].*

c *Planctus muliebris, & vulgus imperitum sunt [illegible] adversarii.*

d *Qui [illegible] est secreto favore principis, [illegible] [illegible], quae propter [illegible] adversarios [illegible] potentissimos [illegible]*

e *Prudens aulicus non semper externis favorem, aut adiutum principis [illegible] [illegible] non [illegible] in apertum proferre, sed [illegible] [illegible] signa [illegible] debet, quae [illegible]*

f *Non [illegible] [illegible] dolor [illegible] & [illegible] sunt. Certe regibus [illegible] [illegible], ob [illegible] [illegible] prae se ferre, ac [illegible] [illegible] [illegible], hoc est, magnam ostendere significationem doloris: cum tamen illius morte [illegible] qui maxime.*

g *[illegible] [illegible] ut [illegible], ingenia violenta haud magna mole a [illegible], & [illegible] [illegible] in [illegible], & ferociorem [illegible].*

h *Quid magis [illegible] [illegible] [illegible] [illegible] fraude [illegible] [illegible] incusari [illegible] [illegible], a quibus illum [illegible] [illegible] abhorrebat; & [illegible] [illegible], cum, qui [illegible], quam a [illegible] [illegible] [illegible]?*

i *[illegible] [illegible] a patre in eo, quod in praesentia agitur; [illegible] [illegible] non [illegible], quia [illegible] [illegible] [illegible] si ei operam suam haud [illegible] praestet [illegible] [illegible] patrem, [illegible], & [illegible] [illegible] [illegible] [illegible] est.*

k *Non [illegible] quia arma [illegible] [illegible].*

l *[illegible] [illegible], tamen sciendum est, [illegible] saepius impediri homines, quominus [illegible].*

causam

causam veniret. Ille eludens respondit, [a] adfuturum vbi [b] prætor qui de veneficiis quæreret, reo atque accusatoribus diem prædixisset. Interim Domitius Laodiceam vrbem Syriæ adpulsus, cum hyberna sextæ legionis peteret, quòd eam maximè nouis consiliis idoneam rebatur, à Pacuuio legato præuenitur. Id Sentius Pisoni per literas aperit, monetque ne [c] castra corruptoribus, ne prouinciam bello tentet. Quosque Germanici memores, aut inimicis eius aduersos cognouerat, contrahit, [d] magnitudinem imperatoris identidem ingerens, & Remp. armis peti: ducitque validam manum, & prælio paratam. Nec Piso, quanquam cœpta secus cadebant, omisit [e] tutissima è præsentibus. Sed castellum Ciliciæ, munitum admodum, cui nomen Celenderis, occupat. Nam admistis desertoribus, & tirone nuper intercepto, suisque & Plancinæ seruitiis, auxilia Cilicum, quæ Reguli miserant, in numerum legionis composuerat. Cæsarisque se legatum testabatur prouincia, quam is dedisset, arceri, non à legionibus (earum quippe accitu venire) sed à Sentio, [f] priuatum odiũ falsis criminibus tegente: consisterent in acie, non pugnaturis militibus, vbi Pisonem ab ipsis parentem quondam appellatum, si [g] iure ageretur, potiorem, si armis non inualidum vidissent. Tum pro munimentis castelli manipulos explicat, colle arduo & derupto. Nam cętera mari cinguntur. Contra veterani ordinibus ac subsidiis instructi, hinc militum, inde locorum asperitas. Sed non animus, non spes, ne tela, quidem nisi agrestia ad subitum vsum properata. Vt venere in manus, non vltra dubitatum, quàm dum Romanæ cohortes in æquum eniterentur: [h] vertunt terga Cilices, seque castello claudunt. Interim Piso classem haud procul opperientem ampugnare frustra tentauit: regressusque, & pro muris modò semet afflictando, modò [k] singulos nomine ciens, præmiis vocans,

[illegible]

OBSERVATIONES.

a *Quàm sæpissimè accidit, vt aliud agentes ea* [illegible] *, quæ nobis contingent.*

b *Prætor reo, atque accusatoribus diem prædicebat, quo* [illegible] *ad dicendum causam.*

c *Vnius diligentia ope maxima mala vitantur, &* [illegible] *commoditates ex eo oriuntur.*

d *Is lege maiestatis tenetur, qui castra corruptoribus, & alienam prouinciam bello tentat, ac* [illegible] *de remp. armis petit.*

e *Simulatque ab* [illegible] *autore bellum concitum esse ad præfectum prouinciæ perlatum est, non cunctanter sed summa diligentia primis illius conatibus ire obuiam, ac magnitudinem principis, cui fit iniuria, ingerere, remque pub. armis petitam esse vulgare debet apud eos* [illegible] *, à quibus iuuari potest.*

f *Cùm res ferro geritur, id* [illegible] *arripiendum est, quod in præsentia tutissimum est.*

g *Hic est* [illegible] *hominum, vt priuatum odium falsis criminibus tegant.*

h [illegible] *hæc duo consociata sunt,* [illegible] *, &c. quæ illud tueri possit, vis, hic vix fieri potest* [illegible] *, quod* [illegible] *peruenitur.*

i *Haud multùm præsidij est in militia tumultuaria, ac* [illegible] *hinc inde collecta.*

k *Nunquam pati debet dux exercitus, vt milites, cùm non pugnatur, ad muros obsessæ vrbis* [illegible] *accedant, ne imitari possint ad defectionem.*

seditionem coeptabat; adeoque commouerat, vt signifer legionis sextae signum ad eum transtulerit. Tum Sentius [a] occanere cornua, tubasque, & peti aggerem, erigi scalas iussit, ac promptissimum quemque succedere: alios tormentis hastas saxa, & faces ingerere. Tandem victa pertinacia Piso orauit, vti traditis armis maneret in castello, dum Caesar, cui Syriam permitteret, consulitur. [b] Non receptae conditiones: nec aliud quàm naues, & tutum in vrbem iter concessum est. At Romae postquam Germanici valitudo percrebruit, cunctaque, vt [c] ex longinquo aucta in deterius adferebantur, [d] dolor, ira, & erumpebant questus. Ideo nimirum in [e] extremas terras relegatum: ideo Pisoni permissam prouinciam: hoc egisse secretos Augustae cum Plancina sermones: vera prorsus de [1] Druso seniores locutos, [f] displicere regnantibus ciuilia filiorum ingenia: neque ob aliud interceptos, quàm quia populum Roma. aequo iure complecti, [g] reddita libertate, agitauerint. Hos vulgi sermones audita mors adeò incendit, vt [h] ante [i] edictum magistratuum, ante senatusconsultum, sumpto iustitio, desererentur fora, clauderentur domus, passim silentia & gemitus, nihil compositum in [2] ostentationem. Et quanquam neque insignibus lugentium abstinerent, [k] altius animis maerebant. Forte negotiatores, viuente adhuc Germanico, Syria egressi, laetiora de valitudine eius attu-

1. Pater Germanici.

2. [illegible]

OBSERVATIONES.

a *Simulatque dux seditionem in exercitu cœptari videt, illico occanere cornua, tubasque iubeat, eademque opera militem in hostem ducat, aut ducere simulet. hoc sanè pacto lascinientes militum animi à seditione ad pugnam sæpe sunt reuocati.*

b *Victus frustra est, si pacti in suas leges dicta ferre posse. certè eius conditiones vix vnquam recipiuntur.*

c *Quæ ex longinquo afferuntur, si bona, ut prospera in melius; si mala sunt, in deterius augentur.*

d *Ex dolore & ira erumpunt liberi questus.*

e *Non semper mandantur magna negotia, aut permittuntur maxima prouinciæ ijs, qui sunt ex intima principis amicitia. Siquidem multi, specie honoris, in vltimas aliquando terras procul ab oculis, conspectuque principis relegantur. sic libr. 1. histor. mox, inquit, suspectum (Othonem) in eadem Poppæa in prouinciam Lusitaniam, specie legationis seposuit.*

f *Nihil* [illegible] *arguit, quàm ciuilia illorum ingenia, qui* [illegible] *quique adeò principes destinantur. Ea re minimè* [illegible] *populo prebentia speciem quandam libertatis,* [illegible] *perstringit, quam quicquid libertatem reuocare, aut saltem* [illegible]

[illegible] *lib. 1. dicitur est, æquo iure omnes complectitur.*

[illegible] *eximia virtutis eius, quæ in viro principe conspicitur, est consensus ad-* [illegible] *amor populi; qui, vix dici potest, quàm meliora, & quàm magna sponte sua,* [illegible] *& obseruantiæ significationes ostendat illi, quem de suis commodis, securitate, li-* [illegible] *sibi persuadet, quam quidem ad rem minimè opus est hortatore, aut monitore.*

h [illegible] *principe facto functus est, populus edicto mouendus est, vt sumpto iustitio componat se ad luctum, & omnia insignia doloris sumat. hæc autem sunt; Vt iustitio deserantur fora, claudantur domus, passim silentia & gemitus, omnia denique in luctum sint composita.*

[illegible] *quantus sit non semper declarant ea insignia: siquidem qui altius animo mœrent, nulla re* [illegible] *mœrorem palam facere possunt.*

lere.

lere. [a] Statim credita, statim vulgata sunt. Vt quisque obuius (quamuis leuiter audita) in alios, atque illi in plures cumulata gaudio transferunt; [b] cursant per vrbem, moliuntur templorum fores. [c] Iuuat credulitatem nox, & promptior inter [d] tenebras adfirmatio. [e] Nec obstitit falsis Tyberius, donec tempore ac spacio vanescerent. Et populus quasi rursum ereptum [f] acriùs doluit. [g] Honores, vt quis amore in Germanicum aut ingenio validus, reperti, decretique: vt nomen eius saliari carmine caneretur, sedes curules sacerdotum Augustaliũ locis, superque eas [h] querceæ coronæ statuerẽtur; ludos Circẽses eburna effigies præiret, néue quis Flamen aut Augur in locum Germanici, [h] nisi gentis Iuliæ, crearetur. Arcus additi Romæ, & apud ripam Rheni, & in monte Syriæ Amano, cũ inscriptione rerũ gestarũ, [i] ac mortẽ ob Remp. obiisse: sepulchrũ Antiochiæ vbi crematus: tribunal Epidaphne, quo in loco vitam finierat. Statuarũ, locorumue in quîs coleretur, haud facilè quis numerum inierit. Cùm censeretur [i] clypeus, auro & magnitudine insignis, inter autores eloquentiæ, adseruit Tyberius solitum, paremque cæteris dicaturum. [k] Neque

OBSERVATIONES.

a *Quæ mirè cupimus ea statim credimus, statim vulgamus; eaque, quamuis leuiter audita, in alios, atque ab illis in plures gaudio cumulata transferuntur.*

b *Cursare per vrbem sollicitè, & inquieti animi argumentum est.*

c *Varietas dici vanitas, & mendacia nocte corroborantur. cuiusmodi est illud: sed quia veritas visu, & mora, falsa festinatione, & incertis valescunt.*

d *Qui sciens mentitur, vix fieri potest, quin erubescat. at rubor tenebris obtegitur. non ergo mirum est, si quæ interdiu dici, aut fieri non possunt, ea, accedente lucernis noctu, patrantur.*

e *Quo rumore gaudet multitudo, hunc princeps, quamuis falsum, non statim refellere debet: si modo, quod nunciatum est, credi sua nihil interest. Quinimo prudens princeps interdum veluti laxiores habenas multitudini permittet, ne inania eius studia diutius retenta animis ad deterius aliquod facinus erumpant. Cæterùm si princeps falsa, quæ libenter crederentur, [illegible], ostenderet sibi illa non placere, quæ vniuerso populo placent, id quod princeps summo studio cauere debet, periculosum futurum est, vt tempore, & spatio illud, quicquid est, quod [illegible].*

f *Quò quid præter spem nobis accidit, hoc acriùs nos afficit.*

g *Summi honores, qui mortuis principibus decernuntur, hi sunt: vt nomen defuncti solemni diuinis [illegible] carmine publicè canatur: eaque quæ magistratus, ac dignitates eas, quibus functus est, referre possunt, locis honoratissimis statuantur: ludi magnificentissimo apparatu in funere edantur, ipsiusque imago præeat; statque decretum, ne quis in eius locum succedat, nisi principis, aut clarissimo alio genere prognatus: arcus non vno loco solùm, verùm etiam iis omnibus, in quibus aliquod insigne facinus ab eo, dum viueret, editum est, erigantur, cum inscriptione rerum ab eo gestarum; ac mortem, si & illud fortè verum est, ob remp. obiisse. Sepulchra ædificentur. Quo in loco vita [illegible], ibi aliquid insigne statuatur. Statuæ [illegible] in locis erigantur. Quòd si similibus quoque artibus instructus fuit, ea quoque ipsi decernantur, quæ iis, qui in illis artibus [illegible], decerni solita sunt. Postremò, ut certis diebus, iisque vt cidium, aut equitum turma, aut alia huiusmodi, quot annis [illegible] imaginem sequantur.*

h *Non solùm hoc interest, cuinam in magistratu succedam, verùm & illud, quis mihi succedat.*

i *Eloquentia non discernitur fortuna; hoc est, non ideo quis inter eloquentes censeri debet, quòd in amplissima familia natus, ac cæteris fortunæ bonis abunde cumulatus est.*

enim eloquentiam [a] fortuna discerni, & satis illustre, [b] si veteres inter scriptores haberetur. Equester ordo cuneum Germanici appellauit, qui Iuniorum dicebatur, instituitque vti turmæ Idibus Iulij imaginem eius sequerentur. Pleraque manent, quædam statim omissa sunt, aut vetustas obliterauit. Cæterum recēti adhuc mœstitia, soror Germanici Liuia, nupta Druso, duos virilis sexus simul enixa est. [c] Quod rarum, lætumque [d] etiam modicis penatibus, tanto gaudio principem adfecit, vt non temperauerit, quin iactaret apud patres, nulli ante Romanorum eiusdem fastigij viro geminam stirpem editam. Nam cuncta etiam [e] fortuita ad gloriam vertebat. [f] Sed populo tali in tempore id quoque dolorem tulit, [g] tanquam auctus liberis Drusus domum Germanici magis vrgeret. Eodem anno [h] grauibus senatus decretis libido fœminarum coërcita, cautumque ne quæstum corpore faceret, [i] cui auus, aut pater, aut maritus Eques Rom. fuisset. Nam Vistilia prætoria familia genita licentiam stupri apud ædiles vulgauerat, [k] more inter veteres recepto, qui satis pœnarum aduersum impudicas in ipsa professione flagitij credebant. Exacta & à Titidio Labeone Vistiliæ marito, [l] cur in vxore delicti manifesta vltionem legis omisisset: atque illo prætendente sexaginta dies ad consultandum datos, necdum præteriisse, satis visum de Vistilia statuere.

OBSERVATIONES.

a *Potest virtus vel [illegible] fortunam secus contra.*

b *Tantum honorem eloquentiæ habuit antiquitas, vt maximus quisque princeps non minùs hanc laudem affectarit, quàm bellicam.*

c *Fœcunditas fœminarum illustrium, ac principum inter rara, maximasque felicitates meritò connumerari potest.*

d *Et ipsis modicis penatibus fœcunditas læta est.*

e *Callidus princeps singula, etiam fortuita ad gloriam vertere debet.*

f *Quem ingenti [illegible] prosequuntur, quæ huic, etiam fortuitò accidunt, aut studio, aut pro eo, aut in eum interpretantur.*

g *Illa principum domus, quæ aliis numero liberorum [illegible] haud dubiè radicibus hæret, quàm illa, in qua [illegible]. [illegible] labefactantur plures, quàm vnus [illegible], si inter potissimam principis felicitates connumeratur [illegible] successione, dum de re ambigitur, illa familia, quæ [illegible], in qua vnus, aut alter numeratur.*

h *[illegible] manat impunitas.*

i *[illegible], & illustrior, hoc est imperior, si se libidine inquinat, & corpore quæ-*

k *[illegible] quæ à magistratibus infligitur pœna, sed & ipsa confessio, atque adeò professio [illegible] supplicium meritò vocari possit, non est mirum, si apud veteres in more positum, vt fœminæ libidinosæ licentiam stupri apud magistratus vulgarent. Nec enim credibile [illegible] tam perfrictæ frontis reperiri, quæ audeat palam profiteri se esse impudicam; ac proinde [illegible] existimarunt viri sapientissimi nullum aduersus impudicam atrocius supplicium constitui posse, quàm vt ipsa suamet confessione argueretur esse impudica, quippe, nihil tetrum mulieri dici potest, [illegible].*

l *Et maritus ipse plecti debet, si in vxore delicti manifesta vltionem legis omittit.*

Eaque

Eaque [a] in insulam Seriphon abdita est. Actum & de sacris Ægyptiis, Iudaicisque [b] pellendis, Factumque patrum consultum, vt [c] quatuor millia libertini generis ea superstitione infecta, quis idonea ætas, in insulam Sardiniã veherẽtur, coërcendis illic latrociniis, &, si ob grauitaté cœli interissent, vile damnum: cæteri cederent Italia, nisi certam ante diem profanos ritus exuissent. Post quæ retulit Cæsar capiẽdam virginem in locum Occiæ, quæ septem & quinquaginta per annos summa sanctimonia Vestalibus sacris præsederat: egitque grates Fonteio Agrippæ, & Domitio Pollioni, quòd [d] offerendo filias, de officio in remp. certarent. Prælata est Pollionis filia, non ob aliud, [e] quàm quòd mater eius [f] in eodem coniugio [g] manebat. Nam Agrippa dissidio domum imminuerat: & Cæsar quamuis posthabitam, decies sestertij dote solatus est. Sæuitiam annonæ incusante plebe, [h] statuit frumento pretium quod emptor penderet, binosque nummos se additurum negotiatoribus in singulos modios. Neque tamen ob ea [i] parentis patriæ delatum & [k] antea vocabulum adsumpsit, [l] acerbeque increpuit eos, qui [m] diuinas occupationes, ipsum-

OBSERVATIONES.

[a] [illegible] de litore nobiliores feminæ in vltimas terras abdi debent.

b Prudens princeps externum ritum & externa sacra, eosque qui superstitionibus sunt imbuti, nisi certam ante diem profanos ritus exuerint, à suis ditionibus pellere debet, huic certè malo si non maturè obuiam itur, vix dici potest quot, quantisque calamitatibus resp. conflictetur.

c Princeps malis quoque [illegible] ad res præclaras vti potest, & debet: exempli gratia, si multitudo hominum deterrimorum inutilis, aut etiam grauis resp. est, aliquò ad publica ministeria mittendi sunt, vt [illegible] in vtrauis [illegible], cùm in vtrauis resp. non inutiles esse possint. hanc manum [illegible] ad [illegible] facinorosos [illegible].

d Qui sacris filiam [illegible], cum Deo [illegible], magnumque resp. officium præstat.

e Cæteris paribus, in sacris [illegible] est, qui [illegible] castitatis documenta dederunt.

f Is luculentum castitatis documentum dat, qui vno matrimonio contentus [illegible].

g Castitas parentum haud dubiè liberis prodest.

h In magna annonæ caritate princeps debet frumento pretium statuere, ac tempestiua benignitate de suo soluere negotiatoribus id quod [illegible] ab ipsis statuto deest. hac ratione studia plebis sibi conciliabit, cuius consensu & flagitatu [illegible] futurum est, vt pater patriæ appelletur, aliisque appellationibus honestetur, quæ maxima, & amplissima sunt.

i Princeps in eo totus esse debet, vt maximo quoque honore dignus à populo iudicetur. [illegible] peruenit, nisi sibi salutem singulorum charissimam esse quouis tempore, & loco, quibuscunque rebus maximè potest, ostendat. Id si, vt faciat, in animum inducere poterit, nemini dubium est, quin amplissimis honoribus, ab iis, qui eos conferre possunt, ornetur.

k Modestia, si quæ alia virtus principem maximè decet. consistit autem in eo, vt princeps speciosos titulos, & insignia honorum, ac præcipuè illa quæ [illegible] alunt, recuset, atque adeò vt ipse [illegible] adulationem sibi displicere ostendat.

l Non est postulandum mortali, vt humanæ sortis, & communis imbecillitatis oblitus, sibi diuinos honores tribui patiatur.

EPITOME TERTII LIBRI ANNALIVM C. CORNELII TACITI.

AGRIPPINA Brundusium appulit. Inde Romam itinere terrestri tendit, magno comitatu eorum, qui ei obuiam venerant; & à principe missi, aut admoniti suprema erga cineres, & memoriam Germanici munera fungebantur. Coss. M. Valerio, & M. Aurelio Cotta Ger- A. V. C. [illegible]
manici cineres in vrbem illati sunt, tumuloque Augusti cōditi. ob mortem illius indoluerunt reges, nationes, atque in primis pop. Romanus, qui post ingentem luctum tandem edicto à Tiberio monitus, exuto iustitio, rediit ad munia. Drusus item Illyricos ad exercitus rediit, quē Cn. Piso rediens ex Syria conuenit, pręmisso ad vrbem, nempe ad molliendū principē filio, quem ipse cū Plancina vxore secutus Romā venit, atque in senatu statim accusatur. accusationis hæc erant capita; odio Germanici & rerum nouarum studio corruptum ab eo militem. contra in optimum quéque, maximè in comites, & amicos Germanici sæuisse, postremò ipsum deuotionibus, & veneno peremisse: sacra hinc, & immolationes nefandas ipsius atque Plancinæ; petitam armis remp. vtque reus agi posset, acie victum. Cęterùm cùm tam Cęsar, quàm senatus se reo implacabilem præberet: ac populi ante curiam voces audirentur, non temperaturos manibus, si patrum sententias euasisset, ipse sibi suo ictu mortem inuenit. Eo mortuo accusatio nihilominus est peracta. Post quę Drusus ouans vrbem ingreditur. Huius mater Vipsania supremum diem obiit. Tacfarinas cùm bellum in Africa renouasset, cohortemque Romanam pepulisset, prius à L. Apronio, ac mox ab Apronio Cæsiano filio protonsulis fusus, pulsusque est in deserta. Lepidæ Æmiliæ, ob [illegible] interdictum est. Cæterùm cùm lege Pappia Poppæa, quam Augustus ad impediendam orbitatem, & augendum ęrarium sanxerat, multorum status exscinderentur, & terror omnibus intentaretur, ei rei Tiberius remedium statuit. Postea Neronem Germanici filium patribus commendat: eique in senatu præmaturos honores petit. Sequens annus consules ha- A. V. C. [illegible]
buit Tiberium quartum, Drusum secundū. Eluditur sententia Seueri Cecinæ, qui cēlebat, ne quem magistratū, cui prouincia obuenisset, vxor comitaretur. Drusus cùm Anniam Rufillam publica custodia attineri iussisset, ob id quòd se imagine Cęsaris tutā credēs probra in C. Sestiū senatorē, qui eam fraudis damnauerat, iecerat, exemplum dedit iis eos, qui ideo in loca sacra perfugiebant, vt eo subsidio ad flagitia vterentur. Antistio,

R.

C. CORNELII TACITI AB. EXCESSV DIVI AVGVSTI ANNALIVM

LIBER III.

NIHIL intermissa nauigatione hyberni maris Agrippina Corcyram insulam aduehitur, litora Calabriæ contra sitam. Illic paucos dies [a] componendo animo insumit, violenta luctu, & nescia [b] tolerandi. Interim aduentu eius audito, intimus quisque amicorum, & plerique militares, vt quique sub Germanico stipendia fecerant, multique etiam ignoti vicinis è municipiis, pars [c] officiū in principem rati, plures illos secuti, ruere ad oppidum Brundisium, quod nauiganti celerrimum, fidissimumque adpulsu erat. Atque vbi primùm ex alto visa classis, complentur non modò portus & proxima maris, sed mœnia ac tecta, quaque longissimè prospectari poterat, mœrentiū turba, & rogitantium inter se, [d] silentióne an voce aliqua egredientem exciperent. Neque satis constabat quid pro tempore foret, cùm classis paulatim successit, non alacri, vt adsolet, remigio, sed [e] cūctis ad tristitiam compositis. Postquam duobus cum liberis [f] feralem vrnam tenēs egressa naui, [g] defixit oculos, idem omnium gemitus: neque discerneres proximos, alienos, virorum, fœminarumve planctus, nisi quòd comitatum Agrippinæ longo mœrore fessum, [h] obuij & recentes in dolore anteibant. [i] Miserat duas prætorias cohortes Cæsar, addito vt magistratus Calabriæ, Appulique, & Campa-

OBSERVATIONES.

a *Post magnas, & insignes perturbationes non prius ad negotia, pristinúmque vitæ genus accedere debemus, quàm animo componendo aliquot dies à nobis insumpti sint.*

b *Mulieres sunt animo adeò impotenti, vt nihil aduersum tolerare sciant.*

c *Officium in principem haud dubiè declarant ij, qui affinibus illius honorem quàm maximum possunt habere.*

d *Princeps voce, & acclamationibus à læta, silentio à mœsta multitudine excipi solet.*

e *In ingenti luctu cuncta ad tristitiam componuntur.*

f *Cineres defuncti principis, aut, quod hodie vsitatum est, ipsius corpus, in locis frequentissimis, nonnisi ab vxore illius, filiis, aut propinquis contingi debet. nempe, eodem loco, dum mortuo iusta fiunt, eius cadauer esse æquum est, quo is esset, si etiam viueret.*

g *Defigere oculos in terram magni mœroris indicium est.*

h *Longo mœrore nemo non ita defatigatur, vt non cum recentes in dolore antecant.*

i *A corpore principis prætoria cohortes, donec humatum sit, iisdem ac si viueret, nunquam abscedere debent.*

ni, suprema erga memoriam filij sui munera fungerentur. [a] Igitur tribunorum, centurionumque humeris cineres portabantur. Præcedebant incompta signa, versi fasces. atque vbi colonias transgrederentur, atrata plebes, [1] trabeati equites, pro opibus loci vestem, odores, aliaq; funerum solennia cremabant. Etiam quorum diuersa oppida, tamen obuij, & victimas, atque aras [b] Diis Manibus statuentes, lacrymis, & conclamationibus dolorem testabātur. Drusus Tarracinam progressus est, cum Claudio fratre, liberisque Germanici, qui in vrbe fuerant. Consules, M. Valerius & C. Aurelius (iam enim magistratum occeperant) & senatus, ac magna pars populi viam compleuere, disiecti, & [c] vt cuique libitum, flentes. Aberat quippe adulatio, gnaris omnibus [d] lætam Tyberio Germanici mortem [e] malè dissimulari. Tyberius atque Augusta publico abstinuere, [e] inferius maiestate sua rati, si palam lamentarentur, [f] ánne omnium oculis vultum eorum scrutantibus falsi intelligerentur? Matrem Antoniam non apud autores rerum, non [g] [3] diurna actorum scriptura, reperio vllo insigni officio functam, cùm super Agrippinam, & Drusum, & Claudium, cæteri quoque consanguinei nominatim perscripti sint: seu valetudine præpediebatur, seu victus luctu animus [h] magnitudinem mali perferre visu non tolerauit. faciliùs crediderim, Tyberio & Augu-

[1] [illegible]

[3] Tacit. lib. 16. [illegible]

OBSERVATIONES.

a *Principis corpus, siue cineres etiam per agros humeris hominum militarium, nempe tribunorum, & centurionum portari debent. porrò præcedunt incompta signa militaria, versa imperatoria, & magistratuum insignia. Si verò [illegible] oppida transgreditur, danda est opera, vt plebs atrata, trabeati equites, pro opibus loci, vestem, odores, aliaque funerum sollennia cremēt. quinimo, & quorum sunt diuersa oppida, ac [illegible] obuij [illegible] tali re, ac tempore obseruari solitos celebrēt, [illegible] conclamationibus tristibus dolorem, vt est, aut esse debet, testentur.*

b *[illegible] esse credidit antiquitas, mortuos iuuare apud Deos manes, quibus ideo vt placarentur, victimæ cædebantur, atque aræ statuebantur.*

c *Aliud est simulare dolorem, & aliud ex animo, & verè dolere.*

d *Dolor & luctus simulari fortasse possunt; at verò lætitia ob [illegible] mortem malè dissimulatur.*

e *Ex dignitate principis est, tempore luctus ac funeris domestici, abstinere publico, quippe palam lamentari cuiusuis hominis, & inferius maiestate principis est. Cæterùm quàm sæpissimè accidit, vt successor, & heres principis non tam doleat, quàm lætetur morte decessoris sui. i. lætatur veriùs, quàm ex animo doleat. Id quod cùm pessimo exemplo ante omnium ora, & multitudine veluti [illegible] doloris conscia, fiat, præstat principem interna hac sua lætitia frui, quàm aspicientibus, eiusque vultum scrutantibus præbere facultatem coniectandi, quàm falsus sit, quamque non doleat. & quamuis hic dici possit Tiberium non successisse Germanico, tamen non minùs eius morte lætabatur, quàm si successor eius esset: cùm id metueret, ne is habere imperium, quàm expectare mallet.*

f *Vix fieri potest, vt plurium oculis vestrum vultum scrutantibus non intelligant, verus, falsusne sit.*

g *Principis [illegible] curare debet, vt, quod quoque die apud ipsum agitur, scriptis commēdetur.*

h *Cùm luctus est ingens, si ad magnitudinem mali visus accedat, vix dolor tolerari potest: nam vt scribit Cic. Torquato, oculi augent dolorem, qui ea, quæ cæteri audiūt, intueri coguntur, nec auertere à miseriis cogitationem sinunt.*

sta,

sta, qui domo non excedebant, cohibitam: [a] vt par mœror, & matris exemplo auia quoque & patruus attineri viderentur. [b] Dies quo reliquiæ tumulo Augusti inferebantur, modò per silentium vastus, modò ploratibus inquies; plena vrbis itinera, [c] conlucentes per campum Martis faces. Illic miles cum armis, [d] sine insignibus magistratus, populus per tribus, [e] concidisse Remp. nihil spei reliquum clamitabant, promptius, apertiusque, [f] quàm vt meminisse imperitantium crederes. Nihil tamen Tyberium magis penetrauit, quàm [g] studia hominum accensa in Agrippinam, cùm [h] decus patriæ, solum Augusti sanguinem, vnicum antiquitatis specimen appellarent, versique ad cœlum ac deos, integram illi sobolem, ac superstitem iniquorum precarentur. [i] Fuere qui publici funeris pompam requirerent, compararentque quæ in Drusum patrem Germanici honora & magnifica Augustus fecisset. [k] Ipsum quippe asper-

OBSERVATIONES.

a *Cùm officium, aut etiam pietas nostra à multitudine ideo quod ab ea re abstinemus, quidam sine scelere omitti non possumus, meritò desiderari potest, danda est opera vt is, qui ei rei caput esse æquū est, ac de cuius probitate nemo dubitat, honesta, ac verisimili aliqua specie ab ea re quoque abstineat; quippe hoc pacto factū nostrū illius exemplo, ad quem totū negotiū pertinet, excusari facile potest.*

b *Quo die iusta persoluuntur ei principi, quem populus sibi ereptum mæret, silentium vbique est, traducitur dies ploratibus inquies; plena vrbis itinera; collucentes frequentioribus locis faces; miles cum armis; magistratus sine insignibus conspiciuntur; voces plenæ doloris, ac desperationis vbique exaudiuntur.*

c *Faces interdiu collucentes non semper indicant lætitiam, sed interdum, ac semper in funeribus mœrorem.*

d *Nunquam magistratus debet esse sine suis insignibus, quò facilius ab aliis dignoscatur, nisi forte in publico luctu.*

e *Cùm maximus aliquis, ac præclarissimus vir extinctus est, tunc verò concidisse remp. ac nihil spei reliquum esse, meritò clamitare videmur posse.*

f *Verus & iustus dolor multitudinis ab ea exprimit voces liberas, easque quibus qui rerum potiuntur, acriter interdum petuntur. Vix enim populus cohiberi potest, quominus quæ vera esse sentit, palam, & apertè eloquatur.*

g *Nihil æquè principem penetrat, quàm ingens in ipsius consanguineum, qui ei sunt suspecti, eique proximi destinantur, accensa populi studia.*

h *Quæ maximæ laudes principi tribui possunt, hæ sunt, vt decus patriæ, solus herois alicuius sanguis, vnicum antiquitatis specimen appelletur.*

i *In solemnibus pompis omnino cauendum est, ne quid peccetur, quo facto ii, quorum interest, offendi meritò possint. porrò offenditur princeps, aut qui hæc diligenter animaduertere solet, populus, si de eis honoribus, qui aliis eiusdem fastigii hominibus tribui soliti sunt, quicquam detrahitur ei, in quem multitudinis sunt propensa studia. Certè in his, quæ verè æstimanti inania sunt, cur populo potissimùm satisfieri debeat, equidem causam video nullam.*

k *Funus magnificentissimo, verèque regio apparatu ita celebrari potest: nempe, si princeps ipse, summusque magistratus ei quam longissimè potest, obuiam procedat, nec vnquam abscedat à corpore, simulque vrbem intret: circumstantur lecto, vbi repositum est corpus, maiorum ipsius imagines; toro præponatur effigies mortui; meditata sint ad memoriam virtutis carmina, & laudationes, & lachrymæ doloris incitamenta; denique cuncta à maioribus reperta & à posteris inuenta cumulentur. Quod si ob longinquitatē itinerū externis in terris, hoc est, in iis locis vbi princeps fato functus est, non integri honores ei exhiberi potuerunt, tantò plura decora mox ei tribui par est, quanto prima fors negauit.*

[illegible marginal note]

rimo hyemis, Ticinum vsque progressum,[a] neque abscedentem à corpore simul vrbem intrauisse: circumfusas lecto Claudiorum Iuliorumque imagines, defletum in foro, laudatum pro rostris, cuncta à maioribus reperta, aut quę posteri inuenerint, cumulata. At Germanico ne solitos quidem & cuicunque nobili debitos honores contigisse. Sanè corpus ob longinquitatem itinerum externis terris quoquo modo crematum, sed tantò plura decora mox tribui par fuisse, quantò prima sors negauisset. Non fratrem, nisi vnius diei via, non patruum saltem porta tenus obuium. vbi illa veterum instituta? prę positam * toro effigiem, meditata ad memoriam virtutis carmina, & laudationes & lacrymas, * vel doloris imitamenta. Gnarum id Tyberio fuit; vtque [b] premeret vulgi sermones, monuit edicto, multos inlustrium Romanorum ob Remp. obiisse, neminem tam flagranti desiderio celebratum. [c] Idque & sibi & cunctis egregium, [d] si modus adiiceretur: [e] non enim eadem decora [f] principibus viris, & Imperatori, populoque, modicis domibus, aut ciuitatibus. conuenisse [g] recenti dolori luctum, & ex mœrore solatia. Sed referendum iam animum ad firmitudinem, vt quondam diuus Iulius amissa vnica filia, vt diuus Augustus ereptis nepotibus abstruserint tristitiam. [h] Nil opus vetustioribus exemplis, quoties populus Romanus clades exercituū, [illegible]itū ducum, funditus amissas nobiles familias [i] constāter tulerit.

[illegible marginal note]

OBSERVATIONES.

a *Si non reipsa tibi istuc dolet, ait Demea ille Terentianus, simulare certè est hominis. certè principem ab decoro nusquam discedere debet, id est, si non dolet, saltem simulet se dolere.*

b *Qui sermones inuidiam principi conflare possunt, hos ipse summa diligentia illico reprimere debet.*

c *Parentibus, fratribus, & affinibus non potest esse non egregium, & honorificum, eum, qui vita excessit, ob praeclaras corporis, & animi dotes flagranti desiderio publicè celebrari, certè id nihil aliud, quàm excellentis cuiusdam virtutis argumentum est.*

d *Mœrore non adeò opprimi debemus, quin tandem luctui modus adiiciatur, animusque ad firmitudinem reuocetur.*

e *Non omnes omnia decent: quippe alia est ratio principum, & imperatorum, alia modicarum domuum, & alia vniuersi populi. Ea re videant singuli, vt in rebus, quas agendas suscipiunt, non quid alii agant, sed quid se facere aequum sit, suamque adeò personam deceat.*

f *Cùm omnium oculi in vnum principem, ipsiusque mores sint conuersi, ideoque in altissimo dignitatis gradu locatus videatur, vt quisque sibi inde capiat exemplum, nō decet ipsum mœrore ita confici ob domestica & priuata, quibus ictus est, vulnera, vt resp. administranda parum videatur idoneus. quin potius animum ad firmitudinem reuocare, seseque ipse erigere, & tristitiam abstrudere debet, vt regendae moli, cui insidet par sit.*

g *Recenti adhuc dolore conuenit luctus, & ex mœrore solatia; postquam diu lachrymis, ac tristitiae se homines tradiderunt aequum est ipsos postea admittere solatia doloris.*

h *Cùm exemplis vtendum est, ab alienis, ac longè petitis, quantum potest, abstinendum est, & vtendum, quatenus licet, domesticis, ac recentibus, quibus vehementer homines [illegible] solent.*

i *Constantia est virtus, quae conspicitur in aduersis, itaque qui domesticas, & publicas, easque ingentes calamitates aequo animo fert, is constans meritò appellari potest.*

prin-

[a] Principes [b] mortales, Remp. æternã esse. Proin repeterent solénia: & quia ludorum Megalensium spectaculum suberat, etiam voluptates resumerent. Tum exuto iustitio, reditum ad munia, & Drusus Illyricos ad exercitus profectus est, [c] erectis omnium animis petendæ è Pisone vltionis, & crebro questu, quòd vagus interim per amœna Asiæ atque Achaiæ, adroganti & [d] subdola mora, scelerum probationes subuerteret. Nam vulgatum erat missam (vt dixi) à Cn. Sentio famosam veneficiis Martinã subita morte Brundisij extinctam, venenumque nodo crinium eius occultatum, nec vlla in corpore signa sumpti exitij reperta. At Piso, [e] præmisso in vrbem filio, datisque mandatis, per quæ principem molliret, ad Drusum pergit, quem haud fratris interitu trucé, quàm [f] remoto æmulo æquiorem sibi sperabat. Tyberius [g] quò integrum iudicium ostentaret, exceptum comiter iuuenem, [h] sueta erga filios familiarium nobiles liberalitate auget. Drusus Pisoni, si vera forent quæ iacerentur, precipuum in dolore suum locum respódit: [i] sed malle falsa & inania, nec cuiquam mortem Germanici exitiosam esse. Hæc [k] palam, & vitato omni secreto:

OBSERVATIONES.

a *Cùm princeps est grauiter, quo argumento vtatur multitudo ad ea confirmanda, in quæ ipsa miro studio accensa est, quæ tamen principi nõ probãtur, illud argumentũ, quasi aliud agens, refellere debet. certè Tiberius hoc loco respondet tacitis pop. Romani quam paulò ante memorauit Tacitus, nempe concidisse remp. nihil spei reliquum.*

b *Discant principes, quicquid mortale est, id esse infra illud quod est immortale. at principes esse mortales, & remp. immortalem satis constat. se ergo idcirco loci esse pro certo habeant vt reip. seruiant, non contra. hæc diuina Tiberij vox principum animis perpetuò hærere deberet.*

c *Nulla re magis [illegible] humanum animum, quàm expectatione eius vltionis, quæ petenda est ab eo qui propter insigne aliquod facinus, [illegible] est [illegible].*

d *Quod probari nonnisi [illegible] facto potest, id optimum est [illegible], quæ criminatis insimulatur, eludatur: hoc sanè pacto sceleris [illegible].*

e *Qui se ab inimicis apud populũ, aut apud principem [illegible] videt, non illico iudicium, aliâs res, in eo est periculis, & inuidiæ se offerre, sed [illegible] operi debet: atque interim aliquem gratiosum hominem ad principem præmittere, qui eum molliat eius iram, si qua est, leniat; suamque causam apud principem agat.*

f *Nullum principatus consortium adeò esse potest, vt inter ipsos coniunctissimas personas [illegible] latio eò euadat, vt alter æmuli morte lætetur.*

g *Princeps omnibus in rebus integrum iudicium, hoc est, non præiudicatum, præbere; quod si non habet, saltem ostentare debet.*

h *Cùm patres filiis exiguũ præbeant sumptum, præclarè faciet princeps si, adhibito iudicio, [illegible] illustrium tenuitatem sua benignitate sublevabit. quo sanè facto præter eos, quibus benignè fit, patres quoque ipsos, & affines sibi, & remp. firmat, atque ex ea re magnam apud omnes laudem consequitur.*

i *[illegible] debeo, à quo constat reum esse eum de cuius [illegible], ob quod admissum, præcipuus in [illegible] locus [illegible] est. cæterùm in [illegible] rebus, quis [illegible] moderatione esse debet, vt optet crimina, quorum reus accusatur, esse falsa & inania; vt, [illegible] illius mors, quem luget, exitiosa sit.*

k *Quæ ita vt à nobis dicantur, accipi volumus, ea palam, & vitato omni secreto proferre debemus.*

[a] neque dubitabantur præscripta, & a Tyberio, cùm [b] incallidus alioqui, & facilis iuuenta, senilibus tum artibus vteretur. Piso, Dalmatico mari tramisso, relictisque apud Anconam nauibus per Picenum, ac mox Flaminiam viam adsequitur legionem, quæ e Pannonia in vrbem, dein præsidio Africæ ducebatur. [c] Eaque res agitata rumoribus, vt in agmine atque itinere [d] crebrò se militibus ostentauisset. Ab Narnia, vitandæ suspicionis, an, quia [e] pauidis cõsilia in incerto sunt, Nare ac mox Tyberi deuectus auxit vulgi iras, quia [f] nauem tumulo Cæsarum [g] adpulerat, dieque, & ripa frequenti, magno clientium agmine ipse, fœminarum comitatu Plancina, & vultu [h] alacres incessere. Fuit inter irritaméta inuidiæ domus foro imminẽs festo ornatu, conuiuiumque & epulæ, & celebritate loci nihil occultum. Postera die Fulcinius Trio Pisonem apud consules postulauit. Contra Vigellius ac Veranius, cæterique Germanicum comitati tendebant, [i] nullas esse partes Trioni: neque se accusatores, [i] sed rerum indices & testes [k] mádata Germanici perlaturos. Ille dimissa eius causæ delatione, vt priorem vitam accusaret, obtinuit: petitumque est à principe, cognitionem exciperet: Quod ne reus quidem abnuebat, [l] studia populi & patrum metuens. contra Tyberium [m] spernendis rumoribus validum, & conscientiæ ma-

OBSERVATIONES.

a [illegible] verisimile est, qui præter ætatem, [illegible] senilibus artibus vtitur.

b [illegible] sunt incallidi, & faciles.

c [illegible] iam odio est eius leuissima peccata pro grauissimis accipiuntur.

d [illegible] se militibus crebrò ostentat, aliquid seditiosum, aut hostile videtur agitare.

e Animi perturbatione consilium impediri constat: non itaque mirum est, si pauidis consilia in incerto sunt.

g Minimis etiam rebus suspicax vulgus offenditur.

h Parum prudens est is, qui in communi luctu, [illegible] ipse; verùm [illegible] est alacris, nam haud dubiè omnium inuidiam aduersum se, odiaque accendit.

i Cùm magna totius causæ momenta [illegible] sita in persona accusatoris, non cuiusuis partes sunt, reum aliquem facere apud magistratum [illegible] accusatoris, & rei collusione totum crimen eludatur. Sed rei scilicet potissimùm [illegible] per eos, qui totius facti indices simul sunt, ac testes.

k Aliud est aliquem simpliciter accusare, eu reum mortis defuncti principis; & aliud [illegible] ipsius principis [illegible]; nempe, in quibus plus est momenti, quàm in [illegible] probationibus.

l Is in quem [illegible], & populi odia sunt accensa, eoque tandem in re [illegible] est) præsidium inuenire potest, nisi in vna principis [illegible]?

m Principi debet esse validus spernendis rumoribus pro dico, qui [illegible] fundamento subnixi, quibus nunquam commoueri debet. atque etiam, æquum est, [illegible] hinc illinc [illegible] arbitratu insane & [illegible].

[illegible]uris

tus [a] innexum esse: veraque aut in deterius credita, [b] iudice ab vno facilius discerni, odium & inuidiam apud multos valere. Haud fallebat Tyberium moles cognitionis, quaque ipse fama distraheretur. Igitur paucis familiarium adhibitis, minas accusantium, & hinc preces audit, integramque causam [c] ad senatum remittit. Atque interim Drusus rediens Illyrico, quãquam patres censuissent ob receptum Marobuduum, & res priore æstate gestas, vt ouans iniret, [d] prolato honore vrbem intrauit. Postquam reo T. Arrútium, [Fulcinium] Asinium Gallum, Æserninum, Marcellum, Sext. Pompeium patronos petenti, iisque [e] diuersa [f] excusantibus, M. Lepidus, & L. Piso, & Libeneius Regulus adfuere, arrecta omni ciuitate, quanta [g] fides amicis Germanici, quæ [h] fiducia reo, satin' cohiberet ac premeret sensus suos Tybērius, an promeret. iis haud aliàs intentior populus, plus sibi in principem [i] occultæ vocis, aut suspicacis [k] silentij permisit. Die senatus, Cæsar orationem habuit meditato temperamento: Patris sui legatum atque amicum Pisonem fuisse, [l] adiutoréque Germanico datum à se, autore senatu, rebus apud Orientem administrandis: illic [m] contumacia & certaminibus asperasset iuuenem, exitu-

OBSERVATIONES.

a *Quem reus facinoris scit esse conscium, hunc sibi optat iudicem dari.*

b *Satis constat, singulos iudices, si plures sunt, si quid iniquè iudicatum est, eius rei culpam in collegas solere conferre; potissimùm cum quam quisque sententiam dixerit, non sciri potest. quod si tota cognitionis moles vni incumbit, ne ille, priùs quam ius, & iniuriam discernat, singula diligenter circumspiciet, [illegible] penes ipsum remaneat. contra verò apud [illegible] iudicum odium, & [illegible].*

c *Cùm tanta mali [illegible] principi incumbat, vt, [illegible] sit, vt, aut fama, & populi vocibus distrahatur, [illegible] contemnat, iudicio, & cognitione abstineat, remque totam, atque integram [illegible] se omni odio pariter, ac suspicione exoluet.*

d *Intra annum luctus, cui delatus est honos, eum proferre in aliud tempus debet; ne quod illi gloriæ esse debet, tali tempore, inuidiam potiùs, odiumque pariat.*

e *Tam atrox, tamque odiosum est crimen maiestatis, vt reus vix quemquam patronum inueniat.*

f *Etsi rogati id quod à nobis petitur præstare nolumus, non tamen nolle nos, sed alijs occupationibus detineri profitemur.*

g *Fides mortuo ab ijs præstari dicitur, qui illius mandata, summa cura, summoque studio conficiunt.*

h *Confidit reus aut innocentia sua, aut fauori iudicis.*

i *Plerumque voces plebis non apertæ, sed occultæ odium in principem, silentium autem suspicionem significant.*

k *Silentium est argumentum iudicij, aut imperitiæ, aut suspicionis.*

l *Principibus iuuenibus quibus maximi momenti negotia committuntur, rebus administrandis adiutores dantur ij, qui plurima integritatis, fidei, prudentiæ documenta defunctis principibus dederunt.*

m *Contumacia est proprium vitium illius, qui, vt cui debet, obsequatur, in animum inducere non potest.*

quę eius lætatus esset, an [a] scelere extinxisset, [b] integris animis diiudicandum. Nam si legatus officij terminos, obsequium erga imperatorem exuit, eiusdémq; morte, & [c] luctu meo lętatus est, [d] odero, seponámque à domo mea, & [e] priuatas inimicitias non [f] principis vlciscar: Sin facinus in cuiuscunque mortaliū nece vindicandū detegitur, vos verò & [g] liberos Germanici, & nos parētes [h] iustis solatiis [i] adficite: simulq; illud reputate, [k] turbidè & [l] seditiosè tractauerit exercitus Piso, quæsita sint per ambitionem studia militum, armis repetita prouincia, an, [m] falsa hæc [n] in maius vulgauerint accusatores. quorū ego [o] nimiis studiis iure succēseo. nā quò pertinuit, [p] nudare corpus, & cōtrectandum vulgi oculis permittere: differriq; etiā [q] per externos, tanquā veneno interceptus esset, si [r] incerta adhuc ista,

OBSERVATIONES

a *Aliud est, exitu alicuius lætari, & aliud eum extinxisse.*

b *Is iudex rectè iudicare dicitur qui in cognitione nihil præter ius, æquumque spectat; atque ad tribunal affert animum integrum, non præiudicatum. nam, vt Cic. ait, pessimum opinio præiudicata potest, vt etiam sine ratione valeat autoritas.*

c *Non potes lætari morte filij, aut propinqui mei, quin idem luctu læteris meo.*

d *Eum odisse debeo, qui morte propinqui mei, luctuque meo lætatur.*

e *Sciendum est, principis personam duobus modis considerari. nam aut est publica, aut priuata: hinc fit, vt pleraque princeps agat tanquam princeps, hoc est, caput reip. & multa vt priuatus. Quæ cum ita sint, non statim amicus aut inimicus principis, idem socius & amicus, aut inimicus, & hostis reip. iudicari debet; vt distinguenda sit causa publica à priuata. hinc manarunt prudentissima illa Tiberij verba, odero, seponamque à domo mea, & priuatas inimicitias, non principis vlciscar.*

f *Neque princeps, neque magistratus debet abuti ea, quam obtinet, autoritate ad priuatas inimicitias vlciscendas; & ad ea confundenda quæ ratio, & lex iubent esse distincta.*

g *Primus gradus cognationis est liberorum, secundus parentum, & sic deinceps.*

h *Iusta solatia parentum, & liberorum dicuntur illa quæ fiunt in vltionem cæsorum.*

i *Princeps ipse si quo in re læsus est, quæ tamen causa, nullo pacto complectitur remp. in eo, posita principis persona, legum, Senatus, ac magistratuum auxilium implorare debet.*

k *Non qui studia exercituum, quæ re maxima potest parat, protinus maiestatis postulari potest. Sed si eo res in iudicium venit, iudex reputare debet, an reus turbidè, & seditiosè tractauerit exercitum, & an quæsita sint per ambitionem studia militum,* [illegible]

l *Qui* [illegible] *quæsita studia militum, quod potest, & debet* [illegible] *armis patrare, si haud dubiè turbas, ac tumultus bellicos* [illegible] *ac proinde capitis damnari, tanquam reus maiestatis, velle potest.*

m [illegible] *est, quod aut omnino non, vti dicitur, est, aut si est, in maius datum est.*

n [illegible] *hoc scrupulum, vt falsa in maius vulgent.*

o *Omnibus in rebus diligenter cauendum est, ne quid nimio studio facere videamur. nam* [illegible] *causa alicuius vel propugnatio à nobis suscepta est, si tamen non æquitate, sed studio ducti* [illegible]*, id, quicquid est, non modò laude nobis non ducitur, sed & vitio verti meritò potest. Siquidem* [illegible] *non tam ad euentum, quàm ad consilium referri oportet.*

p *Cæde facta, aut aliquo vi veneni sublato, priùs quàm causa cognita sit, prudens magistratus nunquam patietur corpus nudari, & contrectandum vulgi oculis* [illegible]

q *D*[illegible] *cauendum est, ne quibus laboramus vitiis, ea per* [illegible]*, ne iis ludibrio* [illegible] *nostro* [illegible]

r [illegible] *incerta, & scrutanda sunt, ea pro certis, planeque perspectis vulgare, nimiæ temeritatis est.*

&c scru-

& scrutanda sunt? [a]Defleo equidem filium meum, semperque deflebo: sed [b] neque reum prohibeo quò minùs cuncta proferat, quibus innocentia eius subleuari, aut si qua fuit iniquitas Germanici, coargui possit: vosque oro, ne, [c] quia dolori meo causa connexa est, [d] obiecta crimina pro adprobatis accipiatis. Si quos [e] propinquus sanguis, aut fides sua patronos dedit, quantum quisque [f] eloquentia & cura valet, iuuate periclitantem. Ad eundem laborem, eandem constantiam accusatores hortor. Id solùm Germanico [g] super leges præstiterimus, [h] quòd in curia potiùs quàm in foro, apud senatum, quàm apud iudices de morte eius anquiritur. cætera pari modestia tractentur. nemo Drusi lacrymas, nemo mœstitiam meam spectet, [i] nec si qua in nos aduersa finguntur. Exin biduum criminibus obiiciendis statuitur, [k] vtque sex dierum spatio interiecto reus per triduum defenderetur. Tum Fulcinius vetera & [l] inania orditur, ambitiosè, auareque habitam Hispaniam. quod neque conuictum noxæ reo, si recentia purgaret: neque defensum [m] absolutioni erat, si teneretur maioribus flagitiis. Post quem Seruæus, & Veranius, & Vitellius consimili studio, sed multa eloquentia Vitellius, obiecere: odio Germanici, & rerum nouarum studio, Pisonem vulgus militum [n] per licentiam & sociorum iniurias eò vsque corrupisse, vt [o] parens le-

OBSERVATIONES.

a *Pietate iubetur filius deflere patrem, & contra.*

b *Nunquam reus est prohibendus, quominus cuncta proferat, quibus innocentia eius subleuari, aut si qua aduersarij iniquitas est, coargui possit.*

c *Ea iudex integritate esse debet, vt, neutram in partem inclinet; neque cuiusquam, ac ne principis quidem dolore, ac suo affectu, ac [illegible] commoueatur.*

d *Is verè iniquus iudex dici potest, qui obiecta crimina pro adprobatis accipit.*

e *Solebant potissimùm de causis patrocinium rei suscipere, aut ob propinquitatem sanguinis, aut ob fidem illi datam, & amicitiæ iura.*

f *Præcipuum munus eloquentiæ est, iuuare periclitantem.*

g *Ne ipsis quidem principibus quidquam super leges præstari debet.*

h *Cùm forum ordinarium mutatur, id est, cuius iudicis eius, qua de agitur, rei, cognitio esse debet, eo posthabito, tota lis ad aliud tribunal transfertur, cui id datur, id ei supra leges præstari dicitur. nemini verò hoc concedi, nisi grauissimas ob causas, debet.*

i *Princeps multis de causis, debet palam ostendere, se nihil eorum, quæ in se dicuntur, ignorare.*

k *Cùm defensio sit fauorabilior accusatione, plus temporis reo ad meditandam causam, quàm accusatori ad accusandum datur.*

l *Actor priusquam ad accusandum accedit, debet secum reputare, an, quæ obiecturus est, crimina noxæ reo futura sint. nempe, is est ineptus accusator, qui ea opponit reo, quorum etsi erit conuictus, ei tamen noxæ esse non possunt.*

m *Ea reus defendere, ac purgare debet, ex quibus oritur absolutio. cætera sunt inania.*

n *Cùm militia in lasciuiam vertitur, satis constat, militarem disciplinam corrumpi. ideo is imperator qui militibus hactenus indulget, vt hi nimia licentia, otio, & populorum iniurijs lasciuiant, tanquam corruptor disciplinæ militaris postulari potest.*

o *Parati sunt laudari à deterrimis, & vituperari ab optimis.*

gionum à deterrimis appellaretur: contrà in [a] optimum quemque, [b] maximè in comites & amicos Germanici sæuisse: postremò ipsum [c] deuotionibus & veneno peremisse: sacra hinc & immolationes nefandas ipsius atque Plancinæ: [d] petitam armis Remp. vtque [e] reus agi posset, acie victum. Defensio in cæteris trepidauit. nam neque ambitionem militarem, neque prouinciam pessimo cuique obnoxiam, ne contumelias quidem aduersum imperatorem infitiari poterat. solum veneni crimen visus est diluisse. Quod ne accusatores quidem satis firmabant, in conuiuio Germanici, cum super eum Piso discumberet, infectos manibus eius cibos arguentes. [f] quippe absurdum videbatur, inter aliena seruitia, & tot astantium visu, ipso Germanico coram id ausum. Offerebatque familiam reus, & ministros in tormenta flagitabat. Sed iudices per diuersa implacabiles erant: [g] Cæsar ob bellum prouinciæ inlatum; Senatus, nūquam satis credito, sine fraude Germanicum interiisse. scripsissent expostulantes: quod haud minùs Tyberius quàm Piso abnuere. Simul populi ante curiam voces audiebantur, [h] non temperaturos manibus, si patrum sententias euasisset. effigiesque Pisonis traxerant in Gemonias, ac diuellebant, [i] ni iussu principis protectæ, repositæque forent. Igitur inditus lecticæ, & à tribuno prætoriæ cohortis deductus est: vario rumore, custos salutis, an mortis exactor sequeretur. Eadem Plancinæ inuidia, maior gratia, [k] eoque ambiguum habebatur quantum Cæsari in eam liceret.

OBSERVATIONES.

a *Paria sunt fouere deterrimos, & sæuire in bonos.*

b *Contra [illegible] [illegible], aut hostilem animum satis produnt ij, qui in comites, aut amicos principis, aut filij eius sæuiunt.*

c *Non est nouum, neque inauditum, homines deuotionibus, & veneno peremptos esse; atque ad eam rem sacra, & immolationes nefandas esse adhibitas.*

d *Qui vi, & armis eum locum occupare studet, vnde ab eo, penes quem summum ius, & potestas eius rei fuit, deturbatus est, is armis remp. petere dicitur, ac maiestatis accusari potest.*

e *Is etiam maiestatis reus videri potest, qui vt [illegible] accusatus erat, reus agi posset, acie vinci debuit. [illegible], videtur esse [illegible] maiestatis principis, quòd ad iudicium vocatus non prius venit, quàm vi in his tractus est.*

f *Non est verisimile quenquam eò dementiæ deuenisse, vt, principe ipso præsente, & multorum ad[illegible] visu, interque ipsius principis seruitia, & ministros, cibos, qui principis mensæ apponuntur, inficere audeat.*

g *Quæcunque aduersus remp. fiunt, in his princeps implacabilis esse, nihilque omittere, quominus in turbarum authores seuerè animaduertat, debet.*

h *Quid cuique formidabilius accidere potest, quàm furori concitatæ multitudinis, nullam [illegible] satisfactionem admittentis obijci?*

i *Princeps nequaquam debet indulgere insaniæ, & furori concitatæ multitudinis. hanc ob causam singula, quæcunque tandem illa sunt, quæ populus solo furore actus audet, reprimere suamque authoritatem interponere debet, vt, quod ille fortè aut trahit, aut [illegible] ipsius iussu protegatur, & reponatur. quippe, nihil magis remp. perniciosum est, quàm plebem furentem, & seditiosam [illegible], casque prosperè cessisse corroborari.*

k *Cui princeps nimiæ beneuolentiæ significatione indulget, in hunc haud sanè multum ei licet.*

Atque

atque ipsa donec mediae Pisoni spes, sociam se cuiuscunque fortunae, &, si ita ferret, comitem exitij promittebat. vt secretis Augustae precibus veniam obtinuit, paulatim segregari à marito, diuidere defensionem coepit. Quod reus postquam sibi exitiabile intelligit, an adhuc experiretur dubitans, hortantibus filiis durat mentem, senatumque rursum ingreditur: redintegratamque accusationē, infensas patrum voces, aduersa & saeua cuncta perpessus, nullo magis exterritus est, quàm quòd Tyberiū siue miseratione, siue ira, obstinatum clausumque vidit, ne quo adfectu perrumperetur. Relatus domum, tāquam defensionem in posterum meditaretur, pauca conscribit, obsignatque & liberto tradit. Tum solita curando corpori exequitur. Dein multam post noctem, egressa cubiculo vxore, operiri fores iussit: & coepta luce perfosso iugulo, iacente humi gladio, repertus est. Audire me memini ex senioribus, visum saepiùs inter manus Pisonis libellum, quem ipse non vulgauerit: sed amicos eius dictitauisse, literas Tyberij, & mandata in Germanicum contineri: ac destinatum promere apud patres, principemque arguere, ni elusus à Se- a. dubiae. b. magis placet causa.

OBSERVATIONES.

a Est genus hominum, qui donec amicorum periclitantium mediae sunt spes, se eis, vt si vita quidem ponenda sit, nunquam defuturos audacter magis pollicentur, quàm postea, cùm verba ad rem conferri opus est, constanter fidem seruant. nam statim vt miseros fortuna deseruit, statim ab illis ipsis, quos officij, fidei, pietatis meminisse aequum fuit, deseruntur.

b Qui ideo est in periculo quia causam habet coniunctam cum eo, cui omnes sunt infensi, is suae saluti egregiè prospexerit, si ab illo segregabitur, suamque causam & defensionem ab illius causa, & defensione diuidet. contra verò consultius faciet, si suam causam & defensionem consociabit cum causa & defensione illius, qui apud principem plus potest, quàm ipse.

c In maximis nostris periculis nunquam, etsi omnia nobis aduersentur, animum despondere, sed mentem durare, atque quae pertinent ad nostram defensionem singula proferre debemus, ne nobis ipsis in summo discrimine, rebusque nostris dubiis defuisse videamur.

d In iudiciis & princeps, & magistratus ita debet esse clausus, vt, ne ira, [illegible] ipso deprehendatur: nullo denique affectu perrumpi possit.

e Cui certum est, sibi manus afferre, id adeò dissimulat, vt, nihil minus in animo, quàm tale facinus habere videatur.

f Constantis, verèque amici hominis est, ea, vel in ipso vitae discrimine, nunquam enunciare, aut prodere, quae vulgata magnum dedecus, & ignominiam, atque adeò periculum amico creare possunt.

g Nunquam principi debere committere vt quicquam sua manu scribat, quod non idem in concione, si res postulabit, legi rectè possit. at occulta mandata saepiùs dari necesse est, fateor. Sed nego ea scripto magis, quàm verbis contineri debere. nempe hoc principi ante oculos semper esse debet, ne cuius sceleris argui possit. quòd si quid fortè scriptis commendandum est, ita, scilicet scribi debet, vt aliam in partem, quàm princeps ipse re voluit, ab iis accipi, quorum in manus fortasse eiusmodi scripta venire possit.

h Si princeps nefarij alicuius facinoris ab aliquo argui potest, hunc aut variis promissis eludat, aut alio pacto, pro ratione temporis, sibi ita prospiciat, vt id, quicquid est, enunciari nunquam possit.

iano per vana promissa foret: nec illum sponte extinctum, verùm [a] immisso percussore: quorum neutrum asseuerauerim. [b] neque tamen occulere debui narratum ab iis, qui nostram ad iuuentam durauerunt. Cæsar flexo in mœstitiam ore, suam inuidiam tali morte quæsitam apud senatum, crebrisque interrogationibus exquirit qualem Piso diem supremum, noctemque exegisset. Atque illo pleraque sapienter, quædam incôsultiùs respôdête, recitat codicillos à Pisone in hunc fermè modum compositos: [c] Côspiratione inimicorum & inuidia falsi criminis oppressus, quatenus veritati & innocentiæ meæ nusquam locus est, deos immortales testor, vixisse me Cæsar cum fide aduersum te, neque alia in matrem tuam pietate: vosque oro [d] liberis meis consulatis, ex quibus Gn. Piso qualicûque fortunæ meæ [e] non est adiunctus, cùm omne hoc tempus in vrbe egerit. M. Piso repetere Syriam dehortatus est. atque [f] vtinã ego potiùs filio iuueni, quàm ille patri seni cessisset. eò impensiùs precor ne meæ prauitatis pœnas innoxius luat. [g] Per quinque & quadraginta annorum obsequium, per collegium consulatus quondam diuo Augusto parenti tuo probatus, & tibi amicus, nec quicquam post hæc rogaturus salutem infelicis filij rogo. De Plancina nihil addidit. Post quæ Tyberius adolescentem crimine ciuilis belli purgauit: patris quippe [h] iussa, nec potuisse filium detrectare: simul nobilitatem domus, etiam ipsius, [i] quoquo modo meriti, grauem casum miseratus. Pro Plancina [k] cum pudore & flagitio disseruit, matris preces obtendens: in quem optimi

[illegible]

OBSERVATIONES.

a Hinc discant illi, quibus nihil est prius, quàm exequi scelesta principum mandata, quos Tacit. lib. 14 rerum atrocium, & grauiorum facinorum ministros appellat: Principem non magis esse autorem sceleris mandati, quàm aliquando fore exactorem eius pœnæ quæ debita est illi ipsi sceleri, cui patrando promptiùs, quàm par est, scelestam ei operam præstiterunt.

b Quemadmodum historiæ scriptor diligenter cauere debet, ne audaci affirmatione falsa pro veris tradat, ita quæque in maximi momenti rebus [illegible] debet eos [illegible], qui longo temporis spatio peruixerunt.

c Non est nouum, innocentes conspiratione inimicorum, & inuidia falsorum criminum opprimi. id cùm accidit, neque veritati, neque innocentiæ vsquam locus esse dicitur.

d Parentes, vel in ipso vitæ discrimine plus de filiorum, quàm de sua ipsorum salute solliciti sunt.

e Non est æquum, filios innoxios paternæ prauitatis pœnas luere.

f Sæpissimè accidit, vt filijs iuuenibus patres parere æquius omnino sit, quàm filios patribus cedere.

g Efficaces haud dubiè redduntur preces nostræ commemoratione earum rerum, quæ nobis cum illo quem rogamus, communes aliquando fuerunt.

h Quod peccatum ab eo filio commissum est, qui iussa patris detrectare non potuit, venia potiùs dignum, quàm supplicio videtur esse vindicandum: siquidem vix fieri potest, vt filius defugiat autoritatem patris.

i Amplissimorum hominum, etiam quoquomodo meritorum graues casus miserari solemus.

k Nocens nisi cum pudore, & flagitio à [illegible] defendi potest.

iusq;

cuiusque [a] secreti questus magis ardescebant. [b] Id ergo fas auiæ, interfectricé nepotis aspicere, adloqui, eripere senatui. quod pro omnibus ciuibus leges obtineant, vni Germanico non contigisse. Vitellij & Veranij voce defletum Cæsarem ab Imperatore, & Augusta defensam Plancinã. [c] proinde venena, & artes tam feliciter expertas [d] verteret in Agrippinam, in liberos eius, egregiamque auiam, ac patruum sanguine miserrimæ domus exatiaret. Biduum super hæc [d] imagine cognitionis absumptum, vrgente Tyberio liberos Pisonis matrem vti tuerentur. Et cum accusatores ac testes certatim perorarent, respondente nullo, [e] miseratió, quàm inuidia augebatur. Primus sententiam rogatus Aurelius Cotta consul (nam referente Cæsare magistratus eo etiam munere fungebantur) [f] nomen Pisonis radendum [g] fastis censuit: partem bonorum publicandam, pars vt Gn. Pisoni filio concederetur, isque [h] prænomen mutaret. M. Piso exuta dignitate, & accepto quinquagies sestertio in decem annos relegatur, concessa Plancinæ incolumitate, [i] ob préces Augustæ. Multa ex ea sentẽtia [k] mitigata sunt à principe: ne nomen Pisonis fastis eximeretur, quando M. Antonij, qui bellum patriæ fecisset, Iulij Antonij qui domum Augusti violasset, manerent: & M. Pisonem ignominiæ

OBSERVATIONES.

a *Quæ ita secreta sunt, vt erumpere non possint, hæc haud dubiè magis ardescunt.*

b *Neque parentibus, neque propinquis illius, qui interfectus est, fas est, interfectorem aspicere & alloqui: cùm potiùs mortem defuncti vindicare eos æquum sit.*

c *Quàm sæpissimè accidit, vt, qui gladios, venena, malas artes feliciter, id est, ex animi sui sententia in aliorum perniciem expertus est, nullo metu pœnæ flagitijs cumulet flagitia, quando prima* [illegible]

d *Imago cognitionis dicitur, cùm rectum iudicium,* [illegible] *eluditur.*

e *Vel deterrimi cuiusque indefensi* [illegible]

f *Pœna illius, qui multa flagitiose in principem, & in remp.* [illegible] *post mortem, pars bonorum publicetur; pars filiis, si illustres sunt, concedatur;* [illegible] *men habeat patris. quòd si quis ex his culpa paternæ affinis est, si ei vita conceditur,* [illegible] *ferè abeunt, dignitate, ac opere vnde orti, & miserè viuat, aut ad tempus, aut in perpetuum* [illegible]*tur, at verò patris nomen fastis, actisque publicis omnino radatur. His & illud addi potest, quòd hodie vsitatum est, vt damnati imagines & insignia deleantur.*

g *In rep. benè constituta, aut in domo principis quicquid agitur, id scriptis diurnis mandari, multis de causis, debet.*

h *Nomina, & prænomina quemadmodumque sæpe ex præclaris facinoribus originem traxerunt, ita quoque non est mirum, ob flagitia amitti.*

i *Mulierum preces apud propinquos, nempe, matris apud filium, vxoris apud maritum, sororis apud fratrem quàm efficacissimas esse, sæpius, experientia duce, cognitum est.*

k *Iudicis est, maleficum, quamuis magnum, & potentem hominem, condemnare, principis verò non* [illegible] *eum eximere supplicio, sed sententiam (quod sine damno reip. fieri possit) mitigare: potissimùm cùm id exemplo facere potest: sic enim clementiæ laudem, quæ maxima est, adipiscitur.*

[illegible] exemit, concessitq; ei paterna bona,[a] satis[·] firmus, ut sepe memoraui, aduersum pecuniã, & tum pudore absolutæ Plãcinæ[b] placabilior. Atq; idẽ cùm Valerius Messalinus signum aureum in æde Martis Vltoris, Cæcina Seuerus aram Vltioni statuendam censuissent, prohibuit: ob[c] externas ea victorias sacrari dictitans;[d] domestica mala tristitia operienda. Addiderat Messalinus, Tyberio, & Augustæ, & Antoniæ, & Agrippinæ Drusoque, ob vindictam Germanici,[e] grates agendas,[f] omiseratque Claudij mentionem: & Messalinum quidem L. Asprenas senatu coram percunctatus est, an prudens preterisset? ac tum demum nomen Claudij adscriptum est. Mihi quantò plura recentium, seu veterum reuoluo, tantò magis[g] ludibria rerum mortalium cunctis in negotiis obuersantur. Quippe fama, spe, veneratione potiùs omnes destinabantur imperio, quàm quem futurum principem fortuna[h] in occulto tenebat. Paucis post diebus Cæsar autor senatui fuit, Vitellio, atque Veranio, & Seruæo[i] sacerdotia tribuendi.[·] Fulcinio suffragium ad honores pollicitus, mo-

OBSERVATIONES.

a *Non minima hæc est laus principis, ut sit firmus aduersus pecuniam priuatorum. ipsi ea fisco addicta est. Sed quotusquisque principum hodierno die hoc sibi persuadet? certè non pauci sunt, quibus ita videtur, omnem principatus vim eò referri oportere, ut priuatos fortunis euertant, idque adeò ut summam fortunam in auaritia, & rapacitate constituant.*

b *Si te placabilem prebes nocentiori, cur item veniam non des ei, qui non tantum pœnæ supliciique meritus est?*

c *Hoste debellato, signa, areque statuantur Marti Vltori, & Vltioni.*

d *Alia est ratio externorum bellorum, & alia malorum domesticorum. quippe illis confectis causa est, quapropter lætemur, eamque rem, quibus maximè possumus, preclaris monimentis æternitati commendemus: nempe, ut posteritas intelligat, iisdem sibi virtutis, gloriæque vestigiis insistendum esse. at verò mala domestica, bellaque ciuilia luctu & tristitia, atque adeò perpetua oblivione operienda sunt; tantum abest, ut, bello ciuili confecto, signa, areque ad perpetuam malorum intestinorum memoriam statui debeant.*

e *Cùm merito [illegible] quibus [illegible], per quos id factum est, ipsi gratias publicè agi d[illegible]*

f *De[illegible] est, ne quid præteritur in necessariis, & publica principalium nominum co[illegible], ut quæ propinquorum principis fuerit præteritio, aut alio, quàm quo oportuit loco n[illegible] offendi aliquid possit.*

g *[illegible] est, in quo non ludibria rerum humanarum nobis ob oculos [illegible] cur [illegible] certè experientia doceri possumus, ea quæ modò summa fuerunt, breuibus momentis [illegible] posse, [illegible] quæ pro nihilo habentur, interdum deprehendi esse maxima.*

h *Neque enim, neque inauditum est, quòd sæpissimè a fortuna in occulto teneri [illegible], qui principes, atque adeò reges maximarum prouinciarum, contra omnium [illegible] ab ipsa destinentur. huius rei illustria testimonia non modò ex antiquitate [illegible], sed [illegible] die luculenter [illegible] possunt.*

i *[illegible] studio diligentia, qua opera ingens aliquid [illegible] est præmiis [illegible] [illegible] satis constat.*

nuit,

[illegible]rit ne [a] facundiam violentia præcipitaret. Is finis fuit vlciscenda Germanici morte, non modò apud illos homines, qui tum agebant, etiam secutis temporibus vario rumore iactata. [b] Adeò maxima quæque ambigua sunt, alij quoquo modo audita pro compertis habent, alij vera in contrarium vertunt, & gliscit vtrunque posteritate. At Drusus vrbe egressus, repetendis auspicijs, mox ouans introiit. Paucosque post dies Vipsania mater eius excessit, vna omnium Agrippæ liberorũ miti obitu. Nam cæteros manifestum ferro, vel creditum est, veneno aut fame extinctos. Eodem anno Tacfarinas, quem priore æstate pulsum a Camillo memoraui, bellum in Africa renouat: [c] vagis primùm populationibus & ob pernicitatem inultis: dein vicos exscindere, trahere graues prædas: postremò haud procul Pagyda flumine cohortem Romanam circumsedit. Præerat castello Decrius [1] impiger manu, exercitus militia, & illam obsidionem [d] flagitij ratus. Is cohortatus milites, vt copiam pugnæ in aperto facerent, aciem pro castris instruit. Primoque impetu pulsa cohorte, promptus inter tela [e] occursat fugientibus, increpat signiferos, quòd [f] inconditis, aut desertoribus miles Romanus terga daret. [3] [Simul excepta vulnera.] Et quanquam transfosso oculo, aduersum os in hostem intendit, neque prælium omisit, donec desertus à suis caderet. Quæ postquam L. Apronio (nam Camillo successerat) comperta, [f] magis dedecore suorum, quàm gloria hostis anxius, raro ea tempestate, & è vetere memoria facinore, [g] decumum quemque ignominiosæ cohortis sorte ductos

[illegible marginal notes]

OBSERVATIONES.

a [illegible] violentia [illegible] quod dementia promptum esse aduersus insontes, [illegible] facundus quisque ad [illegible]

b Quid vbi ferro te, affirmare [illegible] luce versantur, ambigua sunt; hoc est, [illegible] num hominum [illegible] qui quoquomodo audita pro compertis [illegible] ducit vera in contrarium vertunt, & gliscit vtrumque posteritate; quippe, cum vtrumque [illegible] tradantur, tam falsa, quàm vera tempore corroborentur & intendantur.

c Rerum nouarum auctor, idemque belli concitor, primò est motus populares, [illegible] in [illegible] tate [illegible] modo [illegible] habet, dein audet alia hostilia; tempe, vicos exscindere, & trahere graues prædas: postremò multitudine auctus ad hostem accedit.

d Bonus dux belli flagitium se facere existimat, si [illegible] latronibus obsideri patitur.

e Ille mihi est optimus dux belli, qui inter tela suis fugientibus occursat, eosque quòd terga hostibus dant, acerbè increpare audet, postremò etsi est vulneratus, aduersum tamen os in hostem intendit, nec, desertus à suis, quoad ei vires sufficiunt, prælium omittit.

f [illegible] si fortè ab ignauissimis hominibus, atque adeò ab latronibus, ac desertoribus [illegible] victi [illegible] gloria hostis, quàm suo dedecore est anxius.

g [illegible] in [illegible] ob solam militum ignauiam contractum ipsorum supplicio est vindicandum. Sic Liu. lib. 2. [illegible] cum. de Appio Claudio loquens; centuriones, duplicariosque qui reliquerant ordines virgis cæsos securi percussit, cætera multitudo sorte decimus quisque ad supplicium lecti.

fuste necat. Tantumq; [a] seueritate profectum, vt vexillum veteranorum non amplius quingenti numero easdem Tacfarinatis copias præsidium, cui Thala nomen, adgressas fuderint. quo prælio Rufus Heluius [b]. gregarius miles seruati ciuis decus retulit, donatusq; est ab Apronio torquibus & hasta. Cæsar addidit [c] ciuicam [c] coronam, quod non eam quoque Apronius [d] iure proconsulis tribuisset, questus magis, [e] quàm [e] offensus. Sed Tacfarinas, perculsis Numidis, & obsidia aspernantibus sparge bellum, vbi instaretur cedens, ac rursum in terga remeans. & dum ea ratio barbaro fuit, [f] irritum, fessumque Romanum impune ludificabatur. Postquam deflexit ad maritimos locos, [h] inligatus præda, statiuis castris hærebat. missuque patris Apronius Cesianus cum equite, & cohortibus auxiliariis, quis velocissimos legionum addiderat, prosperam aduersus Numidas pugnam facit, pellitque in deserta. At Romæ Lepida, cui super Æmyliorum decus L. Sulla, ac Gn. Pompeius proaui erant, defertur [i] simulauisse partum ex P. Quirinio diuite atque orbo. adiiciebātur adulteria, venena, quæsitumque per Chaldeos in [k] domum Cæsaris, defendente ream [l] Manio Lepido fratre. Quirinius post dictum repudium adhuc infensus, [l] quamuis infami ac nocenti miserationem addiderat. Haud facilè quis despexerit illa in cognitione mentem princi-

OBSERVATIONES.

a Ignauus miles nunquam seueritate [illegible] corrigi potest, quæ [illegible] ignominiam acceptam adeo est necessaria, vt alij pœna exemploque [illegible] sibi [illegible] satisfacere, quin quicquid cladis, ignominiæque [illegible] fortitudine aboleatur.

b Et ipsum gregarij militis [illegible] præmio, & remuneratione dignum est, quippe æquè omnibus est virtus; [illegible] est [illegible]

c Maius quidpiam [illegible] torque, & hasta.

d Proconsul [illegible] iure suo tribuere cui videtur potest.

e Non semper qui queritur aliquid non esse factum, eo [illegible], offensus est.

f Vir prudens [illegible] sibi arroget [illegible], præcipuè si vnus habet [illegible], vt cuncta ad se trahat, quippe præstat [illegible] offendi possit. Quod si [illegible] est, vt [illegible] peccare malim, quæ nimia, vt ita dicam, [illegible] adscribi, [illegible] referri potest.

g Latro, [illegible] copiæ, vt in acie aduersus hostem consistere non audeat, [illegible] si obsidionibus tempus terat; sed [illegible] bellum spargat, vbi sibi instari videbit, cedat, [illegible], hostem licet potentissimum, irritum fessumque [illegible]

h [illegible] si non prædam [illegible], aut ea iam [illegible]

[illegible] est crimen atrox, atque adeo [illegible]

[illegible] per maleficia, aut veneficia [illegible] domus principis.

[illegible] infamia & nocens [illegible] & calamitatibus [illegible], etiam eos, qui [illegible] sunt, adducere ad misericordiam potest.

pis: [a] adeò vertit, ac miscuit iræ & clementiæ signa, deprecatus primò senatum ne maiestatis crimina tractarentur. Mox M. Seruilium è consularibus, aliosque testes inlexit ad proferenda quæ velut reticere voluerat: Idemque seruos Lepidæ, cùm militari custodia haberentur, transtulit ad consules: neque per tormenta interrogari passus est de his quæ ad domum suam pertinerent. Exemit etiam Drusum consulem designatum dicendæ [b] primo loco sententiæ. quod alij ciuile rebantur, ne cæteris adsentiendi necessitas fieret. quidam ad sæuitiam trahebant, neque enim cessurum, nisi damnandi officio. Lepida ludorum diebus qui cognitionem interuenerant, theatrum cum claris fœminis ingressa, lamentatione flebili maiores suos ciens, ipsumque Pompeium, cuius ea monimenta & adstantes imagines visebantur, [c] tantum misericordiæ permouit, vt effusi in lachrymas [d] sæua & detestanda Quirinio clamitarent, cuius senectæ atque orbitati & obscurissimæ domui destinata quondam vxor L. Cæsari, ac diuo Augusto nurus, dederetur. dein tormentis seruorum patefacta sunt flagitia, itumque in sententiam Rubellij Blandi, à quo aqua atque igni arcebatur. Huic Drusus adsensit. quanquam alii mitiùs censuissent. mox Scauro, qui filiam ex ea genuerat, datum, [e] ne bona pu-

OBSERVATIONES.

a *Si quis maiestatis ita accusatus est, vt crimen domum, aut personam principis respiciat, in tota illa cognitione princeps modestè se gerere, aut saltem moderationem simulare debet. nec tamen auctor illi sum, vt totam rem, accusationemque tollat, sed doceo, eiusdem principem, exemplo Tiberii, ita in huiusmodi rebus versari debere, vt misceat iræ, & clementiæ signa. Nam hoc pacto crimen nobilem minus impunitum erit: & ipse modestiæ principis laudem, quæ maxima est, consequetur.*

b *Vtrinque dubitari meritò potest; nempe, an primo, an verò vltimo loco princeps sententiam dicere debeat. quippe, si primus sententiam dicit, cæteris necessitas assentiendi eo facto imposita videtur. si vltimo loco, videtur omnino id ratum esse velle quod illi placet, neque se cessurum, nisi id fiat, quod vult. Hæc certe ita sunt, distinctionem hanc adhiberi oportere puto. Nam aut princeps verè dubitat quid facto opus sit, id quod si est, quæ res agitur, de ea senatorum sententias exquirere, nec prius huic, aut illi assentiri debet, quàm singulos attentè audiuerit. [illegible] in partem ipse inclinet, palam facere debet. Quòd si non dubitat, sed iam apud se ipse quid fieri velit, statutum habet, solamque senatus moratur assensum, haud dubiè primus ita censere debet, vt in sententiam ipsius fiat senatusconsultum. Postremò hoc addo, quod à prudentissimis principibus factitatur, principem, in rebus arduis, elicere debere sententiam suorum consiliariorum; seque interim sustinere, hoc est, nec primo nec vltimo loco censere, sed ipsa re ad, scilicet, sequi quod post singulorum sententias planè perspectas, optimum factu, magisque ex re sua videbit esse.*

c *Insignis nobilitas, & claritudo maiorum, quorum statuæ, & imagines, publicis in locis etiam conspiciuntur, non parua sunt incitamenta miserationis erga afflictum, & calamitosum in ea familia natum, si veluti in auxilium publicè ab eo vocentur.*

d *Quamuis matrimonium quod contrahitur cum nobilissima fœmina viro interdum sit decus, ac robur ad maiora nitenti; tamen sæpius accidit, vt, qui ipse obscurus vxorem ducit clarissimo genere prognatam, miris se difficultatibus irretitum videat. Nam si vxoris improbitatem indicare, aliaue ratione vlcisci forte velit, dictum, ac factum opponetur ei sordes, cum indigno, qui illam, qualiscumque est, vxorem habeat.*

e *Cui aqua, & igni interdicitur bona publicantur.*

blicarentur. Tum demum aperuit Tyberius compertum sibi etiam ex P. Quirinii seruis, veneno eum à Lepida petitum. At enim haud multùm distanti tempore Calpurnii Pisonem, Æmylii Lepidam [a] amiserant. Solatio adfecit D. Sillanus Iuniæ familiæ redditus. Casum eius paucis repetam. Vt valida diuo Augusto in Rempub. fortuna, ita domi [a] improspera fuit, ob [b] impudicitiam filiæ ac neptis, [c] quas vrbe depulit, adulterosque earum morte aut fuga puniuit. Nam [d] culpam inter viros ac fœminas vulgatam graui nomine [e] læsarum religionum, ac [f] violatæ maiestatis appellãdo, clementiam maiorum, [g] suasque ipse leges egrediebatur. Sed aliorum exitus, simul cætera illius ætatis memorabo, si [g] effectis in quæ tendi, plures ad curas vitam produxero. D. Sillanus in nepti Augusti adulter (quanquam non vltra foret sæuitum, quàm vt [h] amicitia Cæsaris prohiberetur) [i] exilium sibi demonstrari [k] intellexit. necnisi Tyberio imperitante deprecari senatum, ac principem ausus est, M. Sillani fratris potentia, qui per insignem nobilitatem & eloquentiam præcellebat. Sed Tyberius grates agenti Sillano patribus coram respondit, [k] se quoque lætari quòd frater eius è [l] peregrinatione longinqua reuertisset, idque iure licitum, quia non senatusconsulto, non lege pulsus foret: sibi tamen aduersus eum [m] integras parentis sui offensiones: neque

OBSERVATIONES.

a *Nunquam cuiquam fortuna vbique est bona, cui enim illa in rebus publicis est valida, domi plerunque est improspera.*

b *In familiam illustrem, atque adeò in domum principis nulla labes turpior induci potest, quàm impudicitia filiarum, ac cæterarum fœminarum, quæ principis consanguineæ sunt, [illegible], tanquam si non sit turpis, & infamia, negligitur in [illegible] principum.*

c *Princeps impudicitiam filiarum suarum pœna, & supplicio vindicare, ipsosque adulteros audacissimos homines seuerè punire debet.*

d *Adulterium, si molliùs accipias, videri potest culpa inter viros, ac fœminas vulgata: si duriùs, graui nomine læsæ religionis argui potest.*

e *Cùm matrimonium inter sacra & religiones, nempe Deo teste, [illegible], certè qui impudicitiæ labem in illud inducit, ab hoc læsas esse religiones [illegible] potest.*

f *Qui feminas, [illegible] principis [illegible], & religiones lædit, & [illegible] maiestatem principis violare [illegible].*

g *[illegible] aliquis [illegible] iudicamus in ijs verò, quæ ad nos attinent, proprijs cupiditatibus [illegible].*

h *Amicitia mea indignus est is, qui in familiam meam adulterium infert.*

i *Sapiens admodum est, qui cùm se grauiora meritum intelligat, quæ sibi leuior pœna demonstratur, hanc sibi ipse sponte sumit.*

k *Non solum principis, verùm etiam cuiusuis hominis iudicium planè in eo perspicitur, si quæ coniungi debent, coniungit; quæ item distinguenda sunt, distinguat.*

l *Exilium semper sumptum non propriè exilium, sed peregrinatio [illegible] dici potest.*

m *Et si iure ciuili cautum est, ut actiones ex delicto in hæredem [illegible] in sententia principum [illegible] complectitur, quorum ex animis vix vnquam delentur offensiones [illegible], graui præsertim de causa susceptæ, quinimo integræ apud eos manent, & infensi singulas vlciscendi occasiones captant.*

reditu-

reditu Sillani dissoluta quæ Augustus voluisset. fuit posthac in vrbe, neque honores adeptus est. Relatum deinde de,ᵃ moderanda Papia Poppæa, quam senior Augustus post Iulias rogationes (ᵇincitandis ᶜcælibum pœnis, & augendo ærario] sanxerat. ᵇ nec ideo coniugia & educationes liberûm frequentabantur, præualida orbitate. ᶜCæterùm multitudo periclitantium gliscebat cùm omnis domus delatorum interpretationibus subuerteretur: vtque ante hac flagitiis, ita tunc ᶜ legibus laborabatur. Ea res admonet, vt de principiis iuris, & quibus modis ad hanc multitudinem infinitam ac varietatem legum peruentum sit, altiùs disseram. ᵈVetustissimi mortaliũ nulla adhuc mala ᵈ libidine, sine probro, scelere, ᵉ eoque sine ᶠ pœna aut coërcitionibus agebant: neque ᵍ præmiis opus erat, cùm honesta ʰ suopte ingenio peterentur, & vbi nihil ⁱ contra morem cuperent, nihil ᵏ per metum vetabantur. At postquam exui ˡ æqualitas,

OBSERVATIONES

a *Quæ duriter à maioribus instituta sunt, ea moderanda esse ratio, & communis vsus suadent.*

b *Interest reip. ad impediendam orbitatem, vt coniugia, & educationes liberûm frequententur.*

c *Vix dici potest, quàm sit periculosa multiplex, ac diuersa legum interpretatio; siquidem non quid lex iubet, sed quicquid maleuolo & iniquo legum interpreti collibitum est, attenditur, porrò eam in locum res interdum redit, vt, non minus legibus, quàm flagitiis laboretur, hoc est, non minus periculosum sit, esse obnoxium tam variæ legum interpretationi, quæ pro cuiusque arbitrio fit, & qua multæ domus subuertuntur, quàm committere flagitia, quorum olim tantùm pœna dabatur. Et enim nihil princeps reip. cõducibilius facere potest, quàm si infinitam hãc legum multitudinem resecet. hoc Iustinianus frustra tentauit, cum hodie non tam legibus, quàm fœda legum laceratione laboremus, quippe plus glossarum, plus consiliorum, plus decisionum, plus est lecturarum, quàm olim nuscerum* [illegible] *celebrer.*

d *Hi sunt gradus peccati, libido aliena rapiendi, hinc ad probra descendimus, ex his oritur scelus, quo quisquis contaminari non vult, is caueat, ut comprimat eas libidines, quibus semel inquinatus animus nihil sibi turpe ducit.*

e *Pœna orta est ex delicto: quod vbi nullum est, neque pœna, neque coërcitio* [illegible]

f *Pœna punitur admissum flagitium; coërcitione cauetur, ne admittatur. nam vt ait Plato, referente Seneca lib. I. de ira cap. 16. nemo prudens punit, quia peccatum est, sed ne peccetur.*

g *Cùm præmia ideo proponantur, vt iis homines ad virtutem amplectendam incitentur, vbi honesta suopte ingenio petuntur, illorum nullus, scilicet, vsus est.*

h *Is verè est probus, qui non coactus, aut in speciem, sed suopte ingenio honesta petit.*

i *Bene viuere, est, nihil contra morem cupere.*

k *Primæ leges ex delicto natæ sunt, ex hoc metus, per quem vetantur homines quidquam cupere contra morem.*

l *Omnes virtutes vna æqualitate continentur. Nam si homines in animum inducere possent, vt æqualiter vitam agerent, haud dubiè secundum morem, hoc est, secundum naturam viuerent, quæ omnes homines pares edidit, vt est apud Arist. 1. Polit. cap. 3. vt verum sit quod Plautinus ille Leonida dicit, tam ego homo sum, quàm tu. sed vbi exuitur æqualitas ab iis, qui in ordinem vnà cum cæteris cogi non possunt, illico cedit modestia germana soror æqualitatis, & in harum locũ succedunt ambitio, & vis, ex quibus cætera mala orta sunt.*

& pro modestia ac pudore, ambitio & vis insidebat, prouenere [a] dominationes, multosque apud populos [b] æternùm mansere. Quidam [c] statim, aut postquam [c] Regum pertæsum, [d] leges [e] maluerunt. [f] Hæ primò [g] rudibus hominum animis simplices erant. maximeque fama celebrauit Cretensium, quas Minos; Spartanorum, quas [i] Lycurgus, ac mox Atheniensibus quæsitiores iam & plures [k] Solon perscripsit. Nobis Romulus, vt libitum, imperitauerat: dein [4] Numa religionibus & diuino iure populum deuinxit, repertaque quædam à Tullo & Anco: sed præcipuus [f] Seruius Tullius sanctor legum fuit, queis [h] etiam reges obtemperarent. Pulso Tarquinio, aduersum patrum factiones multa populus parauit, [i] tuendæ libertatis, & [k] firmandæ concordiæ: creatique decemuiri, & [l] accitis quæ [4] vsquam egregia, compositæ duodecim tabulæ, finis [m] æqui iuris. Nam secutæ [1] leges, [n] etsi aliquando in maleficos ex delicto, sæpiùs tamen dissensione ordinum, & [o] apiscendi inlicitos honores, aut pellendi

[illegible]

OBSERVATIONES.

a *Dominatio & inæqualitas, hoc est, diuersa hominum conditiones, eademque iniquæ originem ducunt ab ambitione, & vi. adeò vt præter regnum (si rex consensu gentis electus est) & politicum statum, quem Arist. 1. Polit. cap. 9. dicit constare ex* [illegible] *cætera omnia dominationum genera ideo sint illegitima, quia sunt violenta; quamuis ad illam ipsam vim parandam sit opus virtute; vt eodem loco est apud Arist.*

b *Semel parta dominatio transferri quidem ab vno ad alium, sed extingui vix vnquam potest.*

c *Rex in rep. fungitur vice legum.*

d *Non dubium est, quin sit in manu multitudinis certam aliquam reip. formam instituere: & iam institutam, si eius tædium cepit, mutare.*

e *Leges in rep. funguntur vice regum, ac dominorum.*

f *Is mihi status verè videtur esse liber, in quo leges supremum locum obtinent.*

g *Hominibus rudibus non quæsita, sed simplicia quæque sata sunt. hinc fit, vt, quæ leges primò rudibus adhuc hominum animis latæ sunt, simplices essent: hoc est, simpliciter bene viuendi rationem differentem à vita belluarum, homines illos rudes, & duro robore natos, vt est apud Virg.* [illegible] *hos dicit Sen. epist. 91. non fuisse sapientes, quamuis eorum vita* [illegible] *& fraude carens, quippe ignorantia rerum* [illegible]

h *Omnes* [illegible] *obtemperare æquum est.*

i *Qui* [illegible] *optimè prospectum esse cupit, summo studio, parique diligentia debet* [illegible] *quæ pertinent ad tuendam libertatem, & ad firmandam ordinum concordiam. quarum* [illegible] *nulla res præstare potest, præter leges.*

k *Nullum maius bonum hominibus contingere potest, quàm concordia.*

l *Ad constituendum reip. statum, ferendasque leges ea potissimùm acciri debent, quæ vsquam gentium egregia sunt.*

m *Æquum ius dicitur illud, quod omnes in libera rep. pariter complectitur, quodque vnum in ea dominatur. Æquum ius, inquit Seneca epist. 108. est, non quo omnes vsi sunt, sed quod omnibus latum est.*

n *Legum aliæ in maleficos ex delicto oriuntur, & hæ sunt necessariæ; aliæ* [illegible] *à potentioribus per vim feruntur in rep. distracta; nempe, ad adipiscendos illicitos honores, aut à plebe seditiosa ad pellendos è rep. claros viros, & alia prava: cuiusmodi fuerunt agrariæ, multaque ex ijs, quæ post leges duodecim tabularum Romæ à furiosis tribunis plebis sæpiùs latæ sunt.*

claros

claros viros, aliaque ob praua per vim latæ sunt. Hinc Gracchi, & Saturnini turbatores plebis, nec minor [1] largitor nomine senatus Drusus, corrupti spe, aut inlusi per intercessionem socij. Ac ne bello quidem Italico mox ciuili omissum, quin multa & diuersa sciscerentur, donec L. Sulla dictator abolitis vel conuersis prioribus, cùm plura addidisset, otium ei rei haud in longum parauit, statim turbidis Lepidi rogationibus: neque multo post Tribunis reddita licentia quoquò vellent populum agitandi. Iamq; nō modò in commune,[a] sed in singulos homines latæ quæstiones, & [b] corruptissima Rep. plurimæ leges. Tum Gn. Pompeius tertiù consul corrigendis moribus delectus, & [c] grauior remedijs quàm delicta erant, [d] suarumq; legum autor idēac subuersor, quæ armis tuebatur, [e] armis [f] amisit. Exin cōtinua per viginti annos discordia,[g] nō mos, non ius, deterrima quæque impune, ac multa [h] honesta exitio fuere. Sexto demū consulatu Cæsar Augustus potentiæ securus quæ triumuiratu iusserat, [i] aboleuit,

[1] [illegible]

OBSERVATIONES.

a *Tam verè corrupti mores in rep. esse dicuntur, cùm non modò per vim perniciosæ leges in commune, sed in singulos quoque homines, ambitione potentiorum feruntur quæstiones, quibus plerunque innocentia opprimitur.*

b *Corruptissima rep. plurimæ leges feruntur: hoc est, nullum maius argumentum populi corrupti esse potest, quàm multitudo earum legum, quæ latæ sunt aut ad coercenda delicta, aut ad confirmandam paucorum potentiam.*

c *Supra obseruauimus magistratum nunquam debere esse grauiorem remediis, quàm sunt delicta.*

d *Haud multum ponderis, & momenti est in iis legibus, quarum vnus, & idem lator, & subuersor est. Idcirco iniquè principes sæpius queruntur, leges à se latas in nulla esse veneratione; neque in* [illegible] *cùm ipsi, quorum tota vita lex esse deberet, cùm ad* [illegible] *cæteris suos mores* [illegible] *monstrent, semper contemptum sacrarum constitutionum,* [illegible] *terrorem singulorum ferunt;* [illegible] *ad* [illegible] *malas libidines, denique ad calcandam* [illegible]

e *Vis vi retunditur; arma armis vincuntur.*

f *Dij boni! quibus tandem in rebus non conspiciuntur ludibria rerum humanarum? Siquidem quæ vt maximè freti magnas res aggredimur, sæpe accidit vt illa ipsa res nobis ipsis perniciem afferat.*

g *Ne spes quidem vlla reip. statum seruari posse, in qua permultos annos discordia ita grassatur, vt nulla res ad concordiam ciues reuocare possit: denique vbi non mos, non ius, sed deterrima quæque impunè ac multa honesta exitio sunt.*

h *Non mirandum est, non modò deterrima quæque, verùm etiam multa honesta sæpe iis, à quibus proficiscuntur, exitio esse, quo in loco id accidit, hoc est, vbi quicquid deterrimè geris, impunè geras, quicquid autem præclari abs te, tanquam virtute profectum est, id fugandi tibi est, ibi certè* [illegible] *necesse est.*

i *Non ideo magnis viris parum sibi constare dicuntur, quòd quæ antea ab se prudenter constituta fuere, mutant. quippe constantia, & permansio in sententia spectari debet* [illegible] *finis, ad quem quisque tendit, sed* [illegible]*, quo eò peruenire possit, mutatur. hinc fit, vt, quæ prius sapienter instituta fuere, ea interdum aboleri non leuitas sed ratio temporum, quibus* [illegible] *in rebus, assentiendum est, & suadeat, & cogat.*

dediteque iura quîs [a] pace & principe vteremur. acriora ex eo vincla, inditi custodes, & lege [b] Pappia Poppæa præmiis inducti [c] vt si à priuilegiis parentum cessaretur, velut [d] parens omnium populus vacantia teneret. [e] Sed altiùs penetrabant, vrbemque & Italiam, & quod vsquam ciuium corripuerant: multorumque excisi status, & terror omnibus intentabatur, [f] ni Tyberius statuendo remedio [g] quinque consularium, quinque è pretoriis, totidem e cetero senatu sorte duxisset, apud quos exoluti plerique legis nexu, modicum in præsens leuamentum fuere. Per idem tempus Neronem e liberis Germanici iam ingressum iuuentam commendauit patribus, vtque munere capessendi vigintiuiratus solueretur, & quinquennio maturiùs, quam per leges Quæsturam peteret, [h] non sine irrisu audientium, postulauit. Prætendebat sibi atque fratri decreta eadem, [i] petente Augusto. Sed neque tum fuisse dubitauerim qui eiusmodi preces occulti inluderent. attamen [k] initia fastigii Cæsaribus erant, [l] magisque in oculis vetus mos, & [m] priuignis cum vitrico leuior necessitudo, quàm auo aduersum nepotem. Additur pontificatus, & quo primùm die forum ingressus est, [n] congiarium plebi, [o] admodum lætæ quòd Germanici stirpem iam puberem

OBSERVATIONES.

a Is demum magnus vir est, qui etsi conuertit statum liberæ reip. in principatum, ea tamen iura populi dat quibus pace, & principe vti possunt, id est, quibus pax & concordia ordinum ita firmatur & consociatur, vt illa eadem resp. quæ cum olim esset libera ciuilibus bellis confecta, nunc pace totius [illegible] fruitur principatum, [illegible] virtute ea parte est, [illegible] liberter ferat, [illegible] statum eam minimè penetrat. Certè hâc laudem Augustus apud Romanos, Cosmus Medices apud Florentinos adeptus est.

b Vniuersus populus, hoc est, resp. velut communis omnium parens censetur. Itaque non mirum est, si, cui desunt heredes, huius bona tanquam vacantia in ærarium publicum conferantur. Sed lege Pappia aliud cautum erat, nempe, vt omnes defunctorum hereditates referrentur in [illegible] Rom. iis [illegible] exceptis, quæ filiis deberentur; at præter eos [illegible] quo hoc loco Tacit.

c Multa princi[illegible] in [illegible] dò [illegible], quàm ad [illegible] principe posse [illegible] vtilitati [illegible], quo pernici[illegible]tur.

d Cùm [illegible] alicuius legis [illegible], is vti princeps debet lenimentum afferre de sententia senatus, [illegible]

e Fa[illegible] interdum [illegible] opus est extraordinario aliquo senatu, qui à principe lectus, aut sorte d[illegible]narij debet.

f Ridicule id à [illegible] in manu mea est, ibique id extorquere, [illegible]rum erit posse[illegible]

g Quæ [illegible] contra leges fiunt, vbi tamen licere existimantur.

h Quicquid [illegible] ægre præstatur, id amore sine dubio esse in initium [illegible]

i Facili[illegible] studium coniunctioris, quàm [illegible]

k Ad c[illegible] sanguinem principis, aut principes [illegible] dat se in [illegible] [illegible] debuerit [illegible].

l Erga [illegible] fuerunt populi studia, illius stirpem idem populus, quæ ei maximè [illegible] [illegible] sic etiam populi amores sunt hereditarij.

aspi-

aspiciebat. Auctum dehinc gaudium nuptiis Neronis & Iuliæ Drusi filiæ. Vtque hęc secundo rumore, ita aduersis animis acceptum, quod filio Claudij socer Seianus destinaretur: [a] polluisse nobilitatem familiæ videbantur, suspectumque iam [b] nimiæ spei Seianum vltro extulisse. Fine anni concessere vita insignes viri, L. Volusius, & Sallustius Crispus. Volusio vetus familia, neque tamen præturam egressa. Ipse consulatum intulit, censoria etiam potestate legendis equitum decuriis functus, opumque quîs domus illa immensum viguit, primus adcumulator. Crispum equestri ortum loco C. Sallustius, rerum Romanarum florentissimus autor, sororis nepotem in nomen adsciuit. Atque ille, quanquam prompto ad capessendos honores aditu, Mecœnatem æmulatus, sine dignitate senatoria multos triumphalium, consulariumque potentia [c] anteiit, diuersus à veterum instituto, per cultum & munditias, copiaque & affluentia [d] luxu [e] propior, suberat tamen [f] vigor animi ingentibus negotiis par, eò acrior quò [g] somnum & inertiam magis ostentabat. Igitur incolumi Mecœnate proximus, mox [h] præcipuus cui secreta imperatorum inniterentur, & interficiendi Posthumi Agrippę conscius, ætate prouecta

OBSERVATIONES.

a Clarissima familia nobilitatem is polluere dicitur qui ipse obscurus affinitate, aut alia aliqua ratione in eam inducitur.

b Principis fauor erga eum, qui ex intima ipsius amicitia est, perrarò vsque eò extendi debet, vt illum per affinitatem inferat domui suæ, nam fieri fit, vt, qui obscurus homo ad id fastigij euehitur, hic nimiæ spei, in principis suam perniciem agitet.

c Interdum splendor vitæ priuatæ, & præclara institutio domestica non minùs honestant eum, qui prudenter, & feliciter his vti scit, quàm dignitates, & magistratus.

d In hoc sæpiùs peccant homines, quòd dum se virtutem sectari putant, facilè labuntur in illud vitij genus quod illius virtutis est finitimum, quod quàm lubricum sit, nemo, opinor, dubitat.

e Aliud est cultus, & munditiæ, aliud verò luxus, nempe, hoc ex [illegible] eorumque abusu, illud ex virtute manat, qui illum adhibet, diuitijs, vt par est, vtitur, qui hoc, dominum hunc abutitur.

f Non satis est, excellenti ingenio præditum esse, ijsque artibus, quæ optimæ sunt, pectus impleuisse, quippe ad hæc accedere debet vigor ille animi, sine quo nemo ingentibus negotiis par esse potest.

g Fallitur quisquis existimat, cultum externum esse verum indicium eius, quod quisque in animo habet, siquidem sunt quidam sunt ingenio, vt quò magis somnum, & inertiam ostentant, hoc sint acriores ad maximas res gerendas, sic Liu. lib. 1. hist. ab vrbe condita de Bruto illo liberatore populi Rom. loquens: Comes, inquit, his additus L. Iunius Brutus, Tarquinia sorore regis natus, iuuenis longè alius ingenio, quàm cuius simulationem induerat. & paulò post, Ergo ex industria factus ad imitationem stultitiæ, cùm se, suaque prædæ esse regi sineret, Bruti quoque haud abnuit cognomen, vt sub eius obtentu cognominis liberator ille populi Rom. animus latens opperiretur tempora sua, &c.

h Præter senatum, & publicum consilium, solent principes aliquem accolas sui consilij intimum habere, nempe, præcipuum, cui principalia secreta innitantur. In cuius persona cùm grande sit momentum, diligenter priùs vid re debent, quemnam interiore illa amicitia, & quasi consortio summæ potestatis dignum deputent.

[illegible]

[a] speciem magis in amicitia principis quàm vim tenuit. Idque & Mecœnati acciderat: [b] fato potentiæ raro sempiternæ; an [c] satias capit aut illos cum omnia tribuerunt, aut hos, cùm iam [d] nihil reliquum est quod cupiant. Sequitur Tyberij quartus, Drusi secundus consulatus patris atque filij collegio insignis. Nam biennio ante, Germanici cum Tyberio idem honor neque patruo [e] lætus, neque natura tam connexus fuerat. Eius anni principio Tyberius [f] quasi firmandæ valetudini in Cāpaniam concessit, longam & continuam absentiam [f] paulatim meditans, siue vt, amoto patre, Drusus [g] munia consulatus solus impleret. At fortè [h] parua res magnum ad certamen progressa præbuit iuueni materiem apiscendi fauoris. Domitius Corbulo prętura functus de L. Sulla nobili iuuene [i] questus est apud senatum, quòd sibi inter spectacula gladiatorum loco non decessisset. Pro Corbulone ætas, patrius mos, studia seniorum erant: contra, Mamercus Scaurus, & L. Arruntius, aliique Sullæ propinqui nitebantur: certabantque orationibus, & memorabantur exempla maiorum, qui iuuentutis inreuerētiam grauibus decretis notauissent: donec Drusus [k] apta temperandis animis disseruit, & satisfactum Corbuloni per Mamercum, qui patruus simul ac vitricus Sullæ, & oratorum ea ætate vberrimus erat. Idem Corbulo plurima per Italiā [l] itinera fraude mancipum, & incuria magistratuū interrupta, & impernia clamitan-

[illegible]

OBSERVATIONES.

a *Ex intimis amicis principis alij vim, alij speciem in illius amicitia tenent. Vim quidem prudentes, ijdemque magno, & acri ingenio prædıti homines, quorum consilio principes vtuntur: speciem, ij, quos aut ob insignem nobilitatem, & longæ familiæ decora, à suo latere princeps vix vnquam abscedere patitur. illi præsidio, hi ornamento dicuntur esse principi.*

b *Sciant homines, esse in fatis, vt rarò potentia sint sempiterna.*

c *Satias omnium rerum est, etiam illarum, quæ hominum opinionibus maxima sunt, & amplissima; atque adeò omnium, cuiusmodi tandem illæ sint, vna excepta virtute.*

d *Etsi id perrarò accidit, accidit tamen vt, nihil sit reliquum in rebus humanis, quod homines capere possint; adeò suam ipsi spem vicerunt.*

e *Callidi principes ita assuescunt falsa specie quidquid agunt, obtegere.*

f *Quæ princeps agere decreuit, non [illegible], & vno impetu patrare, sed ea paulatim meditari, & quasi aliud agens, sensim [illegible] ita, qui longam absentiam meditatur, neque id cuiquam palam faciat, neque se ex [illegible] conspectu proripiat, sed paulatim se subducat.*

g *Princeps, cui est filius [illegible] specie firmandæ valetudinis, aut obtendens aliam causam, debet per aliquot dies [illegible] secedere, eique aliqua reip. munia mandare, vt hoc pacto, is paulatim regendæ reip. [illegible]*

h *Paruæ [illegible] ad magna certamina procedunt.*

i *Iuniores [illegible], loco maioribus natu decedere. id nisi fit, senioribus apud Senatum queri licet; qui iuuenum [illegible] irreuerentiam grauibus decretis notare & potest, & debet. ratio est apud Arist. lib. 2. polit. [illegible] 7. [illegible]*

k *Principis prudentis nunquam potentiorum contentiones asperare, sed eas quæ maximè ratione possit, attemperare debet, ne ad maiores turbas erumpant.*

l *Interest reip. ne itinera publica sint interrupta, aut impervia.*

do-

do, executionem eius negotii libens [a] suscepit. quod haud perinde publicè visui habitum, quàm exitiosum multis, quorum in pecuniam atque famam damnationibus, & hasta sæuiebat. Neque multò post missis ad senatum literis Tyberius motam rursum Africam incursu Tacfarinatis docuit, iudicioque patrum deligendum proconsulem, [b] gnarum militiæ, [c] corpore validum, & bello suffecturum. quod initium Sext. Pompeius agitandi aduersus M. Lepidum odii nactus vt socordem, inopem, & maioribus suis dedecorum, eoque etiam Asiæ sorte depellendum incusauit, aduerso senatu, qui Lepidum [d] mitem, magis quàm ignauum, paternas ei [e] angustias & nobilitatem sine probro actam, honori quàm ignominiæ habendam ducebat. Igitur missus in Asiam. Et de Africa decretum vt [f] Cæsar legeret cui mandanda foret. Inter quæ Seuerus Cæcinna censuit, ne quem magistratum, cui prouincia obuenisset, vxor comitaretur: multùm ante [g] repetito, concordem sibi coniugem, & sex partus enixam: seque [h] quæ in publicum statueret domi seruauisse, cohibitam intra Italiam, quanquam ipse pluris per prouincias quadraginta stipendia expleuisset. haud enim frustra placitum olim, [i] ne fœminæ in socios, aut gentes externas traherentur. inesse mulierum comitatui quæ pacem [k] luxu, bellum formidine morentur, & Romanum agmen ad similitudinem barbari [illegible] incessus conuertant: non [l] imbecillem tantùm, & imparem laboribus sexum, sed si licentia adsit, sæuum, ambitiosum, potestatis auidum, incede-

OBSERVATIONES.

a Quidam reperiuntur eo ingenio præditi, vt negotiorum etiam odiosorum atque atrocium procurationem libenter suscipiant, atque adeò eam cupiscant, non tam vt publicæ seruiant vtilitati, quàm vt sæuiant in pecuniam, & famam multorum.

b Ad belli [illegible] quæri debet gnarus militiæ, corpore validus, & bello suffecturus.

c Inter cætera quæ desiderantur in duce exercitus est [illegible], & [illegible]; nempe, vt vbique frequens adesse, & alia munera militaria obire possit.

d Quosdam videas, vt supra admonui, quibus nemo videtur esse strenuus, nisi idem ille sit ferox, & aggressu; cæteros ignauos vocant, qui iidem & mites, & bellatores sunt. [illegible] docet Tacit. lib. 1. histor. Et fortissimus, inquit, in ipso discrimine exercitus est, qui ante discrimen quietissimus. Et eodem lib. ignauissimus quisque, &, vt res docuit, in periculo non ausurus, nimii verbis, linguæ feroces. sic Sallust. in bello Iugurth. lingua, quàm manu promptior.

e Paupertas, & rei familiaris angustiæ viro nobili, si modò nobilitatem agit sine probro, honori magis, quàm ignominiæ habenda est.

f Prudenter facit Senatus, & in loco obsecundat principi, si summa rerum vni ipsi integra seruat.

g Siquid publicè statui postulamus aduersus vitia, quibus maximè laborat seculum nostrum, prius diligenter circumspectandum est, an aliquid tale, cuiusmodi in aliis reprehendimus, nobis meritò obiici possit; ne vani, & iniqui legis auctores dici possimus.

h Quæ quis in publicum statuit, prius domi seruet.

i Antiquitus cautum erat, ne fœminæ in socios, aut gentes externas traherentur; hoc est, ne maritis in prouincias euntibus comites irent; siquidem pacem luxu, bellum formidine morantur.

k Infamiæ dignum pacis vitium est luxus; belli verò, formido.

l Non est certum, quod sexus mulierum non modò esse imbecillum, & imparem laboribus; sed si licentia adsit, impotentem, sæuum, ambitiosum, & potestatis auidum, idque adeò, vt non se inter decora sua cogitent solum, sed incedere inter signa, exercitui se ostentare, viris præesse, habere ad manum centuriones, denique singula munia militaria obire velit. cum hæc fœmina audet, videor videre simiam imitantem gestus hominis.

te inter milites, habere ad manum centuriones: præsedisse nuper [a] fœminam exercitio cohortium, decursu legionum: cogitarent ipsi quoties repetundarum aliqui arguerentur, plura [a] vxoribus obiectari: his statim [b] adhærescere deterrimum quemque prouincialium: [c] ab his negotia suscipi, transigi: duorum egressus coli, duo esse prætoria, [d] peruicacibus magis & impotentibus mulierum iussis, quæ [a] Oppiis quondam, aliisque legibus constrictæ, nunc vinclis exolutis, domos, fora iam & exercitus regerent. Paucorum hæc adsensu audita plures obturbabât. neque relatum de negotio, neque Cæcinnam [e] dignum tantæ rei censorem. mox Valerius Messalinus, cui parens Messala, [f] ineratque imago paternæ facundiæ, respondit: [g] Multa duritie veterum melius & lætiùs mutata. Neque enim, vt olim, [h] obsideri vrbem bellis, aut prouincias hostilis esse, & pauca [i] fœminarum necessitatibus concedi, quæ ne coniugum quidem penates, adeò socios non onerent: cætera promiscua cum marito: nec vllum in eo pacis impedimentum. bella planè accinctis obeunda, sed reuertentibus post laborem [k] quod honestius, quàm vxorium leuamentum? At quasdam in [l] ambitionem, aut auaritiam prolapsas. Quid?

a vide Liv. lib. 34. hist. ab vrbe condita.

OBSERVATIONES.

a *Cùm luxus videatur esse proprium vitium mulierum, non mirum est, viros ab vxoribus eò interdum redigi, vt, non tam ob propria, quàm ob illarum peccata repetundarum arguantur. Siquidem qui in luxum prodigit pecuniam, huic quia id quod habet nunquam satis est, aliunde rapere necesse est.*

b *Cum mulieribus nihil sit infirmius, non est mirum earum imbecillitatem æquè, ac ciuiùs à deterrimo quoque, quàm ob optimis captari; eisque ipsas statim adhærescere.*

c *Hoc miserum reip. in qua ab fœminis negotia suscipiuntur, & transiguntur.*

d *Iussa mulierum plerunque sunt peruicacia, & impotentia, ideoque legibus constringi debent, nam vbi semel vincula excusserunt, quicquid negotiorum est, miro audacia suscipiunt, ac transigunt, idque adeò vt, ne viris quidem concedant, sed pari cum ipsis dignitate esse, pariterque ab iis, quibus præsunt, coli velint; postremò non domum, & rem familiarem, quæ ipsarum est curatio, sed & fora, & exercitum regant.*

e *Qui id agit, vt rei alicui nouæ magni momenti autor sit, id nunquam quod molitur, assequetur si eius rei parum dignus censor videatur.*

f *Is verè filius dici potest, cui inest imago paternæ virtutis.*

g *Quæ à veteribus duriter, ac [illegible], de iis aliquid remittere, ac meliùs, lætiusque mutari debent; præcipuè si id postulet [illegible]; quæ, omnibus in rebus, adeò haberi debet, vt, quæ olim fuerunt necessaria, [illegible] quædam mutari, quàm manere satius sit, cuiusmodi sunt leges, mores, & [illegible] vt, non semper quid lex iubeat, aut quid in more positum sit, sed quid tempori [illegible] reip. expediat, attendendum sit.*

h *Quid in[illegible] dici potest, quàm tristissimo nostro tempore, nempe si ab hostibus vrimur, [illegible], luxui, ac voluptatibus indulgere, inque vanas pecuniam prodigere, potiùs, quàm [illegible]ibus salus nostra mittatur?*

i *[illegible] fœminarum necessitatibus concedi possunt, si modò talia sint, quæ neque publicam, neque [illegible] rem onerent.*

k *[illegible]ribus mulieribus defunctis marito quid honestius, quàm vxoriorum leuamentum afferri potest? constat enim vxorum [illegible] esse, vt viros laboribus defatigatos muliebri suauitate leuet.*

l *Hæc sunt plerunque vitia magistratuum & validiorum; ambitio, & auaritia, vt supra obseruaui.*

ipsorum

ipsorum magistratuum nonne [a] plerosque variis libidinibus obnoxios? [b] non tamen ideo neminem in prouinciam mitti. [c] corruptos saepe prauitatibus vxorum maritos, num [d] ergo omnes caelibes integros? placuisse quondam Oppias leges, sic temporibus Reip. postulantibus: remissum aliquid postea, & mitigatum, quia expedierit. [e] frustra nostram ignauiã alia ad vocabula transferri: nam [f] viri in eo culpam, si foemina modum excedat. Porrò ob [g] vnius, aut alterius imbecillum animum, malè eripi maritis [h] consortia rerum secundarum aduersarumque: simul [i] sexum natura inualidum [k] deseri, & exponi suo luxu, cupidinibus alienis: vix praesenti custodia manere inlaesa coniugia; quid fore, si per plures annos [l] in modum dissidij obliterentur? Sic [m] obuiam irent iis quae alibi peccarétur, vt flagitiorum vrbis meminissent. Addidit pauca Drusus de matrimonio suo. Nam principibus [n] adeunda saepiùs longinqua imperij. Quoties diuum Augustum in Occidentem, atque Orientem meauisse comite Liuia? se quoque in Illyricum profectum, &, si ita conducat, alias ad gentes iturum, haud semper aequo animo, si ab vxore charissima, & tot communium liberorum parente diuelleretur. Sic Caecinnae sententia elu-

OBSERVATIONES.

a *Non est postulandum à mulieribus vt minus sint obnoxiae vitiis, quàm viri.*

b *Non ideo quia persaepe peccatur ab hominibus tam in re priuata, quàm in publica [illegible] ab iis omnino abstinendum est, quippe peccatum potiùs corrigi, quàm [illegible] debet, vt eo ab capessenda Rep. rebusque nostris administrandis deterreamur.*

c *Mariti saepe corrumpuntur prauitatibus vxorum.*

d *Non ideo quia in vno genere peccatur, in alio sanctiùs viuitur. itaque non quia mariti prauitatibus vxorum saepe corrumpuntur, ideo omnes caelibes integri sunt.*

e *Hoc est vitium naturae humanae [illegible], vt, sua vitia ad alia vocabula transferant, hoc est, propriis peccatis [illegible].*

f *Qui prohibere ne peccetur potest, is, si peccatur, peccati reus est. Itaque viri culpa in eo est, si foemina modum excedit, cum vir vxorem in officio continere [illegible] & [illegible] dici rectissimè potest.*

g *Quod ab vno, aut altero fit, id certum non tanti autoritatis esse debet, vt eius exemplo caeteros omnino [illegible] sit.*

h *Matrimonium ita definiri potest, vt sit consortium rerum tam aduersarum, quàm secundarum.*

i *Sexus muliebris natura est inualidus.*

k *Videtur omnino praestare, vt vxores à viris ad longinqua itinera ducantur, quàm vt solae domi relinquantur. quippe sexus natura inualidus si deseratur, suo luxu, exponitur cupidinibus alienis. caeterum si vix praesenti custodia manent illaesa coniugia, quia adulteris [illegible], quid fiet, si per plures annos in modum dissidij obliterentur, & mariti ab complexu charissimarum vxorum diuellantur?*

l *Longa absentia mariti est similitudo quaedam dissidij, i. diuortij.*

m *Sic obuiam ire debemus iis, quae alibi, hoc est, extra familiam, peccantur, vt nostrorum peccatorum, ac vitiorum semper memores simus. i. non tam in aliorum vitiis reprehendendis occupati esse debemus, quam potiùs nostra corrigamus.*

n *Principes nunquam debent desides sedere domi; sed eò proficisci quò eos reip. negotia vocant, quia adeunda sunt longinqua imperij.*

sa. Et proximi senatus die, Tyberius per literas [a] castigatis [b] obliquè patribus, quòd cuncta curarum ad principem reiicerent, M. Lepidum & Iunium Blæsum nominauit, ex quîs proconsul Africæ [c] legeretur. Tum audita amborum verba, intentiùs excusante se Lepido, [d] cùm valetudinem corporis, ætatem liberûm, nubilem filiam obtenderet, intelligereturque etiam, quod [e] silebat, auunculum esse Seiani Blæsum, atque eò præualidum. Respondit Blæsus [f] specie recusantis, sed neque eadem adseueratione, & consensu adulantium auditus est. Exin [g] promptum, quod multorū intimis questibus tegebatur. Incedebat enim deterrimo cuique licentia, impune probra, & inuidiā in bonos excitandi, [g] arrepta imagine Cæsaris: libertiq; etiam ac serui, patrono vel domino cùm voces, cùm manus intentarent, [h] vltro metuebantur. Igitur C. Cestius senator disseruit, [h] principes quidem instar deorum esse, [i] sed neque à diis nisi iustas preces

OBSERVATIONES

a *Etsi nouus princeps cuncta ad se trahere debet, tamen nunquam modestiæ oblitus sit, aut saltem eam egregiè simulare debet. Ideo nonnunquam obliquè & leuiter castigabat eos, qui cuncta curarum ad ipsum reiiciunt, quasi multitudine, & magnitudine negotiorum obruatur.*

b *Quædam princeps reprehendere debet non palam, & apertè, sed ita, scilicet, vt vix intelligi possit, quid sit sententiæ. id autem fit, cùm reprehensio est magis quæsita in speciem, quàm necessaria, aut vera.*

c *Princeps nouus, si agitur de prouinciis, magnisue imperiis demandandis, duos pluresue, qui sibi videntur, nominet, vt ex iis Senatus, quos volet, legat. hac ratione ipse dignitati suæ egregiè consulit; eademque opera reipub. satisfacit.*

d *Legitimæ excusationis causæ à publicis muneribus, & longa absentia inter cæteras, hæ sunt; ætas liberorum, nubilis filia, valetudo corporis.*

e *Est prudentis alia [illegible] potentioribus; neque eos æmulatione irritare.*

f *Aliud est [illegible], & reuera excusare se, & aliud, per speciem ita recusare honorem, vt ea excusatione satis intelligatur, eum, qui se excusat, nihil æquè cupere, quàm id, quod in speciem recusat, sibi tribui.*

g *Persona principis non modò est sacra; verùm etiam ipsius imagini [illegible] habetur honor, vt etiam nocentes, ea arrepta, religione sint tuti, [illegible] profectus est.*

h *Inter mortales haud dubium est, principes [illegible] esse, hoc est, ab omnibus proinde colendos ac si præsentes dij sint. cæterùm, cùm Deum dicimus, ipsum veritatem, [illegible] dicimus, cui nulla inest labes, [illegible] propriè ad eam accessit, ita vitijs, aut virtuti similes, [illegible], aut Deorum instar esse dicitur. Iam verò cùm principes D[illegible] fingantur, turpe est ipsis non eorum virtutem complecti, quorum [illegible] inter mortales fastigio, imitantur; atque id agere qui, non fortuna, sed [illegible] esse dicantur.*

i *Cùm D[illegible] ipsissima iustitia, satis constet, nihil illi probari quod non idem sit iustum: quæ cùm ita [illegible] à Deo suppliciter petimus, id prius iustum, an secus sit, dispiciendum est. quippe ab eo [illegible] iustas supplicum preces audiri constat, ac cùm principes quàm [illegible] possunt, ad Deum [illegible] debeant, ipsis inprimis cauendum est, ut quidquam iniusti [illegible]. Siquidem [illegible] Deo similius esse nec possunt, nec debent, quàm iustitia, [illegible] apud Platonem in Theæteto, [illegible]*

nisi

supplicum audiri: [a] neque quenquam in Capitolium, aliáue vrbis templa perfugere, vt eo subsidio ad flagitia vtatur. [b] Abolitas leges, & funditus versas, vbi in foro, in limine curiæ ab Annia Rufilla, quam fraudis sub iudice damnauisset, probra sibi & minæ intendantur, neque ipse audeat ius experiri, ob effigiem imperatoris oppositam. Haud dissimilia alij, & quidam atrociora circunstrepebant: precabanturque Drusum [c] daret vltionis exemplum, donec accitam conuictamque [d] attineri publica custodia iussit. Et Considius Aequus, & Cælius Cursor equites Rom. quòd fictis maiestatis criminibus Magium Cæcilianum prætorem petiuissent, autore principe, ac decreto senatus [e] puniti. Vtrunque in laudem Drusi trahebatur: ab eo in vrbe inter cœtus & sermones hominum obuersante, secreta patris [f] mitigari. Neque [g] luxus in iuuene adeò displicebat. huc potius intenderet, diem [[h] ædificationibus,] noctem conuiuiis traheret, quàm solus & nullis voluptatibus [h] auocatus mœstam vigilantiam, & malas curas exerceret. Non enim Tyberius, non accusatores fatiscebant. Et Ancharius Priscus Cæsium Cordum proconsulem Cretæ postulauerat repetundis, addito maiestatis crimine, quod [i] tum omnium accusationum complementum erat. Cæsar Antistium Veterem è primoribus Macedoniæ absolutum [k] adulterij, increpitis iudicibus, ad dicendam maiestatis causam retraxit, vt turbidum, & Rhescuporidis consiliis permistum, qua tempestate Corye fratre interfecto, bellum aduersus nos volueratr. Igitur [l] aqua & igni interdictum reo, adpositumque vt teneretur insula, neque Macedoniæ neque Thraciæ opportuna. Nam Thracia diuiso imperio in Rhœmetalcen & liberos

OBSERVATIONES.

a *Non ideo templa, aliaque loca sacra, & religiosa sunt [illegible], vt eo perfugio impij ad patranda, et tuenda scelera vtantur; sed vt calamitosi, ac misericordia digni [illegible].*

b *Tunc leges dicuntur esse abolitæ, & funditus versæ, cùm licet improbis impune probra, & minas intendere in bonos.*

c *Flagitia nulla ratione meliùs è ciuitate tolli possunt, quàm si princeps, aut magistratus insigne seueræ alicuius vltionis exemplum edat, quo homines à peccando deterreantur.*

d *Probra & minæ legibus vindicari debent.*

e *Is pœna, suppliciique dignus est, qui ficta crimina in aliquem intendit, hæc est pœna talionis.*

f *Filius principis ingentem laudem, & gratiam apud omnes omnium ordinum homines consequitur, si ab ipso seueri patris secreta mitigantur.*

g *Quod cuiusque ætatis vitium proprium est, id non adeò odiosum est; quippe non est nouum, senes esse auaros; adolescentes autem luxui deditos.*

h *Principes minus nocent cum voluptatibus auocantur à mala vigilantia, quibus malas curas exercere possent.*

i *Cùm primùm resp. venit in potestatem tyranni, crimen maiestatis omnium accusationum complementum est.*

k *Non minus viri, quàm fœminæ causam ob adulterium dicunt.*

l *Conuicto maiestatis aqua & igni interdicitur.*

resumendae libertati tempus, si ipsi florentes, quàm inops Italia, quàm imbellis vrbana plebes, nihil validum in exercitibus, nisi quod [a] externum, cogitarent. Haud ferme vlla ciuitas intacta seminibus eius motus fuit. Sed erupere primi Andecaui, ac Turonij. Quorum Andecauos Acilius Auiola legatus excita cohorte, quae Lugduni praesidium agitabat, coërcuit. Turonij legionario milite, quem Visellius Varro inferioris Germaniae legatus miserat, oppressi, eodem Auiola duce, & quibusdam Galliarum primoribus, qui tulere auxilium, [a] quò dissimularent defectionem, magisque in tempore efferrent. Spectatus & Sacrouir [b] intecto capite pugnam pro Romanis ciens, ostentandae, vt ferebat, virtutis. Sed captiui, ne incesseretur telis, adgnoscendum se praebuisse arguebant. Cōsultus super eo Tyberius [c] aspernatus est indicium, [d] aluitque dubitatione bellum. Interim Florus insistere destinatis, pellicere alam equitum, quae conscripta Treueris, militia disciplinaque nostra habebatur, vt [e] caesis negotiatoribus Romanis bellū inciperet. Paucique equitum corrupti, plures in officio mansere. Aliud vulgus obaeratorum aut clientium arma cepit, petebantque saltus, quibus nomen Arduenna, cū legiones vtroque ab exercitu, quas Visellius, & C. Silius aduersis itineribus obiecerant, arcuerūt. Praemissusque cum delecta manu Iulius Indus è ciuitate eadem, discors Floro, & ob id [f] nauandae operae auidior, inconditam multitudinem adhuc disiecit. Florus incertis latebris victores frustratus, postremò visis militibus, qui effugia insederant, [g] sua manu ceci-

[illegible]

OBSERVATIONES.

a *Cuius nondum probari defectio potest, si motus iam coeptus à potentiori feliciter comprimi videt, in ea re ei & ipse non cunctanter operam suam praestet, vt omni se suspitione exoluat; atque vt ipsa re luculenter probet, se non eo consilio arma sumpsisse, vt deficeret vnà cum caeteris, sed vt principi, in rebus dubijs, [illegible].*

b *Qui intecto capite pugnam ciet, is eo facto aut virtutem [illegible] ostentare, aut certè caeteros suo exemplo ad virtutem incitare, aut ne incesseretur telis adgnoscendum se praebere.*

c *Etiam illa, quae vera esse princeps non dubitat, [illegible] se adduci, vt credat ita vti dicuntur, esse; aut saltem se, an ita sint, dubitare [illegible] ipsius conducit.*

d *Princeps validior, cuiusque vis omnia complectitur, non semper incendia belli, & seditionum subitas & [illegible] in eorum autores animaduersione, quod ipsi facile factu esset, extinguit, sed bellum dedita opera alit, vt ostendat caeteris gentibus se [illegible] non tam arte, & auctoritate, quàm vi, & armis posse.*

e *Initium belli diu animo agitati sumi potest à caede [illegible], qui sunt ex illius gente, aduersus quem arma sumuntur, quamuis [illegible] sint, & negotia potiùs, quàm arma tractent. sic supra libro 2. enimuero audita mutatione principis, immittere latronum globos, exscindere castella, causas bello.*

f *Prudens imperator nihil penitus eorum, quae apud hostes fiunt, quoad eius fieri potest, ignorare debet; praecipuè verò eorum foedera, & amicitias, itemque inimicitias & discordias ciuiles; quae omnia cum interdum plus possint, quàm externus metus, iis ipse egregiè vti potest ad res suas, prout facto videbit opus esse; idque adeò, vt illos tandem suismet viribus & opera conficiat.*

g *Rebellionis autor, idemque magno vir animo, rebus suis desperatis, si nullā in fuga spem habet, liber & sibi ipsi probatus sibi manus afferre, atq; hostiū supplicio & ludibrio simul se eximere solet.*

dit. Isque Treuerici tumultus finis. Apud Æduos maior moles exorta, quantò ciuitas opulentior, & comprimendi procul præsidium. Augustodunum caput gentis armatis cohortibus, Sacrouir occupauerat, nobilissimam Galliarum subolem liberalibus studijs ibi operatam, vt eo [a] pignore parentes propinquosque eorum adiungeret. Simul arma occultè fabricata iuuētuti dispertit. Quadraginta millia fuere, quinta sui parte legionariis armis, cæteri cum venabulis & cultris, quæque alia [b] venantibus tela sunt. [c] Adduntur è seruitijs gladiaturæ destinati, quibus, more gētico, continuum ferri tegimen (Cruppellarios vocant) inferendis ictibus [d] inhabiles, accipiendis impenetrabiles. Augebantur hæ copiæ vicinarum ciuitatum vt nondum aperta consensione, ita [e] viritim promptis studiis, & [f] certamine ducum Romanorum, quos inter ambigebatur, vtroque bellum sibi poscente: mox Varro inualidus senecta [g] vigenti Silio concessit. At Romæ non Treueros modò & Æduos, [h] sed quatuor & sexaginta Galliarum ciuitates desciuisse, adsumptos in societatem Germanos, dubias Hispanias, cuncta (vt [i] mos famæ) in maius credita. Optimus quisque [k] Reip. cura mœrebat, multi, odio præsentium & cupidine

[illegible]

OBSERVATIONES.

a *Qui cæteram multitudinem ad suas partes trahere studet, ei enixè danda est opera, vt nobilissimos quosque adolescentes in potestate habeat; futura haud dubie pignora, quibus fidem parentum, & propinquorum illigatam habebit.*

b *Quæ tela venantibus apta sunt, eorum in bello aliquis vsus esse potest. hinc fit, vt ἡ θηρευτικὴ sit pars τῆς πολεμικῆς; vt est apud Arist. in Polit.*

c *Auctor rerum nouarum, ideoque belli concitor omni hominum genere, qui modò arma ferre possunt, rectè vtitur.*

d *Qui, quos infra appellat ferratos, continuum ferri tegimen gestant, ob grauitatem armorum, inferendis ictibus sunt inhabiles, accipiendis impenetrabiles.*

e *Satis constat, non ita vtique rei vniuersitatem esse propriam, vt sunt singuli; qui cùm in ingentem numerum sensim excreuerunt, cæteros vi sua secum rapiunt. ideò cui negotium est cum vniuersa gente, is prius singulos aggrediatur sibique eorum studia paret: namque cùm ex his pluribus fiat illa κοινωνία, paulatim vniuersam gentem in suas partes trahet.*

f *Discordia ducum vtrorumque certamina non parum commoditatis hostibus præbent.*

g *Quemadmodum in iis, quæ ratione, & prudentia simpliciter administrari oportet, iuniores senioribus concedere æquum est; ita quoque si quid accidit huiusmodi, quod confici sine vigore & animi, & corporis non potest, inualidus senex prudenter facit, si inco, quicquid est, vigēti iuueni, eoque qui magnitudini negotij par esse potest, concedat.*

h *Perrarò accidit, vt ex locis longinquis vera vnquam ita nuncientur, vt non iis aliquid semper addatur, aut demātur.*

i *Mos famæ est, vt cuncta, quæ ex longinquo nunciantur, in maius augeat; eademque illa in maius, quàm sunt, credantur.*

k *Cùm aliquid aduersi nunciatur; optimus quisque non tam sua, quàm publicæ rei causa mœret; alij, quæ est natura & leuitas multitudinis, suo quoque periculo lætantur; hoc est, malunt omnia mutari, quàm frui præsenti tranquillitate. nam vitiosis ingeniis præsens rerum status nunquam placet.*

MULAmutationis, [c] suis quoque periculis, lætabantur: [b] increpabantque Tyberium, [c] quòd in tanto rerum motu, libellis accusatorum insumeret operam. [d] An [e] Iulium Sacrouirum maiestatis crimine reum in senatus fore? [e] extitisse tandem [f] viros qui cruentas epistolas armis cohiberent: [g] miseram pacem vel bello [h] bene mutari. [i] Tantò impensius in securitatem [i] compositus, [k] neque loco, neque vultu mutato, sed, vt solitum, per illos dies egit: [l] altitudine animi, an compererat modica esse, & vulgatis leuiora? Interim Silius cum legionibus duabus incedens, præmissa auxiliari manu, [m] vastat Sequanorum pagos, qui finium extremi, & Æduis conterminі, sociique in armis erant. Mox Augustodunum petit propero agmine, certantibus inter se signiferis, [i] fremente etiam gregario milite, ne [n] suetam requiem, ne spatia noctium opperiretur: [o] viderent modò aduersos, & aspicerentur; id satis ad victoriam. Duodecimum apud lapidem Sacrou.r, copiæque patentibus locis apparuere. In

OBSERVATIONES.

a *Cùm vna resp. omnes complectatur, satis constat, eius fœlicitatem, itemque mala & pericula ad omnes pariter pertinere.*

b *Rem se parum dignam principi facere videtur, si in magnis reip. motibus sedens priuatorum litibus, & libellis accusatorum inspiciendis operam insumit. quo facto belli curam, quæ potissima semper esse debet, ac proinde tuendæ reip. studium plane videtur abiecisse.*

c *Constantia principis in eo potissimum perspici debet, vt nullis rumoribus, nullisque motibus solita instituta mutet, sed suo exemplo populi animos tum perterritos aduersis fatis, aut in malis erectis firmet.*

d *Ridiculè ad sensus armatos intenditur accusatio, iudicium & causæ cognitio, cùm vi & armis coercendi debeant.*

e *Non est mirum, [illegible] principis, & iniquas edicta armis tandem cohiberi.*

f *Eos meritò appelles viros, qui iniuriam principum, ipsisque [illegible] armis cohibere audent.*

g *Misera pax vel bello bene mutatur, hoc est, præstat bellum gerere, saepe [illegible] penitùs, quàm continuis tyrannorum iniuriis vexari, quas illi [illegible] , itaque singulorum fortunas, pro arbitratu, impetum faciant, in eo toti sunt, ut [illegible] turbetur.*

h *Qui mutat, id vnum spectare debet, an bene mutet. quippe præstat sua cuique manere, quàm male mutare.*

i *Paulò ante adnotabam nullis neque rumoribus, neque motibus principem perturbari debere. quippe præstat, cum vultu in securitatem esse composito, tantò impensius quantò magis illa quæ nunciantur vulgus terreantur; quæ si sunt magna, & periculosa, neque tamen iis ipse perturbatur, altitudinem animi principe viro dignam haud dubiè ostendit. Quòd si illa comperit esse modica, & vulgatis leuiora, quæ causa est, quapropter perturbetur? Hinc regula generalis hoc modo colligi potest; Cùm omnes homines, tum verò principem perturbatio minimè decet.*

k *Perturbatio principis colligi potest ex his signis; si mutat locum, & vultum, & solita instituta.*

l *Animi altitudo in eo perspicitur, non si contemnantur, sed si non mutentur aduersa fortuna.*

m *Rebellantium agri, & fines vastandi sunt, idque debet esse principium facinus belli, quod aduersus illos suscipitur; vt hoc damno, & metu maiorum perterriti, velint nolint, ad sanitatem redeant.*

n *Dux belli non nimis obseruare debet tempora requietis, & spatia noctium, cùm exercitum aliquò ducit, quàm ipsas occasiones pugnandi.*

o *Strenuus miles solo ardore, & aspectu ignauum hostem & terret, & vincit.*

[illegible] frontem statuerat [1] ferratos, in cornibus cohortes, à tergo semermos. Ipse inter primores equo insigni adire, memorare veteres Gallorum [a] glorias, quæque Romanis aduersa intulissent: quã [b] decora victoribus libertas: quãtò intolerantior [c] seruitus iterũ victis. Non diu hæc, nec apud lætos. Etenim propinquabat legionum acies; [d] inconditique, ac militiæ nescij oppidani, [e] neque oculis, neque auribus satis competebant. Contra Silius, etsi [f] præsumpta [2] spes hortandi causas exemerat, clamitabat tamen, pudendum ipsis, [g] quòd Germaniarum victores, aduersum Gallos [3] tanquam in [h] hostem ducerentur. Vna nuper cohors rebellem Turonium, vna ala Treuerum, paucæ huius ipsius exercitus turmæ profligauere Sequanos. [i] Quantò pecunia dites & voluptatibus opulentos, tantò magis imbelles Æduos euincite, & [k] fugientibus consulite. Ingens ad ea clamor, & circumfudit eques, frontemque pedites inuasere. Nec cunctarum apud latera. Paulum moræ attulere ferrati, [4] restantibus laminis aduersum pila & gladios. Sed miles correptis securibus & dolabris, vt si murum perrumperet, cædere tegmina, & corpora. Quidam trudibus aut furcis inertem molem prosternere. Iacentesque nullo ad resurgendum nisu, quasi exanimes linquebãtur. Sacrouir primò Augustodunum, dein, metu deditionis, in villam propinquam cum fidissimis pergit. [l] Illic sua manu, reliqui mutuis ictibus occidere. Incensa super villa omnes cremauit. Tum demum [m] Tyberius ortum patratumque bellum senatui scrip-

Margin notes: 2. [illegible] · 3. [illegible] · 4. [illegible]

OBSERVATIONES.

a *Quæ preclarè quis gessit, hæc illius gloria verè dici possit, neque præterea quicquam.*

b *Ea demum decora victoribus victoria est, quæ sibi pariunt libertatem.*

c *Iterum, ac sæpius victi, ecquid præter durissimam seruitutem expectare possent?*

d *Vt aliarum omnium rerum, ita quoque militiæ ars est; quæ, præter cætera, in eo præcipuè consistit, vt exercitus, non inconditus sed ordine in hostem eat.*

e *Si, cùm prælium instat, ita perterrefactus est miles, vt neq; oculis neque auribus satis competat, paruo negotio eum vinci posse constat. id simul atque animaduer[illegible], receptui canere debet. sic Q. Curtius lib. [illegible] signum vt cõsisterent, dari, ipsos arma deponere, ac [illegible]*

f *Victoriam certi[illegible] est, [illegible] eam spem ita miles præsumpsit, vt se inde nonnisi victo[illegible] habeat.*

g *[illegible] ferociorem vicit, multò magis eum imbelles, & meticulosos vincere posse [illegible]*

[illegible] *militi imbellis hostis, non hostis, sed præda est.*

[illegible] *Quò magis aliqua gens diuitijs abundat, & voluptatibus, & otio diffluit, hoc magis imbellem esse constat.*

k *Callidus belli dux, cùm exercitum hortatur ad pugnam extrema eius oratio hæc esse debet, vt imperet, vt fugientibus hostibus consulat, ac si illos non pugnantes, sed iam in fugam [illegible] conuersos videat.*

l *Rebellionem, & motus contra validum imperium capiens, nisi quod agit vndequaque stabilit, vix suam infælicè exitu concludit.*

m *Quæ si mora tenentur, perturbare magis hominum animos, quàm comp[illegible] [illegible]are possunt, ea princeps non priùs vulgare debet, quàm re egregiè gesta, si modò id huiusmodi erat, vt vtile, & [illegible] confici posse spes esset.*

sit.

sit. Neque [a] dempsit, aut addidit vero, sed fide ac virtute legatos, se [b] consiliis superfuisse. Simul causas cur non ipse, non Drusus profecti ad id bellum forent, adiunxit, magnitudinem imperij extollens; neque [c] decorum principibus, si vna alteraue ciuitas turbet, omissa vrbe, vnde in omnia regimen. [d] Nunc quia non [e] metu ducatur, iturum, [e] vt præsentia spectaret, componeretque. [f] Decreuere patres vota pro reditu eius, supplicationesque, & alia decora. Solus Dolabella Cornelius dum anteire cæteros parat, [g] absurdam in adulationem progressus, censuit vt ouans è Campania vrbem introiret. Igitur secutæ Cæsaris literæ, quibus se non [h] tam vacuum [i] gloria prædicabat, vt post ferocissimas gentes perdomitas, tot receptos in iuuenta, aut spretos triumphos, iam senior peregrinationis suburbanæ inane præmium peteret. Sub idem tempus, vt mors Sulpitij Quirinij publicis exequiis frequentaretur, petiuit à senatu. Nihil ad veterem & patritiam Sulpitiorum familiam Quirinius pertinuit, ortus apud municipium Lanuuium, sed impiger militiæ, & acribus ministeriis consulatum sub diuo Augusto, mox, expugnatis per Ciliciam Homonadensium castellis, insignia triumphi adeptus, [k] datusque rector C. Cæsari Armeniam obtinenti. Tyberium quoque Rhodi agentem coluerat: quod tunc patefecit in senatu, laudatis in se officiis, & incusato M. Folio, quem [l] autorem C. Cæsari [l] prauitatis & discordiarum arguebat. sed cæ-

OBSERVATIONES.

a *Vera narrare, est neque addere, neque demere vera.*

b *Illa demum resp. fœlix est, in qua principi superest consilij, hoc est sapienter quod facto opus est, præcipit; ipsiusque ministri, qui in rebus, quas iussi sunt, quasque conficiendas susceperunt, ei fidem, & virtutem præstant. hæc est illa æquatio, quam propter tantam maxima quæque imperia stant.*

c *Omnibus in rebus princeps dignitati consulere debet. ita vt, non statim, audito aliquo motu vnius vrbis, aut alterius ciuitatis, illuc ei, omissa imperij sede, vnde is omnia regantur, proficiscendum est, ne se plus æquo, hoc est, quàm dignitas, & personæ principis postulat, perterrefactum esse ostendat.*

d *Metum, vt paulò ante obseruaui, siqua res alia, principem magnopere dedecet.*

e *Post magnos belli tumultus in aliqua prouincia ortos, princeps eo ire debet, vt præsentia spectet, & componat.*

f *Principi longinquum iter ingredienti, aut meditanti ab senatu decerni debent vota pro reditu eius & supplicationes, & alia decora.*

g *Amico, atque adeò senatori, & consiliario principis summo studio cauendum est, ne in absurdam, nimisque vetitam & ineptam adulationem progrediatur.*

h *Qui in iuuentute veris sibi debitis, ijsque amplissimis honoribus aut cumulatus est, aut eos spreuit, is inepte, & præpostere est, si vergente iam ætate, inanes, aut falsos aut ambit, aut sibi deferri patitur.*

i *Qui maximum, nimirumque sibi debitum honorem recusat, hoc ipso dignus honore videri potest, quòd falsum recusat.*

k *Iunioribus principibus, quibus prouinciæ regendæ, maximeque res gerendæ committuntur, rectores dandi sunt ijque, qui multa, & præclara eximiæ virtutis documenta dederunt.*

l *O impuros, & perditos homines, qui principibus autores sunt prauitatum, & discordiarum!*

[illegible]

teris haud læta memoria Quirinij erat, [a] ob intenta (ut memoraui) Lepidæ pericula, sordidamque & præpotentem senectam. Fine anni C. Lutorium Priscum equitem Romanum post celebre carmen, quo Germanici suprema defleuerat, [b] pecunia donatum à Cæsare, corripuit delator, obiectans [c] ægro Druso composuisse, quod si extinctus foret, [f] maiore præmio vulgaretur. Id C. Lutorius in domo P. Petronij, socru eius Vitellia coram, [a] multisque inlustribus fœminis per [d] vaniloquentiam [e] legerat. [f] Vt delator extitit, cæteris ad dicendum testimonium exterritis, sola Vitellia [g] nihil se audiuisse [h] adseuerauit. Sed [a] arguentibus ad perniciem plus fidei fuit. Sententiaque Haterij Agrippæ consulis designati indictum reo vltimum supplicium. Contra M. Lepidus in hunc modum exorsus est. Si P. C. vnum id spectamus, quàm nefaria voce C. Lutorius Priscus [i] mentem suam, & aures hominum polluerit, [k] neque carcer, neque laqueus, ne seruiles quidem cruciatus in eum suffecerint. Sin flagitia & facinora sine modo sunt, suppliciis ac remediis [l] principis moderatio, maiorumque & vestra exempla temperant, & [m] vana à scelestis,

OBSERVATIONES

a *Qui ipse obscurus viro nobili periculum creat, etsi id iuste facere videtur, tamen hominum odia effugere vix potest.*

b *Carmina, cæteraque doctorum hominum scripta, quibus viri illustres laudantur, aut eorum suprema deflentur, præmio, & remuneratione digna sunt.*

c *Qui, viuo adhuc principe, carmen, aliudue scriptum componit in laudem illius, ut mortui, grauiter peccat; siquidem ob pretium, quod inde sperat, vel eum optare mortem principis.*

d *Vaniloquentia plerisque exitio fuit.*

e *Vaniloquentia est, intempestiuè aliquid loqui, legere, aut recitare.*

f *Ferè fit, vt versificatores, simulatque carmen aliquod scriptitarunt, & excuderunt, per vaniloquentiam illud etiam nolentibus, & occupatis legant. huius generis hominum naturā vide apud Horat. Sat. Ibam forte via sacra. & dialogum de Orator. Tacito nostro adscriptum.*

g *Cùm ex testimonij dictione oritur pernicies rei, tutius magis & [illegible], quàm scelesti, & inde nulla in principem, aut remp. vtilitas redundat, ea [illegible] præstat, quàm id agere, qui hominem calamitosum nostro testimonio perdamus.*

h *Mendacium etiam in iudicio prolatum, ex quo oritur salus rei, aut salus alius, egregium, & officiosum potiùs, quàm flagitiosum est. Sic lib. 4. histor. [illegible] egregio mendacio se Pisonem esse respondit, ac statim obtruncatur.*

i *Qui [illegible] de principe sermones habet, ac procaciùs exercet libidinem ingenij, is priùs mentem suam, inox aures hominum polluisse dicitur.*

k *[illegible], & impurissima quæque flagitia nullo neque carcere, neque laqueo, ac ne seruili quidem vllo cruciatu satis puniri possunt. quod si flagitia sine modo non sunt, hoc est, si non immania sunt, sed vna aliqua certe peccatum est, adeò vt flagitium non sit in immensum extenderit, [illegible] quodam modo finibus sit circumscriptum, pœna etiam, & supplicium non [illegible] pro magnitudine delicti, infligi debet. neque enim magistratus, vt supra dixi, asperior [illegible] esse debet, quàm sunt delicta.*

l *Cùm omnibus in rebus, tum verò in puniendis delictis principis moderatio esse debet.*

m *Aliud est, vanum esse, aliud, scelestum. quippe scelus graui supplicio vindicandum est, vanitas leui castigatione corrigi potest.*

dicta

[a] dicta à maleficiis differunt: [b] est locus sententiæ per quã neq; huic [c] delictum impune sit, & nos clementiæ simul ac seueritatis non pœniteat. Sæpe audiui principem nostrum [d] conquerentem, si quis sumpta morte, misericordiam eius præuenisset. Vita C. Lutorij in integro est, qui neque seruatus [e] in periculum Reipub. neque interfectus [f] in exemplum ibit. studia illi, vt [g] plena vecordiæ, ita inania & fluxa sunt; [h] nec quicquã graue, ac seriũ ex eo metuas, qui suorum ipse flagitiorum proditor, non virorũ animis, sed muliercularũ adrepit. cedat tamen vrbe, & bonis amissis aqua & igni arceatur. Quod perinde cẽseo, [i] ac si lege maiestatis teneretur. Solus Lepido Rubellius Blandus è consularibus adsensit. [k] Cæteri sententiam Agrippæ secuti. Ductusque in carcerem Priscus, ac statim exanimatus. Id Tyberius solitis sibi ambagibus apud senatum incusauit, cùm extolleret [l] pietatem [m] quamuis [n] modicas principis iniurias acriter vlciscen-

OBSERVATIONES.

a *Non semper dicta sunt maleficia: constat certè hæc illis multò esse grauiora, iis exceptis quæ impiè in Deum, aut seditiosè in principem aut in remp. dicuntur. quippe huiusmodi atrocia dicta æquantur prauè factis.*

b *Prudentia iudicum eo perspici debet, vt in iudiciis pœnalibus, ac potissimùm capitis eam sententiam ex æquissimam, & clementissimam eligat, per quam neque ei, qui deliquit, impune sit; nec tamen ipsum, aut principem clementiæ simul, & seueritatis pœniteat. adeò clementia, & seueritas in vno eodemque iudice simul esse possunt. Sic lib. 14. Annal. Esse pœnas legibus constitutas, quibus sine iudicum sæuitia, & temporum infamia supplicia decernerentur.*

c *Delicta nulli impunita esse debent.*

d *Cùm clementia non modo ornamentum, verùm etiam certissima salus Imperiorum sit, summo studio princeps niti debet, vt huius virtutis laudem assequatur; sed eo iudicio, quod continetur diuinis Senecæ scriptis ad Neronem.*

e *Si flagitiosum hominem seruas, supplicioque eximis, haud dubiè periculum reip. creas.*

f *Cùm quæ pœna à principe, aut à iudice in aliquem statuitur, in exemplum eat, summa prudentia, & moderatione talis* [illegible]

g *Quæ à vecordia proficiscuntur, inania sunt, & fluxa; hoc est* [illegible] *sunt, vt ab his nihil meritò metuas.*

h *Nihil graue, ac serium ex eo* [illegible] *apud mulierculas prodit.*

i *Conuicto maiestatis bona adimuntur, aqua, & igni interdicitur.*

k *Ineunte principatu, incredibile memoratu est, quam non modò singuli, sed & ipse amplissimus ordo suæ dignitatis, atque adeò æquitatis, & clementiæ oblitus præceps ruat ad ea, quæ turpissima, & flagitiosissima adulatio suadet.*

l *Is honos, obseruantia, & fides, quam principi præstamus, vno pietatis nomine contineri rectè potest.*

m *Princeps ea, quæ ab adulatoribus seuerè in eos constituta sunt, à quibus ipse dicto fortè læsus est, sicut non palam probare, sed potiùs leuiter incusare debet, potissimùm cùm id impune facere potest, nempe, vt præ se ferat animum mitem, ita quoque consultè faciet, si non planè id, quicquid est, improbabit, sed ostendet, non sibi eorum studia displicere, qui ipsius dignitati fauent. hac ratione, dum se dubium, aut ambiguum gerit, satis quid sit sententia, docet. vult enim intelligi se quidem esse clementem, & cupere ne cui propter se male sit; non tamen impedire, quominus in eos, à quibus offensus est, seuerè animaduertatur. hæ sunt illæ ambages, quas Tacitus Tiberio solitas fuisse dicit.*

n *Senatus vel modicas principis iniurias acriter vlcisci debere videtur, cùm reip. fieri videantur.*

[illegible]

tium, deprecaretur tam præcipitis verborum pœnas, laudaret Lepidum, nec Agrippam argueret. Igitur factum [a] S.C. ne decreta patrum ante diem decimum ad aerarium deferrentur, idque vitę spatium damnatis prorogaretur. Sed non senatui libertas ad [b] pœnitendum erat, [c] neque Tyberius interiectu temporis mitigabatur. C. Sulpitius, D. Haterius consules sequuntur. Inturbidus externis rebus annus, domi suspecta severitate adversum luxum, qui immensum proruperat ad cuncta quis pecunia [d] prodigitur. Sed alia sumptuum, quamvis graviora, [e] dissimulatis plerunque pretiis occultabantur; ventris, & ganeę paratus adsiduis sermonibus vulgati, fecerant curam, [f] ne princeps antiquæ [g] parsimoniæ duriùs adverteret. Nam incipiente C. Bibulo, cæteri quoque ædiles disseruerant, sperni sumptuariam legem, vetitaque [h] utensilium pretia augeri in dies, nec [i] mediocribus remediis resisti posse. & consulti patres integrum id negotium ad principem distulerant. Sed Tyberius sæpe [k] apud se pensitato, an [l] coerceri tam profusæ cupidines possent: num

OBSERVATIONES.

a *Ad morem iudiciorum capitis videtur pertinere, ne decretum magistratus proximus executioni mandetur, sed spatium & intersitium aliquod inter damnationem, & supplicium interponatur, ne, præceps pœna dici possit, ac princeps meritò conqueratur, præventam esse suam misericordiam, quod quando iusta aliqua de causa forte adductus, reum pœna si non eximere, tam saltem leniore [illegible].*

b *Cùm nullus non ad peccandum proclivior sit, quàm ad benefaciendum, quæso, quæso, in hac humana imbecillitate, apud quemque debet esse pœnitentia, cuius [illegible] corrigi id, in quo peccatum est, potest? certè non modò singulos, ac privatos, sed & ipsum principem & senatum pœnitentiæ, si modò iusta est, nunquam pudere debet.*

c *Sævi admodum hominis [illegible] est, [illegible] tempore quidem ipso mitigari.*

d *Multa sunt quæ non emuntur, sed ad quæ [illegible] pecunia prodigitur: cuiusmodi sunt ea, quæ neque ad quotidianos & necessarios vitæ usus, neque [illegible] dignitatem parantur, sed in quibus solùm consistit luxus; quo [illegible].*

e *Proh Deum! [illegible] ut sit, ut se ipse sciens fallat? verè id genus hominum est, qui quanquam se, & sua [illegible] perdunt, & effundunt, tamen id sciri nolunt, ne à quoquam corrigi, aut [illegible].*

f *Cùm princeps [illegible] videt luxum in immensum proerumpere, pecuniamque ad res inutiles, ac turpes pro[illegible] parsimoniæ advertere debet, hoc est, acribus remediis, quando mediocria [illegible], luxum expellere; & huic contrariam parsimoniam, quasi postliminio revocatam [illegible].*

g *Interest [illegible] luxum pecuniam prodigant.*

h *Utensilium [illegible] continentur ea omnia, quibus homines tum ad cultum tum ad curanda corpora [illegible].*

i *[illegible] remedia parum prosunt, acrioribus est utendum.*

k *Omnibus in rebus, quas princeps agendas suscipit, non id quod velit, quàm quid efficere possit, pensitare debet: nam si non prius dispicit, an possit id, quod adriectat, obtinere, non satis dici potest, quàm ei [illegible] futurum sit, spe decidisse.*

l *Vix profusissimæ cupidines acribus remediis coerceri possunt.*

coerci-

coercitio [a] plus damni in Rempub. ferret, quàm indecorum adtrectare quod non obtineretur, vel retentum ignominiam & infamiam virorum inlustrium posceret: postremò literas ad senatum composuit, quarum sententia in hunc modum fuit: Cæteris forsitan in rebus P. C. magis expediat me coram interrogari, & dicere quid è Rep. censeam. [b] In hac relatione subtrahi oculos meos melius fuerit, ne denotantibus vobis ora, ac metum singulorum qui pudendi luxus arguerentur, ipse etiam viderem eos, ac velut [c] deprehenderem. Quòd si mecum antè viri [d] [e] strenui ædiles [f] consilium habuissent, nescio an suasurus fuerim [g] omittere potiùs prævalida, & adulta vitia, quàm hoc adsequi, vt palam fieret, quibus flagitiis impares essemus. Sed illi quidē [h] officio functi sunt, vt cæteros quoq; magistratus sua munia implere velim. Mihi autem neq; [i] honestū L. coercendis.

OBSERVATIONES.

a *Attrectata coercitio flagitiorum, nec perfecta plus damni quàm vtilitatis in remp. inferre potest. siquidem homines virtute præstantes in eo à flagitiosis, & impuris vincuntur, vt scelera impunita maneant, id quod ipsis insolentiam auget, ac probis & honestis si non ignominiam, & infamiam, saltem pudorem parit.*

b *O mirificam Tiberii prudentiam, qui ne eos, qui vitiorum quorum de coercitione relatum erat, arguebantur, vel eo solo offenderet, quòd eos in Senatu aspiceret, eorumq; ora, metusque ab ipso denotari viderentur, oculos suos subtraxit publicoque abstinuit; deque eo, quod ad eam relationem pertineret, per literas, quàm coram cum senatu agere maluit.*

c *Vix fieri potest, vt, qui sub oculis ipsius principis accusantur, non se eo ipso indicent, quòd illius aspectum ferre non possunt, tamquam ἐπ' αὐτοφώρῳ deprehensi.*

d *Principi vt quàm honorificentissimè nominetur, ipse quoque magistratus, & illustrem quemque hominem honorificè appellare debet. hic certè Tiberius strenuos appellat Ædiles, ac testatur Suetonius ipsum quoque Consulibus assurgere, & decedere de via solitum.*

e *Strenuus non tantùm dicitur is, qui suum corpus alacri animo bellicis periculis obiectat; sed & is, qui constanter pro virtute [illegible] adversus vitia.*

f *Etsi princeps consilia ad se trahit, parùm cùm de se loquitur, sed [illegible], suamq; potestatem interdum extenuare debet, vt si sit vnus è senatoribus. Certè Tiberius non [illegible] Ædilibus consultū esse ait, sed secum ab ipsis consilium habitum esse, negat se [illegible], sed [illegible] fuisse.*

g *Etsi [illegible] videri potest, tamen vt consilium prudentissimi Tiberii diligenter observandum est; nempe, prævalida, & adulta vitia potiùs esse omittenda, quàm vt princeps seuerâ eorum coercitione, & intempestiuis, parùmque validis remediis aut delicta accendat, aut hoc adsequatur, vt palam fiat, quibus flagitiis coercendis impar sit. quo vt principi neque periculosius, neque perniciosius quicquam accidere potest: cùm de sua dignitate, fama, & autoritate non parum eo facto detrahatur. Hinc diligenter obseruet princeps, omnibus in rebus, cuiusmodi illæ sint, nunquam se palam facere debere quid non efficere, aut præstare possit, ne inde oriatur contemptus sui. Quòd si se alicui rei imparem videt, hanc aut omnino non attingat, aut sensim, & veluti aliud agens tam labefactare incipiat; mox in illius perniciem perseueranter, & obstinatè insistat. multa enim simul, vnoque impetu fieri non possunt, quæ & dies, & assiduitas conficit: atque, vt infra obseruaui, quæ seueritate corrigi non possunt, ea plerumque tempore exolescunt.*

h *Ad præcipuas curas magistratus pertinet, diligenter, quacunque ratione fieri potest, dare operam, ne vitia in rep. adolescant.*

i *Parum honestum est principi, cùm omnes exclamant, vitia acribus remediis esse coercenda, silere, & torpere, ac si nolit, aut nequeat ea corrigere.*

silere, neq; proloqui expeditũ, quia non [a] ædilis, aut prætoris, aut cõsulis partes sustineo. [b] Maius aliquid & excelsius à principe postulatur: & [c] cũ rectè factorum sibi quisque gratiam trahat, [d] vnius inuidia ab omnibus peccatur. Quid enim primum prohibere, & priscum ad morem recidere adgrediar? [e] villarumne infinita spatia, familiarum numerum, & nationes? argenti & auri pondus? æris, tabularumque miracula? [f] promiscuas viris & fœminis vestes? atque illa fœminarum propria, quis [g] lapidum causa pecuniæ nostræ [h] ad externas, aut hostilis gentes transferuntur? Nec ignoro [i] in conuiuiis, & circulis incusari ista, & modum posci. Sed si quis legem sanciat, [k] pœnas indicat, iidem illi ciuitatem verti, splendidissimo cuique exitium parari, neminem criminis expertem clamitabunt. Atqui ne corporis quidem morbos veteres, & diu auctos, nisi per dura & aspera coërceas. [l] Corruptus simul & corruptor, æger & flagrans animus haud leuioribus [m] remediis restinguendus est, quàm libidinibus ardescit. Tot à maioribus repertæ leges, tot quas diuus Augustus

[illegible]

OBSERVATIONES.

a *Vnus princeps sustinet munia singulorum magistratuum.*

b *Cùm multò maiores partes sustineat princeps in rep. quàm magistratus ordinarij, maius etiam aliquid, & excelsius ab ipso postulatur. siquidem cui summus honor delatus est, huic haud dubiè precipua curarum incumbunt.*

c *Hoc est hominibus insitum à natura, vt rectè factorum sibi quisque gratiam trahat, malefactorum inuidiam ad alios deriuet.*

d *Quemadmodum rectè factorum gloria penes vnum principem est, ita quoque, quæ prauè in rep. fiunt, ea omnia vni ipsi adscribi solent; adeò vt, vnius ipsius inuidia à cæteris & magistratibus & priuatis peccetur.*

e *Luxus in his potissimum rebus consistit; in infinitis villarum spatijs, in familiarium, & seruorum numero, & natione; argenti & auri pondere, æris, tabularumque miraculis, hoc est, statuariorum, & pictorum admirandis operibus; vestibus, & earum promiscuo vsu viris, ac fœminis. postremò si lapidum ac margaritarum causa pecuniæ ad exteras, aut etiam hostiles gentes transferuntur.*

f *O rem impudicam, & dictu turpem, viris, & fœminis promiscuam esse vestem. vide ea, quæ lib. 2. his ipsis de vestibus obseruaui.*

g *Multis, iisdemque [illegible], in lapides magnam vim pecuniarum insumere.*

h *Principi inprimis [illegible], [illegible] ob causam, ac potissimùm ob nugas, & res fluxas pecuniæ [illegible], externas, aut etiam hostiles gentes.*

i *Hæc est [illegible], vt in conuiuiis, & circulis aliena vitia, luxumque incuset. sed si quis ad ea [illegible] sanciat, pœnas indicat, iidem illi, ciuitatem verti; splendidissimo cuique exitium [illegible] criminis expertem esse clamitent.*

k *[illegible] legem sancire, siquidem facile contemni potest. Sed pœna ibidem indici debet.*

l *Quemadmodum morbi veteres, & diu aucti nonnisi duris, & asperis remediis coërcentur, ita quoque corruptus simul, & corruptor, æger, & flagrans animus haud leuioribus remediis restinguendus est, quàm libidinibus ardescit.*

m *Leges, & pœnæ legibus indictæ ea sunt remedia, quæ ad sanandos corruptos hominum animos adhiberi debent.*

tulit,

tulit, illæ [a] obliuione, hæ (quod flagitiosius est) [b] contemptu abolitæ securiorem luxum fecere. [c] Nam si velis quod nondum vetitum est, timeas ne vetere. At si prohibita impune transcenderis, neque metus vltra, neq; pudor est. Cur ergo olim parsimonia pollebat? [d] quia sibi quisque moderabatur, quia [e] vnius vrbis ciues eramus, [e] ne irritamenta quidem eadem intra Italiam dominantibus. [f] Externis victoriis aliena, ciuilibus etiam nostra consumere didicimus. Quantulum istud est, de quo ædiles admonent? Quàm, si cætera respicias, [g] in [g] leui habendum? At hercule nemo refert [h] quòd Italia externæ opis indiget, [h] quòd vita populi Romani per [h] incerta maris & tempestatum quotidie voluitur. ac nisi prouinciarum copiæ & dominis & seruitiis, & agris subuenerint, nostra nos, scilicet, [i] nemora, nostræque villæ tuebuntur? Hanc P. C. curam sustinet princeps. Hæc omissa funditus Rempub. trahet. [k] reliquis intra animū

OBSERVATIONES.

a *Leges plerumque duabus rationibus haud rectè abolentur, obliuione, & , id quod flagitiosius est, contemptu.*

b *Eam remp. pessum ire constat, in qua leges contemnuntur.*

c *Qui vult quod nondum vetitum est, is ne vetetur, timet; qui aliquid admittit quod lege nondum expressum est, de eo saltem spes est fore, vt, simulac inualuerit, hoc aut illud lege vetitum esse, tunc ab eo abstineat. at vero qui prohibita legibus impune transcendit, de eo nihil dici potest aliud, nisi hoc, neque metum legum vltra, neque honesti, aut hominum pudorem ei esse.*

d *Tunc demum virtus pollet, cùm non expectantur leges, quibus hoc aut illud vetetur, sed semper ingenio honesta petuntur, & sibi quisque lex est, suisque libidinibus non metu, sed pudore moderatur.*

e *Ciuium hæc præclara laus est, vt vnius ciuitatis ciues sint; hoc est, vt, non in peregrinas viuendi rationes abeant, sed quisque contentus patriis moribus, & institutis, ita vitam agat, vt, qui vnum viderit, omnes viderit. qui enim hinc inde quicquid vspiam vitiorum est, mutuantur, illi quia [illegible], [illegible] ciues, & indigenæ, sed aduenæ, & [illegible] gentium dici possunt: adeò dissimiles [illegible]; qui in bene constituta rep. vnius generis esse debent.*

f *Cùm sæpissimè accidat, vt victor victus fortunis careat, [illegible] victoriis aliena, ciuilibus suamet consumi.*

g *Grauissima quæque peccata videri possunt leuissima, si aliorum insuper multitudine, & atrocitate cumulantur.*

h *Vna ex præcipuis curis, quæ principi incumbunt, hæc debet esse, ne ea prouincia, quod est imperij caput, externæ opis indigeat, hoc est, ne ea, quæ ad victum sunt necessaria, necessitate aliunde petantur, ne vita populi aliarum gentium victura, per incerta maris, ac tempestatum quotidie voluatur. hæc cura omissa funditus remp. trahit.*

i *Alia ad necessarios vsus, alia ad voluptates parantur. Illorum cura omnibus rebus præuerti debet; hanc omitti sæpius æquum est, quippe inanibus nititur, qui ijs fructus viuit, quæ tantùm voluptatis gratia inuenta sunt.*

k *Duo præcipuè videntur esse munia principis: primum, ac præcipuum est, vt nihil eorum prætermittat, quæ pertinent ad securitatem populorum. Quæ securitas non solùm in eo consistit, vt arceat hostes externos, sed vt prouideat, ne ea prouincia, quod caput imperij est, opis externæ indigeat: alterū, vt internæ concordiæ prospiciat: id quod assequetur, si præstabit vt vitia pellantur è rep. & in ea virtus colatur, hoc duplici via perueniet, legibus, & innata ciuibus virtute, & pudore peccandi.*

medendum est. [a] Nos pudor, pauperes necessitas, diuites satias [b] in melius mutet. Aut si quis ex magistratibus tantam [c] industriam ac seueritatem pollicetur, vt ire obuiã queat, hunc & laudo, & [d] exonerari laborum meorum partẽ fateor. Sin accusare vitia volũt, dein cùm gloriam eius rei adepti sunt, simultates faciunt, ac mihi relinquunt, Credite P. C. [e] me quoque non esse offensionum auidum, quas cùm graues, & plerunque iniquas pro Rep. suscipiam, inanes & irritas neque mihi aut vobis vsui futuras iure deprecor. Auditis Cæsaris literis, remissa ædilibus talis cura: luxusque mensæ à fine Actiaci belli, ad ea arma, quis Serg. Galba rerum summam adeptus est, per annos centum profusis sumptibus exerciti [f] paulatim exoleuere. Causas eius mutationis quærere liber. [g] Dites olim familiæ nobilium, aut claritudine insignes studio magnificentiæ prolabebantur. Nam etiam tum plebem, socios, regna [h] colere, & coli licitum: vt quisque opibus, domo, paratu speciosus, per nomen & clientelas inlustrior habebatur. Postquam cædibus [i] sæuitum, & [i] magnitudo famæ exitio erat, cęteri ad [k] sapientiora conuertere: simul noui homines è municipiis & coloniis, atque etiam prouinciis in senatum crebrò [l] adsumpti

i à principibus.

l Non modò à municipiis, sed e prouinciis. qua de re vide orationem Claudii Cæsaris lib. 11. Annal.

OBSERVATIONES.

a *Quàm prouida natura est, quæ vnicuique remedium illius vitij, quo laborat, non aliunde, quàm ab vno se petere voluit? principes quidem, & præpotentes homines, quibus impunè peccare licet, pudor, pauperes necessitas, diuites satias in melius mutare debet, quippe superuacaneum est, leges [illegible], quibus vitia puniantur, aut corrigantur, cùm in sua persona vnusquisque legem habeat, cui obtemperare si animum induceret, vitijs intra animum medebitur.*

b *Omnium legum finis est, vt homines in melius mutentur.*

c *Duabus potissimum rationibus magistratus [illegible] & [illegible] ne peccetur, hac ad vindicanda peccata.*

d *Cùm singuli magistratus funguntur officiis suo, partẽ laborum principis exonerare dicuntur; quia penes vnum principem sunt omnia omnium magistratuum, vt lib. 1. dictum est.*

e *Princeps qua maxime ratione potest, debet vitare offensiones, & simultates, præsertim inanes & irritas, certè singulorum sibi beneuolentiam conciliabit, cùm [illegible] de se iudicium [illegible]. Itaque si quando animaduersione, aliaue re aduersa in [illegible] grauatè accidat; nunquam ipse eo fungatur munere, [illegible] accidat, quorum [illegible] est.*

f *Fieri fit, vt, quæ legum seueritate corrigi non possunt, suo tempore exolescant.*

g *Hi [illegible] gradus [illegible], quos homines [illegible] ducunt; nempe, vt primùm parentur diuitiæ, ex quibus nobilitas, & ex vtroque magnificentia; cuius finis est plebis fauorem, socios, regna, & clientelas complecti: & ex his potentiam, famam, & claritudinem adipisci.*

h *In ea rep. quæ constat ex æqualibus, nunquam cuiquam debet esse licitum, plebem, socios, & [illegible] priuatim colere, & pariter ab iis coli. cùm experientia satis doceat, nimiam hãc priuati [illegible] tendentis [illegible] periculum [illegible] huius rei nullum testimonium illustrius est, quàm [illegible]. Romana, cuius seruitus à nimiis opibus, & intoleranda singulorum potentia profecta [illegible].*

i *Sub principe suspicioso, claritudo, & magnitudo famæ persæpe exitio [illegible] tantum periculorum immunis est, qui contemptu tutus est.*

k *Nulla re magis corrigitur luxus, ac cætera vitia, quàm [illegible] principis, [illegible] quemadmodum [illegible] luxuria omnes simul deteriores; ita [illegible] principe in fortunas [illegible] hominum, haud [illegible] est, omnes ad sapientiora conuerti.*

dome.

[a] domesticam parsimoniam intulerunt. & quanquam fortuna vel industria plerique pecuniosam ad senectam peruenirent, [b] mansit [c] tamen prior animus. Sed præcipuus [d] adstricti moris auctor Vespasianus fuit, antiquo ipse cultu victuque. obsequium [e] inde in principem, & æmulandi amor, [f] validior quàm pœna ex legibus & metus: nisi fortè [g] rebus cunctis inest quidam velut orbis, vt, quemadmodum temporum vices, ita morum vertantur; [h] nec omnia apud priores meliora, sed nostra quoque ætas multa laudis & artium imitanda posteris tulit. verùm hæc nobis maiores: [i] certamina ex honesto maneant. Tyberius fama [k] moderationis parta, quòd ingruentis accusatores represserat, mittit literas ad senatum, quis potestatem tribuniciam Druso petebat. Id summi fastigij vocabulum Augustus reperit, [l] ne regis aut dictatoris nomen adsumeret, ac tamen appellatione aliqua cætera imperia præmineret. Marcum deinde Agrippam socium eius potestatis, quo defuncto, Tyberium Neronē delegit, [m] ne successor in incerto foret: sic cohiberi prauas alio-

OBSERVATIONES

a Fere fit, vt, quod quisque domi didicit, id in publicum afferat.

b Quanti quæso fieri debet is, qui aut fortuna, aut industria ad potentiam, magnasque opes euectus est, pristinum tamen animum, nempe prioris fortunæ memorem, pristinamque parsimoniam retinet?

c Non qui fortunam mutat animum mutat.

d Non satis laudari potest princeps is, qui cùm ex tenui fortuna ad id fastigij euectus sit, tamen astrictum morem, nempe, antiquum cultum, victumque retinet.

e Quibus moribus est princeps, hos nemo non æmulatur.

f Cùm obsequium in principem, & æmulatio morum illius multò validior sit, quàm pœna ex legibus, & metus, siquid princeps præstari ab ijs, quibus imperat, vehementer cupit, incipiat ipse, quippe, cæteri ipsum [illegible] haud dubiè æmulabuntur: nec vlla lex efficiendis in quæ tendit, validior est.

g Maximi viri semper in ea sententia fuerunt, vt [illegible] hominum in vno stare manere, sed rebus cunctis inesse quendam veluti orbem; [illegible] temporum vices, ita morum vertantur.

h Admiratores antiquitatis, & contemptores sui sæculi, hoc est [illegible], nisi quod à veteribus institutum, aut factitatum est, errant, ac vehementer quidem errant: siquidem satis constat, propter vices temporum, & rerum, non omnia apud veteres esse meliora, quàm quæ hodie fiunt, sed nullam esse ætatem bonorum adeò sterilem, quæ non multa laudis, & artium imitanda posteris ferat.

i Quæ nobis maiores laudabilia reliquerunt, ea ita æmulari debemus, vt cum ipsis ex honesto certemus.

k Princeps magnam moderationis famam sibi parit, cùm eorum violentiam reprimit, qui in fortunas priuatorum impetum facturi erant, vt iniquis rationibus fiscum, & ærarium augerent.

l Supra sæpiùs obseruaui, id quod ex hoc loco apertè colligi potest: Nunquam non cauendum esse bono principi, vt superbos titulos assumat, cæterùm eo dignitatis vocabulo appellari debet, quod cætera imperia præmineat, hæc autem appellatio non noua, & insolita, sed vetus, grata, populoque accepta esse debet. hoc pacto nihil noui in remp. inducet; ac nihilominus summum fastigium ipse vnus assidebit, non contradicente populo, sed sedulò præstante ei studia, & beneuolentiam.

m Hoc potissimùm princeps curare debet, ne successor in incerto sit, id autem assequetur, si interim dū superstes est, eum quem sibi successorem destinat, eliget collegam, & participem summæ potestatis. quo facto haud dubium est prauas aliorum spes cohiberi. hoc supra suo loco latiùs obseruaui.

rum spes rebatur; simul modestiæ Neronis, & suæ magnitudini fidebat. [a] Quo tunc exemplo Tyberius Drusum summæ rei admouet, cùm [b] incolumi Germanico integrum inter duos iudicium tenuisset. Sed principio literarum [c] veneratus deos, vt consilia sua Reip. prosperarent, modica de moribus adulescentis, neque in [d] falsum aucta retulit: esse illi [e] cõiugem & tres liberos, [f] eamque ætatem, qua ipse quondam à diuo Augusto ad capessendum hoc munus vocatus sit. Neque nunc [g] properè, sed per octo annos capto experimento, [h] compressis seditionibus, compositis bellis, triumphalem & bis consulem, [i] noui laboris participem sumi. Præceperant animis orationem patres, [k] quò quæsitior adulatio fuit. nec tamen repertum, [l] nisi vt effigies principum, aras deûm, templa & arcus, aliaque solita censerent: nisi quod M. Sillanus ex [m] cõtumelia [l. non adeptus] consulatus, honorem principibus petiuit: dixitq; pro sententia, vt [n] publicis, priuatisque monimẽtis, ad memoriam temporum, non consulum nomi- [n. principum] na præscriberẽtur, sed eorum [o] qui tribunitiam potestatem gererent. At-

OBSERVATIONES.

a *Præcipuas res gestas illius, qui autor fuit principatus, & monarchiæ, successor sigillatim meminisse debet, nempe cuius exemplo, cùm res postulat, ipse vti, & quibus artibus imperium partum est, iisdem teneri, & propagari possit.*

b *Princeps prudenter facit, si inter eos qui pari adfinitatis gradu ipsum contingunt, cùm de summo honore & successione agitur, iudicium tenet integrum, ne præteritus se postpositum indignatus aliquid turbarum det.*

c *Literæ, & edicta principis hoc principium continere debent, nempe preces, quibus à Deo petat, vt sua consilia reip. prosperet.*

d *Si qua à nobis dicuntur, ita credi volumus, ac in falsum [illegible] augeri oportet.*

e *Cæteris paribus, de eo cõmodius sentiunt homines, cui est coniunx, & liberi, quàm de eo qui cælebs est.*

f *Quæ ætas propior est iuuentuti, quàm [illegible] videtur esse par.*

g *Regenti principatus moli præfici non debent, qui nunc primùm, ac properè capessunt remp. sed qui iam multos per annos capto [illegible] gestis noto labori admouentur.*

h *Comprimere seditiones, com[illegible] parare bella, deuictis hostibus triumphare, summos magistratus cum summa laude [illegible] muniis principis sustinere.*

i *Satis sciunt principes, [illegible] & principatum aliud esse nihil præter onerosum laborem, nam fascium regis [illegible], [illegible] epist. 82. quòd si princeps ab labore in otij & volu[illegible], principis munia, & [illegible] modò priuati sed & nequam hominis personam [illegible].*

k *Hoc adulatio est [illegible], quoniam specibus principis animo præcipitur.*

l *Adulationis [illegible] est modus, vt, non solùm quæ hominibus tribui solita sunt, cuiusmodi sunt [illegible] effigies, nomen tam publicis, quàm priuatis mandatum monimentis, verum etiam [illegible] honoribus, ea & honoribus sæpe deterrimis sacrentur, ac tribu[illegible] les [illegible], & diuini cultus.*

m *[illegible] ad quæ summo studio peruenire non potuerunt, ea, quæ [illegible] possunt, [illegible].*

n *[illegible] honos vero principi tribui videtur posse, est, vt, tam publicis, quàm priuatis monimentis, quæ scribuntur ad memoriã temporum, ipsius nomen præscribatur. hodiernis die [illegible] Domini, ac præterea Pontificis, Cæsaris, aut principis illius, cuius [illegible] eiusmodi monimenta conficiuntur, præscribitur.*

que

que Haterius cùm eius diei senatusconsulta aureis literis figenda in curia censuisset, [a] deridiculo fuit, [b] senex fœdissimæ adulationis tantùm infamia vsurus. Inter quæ prouincia Africa Iunio Blæso prorogata. Seruius Maluginensis Flamen dialis, vt Asiam sorte haberet, postulauit, frustra vulgatū dictitans non licere Dialibus egredi Italia: neq; aliud ius suū quàm Martialiū, Quirinaliumq; Flaminū: porrò si hi duxissent prouincias, cur dialibus id vetitum? nulla de eo populi scita, nō in libris ceremoniarum reperiri. Sæpe Pontifices dialia sacra fecisse, si Flamen valitudine, aut munere publico impediretur. duobus & septuaginta annis post Cornelij Merulæ cædem neminem suffectum: neque tamen cessauisse religiones. Quòd si per tot annos possit non creari, nullo sacrorum damno, [c] quantò faciliùs abfuturum ad vnius anni proconsulare imperium? Priuatis olim [d] simultatibus effectum, vt à pontificibus maximis ire in prouincias prohiberentur: nunc deûm munere summum Pontificum etiā [e] summum hominum esse, non [f] æmulatione, non odio, aut priuatis adfectionibus obnoxium. Aduersus quæ cum augur Lentulus, aliique variè disserērent, eò decursum est, vt Pontificis Max. sententiam opperirentur. Tyberius dilata notione de iure Flaminis, decretas ob tribunitiam Drusi potestatem ceremonias [g] temperauit, nominatim arguens insolentiam sententiæ, [h] aureasque literas contra patrium morem. Recitatæ & Drusi epistolæ quanquam ad modestiam flexæ, pro [i] superbissimis accipiuntur. Huc decidisse cuncta, vt, ne iuuenis quidem [k] tanto honore accepto, adiret vrbis deos, ingrederetur senatum; auspicia saltem gentile

OBSERVATIONES.

a *Fœdissima adulatio vel ipsis adulatoribus deridiculo est.*

b *Quis senex adulatore fœdior?*

c *Multò faciliùs ferri potest vt aliquis magistratus, aut Flamen absit ab ciuitate, quàm vt omnino non creetur. quòd si res ipsa doceat, eo interdum Remp. carere posse sine [illegible] fieri posse, vt is aliquo spatio temporis reip. causa absit; cùm multò minus damni accipiatur à magistratu absente, quàm si is nullus omnino sit.*

d *Quæ ob priuatas simultates in remp. inducta sunt, ad exemplum trahi minimè debent.*

e *Princeps est summus hominum.*

f *Vt princeps cæteris hominibus dignitate præstat, ita nec æmulatione, nec odio adfici, nec priuatis studiis, & affectionibus obnoxius esse debet: qui enim his afficitur, non principis sed priuati animum gerit.*

g *Princeps nimios honores, nimiasque & ideo odiosas ceremonias adulatorum studio decretas temperare debet. quòd siquid fortè, quod ad eam rem attinet, aduersus mores, & cōsuetudinem decretum est, id sibi non esse placitum palam faciat.*

h *Nihil in rebus mortalium tantum est, vt aureis literis scribendum esse videri possit.*

i *Quæ à potentioribus, ac principibus viris multitudini haud multùm probatis, licet modestè, aguntur, aut dicuntur, tamen sæpe pro superbissimis accipiuntur.*

k *Cui insolitï, summique honores delati sunt, si non superbus, & ingratus haberi vult, non per literas, sed præsens in gratiis agere debet, quorum studiis, & suffragiis honores adeptus est. qui enim quod præsens facere & debet, & potest, id per literas agit, huius factum nonnisi pro superbissimo accipi potest.*

dir. Isque Treuerici tumultus finis. Apud Æduos maior moles exorta, quanto ciuitas opulentior, & comprimendi procul præsidium. Augustodunum caput gentis armatis cohortibus, Sacrouir occupauerat, nobilissimam Galliarum subolem liberalibus studijs ibi operatam, vt eo [a] pignore parentes propinquosque eorum adiungeret. Simul arma occultè fabricata iuuẽtuti dispertit. Quadraginta millia fuere, quinta sui parte legionariis armis, cæteri cum venabulis & cultris, quæque alia [b] venantibus tela sunt. [c] Adduntur è seruitiis gladiaturæ destinati, quibus, more gẽtico, continuum ferri tegimen (Cruppellarios vocant) inferendis ictibus [d] inhabiles, accipiendis impenetrabiles. Augebantur hæ copiæ [e] vicinarum ciuitatum vt nondum aperta consensione, ita [e] viritim promptis studiis, & [f] certamine ducum Romanorum, quos inter ambigebatur, vtroque bellum sibi poscente: mox Varro inualidus senecta [g] vigenti Silio concessit. At Romæ non Treueros modò & Æduos, [h] sed quatuor & sexaginta Galliarum ciuitates desciuisse, adsumptos in societatem Germanos, dubias Hispanias, cuncta (vt [i] mos [i] famæ) in maius credita. Optimus quisque [k] Reip. cura mœrebat, multi, odio præsentium & cupidine

[illegible]

OBSERVATIONES.

a *Qui cæteram multitudinem ad suas partes trahere studet, ei enixè danda est opera, vt nobilissimos quosque adolescentes in potestate habeat, futura haud dubia pignora, quibus fidem parentum, & propinquorum illigatam habebit.*

b *Quæ tela venantibus apta sunt, eorum in bello aliquis vsus esse potest. hinc fit, vt ἡ θηρευτικὴ sit pars τῆς πολεμικῆς vt est apud Arist. in Polit.*

c *Autor rerum nouarum, idemque belli concitor omni hominum genere, qui modò arma ferre possunt, vti [illegible].*

d *Qui, quos infra appellat ferratos, continuum ferri tegimen gestant, ob grauitatem armorum, inferendis ictibus sunt inhabiles, accipiendis impenetrabiles.*

e *Satis constat, non ita cuique rei vniuersitatem esse propriam, vt sunt singuli; qui cùm in ingentem numerum sensim excreuerunt, cæteros vi sua secum rapiunt. ideò cui negotium est cum vniuersa gente, is prius singulos aggrediatur, sibique eorum studia paret: nam cùm ex his pluribus fiat illa [illegible], paulatim vniuersam gentem in suas partes trahet.*

f *Discordia ducum [illegible] non parum commoditatis hostibus præbent.*

g *Quemadmodum in iis, quæ ratione, & prudentia simpliciter administrari oportet, iuniores senioribus concedere æquum est; ita quoque siquid accidat huiusmodi, quod confici sine vigore & animi, & corporis non potest, inualidus senex prudens et sapiens, si [illegible], quicquid est, vigenti iuueni, eoque qui magnitudini negotij par esse potest, concedet.*

h *Perrarò accidit, vt ex locis longinquis vera vnquam ita nuncientur, vt non in aliquid semper addatur, aut demātur.*

i *Mos famæ est, vt cuncta, quæ ex longinquo nunciantur, in maius augeat, eademque illa in maius, quàm sunt, credantur.*

k *Cùm aliquid aduersi nunciatur; optimus quisque non tam sua, quàm publicæ rei causa mœret; alij, quæ est natura & leuitas multitudinis, sua quoque periculo lætantur, hoc est, malunt omnia mutari, quàm frui præsenti tranquillitate. nam [illegible] ingenijs præsens rerum status nunquam placet.*

muta-

mutationis, [a] suis quoque periculis, lætabantur. [b] increpabantque Tyberium, [c] quòd in tanto rerum motu, libellis accusatorum insumeret operam. [d] An [e] Iulium Sacrouirum maiestatis crimine reum in senatus fore? [f] extitisse tandem [g] viros qui cruentas epistolas armis cohiberent: [h] miseram pacem vel bello [i] bene mutari. [k] Tantò impensius in securitatem [l] compositus, [m] neque loco, neque vultu mutato, sed, vt solitum, per illos dies egit: [n] altitudine animi, an compererat modica esse, & vulgatis leuiora? Interim Silius cum legionibus duabus incedens, præmissa auxiliari manu, [m] vastat Sequanorum pagos, qui finium extremi, & Æduis contermini, sociique in armis erant. Mox Augustodunum petit propero agmine, certantibus inter se signiferis, fremente etiam gregario milite, ne [n] suetam requiem, ne spatia noctium opperiretur: [o] viderent modò aduersos, & aspicerentur; id satis ad victoriam. Duodecimum apud lapidem Sacrouir, copiæque patentibus locis apparuere. In

OBSERVATIONES.

a *Cùm vna resp. omnes complectatur, satis constat, eius felicitatem, itemque mala & pericula ad omnes pariter pertinere.*

b *Rem se parum dignam principe facere videtur, si in magnis reip. motibus sedens priuatorum litibus, & libellis accusatorum inspiciẽdis operam insumit. quo facto belli curam, quæ potissima semper esse debet, ac proinde tuendæ reip. studium planè videtur abiecisse.*

c *Constantia principis in eo potissimùm perspici debet, vt nullis rumoribus, nullisque motibus solita instituta mutet, sed suo exemplo populi animos iam perterritos aduersus falsa, aut in maius credita firmet.*

d *Ridiculè aduersus armatos intenditur accusatio, iudicium & causæ cognitio; cùm vi & armis contundi debeant.*

e *Non est mirum, [illegible] principis, & iniqua edicta armis tandem cohiberi.*

f *Eos meritò appelles viros, qui iniurias principis, ipsiusque [illegible] armis cohibere audent.*

g *Misera pax vel bello bene mutatur; hoc est, præstat bellum gerere, seque Marti permittere, quàm continuis tyrannorum iniuriis vexari, quæ illi [illegible] neque singulorum fortunas pro arbitratu, impetum faciunt, in eo tuti sunt, ne pax [illegible] perniciosa turbetur.*

h *Qui mutat, id vnum spectare debet, an bene mutet. quippe præstat sua cuique manere, quàm malè mutare.*

i *Paulò ante adnotabam nullis neq; rumoribus, neque motibus principem perturbari debere. quippe præstat, cum vultu in securitatem esse composito, tantò impensius quantò magis illa quæ narrantur vulgus terrentur; quæ si sunt magna, & periculosa, neque tamen ijs ipse perturbatur, altitudinem animi principe vero dignam haud dubiè ostendit. Quòd si illa comperit esse modica, & vulgatis leuiora, quæ causa est, quapropter perturbetur? Hinc regula generalis hoc modo colligi potest; Cùm omnes homines, tum verò principem perturbatio minimè decet.*

k *Perturbatio principis colligi potest ex his signis; si mutat locum, & vultum, & solita instituta.*

l *Animi [illegible] in eo perspicitur, non si contemnuntur, sed si non metuuntur aduersa fortuna.*

m *[illegible] agri, & fines vastandi sunt, idque debet esse primum facinus belli, quod aduersus illos suscipitur, vt hoc damno, & metu maioris perterriti, velint nolint, ad sanitatem redeant.*

n *Dux belli non minùs obseruare debet tempora requietis, & spatia noctium, cùm exercitum aliquò ducit, quàm ipsas occasiones pugnandi.*

o *Strenuus miles solo ardore, & aspectu ignauum hostem & terret, & vincit.*

frontem statuerat [a] ferratos, in cornibus cohortes, à tergo semermos. Ipse inter primores equo insigni adire, memorare veteres Gallorum [a] glorias, quæque Romanis aduersa intulissent: quã [b] decora victoribus libertas: quàtò intolerantior [c] seruitus iterũ victis. Non diu hæc, nec apud lætos. Etenim propinquabat legionum acies; [d] inconditique, ac militiæ nescij oppidani, [e] neque oculis, neque auribus satis competebant. Contra Silius, etsi [f] præsumpta [f] spes hortandi causas exemerat, clamitabat tamen, pudendum ipsis, [g] quod Germaniarum victores, aduersum Gallos [h] tanquam in [h] hostem ducerentur. Vna nuper cohors rebellem Turonium, vna ala Treuerum, paucæ huius ipsius exercitus turmæ profligauere Sequanos. [i] Quantò pecunia dites & voluptatibus opulentos, tantò magis imbelles Æduos euincite, & [k] fugientibus consulite. Ingens ad ea clamor, & circumfudit eques, frontemque pedites inuasere. Nec cunctatum apud latera. Paulum moræ attulere ferrati, [4] restantibus laminis aduersum pila & gladios. Sed miles correptis securibus & dolabris, vt si murum perrumperet, cædere tegmina, & corpora. Quidam trudibus aut furcis inertem molem prosternere. Iacentesque nullo ad resurgendum nisu, quasi exanimes linquebãtur. Sacrouir primò Augustodunum, dein, metu deditionis, in villam propinquam cum fidissimis pergit. [l] Illic sua manu, reliqui mutuis ictibus occidere. Incensa super villa omnes cremantur. Tum demum [m] Tyberius ortum patratumque bellum senatui scrip-

OBSERVATIONES.

a *Quæ præclarè quis gessit, hæc illius gloria vere dici potest, neque præterea quicquam.*
b *Ea demum decora [illegible] victoria est, quæ sibi pariunt libertatem.*
c *Iterum, ac sæpius victi, quid præter durissimam seruitutem expectare possunt?*
d *Vt aliarum omnium rerum, ita quoque militia ars est; quæ, præter cætera, in eo præcipuè consistit, vt [illegible], non inconditè, sed ordine in hostem eat.*
e *Si, cùm prælium instat, ita perterrefactus est miles, vt neq; oculis neque auribus satis competat, paruo negotio eum vinci posse constat. id simulatque animaduertit dux exercitus, receptui canere debet. sic Q. Curtius lib. [illegible] Alexander, inquit, [illegible] signum vt cõsisterent, dari, ipsos arma deponere [illegible] iubet.*
f *V[illegible] certissimum signum est, cùm [illegible] spem ita miles præsumpsit, vt se inde nonnisi victorem [illegible] posse pro certo habeat.*
g *[illegible] & fortiorem vicit, multò magis eum imbelles, & meticulosos vincere posse [illegible]*
h *Strenuo militi imbellis hostis, non hostis, sed præda est.*
i *Quò magis aliqua gens diuitijs abundat, & voluptatibus, & otio diffluit, hoc magis imbellem esse constat.*
k *Callidus belli dux, cùm exercitum hortatur ad pugnam extrema eius oratio hæc esse debet, vt imperet, vt fugientibus hostibus consulant, ac si illos non pugnantes, sed iam in fugam conuersos videat.*
l *Rebellionem, & motus contra validum imperium capientes, nisi quod agunt vndequaque stabilitum, res suas infelici exitu concludunt.*
m *Quæ si [illegible] perturbare magis hominum animos, quàm confirmare possunt, ea princeps non priùs vulgare debet, quàm re egregiè gesta, si modo id huiusmodi erat, vt rectè, & citò confici posse spes esset.*

sit.

sit. Neque [a] dempsit, aut addidit vero, sed fide ac virtute legatos, se [b] cō-siliis superfuisse. Simul causas cur non ipse, non Drusus profecti ad id bellum forent, adiunxit, magnitudinem imperij extollens; neque [c] decorum principibus, si vna alteraue ciuitas turbet, omissa vrbe, vnde in omnia regimen. Nunc quia non [d] metu ducatur, iturum, [e] vt præsentia spectaret, componeretque. [f] Decreuere patres vota pro reditu eius, supplicationesque, & alia decora. Solus Dolabella Cornelius dum anteire cæteros parat, [g] absurdam in adulationem progressus, censuit vt ouans è Campania vrbem introiret. Igitur secutæ Cæsaris literæ, quibus se non [h] tam vacuum [i] gloria prædicabat, vt post ferocissimas gentes perdomitas, tot receptos in iuuenta, aut spretos triumphos, iam senior peregrinationis suburbanæ inane præmium peteret. Sub idem tempus, vt mors Sulpitij Quirinij publicis exequiis frequentaretur, petiuit à senatu. Nihil ad veterem & patritiam Sulpitiorum familiam Quirinius pertinuit, ortus apud municipium Lanuuium, sed impiger militiæ, & acribus ministeriis consulatum sub diuo Augusto, mox, expugnatis per Ciliciam Homonadensium castellis, insignia triumphi adeptus, [k] datusque rector C. Cæsari Armeniam obtinenti. Tyberium quoque Rhodi agentem coluerat: quod tunc patefecit in senatu, laudatis in se officiis, & incusato M. Folio, quem [l] autorem C. Cæsari [l] prauitatis & discordiarum arguebat. sed cæ-

OBSERVATIONES.

a *Vera narrare, est neque addere, neque demere vero.*

b *Illa demum resp. fœlix est, in qua principi superest consilij, hoc est sapienter quod facto opus est, præcipit, ipsiusque ministri, iis in rebus, quas iussi sunt, quasque conficiendas susceperunt, ei fidem, & virtutem præstant. hæc est illa [illegible], quam propter [illegible] maxima quæque imperia stant.*

c *Omnibus in rebus princeps dignitati consulere debet, ac ne, non statim, audito aliquo motu [illegible]minis, aut alterius ciuitatis, illuc ei, omissa imperij sede, vnde in omnia regimen, proficiscendum est, ne si plus æquo, hoc est, quàm dignitas, & persona principis postulat, perterrefactum esse ostendat.*

d *Metum, vt paulò ante obseruaui, siqua res alia, principem magnopere dedecet.*

e *Post magnos belli tumultus in aliqua prouincia ortos, princeps eo ire debet, vt præsentia spectet, & componat.*

f *Principi longinquum iter ingredienti, aut meditanti ab senatu decerni debent vota pro reditu eius & supplicationes, & alia decora.*

g *Aulico, atque adeò senatori, & consiliario principis summo studio cauendum est, ne in absurdam, nimisque vanam & ineptam adulationem progrediatur.*

h *Qui in iuuenta veris sibi debitis, ijsque amplissimis honoribus aut cumulatus est, aut eos spreuit, ei ineptum, & præposterum est si vergente iam ætate, inanes, aut falsos aut ambit, aut sibi deferri patitur.*

i *Qui [illegible], non [illegible] sibi debitum honorem recusat, hoc ipso dignus honore videri potest, quod falsum recusat.*

k *Iunioribus principibus, quibus prouinciæ regendæ, maximæque res gerendæ committuntur, vel rectores dandi sunt ij, qui multa, & præclara eximiæ virtutis documenta dederunt.*

l *O impuros & perditos homines, qui principibus autores sunt prauitatis, & discordiarum!*

[illegible]

teris haud læta memoria Quirinij erat, [a] ob intenta (vt memoraui) Lepidæ pericula, sordidamque & præpotentem senectam. Fine anni C. Lutorium Priscum equitem Romanum post celebre carmen, quo Germanici suprema defleuerat, [b] pecunia donatum à Cęsare, corripuit delator, obiectans [c] ægro Druso composuisse, quod si extinctus foret, maiore præmio vulgaretur. Id C. Lutorius in domo P. Petronij, socru eius Vitellia coram, multisque inlustribus fœminis per [d] vaniloquentiam [e] legerat. [f] Vt delator extitit, cæteris ad dicendum testimonium exterritis, sola Vitellia [g] nihil se audiuisse [h] adseuerauit. Sed [i] arguentibus ad perniciem plus fidei fuit. Sententiaque Haterij Agrippæ consulis designati indictum reo vltimum supplicium. Contra M. Lepidus in hunc modum exorsus est. Si, P. C. vnum id spectamus, quàm nefaria voce C. Lutorius Priscus [i] mentem suam, & aures hominum polluerit, [k] neque carcer, neque laqueus, ne seruiles quidem cruciatus in eum suffecerint. Sin flagitia & facinora sine modo sunt, suppliciis ac remediis [l] principis moderatio, maiorumque & vestra exempla temperant, & [m] vana à scelestis,

OBSERVATIONES

a *Qui ipse obscurus viro nobili periculum creat, etsi id iustè facere videtur, tamen hominum odia effugere vix potest.*

b *Carmina, cæteraque doctorum hominum scripta, quibus viri illustres laudantur, aut eorum suprema deflentur, præmio, & remuneratione digna sunt.*

c *Qui, viuo adhuc principe, carmen, aliudue scriptum componit in laudem illius, vt mortui, grauiter peccat; siquidem ob pretium, quod inde sperat, videtur optare mortem principis.*

d *Vaniloquentia plerisque exitio fuit.*

e *Vaniloquentia est, intempestiuè aliquid loqui, legere, aut recitare.*

f *Ferè fit, vt versificatores, simulatque carmen aliquod scriptitarunt, & excuderunt, per vaniloquentiam illud etiam nolentibus, & occupatis legant. huius generis hominum naturā vide apud Horat. Sat. Ibam forte via sacra. & dialogum de Orator. Tacito nostro adscriptum.*

g *Cum ex testimonij dictione oritur pernicies rei, vane magis & [illegible], quam scelesti, & inde nulla in principem, aut remp. vtilitas redundat, [illegible] profitetur, quàm id agere, qui hominem calamitosum nostro testimonio [illegible]*

h *Mendacium etiam in iudicio prolatum, [illegible] aut [illegible] alius, egregium, & officiosum potius, quàm flagitiosum [illegible] Histor. ferens, inquit, egregio mendacio se Pisonem esse respondit, ac statim ob[illegible]*

i *Qui fenestras de prin[illegible], ac procacius exercet libidinem ingenij, is prius mentem suam, mox aures [illegible] dicitur.*

k *Maxima [illegible] quæque flagitia nullo neque carcere, neque laqueo, ac ne seruili quidem vllo cruciatu [illegible] possunt. quod si flagitia sine modo non sunt, hoc est, si non maxima sunt, sed [illegible] peccatum est, adeò vt flagitium non se in immensum extendat [illegible] quibusdam [illegible] finibus se circumscriptum, pœna etiam, & supplicium non atrocissimum [illegible] pro magnitudine delicti, infligi debet. neque enim magistratus, vt supra dixit, asperior [illegible] esse debet, quàm sunt delicta.*

l *Cum omnibus in rebus, tum verò in puniendis delictis principem moderatum esse debere.*

m *Aliud est, vanum esse, aliud scelestum. quippe scelus graui supplicio vindicandum est, vanitas leui castigatione corrigi potest.*

dicta

[a] dicta à maleficiis differunt: [b] est locus sententiæ per quã neq; huic [c] delictum impune sit, & nos clementiæ simul ac seueritatis non pœniteat. Sæpe audiui principem nostrum [d] conquerentem, si quis sumpta morte, misericordiam eius præuenisset. Vita C. Lutorij in integro est, qui neque seruatus [e] in periculum Reipub. neque interfectus [f] in exemplum ibit. studia illi, vt [g] plena vecordię, ita inania & fluxa sunt; [h] nec quicquã graue, ac seriũ ex eo metuas, qui suorum ipse flagitiorum proditor, non virorũ animis, sed muliercularũ adrepit. cedat tamen vrbe, & bonis [i] amissis aqua & igni arceatur. Quod perinde cẽseo, ac si lege maiestatis teneretur. Solus Lepido Rubellius Blandus è consularibus adsensit. [k] Cæteri sententiam Agrippæ secuti. Ductusque in carcerem Priscus, ac statim exanimatus. Id Tyberius solitis sibi ambagibus apud senatum incusauit, cùm extolleret [l] pietatem [m] quamuis [n] modicas principis iniurias acriter vlciscen-

OBSERVATIONES.

a *Non semper dicta sunt maleficia; constat certè hæc illis multò esse grauiora, iis exceptis quæ impiè in Deum, aut seditiosè in principem aut in remp. dicuntur. quippe huiusmodi atrocia dicta æquantur prauis factis.*

b *Prudentia iudicis in eo perspici debet, vt in iudiciis pœnalibus, ac potissimùm capitis eam sententiam ex atrocissima, & clementissima eligat, per quam neque ei, qui deliquit, impune sit; nec tamen ipsum, aut principem clementiæ simul, & seueritatis pœniteat. adeò clementia, & seueritas in vno eodemque iudice simul esse possunt. Sic lib. 14. Annal. Esse pœnas legibus constitutas, quibus sine iudicum sæuitia, & temporum infamia supplicia decernerentur.*

c *Delicta nulli impune esse debent.*

d *Cùm clementia non modo ornamentum, verùm etiam certissima salus imperiorum sit, summo studio princeps niti debet, vt huius virtutis laudem assequatur; sed eo iudicio, quod continetur diuinis Senecæ scriptis ad Neronem.*

e *Si flagitiosum hominem seruas, supplicioque eximis, haud dubiè periculum reip. creas.*

f *Cùm quæ pœna à principe, aut à iudice in aliquem statuitur, in exemplum eat, summa prudentia, & moderatione tali [illegible]*

g *Quæ à vecordia proficiscuntur, inania sunt, & fluxa; hoc est talia sunt, vt ab his nihil meritò metuas.*

h *Nihil graue, ac serium ex eo metuas, qui sua ipse flagitia non modò apud viros, sed & apud mulierculas prodit.*

i *Conuicto maiestatis bona adimuntur, aqua, & igni interdicitur.*

k *Ineunte principatu, incredibile memoratu est, quam non modo singuli, sed & ipse amplissimus ordo suæ dignitatis, atque adeò æquitatis, & clementiæ oblitus præceps ruat ad ea, quæ turpissima, & flagitiosissima adulatio suadet.*

l *Is honor, obseruantia, & fides, quam principi præstamus, vno pietatis nomine contineri rectè potest.*

m *Princeps ea, quæ ab adulatoribus seuerè in eos constituta sunt, à quibus ipse dicto fortè læsus est, sicut non palam probare, sed potiùs leuiter incusare debet, potissimùm cùm id impune facere potest, nempe, vt præ se ferat animum mitem, ita quoque consultè faciet, si non planè id, quicquid est, improbabit, sed ostendet, non sibi eorum studia displicere, qui ipsius dignitati fauent. hac ratione, dum se dubium, aut ambiguum gerit, satis quid sit sententiæ, docet. vult enim intelligi se quidem esse clementem, & cupere ne cui propter se malè sit, non tamen impedire, quominus in eos, à quibus offensus est, seuerè animaduertatur. hæ sunt illæ ambages, quas Tacitus Tiberio solitas fuisse docet.*

n *Senatus vel modicas principis iniurias acriter vlcisci debere videtur, cùm reip. fieri videantur.*

coercitio [a] plus damni in Rempub. ferret, quàm indecorum adtrectare quod non obtineretur, vel retentum ignominiam & infamiam virorum inlustrium posceret: postremò literas ad senatum composuit, quarum sententia in hunc modum fuit: Cæteris forsitan in rebus P. C. magis expediat me coram interrogari, & dicere quid è Rep. censeam. [b] In hac relatione subtrahi oculos meos melius fuerit, ne denotantibus vobis ora, ac metum singulorum qui pudendi luxus arguerentur, ipse etiam viderem eos, ac velut [c] deprehenderem. Quòd si mecum antè viri [d] [e] strenui ædiles [f] consilium habuissent, nescio an suasurus fuerim [g] omittere potiùs prævalida, & adulta vitia, quàm hoc adsequi, vt palam fieret, quibus flagitiis impares essemus. Sed illi quidē [h] officio functi sunt, vt cæteros quoq; magistratus sua munia implere velim. Mihi autem neq; [i] honestū a. coercendis

OBSERVATIONES.

a *Attrectata coercitio flagitiorum, nec perfecta plus damni quàm vtilitatis in remp. inferre potest. siquidem homines virtute præstantes in eo à flagitiosis, & impuris vincuntur, vt scelera impunita maneant, id quod ipsis insolentiam auget, ac probis & honestis si non ignominiam, & infamiam, saltem pudorem parit.*

b *O mirificam Tiberii prudentiam, qui ne eos, qui vitiorum quorum de coercitione relatum erat, arguebantur, vel eo solo offenderet, quòd eos in Senatu aspiceret, eorumq; ora, metusque ab ipso denotari viderentur, oculos suos subtraxit, publicoque abstinuit; deque eo, quod ad eam relationē pertineret, per literas, quàm coram cum senatu agere maluit.*

c *Vix fieri potest, vt, qui sub oculis ipsius principis accusantur, non se eo ipso indicēt, quòd illius aspectum ferre non possunt, tanquam ἐπ' αὐτοφώρῳ deprehensi.*

d *Princeps vt quam honorificentissimè nominetur, ipse quoque magistratus, & illustrem quemque hominem honorificè appellare debet. hic certè Tiberius strenuos appellat Aediles; ac testatur Suetonius ipsum quoque Consulibus assurgere, & decedere de via solitum.*

e *Strenuus non solùm dicitur is, qui suum corpus alacri animo bellicis periculis obiectat; sed & is, qui constanter pro virtute suscepit propugnationem aduersus vitia.*

f *Etsi princeps cuncta ad se traxit, tamē cùm de se loquitur, sua verba [illegible] suamq; potestatē interdū extenuare debet, vt si sit vnus è senatoribus. Certè Tiberius non se ab Aedilibus consultū esse ait, sed serum ab ipsis consilium habitum esse, nec se imperaturum, sed suasurum fuisse.*

g *Etsi [illegible] videri potest, tamen vt consilium prudentissimi Tiberii diligenter observandum est; nempe, prævalida, & adulta vitia potiùs esse omittenda, quàm vt princeps tentet eorum coercitionem, & intempestiuis, parumque validis remediis aut delicta accendat, aut hoc adsequatur, vt palam fiat, quibus flagitiis coercendis impar sit. qua re principi neque periculosius, neque perniciosius quicquam accidere potest: cùm de sua dignitate, fama, & autoritate non parum eo facto detrahatur. Hinc diligenter observet princeps, omnibus in rebus, cuiusmodi illæ sunt, nunquam se palam facere debere quid non efficere, aut præstare possit, ne inde oriatur contemptus sui. Quòd si se alicui rei imparem videt, hanc aut omnino non attingat, aut sensim, & veluti aliud agens eam labefactare incipiat; mox in illius perniciem perseueranter, & obstinatè insistat. multa enim simul, vnoque impetu fieri non possunt, quæ & dies, & assiduitas conficit. atque, vt infra observatur, quæ severitate corrigi non possunt, ea plerunque tempore exolescunt.*

h *Ad præcipuas curas magistratus pertinet, diligenter, quacunque ratione fieri potest, dare operam, ne vitia in rep. adolescant.*

i *Parum honestum est principi, cùm omnes exclamant, vitia acribus remediis esse coercenda, silere, & torpere, ac si nolit, aut nequeat ea corrigere.*

silere, neq; proloqui expeditū, quia non [a] ædilis, aut prætoris, aut cōsulis partes sustineo. [b] Maius aliquid & excelsius à principe postulatur: & [c] cū rectè factorum sibi quisque gratiam trahat, [d] vnius inuidia ab omnibus peccatur. Quid enim primum prohibere, & priscum ad morem recidere adgrediar? [e] villarumne infinita spatia, familiarum numerum, & nationes? argenti & auri pondus? æris, tabularumque miracula? [f] promiscuas viris & fœminis vestes? atque illa fœminarum propria, quis [g] lapidum causa pecuniæ nostræ [h] ad externas, aut hostilis gentes transferuntur? Nec ignoro [i] in conuiuiis, & circulis incusari ista, & modum posci. Sed si quis legem sanciat, [k] pœnas indicat, iidem illi ciuitatem verti, splendidissimo cuique exitium parari, neminem criminis expertem clamitabunt. Atqui ne corporis quidem morbos veteres, & diu auctos, nisi per dura & aspera coërceas. [l] Corruptus simul & corruptor, æger & flagrans animus haud leuioribus [m] remedii restinguendus est, quàm libidinibus ardescit. Tot à maioribus repertæ leges, tot quas diuus Augustus

Hæ sunt illæ vestes, quas supra lib. 2. [illegible] appellauit, quibus viros [illegible] dixit.

OBSERVATIONES.

a *Vnus princeps sustinet munia singulorum magistratuum.*

b *Cùm multò maiores partes sustineat princeps in rep. quàm magistratus ordinarij, maius etiam aliquid, & excelsius ab ipso postulatur. siquidem cui summus honor delatus est, huic haud dubiè præcipuæ curarum incumbunt.*

c *Hoc est hominibus insitum à natura, vt rectè factorum sibi quisque gratiam trahat; malefactorum inuidiam ad alios deriuet.*

d *Quemadmodum rectè factorum gloria penes vnum principem est, ita quoque, quæ prauè in rep. fiunt, ea omnia vni ipsi adscribi solent; adeò vt, vnius ipsius inuidia à cæteris & magistratibus & priuatis peccetur.*

e *Luxus in his potissimum rebus consistit; in infinitis villarum spatijs, in familiarium, & seruorum numero, & natione; argenti & auri pondere, æris, tabularumque miraculis, hoc est statuariorum, & pictorum admirandis operibus; vestibus, & earum promiscuo vsu viris, ac fœminis. postremò si lapidum ac margaritarum causa pecuniæ ad externas, aut etiam hostiles gentes transferuntur.*

f *O rem impudicam, & dictu turpem, viris, & fœminis promiscuas esse vestes. vide ea, quæ lib. 2. hic ipsi de vestibus obseruaui.*

g *Multis, iisdemque grauissimis viris infamiæ [illegible], in lapides magnam vim pecuniarum insumere.*

h *Principi imprimis cauendum est, [illegible] ob causam, ac potissimùm ob nugas, & res fluxas, pecuniæ transferantur ad [illegible] externas, aut etiam hostiles gentes.*

i *Hæc est natura maleuol[illegible] conuiuiis, & circulis aliena vitia, luxumque incusat. sed si quis ad ea corrigenda leg[illegible], pœnas indicat, iidem illi, ciuitatem verti; splendidissimo cuique exitium parari; ne[illegible] criminis expertem esse clamitent.*

k *Non satis e[illegible]; siquidem facile contemni potest. Sed pœna ibidem indici debet.*

l *Quemad[illegible] morbi veteres, & diu aucti nonnisi duris, & asperis remediis coërcentur; ita quoque corr[illegible] simul, & corruptor, æger, & flagrans animus haud leuioribus remediis restinguendus est, quàm libidinibus ardescit.*

m *Leges, & pœnæ legibus indictæ ea sunt remedia, quæ ad sanandos corruptos hominum animos adhiberi debent.*

tulit, illæ [a] obliuione, hæ (quod flagitiosius est) [b] contemptu abolitæ securiorem luxum fecere. [c] Nam si velis quod nondum vetitum est, timeas ne vetere. At si prohibita impune transcenderis, neque metus vltra, neq; pudor est. Cur ergo olim parsimonia pollebat? [d] quia sibi quisque moderabatur, quia [e] vnius vrbis ciues eramus, [illegible] ne irritamenta quidem eadem intra Italiam dominantibus. [f] Externis victoriis aliena, ciuilibus etiam nostra consumere didicimus. Quantulum illud est, de quo ædiles admonent! Quàm, si cætera respicias, [g] in leui habendum? At hercule nemo refert [h] quòd Italia externæ opis indiget, [i] quòd vita populi Roma. per [illegible] incerta maris & tempestatum quotidie voluitur. ac nisi prouinciarum copiæ & dominis & seruitiis, & agris subuenerint, nostra nos, scilicet, [i] nemora, nostræque villæ tuebuntur? Hanc P. C. curam sustinet princeps. Hæc omissa funditus Rempub. trahet. [k] reliquis intra animū

OBSERVATIONES.

a *Leges plerunque duabus rationibus haud rectè abolentur; obliuione, &, id quod flagitiosius est, contemptu.*

b *Eam remp. pessum ire constat, in qua leges contemnuntur.*

c *Qui vult quod nondum vetitum est, is ne vetetur, timet, i. qui aliquid admittit quod lege nondum expressum est, de eo saltem spei est fore, vt, simulac intellexerit, hoc aut illud lege vetitum esse, tunc ab eo abstineat. at verò qui prohibita legibus impune transcendit, de eo nihil dici potest aliud, nisi hoc, neque metum legum vltra, neque honesti, aut hominum pudorem ei esse.*

d *Tunc demum virtus pollet, cùm non expostulantur leges, quibus hoc aut illud vetetur, sed semper ingenio honesta petuntur, & sibi quisque lex est, suisque libidinibus non metu, sed pudore moderatur.*

e *Ciuium hæc præclara laus est, vt vnius ciuitatis ciues sint, hoc est, vt, non in peregrinas viuendi nationes abeant, sed quisque contentus patriis moribus, & institutis, ita vitam agat, vt, qui [illegible] videris, [illegible] videris. qui enim hinc inde quicquid vspiam vitiorum est, mutuantur, illi quia externos [illegible], neque dissimiles [illegible] sunt, [illegible] ciues, & indigenæ, sed aduenæ, & colluuies omnium gentium dici possunt: adeò dissimiles [illegible], qui in bene constituta rep. vnius generis esse debent.*

f *Cùm sæpissimè accidat, vt victor victus fortunis [illegible], [illegible] est [illegible] victoriis aliena, ciuilibus suamet consumi.*

g *Grauissima quæque peccata videri possunt leuissima, si aliorum insuper multitudine, & atrocitate cumulentur.*

h *Vna ex præcipuis curis, quæ principi incumbunt, hæc debet esse, ne ea prouincia, quod est imperij caput, externæ opis indigeat, hoc est, [illegible], quæ ad victum sunt necessaria, necessitate aliunde petantur, ne vita populi aliarum gentium victoriis, per incerta maris, ac tempestatum quotidie voluatur. hæc cura omissa funditus remp. trahit.*

i *Alia ad necessarios vsus, alia ad voluptates parantur. Illorum cura omnibus rebus præuerti debet, hanc omitti sæpiùs æquum est, quippe [illegible] nitimur, qui ijs fructus vinit, quæ tantùm voluptatis gratia inuenta sunt.*

k *Duo præcipuè videntur esse munia principis: prius ac præcipuum est, vt nihil curarum prætermittat, quæ pertinent ad securitatem populorum. Quæ securitas non solùm in eo consistit, vt arceat hostes externos, sed vt prouideat, ne ea prouincia, quod caput imperij est, opis externæ indigeat: alterū, vt internæ concordiæ prospiciat: id quod assequetur, si præstabit vt vitia pellantur è rep. & in ea virtus colatur. hoc duplici via perueniet, legibus, & innata ciuibus virtute, & pudore peccandi.*

medendum est. a Nos pudor, pauperes necessitas, diuites satias b in melius mutet. Aut si quis ex magistratibus tantam c industriam ac seueritatem pollicetur, vt ire obuiā queat, hunc & laudo, & d exonerari laborum meorum partē fateor. Sin accusare vitia volūt, dein cùm gloriam eius rei adepti sunt, simultates faciunt, ac mihi relinquunt, Credite P. C. e me quoque non esse offensionum auidum, quas cùm graues, & plerunque iniquas pro Rep. suscipiam, inanes & irritas neque mihi aut vobis vsui futuras iure deprecor. Auditis Cæsaris literis, remissa ædilibus talis cura: luxusque mensæ à fine Actiaci belli, ad ea arma, quis Serg. Galba rerum summam adeptus est, per annos centum profusis sumptibus exerciti f paulatim exoleuere. Causas eius mutationis quærere libet. g Dites olim familiæ nobilium, aut claritudine insignes studio magnificentiæ prolabebantur. Nam etiam tum plebem, socios, regna h colere, & coli licitum: vt quisque opibus, domo, paratu speciosus, per nomen & clientelas inlustrior habebatur. Postquam cædibus i sæuitum, & i magnitudo famæ exitio erat, ceteri ad k sapientiora conuertere: simul noui homines è municipiis & coloniis, atque etiam prouinciis in senatum crebrò l adsumpti

i à principibus.

k Non tantū à principibus, sed & primis populi, qua de re vide sermonē Claudij Cæsaris lib. xi Annal.

OBSERVATIONES.

a *Quàm prouida natura est, quæ vnicuique remedium illius vitij, quo laborat, non aliunde, quàm ab se petere voluit: principes quidem, & præpotentes homines, quibus impune peccare licet, pudor; pauperes necessitas; diuites satias in melius mutare debet, quippe superuacaneum est leges murari, quibus vitia puniantur, aut coerceantur, cùm in sua persona vnusquisque legem habeat, cui obtemperare si [illegible], vitijs intra animum medebitur.*

b *Omnium legum finis est, vt homines in melius mutentur.*

c *Duabus potissimum rationibus magistratus [illegible], & seueritate, illa ne peccetur, hæc ad vindicanda peccata.*

d *Cùm singuli magistratus funguntur officio suo, partē laborum principis exonerare dicuntur; quia penes vnum principem sunt omnia [illegible], vt lib. 1 dictum est.*

e *Princeps quæ maximè ratione potest, debet vitare offensiones, & simultates, præsertim inanes & irritas, certè singulorum sibi beneuolentiam conciliabit, cùm [illegible] se iudicium vtebitur. Itaque si quando animaduersione, aliaue re [illegible] grauiter agendas, [illegible] ipse eo fungatur [illegible], quamuis [illegible] est.*

f *Ferè fit, vt, quæ legum seueritate corrigi non possunt, hæc tempore exolescant.*

g *Hi sunt fere gradus verum, quibus homines [illegible] ducunt; nempe, vt primùm parentur diuitiæ, ex quibus [illegible], & ex vtroque magnificentia; cuius finis est plebis fauorem, socios, regna, & clientelas complecti: & ex hoc [illegible], famam, & claritudinem adipisci.*

h *In ea rep. quæ constat ex æqualibus, nunquam cuiquam debet esse licitum, plebem, socios, [illegible] principibus colere, & pariter ab ipsis coli, cùm experientia satis doceat, nimium hāc [illegible] tandem in remp. perniciem erumpere: huius rei nullum testimonium illustrius est, quàm [illegible]. Romana, cuius seruitus à nimiis opibus, & intoleranda singulorum potentia profecta [illegible].*

i *Sub principe suspicioso, claritudo, & magnitudo famæ persæpe exitio est, cùm [illegible] nimio latentiam periculorum [illegible] est, qui contemptui natus est.*

k *Nulla re magis corrigitur luxus, ac cætera vitia, quàm [illegible] quemadmodum [illegible] siue deteriores; ita sæuiente principe in fortunas [illegible] hominum, haud [illegible] est, omnes ad sapientiora conuerti.*

domea domesticam parsimoniam intulerunt. & quanquam fortuna vel industria plerique pecuniosam ad senectam peruenirent, b mansit c tamen prior animus. Sed praecipuus d adstricti moris auctor Vespasianus fuit, antiquo ipse cultu victuque. obsequium e inde in principem, & aemulandi amor, f validior quàm poena ex legibus & metus: nisi forte g rebus cunctis inest quidam velut orbis, vt, quemadmodum temporum vices, ita morum vertantur; h nec omnia apud priores meliora, sed nostra quoque aetas multa laudis & artium imitanda posteris tulit. verùm haec nobis maiores i certamina ex honesto maneant. Tyberius fama k moderationis parta, quòd ingruentis accusatores represserat, mittit literas l [illegible] ad senatum, quis potestatem tribunitiam Druso petebat. Id summi fastigij vocabulum Augustus reperit, l ne regis aut dictatoris nomen adsumeret, ac tamen appellatione aliqua caetera imperia praemineret. Marcum deinde Agrippam socium eius potestatis, quo defuncto, Tyberium Neroné delegit, m ne successor in incerto foret: sic cohiberi prauas alio-

OBSERVATIONES

a *Ferè fit, vt, quod quisque domi didicit, id in publicum afferat.*

b *Quantò quaeso fieri debet is, qui aut fortuna, aut industria ad potentiam, magnasque opes euectus est, pristinum tamen animum, nempe prioris fortunae memoriam, pristinamque parsimoniam retinet?*

c *Non qui fortunam mutat animum mutat.*

d *Non satis laudari potest princeps is, qui cùm ex tenui fortuna ad id fastigij euectus sit, tamen astrictum morem, nempe, antiquum cultum, victumque retinet.*

e *Quibus moribus est princeps, hos nemo non aemulatur.*

f *Cùm obsequium in principem, & aemulatio morum illius multò validior sit, quàm poena ex legibus, & metus, siquid princeps praestari ab ijs, quibus imperat, vehementer cupit, incipiat ipse. quippe, caeteri ipsum [illegible] aemulabuntur: nec vlla lex efficiendis in quae tendit, validior est.*

g *Maximi viri semper in ea sententia [illegible] res hominum in vno statu manere, sed rebus cunctis inesse quendam veluti orbem, [illegible], ita morum vertantur.*

h *Admiratores antiquitatis, & contemptores sui saeculi, hoc est [illegible] quod à veteribus institutum, aut factitatum est, errant, ac vehementer quidem errant. siquidem [illegible], propter vices temporum, & rerum, non omnia apud veteres esse meliora, quàm quae hodie fiunt, sed nullam esse aetatem bonorum adeò sterilem, quae non multa laudis, & artium imitanda posteris ferat.*

i *Quae nobis maiores laudabilia reliquerunt, ea ita aemulari debemus, vt cum ipsis ex honesto certemus.*

k *Princeps magnam moderationis famam sibi parit, cùm eorum violentiam reprimit, qui in fortunas priuatorum impetum facturi erant, vt iniquis rationibus fiscum, & aerarium augerent.*

l *Supra saepiùs obseruaui, id quod ex hoc loco apertè colligi potest: Nunquam non cauendum esse ne principi, vt superbos titulos assumat. caeterùm eo dignitatis vocabulo appellari debet, quod caetera imperia praemineat. hac autem appellatio non noua, & insueta, sed vsitata, grata, populoque accepta esse debet. hoc pacto nihil noui in remp. inducet, ac nihilominus summum fastigium ipsi vsus infudebit, non contradicente populo, sed potiùs praestante ei studia, & beneuolentiam.*

m *[illegible] princeps curare debet, ne successor in incerto sit. id autem assequetur, si, interim dum superstes est, [illegible] sibi successorem destinet, diget collegam, & participem summae potestatis. quo facto haud dubium est, prauas aliorum spes cohiberi. hoc supra suo loco latiùs obseruaui.*

rum spes rebatur, simul modestiæ Neronis, & suæ magnitudini fidebat. [a] Quo tunc exemplo Tyberius Drusum summæ rei admouet, cùm [b] incolumi Germanico integrum inter duos iudicium tenuisset. Sed principio literarum [c] veneratus deos, vt consilia sua Reip. prosperarent, modica de moribus adulescentis, neque in [d] falsum aucta retulit: esse illi [e] cōiugem & tres liberos, [f] eamque ætatem, qua ipse quondam à diuo Augusto ad capessendum hoc munus vocatus sit. Neque nunc [g] properè, sed per octo annos capto experimento, [h] compressis seditionibus, compositis bellis, triumphalem & bis consulem, [i] noti laboris participem sumi. Præceperant animis orationem patres, [k] quò quæsitior adulatio fuit. nec tamen repertum, [l] nisi vt effigies principum, aras deûm, templa & arcus, aliaque solita censerent: nisi quod M. Sillanus ex [m] cōtumelia consulatus, honorem principibus petiuit: dixitq; pro sententia, vt [n] publicis, priuatisque monimētis, ad memoriam temporum, non consulum nomina præscriberētur, sed eorum qui tribunitiam potestatem gererent. At-

l. nec adeptus.

l. Principum.

OBSERVATIONES.

a *Præcipuas res gestas illius, qui autor fuit principatus, & monarchiæ, successor singillatim meminisse debet, nempe cuius exemplo, cùm res postulat, ipse vti, & quibus artibus imperium partum est, iisdem teneri, & propagari possit.*

b *Princeps prudenter facit, si inter eos qui pari affinitatis gradu ipsum contingunt, cùm de summo honore & successione agitur, iudicium tenet integrum, ne præteritus se postpositum indignans aliquid turbarum det.*

c *Literæ, & edicta principis hoc principium continere debent, nempe preces, quibus à Deo petat, vt sua consilia reip. prosperet.*

d *Si quæ à nobis dicuntur, ita credi volumus, ea in falsum [illegible] augeri oportet.*

e *Cæteris paribus, de eo cōmodius sentiūt homines, cui est coniunx, & liberi, quàm de eo, qui cælebs est.*

f *Quæ ætas propior est incanutati, [illegible] videtur esse par.*

g *Regenti principatui nulli præfici non debet is, qui tunc primùm, ac properè capessat remp. sed qui iam multos per annos capto experimento, rebusque gestis noto labori admouetur.*

h *Comprimere seditiones, componere, & patrare bella, deuictis hostibus triumphare, summum magistratum cum summa laude gerere, est munia principis sustinere.*

i *Sata sciunt principes, imperium, & principatum [illegible] præter merum laborem, nisi fasciam regis fabet, [illegible] quid si princeps ab labore in otij & voluptatis [illegible] ponit, [illegible] modo priuati sed & nequam hominis personam induit.*

k *Hoc adulatio est [illegible] quoniam spectet princeps animo præcipitur.*

l *Adulationis [illegible] est modus, vt, non solùm quæ hominibus tribui solita sunt, cuiusmodi sunt [illegible], aut tam publicis, quàm priuatis mandatum monimentis, verum etiam [illegible] immortalibus, ea & hominibus sæpe decernantur, ac tribuantur [illegible] les [illegible] templa, & diuini cultus.*

m *[illegible] homines ad quæ summo studio peruenire non potuerunt, iis, quæ [illegible] possunt, [illegible]*

n *[illegible] maximus honos viro principi tribui videtur posse, est, vt, [illegible] quàm priuatis monimentis, quæ scribuntur ad memoriā temporum, ipsius nomen præscribatur. hodierno die nomen Domini, ac præterea Pontificis, Cæsaris, aut principis illius, [illegible] eiusmodi [illegible] [illegible] præscribitur.*

que

que Haterius cùm eius diei senatusconsulta aureis literis figenda in curia censuisset, [a] deridiculo fuit, [b] senex fœdissimæ adulationis tantùm infamia vsurus. Inter quæ prouincia Africa Iunio Blæso prorogata. Seruius Maluginensis Flamen dialis, vt Asiam sorte haberet, postulauit, frustra vulgatū dictitans non licere Dialibus egredi Italia: neq; aliud ius suū quàm Martialiū, Quirinaliumq; Flaminū: porrò si hi duxissent prouincias, cur dialibus id vetitum? nulla de eo populi scita, nō in libris ceremoniarum reperiri. Sæpe Pontifices dialia sacra fecisse, si Flamen valitudine, aut munere publico impediretur. duobus & septuaginta annis post Cornelij Merulæ cædem neminem suffectum: neque tamen cessauisse religiones. Quòd si per tot annos possit non creari, nullo sacrorum damno, [c] quantò faciliùs absfuturum ad vnius anni proconsulare imperium? Priuatis olim [d] simultatibus effectum, vt à pontificibus maximis ire in prouincias prohiberentur: nunc deûm munere summum Pontificum etiā [e] summum hominum esse, non [f] æmulatione, non odio, aut priuatis adfectionibus obnoxium. Aduersus quæ cum augur Lentulus, aliique variè dissererent, eò decursum est, vt Pontificis Max. sententiam opperirentur. Tyberius dilata notione de iure Flaminis, decretas ob tribunitiam Drusi potestatem ceremonias [g] temperauit, nominatim arguens insolentiam sententiæ, [h] aureasque literas contra patrium morem. Recitatæ & Drusi epistolæ quanquam ad modestiam flexæ, pro [i] superbissimis accipiuntur. Huc decidisse cuncta, vt, ne iuuenis quidem [k] tanto honore accepto, adiret vrbis deos, ingrederetur senatum, auspicia saltem gentile

OBSERVATIONES.

a *Fœdissima adulatio vel ipsis adulatoribus derediculo est.*

b *Quid senex adulatore fœdius?*

c *Multò faciliùs ferri potest vt aliquis magistratus, aut Flamen aliquis ab [illegible], quàm vt omnino non creetur. quòd si res ipsa docuit, eo interdum Remp. carere posse, sane & illud ferri potest, vt is aliquo spatio temporis reip. causa absit; cùm multò minus damni accipiatur à magistratu absente, quàm si is nullus omnino sit.*

d *Quæ ob priuatas simultates in remp. inducta sunt, ad exemplum trahi minimè debent.*

e *Princeps est summus hominum.*

f *Vt princeps cæteris hominibus dignitate præstat, ita nec æmulatione, nec odio adfici, nec priuatis studiis, & affectionibus obnoxium esse debet: qui enim his afficitur, non principis, sed priuati animum gerit.*

g *Princeps nimios honores, nimiasque & ideo odiosas ceremonias adulatorum studio decretas temperare debet. quòd si quid fortè, quod ad eam rem attinet, aduersus mores, & cōsuetudinem decretum est, id sibi non esse placitum palam faciat.*

h *Nihil in rebus mortalium tantum est, vt aureis literis scribendum esse videri possit.*

i *Quæ à potentioribus, ac principibus viris multitudini haud multùm probatis, licet modestè, aguntur, aut dicuntur, tamen sæpe pro superbissimis accipiuntur.*

k *Cui insoliti, summique honores delati sunt, si non superbus, & ingratus haberi vult, non per literas, sed præsens ingratias agere debet, quorum studiis, & suffragiis honores adeptus est. qui enim quod præsens facere & debet, & potest, id per literas agit, huius factum nonnisi pro superbissimo accipi potest.*

apud solum inciperet. Bellum, scilicet, aut diuerso terrarum distineri, litora & lacus Campaniæ tum maximè peragrantem: sic imbui [a] rectorem generis humani, id primum è paternis consiliis discere. Sanè grauaretur aspectum ciuium senex imperator, [b] fessamque ætatem, & actos labores prætenderet: Druso quod nisi ex adrogantia impedimentum? [1] [c] Sed Tyberius vim principatus sibi firmans, imaginem antiquitatis senatui præbebat, postulata prouinciarum ad disquisitionem patrum mittēdo. Crebrescebat enim Græcas per vrbes licentia atque impunitas [d] asyla statuēdi. Complebantur templa pessimis seruitiorum. Eodem subsidio obærati aduersum creditores, suspectique capitalium criminum receptabantur. Nec vllum satis [2] validum imperium erat coërcendis seditionibus populi, [e] flagitia hominum vt ceremonias deûm protegentis. Igitur placitum [f] vt mitterent ciuitates iura, atque legatos. Et quædam quod falsò [g] vsurpauerant [h] sponte omisere. Multæ vetustis superstitionibus, aut meritis in populum Romanum fidebant. [3] [i] Magnaque eius diei species fuit, quo senatus maiorum beneficia, sociorum pacta, regum etiam, qui ante vim Romanā valuerāt decreta, ipsorumq; numinum religiones in-

1. Hic aliquid puto desiderari.

2. Vt alibi, validum [illegible]

3. [illegible]

OBSERVATIONES.

a *Principes sunt rectores hominum.*

b *Seni principi fessam ætatem, & actos labores prætendenti concedi otium, & solitudo, sine inuidia, potest, inueni, si se hominum oculis subtrahit, nonnisi adrogantia id adscribi posset.*

c *Princeps nouus quibus maximè potest, quàm firmissimis rationibus principatum sibi firmare, hoc est, nihil eorum, quæ pertinent ad corroborandam summam potestatem prætermittere debet; atque interim imaginem aliquam libertatis, vtcumque reipub. [illegible] senatui, & populo præbere, qua se oblectet, interim dum ipse planè [illegible] corrumpere.*

d *Asyla sunt loca sacra, & religione tuta, non ideo instituta, vt iis flagitia hominum protegantur, atque impunitas nequissimo cuique, tam in reip. perniciem, quàm in priuatorum fraudem proponatur; sed vt eò confugiant [illegible], & misericordia digni.*

e *Imperita multitudo solet confundere quæ separari debent. quippe Deûm cæremoniæ, ne polluantur, protegi debent; sed flagitiosorum hominum causam religioni miscere, hoc verè est pietate impietatem protegere.*

f *Cùm ciuitates, & prouinciæ inter se aliud [illegible], vt alia in alias multa sollicitè, violenterque admittant, non temerè princeps in hanc, aut in illam partem inclinare, sed priùs causam cognoscere summo studio [illegible] debet. cognitio autem in eo consistit, vt cuiuslibet ciuitatis, aut prouinciæ iura, [illegible] quisque vtitur, ad principem per legatos, à quibus de tota re doceri possit, mittantur.*

g *Falsò vsurpa[illegible] est ius.*

h *V[illegible] qui se nullo iure, sed sola peruicacia niti intelligunt, sponte litem, & certamina [illegible] quàm causa cadant, in animum inducere possent. præclariùs certè cùm ipsis a[illegible]*

i *[illegible] dubiè magna eius diei species est, quo die aliquid insigne, & inusitatum apud principem, [illegible] senatu actum est. porrò nihil neque maius, neque illustrius tractari potest, quàm maiorum [illegible]nia facinora, sociorum pacta, regum honorifica erga nos decreta, denique numinum religiones: & cætera de eodem genere.*

tro-

trospexit, [a] [1] libero, vt quondam, quid firmaret, mutaretue. Primi omniũ Ephesij adiere memorantes, nõ, vt vulgus crederet, Dianam atque Apollinem Delo genitos; esse apud se Cenchrium amnem [2] locum Ortygiam, vbi Latonam partu grauidam, & oleæ, quæ tum etiam maneat, adnisam, edidisse ea numina: deorumque monitu sacratum nemus. Atque ipsum illic Apollinem post interfectos Cyclopas Iouis iram vitauisse. Mox liberum patrem bello victorem, supplicibus Amazonum, quæ [b] aram insederant, ignouisse. Auctam hinc, concessu Herculis, cùm Lydia poteretur, ceremoniam tẽplo, neque Persarum [3] dicione diminutum ius. Post Macedonas, dien nos seruauisse. Proximo Magnetes, L. Scipionis, & L. Sullæ cõstitutis nitebantur. quorũ ille Antiocho, hic Mithridate pulsis, fidem, atq; [c] virtutem Magnetum decorauere, vt Dianæ Leucophryenæ perfugium inuiolabile foret. Aphrodisienses posthac, & Stratonicenses dictatoris Cæsaris, ob vetusta in parteis merita, & recens diui Augusti decretũ adtulere. [d] Laudati quòd Parthorum inruptionem, nihil mutata in populum Romanum constantia, pertulissent. Sed Aphrodisiensium ciuitas, Veneris, Stratonicensium, Iouis, & [4] Triuiæ religionem tuebantur. Altiùs Hierocæsarienses exposuere, Persicam apud se Dianam, delubrum rege Cyro dicatum. & memorabantur Perpennæ, Isaurici, multaque alia imperatorum nomina, qui non modò templo, [e] sed duobus millibus passuum eandem sanctitatem tribuerãt. Exin Cyprij tribus delubris, quorum vetustissimum Paphiæ Veneri autor Aerias, pòst filius eius Amathus Veneri Amathusiæ, & Ioui Salaminio Teucer, Telamonis patris ira profugus, posuissent. Auditæ aliarum quoque ciuitatum legationes. Quorum copia fessi patres, & quia [f] [5] studiis certabatur, consulibus [g] permisere vt perspecto iure, & si qua iniquitas [illegible] rem integrã rur-

[1] Liberi eff. Tu [illegible]

[2] [illegible] Ortygia [illegible]

[3] [illegible]

[4] [illegible] Triuia [illegible]

[5] [illegible]

OBSERVATIONES

a *Quæ res ad alicuius disquisitionem à principe missa est, is de ea liberè censere potest [illegible], quid item muuet. id quod præcipuè verum est, si eius rei arbitrium à principe ad amplissimum ordinem missum est.*

b *Qui aram insedit, huic veniam, propter loci sanctitatem, quamuis noxius dari aequum est.*

c *Cuius ciuitatis fides, & virtus rebus in dubiis planè perspecta est, huic, ad perpetuam rei memoriam, & grati animi argumentum concedi à principe potest, vt, quod ibi templum alicui numini sacratum est, id sit asylum, hoc est, perfugium inuiolabile.*

d *Qui hostium infensissimorum impetum constanter pro gloria, & salute nostra sustinuerunt, his, etiam post multorum annorum [illegible] publicè, tum rei [illegible] gratias agere, & referre, & præclara erga nos merita laudare debemus.*

e *Non solùm templis, sed & iis locis, quæ circa templa quotquot [illegible] pedes sunt, eadem sanctitas, quæ templorum est, tribui solet.*

f *Vix [illegible] dici potest, vbi studiis certatur.*

g *Cui princeps disceptationem cognitionem extra ordinem permisit, eam alij permittere ipse potest. differentia tantum in eo est, quòd hic posterior non iudicat sed perspecto iure, & iniuria, integrum iudicium illi, à quo ius cognoscendi accepit, seruat.*

sum ad senatum referrent. Consules super eas ciuitates, quas memoraui, apud Pergamum, Æsculapij compertum asylum retulerũt: cæteros [a] obscuris ob vetustatem initiis niti. Nam Smyrnæos oraculum Apollinis, cuius imperio Stratonicidi Veneri templum dicauerint: Tenios eiusdem carmen referre, quo sacrare Neptuni effigiẽ, ædemque iussi sint. Propiora Sardianos, Alexandri victoris id donum: neque minùs Milesios Dario rege vti, sed cultus numinum vtrisque Dianam, aut Apollinem venerandi. Petere & Cretenses simulacro diui Augusti. Factaque senatusconsulta quis multo cum honore, modus tamen præscribebatur, iussique ipsis in templis figere æras sacrandam ad memoriam; neu [b] specie religionis in ambitionem delaberentur. Sub idem tempus Iuliæ Augustæ valitudo atrox, necessitudinem principi fecit festinati in vrbem reditus, [c] syncera adhuc inter matrem filiumque concordia, siue occultis odiis. Neque enim multò ante, cùm haud procul theatro Marcelli effigiem diuo Augusto Iulia dicaret, Tyberij nomen suo postscripserat. [d] Idque ille credebatur, vt inferius [e] maiestate principis, [f] graui & dissimulata offensione abdidisse. Sed tum supplicia diis, ludique Magni ab senatu decernuntur, quos Pontifices, & Augures, & Quindecimuiri, Septẽuiris simul & sodalibus Augustalibus ederent. Censuerat L. Apronius vt feciales quoque iis ludis præsiderent. Contradixit Cæsar, [g] distincto sacerdotiorum iure, & [h] repertis exẽplis. Neq; enim vnquã fecialibus hoc [i] maiestatis fuisse. Ideo Augustales adiectos, quia propriũ eius domus sacerdotium esset, pro qua vota persoluerentur. [k] Exequi sententias haud institui, nisi insignes per honestum, aut notabili dedecore. quod præcipuũ

OBSERVATIONES.

a Ea neque certa, neque constantia dici possunt, quæ obscuris, ob vetustatem initiis nituntur.

b Cùm disceptatur de rebus sacris, imprimis cauendum est, ne specie religionis, nimiis studiis, in ambitum, & cætera vitia delabantur. id quod hodie frequentissimum est.

c Inter coniunctissimas principum personas rarò est syncera concordia; quia multis in rebus deprehenduntur [illegible]

d In locis publicis [illegible] ille est, ([illegible]) imagini, aut [illegible] maiestatem principis sit. si secus fit, tum princeps offendi[illegible]

e [illegible] superemineat.

f [illegible] quasque offensiones principes dissimulare, & abdere, donec eas proferendi tempus [illegible], solent.

g Sicut [illegible] rerum, ita quoque sacerdotiorum iura minimè confundi, sed distingui oportet, ne munia aliquorum propria mera vsurpatione ad alios transferantur.

h Cùm probare solis exemplis nitimur, ea ex antiquitate repeti, si opus est, debent.

i Præsidere ludis, ideo erat speciem quandam maiestatis, quod in populo Rom. [illegible] gentium mirificè delectabatur.

k Non hoc præcipuum munus illius est, qui Annales scribit, vt singulas [illegible] quasque [illegible] sed earum rerum [illegible] nullam, quæ rerum [illegible] aut [illegible] dedecori sint insignia, [illegible] & infamia [illegible] exemplo, vt homines ad virtutes amplectendas [illegible], simulque vitia odisse discant.

mu-

munus annalium reor, ne virtutes sileantur, vtque prauis dictis factisque ex posteritate & [a] infamia metus sit. [b] Caeterùm tempora illa adeò infecta, & adulatione sordida fuere, vt non modò primores ciuitatis, quibus claritudo sua obsequiis protegenda erat, sed omnes consulares, magna pars eorum, qui praetura functi, multique etiam pedarii senatores certatim exurgerent, foedaque & nimia censerent. Memoriae proditur, Tiberium quoties curia egrederetur, Graecis verbis in hunc modum eloqui solitum, [c] O HOMINES AD SERVITVTEM PARATOS. Scilicet, etiam illum, qui libertatem publicam nollet, tam proiectae seruientium patientiae taedebat. Paulatim dehinc ab [d] indecoris ad infesta [e] trāsgrediebantur. C. Sillanum proconsulem Asiae repetundarum à sociis postulatum [h] Mamercus Scaurus è consularibus, Iunius Otho Praetor, Bruttidius Niger Aedilis simul corripiunt, obiectantque violatum Augusti numen, spretam Tyberij maiestatem. Mamercus antiqua exempla iaciens, L. Cottam à Scipione Africano, Ser. Galbam à Catone Censorio, P. Rutilium à M. Scauro accusatos: [f] videlicet, Scipio & Cato talia vlciscebantur, [g] aut ille Scaurus, quem proauum suum, opprobrium maiorum Mamercus [h] infami opera [i] dehonestabat. Iunio Othoni literarium ludum exercere [k] vetus ars fuit, mox Seiani potentia senator, [l] ob-

OBSERVATIONES.

a *Turpitudinem, & vitia comitem infamiam necessariò secum trahunt.*

b *Haec est natura noui principatus, vt omnes sint infectae sordida foedaque adulatione, idque ad [illegible] tor, non tam plebi, & obscuris hominibus, quorum aut parum admodum, aut nihil interest adulari, quàm ipsis viris clarissimis, quorum verba & vultus princeps diligentissimè obseruat, eaque saepius in crimen detorquet, ideoque suis in illum obsequiis claritudinem suam protegere debent, nec esse sic liberè [illegible] & exclamare, nimia & foeda esse.*

c *Etsi omnis princeps in eo totus est, [illegible] tamen si, quibus imperat, seruitute [illegible], quàm parere, haud dubiè & ipsum [illegible] potentiae taedet, cùm praeclarius sit liberos regere, quàm seruis imperare; [illegible] seruitute [illegible], etiam illi, cuius in rem est. hinc vox illa Tiberij; o homines ad seruitutem [illegible].*

d *Principem adulari indecorum est; at saeuitia [illegible], & obiectandis criminibus, [illegible] qui [illegible] esse debent perniciem adferre, infestum, & exitiosum est.*

e *Qui sibi indecora licere existimat, hic paulatim ad infesta transgreditur; ita sensim à virtute ad ea, quae indifferentia, i. quae nec vitia, nec virtutes videri possunt, transitur; deinque ex his ad atrocissima vitia, [illegible] scelera citatissimo cursu peruenitur, adeò periculosum est virtute declinare.*

f *Exempla nonnisi vera, & similia, adduci ex antiquitate debent.*

g *Cui sunt maiores viri praestantissimi, ipse autem cùm ab illorum virtute & praestantia [illegible] & degenerem se praestet, nec tamen [illegible] facta adducere non veretur, huic verò [illegible] obiectari verè potest, esse ipsum opprobrium maiorum suorum, infami vita illorum praeclarissimam dehonestantem.*

h *Non omnis opera, quae principi praestatur, vt quidam sentiunt, honesta est. Qui enim in eo principi obsequuntur, vt innocentes falsis criminibus opprimant, ij [illegible] obsequium, sed infamem operam & atrox ministerium praestare dicuntur.*

i *Vita [illegible] honestari, sola vitia [illegible].*

k *Litterarium ludum exercere, est artem exercere.*

l *Ferè fit, vt, infimo & obscuro loco nati, si honores adipiscantur, obscura initia impudentibus ausis [illegible]; sola audacia ad maxima quaeque [illegible].*

scura initia impudentibus ausis propolluebat. Brutidium [a] artibus honestis copiosum, & si rectum iter peragere, ad clarissima quæque iturum, [b] festinatio extimulabat, dum æquales, dein superiores, postremò suasmet ipse spes anteire parat. [c] Quod multos etiam bonos pessum dedit, qui spretis quæ tarda cum securitate, præmatura, vel cum exitio properant. Auxere numerum accusatorum Gellius Publicola, & M. Paconius, ille quæstor Sillani, hic legatus. Nec dubium habebatur, sæuitiæ, captarumque pecuniarum teneri reum. Sed multa adgerebantur etiam insontibus periculosa, [d] cùm super tot senatores aduersos, facundissimis totius Asiæ, eoque ad accusandum delectis responderet solus, & orandi nescius proprio in metu, [e] qui exercitam quoque eloquentiam debilitat, non [f] temperante Tyberio, quin, premeret voce, vultu, eo quòd ipse creberrimè interrogabat. Neque refellere, aut eludere, dabatur. [g] ac sæpe etiam confitendum erat, [h] ne frustra quæsiuisset. Seruos quoque Sillani, vt tormentis interrogentur, actor publicus mancipio acceperat. [i] Et ne quis necessariorum iuuaret periclitantem, maiestatis crimina subdebantur, vinclum & necessitas silendi. Igitur petito paucorum dierum interiectu, [k] defensionem sui deseruit, ausis ad Cæsarem codicillis, quibus [l] inuidiam & preces miscuerat. Tyberius quæ in Sillanum parabat, [m] quò excusatiùs

[illegible] quæ ab aduersario [illegible]

OBSERVATIONES.

a *Qui est imbutus honestis artibus, is ad clarissima quæque recto itinere ire potest.*

b *Properata festinatio multos pessum dedit; qui præclaris artibus instructi, si rectum iter peragerent, ad clarissima quæque peruenire poterant. quippe longè fallitur, qui æquales, mox superiores, postremò suasmet ipse spes anteire parat.*

c *Omnino præstat sequi ea, quæ tarda sunt, cum securitate, quàm ad ea cum exitio properare, quæ præmatura sunt.*

d *Non est nouum, ipsos etiam insontes periclitari, atque adeò opprimi multitudine, & potentia aduersariorum si ipsi soli, hoc est, ab omnibus deserti, & orandi nescij aduersariorum calumnijs respondere cogantur.*

e *Proprius metus, id est, ea formido, quæ non ex alieno sed ex proprio periculo nascitur, non modò orandi nescium, sed exercitam quoque eloquentiam debilitat.*

f *Summa videtur esse principis, aut iudicis [illegible] aduersariorum multitudine, eloquentia, & potentia oppressum, atque adeò indefensum ipse voce, vultu, crebris interrogationibus insuper vrget, terreat, ac premat.*

g *Perdifficile [illegible], crebris interrogationibus iudici, aut ipsi principi respondere, quia sæpe confitendum est, ne frustra quæsiuerit.*

h *Etsi principes [illegible], & peccant, nunquam tamen aut errasse se, aut quidquam frustra fecisse videri volunt.*

i *Maiestatis crimen vsque eò est odiosum, vt vinculum, & necessitas silendi imponantur cuilibet necessariorum, qui periclitantem iuuerit; [illegible] & ipsi eodem crimine contaminati videantur.*

k *Innocentia sæpe oppressa cogitur defensionem sui deserere, seque aduersariorum potentiæ, & iudicis sæuitiæ permittere.*

l *Non est nouum, innocentem oppressum [illegible] in aliis in iudicem transferre.*

m *Quæ facere instituimus, etsi sunt iniqua, [illegible] si aliquod simile facti exemplum adduci potest.*

excusasub exemplo acciperentur, libellos diui Augusti de Voleso Messala eiusdem Asiæ proconsule, factumque in eum senatusconsultum recitari iubet. Tũ L. Pisonem sententiã rogat.[a] Ille multùm de clementia principis præfatus, aqua atq; igne Sillano interdicendũ censuit, ipsumq; in insulã Gyarũ relegandũ. Eadẽ cæteri, nisi quòd Gn. Lentulus separanda Sillani materna bona, quippe alia parente geniti, reddendaq; filio dixit, adnuẽte Tyberio. At Cornelius Dolabella dũ adulationẽ longiùs sequitur, increpitis C. Sillani moribus addidit,[b] ne quis vita probrosus, & opertus infamia prouinciam sortiretur, idque princeps diiudicaret. Nam à legibus delicta puniri. Quantò foret mitius in ipsos, melius in socios,[c] prouideri ne peccaretur? Aduersum quæ disseruit Cæsar: non quidẽ sibi ignara quæ de Sillano vulgabantur,[d] sed non ex rumore statuendum.[e] multos in prouinciis contra quàm spes aut metus de illis fuerit, egisse.[f] excitari quosdam ad meliora magnitudine rerum, hebescere alios.[g] neque posse principem sua scientia cuncta complecti, neque expedire,[h] vt ambitione aliena trahatur.[i] ideo leges in facta constitui, quia[k] futura in incerto sint, sic à maioribus institutum, vt si antissent delicta, pœnæ sequerentur.[l] ne verterent sapienter reperta, & semper placita.[m] satis onerum

OBSERVATIONES.

a *Optimi senatoris munus est, si principis ingenium nouit esse promptum ad asperiora, & [illegible] blanda oratione ad humaniorem sententiam hortari. id assequetur si ei clementiæ laudem, quamuis falsò, tribuet: neque enim hoc [illegible] dici potest [illegible] adulationis, [illegible] prudentissima [illegible] vitio [illegible].*

b *Inprimis princeps diligenter cauere debet, ne cui vita probrosa, & infamia prouinciam permittat: vt quales homines prouinciis, gentibusque præficit, talis ipse existimetur, atque ex illorum ingenio iudicetur.*

c *Non hoc solùm à principe, & summo magistratu expectatur, vt legibus admissa delicta puniantur, sed multò magis vt prouideant, ne peccetur. nam, vt supra [illegible] ex Platone, & Seneca, nemo prudens punit, quia peccatum est, sed ne peccetur.*

d *Etsi quæ iactantur in vulgus non ignoret princeps, ei tamen nihil est ex rumore statuendum, præsertim in rebus arduis, & magni momenti.*

e *Non ideo principi ob solos sinistros de aliquo sermones, qui ferè à multitudine habentur, impediri debet, quominus magna munera, & maximarum rerum administrationem ei committat. fit enim plerumque, vt multi, contra quàm homines sperarunt, præclarè in re sibi commissa versentur.*

f *Vt diuersa sunt hominum ingenia, ita quidam magnitudine rerum excitantur ad optima quæque, & hi sunt excelso homines animo, alij verò hebescunt, ac ignauia torpent.*

g *Etsi princeps est vigilantissimus, nunquam tamen cuncta sua scientia complecti potest.*

h *Indecorum est principi aliena ambitione trahi, id est, statuere quid facto opus sit, non suo, sed huius aut illius arbitratu, hoc est, priuatorum adfectionibus, vt supra dixi, immixtum esse, iisque trahi.*

i *Si principi præscire quid quaque de re futurum sit posset, nullis opus esset legibus, quippe prouideret ne peccaretur. sed quia futura in incerto sunt, ideo leges constitutæ sunt non in ea quæ futura sunt, [illegible] est, sed in facta, & scelera iam admissa. ideo à maioribus prudenter institutum est, [illegible] pœnæ legibus constitutæ sequerentur, quamsi prius delicta antiissent.*

k *Quæ futura in incerto sunt, de iis statui nihil potest.*

l *Nimia temeritatis est sapienter à maioribus reperta, & semper placita temerè vertere, i. abolere.*

m *Non debent principes postulare, vt sibi plus onerum, quàm ferre possunt, imponatur, hoc est, vt ad [illegible] cuncta regendi aliæ cura insuper accedant: cùm illa quæ à legibus, quæ cæteris magistratibus, quæ [illegible], & [illegible] committenda sint.*

principibus, satis etiam potentiae minutura, quoties gliscat potestas, nec utendum imperio, ubi legibus agi possit. Quanto rarior apud Tyberium popularitas, tanto laetioribus animis accepta. Atque ille prudens moderandi, si propria ira non impelleretur, addidit, insulam Gyarum immitem & sine cultu hominum esse: darent Iuniae familiae, & viro quondam ordinis eiusdem, Cytheram potius concederet. Id sororem quoque Sillani Torquatam priscae sanctimoniae virginem expetere. In hanc sententiam facta discessio. Post auditi Cyrenenses, & accusante Anchario Prisco, Caesius Cordus repetundarum damnatur. L. Ennium equitem Romanum maiestatis postulatum, quod effigiem principis promiscuum ad usum argenti vertisset, recipi Caesar inter reos vetuit, palam aspernante Ateio Capitone, quasi per libertatem: non enim debere eripi patribus vim statuendi, neque tantum maleficium impune habendum: sane lentus in suo dolore esset, Reip. iniurias ne largiretur. Intellexit haec Tyberius ut erant magis quam ut dicebantur, perstititque

OBSERVATIONES.

a *Cum quicquid [illegible] & potentiae penes principem est eo referri oporteat, ut leges [illegible] suum, cum id [illegible] asserunt [illegible], frustra amplectatur potentia principis ad coercenda & punienda delicta, frustraque in eum conferetur potentia illa quae legum est. Sed cum legibus semper integris haud satis [illegible], satis constat maius onus principi incumbere, atque adeo eius potentiam augerit [illegible] semper [illegible] & potentia [illegible] minuatur [illegible] in legibus accedant.*

b *Non est utendum imperio, ubi legibus agi potest: hoc est, in administranda rep. aut coercendis flagitiis adhibendae sunt leges: quae si nullae sunt, aut [illegible] ea, quae flagitia coercere possint, tunc utendum est imperio, id est [illegible] potentiam, quae est vindex legum, [illegible] est.*

c *Quo rarum aliquod virtutis genus in principe [illegible], hoc laetioribus [illegible] solet esse acceptum.*

d *Popularitas, hoc est studio capienda benevolentiae popularis per ea omnia, quae multitudini grata sunt, princeps mirum in modum omnes sibi devincit.*

e *Cum omnes homines, tum vero principes in eo toti esse debent, ut privata studia, & affectiones, quibus plerunque ad deteriora impelluntur, ponant, & in [illegible] virtutem: quam qui habet, is non solum [illegible] prudens est, sed [illegible] beneficere scit.*

f *Etsi [illegible] dignitatemque ac potentes consanguineos [illegible] posset, ut aliquid de gravi [illegible] supplicij demeretur.*

g *Non [illegible] laesae maiestatis, eo argento, in quo sit caelata effigies principis, promiscue uti, ut [illegible] asserebat Capito, [illegible] exemplum Pauli Praetorij, quod supra addaxi ex Seneca de benef. lib. 3. cap. 26.*

h *Princeps [illegible] cavere debet, ne sibi invidiam & odia hominum concilies ob frequentes maiestatis accusationes, quas nonnisi gravissimas ob causas admittere debet.*

i *[illegible] quid non homines cogit sordidissima adulatio? certe qui libertatis bona [illegible] quidem labris tanquam degustarunt, hi quo sordidius adulentur, libertatis loquendi, ac [illegible] principi placere putant, obtendunt, ac si sit libertas [illegible] hominis, [illegible], turpiter servitutem [illegible].*

k *Est genus hominum, qui in suo dolore sunt lenti, hoc est, quibus [illegible] est otij, ut, quae sibi [illegible], haec idem negligant, [illegible] ut quae ad se nihil pertinent, pro his magnas contentiones suscipiant.*

l *Sagacis principis in eo consistit, ut, non tam quid dicatur, quam quid verum sit, attendat.*

interce-

intercedere. Capito [a] insignior infamia fuit, quòd [b] humani diuinique iuris sciens, [c] egregium publicum, & [c] bonas domi artes dehonestauisset. Incessit dein religio quonam in templo locandum foret donum, quòd pro valitudine Augustæ equites Romani vouerant Equestri Fortunæ. nam etsi delubra eius deæ multa in vrbe, nullum tamen tali cognomento erat, repertum est ædem esse apud Antium quæ sic nuncuparetur, [c] cunctasque ceremonias Italicis in oppidis, templaque, & numinum effigies iuris atque imperij Romani esse. Ita donũm apud Antium statuitur. Et quando de religionibus tractabatur, dilatum nuper responsum aduersus Seruium Maluginensem Flaminem Dialem [d] promsit Cæsar recitauitque decretum pontificum. Quoties valitudo aduersa Flaminem Dialem incessisset, vt Pontificis Maximi arbitrium, [d] ne plusquam binoctium abesset, dum ne diebus publici sacrificij neu sæpiùs, quàm bis eundem in annum. Quæ principe Augusto constituta satis ostẽdebant, annuam absentiam & prouinciarum administrationem dialibus non concedi; memorabaturque L. Metelli Pontificis Maximi exemplum, qui Aulum Posthumium Flaminem attinuisset. Ita sors Asiæ in eum, qui consularium Maluginensi [e] proximus erat, conlata. Iisdem diebus Lepidus à senatu petiuit vt basilicam Pauli, Æmilia monumenta, propria pecunia firmaret, ornaretque. [erat etiam tum in more publica munificentia.] Nec Augustus arguerat Taurum, Philippum, Balbum, [f] hostiles exuuias, aut exundantis opes ornatum ad vrbis, & posterũm gloriam conferre. quo tum exemplo Lepidus, quanquam pecuniæ modicus, auitum decus recoluit. [g] At Pompeij theatrum igne fortuito haustum, Cęsar extructurum pollicitus est, eo quod nemo è familia restaurando sufficeret, manente tamen nomine Pompeij. simul laudibus Seianum extulit, tanquam labore, vigilantiaque eius tanta vis vnum intra damnum [illegible]

OBSERVATIONES.

a Ex [illegible], quæ nihil ad rem attinent, inepta, ac sorda conuentione, nihil præter [illegible] est expectandum.

b Quid turpius dici potest, quàm hominem diuini, & humani iuris scientem publicè, studiose [illegible] bonas artes dehonestare?

c Veteres existimarunt, templa, & numinum effigies eius esse, cuius in ditione sunt.

d In iis, quæ ad remp. pertinent, princeps singularem & fidem, & diligentiam præstare debet, si demum, si quid promisit, id non compellatus, aut admonitus sed vltro præstet diligentiam, vt, si id, quicquid est, iusta de causa dilatum fuerit est, id opportunè hoc est suo & loco, ac tempore repræsentet.

e [illegible] certas ob causas, non est delatus, is ei, qui mihi loco proximus est, deberi videtur.

f [illegible] prohibendos esse, quorum hostiles exuuiæ, aut exundantes opes ad ornamentum [illegible] & posterorum gloriam conferant.

g [illegible] familiæ monumenta igne, aut fortuito alio casu absumpta, aut collapsa à principe [illegible], si nullus ex ea familia damno restaurando sufficit, debent, siquidem hoc [illegible] magnificentiam, et liberalitatem, virtutes in vulgus gratissimas ostendet.

stetisset. Et censuere patres effigiem Seiano, quæ apud theatrum Pompeij locaretur. neque multo pòst Cæsar cum Iunium Blæsum proconsulem Africæ triumphi insignibus attolleret, [a] dare id se dixit honori Seiani, cuius ille auunculus erat. Ac tamen res Blæsi dignæ decore tali fuere. Nam Tacfarinas quanquam sæpiùs depulsus, reparatis per intima Africæ auxiliis, [b] huc adrogantiæ venerat, vt legatos ad Tyberium mitteret, sedemque vltro sibi atque exercitui suo postularet, aut bellum inexplicabile minitaretur. Non aliàs magis sua populique [c] contumelia Rom. indoluisse Cæsarem ferunt, quàm quòd desertor, & prædo [d] hostium more ageret. [e] ne Spartaco quidem post tot consularium exercituum clades inultam Italiam vrenti (quanquam Sertorij, atque Mithridatis ingentibus bellis labaret Resp.) datum, vt pacto in fidem acciperetur, nedum pulcherrimo populi Rom. fastigio, [f] latro Tacfarinas pace & concessione agrorum redimeretur. Dat negotium Blæso, ceteros quidem [g] ad spem proliceret arma [sine noxa ponendi, ipsius autem ducis quoquo modo potiretur. Et recepti ea venia plerique. mox aduersum artes Tacfarinatis, [h] haud dissimili modo belligeratum. Nam quia ille robore exercitus impar, furandi melior, pluris per globos incursaret, eluderetque, & insidias simul tentaret, tres incessus, totidem agmina parantur, ex quîs Cornelius Scipio legatus præfuit, quà prædatio in Leptinos & suffugia Garamantum. alio latere ne Cirtensium pagi impune traherentur, propriam manum Blæsus filius duxit. Medio, cum dele-

OBSERVATIONES.

a *Non semper, cùm quis honore honestatur [illegible], id tam eius virtuti & meritis, quàm gratiæ datur.*

b *Haud dubium est, cui prima [illegible] successu elatum eo petere audere, quæ se etiam [illegible] extorquere posse.*

c *Contumelia vtique est, si is, qui [illegible] quàm hostis est, principi fidit, quod ab ipso petit, non impetrans, minitatur.*

d *Aliud est prædonem, aliud [illegible] cum hoc de conditionibus pacis per legatos agi [illegible] potest. ille non audiendus sed [illegible].*

e *Vel ipso difficillimo [illegible] adeò animum despondere debemus, vt, quæ indigna nobis, nostrisque [illegible] committamus in animum inducamus.*

f *Neque latro, [illegible] in fidem accipi, nisi cum summo dedecore, potest.*

g *Furentis [illegible] conatus hac ratione infringi egregiè possunt, nempe, vt, quam [illegible] bellum [illegible] proliciantur arma sine noxa ponendi. quippe ea venia haud dubiè plerique [illegible] verò ad principis maiestatem, reique pub. dignitatem pertinet, ipsum ducis quo- [illegible].*

h *[illegible] plerumque robore exercitus principis, vel rei pub. est impar, [illegible] hanc rationem [illegible], vt plures per globos incurset, eludatque, & insidias simul [illegible] in singulas [illegible] occasiones intentus sit, hunc qui opprimere studet, has [illegible] adhibere debet: nempe, [illegible] incessus, totidemque agmina parare; quorum ope & insidias, & prædationes, & latebras, & effugia illius intercipiat, vt quocunque is inclinabit, pars aliqua [illegible] in ore, in latere, & sæpè à tergo ei sit; hoc pacto & cædi, & circumueniri, & opprimi potest.*

ctis

que castella & munitiones idoneis locis imponēs, dux ipse arcta & infensa hostibus cuncta fecerat: quia quoquo inclinarent, pars aliqua militis Romani in ore, in latere, & sæpe à tergo erat. multique eo modo cæsi, aut circumuēti. Tum tripartitū exercitum plures in manus dispergit, præponitq; centuriones virtutis expertæ, nec, vt mos fuerat, acta æstate, retrahit copias, aut in hybernaculis veteris prouinciæ componit: [a] sed vt in limine belli, dispositis castellis per expeditos, & solitudinum gnaros mutantem mapalia Tacfarinatem proturbabat, donec fratre eius capto, regressus est, properantiùs tamen, quàm ex vtilitate sociorū, [b] relictis per quos resurgeret bellum. Sed Tyberius [c] pro confecto interpretatus, id quoque Blæso tribuit, vt imperator à legionibus salutaretur, prisco erga duces honore, qui bene gesta Rep. gaudio & impetu victoris exercitus cōclamabantur. erantque plures simul imperatores, nec super cæterorum æqualitatem. concessit quibusdam & Augustus id vocabulum, ac tunc Tyberius Blæso. Postremum obiere eo anno viri insignes, Asinius Salonius, M. Agrippa, & Pollione Asinio auis, fratre Druso insignis, Cæsarique progener destinatus. Et Capito Ateius, de quo memoraui, principem in ciuitate locum [d] studiis ciuilibus adsecutus, sed auo centurione Sullano patre prætorio. Consulatum ei adcelerauerat Augustus, vt Labeonem Antistium iisdem artibus præcellentem dignatione eius magistratus anteiret. Namque illa ætas duo [e] pacis decora simul tulit. sed Labeo incorrupta libertate, & [f] ob id fama celebratior. [g] Capitonis obsequium dominantibus magis probabatur. Illi quòd præturam intra stetit, [h] commendatio ex [i] iniuria: huic quòd [k] consulatum adeptus est,

OBSERVATIONES.

a Impigrum, & indefessum hostem qui superare parat, vel seminium [illegible], & infesta [illegible]; atque adeò semper ita se gerat, ac si sit in ipso limine belli; ne spatium respirandi, & [illegible] colligendi hosti det. huiusmodi exemplum est in vita Agricolæ.

b Non satis est bellum conficere, nam semina quoque belli extingui debent, nullos relinquendo, per quos possit bellum resurgere.

c Cùm hostis eò redactus est, vt, quo se vertat, nesciat, bellum pro confecto accipi potest.

d Non solùm arte militari, & gloria belli, sed & studijs ciuilibus principem in ciuitate locum consequi possumus.

e Homines artibus, ac studijs imbuti ciuilibus, eoque in genere præstantissimi pacis decora meritò appellari possunt.

f Is apud omnes fama celebratur, quem homines non modò non fœdam adulationem sectari intelligunt, sed incorruptam loquendi, & agendi libertatem tenere vident.

g Potest quis esse vir præclarus, idemque dominantibus obsequium præstare. quam ad rem opus est eo temperamento, quod adhibere, nemini si summo iudicio præditi possunt.

h Cùi insignis iniuria præter meritum fit, eo ipso commendatur, quòd indignè illi iniuria fit. nam vt ait Seneca, sæpe maiori fortunæ locum fecit iniuria.

i Viro virtute præstanti iniuria fieri dicitur, cùm quos meritus est honores non adipiscitur.

k Honor immeritò alicui delatus ei meritò parit inuidiam, ex qua nascitur odium.

[a] odium ex inuidia oriebatur. Et Iunia ſexageſimoquarto poſt Philippenſem aciem anno ſupremum diem expleuit, Catone auunculo genita, C. Caſſij vxor, M. Bruti ſoror. Teſtamentum eius multo apud vulgum rumore fuit: quia in magnis opibus, cùm ferme cunctos proceres cum honore nominauiſſet, Cæſarem omiſit. [b] quod ciuiliter acceptum. neque prohibuit quò minùs laudatione pro roſtris, cæteriſque ſolennibus funus cohoneſtaretur. Viginti clariſſimarum familiarum imagines antelatæ ſunt, Manlij, Quintij, aliaque eiuſdem nobilitatis nomina. ſed præfulgebant Caſſius atque Brutus, [c] eo ipſo, quòd effigies eorum non viſebantur.

OBSERVATIONES.

a *Ex inuidia naſcitur odium.*

b *Cauſam doloris princeps iuſtam habet nullam, eò quòd ab aliquo, in teſtamento præteritus eſt.*

c *Cùm de honoribus agitur, homines virtute præſtantes eo ipſo præfulgent, quòd ipſis non ſatis honorum, pro meritis tribuitur; adeò virtus nunquam obrui poteſt.*

FINIS TERTII LIBRI.

EPITOME QVARTI LIBRI ANNALIVM C. CORNELII TACITI.

CAIO Asinio, C. Antistio Coss. Ælius Seianus præfectus cohortiũ prætorianarum, intimus Tiberio, eiusq; amicitia vnus præ omnibus prosperè vtens, imperium affectans quod, nisi euersa tota Cæsarum domo, adipisci non poterat, ab Druso incipere statuit. Quem vt è medio tolleret, Liuiam eius vxorem adulterio pellectã ad spem coniugij, consortium regni, & necem mariti impulit. Tandem veneno eum necat. Quo mortuo Tiberius, magna cum miseratione Neronem, & Drusum filios Germanici patribus commendat. Seianus, vt destinata & incœpta perficeret, callidissimis criminationibus Agrippinam insectatur apud Augustam. Tiberius interim nihil intermissa rerum cura, negotia pro solatiis accipiens ius ciuium, preces sociorum tractat. Græcarum aliquot ciuitatum legationes audit. Histriones, eo ad senatum referente, pelluntur Italia. Eodem anno, alter ex geminis Drusi liberis extinguitur. Lucilius item Longus omnium Tyberio tristium, lætorumque socius moritur. Lucilius Capito procurator Asiæ, quòd vim Prætoris vsurpasset, manibusque militum vsus esset, accusante prouincia, damnatur. Ob quam vltionem, & quia priore anno in C. Silanum vindicatum erat, decreuere Asiæ vrbes templum Tiberio, [illegible], ac senatui. Filius Seruij Maluginensis Flaminis Dialis in locum patris mortui suffectus est. Coss. Cornelio Cethego, Visellio Varrone, Tiberius, quòd Nero, & Drusus filii Germanici iisdem diis, quibus ipse, commendati essent, quasi æquarentur adolescentes senectæ suæ, impatienter indoluit. C. Silius Sacrouiriani belli victor, reuera ob amicitiam Germanici, per speciem, crimine repetundarum, & maiestatis accusatus, imminentem damnationem voluntario fine præuertit. Item Calpurnius Piso, cùm à Tiberio secreti sermonis aduersus maiestatẽ habiti incusaretur, & in domo eius venenum esse, & gladio accinctus curiam introire diceretur opportuna morte se iudicum sententiis eripuit. Cassio Seuero, ob maleficam vitam, aqua & igni interdictum est. Plautius Siluanus Prætor in iudicium tractus, quod coniugem in præceps iecisset, frustra tentato ferro, venas præbuit exoluendas. Tacfarinas cùm etiam raptaret Africam, à P. Dolabella tandem victus, filio iam vincto, ruendo in tela, captiuitatem haud inulta morte effugit. Ptolemæo, qui Romanos eo bello iuuerat, mis-

A. V. C. [illegible]

A. V. C. [illegible]

ſus eſt per ſenatorem ſcipio eburneus, ac toga picta, rexque & ſocius, atque amicus appellatus eſt. T. Curtiſius cùm vocaret ad libertatẽ aggreſtia & ferocia ſeruitia à Curtio Lupo Quæſtore oppreſſus eſt. Q. Vibius Serenus maieſtatis à filio accuſatus Amorgum, vbi exilium tolerauerat, reportatur. C. Cominius probroſi in Tiberium carminis conuictus precibus fratris conceditur. P. Suilius Quæſtor quòd pecuniam ob rem iudicandam cœpiſſet, amotus in inſulam eſt. Firmio Cato, ob ſororem maieſtatis falsò accuſatam exilium Tyberius deprecatus, cum ſenatu moueri paſſus eſt. Cornelio Coſſo, Aſinio Agrippa Coſs. Cornelius Cordus
A. V. C. quòd editis annalibus C. Caſſium Romanorum vltimum dixiſſet, in ſenatu accuſatus vitam abſtinentia finiuit. Calpurnius Saluianus quòd præfectum vrbis Druſum auſpicandi gratia tribunal ingreſſum in Sex. Marium adierat, in exilium mittitur. Cyziceni, ob incuriam cæremoniarum diui Auguſti, & crimina violentiæ in ciues Romanos priùs meritis partam libertatem amittunt. Reſiſtit Tiberius Hiſpanis petenibus vt ipſi, matrique eius delubrum extruerent. Cæterùm Seianus per codicillos ad Cæſarem ſcriptos petit Liuiam ſibi nuptum dari: Cui Tiberius ambiguè reſpondet. Votienus Montanus ob contumeliàs in Cæſarem dictas maieſtatis pœnis afficitur. Aquilia delata adulterii exilio punitur. Lacedæmoniorum & Meſſeniorũ legatis diſceptantibus de iure tẽpli Dianæ Limenetidis, ſecundũ Meſſenios fit ſenatuſcõſultũ. Volcatij Moſchi exſulis bona petentibus Maſſilienſibus conceduntur. Obiere eo anno viri nobiles Cn. Lentulus, L. Domitius, & L. Antonius. L. Piſo citerioris Hiſpaniæ Prætor à quodam agreſte vno vu[illegible]. Lentulo Getulico, C. Caluiſio Coſs. decreta ſunt triumphi inſignia Pop-
A. V. C. pæo Sabino, ob contuſas Thracũ montanas, feroces, ac ſeruitutis neſcias gentes. Claudia Pulchra ſobri[illegible]ppinæ, & Furnius crimine adulterij dãnantur. At verò Agrippina [illegible]ax iræ, ſimulque morbo corporis implicata, cùm eam Tiberius [illegible], ab eo maritum petit. Hanc ſine reſpõſo dimittit Tiberius, ha[illegible]quantum è repub. peteretur. Artibus certè Seiani indi[illegible]ur ſuſpitiones Tiberii in illam, quaſi res nouas moliretur, [illegible]iberium, quaſi ab eo ſibi venenum paratum eſſet. C[illegible] vndecim Aſiæ vrbes, apud quam templum ſtatueretur, [illegible]one certaretur, iudicio ſenatus Smirnæi cæteris prælati ſun[illegible] quæ Tiberius diu meditato, prolatoque ſæpiùs conſilio, t[illegible] in Campaniam, ſpecie dedicandi duo templa, proficiſcitur. [illegible]nus non deſiſtit Neronem inſectari, cumque variis artibus apud Ti[illegible]um criminari, ad hęc tentat fratrem eius Druſum, ſpe obiecta pri[illegible]pis loci, ſi priorem ætate, & iam labefactum demouiſſet. Fine anni exceſſere inſignes viri Aſinius Agrippa, & Q. Haterius. M. Licinio,

L. Cal-

L.Calpurnio Coss. Atilius quidam, cœpto apud Fidenam amphitheatro, quo spectaculũ gladiatorum celebraret, cùm neque fundamenta per solidum subdidisset, neque firmis nexibus ligneam compagem superstruxisset, ea conuulsa, immensa vis mortalium, nempe quinquaginta hominum millia debilitata, vel obtrita sunt. Paulò post mons Cælius, postea Augustus appellatus, ignis violentia deustus est. Tiberius Capreas se in insulam abdit. Seianus pergit acriùs insectari Agrippinã & Neronem, quibus additus miles nuntios, introitus, aperta, secreta, velut in annales conferebat. Iunio Silano, & Silio Nerua Coss. Titius Sabinus illustris eques Romanus, ob amicitiam Germanici, detestãda quatuor senatorum fraude, quòd liberè sæuitiam, superbiam, & spes Seiani incusaret, ad supplicium tractus est. Iulia neptis Augusti olim ab ipso adulterij conuicta, in insulam Trimerum proiecta, mortem obiit. Frisii transrhenanus populus deficiunt. Tiberius & Seianus, vt orantibus omnibus videndi sui copiam facerent, insula omissa, in proximo Campaniæ aspiciuntur. Tiberius neptem Agrippinam Germanico ortam Gn. Domitio tradit.

A. V. C. [illegible]

A. V. C. [illegible]

C. CORNELII TACITI AB EXCESSV DIVI AVGVSTI ANNALIVM

LIBER IIII.

ET IN HVNC OBSERVATIONES Caroli Paschalij Cuneatis.

CAIO Asinio, C. Antistio Coss. nonus Tyberio annus erat compositæ Reip. florentis domus (a nam Germanici mortem inter prospera ducebat) cùm repente b turbare fortuna cœpit, sæuire ipse, aut sæuientibus vires præbere. Initium & causa penes Ælium Seianum cohortibus prætoriis præfectum, cuius de potentia supra memoraui. Nunc originem, mores, & quo facinore dominationem c captauerit, expediã. Genitus Vulsiniis, patre Seio Strabone equite Romano, & prima iuuenta C. Cæsarem [diui Augusti nepotem] sectatus, non sine rumore 1 Apicio diuiti & prodigo 2 stuprum venumdedisse, mox Tyberium variis artibus deuinxit, adeò vt obscurum aduersum alios, d sibi vni e incautum, intectumque efficeret, f non tam g solertia;

1 [illegible]

2 [illegible]

OBSERVATIONES.

a MOrti illius quem princeps tanquam æmulum metuebat, inter prospera ab ipso [illegible].

b Hoc est ludibrium illud, quo res mortalium conflictantur, vt, quæ diu floruerant, ea mox fortuna turbet.

c Cuius [illegible] sunt, huius extremus infelici exitu concludi necesse est.

d Quidam natura, & [illegible] adeò sunt exercitati, vt principem obscurum aduersus alios variis artibus deuinciant; sibique [illegible], intectumque efficiant.

e Vix principem reperias qui non vnum aliquem diligat, cui [illegible], vt se [illegible] obscurum aduersus alios, vni illi incautum, intectumque efficiat; [illegible] adeò, vt [illegible] cum principe potentia; id quod quàm exitiabile principi sæpius sit, quæ inde maxima mala oriantur satis docent. Itaque quod ad hanc rem attinet, censeo, à principe, & posse & debere adhiberi ad interiorem illam amicitiam & potentiam non tam vnum, quàm duo, aut plures, vt illa potentia dispersa in plures, singulis minor sit; quibus singulis nunquam ad diros suos sensus ita recludat, quin aliquid reconditus tacitus premat, secumque ipse voluat: neque illud arcanum cuiquam mortalium, nisi per plures ambages, & quasi aliud agens, aliudque sibi volens patefaciat; eaque ratione mentem suorum consiliariorum rimetur.

f Non semper qui humili loco natus amplissimos dignitatis gradus adipiscitur tam propria solertia id assequi referre potest, quàm Deûm iræ in remp. si improbus homo publicoque exitio natus est; atque contra, singulari fauore, si is, qui esse debet, est.

g Solertia est ea virtus, qua illum prudentem esse dicimus, quem nihil fugit eorum, quæ pertinent ad perficiendum id, quod ad efficiendum suscepit. hac virtute continentur ea omnia quorum ope necessariò vtimur, vt eò quò volumus, perueniamus; cuiusmodi sunt, diligentia, industria, sobrietas, vigilantia; & cætera de eodem genere. Hæc virtus Platoni in Charmide ἀγχίνοια est, quam dicit, [illegible] ὀξύτητα τῆς ψυχῆς [illegible] sed motum quoddam.

(quippe iisdem artibus victus est) quàm deûm ira in rem Romanam, cuius pari exitio viguit, ceciditque.[a] [b] Corpus illi laborum tolerans, animus audax, sui obtegens, in alios criminator. iuxta adulatio & superbia, palam compositus pudor, intus summa apiscendi libido, eiusque causa, modò largitio & luxus, sæpius [c] industria, ac vigilantia, haud [d] nimis noxiæ, quoties parando regno finguntur. Vim præfecturæ modicam antea intendit, [e] dispersas per vrbem cohortes vna in castra conducendo, vt simul imperia acciperent, numeroque & robore, & visu inter se, fiducia ipsis, in cæteros metus crederetur. Prætendebat lasciuire militem diductum. Si quid subitum ingruat, maiore auxilio pariter subueniri, & seueriùs acturos, si vallum statuatur [f] procul vrbis inlecebris. Vt perfecta sunt castra, [g] inrepere paulatim militares animos, adeundo, appellando: simul [h] cêturiones ac tribunos ipse deligere. Neque senatorio ambitu abstinebat, clientes suos honoribus aut prouinciis ornando, facili Tyberio, atque ita prono, vt socium laborum, non modò in sermonibus, sed apud patres & populum celebraret, [i] colique per theatra & fora effigies eius, interque principia legionum sineret. Cæterùm [k] plena Cæsarum domus, iuuenis filius, nepotes adulti moram cupitis adfere-

OBSERVATIONES.

a Ferè fit, vt, quibus artibus hominibus imponimus, iisdem tandem cadamus.

b Aulicorum naturã, & mores non minùs verè, quàm eleganter his Taciti verbis describi possunt: ipsins laborum tolerantes, animo audaces; sui obtegentes; in alios criminatores; iuxta adulatores, & superbi; palam compositi pudore; at intus summa sit apiscendi libido, cuius causa sæpiùs in largitionem, & luxum prolabuntur; sæpiùs industrij sunt, ac vigilantes; quibus, atamen, virtutibus ad libidinem abutuntur; postremò ita se componant, vt se, quando lubet, versipelles faciant.

c Industria, & vigilantia [illegible] necessaria.

d Et ipsæ virtutes ([illegible]) fiunt noxiæ, cùm parando per iniuriam regno finguntur.

e Haud dubium est, exercitum dispersum, non tam facilè regi posse, quàm si vniuersus vnum in locum coeat, porrò cùm simul est, militibus numero, & robore, & visu inter se fiducia, & in cæteros metus oritur. Quòd si quæ res subitò ingruat, maiore auxilio pariter subuenitur. hoc accedit, quòd vniuersus exercitus simul maiori disciplina habetur, quàm diductus, quem nullo metu lasciuire constat. [illegible] tamen seditionis, vt [illegible], interdum præstat, vt plures in partes diuidatur. Sed hoc [illegible] prudentia principis [illegible] debet.

f Præstat militem prætorianum [illegible] illecebris haberi, quàm in vrbe agere.

g [illegible] militares adeundo, appellando, ac centuriones, & tribunos deligendo, [illegible] quibus potuit, honoribus honestando. nempe, hac arte sibi viam præstruit ad [illegible].

h Principi [illegible], vt præfectus prætorianarum cohortium, si modò hic [illegible] valida sint, vt in ipsis [illegible] momenti sit, centuriones, & tribunos ipse eligat.

i In [illegible] princeps, is dici non potest, quàm multa, quàm [illegible], quàm absurda, [illegible] conseruet.

k Sap[illegible] seruagi, inter præcipuas curas principis hanc esse, vt plures liberos habeat, sucessique [illegible] aspiciat, quippe constat, plenam domum, esse [illegible] & firmissimum munimentum [illegible] in omnia, quibus vnus, aut alter labefactari possit, ac moram, & impedimentum [illegible] afferre iis, quibus innouare cupiunt; ipsisque summas spes agitant.

bant. & [a] quia vi tot simul corripere intutum, dolus [b] interualla scelerum poscebat, placuit tamen occultior via, & à Druso incipere, in quem recenti ira ferebatur. Nam Drusus [c] impatiens æmuli, & animo commotior, orto fortè iurgio intenderat Seiano manus, & contra tendentis os ı verberauerat. Igitur cuncta tentanti [d] promptissimum visum ad vxorem eius Liuiam conuertere. Quæ soror Germanici, formæ initio ætatis indecoræ, [e] mox pulchritudine præcellebat. Hanc, vt amore incensus, adulterio pellexit. & postquam primi flagitij potitus est, neque fœmina, amissa pudicitia, [f] alia abnuerit, ad coniugij spem, consortium regni, & necem mariti [g] impulit. Atque illa, cui auunculus Augustus, socer Tyberius, ex Druso liberi, seque ac maiores, & posteros municipali adultero [h] fœdabat, vt [i] pro honestis & præsentibus flagitiosa, & incerta expectaret. Sumitur in conscientiam Eudemus amicus ac [k] medicus Liuiæ, specie artis frequens secretis. [l] Pellit domo Seianus vxorem Apicatam, ex qua tres liberos genuerat, ne pellici suspectaretur. Sed magnitudo facinoris [m] metum, prolationes [n] diuersa interdum consilia adferebat. Interim anni principio Drusus ex Germanici liberis togam virilem sumsit.

OBSERVATIONES.

a *Callidi, & astuti homines cùm vi parum procedit vt quicquam agant, dolum adhibent.*

b *Scelesti homines, ad inque callidi, & astuti nō vno impetu, sed per interualla, nimirum, tutiori ratione, quàm si cuncta corriperent, sua scelera patrant.*

c *Principes, inque quos fortuna ad summum fastigium euexit, æmulorum sunt impatientes.*

d *Qui aliquem perditum esse cupit, is eum, qui illi proximus est, atque adeò vxorem ipsam, quibus artibus maximè potest, in societatem sceleris assumit.*

e *Quædam [illegible] forma sunt indecora, quæ mox pulchritudine præcellunt.*

f *Fœmina, amissa pudicitia, nullum [illegible] flagitium [illegible].*

g *Non est mirum, grauissimis pœnis adulteria puniri, quippe [illegible] fœcinus adultera est, cōsse maritum, & dein illi perniciem adferre.*

h *Fœminæ illustres, eædemque impudicæ se, maiores, & posteros turpissimè fœdare dicuntur.*

i *O præposteram hominis mentem! et quis credat, quosdam reperiri felicitatis adeò impatientes, vt honestis, præsentibus, tuta flagitiosa, futura, incerta anteponant?*

k *Non est nouum, aut inauditum, medicos & lenocinium facere, & dia per ipsos occultè parari cum eo, cuius secretis, specie artis frequentes adsunt. atque hac ratione persæpe sunt in conscientiam atrocissimi cuiusque facinoris.*

l *Tantum potest ambitio, & cupiditas regni, vt homines ad turpissima, & flagitiosissima quæque impellat. ne multa; ex hac insana cupiditate Seiani duplex adulterium, ex hoc mirò tantum odium adulteram mariti, & adulterum legitimæ vxoris cepit, vt illa fraudulentissima necis viri sui nefanda ministra fuerit, ille vxorem, ex qua plures liberos susceperat, nimirum maxima mutuæ charitatis pignora domo eiecerit, ne pellici suspectaretur.*

m *Quia nemo fit sine periculo, vt ait ille, facinus magnum, & memorabile, ne quidem sine metu fit.*

n *Hæc sunt illa, quibus conflictatur is, qui magnum aliquod facinus aggressurus [illegible] metuit; deinde vt res sua interualla habeat, id quod agit profert; postremò diuersis consilijs distrahitur; nunc quod modò probauit, nunc repudiat.*

quæque fratri eius Neroni decreuerat senatus, repetita. addidit orationem Cæsar multa cum laude filij sui, ᵃ quòd patria beneuolentia in fratris liberos foret. Nam Drusus (ᵇ quanquam arduum sit eodem loci potentiam & concordiam esse) æquus adulescentibus, aut certè non aduersus habebatur. Exin vetus & sæpe simulatum proficiscendi in prouincias consilium refertur. ᶜ Multitudinem [i. qui [illegible] peri[illegible].] veteranorum prætexebat imperator, & delectibus supplendos exercitus. Nam voluntarium militem deesse, ac si suppeditet, ᵈ non eadem virtute ac modestia agere: quia plerunque inopes ac vagi sponte militiam sumant. ᵉ Percensuitque cursim numerum legionum, & quas prouincias tutarentur. ᶠ Quod mihi quoque exequendum reor, quæ tum Romana copia in armis, qui socij reges, quãtò sit angustiùs imperitatum. ᵍ Italiam vtroque mari duæ classes, Misenum apud, & Rauennam, proximumque Galliæ litus rostratæ naues præsidebant, quas Actiaca victoria captas Augustus in oppidum Foroiuliense miserat valido cum remige. Sed præcipuum robur Rhenum iuxta, cõmune in Germanos Gallosque subsidium, octo legiones erant. Hispaniæ [sub Augusto.] recens perdomitæ tribus habebantur. Mauros Iuba rex acceperat, donum populi Rom. Cætera Africę per duas legiones, parique numero Ægyptus: dehinc initio ab Suria vsque ad flumen Euphraten, quantum ingenti terrarum sinu ambitur, quatuor legionibus coërcitum, accolis Hybero, Albanoque, & aliis regibus, qui magnitudine nostra proteguntur aduersum externa imperia. & Thraciam, Rhœmetalces, ac liberi Cotyis:

OBSERVATIONES.

a *Is non mediocri laude dignus est, qui fratris filios patria beneuolentia complectitur.*

b *Arduum est, atque adeò [illegible], vt eodem loci, hoc est, inter pares sit potentia, & cõcordia. quippe ita natura comparatum est, vt quisque res ad se trahat.*

c *Prouidus princeps tunc etiam cùm solida domi quies est, præcipuam curam exercituum agere, atque ad eos ipse proficisci debet; vt quos milites mitti æquum est, his missionem det, ac militiæ soluat, delectus suppleat; ac cætera, quæ ad militiam maximè pertinent, pari studio administret.*

d *Voluntarius miles nunquam eadem virtute, modestiaque agit, atque is qui ex delectibus est conscriptus. quippe præter alias causas, quas [illegible], voluntarij plerumque militiam sumunt, quia sunt inopes, & vagi, atque, vt supra dixi, nec [illegible], nec [illegible]; sed omnia ex libidine agunt.*

e *Ille mihi dignus videtur, qui [illegible] imperitet, qui quibus rebus suum imperium contineatur, scit; ac proinde quid in eo [illegible], quid [illegible], quid minui, quid augeri, cui parti reip. subueniri oporteat. & scit, & [illegible] exequitur.*

f *Inter præcipua [illegible], quæ historiam scribis, hoc, scilicet, est, vt quibus exercitibus, classibus, copiis tueatur illud imperium, cuius res scribere aggressus est, diligenter exequatur; vt totius imperij forma, veluti vno, eodemque aspectu conspici possit.*

g *Vniuersum imperium Romanum, principe Tiberio, hoc est, pulcherrimo sui fastigio, complectebatur totam ferme Europam; non exiguam partem Africæ, Asiam. Id autem vniuersum tam longè, tamq; latè patens imperium tuebatur ferme quinque, & [illegible] Romanis, hoc est, Italico milite; præter auxilia sociorum, qui ferme totidem erant. [illegible] vtroque mari, Adriatico, ac Tyrrheno duæ dispositæ classes; præterque reges, quibus sua regna à populo Rom. dono data sunt, & eos, qui magnitudine Romana aduersus externa imperia protegebantur.*

ripam-

ripamque Danubii, legionum duae in Pannonia, duae in Mœsia attinebant: totidem apud Dalmatiam locatis, quae [a] positu regionis à tergo illis, ac si repentinum auxilium Italia posceret, haud procul accirentur: quanquam insideret vrbem proprius miles, tres vrbanae, nouem praetoriae cohortes, Etruria ferme Vmbriaque delectae, aut vetere Latio, & coloniis antiquitus Romanis. At apud idonea prouinciarum sociae triremes, alaeque & auxilia cohortium: neque multò secus in iis virium: sed persequi incertum fuit: cùm ex vsu temporis huc illuc mearent, gliscerent numero, & aliquando minuerentur. Congruens crediderim recensere caeteras quoque Reip. partes, quibus modis ad eam diem habitae sint: quando Tyberio mutati in deterius principatus initium ille annus attulit. Iam primum [b] publica negotia, & priuatorum maxima apud patres tractabantur: dabaturque primoribus disserere, & in adulationem lapsos [c] cohibebat ipse. Mandabatque honores, nobilitatem maiorum, claritudinem militiae, inlustres domi artes spectando, vt satis constaret, non alios [d] potiores fuisse. Sua consulibus, sua praetoribus [e] species. Minorum quoque magistratuum [f] exercita potestas, legesque, si maiestatis quaestio eximeretur, bono in vsu. At frumenta, & pecuniae vectigales, caetera publicorum fructuum, societatibus equitum Romanorum agitabantur. [g] Res suas Caesar spectatissimo cuique, quibusdam ignotis, ex fama mandabat: semelque adsumpti tenebantur, [h] prorsus sine modo, cùm plerique iisdem negotiis insenescerent. Plebes acri quidem annona fatigabatur. Sed nulla in eo culpa ex principe. [i] Quin [r] infœcunditati

[r] [illegible]

OBSERVATIONES

a [illegible] collocari debent, nempe è quibus & ante, & à tergo, nec procul, nec [illegible], sed repentinum [illegible] haec [illegible].

b *Omnia publica negotia, priuatorum maxima, in principatu* [illegible]*, apud* [illegible] *tractari aequum est.*

c *Boni principis est primores apud se de quauis re differentes in adulationem lapsos cohibere.*

d *Honores potioribus mandari debent, potiores autem habendi sunt ij, qui nobilitate, ac proinde virtute maiorum, claritudine militiae, inlustribus domi artibus commendantur.*

e *Nouus princeps suam magistratibus speciem, vt supra saepius obseruaui, relinquere debet, ne remp. immutasse videatur.*

f *Is demum tolerabilis reip. status dici potest, vbi tam maiores, quàm minores magistratus suam potestatem exercent, atque, id quod potissimum est, leges bene in vsu sunt, id est locum obtinent suum.*

g *Sciant principes, pecunias vectigales, ac caeteros publicorum fructuum non tam in suos ipsorum, quàm in reip. vsus parari; ac proinde se insignitè iniuriam reipublicae facere, quoties publicam pecuniam in priuatos vsus insumunt. sed vt hoc ferri aliquo pacto possit, quid de his dici debet, qui remp. pecuniam profundunt in obscenas voluptates, atque eos ad alia prona* [illegible]*? Caeterum principe res suas, hoc est, patrimonium quodammodo suum habet separatum à prouentibus reipub. quo vti frui, pro arbitrio potest; vt supra suis locis obseruaui.*

h *Principis* [illegible] *pro ratione temporis, rerum, & locorum* [illegible]*, an praestet eos, quibus res suas commiserit, mutari, an verò iisdem negotiis insenescere.*

i *Bonum principem, vtpote reip. amantem sedulò debet prouidere, ne plebs annona fatigetur. ideo infoecunditati terrarum, aut asperis maris obuiam ire, quantum impendio, diligentiaque potest, debet; ne vita multitudinis ventibus, & casibus permissa sit.*

terrarum, aut asperis maris obuiam iit, quantum impendio, diligentiaque poterat. [a] & ne prouinciæ nouis oneribus turbarentur, vtque vetera sine auaritia aut crudelitate magistratuum tolerarent, prouidebat. corporum verbera, [b] ademptiones bonorum aberant. [c] Rari per Italiam Cæsaris agri, [d] modesta seruitia, intra paucos libertos domus: ac si quãdo cum priuatis disceptaret, [e] forum & ius. Quæ cuncta non quidem comi via, sed [f] horridus ac plerunque formidatus, retinebat tamen, donec morte Drusi verterentur. Nam dum superfuit, mansere: quia Seianus [g] incipiente adhuc potentia, [h] bonis consiliis notescere volebat, & [1] vltor metuebatur, non occultus odiis, & crebro [i] querens incolumi filio

1. Drusus.

OBSERVATIONES.

a *Hoc principes perutilem discere de Tiberio, vt, ne prouincias plus æquo onerent. nouis enim, atque adeò intolerabilibus oneribus nationes turbari sæpe constat. neque verò satis est prouincias nullis nouis oneribus premi: quippe sedulò danda est opera, vt vetera, i. ex antiqua consuetudine solui solita, sine auaritia, aut crudelitate magistratuum tolerentur. corporum verbera, ademptiones bonorum absint. princeps raros habeat agros, ne inde oriatur occasio lædendi priuatos; ipsius seruitia sint modesta; ac si quando cum priuatis disceptat, in foro, & iure omnia agantur, comi tamen ne se, omnibus in rebus horridum, aut formidabilem præbeat. qui hæc obseruabit, is, vt mea fert opinio, patriæ parens meritò appellari poterit.*

b *Nihil magis fœdat principem, quam auaritia, quam multi tegunt obtentu clementiæ, ea re, quòd non in personas sæuiunt, sed magis in fortunas priuatorum impetum faciunt. cùm vtrumque facinus non hominis sed belluæ sit.*

c *Vetus & vulgatum verbum est; ne ædificium ponito in vicinia principis, aut rapidi fluminis, quippe vix fieri potest, quin vtrumq; aliquid ex alieno secum rapiat. Id quod quò frequentiùs accidit, hoc maiori laudi principi ducitur, si omnino abstinebit possessione agrorum, aut eos adeò modestè habebit, vt ex eius vicinia nullum damnum cuiquam mortalium inferatur.*

d *Non planiùs cognosci potest ingenium domini, quàm ex [illegible] seruorum.*

e *Principes sunt custodes iurium, non [illegible] leges. itaque si quando inter ipsos, & priuatos, ob rem priuatam, disceptatio oritur, non vi & auctoritate, sed iure & apud iudices quicquid id litis est, transigi debet.*

f *Non paucos videre est eo ingenio præditos, vt, in eo ipso quod bene, & honestè agunt, se horridos, ac formidatos potiùs, quàm mites præbeant.*

g *Hic est plerunque mos illorum, qui in intimam principis familiaritatem assumuntur, vt incipiente potentia, bonis consiliis notescant. deinde [illegible], & opibus obcæcati, ad flagitiosissima quæque erumpant.*

h *Hæc est optima ratio parandæ potentiæ, nempe, bonis consiliis notescere, hanc principio omnes sequuntur, postea ad deteriora transeunt, adeò vt, qui aliquando probi existimabantur, nunc iidem [illegible] deterrimi aspiciantur.*

i *Non rarò contingit, vt florentissima regna & imperia distrahantur, & lacerentur ea re, quòd qui principis adiutores esse debent, cuiusmodi sunt filij, ac cæteri eius propinqui, ad quos eius hæreditas, iure sanguinis, & antiquis consuetudine regnorum peruenit, quorumque præcipuè imperium rectè administrari interest, à rerum administratione procul arceantur, & in eorum locum assumantur alieni, atque adeò obscuri homines, quorum potentia regni ipsis, nedum propinquis principis nimia, atq; intolerabilis videtur. Atqui, aiunt, ita cōparatum est, vt principi magis fidelem operam præstent ij, qui ex humilibus & obscuris ad id potentiæ euehuntur, quàm [illegible] principum hæreditas peruentura est. atque vt non mirum est, si ab eo in potentiam [illegible] vocantur. Hoc verum esse pernego, verè [illegible] rationibus, quas hic silentio transmitto, cùm tamen illustri hoc exemplo Seiani, qui & principi suo, eiusque filiis & nepotibus, florentissimæ, inquam, domui, atque adeò vniuerso imperio Romano perniciem, nisi Dij tot mala auertissent, allaturus erat.*

[a] adiutorē imperij alium vocari, & quantum superesse vt [b] collega dicatur? [c] Primas dominandi spes in arduo, vbi sis ingressus, adesse studia & ministros: [d] extructa iam [a] sponte præfecti castra, datos in manum milites: cerni effigiem eius in monumentis Gn. Pompeij: communes illi cum familia Drusorum fore nepotes: precandam post hæc modestiam, vt contentus esset. Neque raro, neque apud paucos talia iaciebat, & secreta quoque eius [e] corrupta vxore prodebantur. Igitur Seianus [f] maturandum ratus, [g] deligit venenum, quo [g] paulatim irrepente, [g] fortuitus morbus adsimularetur. Id Druso datum per Lygdum spadonem, vt octo post annos cognitum est. Cæterùm Tyberius per omnes valitudinis eius dies, nullo metu, an vt [h] firmitudinem animi ostentaret, etiam defuncto, necdum sepulto curiam ingressus est, consulesque sede vulgari per speciem mœstitiæ sedentes, honoris, locique admonuit; & effusum in lacrymas senatum, victo gemitu, simul oratione continua erexit. Non quidem sibi ignarum [i] posse argui, quòd tam recenti dolore [i] subierit oculos [illegible]: vix propinquorum adloquia tolerari, vix diem aspici à plerisque lugentium; neque illos imbecillitatis damnandos; se tamen fortiora solatia è complexu Reipub. petiuisse. miseratusque Augustæ extremam senectam, rudem adhuc nepotum, & vergentem ætatem suam, vt Germanici liberi, vnica præsentium malorum leuamenta, [k] inducerentur, pe-

OBSERVATIONES

a *Qui principi & cōsilio, & fideli opera omni tempore adsunt, ij adiutores imperij dici verè possunt.*

b *Aliud est collega, aliud adiutor, ille pari cum collega potestate est; hic maximè adiutorem principes ferre possunt, collegam neminem.*

c *Cùm verum omnium, tum verò dominandi principium est in arduo, nam ad illud opus est, opibus, artibus [illegible] par sit; postremò felicitate. Cæterùm vbi prima [illegible], quippe adsunt tibi prompta [illegible] studia, & ministri.*

d *Hæc sunt signa magna, & in [illegible], ac principi ipsi cum validissimis copiis militaribus; suam effigiem inserere clarissimorum [illegible] hominum monumentis; cum principis domo affinitatem contrahere.*

e *Vir prudens nunquam quod arcanum esse vult id vxori, si se amabit, patefacit.*

f *Cùm periculum est in mora, maturandum est, dandaque est opera, vt aduersarius præueniatur.*

g *Qui veneno aliquem necare vult, non violentum, ac repentino illius, cui datur, exitio facinus prodens, sed lentum, & tabificum deligit, quo paulatim irrepente fortuitus morbus adsimulari possit.*

h *In publico luctu, principem firmitudo animi maximè decet; quæ in eo consistit, vt cæteros effusos in lachrymas, victo tandem gemitu, oratione sua erigat.*

i *Cùm curiæ leges, ob amissum aliquē è familia principis, ipse ad vitandam suspitionem, recenti adhuc dolore, neque senatus, neque populi oculos subire, sed publico, vt Tac. supra loquutus est, abstinere, debet, quippe tali tempore vix propinquorum alloquia tolerantur, ac vix qui luget, ab [illegible], [illegible]. qui hanc rationem sequitur, non ideo imbecillior, aut animi impotens, sed decori obseruātior existimari debet. quòd si princeps [illegible], ac recenti, dederit se in conspectum [illegible], hac excusatione vti rectè potest, vt dicat se fortiora solatia è complexu reip. petiuisse.*

k *Quem sibi princeps proximum successorem destinat, hunc iis, quorum fauore, ac potentia retineri adeptus principatus potest, accuratissimis verbis, Deos, atque homines obtestans, commendare debet. hoc libro primo suo loco, obseruaui.*

tiuit. Egressi consules firmatos alloquio adulescentulos, deductosque ante Cæsarem statuunt. Quibus adpræhensis, Patres Conscripti, hos, inquit, orbatos parente, [a] tradidi patruo ipsorum, precatusque sum (quanquam esset illi propria suboles) ne secus quàm suum sanguinem foueret, ac tolleret, sibique & posteris confirmaret. Erepto Druso, preces ad vos conuerto, diisque & patria coram obtestor, Augusti pronepotes, clarissimis maioribus genitos suscipite, regite, vestram, meamque vicem explete. Hi vobis Nero & Druse [b] parentum loco: [c] Ita nati estis, vt bona malaq; vestra ad Remp. pertineant. [d] Magno ea fletu, & mox precationibus faustis audita. Ac si [e] modum orationi posuisset, misericordia sui, gloriaque animos audientium impleuerat. [f] Ad vana & toties inrisa reuolutus, de reddenda Rep. vtque consules seu quis alius regimen susciperent, vero quoque & honesto [g] fidem dempsit. Memoriæ Drusi eadem quæ in Germanicum decernuntur, plerisque additis, [h] vt ferme amat posterior adulatio. [i] Funus imaginum pompa maximè inlustre fuit, cũ origo Iuliæ gentis Æneas, omnesque Albanorum reges, & conditor vrbis Romulus, post Sabina nobilitas, Appius Claudius, cæteræque Claudiorum effigies longo ordine spectarentur. In tradenda morte Drusi quę plurimis maximeque fidis autoribus memorata sunt, retuli: [k] Sed non omiserim eorundem temporum rumorem validum adeò, vt nondum exolescat. Corrupta ad scelus Liuia, Seianum Lygdi quoque spadonis animum stupro [l] vinxisse: quòd is Lygdus ætate atque forma charus domino, interque primores ministros erat. deinde inter conscios, vbi locus veneficij, tempusque composita sunt, eò audaciæ prouectum, vt [a] verte-

OBSERVATIONES.

a *Hæc est charitas aui erga nepotes, vt eos non alio loco velit esse, quàm ex se genitos.*

b *Iunioribus principibus senatus est loco parentum.*

c *Principes ita nascuntur, vt bona, malaque ipsorum ad remp. pertineant. i. nihil principibus accidit quod non idem remp. complectatur.*

d *Quæ princeps de sua orbitate, aliaue miseria & calamitate* [illegible]*, ea plerumque magno fletu, mox si quid petijt, aut hominibus commendat* [illegible] *faustis audiuntur.*

e *Non est cuiusuis hominis modum orationi* [illegible] *est, nam aliud loqui, quàm quod oportet.*

f *Princeps cùm in publico verba facit,* [illegible] *loqui, quàm id, quod communi consensu approbari scit. nam si ita loquitur,* [illegible] *crideatur, vero quoque, & honesto fidem demit, sibique ad cætera* [illegible]

g *Mendax & vanus,* [illegible] *verum dicit, tamen vix quisquam ei credit.*

h *Posterior adulatio* [illegible] *est priore, minusque vulgata.*

i *Funus principis* [illegible] *pompa illustrari; atque imagines tam maiorum, quàm* [illegible]*, tanquam longa* [illegible] *circumferri debent.*

k *Qui annales* [illegible] *historias scribit, etsi ea maximè memorare, quæ à plurimis* [illegible] *fidis autoribus tradita sunt* [illegible]*, leues autem, & inanes rumores spernere debet, tamen validiores* [illegible] *si silentio* [illegible]*, verum de industria occultasse videbitur, quippe constantis famæ autoritatem non paruam esse constat.*

l *O turpitudinem! qui semel fœdissimorum scelerum vinculis illigatus sit, & vinciri passus est, is posthac nullum facinus nisi fœdissimum, atque atrocissimum facere potest.*

ret, & occulto indicio Drusum veneni in patrem arguens, moneret Tyberium, vitandam potionem quæ prima ei apud filium epulanti offerretur. Ea fraude tum senem, postquam conuiuium inierat, exceptum poculum Druso tradidisse. Atque illo ignaro, & iuueniliter hauriente, auctã suspicionem, tanquam [a] metu & pudore, sibimet irrogaret mortem, quam patri struxerat. Hæc vulgo iactata, super id, quòd nullo autore certo firmantur, promptè refutaueris. Quis enim mediocri prudentia, nedum Tyberius tantis rebus exercitus, [b] inaudito filio exitium offerret, idque [c] sua manu, & nullo ad pœnitendum regressu? [d] quin potiùs ministrum veneni excruciaret, autorem exquireret, insita denique etiam in extraneos cunctatione, & mora aduersum [e] vnicum, & nullius [f] ante flagitij compertum vteretur. Sed quia Seianus facinorum omnium repertor habebatur, ex nimia charitate in eum Cæsaris, & cæterorum in [g] vtrumque odio, [h] quamuis fabulosa & immania credebantur, [i] atrociore semper fama erga dominantium exitus. Ordo alioqui sceleris per Apicatam Seiani proditus tormentis Eudemi, ac Lygdi patefactus est. Neque quisquam scriptor tam infensus extitit, vt Tyberio obiectaret, cùm omnia alia conquirerent, intenderentque. Mihi tradendi arguendique rumoris causa fuit, vt claro sub exemplo [k] falsas auditiones depellerem,

OBSERVATIONES.

a *Ea est vis metus, & pudoris, vt, quæ perniciosissima in alios parata sunt, ea qui in flagitio deprehensus est, sibi ipsi non irrogare vereatur.*

b *Non est verisimile, patrem inaudito filio exitium offerre, idque sua manu, & nullo ad pœnitendũ regressu. id certè à charitate patria maximè abhorret.*

c *Quæ quis manu sua parauit flagitia, si fortè ad pœnitentiam regressus est, multò magis eum afficiunt, quàm quæ [illegible] sunt.*

d *Cùm atrox alicuius flagitij indicium ad principem [illegible] sibi sanguine, & necessitudine personam spectat, non statim credere, sed potiùs [illegible] autorem exquirere; nihilque præcipitanter in tota illa cognitione, cuius [illegible] sit faciendum debet.*

e *Vix credibile est, patrem plus prudentiæ, & moderationis ad exteriorum, quàm ad proprij, atque vnici filij salutem conferre.*

f *Non est verisimile, nullius ante flagitij compertum protinus ut atrocissimum quodque facinus admittat, animum inducere posse, quippe, vt ad summam & eximiam virtutem nemo nisi per gradus, ita quoque ad deterrima vitia, summamque nequitiam nemo nisi sensim, suisque gradibus peruenitur.*

g *Non tantùm, in quos est nimia charitas principis, odio sunt populo, verùm & princeps ipse, qui illis præter æquum fauet, quos omnes perijsse cupiunt.*

h *De iis, quos odimus, quamuis fabulosa, & immania credimus.*

i *Fama solet esse atrocior vero erga dominantium exitus, præcipuè verò, si flagitio principum extinctum esse suspicio est.*

k *Ferè cuncta mortalium, atque adeò maxima quæque falsis auditionibus corrumpi satis cõstat, ideoque historiæ scriptor, cuius præcipuum munus est, vera tradere, intentus esse debet in singulas occasiones, quibus veritatem, falsosque rumores arguat; vt discant homines, cùm aliquid insigne narratur, se sustinere, neque priùs credere, quàm ita rem esse, certissimis argumentis compertum sit. nihil, nimirum, atque leuius, neque turpius est, quàm temerè diuulgata, atque incredibilia auidè accipere, neq; verè, neque in miraculum corrupta antehabere.*

peteremque ab iis, quorum in manus cura nostra venerit, ne diuulgata, atque incredibilia auidè accepta, veris neque in [a] miraculum corruptis antehabeant. Cæterùm laudante filium pro rostris Tyberio, senatus populusque habitum ac voces dolentum [b] simulatione magis quàm libens induebat, domumque Germanici [c] reuirescere occulti lætabantur. Quod principium fauoris, & mater Agrippina [c] spem [d] malè tegens, perniciem adcelerauere. Nam Seianus vbi videt mortem Drusi inultam interfectoribus, sine mœrore publico esse, [e] ferox scelerum, & quia prima prouenerant, voluere secum, quonam modo Germanici liberos peruerteret, quorum non dubia successio. Neque spargi venenum in tres poterat, [f] egregia custodum fide, & [g] pudicitia Agrippinæ impenetrabili. [h] Igitur contumaciam eius insectari, vetus Augustæ odium, recentem Liuiæ conscientiam exagitare, vt superbiam [i] fœcunditate subnixam popularibus studiis inhiare dominationi, apud Cæsarem arguerent. Atque hæc callidis criminatoribus, inter quos delegerat Iulium Posthumum per [k] adulterium Mutiliæ Priscæ inter intimos auiæ, & consiliis suis peridoneum

OBSERVATIONES.

a *Quæ de magnis viris plerumque narrantur, ea non vti sunt sed multò maiora, quàm vnquam fuerunt, dicuntur; atque adeò in miracula corrumpuntur.*

b *Non semper qui habitum, vocesque dolentis induit, verè, atque ex animo dolet: species enim illa, atque instrumentum doloris est, cùm interim lætitia occulta sit.*

c *Qui populi, aut senatus fauorem erga se, aut erga illum qui iam sed occultum mouit, illum, quantum in se est, celer, donec veniat dies, qua patefieri debet, siquidem spem malè tecta multis perniciem adcelerauit.*

d *Fœminæ, propter animi impotentiam, spem malè tegere possunt.*

e *Scelestus homo si semel scelera [illegible], ac prima ex animo prouenerunt, eò ferox, secum haud dubiè voluitabit, quonam modo atrociora aggrediatur, & patret, atque vt ait Seneca de clem. lib. 1. ca. 1. spes improbissimas complectuntur insperata assecuti.*

f *Principes viri, [illegible], atque adeò ii, quorum non dubia est successio, nunquam satis diligenter vitare possunt insidias illorum, qui ad intimam ipsorum amicitiam adhibentur, & propter hanc ipsam, ingentem potentiam iam sunt adepti, [illegible] est tam atrox facinus, quod non audacia suadeat, & ad quod [illegible], non impellat [illegible]. Ideo & ubi, caput omnis [illegible] pertinent, quibus principes sustentantur, iis demandari debent, [illegible] fidelis esse, multis iam rebus cognitum, & perspectum est.*

g *Quem [illegible] est illud maximum, & atrocissimum flagitium, quo se fœmina inquinare [illegible] impenetrabilis ipsius pudicitia quid non boni est expectandum? ac proinde quibus [illegible] virtus sit dignus laudibus efferri potest? certè impudicitia Liuia Drusum peri[illegible], pudicitia Agrippina filios seruauit.*

h *[illegible] agit, vt potentem aliquem perimat, non simul, ac statim quæ ad eam [illegible] pertinent, pa[illegible], sed criminationes in illum, & odium principis, & aliorum prepotentiam [illegible], & intendit: [illegible]que illius singula & dicta, & facta in crimen detorquet, tamen [illegible] pernicii: quibus tandem collectis, & simul ingruentibus, ille parùm negotio opprimatur.*

i *Haud dubiè fœminis principibus fœcunditas superbiam addit.*

k *Qui potentem, & clarissimam fœminam adulterio deuicit, ea quid tandem illius opera, apud quem illa plurimum potest, non consequitur? verè quod vt dici potest, impudicitiam, & amores fœminarum alienæ sæpiùs libidini ad atrocissima, & sed summa quæque ancillari.*

quia

quia Prisca in animo Augustæ valida, anum suapte natura [a] potentiæ anxiam insociabilem nurui efficiebat. Agrippinæ quoque [b] proximi inliciebantur, prauis sermonibus tumidos spiritus perstimulare. At Tyberius [c] nihil intermissa rerum cura, negotia pro solatiis accipiens, [d] ius ciuium, preces sociorum tractabat. Factaque, autore eo, senatusconsulta, vt ciuitati Cibyraticæ apud Asiam, Ægirensi apud Achaiam motu terræ labefactis subueniretur [e] remissione tribuui in triennium. Et Vibius Serenus proconsul vlterioris Hispaniæ de vi publica damnatus, [f] ob atrocitatem temporum, in insulam Amorgum deportatur. Carsius Sacerdos reus tanquam [g] frumento hostem Tacfarinatem iuuisset, absoluitur. eiusdem criminis C. Gracchus. Hunc comitem exilij admodum infantem pater Sempronius in insulam Cercinam tulerat. Illic adultus inter extorres & liberalium artium nescios, mox per Africam ac Siciliam mutando sordidas merces sustentabatur. [h] Nec tamen effugit magnæ fortunæ pericula. Ac ni Ælius Lamia, & L. Apronius, qui Africã obtinuerãt, insontem protexissent, claritudine infausti generis, & paternis aduersis [i] foret abstractus. Is quoque annus legationes Grecarum ciuitatum habuit, Samiis Iunonis, Cois Æsculapij delubro vetustum asyli ius vt firmaretur, petentibus. Samij decreto Amphictyonum nitebantur, queis præcipuum fuit rerum omnium iudicium, qua tempestate Græci conditis per Asiam vrbibus ora maris potiebantur. Neque dispar apud Coos antiquitas. Et accedebat meritum ex loco. Nam ciues Romanos templo Æsculapij induxerant, cùm iussu regis Mithridatis apud cunctas Asiæ insulas, & vrbes trucidarentur. Variis dehinc, & sæpiùs irritis prætorum

OBSERVATIONES.

a Et ipsa anus principes [illegible] sunt [illegible].

b Hac arte vtuntur callidi homines ad ea dicienda, quæ apud [illegible] inliciuntur proximi illius, vt & sermonibus, & quibus rebus maximè possunt, [illegible], [illegible] dolet, aut lætentur, & gratentur illi ob prospera, vt ad illa, quæ cupiat, aut perstimulent, aut [illegible] cogant eum voces huiusmodi emittere, quæ indices sunt affectuum [illegible].

c Princeps, aut quilibet alius negotiis assuetus vix vnquam intermittere potest rerum curam [illegible] negotia, vel in ipsis rebus aduersis pro solatiis accipiens.

d Principi hæc cura incumbit, vt ius ciuium, & preces sociorum tractet; hoc est, vt suis ius reddat; cæteris, sua tamen ditionis hominibus, æquum se præbeat, atque eorum preces benignè excipiat.

e Boni, & liberalis principis est, subuenire calamitosis, & afflictis, non modò priuatis, sed & prouinciis, & ciuitatibus, quæ si graui aliquo casu sunt percussæ, cur non iis ad aliquod tempus tributum remittat?

f Erga [illegible] misericordia vtendum est.

g Qui frumento hostem iuuit, maiestatis postulari potest.

h Clarissimo genere orti etsi ex fortuna depressi, non tamen interdum effugere magnæ fortunæ pericula, nec ipso contemptu interdum tuti esse possunt.

i Non est nouum, filios innocentes aduersis paternis abstrahi, i. patris infelicitatem ad filios peruenire.

quæstibus, postremò Cæsar de [a] immodestia histrionum retulit. Multa ab iis in publicū seditiosè, fœda per domos tentari: Oscum quoddā ludicrū leuissimę apud vulgum oblectationis, eò flagitiorū & virium venisse, vt autoritate patrum coërcēdum sit. Pulsi tum histriones Italia. Idē annus [b] alio quoque luctu Cęsarem adficit, alterum ex geminis Drusi liberis extinguendo: neq; minùs morte amici. Is fuit Lucillius Longus [c] omnium illi tristium lætorumque socius, vnusq; è senatoribus Rhodij secessus comes. Ita quanquam nouo homini, [d] censorium funus, effigiem apud forum Augusti publica pecunia patres decreuere: [e] apud quos etiam tum cuncta tractabantur; adeò vt procurator Asiæ Lucillius Capito, accusante prouincia, causam dixerit, magna cum adseueratione principis, nō se ius, nisi in [f] seruitia & pecunias familiares dedisse: [g] quòd si vim pretoris vsurpasset, manibusque militum vsus foret, [h] spreta in eo mandata sua, [i] audirēt socios. Ita reus, cognito negotio, dānatur. [k] Ob quā vltionē, & quia priore anno in C. Sillanū vindicatū erat, decreuere Asię vrbes templū Tyberio, matriq; eius, ac senatui: & permissū statuere. [l] Egitq; Nero grates ea causa patribus atque auo, lætas inter audientium adfectiones, qui, recenti memoria Germanici, illum aspici, illum audiri rebantur. aderantque iuueni [l] modestia, ac [l] forma principe viro digna, notis in eum Seiani odijs ob periculum [m] gratiora. Sub idem tempus de flamine diali in locum

OBSERVATIONES.

a *Immodestia histrionum legibus est vindicanda. immodestè autem versari dicuntur, cùm aliqua ab ipsis in publicum seditiosè, aut per priuatorum domos fœda tentantur. hæc cùm accidunt, pellendi sunt prouincia.*

b *Plerunque accidit, vt nihil nobis aduersi [illegible], quod non aliud aliquod, eodem ferè tempore, secum trahat, nam sicut prospera, sic aduersa inter se nexa, & iugata sunt.*

c *Is meritò amicus principis appellari potest, qui tristium omnium, lætorumque socius illi est.*

d *Principes quos valde dilexerunt, ij, cùm fato functi sunt, suos quàm honoratissimè curari, eorumque memoriam quibus rebus maximè possunt, coli volunt.*

e *Etsi nouus princeps in ipsa libertatem oppressit, tamen [illegible] quod sæpiùs iam obseruaui, si speciem reip. retinebit. certè princeps [illegible] ad se traxerat, senatus Romanus suam maiestatem adeò non amiserat [illegible] tum apud ipsum tractabantur.*

f *Procurator prouinciæ habet [illegible], & pecunias familiares principis.*

g *Is mandata principis [illegible], qui in munere sibi mandato maiorem vim, & autoritatem vsurpat, quàm [illegible] est.*

h *Is puniri debet [illegible] principis spernit, quia is contēptus nonnisi à cōtumacia proficiscitur.*

i *Caueat princeps [illegible] ciuitatum, aut prouinciarum querelas vnquam spernat, quinimo se propitissimum [illegible] gerere, omnibus in rebus, ostēdat. in eosque seuerè animaduertat, à quibus [illegible] sunt. quo facto haud facile dictu est, quantopere sibi hominum [illegible], & beneuolentiam [illegible]ciliaturus sit.*

k *Prouinciæ haud satis magnas gratias principibus agere possunt, cùm ab ijs [illegible] vltionem in eos, à quibus grauissimè sunt vexatæ.*

l *Princeps adolescens duabus rebus potissimùm commendatur, modestia, & forma principe viro digna.*

m *Odia, & pericula, in quibus coniecti sumus ab ijs, qui inuisi sunt populo, mirum in modum nos vulgo conciliant.*

Seruij

Seruij Maluginensis defuncti legendo, simul roganda noua lege disseruit Caesar. Nam patricios confarreatis parentibus genitos tres simul nominari, ex quîs vnus legeretur vetusto more: neque adesse, vt olim, eam copiam, omissa [a] confarreandi adsuetudine, aut inter paucos retenta. pluresque eius rei causas adferebat, [a] potissimam penes incuriam virorum, fœminarumque. Accedere ipsius ceremoniae difficultates, quae consultò vitarentur, & quando exiret è iure patrio, qui id Flaminium apisceretur, quaeque in manum Flaminis conueniret. Ita [b] medendum senatus decreto, aut lege, sicut Augustus quaedam ex [c] horrida illa antiquitate ad praesentem vsum flexisset. Igitur tractatis religionibus, placitum, instituto Flaminum nihil demutari. Sed lata lex, [d] qua Flaminica Dialis sacrorum causa in [e] potestate viri, caetera promiscuo fœminarum iure ageret. Et filius Maluginensis patri suffectus: Vtque [f] gliscerer dignatio sacerdotum, atque ipsis promptior animus foret ad capessendas ceremonias, decretum Corneliae virgini, quae in locum Scantiae capiebatur, H-S. XX. & quoties Augusta theatrum introisset, vt sedes inter Vestalium consideret. Cornelio Cethego, Visellio Varrone Coss. Pontifices, eorumque exẽplo caeteri sacerdotes, cum [g] pro incolumitate principis vota susciperẽt, Neronem quoque & Drusum iisdem diis commendauere, [h] non tam charitate iuuenum, quàm adulatione: [i] quae, moribus corruptis, perinde anceps si nulla, & vbi nimia est. Nã Tiberius haud vnquam domui Germanici mitis, tum verò aequari adulescentes senectae suae, [k] impatienter

[illegible]

[illegible]

[illegible]

OBSERVATIONES.

a *Caerimoniae duabus de causis negliguntur; nempe, aut incuria, aut difficultate, quae plerumque ab hominibus consultò vitatur. Ea re autem sim aliquid caerimoniarum instituit, vt eae, omnium res instituat, vt quicquid in ea vt sit planum sit, ac facile; ne ex difficultate* [illegible] *tus oriatur.*

b *Quemadmodum medicina aegris corporibus subuenit, ita leges, & instituta principum medentur vitijs, ijsque artibus, in quibus homines peccare solent.*

c *Non semper quae antiquitas instituit, ea plane vt sunt, sequi debemus: quippe, quae horrida sunt, ea ad praesentem vsum flecti potissimùm si de ineptis, & superuacuis caerimonijs agitur, debent.*

d *Satis est, dummodo satisfiat legi, aut consuetudini in eo, cuius causa lata, & obseruata est, nam caetera haud dubiè mutari, & ad praesentem vsum flecti possunt.*

e *Vxor non est in potestate viri.*

f *Princeps qua maximè ratione potest, debet dare operam, vt sacerdotijs, ac religionibus dignitas accedat.*

g *Pro incolumitate principis, filiorumque illius vota publicè suscipi augustum est.*

h *Quae in honorem mali principis, aut filiorum eius honorificè decernuntur, non tam charitate ipsius, quàm adulatione fiunt.*

i *Moribus corruptis adulatio perinde periculosa est, si nulla est, & vbi nimia est, hoc est, tam periculosum est omninò non adulari, quàm foedè, & nimis humiliter, & nimiò adulari.*

k *Non est mirum, Tiberium impatienter indoluisse, Neronem, & Drusum adolescentes honoribus, & adulatione aequari senectae suae. quippe, haec est natura principum, vt princeps ne filium quidem pati possit aequalem.*

indoluit: accitosque Pontifices percunctatus est, num id precibus Agrippinæ, aut minis tribuissent. Et illi quidem quanquam abnuerent, modicè perstricti; etenim pars magna è propinquis ipsius, aut primores ciuitatis erant. cæterùm in senatu oratione monuit in posterum, [a] ne quis mobiles adulescentium animos præmaturis honoribus ad superbiam extolleret. Instabat quippe Seianus, incusabatque, [b] diductā ciuitatem, vt ciuili bello, esse qui se partium Agrippinæ vocent: ac ni resistatur, fore pluris: [c] neque aliud gliscentis discordiæ remedium, quàm si vnus alterue maximè prōpti subuerterentur. Qua causa C. Silium, & Titiū Sabinū adgreditur: [d] amicitia Germanici perniciosa vtrique. Silio, & quòd ingentis exercitus septem per annos moderator, partisque apud Germaniam triumphalibus Sacrouiriani belli victor, [e] quantò maiore mole procideret, plus formidinis in alios dispergebatur. Credebant plerique auctam offensionem ipsius [f] intemperantia [f] immodicè iactantis, suum militem in obsequio durauisse, cùm alij ad seditiones prolaberentur: [g] neque mansurum Tyberio imperium si iis quoque legionibus cupido nouandi fuisset. [h] Destrui per hæc fortunam suam Cæsar, [h] imparemque tanto

[illegible]

OBSERVATIONES.

a Periculosum, atque adeò perniciosum est, mobiles adolescentium animos præmaturis honoribus ad superbiam extollere. certè illa ætas nunquam satis modestè, [illegible], atque intra officij terminos contineri potest.

b Partitam factionibus remp. didici constat: quæ factiones vt producantur, [illegible] alij homines se partium esse profiteri audeant. [illegible] ad principem delata fuere, vel [illegible] mali [illegible] numerus adeò gliscet, vt inde nonnisi magni tumultus oriri possint.

c Non aliud gliscentis in rep. discordiæ remedium est, quàm si vnus, alterue maximè prompti protinus subuertantur ad terrorem cæterorum.

d Amicitia illorum, quos princeps odit, nonnisi perniciosa esse potest.

e Quò maiore mole magnus, ac præclarus vir procidit, hoc plus formidinis in alios dispergit.

f Semper vir magnus cauere debet, ne principem, aut alios prepotentes homines offendat nimia iactantia, & immodica prædicatione rerum à se gestarum; [illegible] immeritò videtur facere posse, quippe, lædit animum, & [illegible] commemoratio; &, vt Comicus ait, est quasi exprobratio immemoris [illegible]. Cuiusmodi ferè est illud Senecæ de benef. lib. 2. cap. 15. Qui quod dedit, imputat, [illegible]; & qui quantum det, ostendit, munus suum non commendat, sed exprobrat [illegible]

g Etsi fortè vera, [illegible], & intolerandæ vox est hæc; non mansurum principi imperium fuisse, si non [illegible] periculis imminentibus obuiam itum esset: Certè vir prudens modestè de se sentiet, & [illegible] rebus ab se gestis loquetur. nam quàm sit periculosum principem offendere nimia iactantia, [illegible] immodica prædicatione rerum ab se gestarum, quàm sæpissimè res ipsa docet.

h Cùm [illegible] principes altissimo loco sint, atque adeò omnia aut possint, aut saltem posse se videri velint, à quo in id loci [illegible], & per quem perfectum est, vt aliquid apparent esse, quod præstare [illegible], in hunc [illegible] est, [illegible] ferantur, quippe, [illegible] fortunam, quæ ipsi [illegible] summa videri poterat, ab eo destrui verè [illegible], & comparari [illegible] posse.

merito

merito rebatur. [a] Nam beneficia eò vsque læta sunt, dum videntur exolui posse: vbi multùm anteuenere, pro gratia odium redditur. Erat vxor Silio Sosia Galla, charitate Agrippinæ inuisa principi. Hos corripi, dilato ad tẽpus [b] Sabino, placitum: immissusque Varro consul, qui paternas inimicitias obtendens, [b] odiis Seiani per dedecus suũ gratificabatur. Precãte reo breuẽ morã, [c] dũ accusator cõsulatu abiret, [d] aduersatus est Cęsar: solitũ quippe magistratibus, diẽ priuatis dicere: nec infringendũ cõsulis ius, cuius vigiliis niteretur, ne quod Resp. detrimẽtũ caperet. Propriũ id Tyberio fuit, [e] scelera nuper reperta [e] priscis verbis obtegere. Igitur multa adseueratione, [f] quasi aut legibus cum Silio ageretur, [g] aut Varro consul, aut illud Resp. esset, coguntur patres, silente reo, vel si defensionem cœptaret, non occultante cuius ira premeretur. conscientia belli, Sacrouir diu dissimulatus, victoria [h] per auaritiam fœdata, & vxor Sosia argue-

OBSERVATIONES.

a *Hæc est naturæ principum, vt se nemini, at verò cunctos mortales sibi deuinctos esse & existiment ipsi, & id ipsum ab omnibus existimari velint. Quòd si fortè accidat, vt ipsi beneficium ab aliquo maius acceperint, quàm vt reddenda gratia pares sint, quia illum hoc facto supra se esse videant (id quod natura principatus nullo pacto ferre potest) tum verò non de remunerando illo (id quod pro illius merito fac dignè facere se non posse videant) sed de perdendo cogitant. nimirum, beneficia eò vsque illi, in quem conferuntur, læta sunt, dum videntur exolui posse. vbi multùm anteuenere pro gratia odium redditur: siquidem è beneficiis transitur in inimicitias, &c. vt ait Tacit. lib. 5. hist. procliuius est, quàm beneficio vicem exsoluere; quia gratia oneri, vltio in quæstu habetur.*

b *Quid fœdius, quidue iniquius dici potest, quàm abuti magistratu ad vltionem priuatarum, atque adeò alienarum iniuriarum? certè qui magistratu fungitur parum existimationi, & nomini suo consulit si tunc temporis priuatis aut alicuius odiis indulget; atque autoritate non ad reip. vtilitatem, sed ad [illegible].*

c *Cùm vnius magistratus vigiliis nititur, ne quid [illegible] publica munera exequitur, non debet illi licere, non suam priuatam ita curare, ut ipse in suo [illegible] conuersatione, & nimia potentia aduersariorum priuatorum [illegible].*

d *O malos principes, qui autoritate magistratuum ad scelera, & [illegible].*

e *Tyrannus tyrannidem, eaque omnia, quæ ad hanc stabiliendam, & confirmandam pertinent, (quæ sæpissimè sunt teterrima flagitia) prisci verbis, hoc est petitis è vetere rep. nominibus, [illegible] publicæ securitatis ac libertatis obtentu tegit, quasi non sua ipsius, sed reip. salus agatur: cùm tamen hac specie egregiè abutatur ad ea patranda, quæ in animo habet, atque adeò ad corrumpendam libertatem, & corroborandum principatum.*

f *Liberæ reip. maxima, & verissima argumenta hæc sunt: cùm nullius potentia æquatur legibus, aut supra illas est; sed vnus his quicquid inter ciues controuersiæ oritur, ex æquo dirimitur. cùm magistratus non cuiusquam potentia, aut studio, per dedecus suum gratificantur, sed maiestate & æquitate sua nituntur: cùm resp. nullius dominatu opressa seruit, sed singulis libertas æqua est. At verò cùm hæc omnia in contrarium versa sunt, neque vsquam leges, magistratus, aut libertas conspicitur, ibi nullam omnino esse remp. sed cunctà tyrannidem inuasisse dicendum est.*

g *Hic locus nihil aliud continet, quàm irrisionem illius prætextus siue obtentus, quo vtebatur Tiberius, qui ita in perdendo Silio loquebatur, ac si non priuata odia exerceret, sed Consulis maiestatem reique pub. libertatem defenderet.*

h *Hæc demum [illegible] imperatore feliciter, & præclarè gestis magnam labem aspergit, victoriã viuentes partam auaritia fœdare.*

bantur. Nec dubiè repetundarú criminibus hærebát. sed cuncta quæstióne maiestatis exercita. & Silius [a] imminentem damnationem voluntario fine præuertit. Sæuitú tamen in bona, non [b] vt stipendiariis pecuniæ redderentur, quorú nemo repetebat. Sed liberalitas Augusti auulsa, computatis [c] singillatim quæ fisco petebantur. Ea prima Tyberio erga pecuniam alienam diligentia fuit. Sosia in exilium pellitur, Asinii Galli sententia, qui partem bonorum publicandam, pars vt [d] liberis relinqueretur, censuerat. Contra M. Lepidus quartam accusatoribus secundum necessitudinem legis, cætera liberis concessit. Hunc ego Lepidum temporibus illis grauem, & sapientem virum fuisse comperio. [e] Nam pleraque ab sæuis adulationibus aliorum, in melius flexit: neque tamen temperamenti egebat, [f] cùm æquabili autoritate, & gratia apud Tyberium viguerit. Vnde dubitare cogor, [g] [h] fato & sorte nascendi, vt cætera, ita

OBSERVATIONES.

a *Viri clarissimi potentia aduersariorum oppressi imminentem damnationem voluntario fine præuertunt: ne ad mortem accedant alia ludibria, quæ generosis animis multo sunt grauiora, quàm mors ipsa.*

b *Cui bona ideo publicantur, quia repetundarum crimine tenetur, ei, scilicet, ita eripi debent, vt iis, quibus iniuria prius extorta sunt, reddantur. quod si non fit, furem ideo damnasse dicemur, vt nobis cedat furtum. quo quid fœdius est?*

c *Principi non est honorificum, damnato alicui singillatim ea computare quæ fisco addici possunt. in eo enim se ipse auaritiæ fœdat, quòd nimia diligentia vtitur erga pecuniam alienam.*

d *Damnatorum bona non omnino liberis eripi debent: quia princeps præstare debet, vt sua in eo cognoscatur humanitas, vt partem bonorum damnati illis vnde viuant, relinquat, ne illos quoque egestas ad flagitia impellat.*

e *Etiam cum maximè sæuit tyrannis, atque ipso corruptissimo sæculo, [illegible] est [illegible] reperire graues, & sapientes viros, qui sua virtute pleraque ab sæuis aliorum adulationibus in melius flectunt.*

f *Quidam existimant graui, & sapienti homini sæculo corrupto, non posse, nec debere esse locum in amicitia principis sæui, ac tyranni: quod quàm falsum sit, ex hoc loco colligi potest. nam sapiens vir sua virtute, & autoritate multis malis obuiam ire; & quæ praue ab sæuis aliorum adulationibus proficiscuntur, ipse in melius flectere potest; si modò adsit illud temperamentum, quod qui adhibet, neque abruptam contumaciam, neque item deforme obsequium sequitur, sed medium iter pergit, ambitione, & periculis vacuum; ac nihilominus æquabili autoritate, & gratia apud principem vigere potest. huc illud pertinet quod est in vita Agricolæ: Sciant, inquit, quibus moris illicita mirari, posse etiam sub malis principibus magnos viros esse, obsequiumque ac modestiam, si industria, ac vigor adsint, eò laudis excedere, quo plerique per abrupta, sed in nullum reip. vsum, ambitiosa morte inclaruerunt.*

g *Dubitari meritò potest, an fato, & sorte nascendi, ita principum inclinatio in hos, offensio in illos sit, an sit aliquid in nostris consiliis, atque adeo in manu nostra, qui præstemus nos dignos beneuolentia principis, aut certè saltè ad deforme obsequium delabamur. de quo problemate esse multos in vtramque partem à doctissimis viris disputari scio; nec Tacitus quid sententiæ fuerit palam facit, tamen dicam ipse quod sentio; fatum, hoc est, eam, quam rebus omnibus imaginamur fatalitatem esse à natura necessitatem, vinci à consiliis nostris, dummodo à iudicio, & prudentia proficiscantur, quorum vtrique tantum mehercule tribuo, vt, qui his polleat, huic nihil esse quod non [illegible] assequi possit, putem.*

h *Fato, & sorte nascendi cuncta mortalium ita videntur esse constituta, vt mutari nequeant. similis est locus lib. 6. Annal. Sed mihi, inquit, hæc, ac talia audienti in incerto iudicium est, fatone res mortalium, & necessitate immutabili, an forte voluantur. quippe sapientissimos veterum, quique sectam eorum æmulantur, diuersos reperies, & quæ sequuntur.*

principum inclinatio in hos, offensio in illos: an sit aliquid in nostris consiliis, liceatque inter [a] abruptam contumaciam, & deforme obsequium pergere iter ambitione, ac periculis vacuum. At Messalinus Cotta haud minus claris maioribus, sed animo diuersus, censuit, cauendum senatusconsulto, vt [b] quanquam insontes magistratus & culpæ alienæ nescii, prouincialibus vxorum criminibus, perinde quàm suis plecterentur. Actum dehinc de Calpurnio Pisone nobili ac feroci viro. Is namque, vt retuli, cessurum se vrbe ob factiones accusatorum, in senatu clamitauerat, & spreta potentia Augustæ, trahere in ius Vrgulaniam, domoque principis excire ausus erat. Quæ in præsens Tyberius ciuiliter habuit. [c] Sed in animo reuoluente iras, etiam si impetus offensionis languerat, memoria valebat, Pisonemque grauiùs secreti sermonis incusauit aduersum maiestatem habiti. Adiecitque in domo eius venenum esse, eumque gladio accinctum introire curiam. Quod [d] vt atrocius vero tramissum. Cæterorum, quæ multa cumulabantur, receptus est reus, neque peractus ob [e] mortem opportunam. Relatum & de Cassio Severo exule, qui sordidæ originis, maleficæ vitę, sed orandi validus, per [f] immodicas inimicitias vt iudicio [g] iurati senatus Cretam amoueretur, effecerat: atque illic eadem actitando, recentia veteraque odia aduertit, bonisque exutus, [h] interdicto igni atque aqua, saxo Seriphio consenuit. Per idem tempus Plautius Siluanus prætor, incertis causis, Aproniam coniugem in præceps iecit. tractusque ad Cæsarem ab L. Apronio socero, [i] turbata mente respondit, tanquam ipse somno grauis, atque cò

OBSERVATIONES.

a *Illorum, qui principibus aut parent, aut parere debent, extremum [illegible] abrupta contumacia, & deforme obsequium, itaque in magnis viris habendus est is, qui non contumaciam sed vigorem, & libertatem animi erga principem, aut Remp. adhibet, neque tamen se deformi obsequio fœdat, sed fidei & dignitatem cui debet præstat.*

b *Quia vir ne vxor peccet prouidere potest, si quid animaduersione dignum ab illa admissum est, atque videtur plectendus, atque vxor ipsa, perinde ac si ipse peccasset.*

c *Quædam principes in præsens ciuiliter habent, ob quæ postea, cum eis rei aliqua occasio est, memoria repetunt iras, quas diu in animo voluerunt.*

d *Interdum sola atrocitas criminis fidem facit, ea quæ obijciuntur, esse falsa.*

e *Opportuna mors dicitur illa, qua quis supplicio, atque ignominia eximitur.*

f *Est genus hominum, qui, nisi suscipiendis propositum inimicitijs notescere non possunt: quæ tamen in eorum perniciem tandem erumpunt.*

g *Etsi quis à nullo accusatore reus factus est, tamen potest senatus suamsponte magistratus si ei perspectum fuerit, & cognitum est, hunc maleficam vitam agere, [illegible] hoc est, ex officio, vt [illegible] in eum animaduertere.*

h *Qui non contentus mitiori pœna, flagitiis flagitia cumulat, ac veteraque odia in se irritat, non mirandum est si grauius illi aliquid accidat.*

i *Qui falsum aliquid comminiscitur, quod iudici respondeat, is nonnisi turbata mente esse potest.*

ignarus, & vxor sponte mortem sumpsisset. [a] Non cunctanter Tyberius pergit in domum, visit cubiculum, in quo reluctantis & impulsæ vestigia cernebantur. Refert ad senatum, datisque iudicibus Vrgulania Siluani auia [b] pugionem nepoti misit. Quod perinde creditum [c] quasi principis monitu, ob amicitiam Augustæ cum Vrgulania. Reus frustra tentato ferro, venas præbuit exoluendas. Mox Numantina prior vxor eius accusata, iniecisse carminibus & veneficiis vecordiam marito, [c] insons iudicatur. Is demum annus populum Romanum longo aduersum Numidam Tacfarinatem bello absoluit. Nam priores duces sibi [d] impetrãdo triumphalium insigni sufficere res suas crediderant, hostem omittebant. Iamque tres laureatæ in vrbe statuæ. & adhuc raptabat Africam Tacfarinas, auctus Maurorum auxiliis, qui Ptolemæo Iubæ filio iuuenta incurioso, libertos regios, & seruilia imperia bello mutauerant. Erat illi prædarum receptor, ac socius populandi rex Garamantum, non vt cum exercitu incederet, sed missis leuibus copiis, quæ [e] ex longinquo in maius audiebantur: ipsaque è prouincia [f] vt quis fortunæ inops, moribus turbidus, [f] promptiùs ruebant. quia Cæsar post res à Blæso gestas, [g] quasi nullis iam in Africa hostibus, reportari Nonam legionem iusserat; nec procõsul eius anni P. Dolabella retinere ausus erat, [h] iussa principis magis

OBSERVATIONES.

a *Cùm veritas nonnisi ex recentissimis circumstantijs dici potest, debet princeps, aut magistratus in ea summam adhibere diligentiam, vt ex loco, tempore, ac cæteris circũstantijs quid veri ea de re sit, quamprimum cognoscat, in quo princeps nihil sua persona indignum facit, si ad ea loca non cunctãter pergit, in quibus recentis flagitij vestigia adhuc apparent, adeò vt ipse in eo ius & iniuriam discernere verè queat. Quod vix præstare [illegible] videre, ac suis pedibus, nõ alienis, quò oportet se conferre [illegible]. Vtinam principes multis locis interessent, & singula, quoad ipsorum dignitas patitur, diligenter circumspectarent, neque enim ipsis sæpiùs, vt fit, imponeretur.*

b *Principis occulto monitu [illegible] ea fiunt, quæ quamuis dura, & sæua, ad vitandam infamiam patrantur; atque ideo [illegible] leniora videri possunt.*

c *Non est nouum, in [illegible] amplissimi ordinis iudicio damnari.*

d *Hic est mos hominum, vt insignijs virtutis contenti ipsam virtutem omittant. Ita multi ducum res suas impetrando triumphalium insigni, magis quàm fama sempiterna sufficere credunt, hostem omittunt.*

e *Hostium copias [illegible], ac parum in iis est roboris, tamen in re noua perculsis animis potissimùm ex [illegible] audiri solere.*

f *Simul [illegible], rerum nouarum auctorem agros populari, & prædas agere, [illegible] vt fit, è longinquo in maius augentur, haud dubium est ipsa è prouincia, in qua tumultus excitatur, vt quisque fortunæ inops, moribus turbidus est, promptiùs ad illum ruere, eiusque copias [illegible].*

g *[illegible] belli [illegible], quod ab auctore rerum nouarum geritur, in illius persona positum sit, eo vel illo adhuc superstite, acri præsertim viro, quique ex nihilo maximas turbas [illegible] bellum nõ potest dici confectum: ac proinde, etsi is fortè copijs exutus est, tamen in illum [illegible] acriter insistendum est, ne iterum hinc illinc auxilia cogere, ac nouos tumultus excitare [illegible].*

h *Qui suspitiosè & sæuo principi obsequium, & operam præstat, hunc sibi semper ante oculos ponat, hinc, nunquam, [illegible] se dimoueri patiatur, nimirum, vt iussa illius potiùs, quàm quidam aliud metuat.*

quam

quitia incerta belli metuens. Igitur Tacfarinas disperso rumore, [a] rem Romanam aliis quoque ab nationibus lacerari, eoque paulatim Africa decedere, ac posse reliquos circumueniri, si cuncti, quibus libertas seruitio potior, incubuissent, auget vires, positisque castris, Thubuscum oppidum circũsidet. At Dolabella, contracto quod erat militum, [b] terrore nominis Romani, & quia Numidæ peditum aciem ferre nequeunt, primo sui incessu soluit obsidium, locorumque opportuna permuniuit: simul principes Musulanorũ [c] defectionẽ cœptantes securi percutit. Dein quia pluribus aduersum Tacfarinatẽ expeditionibus cognitũ, [d] nõ graui, nec vno incursu cõsectandum hostẽ vagum, excito cum popularibus rege Ptolemæo, quatuor agmina parat, quæ legatis ac tribunis data: & prædatorias manus delecti Maurorum duxere. [e] Ipse consultor aderat omnibus. Nec multò post adfertur Numidas apud castellũ semirutum, ab ipsis quondam incensum, cui nomen Auzea, positis mapalibus, cõsedisse fisos loco, [f] quia vastis circùm saltibus claudebatur. Tum expeditæ cohortes, alæque quam in partem ducerentur [g] ignaræ, cito agmine rapiuntur. Simulque cœptus dies, & concentu tubarum, ac [h] truci clamore aderant semisomnos in barbaros, præpeditis Numidarum equis, aut diuersos pastus pererrantibus. ab Romanis confertus pedes, dispositæ turmæ, cuncta prælio prouisa: hostibus contra [i] omnium nesciis, non arma, non ordo, non consilium, [k] sed pecorum modo, trahi, occidi, capi. Infensus mi-

[illegible]

OBSERVATIONES

a *Rerum nouarum autor, idemque belli concitor, non tam opibus, & copijs, quas principio exiguas habet, quàm arte, & falsis rumoribus res suas meliores facit. at verò [illegible] [illegible] [illegible] sibi hostem delegit, ab alijs quoque hostibus lacerari, [illegible] posse [illegible] maior est, in id incumbat, hac ratione suas copias [illegible] inde auget.*

b *Cuius populi, [illegible] nomen [illegible] iam est celebre, is [illegible] terrorem [illegible].*

c *Tempore belli qui defectionem cœptat, quisquis ille est, [illegible] supplicio afficiendus est.*

d *Vagus hostis non graui, vnoue incursu consectandus est; sed plura agmina parari, & [illegible] quodque singulis ducibus dari debet, nempe, vt populator ab aliquo ex his excipi possit. quippe alias omnem belli rationem ipse vagus & velox eludet.*

e *Dux exercitus, distributo pluribus ducibus exercitu, ipse omnibus consultor adesse, hoc est, consilio & prudentia cuncta regere debet.*

f *Qui locus vastis circùm saltibus clauditur videtur esse tutus.*

g *Non semper miles debet scire quò ducatur. nam vt Tacit. ait 1. hist. Tam nescire quædam milites, quàm scire oportet, & quæ sequuntur.*

h *[illegible] concentu tubarum, ac truci clamore hostes semisomni, & incauti miram in modũ [illegible].*

i *[illegible] loco adeò fidendum est, licet tutissimo, quin postes vigiles in eo loco [illegible], vbi [illegible] [illegible], seu minus, & qui tutissimo loco consederunt, ab diligente, & prudente hoste [illegible] opprimi, nullo negocio possunt.*

k *Difficile [illegible] quantum præstent pauci milites incondita hostium turba, si modò ipsi dispositi ordine [illegible] sint [illegible] loco stat; [illegible] ab ipsis prælio sunt prouisa aduersus hostes [illegible] nescios; quibus non arma, non ordo, non consilium est hi certè ab illis, pecorum modo, [illegible] occiduntur, capiuntur.*

destinus apud Brundisium, & circumiecta oppida: mox positis propalàm libellis ad libertatem vocabat agrestia per longinquos saltus & ferocia seruitia: cùm velut [a] munere deûm tres biremes adpulere ad vsus commeantium illo mari. Et erat iisdem regionibus Curtius Lupus quæstor, cui prouincia, vetere ex more, Calles euenerat. Is disposita classiariorum copia, [b] cœptátem tum maximè coniurationem [c] disiecit. Missusque à Cæsare properè Staius tribunus cum valida manu, ducem ipsum, & proximos audaciæ in vrbem traxit iam trepidam ob multitudinem familiarum, quæ gliscebat immensùm, minore in dies plebe ingenua. Iisdem consulibus miseriarum, ac sæuitiæ [d] exemplum atrox. Reus pater, accusator filius. nomen viri, Q. Vibius Serenus, in senatū inducti sunt, ab exilio retractus, inluuieque ac squalore obsitus, & tum catena vinctus perorante filio. Præparatur adulescens multis munditiis, alacri vultu, structas principi insidias, missos in Galliam concitores belli, [e] index idem & testis dicebat. Adnectebatque Cæcilium Cornutum prætorium ministrauisse pecuniam; qui tædio curarum, & [f] quia periculum [g] pro exitio habebatur, mortem in se festinauit. At contra reus [h] nihil infracto animo, [i] obuersus in filium, quatere vincula, vocare vltores deos, vt sibi quidem redderent exilium, vbi procul tali more ageret, filium autem quandoque supplicia sequerentur. Adseuerabatque innocentem Cor-

f. quia vix quid quam iam aliud in Tiberio [illegible] [illegible].

OBSERVATIONES.

a *Quæ nullis humanis consiliis prosperè accidunt, ea munere Deûm fieri dicuntur.*

b *Coniuratio properè, & priusquam vires acquirat, disijcienda est, eiusque semina opprimi debent.*

c *Non semper dux belli, aut præfectus prouinciæ, cùm periculum est in mora, principem consulere, sed etiam re præsenti [illegible] debet; potissimùm si quid accidit huiusmodi, vt, si non primo quoque tempore nascenti malo [illegible] detrimenti resp. captura sit.*

d *Summa miseria, ac sæuitiæ exemplum est atrox, videre patrem à filio rei capitalis reum fieri.*

e *Parum est in illo fidei, qui idem indicem se, ac testem profitetur, aut alia probatione [illegible].*

f *Non est mirandum, reum maiestatis, quamuis innocentem, tædio curarum, & quia quo tempore sæuit tyrannis tale periculum pro exitio habetur, mortem in se festinare; eaque ratione se principis immanitati, & inimicorum audaciæ, potentiæ, & ludibriis eripere.*

g *Oppressa ab vno repub. periculum profectum ab accusatione maiestatis ferè pro exitio habetur; hoc est, patria sæuit, esse iam in ipso exitio, & esse in periculo. quippe tam certum exitium est illi, quem princeps aliquid in suam maiestatem commisisse suspicatur, atque ei, qui iam conuictus, & damnatus est. nam vt vt res se habet, hoc est, siue is innocens est, aut criminis conuictus, certè illi moriendum est.*

h *Qui innocens est, etsi in summo discrimine versetur, tamen nihil infracto animo suam ipse causam agit.*

i *Pessimus certè, ac detestandus mos est, pati vt filius patri necem struat, specie criminis læsæ maiestatis. [illegible] qui vsque adeo est impius, vt tale facinus audeat, non modo falsa asserere, sed & summo supplicio dignus principi videri deberet. si tamen crimen in comperto est, laudanda est pietas filij in patriam, qui eam proditione, & periculis liberauit. nam patriæ salus parentum, & filiorum charitati anteponi debet.*

1. accusationem [illegible] nutum, & [a] falsa [1] exterritum. Idque facilè intellectu, si proderentur alij. Non enim se cædem principis, & res nouas [b] vno socio cogitasse. Tum accusator Gn. Lentulum, & Seium Tuberonem nominat, magno pudore Cæsaris, cùm primores ciuitatis, intimi ipsius amici, Lentulus [c] senectutis extremæ, Tubero defecto corpore, tumultus hostilis, & turbandæ Reip. accerserentur. Sed hi quidem statim exempti. In patrem ex seruis quæsitum. & quæstio aduersa accusatori fuit, qui scelere vecors, simul [d] vulgi rumore territus, robur & saxum, aut [e] parricidarũ pœnas minitãtium, cessit vrbe. ac retractus Rauenna [f] exequi accusationẽ adigitur, non occultãte Tyberio vetus odium aduersum exulẽ Serenum. Nã post damnatum Libonem, missis ad Cæsarẽ literis, exprobrauerat, suum tantùm studiũ sine fructu fuisse: addideratque quædã [g] contumaciùs, [h] quàm tutum apud aures superbas, & offensioni proniores. ea Cæsar octo [i] post annos retulit, medium tempus variè arguens, [k] etiam si tormenta, [l] peruicacia seruorum, contra euenissent. Dictis dein sententiis, vt Serenus more maiorum puniretur, quò [m] molliret inuidiam, intercessit. Gallus Asinius, Gyaro aut Donusa claudendum censeret; id quoque aspernatus est, ege-

[illegible marginal note]

OBSERVATIONES.

a *Et ipsi innocentes falsa accusatione sæpiùs exterrentur.*

b *Non est verisimile quenquam adeo vecordem esse, vt solus, atque vno socio cædem principis, & res nouas, hoc est tumultus bellicos cogitauerit, quum plures ad eam coniurationem adhibiti fuerint.*

c *Quid vero minus simile est, quàm extremæ senectutis hominem, & affecto iam corpore remp. turbare, principem prodere, ac tumultus hostiles excitare velle?*

d *Vulgi rumore debitas pœnas minitantis vel improbissimus & audacissimus quisque terretur.*

e *Is parricida meritò dici potest, [illegible] periculum mortis patri creat.*

f *Accusatorem semel cœptæ [illegible] eius criminis, quod aut principis personam, aut remp. spectat, pœnitere non licet, nam & peragenda & exequenda est.*

g *Satis constat, principum [illegible] superbas, & offensioni quàm gratiæ proniores, ideo diligenter cauendum est, ne etiam [illegible] id meritò facere videamur posse, contumaciùs quàm ipsorum dignitas, natura, & aures ferre possunt, loquamur.*

h *Nulla re principum [illegible] offenduntur, quàm contumacia loquentis, aut scribentis.*

i *Principum [illegible] statim iniuriarum adeò nunquam sunt immemores, vt, quæ diuturnitate temporis, atque obliuione extincta credebantur, ea cùm occasio, tempusque adest, proferant [illegible], quippe gratia oneri, vltio in quæstu habetur.*

k *Quem princeps perdere statuit, eu hunc etsi legibus, & vsitata, ac præscripta iudiciorum forma [illegible] non potest, tamen tot rebus ita miserum circumuallat, atque vrget, vt eundem præceps ad perniciem detur.*

l *Pertinacia propriè est illius, qui se potiùs tormentis lacerari patitur, quàm quidquam ex eo [illegible] exculpere.*

m *Qui remp. oppressit imprimis cauere debet, ne frequentibus maiestatis iudiciis, [illegible]que seueritatis inuidia, odiis, ac maledictis laceretur. quòd si forte populus, aut Senatus [illegible] & sæuitia iam est offensus, protinus qua re maximè potest, ac [illegible] clementia tantùm inuidiam mollire debet.*

nam

nam aquæ vtramque insulam referens, [a] dandosque vitæ vsus, cui vita concederetur. Ita Serenus Amorgum reportatur. Et quia Cornutus sua manu ceciderat, actum de [b] præmiis accusatorum abolendis, si quis maiestatis postulatus ante perfectum iudicium se ipse vita priuauisset. Ibaturque in eam sententiam, ni duriùs, contraque morem suum palam pro accusatoribus Cæsar [c] irritas leges, Remp. in præcipiti conquestus esset. [d] Subuerterent potiùs iura, quàm custodes eorum amouerent. Sic delatores, [e] genus hominum publico exitio repertum, & pœnis quidem nunquam satis coërcitum per præmia eliciebátur. His tam adsiduis tamque mœstis modica lætitia interiicitur, quòd C. Cominiũ equitem Romanum probrosi in se carminis conuictum [f] Cæsar precibus fratris, qui senator erat, concessit. Quò magis mirum habebatur, [g] gnarum meliorũ, & quæ fama [h] clementiã sequeretur, tristiora malle. Neq; enim [i] socordia

i. quorum bonorum partem quam ipsis cedebat.

OBSERVATIONES.

a Cui aliquid datur, illa omnia eidem conferuntur esse data, sine quibus illud esse non potest. ita, cui vita conceditur, huic dandi sunt vitæ vsus. hinc discant illi, qui damnatos addicunt triremibus, aut carcere, eosque loco pecudum, aut deteriore, vt fit, habent, nullum ipsorum erga miseros beneficium extare. neque enim satis est, vitam concedere, si non & illa accedant, sine quibus hæc vita nullo pacto transigi potest.

b Eccui mirum sit, sub tyrannide plus accusatorum, quàm aliorum hominum esse, cùm huic teterrimo hominum generi præmia sint proposita?

c Tyranni permagni interest esse delatores, nempe tyrannidis suæque sæuitiæ ministros. quippe, si hi nulli essent, irrita futura legum atrocitas esset, cùm horum opera homines legibus pœnas luant. ideoque iij legum custodes appellantur.

d Paria sunt subuertere leges, & earum custodes amouere.

e Deferre eum, qui in principem, aut in Remp. peccauit, aut [illegible] fuerit læsus, vnicuique non solùm honestè licet, sed cuicunque publica salus curæ est, debet. Sed obseruare, & quid quisque agat scrutari, et singula hominum dicta iuxta, & facta in crimen idem detorquere, vt princeps, cùm optimum quemque exterserit, velut frenis omnibus exolutis, pro arbitrio, in remp. grassetur, hoc demum illud est, quod atrocissimum, & sordidissimum ministerium est. porrò qui scelestam, atque atrocem hanc operam principi præstant, hos publico exitio natos meritò dixeris.

f Princeps namque, quisquis ad corroborandam potentiam vtitur delatoribus, ac frequenter exercet iudicia maiestatis, inter tot assidua, & mœsta iudicia debet interiicere aliquod specimen clementiæ, ita in criminibus, quæ etsi videri possunt atrocissima, quia læsa est ipsius principis maiestas, tamen talia sunt, vt plus laudis condonando, quàm vtilitatis condemnando consequatur; cuiusmodi est crimen scripti in ipsum carminis probrosi, siquidem non facta, sed dicta, à quibus haud multum periculi est, condemnantur.

g Quosdam eo ingenio præditos videas, vt quamuis gnari sint meliorum, probeque intelligant, quàm prosperrima fama virtutes sequatur, tamen ad deteriora quæque se applicent.

h Inter omnes virtutes, quæ esse in principe debent, nulla gratior est, nec quam melior sequatur fama, quàm clementia, virtus hominibus gratissima.

i Qui socordia peccat, huic ignosci fortè potest. Sed qui gnarus meliorum deteriora sequitur, hunc ne salus quidem ipsa seruat, quia nequam perditusque sit.

peccabat, nec [a] occultum est, quando ex veritate, quando adumbrata laetitia facta imperatorum celebrentur. [b] quin ipse compositus aliàs, & velut eluctantium verborum, solutiùs, promptiusque eloquebatur quoties subueniret. Att. Suillium quaestorem quondam Germanici, cùm Italia arceretur conuictus [c] pecuniam ob rem iudicandam cepisse, amouendum in insulam censuit, tanta contentione animi, vt & iurando obstringeret è Rep. id esse. [d] Quod asperè acceptum ad praesens, [e] mox in laudem vertit, regresso Suillio, quem vidit sequens aetas praepotentem, venalem, & Claudij principis amicitia diu [f] prosperè, numquam bene vsum. Eadem poena in Catum Firmium senatorem statuitur, tanquam falsis maiestatis criminibus sororem petiuisset. Catus, vt retuli, Libonẽ inlexerat insidiis, deinde iudicio perculerat. Eius operae [g] memor Tyberius, sed alia praetendens, exilium deprecatus est. Quò minus senatu pelleretur, non obstitit. Pleraque eorum quae retuli, quaeque referam, [h] parua forsitan & leuia memoratu videri non nescius sum. Sed nemo Annales nostros cum scriptura eorum contenderit, qui veteres populi Romani res composuere. Ingentia illi bella, expugnationes vrbium, fusos captosque reges, aut, si quando ad interna praeuerterent, discordias consulum aduersum tribunos, agrarias frumentariasque leges, ple-

OBSERVATIONES.

a *Etsi tyrannis cuncta adeò corripuit, vt metu homines quamuis deterrimorum principum laudibus efferre cogantur, tamen non occulti potest quando ex veritate, hoc est, [illegible] sua, & quis ita sentit, & quando adumbrata laetitia facta principum celebrentur. hinc colligi potest, boni principis maximum hoc esse argumentum, cùm non [illegible] facta celebrantur, & quae quisque de eo [illegible] arbitris, aequè atque in concione extollit.*

b *Cùm naturae humanae [illegible] adsciris, & opem ferre periclitantibus, & ipsimet nequam hominem, [illegible] & malefaciendo plus boni est, quàm nocendo, ac benefaciendo, quoties in perniciem [illegible] quod machinantur, vix exitum impedita, ambigua, & obscurae orationis [illegible] quoties iuuant, & benefaciunt, quia id per se planum est, nullaque arte in[illegible] promptiúsque, atque adeò magis secundum naturam loquuntur.*

c *Qui pecuniam ob rem iudicandam cepisse conuictus est, is legibus poenas dare debet.*

d *In iudiciis [illegible] princeps in benigniorem sententiam semper inclinare debet, ne quantum laudis [illegible] ex clementia fortè adeptus est, tantundem dedecoris & infamiae postea adeat ob [illegible] asperitatem, & atrocitatem.*

e *[illegible] indignè fit, huius nos calamitas ad misericordiam adducit, quòd si sequens eius vita [illegible], omnium hominum iudicio, non modò illa, sed atrocior poena fuisse perquàm [illegible] erga illum priùs fuit miseratio, illud est odium hominis nequam, & flagitiosi, [illegible] non immeritò praeit delicto.*

f *[illegible] prosperè vti amicitia principis non est argumentum probitatis. quippe, aliud est prosperè, aliud [illegible] vti. benè vtuntur soli boni viri, ac reip. & principis magis, quàm ipsius fortunae amantes. at verò prosperè etiam vti possunt subdoli, adulatores, venales homines. id quod saepiùs quàm est è rep. accidere videmus.*

g *Si princeps sibi, rebusque suis sedulam operam praestari cupit, [illegible], cùm occasio, [illegible] adest, memor esse debet.*

bis

bis & optimatium certamina libero egressu memorabant. Nobis in arcto & inglorius labor. Immota quippe, aut modicè lacessita pax, mœstæ vrbis res, & princeps proferendi imperij incuriosus erat. Non tamen sine vsu fuerit, introspicere illa primo aspectu [a] leuia, ex quîs magnarum sæpe rerum motus [b] oriuntur. [c] Nam cunctas nationes & vrbes populus, aut primores, aut singuli regunt. delecta ex his & constituta Reip. forma laudari faciliùs, quàm euenire, vel si euenit, [d] haud diuturna esse potest. Igitur vt olim plebe valida, vel cùm patres pollerent, [e] noscenda vulgi natura, & quibus modis temperanter haberetur, senatusque & optimatium ingenia qui maximè perdidicerant [f] callidi temporum & sapientes credebantur: sic conuerso statu, [g] neque alia rerum, quàm si vnus imperitet, hæc conquiri tradique in rem fuerit: quia [h] pauci prudentia, [h] honesta ab deterioribus, vtilia ab noxiis discernunt, [i] plures [i] aliorum euentis docentur. cæterùm [k] vt profutura, ita minimum oblectatio-

OBSERVATIONES.

a Quædam primo aspectu videntur esse leuia, ex quibus magnarum sæpe rerum motus oriuntur. porrò hæc huiusmodi sunt, vt ea prudentes non solum non omittant, verùm etiam, tanquam maximarum rerum semina diligenter animaduertant, atque adeò introspiciant.

b Nulla natio est, apud quam non certa aliqua reip. forma constituta sit.

c Omnes nationes, & vrbes reguntur aut à populo, aut à primoribus, aut à singulis: hoc est, hæ sunt omnino reip. formæ, popularis, paucorum, & vnius.

d Res ipsa docet, rem esse vehementer arduā, è singulis eam reip. formam deligere, cuius quæque gēs capax sit, ac proinde quæ laudari, euenire, ac diuturna esse possit.

e Nullum sub sole imperium est, quod diuturnum, aut fuerit, aut futurum sit. quippe quod hodie [illegible] merum populi imperium fiet. hoc item post aliquem [illegible] annorum scissum in pau[illegible] horum quisque reliquos prauadere valet, ac parem ferre posse neminem, is, qui opibus, [illegible] cæteris præstat, non mirum est si eiudem cunct[illegible] ad se unum trahit: ita, vnde primùm [illegible] resp. ad regnum redit.

f Rerum humanarum nullus omnino gnarus esse potest, si non illius reip. in qua [illegible] naturamque nouit. quæ cognitio eò referri debet, vt scias penes quem est rerum summa. nam si est, vt populus rerum potiatur, noscenda est eius natura, quibusque modis valide, & ferox [illegible] temperanter haberi possit: quòd si patres polleant, & horum ingenia quibus rebus capiantur, ac [illegible] quomodò possint, sciendum est. At verò si vnus imperitet, tum verò elaborandum est, vt illius ingenium, [illegible], perdiscamus.

g Sapiens ab insipiente non alia re dignoscitur, quàm hac vna, si scit vti, ac seruire temporibus. verè non alius ad capessendam remp. vocari debet, quàm qui temporum callidus est, quippe, qui ad hanc sapientiæ gradum peruenit, hunc planè præsentem Deum homines habere possunt.

h Quotusquisque tantùm iudicio, & prudentia valet, vt honesta ab deterioribus, vtilia ab noxiis discernat. Is vero & prudentissimus, & sapientissimus meritò dici potest, qui tantùm iudicio valet, vt non [illegible] aliorum euentis, quid expediat, atque amplectendum, quid item vitandum sit, moneat.

i Finis & potissimum historiæ munus est, vt aliorum euentis quisque doceatur; atque ex illis quid sibi, suæque Reip. expediat, capiat; quod item fœdum inceptu est, idem fœdum exitu esse putet.

k Ita ferè comparatum est, vt, quæ profutura sunt, ea minimùm oblectationis afferant.

nis adferunt. [a] Nam [b] situs gentium, varietates præliorum, clari ducum exitus retinent ac redintegrant legentium animum. Nos [c] sæua iussa, continuas accusationes, fallaces amicitias, perniciem innocentium, & [d] easdem exitu causas coniungimus, [e] obuia rerum similitudine, & satietate. Tum quòd antiquis scriptoribus [f] rarus obtrectator. [g] neque refert cuiusquam Punicas, Romanasue acies lætiùs extuleris. At multorum, qui Tyberio regente pœnam vel infamias subiere, posteri manēt. Vtque familiæ ipsæ iam extinctæ sint, reperies qui ob similitudinem morum [h] aliena malefacta sibi obiectari putant. [i] Etiam [k] gloria ac virtus infensos habet, vt animus ex propinquo diuersa arguens. Sed ad incepta redeo. Cornelio Cosso, Asinio Agrippa Coss. Cremutius Cordus postulatur, [l] nouo, ac tunc primū audito crimine, quòd editis annalibus, lau-

a Sic Salust. plerumque quæ de [illegible] [illegible] [illegible] [illegible] [illegible] fal[illegible].

OBSERVATIONES.

a *Cùm omnis historia lectorem retinere, redintegrare, postremò docere debeat, persæpe accidit, propter rerum, ac temporum naturam, quæ in historiis traduntur, vt alia plus delectationis, alia plus doctrinæ contineant. has nunquam de manibus deponet is, qui doceri, & erudiri magis, quàm delectari vult.*

b *Varietas earum rerum, quæ permulta, ac diuersa, ab historiæ scriptoribus narrantur, cuiusmodi sunt situs gentium, varietates præliorum, clari ducum exitus, retinent, ac redintegrant legentium animos tantùm, nec docent, sed delectant.*

c *Hæc sunt maxima, & potissima argumenta tyrannidis, sæua iussa, non modò frequentes, sed nunquam intermissa, atque adeò continuæ accusationes, fallaces amicitiæ, pernicies innocentium.*

d *Prudens rerum gestarum scriptor singulas rerum causas exitu coniungit, hoc est, docet ab iisdem causis eosdem semper effectus esse expectandos,* [illegible]

e *Id dicit planiùs causam, & principium* [illegible]

f *Errat quisquis existimat,* [illegible] *præsentium conferre volet, obuiam vbique* [illegible] *quæ veterum scrip*[illegible] *habebit rerum simili*[illegible]

g *Cùm inter præsentes* [illegible] *æmulatio, atque interdum inuidia, non est mirum, veteres scrip*[illegible] *eorumque studijs esse obnoxios.*

h *Quæ de priscis* [illegible] *contra ea nemo pugnat; neque enim cuiusquam refert, hos an illos lau*[illegible] *traduntur, qui paucis ab hinc annis fato functi sunt, ac sæpiùs parce*[illegible] *de ijs periculosum est vera tradere, neque perscribere* [illegible] *illorum, quorum etiam posteri manent. Cæterùm quamuis illorum* [illegible] *posterorum de eo comperti posit, quòd ipsorum maiores* [illegible] *infamiæ labe aspersi sunt, tamen quidam reperiuntur eo ingenio, vt ali*[illegible] *iisdem se flagitiis teneri satis sciunt) sibi obiectari, id verò æquo animo pati* [illegible] *si quos laudibus extuleris, neque enim desunt, qui inuidia addicti, ea vera esse* [illegible] *ardiunum, & iniustum est veterum scribere historiam.*

[illegible] *historia cæteris scribit, quòd tantum apud eos potest, quibus* [illegible] *gloriam, infamia ab flagitiis deterreantur; quippe illorum iudicia* [illegible] *scriptorum mensura aliis tribuit, aliis infamiam in infinita posteritate allatura* [illegible] *improbi homines vt similibus sui malè dicatur, nunquam pati possunt.* [illegible] *aliena malefacta sibi obiectari putant. gloria item, ac virtus aliorum ipsos infensos* [illegible]*, vt animus ex propinquo diuersa à virtutibus, quas auersantur, arguens.*

l *Cùm resp. à tyranno est oppressa,* [illegible] *solùm, verùm etiam dicta paulò liberiora* [illegible] *ferri non possunt, vt ob ea homines virtute præstantes veniant in periculum capitis.*

datoq; M. Bruto, C. Cassiũ Romanorum [a] vltimum dixisset. Accusabant Satrius Secundus, & Pinarius Natta, Seiani clientes. Id perniciabile reo. & Cæsar truci vultu defensionẽ accipiens, quam Cremutius relinquendæ vitæ certus, in hunc modum exorsus est: [b] Verba mea P. C. arguuntur; adeò factorum innocens sum. Sed neque hæc in principem, aut principis parentem, [c] quos lex maiestatis amplectitur. Brutum, & Cassium laudauisse dicor. Quorum res gestas cùm plurimi composuerint, nemo sine [d] honore memorauit. Titus Liuius [e] eloquẽtiæ ac fidei præclarus in primis, Gn. Pompeium tantis laudibus tulit, vt Pompeianum eum Augustus appellaret. [f] Neque id amicitiæ eorum offecit. Scipionem, Afraniũ, hunc ipsum Cassiũ, hunc Brutũ, nusquã latrones & parricidas, quæ nunc [g] vocabula imponuntur, sæpe vt insignis viros nominat. Asinij Pollionis scripta egregiam eorumdem memoriam tradunt. Messala Coruinus imperatorem suum Cassium prædicabat. Et vterque opibusque atque honoribus peruiguere. Marci Ciceronis libro quo Catonem cœlo æquauit, quid aliud dictator Cæsar, [h] quàm rescripta oratione, velut apud iudices, [i] respondit? Antonij epistolæ, Bruti conciones, falsa quidem in Augustum probra, sed multa cum acerbitate habent. Carmina Bibaculi & Catulli referta contumeliis Cæsarum leguntur. Sed ipse diuus Iulius, ipse

OBSERVATIONES.

a *Quos vitia arguunt esse degeneres, hi immeritò vsurpant nomen maiorum suorum. certè post reges exactos vsque ad vltima illa castra, in quibus à Bruto feliciter pugnatum postquam fuit, libero Cassius ceruicem interritus præbuit, extinctum verè dici potuit Romanum nomen. quippe, Romanum esse, ante illum diem, nihil aliud erat, quàm liberum esse, atque adeò aliis gentibus imperitare & velle, & posse. cuius libertatis, & ingenitæ altitudinis animi cùm sub principibus nulla etiam [illegible] qui seruiebant, immeritò Romani dicebantur.*

b *[illegible] factorum innocentem esse [illegible].*

c *Qui intemperanter loquitur in principem, aut principis parentes [illegible] omnes pariter complectitur, tenetur.*

d *Assertores, ac vindices libertatis, etiam sub atroci principe, [illegible] adeò grata est libertas etiam iis, qui illius bona non norunt.*

e *Eloquentia & fides sunt propria laudes illius qui historiam scribit.*

f *Virtus, & præstantia laudanda, & celebranda etiam in hoste est. nam cùm virtus virtutem nunquam odisse possit, magnum, ac præstans vir nunquam ægrè feret, magnum item, ac præstantem virum iis laudibus celebrari, quas meritus est, atque ex veritate laudari.*

g *Ab iis, qui eò vsque sunt seruili ingenio, vt libenter seruitutem seruiant, vindices libertatis, atque eius assertores latrones vocantur, & parricidæ.*

h *Viri præclari siquando laudes aduersarij sui audiunt, non irascuntur. sed ipsi dictis, scriptisque [illegible] purgant se, ac respondent, ac si apud iudices res agatur. idque [illegible] præstant, etsi ipsi non verbis, sed gladiis rem gerere, eosque quibus respondent, opprimere, atque ipsis respondere possent. [illegible], hæc est illa moderatio animi, quàm soli homines excellenti virtute in summa fortuna retinent.*

i *Qui laudes aduersariorum vetant, is satis ostendit, sibi quæ à se geruntur, non probari.*

diuus Augustus & [a] tulere ista, & reliquere, haud facilè dixerim, moderatione magis an sapientia. Namque [b] spreta exolescũt: si irascare, adgnita videntur. Non attingo Græcos, quorum non modò [c] libertas, etiam libido impunita. Aut si quis aduertit, [d] dictis dicta vltus est. Sed [e] maximè solutum, & sine obtrectatore fuit, prodere de iis, quos [f] mors [g] odio aut gratiæ [i] exemisset. Num cum armatis Cassio & Bruto, ac Philippenses campos obtinentibus, [h] belli ciuilis causa populum per conciones incendo? an illi quidem septuagesimum ante annum peremti, quo modo imaginibus suis noscuntur, [i] quas nec victor quidem aboleuit, sic partem memoriæ apud scriptores retinent? suum [k] cuique decus posteritas rependit. Nec deerunt, si damnatio ingruit, qui non modò Cassij & Bruti, [l] sed etiam mei meminerint. Egressus dein senatu, [m] vitam abstinentia finiuit. Libros per ædiles [n] cremandos cēsuere patres; & [o] man-

[illegible]

[illegible]

OBSERVATIONES.

a *Princeps nouus, omnibus in rebus, moderationem præ se ferre debet, etiam in iis, quæ in se præcipuè dicta, aut acerbè atque adeò falsò scripta sunt, nam contumelias si non solùm æquo, verum etiam forti, atque alacri animo feret, vtramque virtutem ostendet, [illegible], moderationem, & sapientiam.*

b *Qui tanta virtute præditus est, vt ne cogitare quidem flagitium, is à nemine sibi contumeliam dici posse existimabit; & si dicetur, quia immeritò sibi dicta sunt, spernit. quippe ita comparatum est, vt, si quæ in te dicuntur, spernas, exolescant; si irascare, agnita videantur, ac proinde eorum etiam te esse sanè conscium.*

c *Alia est loquendi, scribendique libertas, alia est libido: illa [illegible] à virtute, hæc à [illegible] proficiscitur.*

d *Dicta dictis, facta factis vlcisci ac refellere debemus.*

e *Cur non debet esse liberum, scribere, aut loqui de iis [illegible]?*

f *Mors eximit hominem odio, [illegible] odit, sine plus æquo facit.*

g *Aut odio, aut gratia [illegible] historiæ scriptores id assequuntur, vt suis scriptis parum insit fidei.*

h *Aliud est seditiosis [illegible] populum per conciones incendere, & ciuile bellum concire; & aliud scribere res gestas illorum, [illegible] & gratiæ, & odio exemit, etsi hostes fuerunt illorum, à quibus qui nunc rerum potiuntur [illegible].*

i *Nulla satis magna [illegible] esse, quapropter ii, qui remp. occuparunt, imagines, aut memoriã illorum abolere, [illegible] vindices præstiterunt. Siquidem ea re multitudini, aliqua ex parte [illegible] odia hominum intendit.*

k *V[illegible] nemo rectè iudicare potest; ideo suum illa cuique decus rependere dicitur, quod nunquam faciunt præsentes, æmulatione, & inuidia præpediti.*

l *N[illegible] vindices laude sunt digni, verùm etiam qui illorum res gestas posteris tradunt; [illegible] meriti sunt, laudes tribuunt.*

m *Vir magnus, & præclarus, cùm potentia aduersariorum, & iniquitate iudicum, [illegible] sibi instare [illegible] vitam relinquere, quàm pati vt ea sibi, ab iis, quos sibi infensos uidet, [illegible] factum nonnisi ad animi magnitudinem referri potest.*

n *[illegible] aliquid continent in Deum, aut in principem, & remp. publico decreto [illegible], ne pessimo doctrinæ genere homines imbuantur, debent.*

o *Vix fieri potest, vt libri, quamuis publico decreto cremenetur, ita [illegible], vt non [illegible] maneant, ac tandem edantur.*

ferunt

serunt occultati & editi. [a] Quò magis socordiam eorum irridere libet, qui præsenti potentia credunt extingui posse etiam sequentis æui memoriam. Nam contrà [b] punitis ingeniis gliscit autoritas. Neque aliud externi reges, aut qui eadem sæuitia vsi sunt, [c] nisi dedecus sibi atque illis gloriam peperere. Cæterùm postulandis reis, tam continuus annus fuit, vt feriarum Latinarum diebus præfectum vrbis Drusum auspicandi gratia tribunal ingressum adierit Calpurnius Saluianus in Sextum Marium. Quod à Cæsare palam [d] increpitum causa exilij Saluiano fuit. Obiecta publicè Cyzicenis [e] incuria cæremoniarum diui Augusti, additis violentiæ criminibus aduersum ciues Rom. Et [f] amisere libertatem, quam bello Mithridatis meruerant circumsessi, nec minùs sua constantia, quàm præsidio Luculli, pulso rege. At Fonteius Capito, qui proconsul Asiam curauerat, absoluitur, comperto ficta in eum crimina per Vibium Serenum. neque tamen id Sereno noxæ fuit, [g] quem odium publicum tutiorem faciebat. Nam vt quis districtior accusator, velut [h] sacrosanctus erat: leues, ignobiles pœnis adficiebantur. Per idem tempus Hispania vlterior, missis ad senatum legatis orauit, vt [i] exemplo Asiæ delubrū

[illegible]

OBSERVATIONES.

a *Mera socordia est, nec satis irrideri possunt ij, qui existimant præsenti potentia extingui posse sequentis æui memoriam. certè tyranni dum viuunt, terrore homines, ne loquantur, aut scribant possunt; sed præstare, vt eorum, quæ geruntur, memoria extinguatur, nullo tempore, ne dum ipsi possunt. In eo autem socordia est, quòd dum veram memoriam scriptis, & supplicijs abolere student, non animaduertunt illam magis augeri, ac punitis gliscere ingeniorum autoritatem. simile est illud quod legitur in vita Agric. legimus, inquit, cùm Aruleno Rustico Pætus Thrasea, Herennio Senecioni Priscus Heluidius laudati essent, capitale fuisse, neque in ipsos modò autores, sed in libros quoque eorum sæuitum; delegato Triumuiris ministerio, vt monimenta clarissimorum ingeniorum in comitio ac foro vrerentur. scilicet, illo igne vocem pop. Romani & libertatem Senatus, & conscientiam generis humani aboleri arbitrabantur.*

b *Cùm princeps aliquid extingui, & aboleri studet, [illegible] vt sèrò sit, verbis, sed quasi illud huiusmodi sit, vt negligi debeat, ita ipse [illegible] re [illegible] sinat. siquidem constat, negligentia per se ipsa perire, at [illegible] autoritatem; ac si aliquid tam magni momenti contineant, quod [illegible].*

c *Sæuitia regum, ac tyrannorum, sibi dedecus; & ijs qui sui sæculi res gestas liberè, & verè scripserunt, ingentem autoritatem & gloriam addit.*

d *Non solùm intempestiuè, verùm etiam impudenter facit is, qui reum accusare audet apud magistratum religionis, aut reip. gratia tribunal ingressum. huius impudentia exilio, aut alia pœna mulctari debet.*

e *Cæremoniæ institutæ in honorem principis à nemine negligi debent. siquidem illarum incuria palam facit, de nostra in illum obseruantia aliquid esse deminutum.*

f *Merita malefactis sequentibus aboleri constat.*

g *Quàm sæpissimè fit, vt, qui tyranno est mirè gratus, hunc omnes oderint, propter fœda ministeria, quod publicum odium eum aduersus maxima pericula tutum reddit.*

h *Sæpenumero tyranno fieri fit, vt, qui insigniter sunt improbi, ac scelestam operam illi præstant, velut sacrosancti habeantur, hoc est, eos violare religio sit. cæteri verò, i. ij, quorum ad improbitatem aliquid etiam eorum accedere potest, tanquam leues, & ignobiles pœnis afficiantur.*

i *Cur princeps lætetur causa magna est, cùm prouincias de officio, veneratione, cultu erga se certare videt.*

Tyberio matrique eius extrueret: qua occasione Cæsar, [a] validus alioqui spernendis honoribus, & [b] respondendum ratus iis, quorum [c] rumore arguebatur in ambitionem flexisse, huiuscemodi orationem cœpit: Scio P. C. [d] cōstantiam [e] meam à plerisque desideratam, quòd Asiæ ciuitatibus nuper idem istud petentibus nō sim aduersatus. ergo & prioris [f] silentij defensionem, & quid in futurum statuerim simul aperiam. Cùm diuus Augustus sibi atque vrbi Romæ templum apud Pergamum sisti non prohibuisset, [g] qui omnia facta, dictaque eius [g] vice legis obseruem, placitum iam [h] exemplum promptiùs secutus sum, quia [i] cultui meo veneratio senatus [k] adiungebatur. Cæterùm vt semel recepisse, [l] veniam habuerit, ita per omnes prouincias effigie [m] numinum sacrari ambitiosum, superbum. & [n] vanescet Augusti honor, si [o] promiscuis

OBSERVATIONES.

a *Princeps eo ipso summum honorem consequitur, quòd se spernendis honoribus validum præbet.*

b *Quæ propter vitia princeps malè audit, in singulas occasiones intentus esse debet, vt his qui de ipso secus, quàm par est, loquuntur, respondeat.*

c *Sub atroci tyranno, quem nemo ob flagitia, & turpitudines arguere audet, ferè peruagatur rumor, incerto quidem authore, sed quo tamen vita principis arguitur. hunc prudens princeps diligenter excipere, & tum quasi moderatorem vitæ suæ adhibere debet, vt inde, tanquam ex incorrupto arbitro, & censore suorum morum, in quo perseuerandum, quid item fugiendum sit, discat. sic lib 15. sed Nero, inquit, vocato senatu, oratione inter patres habita, edictum apud populum, & collata in libros indicia, confessionesque damnatorum adiunxit. etenim crebro vulgi rumore lacerabatur, tanquam viros, & insontes, ob inuidiam, aut metum extinxisset.*

d *Constantia est virtus propria virorum, præcipuè verò principum: quæ quo præstantior est, hoc magis in magnis viris habenda est. quæ cùm ita sint, principi diligenter cauendum est, ne leuitatis, & inconstantia argui meritò possit.*

e *Spernere honores sibi delatos, [illegible]*

f *Qui cùm aliquid ab se petitur, silet, is haud dubiè petitioni assentiri videtur.*

g *Princeps is, qui ei proximè successit, qui summum occupauit, cuiusque memoria inter mortales est augustissima, omnia dicta, factaque illius, vice legis, obseruare debet: vt, quibus fundamentis principatus subnixus est, iisdem in dies confirmari, & corroborari possit. Certè hoc inter arcana, & præcipue Tiberij institutum fuit, vt se Augusti imitatorem omnibus in factis, dictisque eius profiteretur. cæterùm, imperium, vt [illegible], facilè his artibus retinetur, quibus initio partum est.*

h *Quæ exemplo [illegible] fortasse præbentur, tamen facilius ferri possunt.*

i *Cultus [illegible], quàm veneratio: ille principi, hæc viris amplissimis debetur.*

k *Princeps in [illegible] honoribus, qui publicè sibi decernuntur, socium quodammodo adiungat sibi senatum, & viros amplissimos: hoc est, omnem rem ita tractet, vt cultui suo adiungatur illorum veneratio. hoc pacto quoscunque volet, honores assequetur, sine cuiusquam offensione, & inuidia.*

l *Quædam esti maxima, ac ferè nimia tolerari possunt, si semel, aut perrarò fiant. quòd si frequenter [illegible], & odiosa, & inuidiosa euadent. Itaque quæ princeps in sui honorem institui, & celebrari cupit, ea det operam, vt nonnisi rarò, ac certo loco, & præstitutis diebus [illegible] satis [illegible], quò quid rariùs fit, eo plus venerationis esse.*

m *Effigie numinum sacrari, ambitiosum, superbum, impium est.*

n *Princeps imprimis cauere debet, ne honor sibi delatus vanescat. vanescit autem si promiscuis adulationibus vulgatur.*

o *Id tandem vanescit quod promiscuè vulgatur.*

adula-

adulationibus vulgatur. Ego me P.C. [a] mortalem esse, & hominum officia fungi, satisque habere, si [b] locum principem impleam, & vos testor, & meminisse posteros volo. Qui satis superque memoriæ meę tribuent, vt [c] maioribus meis dignum, rerum vestrarum [d] prouidum, constantem in periculis, [e] offensionum pro vtilitate publica non pauidum credant. Hæc mihi in animis vestris templa, hæ pulcherrimæ effigies, & mansuræ. [c] Nam quæ saxo struuntur, si iudicium posterorum in odium vertit, pro sepulcris spernuntur. Proinde socios, ciues, & deos & deas ipsas precor, hos vt mihi ad finem vsque vitæ, [f] quietam & intelligentem humani diuinique iuris mentem duint: illos, vt [g] quandocunque concessero, cum laude & bonis recordationibus, [h] facta atque famam nominis mei prosequantur. Perstititque posthac secretis etiam sermonibus aspernari talem sui cultum. quod alij modestiam, multi [i] quia diffideret, qui- [illegible]

OBSERVATIONES.

a *Adulatio principibus vsque eo infesta est, vt illis persuadeat, non humanæ se, sed diuinæ stirpis esse. (quò dementia progressus est Macedo Alexander, vt est apud Q. Curtium, & alios, quamuis cum vi doloris opprimeretur se mortalem esse clamaret, vt ait Seneca epist. 60.) ac proinde cæteros mortalium, non hominum, sed pecudum loco haberi oportere credebat. quàm sanè velim discere de Tyberio, se mortalem esse, & hominum officia fungi, non Deorum. neque aliam ob causam principem esse, nisi vt eum locum impleat.*

b *Principem locum implere, non est summam fortunam in luxu, & voluptatibus ponere, sed excubias pro vniuersa Rep. agere, hostes propulsare, inter subiectos pacem firmare, denique publicæ omnium securitatis acerrimum propugnatorem suscipere.*

c *Hic est honor, hæc est memoria sui, quæ vt sit cernus æternitatis studere debet princeps, non vt sibi, præter meritum, atque adeò præter id, quod fas est, diuini tribuantur honores; quippe absurdus, odiosus, ac impius ille cultus posteritatis odio, & irrisui obnoxius est: sed vt maioribus suis dignus* [illegible] *; denique nihil pertimescat, dum modo publicæ vtilitati seruiat. qui hæc præstat, solus* [illegible] *memoria sua tribuetur* [illegible] *& præsentes iuxta & posteros futurum est vt* [illegible] *sibi in hominum animis templa, has pulcherrimas effigies,* [illegible] *mansuras extruat, nam templa, aras, statuas, & quicquid saxo struitur, quia malis & bonis principibus promiscuè extruitur, si ob iudicio posterorum in odium vertuntur, pro sepulchris sperni satis constat.*

d *A principe expectatur non solùm, vt præsentia regat, sed vt futurorum prouidus sit, nec sua tantùm, sed publicæ omnium saluti, cuius gratia prospiciat in longitudinem.*

e *Quemadmodum princeps quid quisque de ipso sentiat, curare, neque offensionum adeò cupidus esse debet, vt eas possit suscipere, ita quoque ea animi magnitudine ipsum esse æquum est, vt eas pro vtilitate publica non paueat.*

f *Princeps debet habere mentem quietam, & intelligentem humani diuinique iuris. neque enim aliâ ob causam princeps est, quàm vt discernat ius & iniuriam. ideo non est mirum, si iurisconsulti asserant in illius pectore esse omnia iura.*

g *Princeps optare, & quantum in se est præstare debet, qui omnes mortales, quandocumque concesserit, cum laude, & bonis recordationibus facta, atque famam nominis sui prosequantur.*

h *Ex præclarè factis tantùm, neque aliunde fama oritur, & celebritas nominis.*

i *Qui quæ omnes viri cupiunt, spernit, his fermè causis adducitur: nam aut modestus est, aut ea se assequi posse diffidit; aut certè fracto, & abiecto animo est.*

[illegible]

dam vt degeneris animi interpretabantur. [a] Optumos quippe mortalium altissima cupere. Sic Herculem & Liberum apud Græcos, Quirinum apud nos deûm numero additos. Melius Augustum qui speraverit. [b] Cætera principibus statim adesse. vnum insatiabiliter parandum, prosperam sui memoriam. Nam contemptu famæ, contemni virtutes. At Seianus [c] nimia [c] fortuna socors, & muliebri insuper [d] cupidine incensus, promissum matrimonium flagitante Liuia, componit ad Cæsarem codicillos. [e] Moris quippe tum erat, quanquam præsentem, scripto adire. Eius talis forma fuit: [f] Beniuolentia patris Augusti, & mox plurimis Tyberij iudiciis ita insueuisse, vt spes votaque sua non priùs ad deos, quàm ad principum aures conferret. [g] Neque fulgorem honorum vnquam precatum. Excubias ac labores, vt vnum è militibus, pro incolumitate Imperatoris malle. Attamen quod [h] pulcherrimum adeptum, vt coniunctione Cæsaris dignus crederetur. [i] Hinc initium spei. Et quoniã audiuerit Au-

[illegible]

OBSERVATIONES.

a Optimi mortalium altissima cupiunt. cur? quia nihil tantum est, quod non se virtute assequi posse sperent. certè illud est argumentum animi excelsi, altissima quæque, atque adeò immortalem famã sperare. neminem, inquit Seneca epist. 39. excelsi ingeny virum humilia delectant, & quæ sequuntur. & epist. 104. magnus, & generosa res est humanus animus; nullos sibi poni, nisi communes, & cum Deo terminos patitur.

b Cùm nihil omnino sit in rebus fluxis, & caducis, quod non principes statim consequi, si modò velint, possint, vnum illud, quod non nisi summis laboribus, virtute, inquam, rectèque factis consequi possunt, insatiabiliter parare debent, nempe, famam, & prosperam sui memoriam. Cæterùm cùm necessariò fama sit comes virtuti, qui illam contemnunt, hanc pariter contemnere videntur.

c Quemadmodum dura res angustæ, & paupertas industriam incendunt, ita nimia fortuna difficile moderatu est, quantopere homines reddat socordes. nam vt Tacit. ait L. histor. secundæ res acrioribus stimulis animum explorant; quia miseriæ tolerantur, [illegible] lib. vt qui aduersa expertus [illegible] quid in minùs discrimina habere.

d Muliebri cupidine incensi [illegible] quæque & optare, & patrare audent.

e Ad dignitatem, & [illegible], vt siquid ab ipso petitur, id non coram fiat, sed scripto adeatur. quem [illegible] expressit Acroteleutium in Milite glorioso. permirum [illegible] prædicas, inquit, Te adisse, [illegible]asse. per epistolam, aut per nuntium, quasi regem, adiri eum aiunt.

f Adulatores, atque [illegible] callidissimi hac arte vtuntur, cùm magnum aliquid petituri principem adeunt, vt [illegible] ipsius erga se beneuolentia, & iudiciis ita insueuisse, vt spes, votaque sua non priùs ad D[illegible] ad ipsius aures conferant, hoc est, tanti apud se principem esse, vt non plus sibi in D[illegible] in illius benignitate spei, præsidiique positum esse existiment. [illegible] mirum, hoc [illegible]cari potest beneuolentia superbi, atque ambitiosi cuiusque principis.

g Qui [illegible] fidele obsequiũ principi præstat, in omnibus dictis factisque ostendit, [illegible] [illegible] esse nihil, apud quem hæc ratum, fixumque erit, nunquam fulgorem [illegible] [illegible] sed tantùm labores, & excubias pro incolumitate principis, vt si sit vnus militum. Potentiam [illegible] est præstare, veram potentiam apud principem adipisci, quàm fulgorem honorum, quo sæpiùs homines perstringuntur, precari.

h [illegible] pulcherrimum aulicus adipisci potest, hoc, scilicet, est, vt principis [illegible] dignus [illegible].

i [illegible] magnam agitat spem, palam profiteatur, atque affirmet, id, quicquid est, non ab se, sed à principis iudicio profectum esse, nimirum, vt sperare liceat, quæ nobis aliorum iudicio tribuuntur.

gustum

gustum in conlocanda filia nonnihil etiam de [a] equitibus Romanis cōsultauisse: ita si maritus Liuiæ quæreretur, haberet in animo amicum, sola necessitudinis gloria vsurum. Non enim [b] exuere imposita munia. satis æstimare [c] firmari [c] domum aduersum iniquas Agrippinæ offensiones. Idque [d] liberorum [e] causa. [e] Nam sibi multum, superque vitæ fore, quod tali cum principe expleuisset. Ad ea Tyberius, laudata [f] pietate Seiani, suisque in eum beneficiis [g] modicè percursis, cùm [h] tempus tanquā ad integram consultationem petiuisset, adiunxit: [i] Cæteris mortalibus in eo stare consilia, quid sibi conducere putent. Principum diuersam esse sortem, quibus præcipua rerum ad famam dirigenda. Ideo se non illuc decurrere, quod [k] promptum rescriptu: posse ipsam Liuiam statuere

OBSERVATIONES.

a Principes, in collocandis filiabus, quæ vt dissque coniunctionibus, non semper sui fastigij viros eligunt, sed interdum de cæteris consulunt, quod factum hoc [illegible] probari potest, si eum eligant, qui pluribus, & maximis documentis eximiæ virtutis ipsis sit probatus. Cæterùm si principi alij viro principi filiam nuptum det, satis constat hunc generum nequaquam sola necessitudinis gloria vti: sed si non superbum, non tamen fore, qui eam coniunctionem in beneficij loco non ponat. Sed hic qui à principe in cognationem assumptus est, quia quod pulcherrimum non modò sperare, sed optare audebat, consecutus est, principi fidelissimum fore haudquaquam dubium est. neque enim aliud, quoad vitæ ei supperest, [illegible], quàm eximiam erga se principis beneuolentiam [illegible].

b Qui cognatione principis, aliove insigni honore honestatus est, non ideo imposita prius sibi munia exuere, sed tantò acriùs principi operam præstare debet.

c Satis constat, affinitate principis aut potentis alicuius mirificè firmari eum, qui illi [illegible] habetur, aduersus odia, & grauissimas aliorum potentum offensiones.

d Hæc est charitas patris in filios, vt, non tantùm in præsentia ijs consulat, verùm diligenter prospiciat, ne postquam ipse vita excesserit, aut egeant, aut potentum odiis, inimicitiis, furoribus relinquantur.

e Ambitus principis [illegible] semper fore, quod tali cum principe expleuit; hoc est, profitetur, sibi vitam non posse esse [illegible] principi superstes agat.

f Amor, obseruantia, obsequium, cultus quem subiectus principi præstat, graui, & [illegible] pietatis nomine contineri rectè potest.

g Cōmemoratio beneficiorum quasi exprobratio est immemoris beneficij. ideo cùm de nostra in aliquem benignitate, & beneficiis dicimus, etsi ingentia sunt, tamen ea modicè percurrere debemus, ne exprobrare & imputare videamur; quo nihil cuiquam mortalium, præcipuè verò principi sordidius est.

h Cùm aliquid arduum, magnique momenti à principe petitur, is non protinus respondere, sed tempus petere, tanquam ad integram consultationem, debet.

i Vulgus hominum in deliberationibus vtilitatem habet propositam. at verò principum longè diuersa ratio & sors est, nam cùm maximè quæque negotia sola fama videantur esse subnixa, certè principes in omnibus deliberationibus, non quid conducat, sed quid se deceat, honestumque sit, spectare, ac præcipua rerum ad famam dirigere debent, qui principes hanc rationem sequentur, se eo loco dignum præstabunt, nihilque committent, quod post fecisse pigeat, cæterùm dum famæ, & existimationi consulunt, ex vera [illegible] gloria adeunt.

k In deliberationibus caueat princeps, ne statim eò decurrat, quod est promptum rescripto; sed altiùs, ac maturiùs sibi deliberandum esse sciat.

[a] nubendum pòst Drusum, an in penatibus iisdem tolerandum haberet: esse illi [b] matrem & auiam, propiora consilia. [c] simpliciùs acturum; de inimicitiis primùm Agrippinæ, [d] quas longè acriùs arsuras, si matrimonium Liuiæ, velut in partes domum Cæsarum distraxisset: sic quoque erumpere æmulationem fœminarum, eaque discordia [e] nepotes [f] suos conuelli. Quid si intendatur [g] certamen tali coniugio? [h] Falleris enim Seiane, si te mansurum in [i] eodem ordine putas; & Liuiam quæ C. Cæsari, mox Druso nupta fuerit, ea mente acturam, vt cum equite Romano senescat. Ego vt sinam, [i] credisne passuros, qui fratrem eius, qui patrem, maioresque nostros in summis imperiis videre? Vis tu quidem istū intra locum sistere. Sed illi magistratus & primores qui, te inuito, [i] perrumpunt, omnibusque de rebus cōsulunt, excessisse iam pridem equestre fastigium, longeque antisse patris mei [i] amicitias [k] non occulti ferunt, perque inuidiam tui me quoque incusant. At enim Augustus filiam suam equiti Romano tradere meditatus est. [l] Mirum hercules si cū

OBSERVATIONES.

a *Non videtur esse ex dignitate vidua fœmina principis, post maritum principem, aut certè filium principis, nubere ei, qui & genere & opibus, & dignitate illo longè est inferior: quin magis conuenire videtur, vt in iisdem penatibus toleret, ne suam ipsa dignitatem imminuisse videatur. haec tamen deliberatio cùm sit perdifficilis, tota committi debet prudentiæ principis, vt is ex re praesenti quid facto opus sit, consulat.*

b *Matris, atque auiæ ad tractanda matrimonia filiarum, & neptium, videntur esse aptiora, quàm cuiusquam alius.*

c *Inimicitiæ, quæ sunt in domo principis longè acriùs ardent, [illegible] monio, velut in partes domus ipsius distrahatur [illegible] erumpat æmulatio, eaque discordia fratres [illegible] distrahuntur.*

d *Discordiæ potentum facilè transferunt ad [illegible]*

e *Princeps non solùm sua, verùm etiam [illegible] posterorumque suorum concordiæ consulere debet.*

f *Discordia principum domum [illegible]*

g *Non est expectandum ab [illegible] matrimonio priùs iuncta fuit, vt cum illo vitam agere, & senescere possit, [illegible] & dignitate illo est multò inferior.*

h *Etsi matrimonium [illegible] principe fœmina interdum est robur ad maiora nitenti, tamen si is, qui eo [illegible] indignus habetur, non modò illa affinitas non est illi præsidio, sed inde [illegible] expectari potest, propter odium & inuidiam cæterorum: ac denique propter [illegible] facilem comparationem sordium, & claritudinis.*

i *Qui ex [illegible] fastigij euectus est, vt potentia & dignitate homines nobilissimos, ac primores [illegible], singulorum odia, & summam cuiusque inuidiam vix effugere potest.*

k *Qui [illegible] odeunt, iidem per inuidiam illius principem quoque ipsum incusant.*

l *F[illegible] nihil vltra, quàm quod factum est, spectat. Nam si rationem, [illegible] communi[illegible] præ manibus habemus, verisimile est, fieri posse; & [illegible] est imitari, [illegible], nequaquam. Itaque conuenientia, & accommodatum exemplum nonnisi illud dici de[illegible] ad ea adducitur, in quibus rationes, & causæ eadem funguntur, vnde exemplum [illegible] est.*

in o-

a in omnis curas distraheretur, b immensumque attolli prouideret, quæ coniunctione tali super alios extulisset, C. Proculeium & quosdam in sermonibus habuit, insigni tranquillitate vitæ, nullis Reip. negotiis permistos. Sed si c dubitatione Augusti mouemur, quantò validius est, quod Mat. Agrippæ, mox mihi conlocauit? Atque ego hæc d pro amicitia non occultaui. Cæterùm neque tuis, neque Liuiæ destinatis aduersabor. Ipse quid intra animum volutauerim, quibus adhuc necessitudinibus immiscere te mihi parem, e omittam ad præsens referre. Id tantùm aperiam, f nihil esse tam excelsum, quod non virtutes istæ, tuusque in me animus mereantur. Datoque tempore vel in g senatu, vel in concione non reticebo. Rursum Seianus non iam de matrimonio, sed h altiùs metuens tacita suspicionum, vulgi rumorem, ingruentem inuidiam deprecatur. i. principis
i Ac ne adsiduos in domum cœtus arcendo infringeret potentiam, aut

OBSERVATIONES

a Princeps, quia totius reip. regimen penes vnum ipsum est, in omnis curas distrahitur quidem; sed hoc eo ipsum & vigor & altitudo animi perspicitur, si tot grauissimis curis par est; idque eo ostendit, quòd ex omnibus sententiis eam deligit, quæ primùm consilio, mox & euentu, omnium optima censeri possit.

b Cùm satis constet, eum, quem princeps sibi generum, vnicæ filiæ maritum deligit, in immensum attolli; aut nonnisi eum, quem sibi ipse in principatu successorem destinat, tali cognatione efferre [illegible], [illegible].

c Non semper [illegible] quibus dubitatum, aut deliberatum est, ut protinus ac si [illegible] sunt, [illegible] erit. quin potiùs quæ post dubitationem, & diligentem rei disquisitionem placita sunt, [illegible] pla, tanquam validiore vtendum est.

d Veri amici argumentum est, ea, quæ vera magis, quàm grata sunt, amico non occultare.

e Callidi principes permulta ambiguè, & obscurè pollicentur, i. ita loquuntur, vt amicos [illegible] spe [illegible] quidem; sed nihilominus ipsi, quòd hoc, aut illud non præsti- [illegible] quid dictum, quid item indictum esse volunt.

f Difficile dictu est, quantopere homines [illegible] laudatione principis. [illegible] non prodigus, ita certè nec parcus esse debet, præsertim apud eos, qui sibi [illegible] factum putant, si verbis rerum vacuis ornantur. certè verbis hominibus [illegible] fieri potest.

g Illud demum principis testimonium perhonorificum est, quod is alicui publicè, hoc est, vel in senatu, vel in concione dat.

h Qui prosperè vtitur amicitia principis, eoque addu[c]tus est, vt aliquid magnum, & supra ciuile fastigium à principe peteret, is, causa magna est, cur metuat tacita suspicionum ipsius principis. id quod periculosissimum est; ac præterea vulgi rumorem, & ingruentem haud dubiè inuidiam.

i Qui principis amicitia prosperè vtitur, etsi ingruentem inuidiam timet, non ideo tamen palàm facere debet, de sua potentia quicquam esse diminutum: ideoque nec assiduos salutantium & [illegible] cœtum arcere, [illegible] de suo splendore quicquam remittere debet. Nihilominus tamen, cùm [illegible] sit, ne [illegible] [illegible] facultatem criminantibus præbeat, quasi res nimias teneat, hoc, si potest, flectat, vt principem procul ciuitate ad vitam amœnis locis degendam impellat, neque enim solum id quod metuit, hoc pacto prudenter vitabit, verùm etiam veram potentiam augebit. quippe, in sua manu aditus ad principem erunt, eique se ipse solum insinuabit. magnaque ex parte litterarum arbiter erit, fierique potest, vt princeps secreto loci mollitus munia imperij faciliùs tramittat. denique ipse vnus cuncta administrabit.

receptando, facultatem criminantibus praeberet, huc flexit, vt Tyberium ad vitam procul Roma amoenis locis degendam impelleret. Multa quippe prouidebat, [a] sua in manu aditus, literarumque magna ex parte se arbitrum fore, cum per [i] milites commearent: mox Caesarē, vergente iam senecta, secretoque loci mollitum, munia imperij faciliùs [k] transmissurum: [b] minui sibi inuidiam, adempta salutantum turba, sublatisque inanibus, [c] verā [l] potentia augere. Igitur paulatim negotia vrbis, populi adcursus, multitudinem adfluentium increpat, [d] extollens laudibus quietem & solitudinem, quîs abesse tędia & offensiones, ac praecipua rerum maximè agitari. Ac fortè habita per illos dies de Votieno Montano celebris ingenij viro cognitio cunctantem iam Tyberium perpulit, vt vitādos crederet patrum coetus vocesque, quae plerunque [e] verae & graues coram ingerebantur. Nam postulato Votieno ob contumelias in Caesarem dictas, testis Aemylius è militaribus viris dum studio probandi cuncta refert, & quanquam inter obstrepentes magna adseueratione nititur, [f] audiuit Tyberius probra, quîs [g] per occultum lacerabatur. adeoque perculsus est, vt se vel statim, vel in [q] cognitione [h] purgaturum clamitaret: precibusque proximorum, adulatione omnium aegrè [i] componeret animum. Et Votienus quidem [k] maiestatis poenis adfectus est. Caesar obiecta-

[illegible] [illegible] [illegible] [q. fortè, [illegible]]

OBSERVATIONES.

a *Cuius in manu sunt aditus ad principem, hic literarum, ac proinde praecipuarum [illegible] arbiter, atque administrator est. certè nullum magnae potentiae verius argumentum est, quàm aditum ad principem in sua potestate habere. qui hoc assequi potest, is haud dubiè in immensum [illegible].*

b *Amicus principis omnia quaecunque agit eò referre debet, vt minuat inuidiam [illegible] augeat potentiam. id autem assequetur, si, adempta sal[illegible] publica, quàm in priuatis negotiis principi [illegible].*

c *Vera potentia est, non fulgore hon[illegible] principi dum praecipua rerum agitantur.*

d *Negotia vrbis, populi accursus [illegible] minimè eos laudibus extolli possunt, vt quies, & solitudo, [illegible], & offensiones, & vbi praecipua rerum nihilominus quàm in vrbe agita[illegible].*

e *Princeps quamuis [illegible] cogitur interdum audire voces graues, & veras, quae coram ingeruntur [illegible] per occultum laceratur.*

f *Callidissima ra[illegible] principem haec est, vt coram Senatu, atque adeò ipso praesente, dicta illa [illegible] ab reo per contumeliam iactata. hoc, scilicet, pertinent illa verba Taciti [illegible] obstrepentes &c. obstrepebant, nimirum patres Aemilio, dum studio pr[illegible] probra in principem dicta refert; ne ea enumeratione, ac velut exprobratione, [illegible] princeps perculsus ira & furore accenderetur.*

[illegible] *principis maximum argumentum hoc est, cùm secretis [illegible] atque ac [illegible] ur, ita tyrannum non meliùs aliunde, quàm hinc cognosci potest, cùm [illegible] per occ[illegible] laceratur.*

[illegible] *quae principi publicè fuerunt obiecta, ea protinus magna hominum fre[illegible], refellere, ac [illegible] gere debet; vt palam faciat, se hominum de se iudicia potissimùm [illegible].*

i *Quemadmodum nulla principis virtus hominibus gratior est, [illegible] clementia; ita ex illi[illegible] nulla magis odiosius est, quàm inclementia aduersus reos.*

k *Is maiestatis postulari potest, qui principem contumeliis, & probris lacerat.*

sibi

sibi aduersus reos inclementiam, eò peruicaciùs amplexus, Aquiliam adulterij delatam, cum Vario Ligure, [a] quanquam Lentulus Getulicus consul designatus lege Iulia damnasset, exilio puniuit: Apidiumq; Merulam, quòd in acta diui Augusti nòn iurauerat, [b] albo senatorio erasit. Auditae dehinc Lacedaemoniorum & Messeniorum legationes de iure templi Dianae Limenetidis, quod suis à maioribus, suaque in terra dicatum Lacedaemonij firmabant [c] annalium memoria, vatumque carminibus; sed Macedonis Philippi, cum quo bellassent armis adeptum, ac post C. Caesaris & M. Antonij sententia redditum. Contra Messenij veterem inter Herculis posteros diuisionem Peloponessi protulere, suoque regi Dentheliatem agrum, in quo id delubrum, cessisse, monimentaque eius rei sculpta saxis & aere prisco manere. quòd si vatũ, annalium ad testimonia vocentur, [d] plures sibi, ac locupletioris esse: neque Philippum [e] potentia, sed ex vero statuisse. Idem regis Antigoni, idem imperatoris Mumij iudicium: sic Milesios permisso publicè arbitrio, postremò Atidium Geminum praetorem Achaiae decreuisse. Ita [f] secundum Messenios datum. Et Segestani aedem Veneris montem apud Erycum vetustate delapsam restaurari postulauere, nota memorãtes de origine eius, & laeta Tyberio. suscepit curam libens vt consanguineus. Tunc tractatae Massiliensium preces, probatumque P. Rutilij exemplum. namque eum legibus pulsum ciuem sibi Smyrnei addiderant. quo iure Volcatius Moschus exul in Massilienses receptus, bona sua Reip. eorum, vt [g] patriae reliquerat. Obiere eo anno viri nobiles, Gn. Lentulus, & L. Domitius. Lentulo super cõsulatum & triumphalia de Getulis, gloriae fuerat [h] bene toleratã paupertas, dein [i] magnae opes innocenter partae, & modestè habitae.

i [illegible]

a. Iudicium.

OBSERVATIONES.

a Principi debet dare operam, vt reipsa, facto inquam, ostendat falsa esse probra, quibus per [illegible] laceratur, ne qua de se praua suspicio in hominum animis oriatur.

b Etsi qui in acta principum non iurat, maiestatis postulari videtur posse, tamen haec poena mitigatur à principe sola ademptione honoris. quod tamen Thraseae Paeto exitiosum fuit; cui praeter caetera, & illud obijciebatur, quòd Poppaeam diuam non crederet, & in acta diui Augusti, & diui Iulij non iuraret. lib 16. Annal.

c Ad probanda ea, quorum nulla etiam est memoria, adhibentur annales, & historia, & antiqua monimenta, si qua maneant sculpta saxis, & aere prisco. Ad vatum ac poetarum item testimonia, & carmina adduci possunt.

d Cùm vtrinque sunt probationes plures, & locupletiora spectari debent.

e Quibus de rebus disceptatur, tyranni sola potentia, boni principes, & aequi iudices ex vero statuunt.

f Secundum eum debet dari iudicium, qui & causa melior est, & pluribus iudicijs, (quas nostri decisiones vocant) ita super re datis ab iis, quorum erat arbitrium, subnixus est.

g Exul à qua ciuitate benignè receptus est, hanc meritò patriam appellare; atque vt patriae bona sua relinquere potest.

h Non minor est gloria magno viro bene tolerare paupertatẽ, quàm magnas opes modestè habere.

i Quò magis arduum, hoc praeclarius est, magnas opes innocenter parare, partas modestè habere.

Domitium decorauit pater ciuili bello maris potens, donec Antonii partibus mox Cæsaris misceretur. Auus Pharsalica acie pro optimatibus ceciderat. Ipse [a] electus cui minor Antonia Octauia genita in matrimonium daretur. Post exercitu flumẽ Albim transcendit, longiùs penetrata Germania, quàm quisquam priorum. easque ob res insignia triumphi adeptus est. Obiit & L. Antonius multa claritudine generis, sed improspera. [b] Nam patre eius Iulio Antonio ob adulterium Iuliæ morte punito, hunc admodum adolescentulum sororis nepotem seposuit Augustus in ciuitatem Massiliensem, vbi, [c] specie studiorum, nomen exilii tegeretur. [d] habitus tamen supremis honor: ossaque tumulo Octauiorum inlata, per decretum senatus. Iisdem consulibus, facinus atrox in citeriore Hispania admissum à quodam agreste, nationis Termestinæ. is prætorem prouinciæ L. Pisonem [e] pace incuriosum ex improuiso in itinere adortus, vno vulnere in mortem adfecit: ac pernicitate equi profugus, postquam saltuosos locos attigerat, dimisso equo, per derupta & auia sequenteis frustratus est. neque diu fefellit. nam præhenso, ductoque per proximos pagos equo, cuius foret, cognitum. & repertus cum tormentis edere conscios adigeretur, voce magna, sermone patrio, [f] frustra se interrogari clamitauit. Adsisterent socii ac spectarent. nullam vim tantam doloris fore, vt veritatem eliceret. Idemque cùm postero ad quæstionem retraheretur, eo nisu proripuit se custodibus, saxoque caput adflixit, vt statim exanimaretur. Sed Piso Termestinorum dolo cæsus habetur: qui [g] pecunias è publico interceptas, acriùs, quàm vt tolerarent barbari, cogebat. Lentulo Gætulico, C. Caluisio coss. decreta triumphi insignia Poppæo Sabino, [h] contusis Thræcum gentibus, qui montium editis [i] inculti, atque eò ferocius agitabant. Causa motus super ho-

OBSERVATIONES.

a *Illustris virgo alicui in matrimonium [illegible] esse vice præmij, quod illius virtuti præstantiæque tribuitur.*

b *Non est nouum, filiis ob [illegible] plecti.*

c *Pœna quæ viri illustres [illegible] semper suo nomine appellari; sed interdum ad vitandam familiæ infamiam honest[illegible] agi debet.*

d *Etsi persona [illegible] fuit, tamen supremis ipsius honorem non haberi planè iniquum est.*

e *Et principes [illegible] magistratus, vel ipso tempore pacis nunquam in prouinciis vi armorum domitis, [illegible] ferre cogantur, adeò incuriosè, & absque militari custodia incedere debent, [illegible] cuiusque audaci, & facinorosi hominis, certè summus magistratus nunquam [illegible] militia tutus esse debet.*

f *[illegible] pertinacia, aut constantia reperiuntur, vt nullis tormentis possint [illegible] edere socios, [illegible].*

g *[illegible] principi, & iis, qui prouincias pro principe regunt, periculosa, ac [illegible] perniciosa [illegible] nimia, & acrior exactio prouentuum à stipendiariis, quam ferre possunt.*

h *Vincimus hostes, commendamur subiectos feroces.*

i *Montani homines [illegible] incalti sunt, & ferociunt.*

minum

minum ingenium, quòd pati delectus, [a] & validissimum quemque militiæ nostræ dare aspernabantur, [1] ne regibus quidem parere, nisi ex libidine soliti, aut si mitterent auxilia, suos ductores præficere, nec nisi aduersum accolas belligerare. Ac tum [b] rumor incesserat fore, vt disiecti, aliisque nationibus permisti diuersas in terras traherentur. Sed antequam arma inciperent [c] misere legatos, [d] amicitiam [2] obsequiumque memoraturos, & mansura hæc, si nullo nouo onere tentarentur: sin vt [e] victis seruitium indiceretur, [f] esse sibi ferrum, & iuuentutem, & [g] promptum libertati, aut ad mortem animum. simul castella rupibus indita, conlatosque illuc parentes, & coniuges ostentabant, bellumque impeditum, arduum, cruentum minitabantur. At Sabinus, [h] donec exercitus in vnū conduceret, datis mitibus responsis, dum Pomponius Labeo è Mœsia cum legione, rex Rhœmetalces cum auxiliis popularium, qui fidem non mutauerant, veniret, addita præsenti copia, ad hostem pergit, compositum iam per angustias saltuum. Quidam audentiùs apertis in collibus visebantur, quos dux Romanus acie suggressus haud ægrè pepulit, sanguine barbarorum modico, ob propinqua suffugia. Mox castris in loco communitis, valida manu montem occupat, angustum, & æquali dorso continuum vsque ad proximum castellum, quod magna vis armata, [3] aut incondita tuebatur. simul in ferocissimos, qui ante vallum, more gentis, cum [i] carminibus & tripudiis persultabant, mittit delectos sagittariorum.

1 [illegible]

2 [illegible]

3 aut, vel haud.

OBSERVATIONES.

a *Ex prouinciis nostro imperio subiectis ita haberi debent delectus, vt validissimus quisque nostræ militiæ detur.*

b *Non est nouum, falsis rumoribus [illegible] etiam integras nationes commoueri.*

c *Non prius ad arma iri debet, quàm benignè nationibus iis, quibus cum nobis res est, satisfactum per nos sit.*

d *Aliud est, amicitiam, & obsequium principi præstare, & aliud ei seruitutem seruire. bonus princeps haud dubiè illis est contentus: at verò tyrannus ne hoc quidem satiari potest, quin populos insuper premat.*

e *Victis iure belli seruitium indicitur. Sed deditis nequaquam. ideo, non vno, & eodem loco debent esse nationes apud principem. quippe, quæ vi armorum subigi potuerunt, hæ seruorum in numero sunt: sed deditorum amicitia, & obsequio princeps contentus esse debet.*

f *Animum generosum, & seruitutis nescium palam profitetur, si si nouis oneribus tentetur, atque vt victo seruitium indicatur, habere ferrum, & iuuentutem, & promptum libertati, aut ad mortem animum.*

g *Virorum fortium facinus est, aut libertatem tenere; aut pro ea dimicando fortiter cadere.*

h *Non prius ferociter est respondendum hosti, quàm vi & armis cogi possit, omniaq; adeò quæ ad illum opprimendum pertinent, sint in promptu.*

i *Apud multas gentes in more positum est, vt pugnaturi, hostemque expectantes ante vallum cum carminibus, & tripudiis prosilirent; atque adeò cantu, & armorum tumultu & clamore truces se præberent. eiusmodi est illud apud Q. Curtium lib. 4. & Macedones, inquit, sine alacritate sua, studio expectationis ingentem, pugnaturum more, addidere clamorem.*

Ii dum eminus grassabantur, crebra & inulta vulnera fecere, propiùs incedentes eruptione subita turbati sunt, receptique subsidio Sycambræ cohortis, [a] quã Romanus promptã ad pericula, nec minùs cantuum & armorum tumultu trucem haud procul instruxerat. Trãslata dehinc castra hostem propter, relictis apud priora munimenta Thracibus, quos nobis adfuisse memoraui, iisque permissum vastare, vrere, trahere prædas, [b] dũ populatio lucem intra sisteretur, noctemque in castris tutam & vigilem capesserent. Id primò seruatum: mox [c] versi in luxum & rapti opulentia, omittere stationes, lasciuia epularum, aut somno & vino procumbere. Igitur hostes, incuria eorum comperta, duo agmina parant, quorum altero populatores inuaderentur, alij castra Romana adpugnarent, non spe capiendi, sed vt clamore, telis, suo quisque periculo intentus, sonorem alterius prælij non acciperet. tenebræ insuper delectæ [d] augendam ad formidinem. Sed qui vallum legionum tentabant, facilè pelluntur. Thracum auxilia repentino concursu territa, cùm pars munitionibus adiacerent, plures extra pabularentur, [e] tantò infensiùs cæsi, quantò perfugæ & proditores ferre arma [f] ad suum patriæq; seruitium incusabantur. Postera die Sabinus exercitum æquo loco ostendit, si barbari successu noctis alacres prælium auderent. & postquam castello, aut coniunctis tumulis non digrediebantur, [g] obsidium cœpit per præsidia, quæ opportunè iam muniebat: dein fossam, loricamque contexens, quatuor millia passuum ambitu amplexus est. tum paulatim, vt aquam pabulumque eriperet, cõtrahere claustra, arctàque circumdare. & struebatur agger, vnde saxa, hastæ, ignes propinquum iam in hostem iacerentur. sed nihil æquè quàm

OBSERVATIONES.

a *Cùm dux exercitus ad manifesta pericula milites mittit, nimirum ad iniqua loca, in quibus stantes facilè ab hoste premi, turbarique possunt, habeat semper cohortem, aut certum aliquem numerum militum promptorum, haud longè instructum, à quibus ij, qui in periculo sunt, siquid aduersi ingruat, facilè, statimque excipi possint. Eo autem milite ad id faciendum vti debet, qui pari ferè cum hoste ferocia, & truculentia sit.*

b *Imperator ea lege, & conditione populationem hostilis regionis permittere potest, vt intra lucem sistatur, & miles noctem in castris tutam, & vigilem capessat. nimirum, ad militarem disciplinã & hoc maximè pertinet, ne miles extra castra pernoctet.*

c *Cùm miles prædæ, & populationis auidus, omissa disciplina militari, versus est in luxum, & rapti prædæq; opulentia, omittit stationes, ac lasciuia epularum, aut somno, vinoque procumbit, ecqui dubium est, quin hostes, incuria eius comperta, paruo negotio, eum oppressuri sint?*

d *Terror noctu illatus multò maior, & formidabilior est, quàm qui accidat interdiu.*

e *Tantò infensiores sumus in ciues nostros, qui se cum hoste coniunxerunt, quantò perfugæ, & proditores incusari possunt ferre arma ad suum patriæque seruitium.*

f *Ij verè proditores appellari possunt, qui ferunt arma ad suum patriæque seruitium.*

g *Cùm hostis loca ardua, & prærupta insedit, nullaque ratione ad prælium [illegible] potest, per præsidia opportunis locis disposita, & munitiõ obsideri debet: ad hæc, agenda [illegible], & lorica tot passuum, quot satis est ad amplectendum ambitu locum. nimirum, hoc pacto, [illegible] aqua, & pabulo [illegible] eripitur.*

sitis

ᵃ sitis ᵃ fatigabat, cùm ingens multitudo bellatorum, imbellium vno reliquo fonte vterentur. Simul æquè armenta (vt mos barbaris) iuxta clausa egestate pabuli exanimari: adiacere corpora hominum, quos vulnera, quos sitis peremerat: pollui cuncta sanie, odore, contactu. Rebusque turbatis ᵇ malum extremum discordia accessit, his deditionem, aliis mortem, & mutuos inter se ictus parantibus. Et erant qui non inultum exitium, sed eruptionem suaderent: neque ignobiles, quamuis diuersi sententiis. Verùm è ducibus, Dinus prouectus senecta, ᶜ & lógo vsu ᶜ vim atque clementiam Romanam edoctus, ponenda ᵈ arma, vnum afflictis id remediū disserebat. ᵉ Primusque se cum cōiuge & liberis victori permisit. secuti ætate aut sexu imbecilli, & quibus maior vitæ ᶠ quàm gloriæ cupido. At iuuentus Tarsam inter & Turesim distrahebatur. vtrique destinatum cum libertate occidere. sed Tarsa properum finem; ᵍ abrumpendas pariter spes, ac metus clamitans, dedit exemplum, demisso in pectus ferro. Nec defuere qui eodem modo oppeterent. Turesis sua cum manu noctem opperitur, haud nescio duce nostro. ⁱ Igitur firmatæ stationes densioribus globis. & ingruebat nox nimbo atrox, hostisque clamore turbido, modò per vastum silentium incertos obsessores effecerat, quum Sabinus circumire, hortari, ne ad ambigua sonitus, aut simulationē quietis, casum insidiantibus aperirent, sed sua quisque munia seruarent immoti, telisque non in falsum iactis. Interea barbari cateruis decurrentes nunc in vallum manualia saxa, præustas sudes, decisa robora iacere: nunc virgultis, & cratibus, & corporibus exanimis complere fossas: quidam pontes & scalas antè fabricati inferre propugnaculis, eaque prehensare, [illegible] cominus niti. miles contra deturbare telis, pellere vmbonibus, muralia pi[illegible] cong[illegible] moles

OBSERVATIONES.

a *Nulla re æquè fatigantur homines, ac siti.*

b *Rebus iam ob multas, maximasque calamitates perturbatis, & in summum discrimen [illegible], nullum maius malum accedere potest, quàm discordia.*

c *Non satis est senem esse ætate; sed senectus tum demum illa dici debet, quæ longo vsu rerum exercita est.*

d *Vt debellantur superbi, clementia parcitur subiectis: vtramque in promptu [illegible] quisque princeps habere debet; sed illam non priùs adhibere, quàm hanc expertus sit.*

e *Vnum victis, & afflictis remedium est, nimirum, vt arma ponant, seque victori permittant; cuius clementiam, rebus afflictis, & in summum discrimen adductis, quàm [illegible] experiri omnino satius est.*

f *Nulla re efficaciùs id, quod volumus persuadet, quàm si facto ea, quæ diximus, comprobamus, & cæteris nostro exemplo præimus.*

g *Cùm gloria retineri, nisi amissa vita, non potest, hæc vita, illa nobis percharа esse debet.*

h *Mors [illegible] abrumpit spes, & metus hominum.*

i *Noctis intempestæ, qua erumpere per medias hostium stationes parat, quà clamore turbido, quà per vastum silentium [illegible] incertos reddat, ac frustretur. Id quotiescumque accidit, debet obsessor circumire, hortarique suos, ne ad ambigua sonitum, aut simulationem quietis casum insidiantibus aperiant; sed sua quisque munia seruent immoti, neue tela in falsum iaciant.*

prouoluere. His parAE victoriae spes, & si cedant, [a] insignitius flagitium: illis [b] extrema iam salus, & [c] adsistentes plerisque matres & coniuges, earumque lamenta addunt animos: [d] nox aliis in audaciam, aliis ad formidinem opportuna: incerti ictus, vulnera improuisa: suorum atque hostium ignoratio: & montis anfractu repercussae velut à tergo voces, adeò cuncta miscuerant, vt quaedã munimẽta Romani, quasi perrupta, omiserint. Neque tamen peruasere hostes, nisi admodum pauci. caeteros, deiecto promptissimo quoque aut saucio, adpetente iam luce trusere ad summa castelli, vbi tandem coacta deditio, & proxima, sponte inimicorum recepta. Reliquis quò minùs vi aut obsidio subigerentur, praematura mõtis Hęmi & saeua hyems subuenit. At Romę cõmota principis domo, vt series futuri in Agrippinam exitij inciperet, Claudia Pulchra sobrina eius postulatur, accusante, Domitio Afro. Is recẽs pretura, modicus dignationis, & [e] quoquo facinore properus clarescere, crimen impudicitiae, adulterum Furnium, veneficia in principem & deuotiones obiectabat. Agrippina semper atrox, tum & [f] periculo propinquae accensa, pergit ad Tyberium, ac fortè sacrificantem patri reperit. Quo initio inuidiae, [g] non eiusdem, ait, mactare diuo Augusto victimas, & posteros eius insectari. [h] non in effigies mutas diuinum spiritum transfusum, [i] sed imaginem [k] veram coelesti sanguine ortã intelligere discrimen, suscipere sordes. frustra Pulchrã [l] praescribi, [m] cui sola exitij causa sit, quòd Agrippinã stultè prorsus ad cultum delegerit, oblita Sosiae ob eadem adflictae. Audita

OBSERVATIONES.

a *Quibus victoria pene est* [illegible] *fugiunt est.*

b *Propinqua* [illegible] *iam salus sunt acerrima incitamenta virtutis.*

c *Multò audacius pugnatur in* [illegible]*, ac sub oculis eorum, qui nobis sunt charissimi; & vnde eorum lamenta, &* [illegible] *possunt, quàm ibi, vbi nulla res animos pugnantibus addere potest.*

d *Cum acriter* [illegible] *pugnatur, nox alijs in audaciam, alijs in formidinem est opportuna; i. strenui &* [illegible] *audaciam, atque acrius pugnant inter tenebras, ne fraude, & insidijs hostium, quibus* [illegible] *spectum est peropportuna, locus patefiat. at verò caeterorum ignauiae, & torpedinis* [illegible] *sunt tenebrae, inter quas fortis & strenuus ab ignauo, & meticuloso dignosci non* [illegible]

[illegible] *multos videre est, qui quid agant, nihil pensi habent, quoquo facinore properi clarescere; i. animi* [illegible] *suam famam, sed, vt supra dixit, malè.*

[f] *Generosi animi non exiguum argumentum est, propinqui, & amici periculo accendi, & rebus illius dubijs prompta & salutari opera adesse.*

g *Colere memoriam defuncti, est posteros illius fouere. Illos insectari, est eum pariter, à quo orti sunt, odisse.*

h *Spiritus defuncti non transfunditur in effigies mutas; neque statua* [illegible] *ac liberi, vera defunctorum imagines.*

i *Liberi sunt vera defunctorum imagines.*

k *Obseruant aulici multis solere exitij causam esse, quòd ad cultum* [illegible] *eos, qui principi sunt inuisi.*

hæc

hæc a raram occulti pectoris vocem elicuere; correptamque Græco versu admonuit, ideo lædi,[b] quia non regnaret. Pulchra, & Furnius damnantur. Afer primoribus[c] oratorum additus, diuulgato ingenio, & secuta adseueratione[d] Cæsaris, qua suo iure disertum eum appellauit. Mox capessendis accusationibus, aut reos tutando prosperiore eloquentiæ, quàm morum fama fuit, nisi quòd ætas extrema multùm etiam eloquentiæ dempsit, dum[e] fessa mente retinet[f] silentii impatientiã. At Agrippina peruicax iræ, & morbo corporis implicata, cùm viseret eam Cæsar, profusis diu, ac per silentium lachrymis, mox[g] inuidiam & preces orditur: subueniret[h] solitudini, daret maritum, habilem adhuc iuuentam sibi: neque[i] aliud probis quàm ex[k] matrimonio solatium: esse in ciuitate,[l] Germanici coniugem, ac liberos eius recipere dignaretur. Sed Cæsar non ignarus quantum ex Repub. peteretur, ne tamen offensionis aut metus manifestus foret,[m] sine responso, quanquam instantem, reliquit. Id ego à scriptoribus annalium non traditum reperi in commentariis Agrippinæ filiæ: quæ Neronis principis mater vitam suam & casus suo-

OBSERVATIONES.

a Principi diligenter cauere debet, ne verbis contumacibus prouocatus, præsertim à consanguineis, atque adeò à fœmina statim irascatur: sed prudentiæ documentum dabit, & moderationis, si raram occulti pectoris vocem emittat, contentus interim eo, vt, cuius verbis offensus est, hunc obliquè corripiat, illiusque vlciscendi occasionem tacitus expectet, & oblatam arripiat.

b Propinquus principis ideo læditur, quia non regnat: hoc est, adeò molestè fert, alium, non se regnare, vt, quicquid agitur, id etsi nihil ad se pertinet, tamen ad contumeliam accipiat: nimirum, videtur quærere causas discordiarum aduersus principem; quem rerum potiri, id verò æquo animo ferre nullo pacto potest.

c Oratorum [illegible] quisque excellebat, sic adseueratione principis primoribus addebatur.

d Adseueratio, & testimonium principis de doctrina, & præstantia alicuius [illegible] & ornamenti affert.

e Cùm vis eloquentiæ nequaquam in verborum inani sonitu consistat, is cui etsi haud desunt verba, mens tamen aut morbo, aut senio fessa est, ipse sibi silentium imponere potiùs, quàm cupiat verborum aures, & animos insuper auditorum enecare debet.

f Rarò fit, vt, qui loqui consueuit, hic admodum impatienter sileat.

g Aliquid à principe petiturus caueat, ne inuidiam, & preces simul misceat, hoc est, ita principem obsecret, vt eum non offendat.

h Solitudo in domo esse dicitur, cùm pater, materue familias fato functa est.

i Probis fœminis non aliud, quàm ex matrimonio solatium esse potest.

k Fœmina principis, quæ non ignorat se multorum odiis, atque adeò iniuriis obnoxiam esse, debet sibi quærere præsidium in viro, cuius gratia, & autoritate subnixa suam, ac liberorum, si quos habet, dignitatem tueri possit. certè satis constat, viduas ab omnibus proteri.

l Vidua principis, cui sunt liberi, memoria patris populo gratissimi, eademque audax, & superba, cùm ad secunda vota transire vult, nimis alta spectare, hoc est, principatum ambire videtur. quippe hinc liberis, hinc mariti potentia subnixa, nihil in rep. non poterit, aut audebit. hæc ne cui nubat, prudens princeps diligenter sibi caueat, cauebit, ne fortè sibi ipse in eo matrimonio perniciem inueniat.

m Qui si respondet, necessariò offensionem, aut metum, se quem habet, indicaturus est, huic nihil respondere, quàm se indicare præstat.

rum[a] posteris[b] memorauit. Cæterùm Seianus mærentem & improuidam altiùs perculit, immissis qui[c] per speciem amicitiæ monerent, paratum ei venenum, vitandas soceri epulas. Atque illa[d] simulationum nescia, cùm[e] propter discumberet, non vultu aut sermone flecti, nullos attingere cibos, donec aduertit Tyberius, fortè, an quia audiuerat? idque quò acriùs experiretur, poma, vt erant adposita, laudans, nurui sua manu tradidit. Aucta ex eo suspitio Agrippinæ, & intacta ore seruis tramisit. [f] Nec tamen Tyberii vox coram secuta; sed obuersus ad matrem, non mirum, ait, si quid seueriùs in eam statuisset, à qua[g] veneficii insimularetur. Inde[h] rumor, parari exitium: neque id imperatorem palam audere, secretum ad perpetrandum quæri. Sed Cæsar quò famam auerteret,[i] adesse frequens senatui, legatosque Asiæ ambigentes quanam in ciuitate templum statueretur, pluris per dies audiuit. Vndecim vrbes certabant pari ambitione, viribus diuersæ; neque multùm inter se distantia memorabant de vetustate generis, studio in populum Ro. per bella Persei & Aristonici, aliorumque regum. Verùm Hypæpeni, Trallianique Laodicenis ac Magnetibus simul tramissi, vt parum validi. ne Ilienses quidem cùm parentem vrbis Romæ Troiam referrent, nisi antiquitatis gloria pollebant. Paulùm addubitatum, quòd Halicarnassij mille & ducentos per annos nullo motu terræ[1] mutauisse sedes suas, viuoq; in saxo fundamenta tépli adseuerauerát. Pergamenos (eo ipso nitebantur)[3] ædem Augusto ibi sitam satis adeptos crediderũ. Ephesij Milesijq; hi Apollinis, illi Dianæ ceremonia occupauisse[4] ciuitates visi. Ita Sardianos inter Smyrnæosque deliberatum. Sardiani decretum Etruriæ recitauere, vt consanguinei: nam Tyrrhenum Lydumque Atye rege genitos ob multitudinem diuisisse gentem: Lydum patriis in terris resedisse: Tyrrheno datum nouas vt conderet sedes. Et ducum è nominibus indi-

1 terrà, [illegible]
3 nihil [illegible]
4 [illegible]

OBSERVATIONES.

a *Scribere annales, aut historiam, est cum posteritate loqui.*

b *Quid præclarius à principe præstari potest, quàm vt ipsemet scriptis mandet vitam suam, & casus suorum posteris* [illegible] *? nam etsi parcè de se scribat necesse est, tamen cum dignitate, & omnium veritate scribere potest.*

c *Quid* [illegible] *simulato amico* [illegible] *plus certè cauendum ab hoc est, quàm ab hoste infensissimo. quippe* [illegible] *specie amicitiæ eò nos impellant, vnde exitus est nullus.*

d [illegible] *nescius vix quicquam in aula principis aget, quod sibi conducat.*

e [illegible] *in conuiuio vnà cum cætera discumbens nullos attingit cibos, is, alia nulla legitima causa* [illegible] *satis ostendit sibi iniectam esse suspicionem, cibos veneno infectos esse.*

f [illegible] *iustè commoueamur, non tamen ita excandescere debemus, vt protinus, ac palam* [illegible] *plenas mittamus, hoc potissimùm principes diligenter obseruare debent,* [illegible] *vt ait Seneca lib. 1. de clem. cap. 7. vociferatio quoque, verborumque intemperantia non* [illegible] *esse.*

g *Veneficium est illud crimen, cum quis venenum alii dat, aut dare in* [illegible] *habet.*

h *Quàm sæpissimè fama est nuntia veri.*

i *Non est verisimile, eum, qui senatui frequens adest, & quotidie* [illegible] *reip. occupationibus distinetur, necem, aut perniciem alicuius machinari.*

ta vo-

ta vocabula, illis per Asiam, his in italiam: auctamque adhuc Lydorum opulentiam, missis in Græciam populis, cui mox à Pelope nomen, simul literas imperatorum, & icta nobiscum fœdera bello Macedonũ, [a] vbertatemq; fluminum suorum, temperiem cœli, ac dites circùm terras memorabant. At Smyrnæi, repetita vetustate, seu Tantalus Ioue ortus illos, siue Theseus diuina & ipse stirpe, siue vna Amazonum condidisset, transcendere ad ea, quis maximè fidebant, in popu. Rom. [b] officiis, missa nauali copia non modò externa ad bella, sed quæ in Italia tolerabantur: seque primos templum vrbis Romæ statuisse, M. Porcio consule, magnis quidem iam Romani populi rebus, nondum tamen ad summum elatis, stante adhuc Punica vrbe, & validis per Asiam regibus. simul L. Sullam testem adferebant, grauissimo in discrimine exercitus ob asperitatem hyemis, & penuriam vestis, cùm id Smyrnam in concionem nuntiarum foret, omnes qui adstabant, detraxisse corpori [a] tegmina, nostrisque legionibus misisse. Ita rogati sententiam patres, Smyrnæos [c] prætulerunt. a. vestes
Censuitque Vibius Marsus vt M. Lepido, cui ea prouincia obuenerat, super numerum legaretur, qui [d] templi curam susciperet. Et quia Lepidus ipse deligi se per modestiam abnuebat, Valerius Naso è prætoriis sorte missus est. Inter quæ diu meditato, prolatoque sæpiùs consilio, tandem Cæsar in Campaniam, [e] specie dedicandi templum apud Capuam Ioui, apud Nolam Augusto, sed certus procul vrbe degere. Causam abscessus, quanquam secutus plurimos autorum ad Seiani artes retuli, quia tamen cæde eius patrata, sex postea annos pari secreto coniunxit, plerunque permoueor, num ad ipsum referri veriùs sit, [f] sæuitiã ac libidinem cùm factis promeret, locis occultantem. Erant qui crederent in senectu-

OBSERVATIONES.

a Regionis hæ præcipuæ sunt laudes, vt habeat fluminum vbertatem, temperiem cœli, ac dites circum terras.

b Officia in principem, aut in Remp. nunquam intermoriuntur; quin ipso tempore corroborantur, eorumque adeò commemoratio tum maximè apparet, cùm minimè expectatur. certè qui virtute, propriisque meritis nititur, solidiori haud dubiè fundamento subnixus est, quàm qui vetera tantùm & inania fabulis quidam fidei proposita, aut certè iam obliterata adducit.

c Quorum maiora erga nos beneficia, eaque insignia extant, hos à nobis, in eo, quod petunt, ceteris præferri æquum est.

d Eorum quæ ad religionem pertinent, potissima cura & à principe, à Senatu, & à magistratibus haberi debet.

e Callidus princeps, vt supra sæpiùs obseruaui, nunquam palam facit quo quidque consilio agat. sed speciem eam, quæ præ cæteris verisimilior videri possunt, quærit & obtendit.

f Princeps publico exitio natus cùm sæuitiam, ac libidinem factis promat, locis occultat. hoc est, cùm vtraque hac assiduè miseris modis remp. vrat, nullumque eius dictum, aut factum proferri possit, in quo non alterutrum promat, tamen loca abdita sectatur, vt certè flagitiorum pudore, ac ne ab iis, quos opprimit, conspiciatur, & dirum ipsius os detestetur.

[illegible]

te quoque corporis habitum [a] pudori fuisse, quippe illi praegracilis & incurua proceritas, nudus capillo vertex, vlcerosa facies, ac plerunque medicaminibus interstincta. & Rhodi secreto vitare coetus, [b] recondere voluptates insuerat. Traditur etiam matris impotentia extrusum, [c] quam dominationis sociam aspernabatur, neque depellere poterat, [d] cùm dominationem ipsam donum eius accepisset. Nam dubitauerat Augustus Germanicum sororis nepotem, & cunctis laudatum, rei Romanę imponere, [e] sed precibus vxoris euictus, Tyberio Germanicum, sibi Tyberium adsciuit; idque Augusta exprobrabat, reposcebat. Profectio arcto comitatu fuit, [f] vnus senator consulatu functus Cocceius Nerua, cui legum peritia: eques Romanus, praeter Seianum, ex inlustribus Curtius Atticus. Caeteri liberalibus studiis praediti, ferme Graeci, [g] quorum sermonibus leuaretur. Ferebant periti coelestium, iis motibus syderum excessisse Roma Tyberium, vt reditus illi negaretur. Vnde [h] exitij causa multis fuit, properum finem vitae coniectantibus, vulgantibusque. [i] neque enim tam incredibilem causam prouidebant, vt vndecim per annos libens patria careret. Mox patuit breue

OBSERVATIONES.

a *Non est nouum, corporis habitum quibusdam pudori esse; idque hinc vsque, vt malint, occultis in locis, vbi à nullo conspici possint, degere, quàm sub omnium oculis versari.*

b *Non quisquis temperans videtur, is ipse et temperans est; quippe quidam [illegible] vt secretò vitent coetus non ad vitandum, sed ad recondendas voluptates: cuiusmodi est illud lib. [illegible] de Tiberio; & saepe in propinqua digressum, adeo [illegible] pudore scelerum, [illegible] &c.*

c *Haec est natura [illegible], vt ferant, qui princeps est, ferre possit neminem.*

d *Id quod solo alicuius beneficio habeo, id ipsum illi extorquere non possum. Itaque cui ipse dominationem acceptam refero, [illegible] & is quoque dominetur, aegrè [illegible].*

e *Dij boni, quid non possunt vxores apud suos viros! certè tantum, vt eos licet homines constantissimos sententia dimouere valeant. neque id solùm in re priuata, nam & id fieri aliquo pacto posset, verùm etiam in iis, quae inter mortales maxima, & summa sunt.*

f *Inter eos, qui peregrinantem principem comitantur, primum locum tenent ij, quorum consilio adiuuari in administratione imperij potest. horum praecipui sunt homines summis magistratibus functi, [illegible] legum periti. his proximi sunt illi, quos princeps ad interiorem illam suam amicitiam assumpsit, quorum opera, & fidelitate vti in maximis rebus potest. Postremò & homines liberalibus studiis praediti, quorum sermonibus princeps, & dulcedine doctrinae leuari potest. Primi adiumento & praesidio principi, & reip. sunt; hi rerum grauitate, summisque curis fessum honesto oblectamento reficiunt.*

g *Laxat quidem principi vt delinimentis curarum: sed iis, quae & honesta & fructuosa [illegible] sunt sermones eorum, qui liberalibus artibus praediti sunt, & similibus: non [illegible] bus, ac caeteris personis turpibus, & infamibus, quibus plurimi princip[illegible] aequo operam dant.*

h *Rimari ea, quibus salus principis continetur, eiusque mortem ex [illegible] coniectare, & vulgare impium est, idque multis fuit causa exitij.*

i *Saepe illa eueniunt quae ne prudentissimi quidem prouidere [illegible]*

confinium

[a] cōfinium artis, & falsi, veraque quàm obscuris tegeretur. Nam in vrbem non regressurum, haud forte dictum. Cæterorum nescij egere, cùm propinquo rure, aut litore, & sæpe mœnia vrbis adsidens extremam senectā compleuerit. Ac fortè illis diebus oblatum Cæsari anceps periculum auxit vana rumoris, præbuitque ipsi materiem cur amicitiæ, constantięque Seiani magis fideret. Vescebantur in villa, cui vocabulum Speluncæ, mare Amuclanum inter Fundanosque montes, natiuo in specu. eius os lapsis repente saxis, obruit quosdam ministros. Hinc metus in omnes, & fuga eorum qui conuiuium celebrabant. [b] Seianus genu, vultuque & manibus super Cæsarem suspensus opposuit sese incidentibus, atque habitu tali repertus est à militibus qui subsidio venerant. Maior ex eo, & [c] quanquam exitiosa suaderet, vt [d] non [1] sui anxius, cum fide audiebatur. [e] Adsimulabatque iudicis partes aduersus Germanici stirpem, subditis qui accusatorum nomina sustinerent, maximeque insectarentur Neronem proximum successioni, & quanquam [f] modesta iuuenta, plerunque tamen quid in præsentiarum conduceret, oblitum, dum à liber- 1. [illegible]

OBSERVATIONES.

a *Qui ex motibus siderum futura prædicunt, fateantur suæ artis admodum breue esse confinium, atque adeò esse vanam. id quod hoc Tacitus planum facit. neque enim Tiberium [illegible] in vrbem fortè dictum fuit: id quod si dixissent mathematici, verum haud dubiè dixissent, sed in eo vanitatis manifesti fuerunt, quòd affirmarunt, reditum illi denegari; id quod si, vt oportet, mentem potiùs loquentis, quàm verba spectamus, falsum fuit. nam cum sæpe mœnia vrbis adsideret, adiretque hortos iuxta Tyberim, vt est lib. seq. ac deinde, vt ibi ait, plerunque itineribus ambiguis patriam, & declinans, certè rediisse eum dici poterat, quamuis vrbem non ingrederetur. at [illegible] ? sed hoc, quicquid est veri, tantillum certè est, tot que inuolucris tegitur, vt, nihil minus quàm [illegible] fuisse dici possit. certè res ipsa docet, illos ipsos huius artis professores, plerumque quid sibi [illegible], nescire, nedum vt aliis, quid sidera portendant, demonstrare possint. de hoc autem [illegible] Tacit. lib. 6. Annal. Cæterùm, neque, plurimis mortalium non eximi, [illegible] ventura destinentur, sed, [illegible], quàm dicta sint, ob re fallacis ignara dicentium, ita corrumpi fidem artis, cuius clara documenta antiqua ætas, & nostra tulerit.*

b *Confortunas facit, hæc omnia, etiam illa, quæ casu accidunt, præterque spem, prosperè cessissent. proh Deus! quid Seiano magis ex voto accidere poterat, quàm vt in illo periculo Tiberium protegeret suo corpore, eoque habitu à militibus reperiretur?*

c *Cuius fidem (nec refert illa simulata sit, an vera) princeps erga se perspexit, atque adeò persuasum est, illum sibi præ cæteris egregiè fidelem esse, potest hic impunè, quamuis exitiosa suadere. Ideo principes diligenter cauere debent, ne vni alicui tantùm tribuant, vt non alium aliquem ad suum quoque consilium admittant; siquidem proprio iudicio persæpe falli potest.*

d *[illegible] operam principi præstare dicitur, qui non sui, sed veram principis curam [illegible], quæ illi [illegible] pietas, oraremur, hoc certè cum fide à principe audiri potest.*

e *Callidissima ratio perdendi aduersarij hæc est, non vt eum ipse accuses, sed alium subdas, qui accusatoris nomen sustineat; ac tu interim partes iudicis adsimules, quasi nullis priuatis odiis, aut affectibus permotus, sed solo iure, & vna æquitate subnixus.*

f *Modestia iuuentus [illegible] laudem tribuit principi.*

ris & clientibus apiscendæ potētiæ properis [a] extimularetur, vt erectum & fidentem animi ostenderet: velle id pop. Rom. cupere exercitus. Neque ausurum contra Seianum, qui nunc patientiam senis, & segnitiem iuuenis iuxta insultet. Hæc atque talia audienti, nihil quidem prauæ cogitationis, [b] sed interdum [c] voces procedebant contumaces, & [c] inconsultæ: quas adpositi custodes exceptas [d] auctasque cùm deferrent, neq; Neroni defendere daretur, [e] diuersæ insuper [e] solicitudinum formæ oriebantur. Nam alius occursum eius vitare, quidā salutatione reddita statim auerti, plerique inceptum sermonē abrumpere, insistentibus cōtra, inridētibusque qui Seiano fautores aderāt. Enimuero Tyberius [1] toruus, aut falsū [2] renidens vultu, seu loqueretur, seu taceret iuuenis, [f] crimen ex silentio, ex voce. ne nox quidem secura, cùm vxor [g] vigillas, somnos, suspiria [h] matri Liuiæ, atque illa Seiano patefaceret. Qui fratrē quoque Neronis Drusum [i] traxit in [i] partes, spe obiecta principis loci, si priorē ætate & [k] iam [k] labefactū demouisset. Atrox Drusi ingeniū, super cupidinē potētiæ, & solita [l] fratribus odia, accēdebatur inuidia, quòd mater Agrippina [m] prō-

OBSERVATIONES.

a *Princeps, cuius haud dubia successio est, non semper debet auscultare familiaris, amicos, clientesque suos adipiscendæ potentiæ properos, à quibus ad ea extimulatur, quæ ei, qui rerum potitur semper fere suspicioso suspicionem incendere possunt, ut sibi exitium prius creet, quàm imperium adipiscatur: siquidem multos præpostera festinatio perdidit.*

b *Non semper voces contumaces, & inconsultæ sunt indicia prauæ cogitationis, potissimùm in principe adolescente.*

c *Sedulò cauendum est, ne voces contumaces, & inconsultas emittamus; ne quisquam suspicari possit id à nobis animo agitari, quod illæ voces indicant.*

d *Rarò fit, vt delator exceptas voces, vt sunt, deferat, [illegible]*

e *Qui scit de se aliquid esse relatum [illegible], si potest, debet; ne si id non consueuerit, illa suspicio principis animum insideat.*

f *Semel suspectus seu loquitur, seu tacet, tamen ex silentio, quàm ex voce crimen in eum oritur.*

g *Vigiliæ, & suspiria indicant animum anxium, & plura, quàm videri fortasse potest, cogitantē.*

h *Etsi muliebri fœminitas [illegible] quisque potest maximis curis, tamen vt sæpius monui, diligenter cauendum est, ne, quod arcanum esse volumus, id per nos vxori palam fiat. siquidem secreta cuiusque à nullo magis, quàm ab vxore prodi possunt.*

i *Qui aliquem euertere studet, in quibus artibus maximè potest, eos, qui illi sanguine sunt proximi, quibusque ille se, & sua omnia meritò credit, allicit, ac trahit in suas partes, eam spem illis ostendens, quæ nullam maiorem cuiquam accidere posse scit.*

k *Qui id agit, [illegible] prius eum sensim labefacit; post hæc faciliùs eum loco dimouet, postremò planè euertit, atque opprimit.*

l *Rarò accidit, vt fratres principes ament inter se. Itaque in iis, quæ pertinent ad regnum, [illegible] nulla causa est, quamobrem frater fratri fidere debeat. quippe sæpius [illegible] cognitum est,duos inter fratres, obiecta vtrique spe principis loci, acerrima odia oriri, [illegible] sæpe vsque eò progrediuntur, vt neuter prius quiescat, quàm alterum fratrem labefactarit, [illegible] oppresserit.*

m *Non dici potest, quantopere erret princeps, cui sunt duo filii, si se alteri [illegible] ostendit: ac non vtrumque pari beneuolentia complectitur. siquidem in eo, qui sibi fratrem præferri videt, haud dubiè accenditur inuidia. id quod si modicis [illegible] dubium est, quin [illegible] principum fratrum æmulatione, atque adeò acerrimis odiis Resp. miserè distrahatur.*

prior

prior Neroni erat. Neq; tamen Seianus ita Drusum fouebat, a vt nō in eū quoq; semina futuri exitij meditaretur, gnarus præferocē, & b insidiis magis opportunum. Fine anni excessere insignes viri, Asinius Agrippa claris maioribus c, quàm vetustis, vitaque non degener. Et Q. Haterius familia senatoria, eloquentiæ quoad vixit, celebratæ. Monimenta ingenii eius haud perinde retinentur. Scilicet, d impetu magis, quàm cura vigebat, Vtque aliorum meditatio & labor in posterum valescit, sic Haterii canorum illud & profluens, cum ipso simul extinctum est. M. Licinio, L. Calpurnio COSS. ingentium bellorum cladem e æquauit malum improuisum. Eius e initium simul & finis extitit. Nam cœpto apud Fidenam amphitheatro Atilius quidam libertini generis, quo spectaculum gladiatorum celebraret, neque fundamenta per solidum subdidit, neque firmis nexibus ligneam compagem superstruxit, vt qui non f abundātia pecuniæ, nec municipali ambitione, g sed in sordida mercede id negotium quæsiuisset. Adfluxere auidi talium, imperitante Tyberio, h procul voluptatibus habiti, virilis ac muliebris sexus, omnis ætas, ob propinquitatē loci effusiùs. Vnde grauior pestis fuit, conferta mole, dein conuulsa, dum ruit intus, aut in exteriora effunditur: immensamque vim mortaliū spectaculo intentos, aut qui circum adstabant præceps trahit, atque operit. Et illi quidem quos principium stragis in mortem adflixerat, i vt tali sorte cruciatum effugere. Miserandi magis quos, abrupta parte corporis, nondum vita deseruerat, qui per diem visu, per noctem vlulatibus & gemitu, coniuges aut liberos noscebant. Iam cæteri fama exciti, hic fratrem, propinquum ille, alius parentes lamentari. Etiam quorum diuersa de causa amici, aut necessarii aberant, pauebant tamen, neque dum comperto quos illa vis perculisset, k latior ex incerto metus. Vt cœpere [illegible]

OBSERVATIONES

a *Callidi, & astuti aulici vel eos, quibus non bene cupiunt, colunt, aut si cæterū egregiè simulant, nempe, vt hac ratione quò volunt, perueniant; ac tandem hos ipsos, per quos factum est, vt sibi opera [illegible] pariter euertant.*

b *Praeferoces homines, ac proinde aperti, minùs cauti plerunque sunt, ac magis insidiis opportuni quàm cæteri, qui [illegible] sensus abdere, & premere nesciunt.*

c *Differunt claritudo generis, & vetustas.*

d *Qui impetu magis, quàm studio, & cura valent, idipsum, quo plus possunt, cum ipsis simul extinguitur, contra, quæ meditatione, & labore fiunt, ea in posterum valescunt. Itaque quisquis sui ingenij monimenta æternùm retineri, eorumque auctoritatem gliscere cupit, nihil nisi meditatū, & elaboratum edere debet.*

e *Mala intestina, potissimùm improuisa, æquant clades ingentium bellorum.*

f *Abundantia pecuniæ, atque ambitione magna negotia interdum suscipiuntur, etsi non necessaria.*

g *Qui sordidum ob mercedem aliquid conficiendum suscipit, vix ea in re cum laude versari potest.*

h *Sæuitia tyranni adeò vniuersam remp. complectitur, vt illo imperitante, homines fere procul voluptatibus habeantur, nihilque nisi mæstum, & atrox conspiciatur.*

i *Quos mors miseriis eripuit non tam sunt miserandi, quàm qui diuersis cruciatibus etiam conflictantur.*

k *Publica mala ad singulos pertinent.*

ri [a] obruta, concursus ad exanimos complectentium, osculantium. Et sæpe certamen si confusior facies, & par forma, aut ætas errorē adgnoscentibus fecerat. Quinquaginta hominum millia eo casu debilitata vel obtrita sunt. [a] Cautumque in posterum senatusconsulto, ne quis gladiatorium munus ederet, cui minor quadringentorum millium res; neue amphitheatrum imponeretur, nisi solo firmitatis spectatæ. Atilius in [b] exilium actus est. Ceterùm sub recentem cladem patuere procerū domus, fomenta, & medici passim præbiti. Fuitque vrbs per illos dies, quāquam mœsta [b] facie, veterum institutis similis, [c] qui magna post prælia saucios largitione, & cura sustentabant. [d] Nondum ea clades exoleuerat, cùm ignis violentia vrbem vltra solitum adfecit, deusto monte Cælio. [e] feralemque annum ferebant, & omnibus aduersis susceptum principi consilium absentiæ, qui [e] mos vulgo, fortuita ad culpam trahentes, ni Cæsar obuiam isset, [f] tribuendo pecunias [g] ex modo detrimenti. [h] Actæque ei grates apud senatum ab inlustribus: [i] famaque apud populum, [k] quia sine ambitione, aut proximorum precibus, ignotos etiam & vltro accitos munificentia iuuerat. Adduntur sententiæ, vt mons Cælius in posterum Augustus appellaretur, quando cunctis circùm flagrantibus, [l] sola Tyberij effigies sita in domo Iunij senatoris inuiolata mansisset. Euenisse id olim Claudiæ Quintiæ, eiusque statuam vim ignium bis elapsam maiores apud ædem Matris deûm consecrauisse: sanctos acceptosque numinibus Claudios: & augendam [m] ceremoniam loco, in quo tantum in

OBSERVATIONES.

a *Malis præteritis doceri debemus qua ratione futuris obuiam ire [illegible]*

b *Atrocitas facinoris non tam ex eo quod accidit, quàm ex animo illius vnde [illegible] profectum est, spectari debet: & proinde pœna nō ex magnitudine damni, sed [illegible] damnum dedit, statuenda est.*

c *Post magna prælia, atque insignes clades, saucij, aut [illegible] casu afflicti rerum benignitate largitione, & cura, ad quos calamitas non peruenit, [illegible] debent.*

d *Fere fit, vt, nunquam sola aliqua clades [illegible], quin alia insuper ad superiorem accedat, ac mala malis cumulentur.*

e *Vulgo mos est fortuita, si [illegible] principum, & potentiorum culpam trahere.*

f *Cùm populus insigni aliqua [illegible] afficitur, tum princeps, nullius cuiusquam precibus, sed vltro sua benignitate, & munifi[illegible] iuuare, ac solari debet: hinc enim famam liberalitatis, quæ maxima est, & insignem apud [illegible] consequetur.*

g *Benigne fieri [illegible], nulloque delectu, sed ex modo necessitatis singulorum, à principe debet.*

h *Siquid pro[illegible] prompto ingenio præclarè feceris, nunquam omittendæ sunt gratiarum actiones, vt intelligas, ex [illegible] factis nonnisi prosperam apud omnes famam oriri.*

i *M[illegible]tudinis non planius cognosci potest, quàm ex ea fama, quam ipsa [illegible].*

k *Ea [illegible] grata est beneficentia, & liberalitas, quæ confertur in ignotos [illegible] vltro accitos, sine ambitione, aut cuiusquam precibus.*

l *Si Dij fauere videntur, cuius effigiem, ac statuam inuiolatam inter incendia, & ruinas seruant.*

m *Quo in loco aliquid insigne accidit, præcipuè quod verti possit in laudem principis, ei loco dignitas addi debet.*

princi-

principem honorem dij ostenderent. Haud fuerit absurdum tradere, montem eum antiquitus Querquetulanum cognomento fuisse, [a] quòd talis syluæ frequens, fœcundusque erat: mox Cælium appellatum à Cæle Vibenna, [b] qui dux gentis Ethruscę cùm auxilium appellatū ductauisset, sedem eam acceperat à Tarquinio Prisco, seu quis alius regum dedit. Nam scriptores in eo dissentiunt. Cætera non ambigua sunt, magnas eas copias per plana etiam ac foro propinqua habitauisse, vnde Thuscum vicum è vocabulo aduenarum dictum. Sed vt studia procerum, & largitio principis aduersum casum solatium tulerant, ita accusatorum maior in dies & infestior vis sine leuamento grassabatur. corripuerat que Varum Quintilium diuitem, & Cæsari propinquum Domitius Afer Claudiæ Pulchræ matris eius condemnator, nullo mirante quòd diu egens, & parto nuper [1] præmio malè vsus, [c] plura ad flagitia accingeretur. P. Dolabellam socium delationis extitisse miraculo erat; quia claris maioribus, & Varo connexus, suam ipse nobilitatem, suum sanguinem perditum ibat. Restitit tamē senatus, & opperiendū imperatorē cēsuit. Quod vnū vrgētiū malorū suffugiū in tēpus erat. At Cęsar dedicatis per Cāpaniam tēplis, quanquam edicto monuisset, ne quis quietem eius irrumperet, [d] concursusque oppidanorum disposito milite, prohiberentur, perosus tamen municipia, & colonias, omniaque in continenti sita, Capreas se in insulam abdidit, trium millium freto ab extremis Surrentini promontorij diiunctam. [e] Solitudinem eius placuisse maximè crediderim, quoniam importuosum circa mare, & vix modicis nauigiis pauca [2] subsidia. Neque adpulerit quisquam [f] nisi gnaro custode. Cœli temperies hyeme mi[illegible] arcentur. Æstas in Fauonium obuersa, & aperto circum pelago peramœna. [illegible]que pulcherrimum sinum, antequam Vesuuius mons ardescens [illegible] Græcos ea tenuisse, Capreasque Telebois habitatas fama tradit. Sed tum Tyberius duodecim villarum nominibus, & [g] molibus insederat,

OBSERVATIONES.

a *Locis nomina imponuntur ducta à copia earum rerum, quibus maximè abundant.*

b *Nomina priscis [illegible], namque imponuntur ex eo, quod ibi [illegible] . [illegible] est nostrum, a [illegible] locis, quæ insederant, nomina imponere.*

c *Qui diu egentes fuerant, siquid sibi, ob flagitia pepererunt, non est mirandum, si eo illecti ad plura flagitia accinguntur. nam spes improbissimos complectitur insperata asseruti.*

d *Si princeps solitudine delectatur, adirique à nemine vult, disposito vbique milite, [illegible] concursus prohibeat. hac ratione nemo quietem eius irrumpet.*

e *Solitudo iis maximè iucunda est, qui [illegible] negotiorum sunt [illegible], tanquam [illegible] portum [illegible].*

f *Ea loca [illegible] tuta, quò non adpulerit quisquam, nisi gnaro custode.*

g *Merito irrideri potest princeps, qui relicta mole imperii, cui vni perpetuò insidere debet, [illegible] villis [illegible] nominibus, & molibus insidet. hic certè locus nihil aliud continet, [illegible] irrisionem Tiberii, qui reip. curam, quæ est vice maxima, & [illegible], idèo [illegible] in duodecim villas regeret, ac si essent diuersa nationum nomina, & ingens imperii moles.*

[a]quātò intentus olim publicas ad curas, tātò occultior in luxus, & [b]malū otium resolutus. Manebat quippe suspicionum, & credendi temeritas, quam Seianus augere etiam in vrbe suetus, acriùs turbabat, non iam occultis aduersum Agrippinam, & Neronem insidiis, quis additus miles nuntios, introitus, aperta, secreta velut in annales referebat, vltroque [c] struebantur qui monerent, perfugere ad Germaniæ exercitus, vel celeberrimo fori effigiem diui Augusti amplecti, populumque ac senatum auxilio vocare. Eaque spreta ab illis, [d] velut pararent, obiiciebantur. Iunio Sillano, & Silio Nerua Coss. fœdum anni principium incessit, tracto in carcerem inlustri equite Romano Titio Sabino, [e] ob amicitiam Germanici. Neque enim omiserat coniugem, liberosque eius percolere, sectator domi, comes in publico, post tot clientes vnus, [f] eoque apud bonos laudatus, & [g] grauis iniquis. Hunc Latinius Latiaris, Porcius Cato, Petitius Rufus, M. Opsius prætura functi adgrediuntur, cupidine consulatus, [h] ad quem nonnisi per Seianum aditus. Neque Seiani voluntas [i] nisi scelere quærebatur. [k] Compositum inter ipsos, vt Latiaris, qui modico vsu Sabinum contingebat, strueret dolum, cæteri testes adessent

OBSERVATIONES.

a De homine rectè iudicari, nisi post supremum eius [illegible], potest. quippe, neque nouum, neque mirandum est, principes non paucos reperiri, qui quantò olim intenti publicas ad curas fuerunt, tantò postea sunt occultiores in luxum, malumque otium resoluti.

b Malum otium dicitur illud, cùm quis luxuria diffluit, & lasciuia, atque adeò vbi nihil nisi illicitum, turpe, [illegible] perniciosum & [illegible], & cogitatur. certè malo principi otio vero nihil quicquam magis exitiale accidere potest.

c Qui se principi iam [illegible], videt nemini; ne eos quidem excipio, qui per speciem amicitiæ [illegible] vtilia, & honesta videri possunt, suadent.

d Sæpe ea hominibus obiiciuntur, non quæ fecerunt, sed quæ ipsos aut posse, aut in animo habere verisimile est.

e Supra obseruaui, amicitiam illorum, qui principi sunt suspecti, aut inuisi, nonnisi infaustam esse posse.

f Amicus certus is verè dici potest, qui amico, tempore ipsius difficillimo, cumque ab omnibus desertus est, post tot alios amicos vnus fidem suam tam publicè quàm priuatim, atque adeò in summis illius [illegible], præstare pergit. hic verò etsi fortè iniquis grauis est, tamen apud bonos ingentem laudem adipiscitur.

g [illegible] comparatum est, vt apud bonos laudati graues sint iniquis.

h [illegible] intimus principis amicitia iam potens est, is eam & retinebit, & augebit, si, quibus rebus maximè poterit, dabit operam, vt ad maiores magistratus nonnisi per se vnum aditus sit.

i Quemadmodum bonorum hominum virtute præstantium beneuolentia nonnisi præclaris factis conciliatur, ita improborum hominum voluntas nisi scelere quæri potest.

k Vsque eò mortalia pectora cogit ambitio, vt nullum tam fœdum, tamque atrox facinus sit, quod admittere vereantur homines: non solùm amicos (id quod turpissimum est) [illegible] sed innocentibus periculum capitis, & ignominiam creant: impurissimis hominibus turpissimè seruiunt, vt probos euertant: denique pristinæ, si quæ vnquam in illis fuit, probitatis [illegible] sunt immemores, vt omni se flagitiorum genere inquinare haud vereantur.

dein-

deinde accusationem inciperent. Igitur Latiaris [a] iacere fortuitos primū sermones: mox laudare [b] constantiam, quòd non vt cæteri,[c] florentis domus amicus, afflictā deseruisset: simul honora de Germanico, Agrippinam miserans disserebat. Et postquam Sabinus ([d] vt sunt molles in calamitate mortalium animi) effudit lacrymas, iunxit questus, audentiùs iam onerat Seianum, [e] sæuitiam, superbiam, spes eius: [f] ne in Tyberium quidem conuicio abstinet. Iique sermones,[g] tanquam vetita miscuissent, speciem arctæ amicitiæ facere. Ac iam vltro Sabinus quærere Latiarem, ventitare domum, [h] dolores suos quasi ad fidissimum deferre. Cōsultant quos memoraui, quonam modo ea plurium auditu acciperentur. [i] Nam loco, in quem coibatur, seruanda solitudinis facies, & si pone fores adsisterent, metus visus, sonitus, aut forté ortæ suspiciones erant. [k] Tectū inter & laquearia tres senatores, haud minùs turpi latebra, quàm detestanda fraude sese abstrudunt, foraminibus & rimis aurem admouent. Interea Latiaris repertum in publico Sabinum, velut recens cognita narraturus, domū & in cubiculum trahit. Præteritaq; & instantia, quorū adfatim copia, ac nouos terrores cumulat: Eadem ille, & diutius, quando

OBSERVATIONES

a *Qui vel ipsos abditos animi sensus alicuius introspicere vult, is non protinus de eo, quod scire cupit, sed aliis de rebus, prout ratio temporis postulabit, fortuitos, ne ars cognoscatur, sermones primùm iaciat; nimirum, sibi fidem sensim præstruat apud eum, à quo aliquid elicere intendit, atque tandem quasi aliud agens id, quod vult, cognoscet.*

b *Non deserere amicum, vel difficillimo ipsius tempore, est in amicitia constantem esse. quæ virtus quò rarior, hoc hominibus gratior, atque admirabilior est.*

c [illegible] *amici potiùs, quàm amicum sectantur, & amant, vt, florentis sunt amici, eundem afflictum omnino deserunt.*

d *Mortalium animi sunt molles in calamitate; hoc est, parvo negotio adduci possunt, vt, quibus malis conflictantur, hæc amico, quem sibi fidum existimant, aperiant; velut hac ratione [illegible] calamitatum partem apud alterum se deponant.*

e *Eorum qui principis amicitia præpotentes sunt, vitia plerumque hæc sunt, sæuitia, superbia, nimiæ spes. sic lib. 4. hist. Auaritia & superbia præcipua validiorum vitia.*

f *In principem, quamuis atrocem & tyrannum, vir prudens conuicio semper abstinebit. quippe, magis periculosum est de eo contumeliosè loqui, quàm fortasse perniciosum in illum coniurare.*

g *Argumentum arctæ amicitiæ est, vetita miscere; hoc est, iis de rebus sermones habere quæ vsquequaque vetitæ sunt, vt si quid tale emanet, in eo, à quo huiusmodi sermones habuit, sibi perniciem inueniat.*

h *Inter cæteras amicitiæ suauitates hæc etiam meritò commemorari potest, vt amicus ad fidissimum suos dolores deferat.*

i *Qui secretos alicuius sermones excipere, & abditos illius sensus elicere, ac perspicere vult, is, si non sordido, abiectoque animo est, eam rationem sequatur, quam hoc loco scribit Tacitus Latiarem, & socios impurissimos homines secutos esse.*

k *Nonnisi improbus, & impurus est is, qui ea mente ibi, vbi minimè decet, latet, & foraminibus, & rimis aurem admouet, vt alicuius sermones excipiat.*

[a] mœsta, vbi semel prorupere difficiliùs [b] reticentur. Properata inde accusatio; missisque ad Cæsarem literis, ordinem fraudis, [c] suumque ipsi dedecus narrauere. [d] Non aliàs magis anxia & pauens ciuitas, etiam aduersum proximos. Congressus, colloquia, notæ ignotæque aures vitari; etiam [2] muta atque inanima, tectum, & parietes circunspectabantur. Sed Cæsar solennia incipientis anni Kal. Ianuarias epistula [3] precatus vertit in Sabinum, corruptos quosdam libertorum, & petitum se arguens, vltionemque [e] haud obscurè poscebat. Nec mora, quin decerneretur; & trahebatur damnatus, quantum obducta veste, & adstrictis faucibus niti poterat, clamitans, Sic inchoari annum, has Seiano [f] victimas cadere. quò intendisset oculos, quò verba acciderent, fuga, vastitas, deseri itinera, fora: & quidam regrediebantur, ostentabantque se rursum, [g] id ipsum pauentes quod timuissent. Quem enim diem vacuum pœna, vbi inter sacra & vota, quo tempore [h] verbis etiam [6] profanis abstineri mos esset, vincla & laqueus inducantur? [i] Non [1] imprudentem Tiberium tantam inuidiã adiisse [4] quæsitum; [7] meditatumque, ne quid impedire credatur, quò minus noui magistratus quomodo delubra & altaria, sic carcerem reclu-

OBSERVATIONES.

a *Ita comparatum est, vt calamitates, quæque mœrore nos afficiunt, vbi semel prorupere, difficiliùs reticeantur. Siquidem liberiùs & audentiùs de iis loquentes animum exoneramus.*

b *Qui aliquid arcani cum amico loquitur, quod contra principem aut remp. referri potest, is etiam atque etiam circumspectet, an aliunde sua verba exaudiri, & excipi possint. nimirum, verissimum illud verbum est; vel ipsis parietibus suas esse aures.*

c *Qui aliquẽ accusat, obijcitque ei sermones secum arcanò habitos, is illius sermones prodere non potest, quin eadem opera suum dedecus narret.* [illegible] *fides, & taciturnitati* [illegible] *tiare, verùm etiam eidẽ amico necem, & perniciem* [illegible]

d *Alienis periculis* [illegible] *dictu est, quantopere homines terreantur.*

e *Cùm princeps dolores,* [illegible] *Senatui facitur, haud obscurè eorum vltionem petit.*

f *Qui tam* [illegible] *potest, vt* [illegible] *perdere valeat, hic illi tanquam victima cadere dicitur.*

g *Qui ideo timet, quòd* [illegible] *animaduerti videt, illiusq; ideo aspectum fugitat, hic verò videtur eiusdem flagitij sibi esse conscius.*

h *Festis solennibus* [illegible] *non modò quenquam ad supplicium trahi dirum & nefas est; verùm etiam ipsis verbis profanis est abstinendum.*

i *Obseruat* [illegible] *principe sibi diligenter esse cauendum, ne mores, & veteres reip. consuetudines ipse* [illegible]*. Quòd si quid nihilominus aduersus leges, & consuetudines agere instituit, eius* [illegible] *modum ita inueniat, vt neque impediat solita magistratuum munia, neque quicquam* [illegible] *in remp. inducat. certè Tiberius, ne quisquam de eo conqueri posset, quòd Kal. Ian.* [illegible] *impedirentur carcerem, vt moris erat, recludere, Sabinum illo ipso die ad supplicium trahi voluit; hoc est, simul illum opprimere, & nihilominus permittere magistratibus, vt suum* [illegible]*, sine sua ipsius inuidia, exequerentur. nam si magistratus vnius Sabini causa carcerem non reclusissent, id haud dubiè ipsi Tiberio non paruam inuidiam allaturum erat,* [illegible] *morem id* [illegible]*. quòd si carcerem reclusissent, eaque ratione vincla soluta* [illegible] *cessisset, illius vltione Tiberio haudquaquam satisfactum esset. hanc ob causam,* [illegible] *reperit, qua & vltioni sua consuleret, & inuidiam violati moris antiqui vitaret.*

dant.

dant. Secutæ insuper literæ, grates agentis, quòd hominem [a] infensum Reip. puniuissent, adiecto, trepidam sibi vitam, suspectas inimicorum insidias, [b] nullo nominatim compellato. Neq; tamen dubitabatur in Neronem & Agrippinam intendi. Ni mihi destinatum foret, [c] suum quæque in annum referre, auebat animus antire, statimque memorare [d] exitus, quos Latinius atque Opsius, cæterique flagitij eius repertores habuere, non modò postquam C. Cæsar rerum potitus est, sed incolumi Tyberio: qui scelerum ministros vt peruerti ab aliis nolebat, ita plerunque [e] satiatus, & oblatis in eandem operam recentibus, veteres & prægraues adflixit. Verùm has, atque alias sontium pœnas in tempore trademus. Tum censuit Asinius Gallus, cuius liberorum Agrippina matertera erat, petendum à principe, vt metus suos senatui fateretur, amouerique sineret. Nullam æquè Tyberius, vt rebatur, ex virtutibus suis quàm [f] dissimulationem diligebat. Eò [g] ægriùs accepit, recludi quæ premeret. Sed mitigauit Seianus non Galli amore, verùm vt cunctationes principis aperirētur, [h] gnarus [i] lentum in meditando, vbi prorupisset, [k] tristibus dictis atrocia facta coniungere. Per idem tempus Iulia mortem obiit, quam neptem Augustus conuictā adulterij damnauerat, proieceratq; in insulam Trimerum, haud procul Apulis litoribus. Illic viginti annis exilium tolerauit, Augustæ ope sustentata; quæ florentes priuignos cùm per occultum sub-

OBSERVATIONES.

a *Tyranni quos ferre non possunt, hos veluti reip. infensos euertunt.*

b *Non est è dignitate principis, vt eos, publicis in scriptis nominet, quos sibi infensos esse putat, ne eos plus æquo metuere videatur. satis quippe est eos demonstrare iis, quorum autoritate, atque opera illorum conatus, si qui sunt, infringi possunt.*

c *Scriptorem annalium non licet cuiusque facta vsque ad finem persequi, & antire ordinem annorum; siquidem præcipuum eius munus est, quæ quoque anno gesta sunt memorare.*

d *Rarò accidit vt scelesti, ac facinorosi homines, quem meriti sunt, exitum effugiant* [illegible]

e *Hic est mos tyrannorum, vt; postquam alicuius scelesti opera diu sunt vsi, hunc tanquam veterem, & prægrauem affligant; nimirum, illo satiati, oblatisque in eandem operam recentibus, quos, quia maximorum scelerum sunt ministri, à nemine præuerti volunt. hinc discant illi, qui principibus scelestam operam præstant, se non diu illis gratos fore; quinimo post aliquot annos, tanquam veterem, & prægrauem afflictum iri.*

f *Non solùm Tiberius, verùm etiam plurimi principum connumerant dissimulationem inter præcipuas eas virtutes, quas ipsos habere necesse est; atque adeò è cæteris omnibus nullam æquè diligunt, idque hactenus vt eam principi necessariam esse affirment.*

g *Admodum imprudenter facit quisquis inepta, aut intempestiua interrogatione principem adigit ea recludere, quæ is premere studet.*

h *Quisquis ingenium principis versare nouit, nihil omnino est, quod non planè conficiat.*

i *Ita ferè comparatum est, vt, quisquis in meditando lentus est, vbi semel prorupit, multò acriùs, quàm quiuis alius dictis facta coniūgat, i. ea protinus, atque acriter conficiat, quæ diu in animo voluit.*

k *Is demum princeps verè metuendus est, qui tristibus dictis atrocia facta coniungit. quidam enim principes non vltra minas, & terricula progrediuntur, sed alij dictorum atrocitatem factorum sæuitia & immanitate cumulant.*

uertisset, [a] misericordiam erga adflictos palàm [b] ostentabat. Eodem anno Frisij Transrhenanus populus pacem exuere, [c] nostra magis auaritia quàm obsequij impatientes. Tributum iis Drusus iusserat modicum, pro angustia rerum, vt in vsus militares coria boum penderent, non intenta cuiusquam cura, quæ firmitudo, quæ mensura: donec Olennius è primipilaribus, regendis Frisiis impositus, terga Vrorum delegit, quorum ad formam acciperentur. Id aliis quoque nationibus arduum, apud Germanos difficiliùs tolerabatur, quis ingentium belluarum feroces saltus, modica domi armenta sunt. Ac primò boues ipsos, mox agros, postremò corpora coniugum, aut liberorum seruitio tradebant. [d] Hinc ira & questus. Et postquā nō [e] subueniebat, remediū ex bello. rapti qui tributo aderāt milites, & patibulo adfixi. Olennius infensos fuga præuenit, receptus castello, cui nomen Fleuum: & haud spernenda illic ciuium, sociorumque manus litora Oceani præsidebat. Quod L. Apronio inferioris Germaniæ proprætori cognitum, [e] vexilla legionum, è superiore prouincia peditumque & equitum auxiliarium delectos acciuit: ac simul vtrúque exercitum Rheno deuectum Frisiis intulit, [f] soluto iam castelli obsidio, & ad sua tutanda digressis rebellibus. Igitur proxima æstuaria aggeribus & pontibus, traducendo grauiori agmini, firmat. Atque interim repertis vadis alam Canninefatem, & quod peditum Germanorum inter nostros merebat, [g] circumgredi terga hostium iubet. Qui iam acie compositi pellunt turmas sociales, equitesque legionum subsidio missos. Tum tres leues cohortes, ac rursum duæ, dein tempore interiecto, acri-

quamq.

OBSERVATIONES.

a *Nihil principem magis decet, quàm misericordia erga afflictos.*

b *Principes quoties indignum aliquid facturi fuerint, id occultè faciunt; at verò si quando benefaciunt, id, quod veri eorum est, palam ostentant.*

c *Perrarò accidit vt nationes deficiant à principe propter obsequij impatientiam, quippe defectionis causa penes auaritiam, aliasque malas principis libidines sæpiùs est. Quæ cùm ita sint, nulla re principi magis imperium suum stabilire potest, quàm amore subiectorum. qui amor in eo palam fieri debet, vt prouinciæ non plus æquo tributis onerentur, sed iis nihil plus prouinciarum imperetur, quàm quantum satis est ad pacem tuendam, quæ vltra populis extorquentur, seminaria sunt causæ defectionum, & maximarum turbationum. certè principi satis esse debet, vt, quibus gentibus præest, pareant, non seruiant.*

d *Ex magnitudine tributorum, miniisque, & intoleranda seruitute oritur ira, & questus stipendiariorum, cui rei si non maturè à principis æquitate subuenitur, remedium petitur ex bello; hoc est, coguntur populi tot ingentibus malis, summisque quibus conflictantur, calamitatibus hoc pacto moderari, vt rebellionem capiant; ferroque sibi aperiant viam ad libertatem; aut non inulta, sed in gloria morte durum seruitium effugiant.*

e *Nuntiata defectione alicuius prouinciæ, eius præfectus quanta maxima celeritate fieri potest, copias omnes tam equitum, quàm peditum ducere, & cuncta bello opportuna parare ad opprimendos hostes debet; ne nimia cunctatio coniurationi vires addat.*

f *Fama aduentantis exercitus haud dubium est, rebelles trepidare, & magis de sua salute, quàm de præsidiis esse sollicitos.*

g *Maximi duces semper in id intenti fuerunt, an terga hostis circumgredi possent.*

ùs eùs eques immissus, [a] satis validi, si simul incubuissent; per interuallum aduentantes, neque constantiam addiderant turbatis, & pauore fugientium auferebantur. Cethecio Labeoni legato quintæ legionis, quod reliquum auxiliorum tradit. Atque ille, dubia suorum re, in [i] anceps tractus, missis nuntiis vim legionum implorabat. Prorumpunt quintani ante alios, & acri pugna hoste pulso, recipiunt cohortis, alasque fessas vulneribus. Neque dux Romanus vltum iit, aut corpora humauit, quanquam multi tribunorum, præfectorumque, & insignes centuriones cecidissent. Mox compertum à transfugis nongentos Romanorum apud lucum, quem Baduhennæ vocant, pugna in posterum extracta, confectos: & aliam quadringentorum manum, occupata Cruptoricis, quondam stipendiarij, villa, postquam proditio metuebatur, [b] mutuis ictibus procubuisse. Clarum inde inter Germanos Frisium nomen, [c] dissimulante Tyberio damna, ne cui bellum permitteret. [d] Neque senatus in eo cura, an [e] imperij extrema dehonestarentur. Pauor internus occupauerat animos, cui [f] remedium adulatione quærebatur. Ita quanquam diuersis super rebus consulerentur, aram clementiæ, aram amicitiæ, effigiesque circum Cæsaris ac [g] Seiani censuere: crebrisque precibus efflagitabant,

i. periculum, & [illegible]

OBSERVATIONES.

a *Quantò magis acies pugnantium est conferta, simulque ingruit, tantò est validior, contra, quò laxior, aut plures in partes diuisa est, hoc infirmiorem esse constat.*

b *Viri fortes ac strenui, cùm se vndique circumuentos vident, mutuis ictibus procumbere, quàm in barbarorum hostium potestatem venire malunt.*

c *Suspitiosum principem malle damna reip. præsertim longinqua, dissimulare, quàm quemquam ex primoribus præficere valido exercitui, atque magni momenti bellum mandare.*

d *Persæpe in eo peccant [illegible] ad se trahit, vt nolle cuiusquam in rep. præterquam vnius ipsius partes sint: omnia adeò in sua manu habeat, vt [illegible] multitudine non tanquam adiutoribus, ministris, & parte imperij, sed vt vilissimis mancipijs [illegible] fœditas seruitutis eò adducit homines, vt, quid imperio fiat, nullus quicquam pensi habeat, quippe, nullam videt causam, quapropter de aliena gloria, & salute tantopere laboret. durissima, inquam, seruitute premor, ergo mea nihil sanè interest vtri seruiam, sibi, an hosti suo. Quinimo nonnunquam non vota faciunt serui vt cælum terra misceatur si modò ex ea rerum perturbatione mitius imperium, ac tolerabilior vitæ conditio sperari possit. Non ergo mirum est, nullam in eo senatus curam fuisse, si imperij extrema dehonestarentur, cuius seruati gloria, maximi & amplissimi honores, opulentissimi opes, ac commoditates omnes non ad alium, quàm ad vnum principem referebantur; nimirum, cuius vnius ambitio, auiditas, rapacitas cuncta occupauerat. Hinc obseruandum est; illam demum esse optimam principatus formam, vbi publica munia ita distributa sunt, vt non tam cuncta in vnius principis, quàm in vniuersorum manu esse videri possint: & cùm de vniuersa rep. agitur, singuli in ea quoque salutem, gloriam, & amplitudinem suam verti putent. nemo enim non libenter pro ea vniuersitate propugnationem suscipit, cuius se partem esse videt.*

e *Imperium tunc dehonestari dicitur, cùm clades insignes accipiuntur non modò ab externis, verùm etiam (id quod fœdius est) ab ipsis stipendiarijs; neque tamen ob hæc dedecora vltioni à quoquam consulitur, hanc lib. 1. vocauit infamiam.*

f *Imperitante tyranno, pauori interno, qui ab illius sæuitia proficiscitur, nullum præsentius remedium videtur esse, quàm adulatio.*

g *Adulatio, vt primo libro obseruaui, non solùm circumsistit personam principis, sed & illorum, qui apud principem plurimùm possunt.*

[a] visendi sui copiam facerent. Non illi tamen in vrbem aut propinqua vrbi digressi sunt: satis visum omittere insulam, & in proximo Campaniæ aspici. eò venire patres, eques magna pars plebis, anxij erga Seianum, cuius [b] durior congressus, atque eò per ambitum, & societate consiliorum parabatur. Satis constabat, [c] auctam ei adrogantiam, fœdum illud in propatulo seruitium spectanti. Quippe Romæ sueti discursus, & magnitudine vrbis, incertum quod quisque ad negotium pergat. Ibi campo, aut litore [d] iacentes, nullo discrimine, noctem ac diem, juxta gratiam, aut fastus ianitorum perpetiebantur. donec idque vetitum. Et reuenere in vrbem trepidi, quos [e] non sermone, non visu dignatus erat. Quidam [f] malè alacres, quibus [g] infaustæ amicitiæ grauis exitus imminebat. Cæterùm Tyberius neptem Agrippinam Germanico ortam, cum coràm Gn. Domitio tradidisset, in vrbe celebrari nuptias iussit. In Domitio super vetustatem generis, propinquum Cæsaribus sanguinem delegerat. Nam is auiam Octauiam, & per eam Augustum auunculum præferebat.

OBSERVATIONES.

a *Quò magis princeps se hominum oculis subtrahit, hoc maiori desiderio illius videndi omnes afficiuntur. Cæterùm, vt indecorum est principi personam suam passim vulgare, huc illuc cursitare, obuersari, & conspici inter cætus hominum, ita si neminem conspectu arcebit, sed faciles aditus ad se esse volet, comitate, alloquiis, vultu, oculis, grato & decoro corporis habitu, humanitate homines excipiet, eorum studia haud dubiè sibi firmabit.*

b *Sæpe fit, vt durior sit congressus illius, quem princeps tanquam socium, & consortem imperij rebus omnibus adhibet, quàm principis ipsius. Huius autem tam potentis hominis voluntas non alia ratione conciliari potest, quàm per adulationem, ambitum, obsequium, & consiliorum societatem.*

c *Plerunque fit, vt intimi amici principum, [illegible] principatum, ac cætera omnia in sua manu esse videant, [illegible] infra despiciant, ac spernant; omnique exuta modestia, vt potentiam, ita quoque arrogantiam augeant.*

d *Quid fœdius dici potest, quàm homines clarissimos vnius nutum ita intueri, ac diligenter obseruare, vt contra decus, ac dignitatem quisque suam, non modò hunc, quocunque illi collibitum est, sectentur, verùm etiam sibi malè esse, ac fastus, & superbiam vilissimorum mancipiorum pati possint, dummodo illius sermone, & visu digni habeantur? Attamen hic est fructus ille amplissimus, tam proiectæ seruientium patientiæ, ne trepidationes, ne cædes, ne carceres graues exitus eorum, quibus hoc vitæ genus tantopere placet, memorem. dignum, scilicet præmium eo hominum genere, qui sibi imperaturis omnia assentari, & ad falsa quoque parati laudatores sunt.*

e *Nulla re aulicus magis percussus est, quàm cùm princeps, aut is, qui apud principem plurimùm potest, [illegible] sermone, non visu dignatus est.*

f *Malè alacres illi dicuntur, qui inani gaudio in præsentia ducti, quid sibi immineat, nesciunt.*

g *Persæpe falluntur aulici, qui nihil non agunt, dummodo amicitia illius digni censeantur, qui apud tyrannum plurimùm potest. quippe cùm is, multis de causis, ingenti hominum multitudini odiosus, atque haud dubiè grauis eum exitus maneat, meritò eius amicitia infausta dici potest. [illegible] quicunque casus illum manet, idem quoque amicos, & sectatores illius complectitur.*

FINIS QVARTI LIBRI ANNALIVM
C. CORNELII TACITI.

INDEX ACCVRATISSIME SCRIPTVS IN QVATVOR PRIORES ANNALIVM LIBROS C. CORNELII TACITI.

A

INDEX.

INDEX.

INDEX.

INDEX.

INDEX.

INDEX.

INDEX

S.

INDEX.

INDEX.

INDEX.

FINIS.

Errata sic corrige.

[illegible]

LVTETIÆ PARISIORVM,
EXCVDEBAT PETRVS CHEVILOTIVS.
ANNO M. D. LXXXI.
PRID. CAL. IVNII.

www.ingramcontent.com/pod-product-compliance
Lightning Source LLC
Chambersburg PA
CBHW030629030726
47497CB00006B/1702

* 9 7 8 3 7 4 2 8 3 2 7 2 6 *